De naam van de roos

Umberto Eco

De naam van de roos

Vertaald door Jenny Tuin en Pietha de Voogd

2012 Prometheus Amsterdam

Eerste druk 1984
Zevenenvijftigste, herziene druk 2012

Oorspronkelijke titel *Il nome della rosa*
© 1980, 1983, 2011 Gruppo Editoriale Fabbri, Bompiani, Sonzogno, Etas S.p.A.
© 1983 Nederlandse vertaling *De naam van de roos* Uitgeverij Bert Bakker, Jenny Tuin en Pietha de Voogd, met medewerking van prof. dr. Th. van Velthoven
© 1983 Nederlandse vertaling Naschrift Uitgeverij Bert Bakker en Henny Vlot
© 2012 Herziening Nederlandse vertaling Uitgeverij Bert Bakker en Pietha de Voogd
Omslagontwerp Roald Triebels
Foto omslag David Ridley/Arcangel Images/Hollandse Hoogte
Zetwerk Mat-Zet bv, Soest
www.uitgeverijprometheus.nl
ISBN 978 90 446 2044 3

OPMERKING VOORAF

In deze herziene, gecorrigeerde uitgave van mijn roman van dertig jaar geleden veranderen de wijzigingen die ik her en der in de oorspronkelijke tekst heb aangebracht noch de narratieve structuur, noch de stijl, die geen andere kan zijn dan die van een middeleeuwse chroniqueur. Ik heb een aantal termen die ik een paar bladzijden van elkaar herhaal verwijderd, en veel ingrepen hebben te maken met het ritme, want je hoeft maar een bijvoeglijk naamwoord weg te halen of een tussenzin te schrappen en de hele zin wordt luchtiger. Ik ben te werk gegaan als een tandarts die een prothese heeft aangebracht bij een patiënt, en die patiënt heeft het gevoel dat hij een steen in zijn mond heeft: hij haalt er even de boor overheen en de tanden staan meteen beter op elkaar.

Ik heb er een paar foutjes uitgehaald die te wijten waren aan een haastige vertaling van de middeleeuwse bronnen; ik was bijvoorbeeld in een herbarium uit die tijd *cicerbita* tegengekomen (wat een soort cichorei is) en had daar *cucurbita* van gemaakt, waardoor het een pompoen werd, en pompoenen kenden ze nog niet in de Middeleeuwen. Die kwamen pas later naar Europa, uit Noord- en Zuid-Amerika. Zo had ik ook onterecht melding gemaakt van paprika's en een *violino* – een viool –, die in die tijd niets anders kon zijn dan een *viella*, een vedel. Op een bepaald moment zegt Adson dat hij iets in een paar seconden heeft gedaan, terwijl de seconde als tijdseenheid in de Middeleeuwen niet bestond. Je zou – gezien het feit dat het verhaal een vertaling lijkt van een negentiende-eeuwse Franse versie van een middeleeuwse tekst – natuurlijk kunnen zeggen dat die seconden best aan mijn abt Vallet konden worden toegeschreven, en dat ik me dus niet druk had hoeven maken. Maar als je eenmaal hebt besloten te herzien en te corrigeren, word je pietluttig.

De grootste veranderingen (maar het gaat nog steeds om weinig regels) betreffen de beschrijving van het gezicht van de bibliothecaris, waarin ik een al te ostentatieve verwijzing naar de neogotiek wilde schrappen, en sommige Latijnse citaten. Het Latijn was en blijft van wezenlijk belang om de lotgevallen een kloosterlijk tintje te geven en bepaalde verwijzingen naar ideeën uit die tijd geloofwaardig en authentiek te doen overkomen. Anderzijds wil ik mijn lezer altijd enige tucht opleggen. Maar ik vond het vervelend dat een aantal lezers mij vertelden dat ze zich voor sommige citaten genoodzaakt zagen een Latijns woordenboek te raadplegen. Dat ging me wat al te ver, zo raakten ze uit het verhaal. Mijzelf stoorde het niet, en stoort het nog steeds niet dat er Latijnse citaten in staan, vooral niet als het alleen maar boektitels zijn; ze helpen om afstand tot het heden te creëren. Maar in een aantal gevallen merkte ik dat als je het citaat niet snapte, je niet goed kon begrijpen wat ik vertelde. De Duitse en de Nederlandse uitgever hebben zich zelfs genoopt gevoeld een vertaling van de Latijnse zinnen in een appendix op te nemen, en dat leek me echt overdreven. Mijn Amerikaanse redactrice Helen Wolff had me erop gewezen dat een Europese lezer, ook als hij op school geen Latijn had gehad, toch zo veel inscripties op de gevels van huizen en kerken had gelezen, en zo veel filosofische, juridische of religieuze citaten had gehoord dat hij niet schrok van woorden als (ik noem maar wat) *dominus* of *legitur*. Maar voor een Amerikaanse lezer was dit veel problematischer – alsof wij Europeanen een roman lezen die vol staat met Hongaarse citaten. Dus hebben mijn vertaler Bill Weaver en ik (ik heb het nu over dertig jaar geleden) de Latijnse passages in de Engelse editie hier en daar wat lichter gemaakt, en lieten we het citaat weliswaar staan, maar parafraseerden we daarna het belangrijkste deel. Ik dacht daarbij aan wat er in mijn geboortestreek gebeurt: als er dialect wordt gesproken, worden de belangrijkste beweringen in het Italiaans herhaald. Toen ik vervolgens de Engelse vertaling herlas, besefte ik dat sommige passages soepeler lazen door die ingrepen. Daarom heb ik soortgelijke criteria gehanteerd voor deze editie. William citeert bijvoorbeeld op een gegeven moment Bacon en zegt: 'En een christelijke wetenschap moet zich al deze kennis opnieuw toe-eigenen, haar heroveren op de heidenen en op de ongelovigen tamquam ab iustis possessoribus.' Nu heb ik het Latijn als volgt geïntegreerd: 'En een christelijke wetenschap moet zich al deze kennis opnieuw toe-eigenen, haar heroveren op de heidenen en op de ongelovigen tamquam ab iniustis possessoribus, alsof niet zij maar alleen wij recht hebben op de schatten van waarheid.'

Voor het overige zijn de veranderingen, zoals ik al zei, niet aangebracht ten faveure van de lezer, maar ten faveure van mijzelf als herlezer, om me stilistisch meer op mijn gemak te voelen daar waar het vertoog mij enigszins hijgerig leek.

NATUURLIJK,
EEN MANUSCRIPT

Op 16 augustus 1968 kreeg ik een boek van de hand van een zekere abt Vallet in mijn bezit, *Le manuscript de Dom Adson de Melk, traduit en français d'après l'édition de Dom J. Mabillon* (Aux Presses de l'Abbaye de la Source, Paris, 1842). Het boek, voorzien van wel erg karige historische aanwijzingen, beweerde een getrouwe weergave te zijn van een veertiende-eeuws manuscript, dat op zijn beurt in het klooster van Melk was gevonden door de grote zeventiende-eeuwse erudiet, aan wie we zo veel informatie over de geschiedenis van de orde der benedictijnen danken. De interessante trouvaille (de mijne, derde dus in de tijd) vrolijkte me op terwijl ik in Praag verbleef in afwachting van een dierbaar persoon. Zes dagen later vielen de Sovjettroepen de onfortuinlijke stad binnen. Ik slaagde er gelukkig in bij Linz de Oostenrijkse grens te bereiken; vandaar begaf ik me naar Wenen, waar ik de verwachte persoon trof, en samen trokken we stroomopwaarts langs de Donau.

In een sfeer van grote opwinding las ik gefascineerd de verschrikkelijke geschiedenis van Adson van Melk, en ik liet me er zo door meeslepen dat ik er haast in één adem een vertaling van neerschreef in een paar grote schriften van de Papeterie Joseph Gibert, waarin het zo prettig is te schrijven als de pen zacht is. En al doende kwamen we in de buurt van Melk, waar nog steeds, hoog boven een bocht van de rivier, het prachtige, door de eeuwen heen verscheidene malen gerestaureerde Stift verrijst. Zoals de lezer wel zal hebben gedacht, vond ik in de bibliotheek van het klooster geen spoor van Adsons manuscript.

Voordat we in Salzburg aankwamen, werd op een tragische nacht in een hotelletje aan de oevers van de Mondsee de saamhorigheid van de reis plotseling verbroken, en de persoon met wie ik had gereisd, verdween met medeneming van het boek van abt Vallet; niet uit kwaadwilligheid maar ten gevolge van de chaotische en plotselinge manier waarop aan onze relatie een eind was gekomen. Zo bleef ik zitten met een reeks door mij volgepende schriften en een grote leegte in mijn hart.

Enkele maanden later, in Parijs, besloot ik mijn naspeuring grondiger aan te pakken. Van de enkele gegevens die ik aan het Franse boek had ontleend, was de bronvermelding, uitzonderlijk gedetailleerd en precies, nog in mijn bezit:

Vetera analecta, sive *collectio veterum aliquot operum* & opusculorum omnis generis, carminum, epistolarum, diplomatum, epitaphiorum, & *cum itinere germanico,* adnotationibus & aliquot disquisitionibus R.P.D. Joannis Mabillon, Presbiteri ac Monachi Ord. Sancti Benedicti e Congregatione S. Mauri. – *Nova Editio*, cui accessere *Mabilonii* vita & aliquot opuscula, scilicet Dissertatio de *Pane Eucharistico, Azymo et Fermentato,* ad Eminentiss. Cardinalem *Bona.* Subjungitur opusculum *Eldefonsi* Hispaniensis Episcopi de eodem argumento Et *Eusebii* Romani ad *Theophilum* Gallum epistola, *De cultu sanctorum ignotorum.* Parisiis, apud Levesque, ad Pontem S. Michaelis, MDCCXXI, cum privilegio Regis.

Ik vond dadelijk de *Vetera Analecta* in de bibliotheek van Sainte Geneviève, maar tot mijn grote verbazing week de aangetroffen editie in twee bijzonderheden af: in de eerste plaats de uitgever, hier Montalant, ad Ripam P.P. Augustinianorum (prope Pontem S. Michaelis) en verder de datum, die van twee jaar later was. Ik hoef niet te zeggen dat deze *analecta* geen enkel manuscript van Adso of Adson van Melk bevatten; het betreft veeleer, zoals iedereen kan controleren, een verzameling van teksten van gemiddelde en kleine omvang, terwijl de door Vallet naverteldeg eschiedenis enkele honderden bladzijden besloeg. Ik raadpleegde in die tijd beroemde mediëvisten zoals de dierbare en onvergetelijke Etienne Gilson, maar het was duidelijk dat de enige *Vetera Analecta* de geschriften waren die ik in Sainte Geneviève had gezien. Een bezoekje aan de Abbaye de la Source, die in de omgeving van Passy verrijst, en een gesprek met mijn vriend Dom Arne Lahnestedt overtuigden me er bovendien van dat geen enkele abt Vallet boeken had uitgegeven die waren gedrukt op de (overigens niet bestaande) persen van de abdij. De slordigheid van de Franse geleerden in het geven van ook maar enigszins betrouwbare bibliografische aanwijzingen is bekend, maar dit geval overtrof elk redelijk pessimisme. Ik begon te geloven dat ik een vervalsing in handen had gekregen. Het bewuste boek van Vallet was niet meer te achterhalen (tenminste, ik durfde het niet te gaan terugvragen aan degene die het had meegenomen). En het enige wat me overbleef waren mijn notities, waaraan ik van lieverlede begon te twijfelen.

Er zijn magische momenten, van grote lichamelijke vermoeidheid en intense motorische opwinding, waarin visioenen optreden van mensen die men in het verleden heeft gekend ('en me retraçant ces détails, j'en suis à me demander s'ils sont réels, ou bien si je les ai rêvés'). Zoals ik later in het mooie boekje van Abbé de Bucquoy las, bestaan er eveneens visioenen van boeken die nog niet geschreven zijn.

Als er niet iets nieuws was gebeurd, zou ik me nog zitten afvragen waar de geschiedenis van Adson van Melk vandaan komt. In 1970 echter, toen ik in Buenos Aires aan het snuffelen was op de toonbanken van een kleine antiquarische boekhandel in Corrientes, niet ver van het meer bekende Patio del Tango in die grote straat, vond ik toevallig de Castiliaanse versie van een boekje van Milo Temesvar, *Over het gebruik van spiegels in het schaakspel*, dat ik al eens (uit de tweede hand) had geciteerd in mijn *Apocalittici e integrati (Apocalyptici en geïntegreerden)*, waarin ik zijn latere boek, *De Apocalypsverkopers*, recenseerde. Het betrof de vertaling van het thans onvindbare origineel in de Georgische taal (Tbilisi, 1934) en hierin las ik tot mijn grote verrassing uitgebreide citaten uit het manuscript van Adson, met dit verschil dat de bron noch Vallet noch Mabillon was, maar pater Athanasius Kircher (maar welk werk?). Een geleerde – wiens naam er hier niet toe doet – heeft me naderhand verzekerd (en hij noemde uit het hoofd aanwijzingen op) dat de grote jezuïet nooit over Adson van Melk heeft gesproken. Maar ik had de bladzijden van Temesvar onder mijn ogen en de passages waarnaar hij verwees waren volkomen analoog aan die van het door Vallet vertaalde manuscript (met name de beschrijving van het labyrint liet geen enkele twijfel bestaan). Wat Beniamino Placido er later ook over mag hebben geschreven[1], abt Vallet heeft bestaan en Adson van Melk zeker ook.

Ik concludeerde daaruit dat de herinneringen van Adson een aandeel schenen te hebben in de aard van de gebeurtenissen waarvan hij verhaalt: ze zijn gehuld in vele en velerlei mysteries, te beginnen bij de schrijver, om te eindigen bij de ligging van de abdij, waarover Adson tot het laatst toe angstvallig het stilzwijgen bewaart, zodat slechts bij gissing een globale zone kan worden aangeduid tussen Pomposa en Conques, met een redelijke waarschijnlijkheid dat het complex tegen de rug van de Apennijnen verrees, tussen Piëmonte, Ligurië en Frankrijk (zogezegd tussen Lerici en La Turbie). Het tijdstip waarop de beschreven gebeurtenissen zich afspelen, is eind november 1327; wanneer de schrijver ze boekstaaft, is echter onzeker. Als we re-

---

1. La *Repubblica*, 22 september 1977.

kenen dat hij zegt in 1327 novice te zijn en al dicht bij de dood wanneer hij zijn memoires opschrijft, kunnen we schatten dat het manuscript in de laatste tien of twintig jaren van de veertiende eeuw is opgesteld.

Welbeschouwd waren er bitter weinig redenen die mij ertoe konden bewegen mijn Italiaanse vertaling van de obscure neogotische Franse versie van een zeventiende-eeuwse Latijnse editie van een tegen het eind van de veertiende eeuw door een Duitse monnik in het Latijn geschreven werk aan de drukkers toe te vertrouwen.

In de eerste plaats, welke stijl moest ik hanteren? De verleiding om terug te vallen op Italiaanse modellen uit die tijd diende als geheel ongerechtvaardigd van de hand te worden gewezen. Niet alleen schrijft Adson in het Latijn, maar uit het gehele verloop van de tekst blijkt dat zijn cultuur (of de cultuur van de abdij die hem zo zichtbaar beïnvloedt) veel gedateerder is; we hebben duidelijk te maken met een som van in verscheidene eeuwen opgedane kennis en stilistische maniertjes die aansluiten op de laatmiddeleeuwse Latijnse traditie. Adson denkt en schrijft als een monnik die immuun is gebleven voor de revolutie van de volkstaal, gebonden als hij is aan de teksten welke zich bevinden in de bibliotheek waarover hij vertelt, een man die zijn vorming ontleent aan patristisch-scholastieke teksten, en zijn verhaal zou (afgezien van de verwijzingen naar gebeurtenissen in de veertiende eeuw, die Adson overigens met duizend aarzelingen en altijd van horen zeggen registreert), voor zover het de taal en de geleerde citaten betreft, in de twaalfde of dertiende eeuw geschreven kunnen zijn.

Anderzijds lijdt het geen twijfel dat Vallet zich bij het vertalen van Adsons Latijn in zijn neogotisch Frans verschillende vrijheden heeft veroorloofd en niet louter stilistische. Bijvoorbeeld, de personages hebben het soms over de geneeskracht van kruiden, waarbij ze zich duidelijk baseren op het aan Albertus Magnus toegeschreven boek der geheimen dat in de loop der eeuwen ontelbare bewerkingen heeft ondergaan. Het is zeker dat Adson het kende, maar het feit blijft dat hij er fragmenten uit aanhaalt die een al te letterlijke weergave zijn van hetzij recepten van Paracelsus, hetzij duidelijke inlassen uit een onmiskenbaar uit de tudortijd daterende uitgave van Albertus.[2] Verder heb ik nog weten te achterhalen dat in de tijd waarin Vallet het manuscript van Adson navertelde (?), in Parijs achttiende-eeuwse edities in omloop waren van de *Grand* en de *Petit Albert*[3], waarvan de authentieke tekst langzamerhand on-

---

2. *Liber aggregationis seu liber secretorum Alberti Magni*, Londinium, juxta pontem qui vulgariter dicitur Flete brigge, MCCCCLXXXV (1485).

herstelbaar was aangetast. Maar toch, hoe kunnen we er zeker van zijn dat de tekst waarvan Adson of de monniken wier gesprekken hij optekende uitgingen, niet in zijn diverse glossen, scholia en appendices ook aantekeningen bevatte waarmee de cultuur van latere tijden zich zou hebben gevoed?

En ten slotte, moest ik de passages die abt Vallet zelf niet wenselijk achtte te vertalen, misschien om de sfeer van de tijd te bewaren, ook in het Latijn laten staan? Er waren geen dwingende argumenten om het te doen, behalve een, misschien verkeerd opgevat, streven naar getrouwheid aan mijn bron... Ik heb het overbodige weggelaten, maar iets heb ik laten staan. En ik vrees dat ik net zo heb gedaan als slechte romanschrijvers die, wanneer ze een Frans personage ten tonele voeren, hem 'parbleu!' en 'la femme, ah! la femme!' laten zeggen.

Kortom, ik ben vol twijfels. Ik weet werkelijk niet waarom ik heb besloten al mijn moed bij elkaar te rapen en het manuscript van Adson van Melk te presenteren alsof het authentiek is. Laten we zeggen: een daad van verliefdheid. Of misschien wel een manier om me van talloze oude obsessies te bevrijden.

Ik herschrijf zonder me om de actualiteit te bekommeren. In de jaren waarin ik de tekst van abt Vallet ontdekte, deed de overtuiging opgeld dat men alleen moest schrijven om zich met het heden bezig te houden en om de wereld te veranderen. Thans, na verloop van meer dan tien jaren, is het voor de literator (die zijn allerhoogste waardigheid heeft herkregen) een aangename ervaring te kunnen schrijven uit pure liefde voor het schrijven. En zodoende voel ik me nu vrij om uit louter vertellust de geschiedenis van Adson van Melk te verhalen, en ik put vreugde en troost uit het feit dat ze juist zo onmetelijk ver van ons af staat in de tijd (nu de waakzaamheid van de rede alle monsters die haar slaap had voortgebracht op de vlucht heeft gejaagd), zo glorieus verstoken is van aanknopingspunten met onze tijd, tijdloos vreemd aan onze verwachtingen en onze zekerheden.

Want ze is een geschiedenis van boeken, niet van beslommeringen van alledag, en onder het lezen zullen we wellicht de neiging voelen om met de grote navolger Thomas a Kempis te zeggen: 'In omnibus requiem quaesivi, et nusquam inveni nisi in angulo cum libro.'[4]

5 januari 1980

---

3. *Les admirables secrets d'Albert le Grand*, A Lyon, Chez les Héritiers de Beringos, Fratres, à l'Enseigne d'Agrippa, MDCCLXXV; *Secrets merveilleux de la Magie Naturelle et Cabalistique du Petit Albert*, A Lyon, ibidem, MDCCXXIX.
4. Zie voor de vertaling van de Latijnse passages pag. 565 e.v.

OPMERKING

Het manuscript van Adson is verdeeld in zeven dagen en elke dag in perioden overeenkomend met de gebedstijden. De ondertitels, in de derde persoon, zijn waarschijnlijk door Vallet toegevoegd. Maar aangezien ze nuttig zijn om de lezer te oriënteren en we ze ook in veel literatuur in de volkstaal uit die tijd aantreffen, heb ik het niet wenselijk geacht ze weg te laten.

Adsons verwijzingen naar de canonieke uren hebben me enigszins in verlegenheid gebracht, want niet alleen varieert de bepaling ervan naargelang van de plaats en de jaargetijden, maar naar alle waarschijnlijkheid hield men zich in de veertiende eeuw niet angstvallig precies aan de door de heilige Benedictus in de regel vastgelegde aanwijzingen.

Toch geloof ik dat we, ten dele door afleiding uit de tekst en ten dele door de oorspronkelijke regel te vergelijken met de door Édouard Schneider in *Les heures bénédictines* (Parijs, Grasset, 1925) gegeven beschrijving van het kloosterleven, ter oriëntering van de lezer de volgende schatting kunnen aanhouden:

METTEN (die Adson soms ook met de oude uitdrukking *Vigiliae* aanduidt). Tussen 2.30 en 3 uur 's nachts.

LAUDEN (die in de oudste traditie *Matutini* werden genoemd). Tussen 5 en 6 uur 's morgens, zodat ze voor het aanbreken van de dag eindigen.

PRIEM Eerste uur, tegen 7.30 uur, even voor de dageraad.

TERTS Derde uur, tegen 9 uur.

SEXT Zesde uur, om 12 uur 's middags (in een klooster waar de monniken 's winters niet op het land werkten, was het ook het uur van het middagmaal).

NOON Negende uur, tussen 2 en 3 uur namiddag.

VESPERS   Tegen 4.30 uur, voor zonsondergang (de regel schrijft voor dat het avondeten moet worden genuttigd wanneer het duister nog niet is ingevallen).
COMPLETEN   Tegen 6 uur namiddag (voor 7 uur gaan de monniken naar bed).

De berekening is gebaseerd op het feit dat in Noord-Italië de zon aan het eind van november omstreeks 7.30 uur opkomt en omstreeks 4.40 uur namiddag ondergaat.

PROLOOG

In den beginne was het Woord, en het Woord was bij God, en het Woord was God. Dit was in den beginne bij God, en de taak van de trouwe monnik zou erin bestaan elke dag opnieuw in ootmoedige lofprijzing het enig onveranderlijke gebeuren te herhalen waarvan de onweerlegbare waarheid kan worden bevestigd. Maar *videmus nunc per speculum et in aenigmate*, en de waarheid openbaart zich, alvorens ons van aangezicht tot aangezicht te verschijnen, bij fragmenten (helaas, zo moeilijk leesbaar) in de dwaling van de wereld, weshalve wij de betrouwbare tekenen ervan zorgvuldig moeten spellen, ook daar waar zij ons duister toeschijnen en als het ware doorweven met een geheel op het kwade gerichte wil.

Aan het eind van mijn zondaarsleven gekomen, bejaard en vergrijsd gelijk de wereld en thans, in afwachting van het ogenblik waarop ik mij zal verliezen in de bodemloze afgrond van de zwijgende en eenzame godheid alwaar ik zal deelhebben aan het onveranderlijke licht van de hemelse geesten, met mijn zware en zieke lichaam aan deze cel van het dierbare klooster van Melk gekluisterd, maak ik mij op om op dit velijn getuigenis na te laten van de opmerkelijke en schrikwekkende gebeurtenissen waarvan het lot mij in mijn jeugd getuige deed zijn; en ik wil woordelijk herhalen wat ik zag en hoorde, zonder mij te verstouten er een plan uit op te maken, teneinde aan hen die zullen komen (als de Antichrist hen niet voor zal zijn) tekenen van tekenen na te laten, opdat daarop het vrome werk van de ontcijfering moge worden beoefend.

De Heer schenke mij de genade een onbevooroordeeld getuige te zijn van de gebeurtenissen welke in de abdij, waarvan het raadzaam en gepast is voortaan ook de naam te verzwijgen, plaatsvonden aan het eind van het jaar Onzes Heren 1327, het jaar waarin keizer Lodewijk zich naar Italië begaf om de waardigheid van het heilige Roomse Rijk te herstellen, overeenkomstig het plan van de Allerhoogste en tot beschaming van de infame usurpator, aartsketter en simoniebedrijver, die in Avignon de heilige naam van de apostel te schande maakte (ik bedoel de zondige ziel van Jacobus van Cahors, die door de goddelozen als Johannes XXII werd geëerd).

Misschien is het, tot beter begrip van de gebeurtenissen waarin ik verwikkeld ben geraakt, goed als ik alles wat in de veelbewogen jaren van die eeuw voorviel, memoreer zoals ik het toen zag, op het moment dat ik het beleefde, en zoals ik het me nu herinner, verrijkt met andere verhalen die ik later heb gehoord – als mijn geheugen tenminste in staat zal zijn de draden van zo vele en zo verwarde wonderbaarlijkheden weer aaneen te knopen.

Reeds in de eerste jaren van die eeuw had Clemens V de Apostolische Stoel naar Avignon verplaatst en Rome daarmee overgeleverd aan de ambities van de plaatselijke machthebbers; en langzamerhand was de allerheiligste stad van de christenheid veranderd in een circus, of in een bordeel, verscheurd door de twisten onder haar gebieders; ze noemde zich republiek, en ze was het niet, deze door gewapende benden bestookte en aan geweldplegingen en plunderingen onderhevige stad. Geestelijken die zich aan de wereldlijke jurisdictie hadden onttrokken, voerden het bevel over muitende benden en roofden met de degen in de vuist, overtraden alle wetten en zetten gemene zaken op touw. Hoe te voorkomen dat het Caput Mundi opnieuw, en met recht, het doelwit werd van degene die de kroon van het heilige Roomse Rijk wilde dragen en de waardigheid wilde herstellen van de wereldlijke heerschappij die in vroeger tijden die van de caesars was geweest?

En zo hadden dan in 1314 vijf Duitse keurvorsten in Frankfort Lodewijk de Beier verkozen tot opperste heerser van het keizerrijk. Maar diezelfde dag hadden, op de tegenoverliggende oever van de Main, de paltsgraaf van de Rijn en de aartsbisschop van Keulen Frederik van Oostenrijk tot dezelfde waardigheid verkozen. Twee keizers voor een enkele zetel en een enkele paus voor twee: een situatie die dan ook een haard van grote wanordelijkheden werd...

Twee jaar later werd in Avignon de nieuwe paus gekozen, Jacobus van Cahors, tweeënzeventig jaar oud, onder zoals gezegd de naam Johannes XXII, en de hemel geve dat nooit meer enig opperherder een bij de goede mensen sindsdien zo gehate naam aanneme. Fransman en de Franse koning innig toegewijd (de mensen van dat verdorven land zijn altijd geneigd de belangen van de hunnen te bevorderen, en ze zijn niet in staat de gehele wereld als hun geestelijk vaderland te beschouwen), had hij Filips de Schone gesteund tegen de tempeliers, toen de koning hen (ik geloof ten onrechte) van allerschandelijkste zedenmisdrijven had beschuldigd teneinde zich, met medeplichtigheid van die afvallige geestelijke, van hun goederen meester te maken. Intussen had Robert van Anjou, koning van Napels, zich in al die verwikkelingen gemengd; om de controle over het Italiaanse schiereiland te behouden, had hij de paus overreed geen van de twee Duitse keizers te erkennen, en zo was hij algemeen bevelhebber van de kerkelijke staat gebleven.

In 1322 versloeg Lodewijk de Beier zijn rivaal Frederik. Nog beduchter voor één keizer dan hij het voor twee was geweest, excommuniceerde Johannes de overwinnaar, waarop deze als tegenzet de paus tot ketter verklaarde. Opgemerkt moet worden dat juist in dat jaar in Perugia het kapittel van de franciscaanse broeders had plaatsgehad, en hun generaal Michael van Cesena had, tegemoetkomend aan de eisen van de 'spirituelen' (waarover ik nog de gelegenheid zal hebben te spreken), de armoede van Christus tot geloofswaarheid uitgeroepen, want, zei hij, als Christus met zijn apostelen iets had bezeten, had hij er uitsluitend het gebruiksrecht van gehad. Een waardige resolutie, bedoeld om de deugdzaamheid en zuiverheid van de orde te bewaren, maar ze was in het geheel niet naar de zin van de paus, die er misschien een beginsel in bespeurde dat juist die bevoegdheden op het spel zette die hij, als hoofd van de Kerk, voor zich opeiste, namelijk om het keizerlijk gezag het recht te betwisten bisschoppen te benoemen, terwijl hij zich daarentegen voor de Heilige Stoel het recht van investituur van de keizer toe-eigende. Of het nu die redenen of andere waren die hem bewogen, Johannes veroordeelde in 1323 de stellingen van de franciscanen met het pauselijk decreet *Cum inter nonnullos*.

Ik veronderstel dat Lodewijk op dat moment in de franciscanen, die de paus nu vijandig gezind waren geworden, krachtige bondgenoten begon te zien. Door de armoede van Christus te bevestigen, gaven zij in zekere zin een nieuwe impuls aan de ideeën van de keizerlijke theologen Marsilius van Padua en Johannes de Janduno. Ten slotte, slechts enkele maanden voor de gebeurtenissen waarover ik hier verhaal, begaf Lodewijk, die met de verslagen Frederik tot een akkoord was gekomen, zich naar Italië, werd in Milaan gekroond, kwam in conflict met de Visconti's, die hem toch welwillend hadden ontvangen, sloeg het beleg voor Pisa, benoemde Castruccio, hertog van Lucca en Pistoia, tot stadhouder (en ik geloof dat hij daar verkeerd aan deed want ik heb nooit een wreder man gekend, behalve misschien Uguccione della Faggiola) en maakte zich op om naar Rome te trekken, waar hij door Sciarra Colonna tot heer van het gebied was uitgeroepen.

Zo was dan de situatie toen ik – in die tijd benedictijner novice in het klooster van Melk – aan de rust van het kloosterleven werd ontrukt door mijn vader, die in het leger van Lodewijk streed, niet als de geringste onder zijn vrijheren, en die het verstandig oordeelde mij met zich mee te nemen opdat ik de wonderen van Italië zou leren kennen en aanwezig zou zijn wanneer de keizer in Rome werd gekroond. Maar het beleg van Pisa eiste hem geheel op voor militaire bezigheden. Ik deed er mijn voordeel mee door, ten dele als tijdverdrijf en ten dele uit leergierigheid, langs de steden van Toscane te trekken, maar dat vrije en niet aan regels gebonden bestaan was, zo vonden mijn ouders, niet gepast voor een jongeman bestemd voor het contemplatieve leven. En op raad van Marsilius, die genegenheid voor mij had opgevat, besloten ze mij toe te vertrouwen aan een geleerd franciscaan, frater William van Baskerville, die juist aan een missie zou beginnen welke hem met beroemde steden en eeuwenoude abdijen in aanraking zou brengen. Zo werd ik zijn secretaris en leerling tegelijkertijd, en ik hoefde er geen spijt van te hebben, want ik was met hem getuige van gebeurtenissen waardig om te worden overgeleverd, zoals ik thans bezig ben te doen, aan de herinnering van hen die komen zullen.

Ik wist toen niet wat frater William zocht, en om de waarheid te zeggen weet ik het nu nog niet, en ik veronderstel dat hij het zelf ook niet wist, gedreven als hij werd door het ene en enige verlangen naar de waarheid, en door het vermoeden – dat ik hem altijd zag koesteren – dat de waarheid niet die was welke hem op het ogenblik zelf verscheen. En misschien werd hij in die jaren door wereldlijke taken van zijn geliefkoosde studies afgeleid. De missie waarmee William was belast, bleef me gedurende de hele reis onbekend, of liever gezegd, hij sprak mij er niet over. Slechts door het beluisteren van flarden van gesprekken die hij voerde met de abten van de kloosters waar we in de loop van onze reis verbleven, vormde ik me enig idee over de aard van zijn taak. Maar ik begreep haar niet ten volle voordat we onze bestemming hadden bereikt. We moesten naar het noorden, maar onze reis verliep niet in rechte lijn en we hielden in verscheidene abdijen halt. Zo gebeurde het dat we naar het westen afbogen (terwijl we naar het het oosten moesten), waarbij we min of meer de lijn van de bergketen volgden die van Pisa in de richting van de wegen van de heilige Jacobus loopt, en ons enige tijd ophielden in een streek die ik, gezien wat er naderhand plaatsvond, raadzaam acht niet nader te omschrijven, maar waarvan de gebieders trouw waren aan het keizerrijk en waar de abten van onze orde zich in onderlinge overeenstemming tegen de ketterse en corrupte paus keerden. De reis, door verschillende wederwaardigheden gekenmerkt, duurde twee weken, en in die tijd had ik de gelegenheid mijn nieuwe meester te leren kennen (echter nooit genoeg, zoals ik me steeds voorhoud).

In de volgende bladzijden wil ik me niet laten verleiden tot beschrijvingen van personen – behalve wanneer de uitdrukking van een gelaat of een gebaar mij voorkomen als tekenen van een stomme maar welsprekende taal – want, zoals Boëthius zegt, niets is vluchtiger dan de uiterlijke vorm, die verwelkt en verandert zoals de bloemen van het veld bij het verschijnen van de herfst, en wat voor zin zou het thans hebben om van abt Abbone te zeggen dat hij strenge ogen en bleke wangen had, als hij en degenen die hem omringden inmiddels tot stof zijn geworden en hun lichaam van het stof het dodelijke grijs heeft gekregen (terwijl alleen de ziel, zo God wil, straalt van een licht dat nooit zal doven)? Maar over William zou ik van stonden aan iets willen vertellen, omdat van hem ook de afzonderlijke trekken me opvielen, en omdat het jonge mensen eigen is zich niet alleen om de bekoring van zijn woorden en spitsheid van zijn geest aan een oudere en wijzere man te binden, maar ook om de uiterlijke vorm van zijn lichaam, die er zeer dierbaar door wordt, zoals gebeurt met een vaderfiguur van wie men de gebaren en de momenten van toorn bestudeert en de glimlach bespiedt – zonder dat ook maar een zweem van zinnelijke wellust deze vorm (misschien de enig volkomen zuivere) van lichamelijke liefde bezoedelt.

De mannen van weleer waren mooi en groot (nu zijn het kinderen en dwergen), maar dit feit is slechts een van de vele die getuigen van de rampspoed van een wereld die aftakelt. De jeugd wil niets meer leren, de wetenschap is in verval, de hele wereld staat op haar kop, blinden leiden andere blinden en laten hen in de afgronden storten, de vogels werpen zich in de ruimte voordat ze hun vleugels hebben uitgeslagen, de ezel speelt op de lier, de ossen dansen, Maria houdt niet meer van het contemplatieve en Martha niet meer van het actieve leven, Lea is onvruchtbaar, Rachel heeft fletse ogen, Cato bezoekt de bordelen. Alles is van zijn weg afgedwaald. God zij gedankt dat ik in die tijd van mijn meester de wil om te leren en het gevoel voor de rechte weg verwierf, welke men behoudt, ook wanneer het pad kronkelig is.

De gestalte van frater William overtrof in lengte die van een normale man en hij was zo mager dat hij nog langer leek. Hij had slimme, doordringende ogen; zijn smalle en wat haakvormige neus verleende zijn gezicht de uitdrukking van iemand die op zijn hoede is, al kon zijn langwerpige, met sproeten bedekte gezicht – zoals ik vaak heb gezien bij hen die tussen Hibernia en Northumbria zijn geboren – soms onzekerheid en aarzeling uitdrukken. Mettertijd merkte ik op dat dat wat onzekerheid leek daarentegen louter nieuwsgierigheid was, maar in het begin wist ik weinig van deze deugd, die ik veeleer voor een hartstocht van de concupiscibile ziel hield, en ik meende dat de rationele ziel geen nieuwsgierigheid zou moeten koesteren daar hij zich alleen met het ware voedt, dat men (dacht ik) reeds van de aanvang af kent.

William telde ongeveer vijftig lentes en was dus al erg oud, maar hij bewoog zijn onvermoeibare lichaam met een lenigheid waaraan het mij vaak ontbrak. Zijn energie scheen onuitputtelijk wanneer hij door een overmaat van activiteit werd bevangen. Maar van tijd tot tijd viel hij, alsof zijn geestelijke levenskracht iets van een kreeft had, terug in momenten van inertie en dan zag ik hem urenlang in de cel op zijn legerstede liggen, ternauwernood een paar korte woorden uitsprekend, zonder een enkele spier van zijn gezicht te vertrekken. Bij die gelegenheden verscheen er in zijn ogen een lege en afwezige uitdrukking en ik zou hem ervan hebben verdacht onder invloed te zijn van de een of andere plantaardige stof die het vermogen heeft visioenen te geven, als de matigheid die zo duidelijk zijn leven beheerste me niet zou hebben genoopt die gedachte te verwerpen. Ik verheel evenwel niet dat hij gedurende de reis soms op de berm van een weiland of aan de rand van een bos was blijven stilstaan om een kruid (ik geloof steeds hetzelfde) te plukken; en dan begon hij het met een in zichzelf gekeerd gezicht te kauwen. Een deel ervan bewaarde hij, en dat at hij in ogenblikken van verhoogde spanning (en die beleefden we dikwijls in de abdij!). Toen ik hem eens vroeg wat het voor iets was, zei hij glimlachend dat een goed christen soms ook van de ongelovigen kan leren; en toen ik hem vroeg ervan te mogen proeven, antwoordde hij dat kruiden die goed zijn voor een oude franciscaan, niet goed zijn voor een jonge benedictijn.

In de tijd van ons samenzijn hadden we niet de gelegenheid een erg geregeld leven te leiden: in de abdij waakten we des nachts en vielen overdag vermoeid op ons leger neer, terwijl we ook niet regelmatig aan het koorgebed deelnamen. Op reis bleef hij echter na de completen zelden op, en hij had een sobere levenswijze. Soms bracht hij, zoals in de abdij gebeurde, de hele dag door in de moestuin, waar hij rondliep en de planten bekeek alsof het chrysoprazen of smaragden waren, en ik zag hem door de onderaardse schatkamer bewegen en een rijkelijk met smaragden en chrysoprazen bezette schrijn bekijken alsof het een doornappelstruik was. Andere keren zat hij een hele dag in de grote zaal van de bibliotheek in manuscripten te bladeren alsof hij er niets anders dan zijn genoegen in zocht (terwijl om ons heen het aantal van de gruwelijk vermoorde monniken gestadig toenam). Op een dag trof ik hem aan terwijl hij schijnbaar zonder enig doel in de tuin wandelde, alsof hij God geen verantwoording hoefde af te leggen van zijn daden. In de orde hadden ze me een heel andere manier geleerd om mijn tijd te besteden en dat zei ik tegen hem. En hij antwoordde dat de schoonheid van de kosmos niet alleen gelegen is in eenheid in de verscheidenheid, maar ook in verscheidenheid in de eenheid. Het antwoord scheen mij ingegeven door een grove empirie, maar ik vernam naderhand dat de mensen van zijn land de dingen vaak aanduiden op manieren waarin de verlichtende kracht van de rede zeer weinig aandeel lijkt te hebben.

Gedurende de periode die wij in de abdij doorbrachten, zag ik altijd zijn handen bedekt met het stof van de boeken, het goud van de nog verse miniaturen, of de gelige substanties die hij in het hospitaal van Severin had aangeraakt. Het was alsof hij niet anders kon denken dan met zijn handen, iets wat me toen meer bij een handwerksman leek te passen (en er was mij geleerd dat de handwerksman, de mechanicus, moechus is, dus overspel pleegt ten aanzien van het intellectuele leven, waarmee hij in hemelreine echt verenigd zou moeten zijn); maar ook als zijn handen bladzijden beroerden waaraan de tand des tijds had geknaagd en die even gemakkelijk verkruimelden als ongedesemd brood, bezaten zijn vingers naar het mij toescheen een buitengewone voorzichtigheid, dezelfde als hij bij het hanteren van zijn werktuigen aan de dag legde. Ik moet namelijk vertellen dat deze zonderlinge man in zijn reiszak instrumenten meedroeg die ik voordien nooit had gezien, en die hij zijn 'wonderbaarlijke machines' noemde. Machines, zei hij, zijn een voortbrengsel van de kunst, welke de natuur nabootst, en zij nemen van haar niet de vormen over, maar de werking zelve. Zo legde hij me de bijzondere verdiensten uit van het uurwerk, van het astrolabium en van de magneet. Maar in het begin vreesde ik dat het hekserij betrof en hield me slapend wanneer hij (met een vreemde driehoek in zijn hand) tijdens heldere nachten de sterren ging observeren. De franciscanen die ik in Italië en in mijn eigen land had leren kennen, waren eenvoudige, soms ongeletterde mannen, en ik verbaasde me bij hem over zijn geleerdheid.

Maar hij vertelde me glimlachend dat de franciscanen van zijn eilanden van een ander slag waren: 'Roger Bacon, die ik als meester vereer, heeft ons geleerd dat het goddelijk plan eens tot ons zal komen door de wetenschap van de machines, die natuurlijke en heilige magie is. En op een goede dag zullen met behulp van de natuur navigatie-instrumenten worden gemaakt waardoor de schepen unico homine regente varen, en heel wat sneller dan die welke door zeilen of roeispanen worden voortbewogen; en er zullen wagens zijn die snel voortbewegen zonder dat enig dier ze trekt, en vliegende voertuigen bestuurd door een mens die hun vleugels zal doen klapperen alsof het een vogel betrof. En zeer kleine apparaten die oneindige gewichten optillen en vaartuigjes die het mogelijk maken zich op de bodem der zee voort te bewegen.'

Toen ik hem vroeg waar die machines waren, zei hij dat ze in de Oudheid al waren gemaakt, en sommige zelfs in onze tijd: 'Uitgezonderd het instrument om te vliegen, dat ik niet heb gezien, maar ik ken een geleerde die het heeft bedacht. En er kunnen bruggen worden gemaakt die zonder pijlers of andere steun rivieren overspannen, en andere nog onbekende machines. Maar je moet je niet ongerust maken als ze er nog niet zijn, want dat wil niet zeggen dat ze er niet zullen komen. En ik zeg je dat God wil dat ze er komen, en het is zeker dat ze al in Zijn geest zijn, al ontkent mijn vriend van Ockham dat de ideeën op zo'n manier bestaan, en niet omdat wij over de goddelijke natuur kunnen beslissen, maar juist omdat wij haar geen enkele begrenzing kunnen opleggen.' En dat was niet de enige tegenstrijdige bewering die ik hem hoorde uitspreken: maar ook nu ik oud ben en wijzer dan toen, heb ik nog steeds niet goed begrepen hoe hij zo veel vertrouwen kon hebben in zijn vriend van Ockham en tegelijkertijd kon zweren bij de woorden van Bacon. Het is echter ook waar dat het toen duistere tijden waren waarin een wijs man dingen moest denken die met elkaar in strijd waren.

Ziehier, ik heb over frater William misschien dwaze dingen gezegd, alsof ik al van de aanvang af de onsamenhangende indrukken die ik toen van hem had bijeen heb willen brengen. Wie hij was, en wat hij deed, waarde lezer, dat kunt ge misschien beter afleiden uit wat hij deed in de dagen die we in de abdij doorbrachten. Ik heb u ook geen volledige schets beloofd, doch een lijst van ware (dat zeker), verbazingwekkende en verschrikkelijke gebeurtenissen.

En zo, terwijl ik dag voor dag mijn meester leerde kennen, en onderweg de lange uren doorbracht in uitvoerige gesprekken waarover ik bij gelegenheid zal vertellen, kwamen we onder aan de helling van de berg waarop de abdij verrees. En het wordt tijd dat mijn verhaal, evenals wij toen deden, dezelve nadere, en moge mijn hand niet beven nu ik mij opmaak te vertellen wat er daarna gebeurde.

EERSTE DAG

EERSTE DAG

PRIEM

Waarin de reizigers aan de voet van de abdij aankomen en William een bewijs van grote scherpzinnigheid levert.

◆

Het was een mooie ochtend aan het eind van november. 's Nachts had het een beetje gesneeuwd, maar het verse laagje dat de grond bedekte was niet meer dan drie vingers dik. In het donker, dadelijk na de lauden, hadden we in een dorp in het dal de mis gehoord. Daarna waren we, bij het krieken van de dag, op weg gegaan naar de bergen.

Terwijl we over het steile pad dat zich om de berg slingerde omhoog klommen, zag ik opeens de abdij liggen. Wat mij verbaasde waren niet de muren die haar aan alle kanten omringden en geleken op andere die ik in de hele christelijke wereld had gezien, maar de kolossale omvang van dat wat naar ik later vernam het Hoofdgebouw was. Dit was een achthoekig bouwwerk dat er uit de verte uitzag als een vierhoek (bij uitstek volmaakte figuur die de vastheid en onneembaarheid van de Stad Gods uitdrukt), waarvan de zuidelijke zijden zich op het plateau van de abdij verhieven, terwijl de noordelijke zo uit de loodrechte flank van de berg omhoog leken te schieten. Ik bedoel dat het op bepaalde punten, van beneden af gezien, leek alsof de rots zich zonder verschillen in kleur en materie naar de hemel toe voortzette en op een gegeven moment overging in donjon en toren (werkstuk van giganten die zeer vertrouwd moesten zijn met en de aarde en de hemel). Drie rijen vensters getuigden van het drievuldig ritme van zijn verticale opbouw, zodat hetgeen op de aarde in materiële zin vierkant was, in de hemel in spirituele zin driehoekig was. Bij het naderbij komen werd men gewaar dat uit de vierhoekige vorm, op elk van de vier hoeken, een zevenhoekige toren groeide, waarvan vijf zijden naar de buitenkant waren gericht – zodat dus vier van de acht zijden van de grote achthoek vier kleinere zevenhoeken voortbrachten, die naar buiten toe de indruk wekten van vijfhoeken. Niemand zal de bewonderenswaardige harmonie ontgaan van zo veel heilige getallen, waarvan elk een uiterst subtiele geestelijke betekenis onthult. Acht het getal van de volmaaktheid van elke vierhoek, vier het getal van de evangeliën, vijf het getal van de werelddelen, zeven het getal van de gaven van de Heilige Geest. Qua omvang en vorm maakte het Hoofdgebouw op mij eenzelfde indruk als ik later in het zuiden van het Italiaanse schiereiland zou krijgen van Castel Ursino of Castel del Monte, maar door zijn ontoegankelijke ligging was het ontzagwekkender dan deze en in staat de reiziger die het stap voor stap naderde vrees in te boezemen. En het was een geluk dat het een zeer heldere wintermorgen was, waardoor het gebouw zich niet aan mij voordeed zoals het er op dagen van storm en ontij uitzag.

In elk geval kan ik niet zeggen dat het blijmoedige gevoelens wekte. Mij vervulde het met schrik en een vage ongerustheid. God weet dat het geen spookbeelden van mijn onrijpe gemoed waren en dat ik zekere onmiskenbare voortekenen op de juiste wijze interpreteerde; voortekenen die in de steen waren geschreven vanaf de dag dat de giganten er de hand aan legden, en voordat de monniken in naïef vertrouwen besloten het aan de bewaring van het woord Gods te wijden.

Terwijl onze muildieren langs het laatste stuk van het slingerende bergpad omhoog zwoegden, daar waar het hoofdpad zich door de afscheiding van twee zijpaden in een driesprong vertakt, hield mijn meester enige tijd halt en keek om zich heen naar de zijkanten van de weg, op de weg zelf en boven de weg, waar een rij altijdgroene dennen over een korte afstand een natuurlijk dak vormde, wit van de sneeuw.

'Rijke abdij,' zei hij. 'De abt wil bij openbare gelegenheden graag goed voor de dag komen.'

Gewend als ik was hem de meest zonderlinge uitspraken te horen doen, vroeg ik hem niet wat hij bedoelde. Ook omdat we, na nog een eindje te hebben afgelegd, geluiden hoorden en er om een bocht een opgewonden schare monniken en knechten verscheen. Een van hen kwam ons, zodra hij ons zag, met grote hoffelijkheid tegemoet. 'Welkom, heer,' zei hij, 'en verbaas u niet als ik vermoed wie u bent, want we zijn van uw bezoek op de hoogte gesteld. Ik ben Remigio van Varagine, de cellarius van het klooster. En als u, zoals ik geloof, frater William van Baskerville bent, moet de abt worden verwittigd. Ga jij weer naar boven,' beval hij, zich tot een van zijn begeleiders wendend, 'om te waarschuwen dat onze bezoeker weldra de kloostermuur zal binnengaan!'

'Ik dank u, heer cellarius,' antwoordde mijn meester op hartelijke toon, 'en ik waardeer uw voorkomendheid des te meer omdat u om mij te begroeten de achtervolging hebt onderbroken. Maar maak u niet ongerust, het paard is hierlangs gekomen en is het pad rechts ingeslagen. Het kan niet erg ver gaan, want bij de vuilstortplaats gekomen, zal het moeten blijven staan. Het is te schrander om zich langs de steile helling naar beneden te wagen...'

'Wanneer hebt u het gezien?' vroeg de cellarius.

'We hebben het helemaal niet gezien, nietwaar, Adson?' zei William, zich met een geamuseerd gezicht tot mij wendend. 'Maar als u Brunello zoekt, kan het dier alleen maar daar zijn waar ik heb gezegd.'

De cellarius aarzelde. Hij keek William aan, keek toen naar het pad, en vroeg ten slotte: 'Brunello? Hoe weet u dat?'

'Komaan,' zei William, 'het is duidelijk dat u Brunello zoekt, het lievelingspaard van de abt, de beste draver van uw stal, zwartharig, vijf voet hoog, met een weelderige staart, kleine ronde hoeven maar een zeer regelmatige galop; klein hoofd, spitse oren maar grote ogen. Hij is rechtsaf gegaan, zeg ik u, en haast u in elk geval.'

De cellarius aarzelde nog een ogenblik, gaf toen een teken aan zijn begeleiders en snelde langs het rechter pad de helling af, terwijl onze muildieren weer begonnen te klimmen. Ik wilde William juist vragen gaan stellen, want ik brandde van nieuwsgierigheid, toen hij me beduidde op te letten: en inderdaad hoorden we enkele minuten later juichkreten, en om de hoek van het pad verschenen weer de monniken en knechten, het paard bij het bit meevoerend. Ze liepen langs ons heen, waarbij ze ons voortdurend enigszins verbluft aankeken, en gingen ons voor naar de abdij. Ik geloof ook dat William zijn rijdier iets inhield om hun de gelegenheid te geven het voorval te vertellen. Want ik had al eens eerder opgemerkt dat mijn meester, die in alle opzichten een man van zeer grote deugdzaamheid was, toegaf aan de ondeugd der ijdelheid wanneer het erom ging een bewijs van zijn scherpzinnigheid te leveren, en aangezien ik zijn gaven als listig diplomaat reeds had kunnen bewonderen, begreep ik dat hij voorafgegaan door een gedegen faam van wijs man zijn bestemming wilde bereiken.

'Vertelt u me nu eens,' kon ik ten slotte niet nalaten te vragen, 'hoe wist u dat zo?'

'Mijn beste Adson,' zei mijn meester, 'de hele reis leer ik je al de sporen te herkennen waarmee de wereld als een groot boek tot ons spreekt. Alanus van Rijsel zei dat

omnis mundi creatura
quasi liber et pictura
nobis est in speculum

en hij dacht daarbij aan de onuitputtelijke schat van symbolen waarmee God ons middels Zijn schepselen van het eeuwige leven spreekt. Maar het universum is nog welsprekender dan Alanus dacht en het spreekt niet alleen van de laatste dingen (in welk geval het dat altijd op een raadselachtige manier doet) maar ook van de nabije dingen, en daarin is het helder als glas. Ik schaam me bijna je nogmaals te vertellen wat je zou moeten weten. Op de driesprong tekenden zich, in de nog verse sneeuw, heel duidelijk de hoefafdrukken van een paard af, die in de richting van het pad aan onze linkerhand wezen. Die tekens, op mooi gelijke afstand van elkaar, vertelden dat de hoef klein en rond was en de galop zeer regelmatig – waaruit ik de aard van het paard afleidde, en het feit dat het niet in het wilde weg rende, zoals een dier doet dat op hol is geslagen. Daar waar de dennen als het ware een natuurlijk dak vormden, waren precies op een hoogte van vijf voet een paar takken vers afgebroken. Tussen de doornen van een van de braamstruiken zaten, op de plek waar het dier, parmantig met zijn mooie staart zwaaiend, moet hebben gedraaid om het pad aan zijn rechterzijde in te slaan, nog een paar lange, gitzwarte haren vast... En je wilt me toch niet vertellen dat je niet weet dat dat pad naar de vuilstortplaats voert, want toen we door de bocht hieronder reden, hebben we gezien hoe de sliert van het afval langs de steile helling aan de voet van de oostelijke toren naar beneden loopt en de sneeuw grauw kleurt; en gezien de ligging van de driesprong moest het pad onvermijdelijk in die richting voeren...'

'Ja,' zei ik, 'maar het kleine hoofd, de spitse oren, de grote ogen...'

'Ik weet niet of het die heeft, maar de monniken zijn er zeker heilig van overtuigd. Isidorus van Sevilla zei dat de schoonheid van een paard vereist "ut sit exiguum caput et siccum prope pelle ossibus adhaerente, aures breves et argutae, oculi magni, nares patulae, erecta cervix, coma densa et cauda, ungularum soliditate fixa rotunditas". Als het paard waarvan ik de gang heb afgeleid niet werkelijk het beste van de stal was geweest, zou het niet te verklaren zijn waarom niet alleen de stalknechten hem achterna zijn gegaan, maar zelfs de cellarius de moeite heeft genomen. En een monnik die een paard als voortreffelijk beschouwt, boven zijn natuurlijke vormen uit, kan niet anders dan het zien zoals de auctoritates het hem hebben beschreven, vooral wanneer deze,' en hier glimlachte hij met een zekere spot aan mijn adres, 'een geleerde benedictijn is...'

'Alles goed en wel,' zei ik, 'maar waarom Brunello?'

'Moge de Heilige Geest je meer kruim in de kop geven dan je hebt, mijn zoon!' riep mijn meester uit. 'Welke naam had jij hem anders willen geven als zelfs de grote Buridan, die binnenkort rector wordt in Parijs, geen natuurlijker naam vond toen hij over een mooi paard moest spreken?'

Zo was mijn meester. Hij wist niet alleen in het grote boek van de natuur te lezen, maar wist het ook te doen op de wijze waarop monniken de boeken van de Schrift lazen en door middel van deze dachten. Een gave die hem, zoals we zullen zien, in de dagen die volgden bijzonder goed van pas zou komen. Zijn verklaring leek mij bovendien op dat moment zo vanzelfsprekend, dat het vernederende besef haar niet zelf te hebben gevonden, werd overvleugeld door de trots er nu deelgenoot van te zijn, en ik wenste mezelf bijna geluk met mijn schranderheid. Zodanig is de kracht van het ware dat het, evenals het goede, de eigenschap heeft zich door uitstroming mede te delen. En geloofd zij de heilige naam van onze heer Jezus Christus om de schone openbaring die me daar gewerd.

Maar spin uw draad verder, o mijn verhaal, want deze vergrijzende monnik blijft te lang bij kanttekeningen verwijlen. Vertel liever dat we bij de grote poort van de abdij aankwamen; en in de poort stond de abt met twee novicen die hem een gouden schaal vol water voorhielden. En zodra wij van onze rijdieren waren gestapt, waste hij William de handen, vervolgens omhelsde hij hem, kuste hem op de mond en sprak tot hem zijn heilig welkomstwoord, terwijl de cellarius zich over mij ontfermde.

'Dank u, Abbone,' zei William, 'het is voor mij een grote vreugde het klooster van uwe Doorluchtigheid te betreden, welks roem zich tot voorbij deze bergen heeft verbreid. Ik kom als pelgrim in naam van Onze Heer en als zodanig hebt u mij eer bewezen. Maar ik kom ook in naam van onze heer op deze aarde, zoals u zult lezen uit de brief die ik u hier overhandig, en ook namens hem dank ik u voor uw ontvangst.'

De abt nam de brief met de keizerlijke zegels aan en zei dat de komst van William al was voorafgegaan door andere missiven van medebroeders (immers, zei ik met enige trots tegen mezelf, het is moeilijk een benedictijner abt onvoorbereid op het lijf te vallen), vervolgens verzocht hij de cellarius ons naar ons verblijf te brengen, terwijl de stalknechten de rijdieren van ons overnamen. De abt hoopte ons later, wanneer we ons hadden verkwikt, te bezoeken, en we betraden de grote hof, waar de gebouwen van de abdij zich uitstrekten over heel het zacht glooiende plateau dat de top van de berg afvlakte tot een grazige kom of bergweide.

Over de indeling van de abdij zal ik nog vaak, en meer in bijzonderheden, gelegenheid hebben te vertellen. Na de poort (die de enige doorgang in de kloostermuur was) kwam men in een met bomen omzoomde laan die naar de abdijkerk voerde. Links van de laan lagen, ingesloten door een uitgestrekt terrein met moestuinen en, naar ik later vernam, de botanische tuin, de twee gebouwen van het badhuis en het hospitaal met het kruidenlaboratorium, die de ronding van de muur volgden. Op de achtergrond, links van de kerk, verhief zich het Hoofdgebouw, van de kerk gescheiden door een veld bedekt met graven. Het noorderportaal van de kerk zag uit op de zuidelijke toren van het Hoofdgebouw, dat de bezoeker zijn westelijke toren in frontaal aanzicht bood en vervolgens aan de linkerkant aan de muur aansloot en zich in al zijn rijzigheid in de richting van de afgrond voortzette, boven welke de noordelijke toren verrees die gedeeltelijk van opzij te zien was. Rechts, in de beschutting van de kerk en rondom de kloosterhof, stonden enkele gebouwen: ongetwijfeld het dormitorium, de abtswoning en het pelgrimshuis, waarheen onze schreden gericht waren en dat we door een mooie tuin bereikten. Aan de rechterkant, achter een grote open ruimte, stond langs de zuidelijke muur en in oostelijke richting achter de kerk verdergaand, een reeks boerengebouwen, stallen, molens, oliepersen, korenschuren en wijnkelders, en dat wat mij het novicenhuis leek. De effenheid van het terrein dat slechts licht golfde, had het de vroegere bouwers van die heilige plaats mogelijk gemaakt de oriëntatievoorschriften nog beter in acht te nemen dan Honorius van Autun of Durandus van Mende hadden kunnen verlangen. Uit de zonnestand op dat uur van de dag maakte ik op dat het hoofdportaal precies op het westen lag, waaruit volgde dat het koor en het altaar naar het oosten waren gericht; en de zon kon 's morgens bij het opgaan onmiddellijk de monniken in het dormitorium en de dieren in de stallen wekken. Nooit zag ik een fraaiere en bewonderenswaardiger georiënteerde abdij, zelfs al maakte ik later kennis met Sankt Gallen en Cluny en Fontenay, en met nog andere abdijen, groter misschien maar minder goed geproportioneerd. Deze onderscheidde zich echter van de andere door de onmetelijke omvang van het Hoofdgebouw. Ik had niet het geoefende oog van een meestermetselaar, maar het viel me dadelijk op dat het van veel oudere datum was dan de gebouwen eromheen; misschien was het voor andere doeleinden in het leven geroepen en was het abdijcomplex er in later tijden omheen gebouwd, maar op zo'n manier dat de oriëntatie van het Hoofdgebouw was aangepast aan die van de kerk, of omgekeerd. Want de architectuur is onder alle kunsten die welke met de meeste stoutmoedigheid tracht in haar ritme de orde van het universum weer te geven, de orde die door de Ouden *kosmos* werd genoemd, dat wil zeggen sieraad, orde, want ze is als een groot dier waarover de volmaaktheid en de harmonie van al zijn ledematen uitstraalt. En geloofd zij Onze Schepper die, zoals de Schrift zegt, alle dingen in getal, gewicht en maat heeft vastgesteld.

EERSTE DAG
TERTS

Waarin William een leerzaam gesprek voert met de abt.

◆

De cellarius was een dikke, boers uitziende maar joviale man, grijs maar nog krachtig, klein maar beweeglijk. Hij bracht ons naar onze cellen in het pelgrimshuis. Of liever gezegd, hij bracht ons naar de cel die mijn meester was toegewezen en beloofde me dat hij er de volgende dag ook een voor mij zou vrijmaken omdat ik, al was ik een novice, hun gast was en dus met alle eer diende te worden behandeld. Die nacht zou ik in een ruime, lange nis in de wand van de cel kunnen slapen, waarin hij mooi, vers stro had laten leggen. Iets wat ze, voegde hij eraan toe, soms deden voor de knechten van een heer die tijdens zijn slaap bewaakt wenste te worden.

Daarop brachten de monniken ons wijn, kaas, olijven, brood en kostelijke rozijnen en lieten ons alleen om de inwendige mens te versterken. We aten en dronken met veel smaak. Mijn meester had niet de strenge levenswijze van de benedictijnen en hield er niet van in stilte te eten. Maar hij sprak steeds over zulke goede en wijze dingen dat het was alsof een monnik ons heiligenlevens voorlas.

Die dag kon ik niet nalaten hem nog eens naar het voorval met het paard te vragen.

'Maar,' zei ik, 'toen u de sporen in de sneeuw en op de takken las, kende u Brunello nog niet. In zekere zin spraken die sporen ons over alle paarden, of althans over alle paarden van die soort. Moeten we daarom niet zeggen dat het boek der natuur alleen door middel van essenties tot ons spreekt, zoals vele uitmuntende theologen leren?'

'Niet helemaal, beste Adson,' antwoordde mijn meester. 'Natuurlijk was dat type sporen voor mij een uitdrukking van, laten we zeggen, het paard als *verbum mentis*, en dat zou het geweest zijn waar ik het ook had aangetroffen. Maar het spoor op die plaats en op dat uur van de dag vertelde me dat van alle mogelijke paarden ten minste één paard daarlangs was gekomen.

Zodat ik me halverwege bevond tussen het verwerven van het begrip paard en de kennis van een individueel paard. In ieder geval bracht het spoor, dat individueel was, me op datgene wat ik van het paard in het algemeen wist. Ik zou kunnen zeggen dat ik op dat moment gevangen was tussen de individualiteit van het spoor en mijn onwetendheid, die de uiterst doorzichtige vorm van een algemene idee aannam. Als je iets uit de verte ziet en niet kunt bepalen wat het is, zul je ermee volstaan het te omschrijven als een lichaam van een zekere omvang. Als het dichterbij is gekomen, zul je het omschrijven als een dier, ook al weet je nog niet of het een paard of een ezel is. Ten slotte, als het nog dichterbij is, zul je kunnen zeggen dat het een paard is, ook al weet je nog niet of het Brunello of Favello is. En pas als je op de juiste afstand bent, zul je zien dat het Brunello is (of dat paard en niet een ander, welke naam je het ook wilt geven). Dat zal de volledige kennis zijn, de intuïtie van het individuele. Zo was ik een uur geleden bereid om alle paarden te verwachten, maar niet door de grootheid van mijn verstand, doch door de ontoereikendheid van mijn intuïtie. En de honger van mijn verstand was pas gestild toen ik het individuele paard zag dat door de monniken aan het bit werd meegevoerd. Pas toen kreeg ik de zekerheid dat mijn voorgaande redenering me dicht bij de waarheid had gebracht. De begrippen waarvan ik me eerst bediende om me een paard voor te stellen dat ik nog niet had gezien, waren dus pure tekens, zoals de afdrukken in de sneeuw tekens van het begrip paard waren: en men bedient zich alleen van tekens en tekens van tekens als de dingen zelf ons ontbreken.'

Ik had hem reeds bij andere gelegenheden met veel scepsis horen spreken over universele begrippen en met groot respect over individuele dingen; en ook later scheen het mij toe dat hij die neiging ontleende aan zijn hoedanigheid van zowel Brit als franciscaan. Maar die dag had ik niet genoeg energie om theologische disputen aan te gaan, en daarom kroop ik in het mij toegewezen hoekje, wikkelde me in een deken en viel in een diepe slaap.

Een eventuele bezoeker had me voor een baal kunnen aanzien. En dat deed de abt ook vast en zeker toen hij William tegen het derde uur kwam opzoeken. Zo kwam het dat ik onopgemerkt hun eerste gesprek kon horen. Zonder kwade opzet, want als ik mijn aanwezigheid plotseling aan de bezoeker kenbaar had gemaakt, zou dat lomper zijn geweest dan me verbergen, zoals ik in alle nederigheid deed.

Abbone kwam dus binnen. Hij verontschuldigde zich voor de stoornis, heette William nogmaals welkom en zei dat hij hem over een zeer ernstige zaak moest spreken.

Allereerst wenste hij hem geluk met de bekwame wijze waarop hij zich in het voorval met het paard had gedragen en vroeg hem hoe hij toch zulke trefzekere dingen had kunnen zeggen over een dier dat hij nog nooit had gezien. William legde hem bondig uit welke weg hij had gevolgd, en de abt toonde zich zeer verheugd over zijn scherpzinnigheid. Hij zei dat hij niets anders had verwacht van een man wiens faam van groot vernuft hem vooruit was gesneld. Hij vertelde dat hij een brief van de abt van Farfa had ontvangen waarin deze niet alleen schreef over de missie die William door de keizer was toevertrouwd (waarover ze in de komende dagen nog zouden spreken) maar hem ook meedeelde dat mijn meester zowel in Engeland als in Italië als inquisiteur was opgetreden in een aantal processen, waarin hij zich had onderscheiden door zijn doorzicht gepaard aan een grote menselijkheid.

'Het heeft me veel goed gedaan te horen,' voegde de abt eraan toe, 'dat u in talrijke gevallen het onschuldig over de verdachte hebt uitgesproken. Ik geloof, en in deze jammervolle dagen meer dan ooit, in de voortdurende aanwezigheid van de Boze in menselijke zaken,' en hij keek verstolen om zich heen, als waarde de vijand tussen die muren rond, 'maar ik geloof ook dat de Boze menigmaal door middel van tweede oorzaken te werk gaat. En ik weet dat hij zijn slachtoffers op zodanige wijze tot het kwaad kan aanzetten dat een rechtvaardige de schuld krijgt, want hij verlustigt zich in het feit dat de rechtvaardige in plaats van zijn handlanger wordt verbrand. Vaak ontfutselen inquisiteurs, om hun ijver te tonen, tot elke prijs een bekentenis aan de verdachte, omdat zij menen dat alleen hij een goed inquisiteur is, die het proces afsluit met het vinden van een zondebok...'

'Ook een inquisiteur kan door de duivel worden gedreven,' zei William.

'Dat is mogelijk,' gaf de abt schoorvoetend toe, 'want de wegen van de Allerhoogste zijn ondoorgrondelijk, maar ik zal niet degene zijn die de schaduw der verdenking op zulke verdienstelijke mannen werpt. Integendeel, ik heb juist u, als een der hunnen, op dit moment nodig. Er is in deze abdij iets voorgevallen dat de aandacht en de raad vereist van een schrander en voorzichtig man. Schrander om te ontdekken en voorzichtig om (als dat nodig is) te bedekken. Het is immers vaak onvermijdelijk de schuld aan te tonen van mannen die zouden moeten uitblinken door hun heiligheid, maar dan wel op een zodanige wijze dat de oorzaak van het kwaad kan worden weggenomen zonder dat de schuldige aan de minachting van het publiek wordt blootgesteld. Als een herder faalt, dient hij van de andere herders te worden gescheiden, maar wee als de schapen de herders zouden gaan wantrouwen.'

'Ik begrijp het,' zei William. Ik had al eerder opgemerkt dat hij achter zo'n meegaande en beleefde toon meestal op gepaste wijze zijn afwijkende mening of zijn bevreemding verborg.

'Om die reden,' ging de abt verder, 'meen ik dat als het om een fout van een herder gaat, zo'n geval uitsluitend kan worden toevertrouwd aan mannen zoals u, die niet alleen goed van kwaad kunnen onderscheiden, maar ook dat wat opportuun is van dat wat het niet is. Ik vind het een prettige gedachte dat u alleen een veroordeling hebt uitgesproken als...'

'... de verdachten zich hadden schuldig gemaakt aan misdaden, vergiftiging, onzedelijke handelingen met onschuldige kinderen en andere laagheden die ik niet over mijn lippen durf te brengen...'

'...dat u alleen een veroordeling hebt uitgesproken,' ging de abt verder zonder zich iets van de onderbreking aan te trekken, 'als de aanwezigheid van de duivel in ieders ogen zo onomstotelijk vaststond dat er geen andere handelwijze mogelijk was zonder dat toegeeflijkheid meer aanstoot zou geven dan het vergrijp zelf.'

'Als ik iemand schuldig heb bevonden,' verklaarde William, 'had die persoon werkelijk zodanige misdaden begaan dat ik hem met een gerust geweten aan de wereldlijke arm kon overdragen.'

De abt was even van zijn stuk gebracht. 'Waarom,' vroeg hij, 'spreekt u steeds weer over misdaden zonder u over hun duivelse oorsprong uit te laten?'

'Omdat het redeneren over oorzaak en gevolg een zeer moeilijke zaak is en ik geloof dat alleen God daarin een oordeel kan vellen. Het valt ons al zwaar genoeg verband te leggen tussen een zo duidelijk gevolg als een verbrande boom en de bliksem die hem heeft doen ontbranden; daarom lijkt het teruggaan langs soms zeer lange ketens van oorzaak en gevolg me even dwaas als het pogen een toren te bouwen die tot de hemel reikt.'

'De doctor van Aquino,' bracht de abt in het midden, 'schrok er niet voor terug om uitsluitend met de kracht van de rede het bestaan van de Allerhoogste aan te tonen door terug te gaan van oorzaak tot oorzaak tot aan de eerste oorzaak, zelf niet veroorzaakt.'

'Wie ben ik,' zei William nederig, 'om de doctor van Aquino tegen te spreken? Ook al omdat zijn bewijs van het bestaan van God door zo veel andere getuigenissen wordt ondersteund, dat zijn wegen erdoor versterkt worden. God spreekt tot ons in het binnenste van onze ziel, zoals Augustinus reeds wist, en u, Abbone, zou de lof des Heren hebben gezongen en de evidentie van Zijn aanwezigheid hebben erkend, ook als Thomas niet...'

Hij onderbrak zichzelf en voegde eraan toe: 'Neem ik aan.'

'Maar natuurlijk,' haastte de abt zich te verzekeren, en mijn meester maakte op deze fraaie wijze een eind aan een scholastieke discussie die hem klaarblijkelijk weinig aanstond. Daarna nam hij wederom het woord.

'Laten we terugkomen op de processen. Stel dat een man door vergiftiging om het leven is gebracht. Dat is een ervaringsfeit. Het is mogelijk dat ik aan de hand van bepaalde onweerlegbare bewijzen meen dat de dader van de vergiftiging een andere man is. Langs zulke eenvoudige ketens van oorzaken kan mijn brein met een zeker vertrouwen in eigen kracht te werk gaan. Maar hoe kan ik die keten ingewikkelder maken door me voor te stellen dat er bij het veroorzaken van de euveldaad nog een factor in het spel is en ditmaal niet een menselijke maar een duivelse? Ik zeg niet dat het niet mogelijk is: ook de duivel verraadt zijn voorbijgaan door duidelijke tekens, zoals uw paard Brunello. Maar waarom moet ik deze bewijzen zoeken? Is het niet voldoende als ik weet dat de schuldige die man is en ik hem aan de wereldlijke arm overdraag? In ieder geval zal hij met de dood worden bestraft, en moge God hem vergiffenis schenken.'

'Maar ik meen toch te weten dat u, in een proces dat zich drie jaar geleden in Kilkenny afspeelde en waarin een aantal personen werd beschuldigd van schandelijke misdaden, de tussenkomst van de duivel niet hebt ontkend, toen de schuldigen eenmaal waren aangewezen?'

'Maar ik heb haar ook nooit openlijk erkend. Ik heb haar evenmin ontkend, dat is waar. Wie ben ik om oordelen uit te spreken over de valstrikken van de Boze, vooral,' voegde hij eraan toe, en het leek alsof hij op die reden de nadruk wilde leggen, 'in die gevallen waarin degenen die de vervolging hadden ingesteld, de bisschop, de wereldlijke rechters en het volk in zijn geheel, misschien zelfs de beschuldigden zelf, werkelijk de aanwezigheid van de duivel wensten te bespeuren? Ja, wellicht is het enige echte bewijs van de aanwezigheid van satan nu juist de hevigheid waarmee allen op dat moment verlangen hem aan het werk te weten…'

'Bedoelt u daarmee,' zei de abt op bezorgde toon, 'dat in veel processen de duivel niet alleen werkzaam is in de schuldige maar misschien ook, en vooral, in de rechters?'

'Zou ik zoiets soms mogen beweren?' vroeg William, en het viel me op dat de vraag zodanig was gesteld dat de abt niet zou kunnen zeggen dat hij dat mocht. William maakte van deze stilte gebruik om het gesprek een andere wending te geven. 'Maar tenslotte betreft dat gedane zaken. Ik heb die nobele bezigheid opgegeven en als ik dat heb gedaan, is het omdat de Heer het zo heeft gewild…'

'Ongetwijfeld,' gaf de abt toe.

'… en nu,' ging William verder, 'houd ik me met andere netelige kwesties bezig. En ik zou me willen bezighouden met die welke u met ongerustheid vervult, als u me erover wilt vertellen.'

Ik kreeg de indruk dat de abt blij was van onderwerp te kunnen veranderen. Hij begon dus, zorgvuldig zijn woorden kiezend, met breedvoerige omschrijvingen te vertellen over een eigenaardig voorval dat een paar dagen tevoren had plaatsgevonden en dat onder de monniken grote opschudding had teweeggebracht. Hij zei dat hij er met William over sprak omdat hij, wetende dat deze een groot kenner was van zowel de menselijke ziel als de listen en lagen van de Boze, hoopte dat hij een deel van zijn kostbare tijd wilde besteden aan het oplossen van een buitengewoon trieste en raadselachtige zaak. Adelmo van Otranto, een nog jonge monnik die niettemin reeds grote faam genoot als meesterminiaturist, was op een ochtend door een geitenhoeder onder aan het talud van de oostelijke toren van het Hoofdgebouw gevonden. Aangezien hij tijdens de completen nog door de andere monniken in het koor was gezien maar voor de metten niet was verschenen, was hij waarschijnlijk in de donkerste uren van de nacht in de diepte gestort. Een nacht met zware sneeuwstormen, waarin vlokken vielen die sneden als messen, zodat het bijna hagelkorrels leken, voortgejaagd door een hevige westenwind. Zijn lichaam, vochtig geworden door die sneeuw die eerst was gesmolten en vervolgens tot een dunne ijslaag verhard, was gevonden aan de voet van de steile helling, opengereten door de rotsen waar het tegenaan was gestuit. Armzalig, broos sterfelijk ding, moge God erbarmen met hem hebben. Doordat het lichaam in zijn val vele malen door de rots was teruggestuit, was het niet gemakkelijk te zeggen van welk punt precies het was gevallen: stellig uit een van de ramen die in drie rijen boven elkaar aan de drie zijden van de toren zaten die zich boven de afgrond verhieven.

'Waar hebt u het arme lichaam begraven?' vroeg William.

'Op het kerkhof natuurlijk,' antwoordde de abt. 'U hebt het misschien al gezien, het ligt tussen de noordzijde van de kerk, het Hoofdgebouw en de moestuin in.'

'Ik begrijp het,' zei William, 'en ik begrijp dat uw probleem het volgende is. Als die arme jongeman, wat God verhoede, zelfmoord had gepleegd (aangezien het ondenkbaar is dat hij per ongeluk is gevallen), dan had u de volgende dag een van die ramen open moeten aantreffen, terwijl u ze allemaal dicht hebt aangetroffen, en zonder dat onder een enkel ervan sporen van water te zien waren.'

De abt was, zoals ik al zei, een zeer beheerst en diplomatiek man, maar nu maakte hij een verrast gebaar dat hem elk spoor ontnam van het decorum dat men, volgens Aristoteles, waardige en grootmoedige personen toedicht: 'Wie heeft u dat verteld?'

'U hebt het me verteld,' zei William. 'Als het raam open had gestaan, zou u onmiddellijk hebben gedacht dat hij eruit was gesprongen. Voor zover ik van buitenaf heb kunnen beoordelen, zijn het grote ramen met ondoorzichtige ruiten en dat soort ramen bevindt zich in gebouwen van deze omvang gewoonlijk niet op manshoogte. Dus als het raam open had gestaan, zou u alleen aan zelfmoord hebben kunnen denken, omdat de ongelukkige onmogelijk naar buiten heeft kunnen leunen en zijn evenwicht verliezen. En in dat geval had u hem niet in gewijde aarde laten begraven. Maar aangezien u hem christelijk hebt begraven, moeten de ramen dicht zijn geweest. Want als ze dicht waren, is het duidelijk (aangezien ik zelfs in heksenprocessen nooit een onboetvaardige dode ben tegengekomen aan wie God of de duivel had toegestaan uit de afgrond omhoog te klimmen om de sporen van zijn wandaad uit te wissen) dat de veronderstelde zelfmoordenaar veeleer naar buiten is geduwd, hetzij door mensenhand hetzij door duivelse kracht. En u vraagt zich af wie hem, ik zeg niet in de afgrond heeft geduwd, maar tegen zijn wil tot aan de vensterbank heeft opgetild, en u bent verontrust omdat er nu een boosaardige kracht, hetzij van natuurlijke, hetzij van bovennatuurlijke aard, door de abdij waart.'

'Zo is het…' zei de abt, en het was niet duidelijk of hij de woorden van William bevestigde of zichzelf rekenschap gaf van de redenen die William op zo bewonderenswaardige wijze had aangevoerd. 'Maar hoe weet u dat er onder geen enkel raam water stond?'

'Omdat u zei dat er een westenwind stond en het water kon niet naar binnen worden geslagen door ramen die naar het oosten opengaan.'

'Men heeft mij niet genoeg verteld over uw talenten,' zei de abt. 'En u hebt gelijk, er stond geen water, en ik weet nu waarom. Alles is gegaan zoals u het zegt. Nu begrijpt u mijn bezorgdheid. Het zou al ernstig genoeg zijn als een van mijn monniken zich met de afschuwelijke zonde van zelfmoord had bezoedeld. Maar ik heb redenen om aan te nemen dat een ander onder hen zich met een even verschrikkelijke zonde heeft bezoedeld. En als het daarbij bleef…'

'In de eerste plaats, waarom een van de monniken? Er zijn nog veel meer mensen in de abdij, stalknechten, geitenhoeders, dienaren…'

'Zeker, het is een kleine maar rijke abdij,' beaamde de abt met ingehouden trots. 'Honderdvijftig knechten voor zestig monniken. Maar alles heeft zich in het Hoofdgebouw afgespeeld. Zoals u misschien al weet, liggen daar op de benedenverdieping weliswaar de keukens en het refectorium, maar op de twee bovenverdiepingen bevinden zich het scriptorium en de bibliotheek. Na het avondmaal wordt het Hoofdgebouw afgesloten en er bestaat een zeer strenge regel die iedereen verbiedt er dan nog te komen,' zei hij, op Williams vraag vooruitlopend, en hij voegde er onmiddellijk, maar duidelijk met tegenzin, aan toe, 'met inbegrip van de monniken natuurlijk, maar…'

'Maar wat?'

'Maar ik sluit absoluut uit, absoluut, begrijpt u, dat een knecht de moed zou hebben gehad er 's nachts binnen te dringen.' Even lichtte in zijn ogen een soort uitdagende twinkeling op, maar vluchtig als een bliksemflits, of een vallende ster. 'Laten we zeggen dat ze bang zouden zijn, weet u… soms zet men orders aan de eenvoudigen van geest kracht bij met een enkel dreigement, zoals de voorspelling dat iemand die niet gehoorzaamt iets vreselijks, en uiteraard bovennatuurlijks, kan overkomen. Een monnik daarentegen…'

'Ik begrijp het.'

'Dat niet alleen, maar een monnik zou andere redenen kunnen hebben om zich op een verboden plaats te wagen, ik bedoel… hoe zal ik het zeggen? Redelijke redenen, ook al zijn ze tegen de regel…'

William merkte dat de abt niet op zijn gemak was en hij stelde een vraag die misschien bedoeld was om het gesprek een andere wending te geven, maar die een even grote verlegenheid teweegbracht.

'Toen u het over een mogelijke moord had, zei u "en als het daarbij bleef". Wat bedoelde u daarmee?'

'Heb ik dat gezegd? Welnu, men doodt niet zonder reden, hoe verdorven die ook mag zijn. En ik sidder bij de gedachte aan de verdorvenheid van de redenen die een monnik ertoe kunnen hebben aangezet een medebroeder te doden. Dat bedoelde ik.'

'Niets anders?'

'Niets anders voor zover ik u kan zeggen.'

'Bedoelt u dat er niets anders is dat u gemachtigd bent te zeggen?'

'Ik bid u, frater William, broeder William,' en de abt legde de nadruk zowel op frater als op broeder. William bloosde hevig en zei toen: 'Eris sacerdos in aeternum.'

'Dank u,' zei de abt.

O mijn God, aan welk verschrikkelijk geheim raakten op dat moment mijn onvoorzichtige superieuren, de een gedreven door ongerustheid, de ander door nieuwsgierigheid. Want ook ik, novice op weg naar het geheim van Gods heilig priesterschap, ook ik, nederige jongeling, begreep dat de abt iets wist, maar het onder het zegel van de biecht had vernomen. Hij moest uit iemands mond het een of andere zondige detail te weten zijn gekomen dat verband kon houden met het tragische einde van Adelmo. Daarom misschien verzocht hij frater William een geheim bloot te leggen waarvan hij een vermoeden had zonder het aan iemand te kunnen onthullen, en hoopte hij dat mijn meester langs de weg van het verstand licht zou werpen op datgene wat hij krachtens het opperste gebod van de liefde in het duister moest laten.

'Goed,' zei William toen, 'mag ik de monniken vragen stellen?'

'Dat moogt u.'

'Mag ik gaan en staan waar ik wil in de abdij?'

'U heeft mijn toestemming.'

'Wordt deze opdracht mij coram monachis verstrekt?'

'Vanavond nog.'

'Maar ik zal vandaag nog beginnen, voordat de monniken horen welke opdracht u mij hebt gegeven. Bovendien zou ik, en dat is niet de onbelangrijkste reden van mijn komst hier, bijzonder graag uw bibliotheek bezoeken, waarover in alle abdijen van de christelijke wereld met bewondering wordt gesproken.'

De abt kwam haast met een ruk overeind, zijn gezicht strak en gespannen. 'U kunt gaan en staan waar u wilt in de abdij, heb ik gezegd. Maar beslist niet op de bovenste verdieping van het Hoofdgebouw, in de bibliotheek.'

'Waarom niet?'

'Ik had het u eerder moeten vertellen, maar ik dacht dat u het wist. U moet weten dat onze bibliotheek anders is dan de andere...'

'Ik weet dat ze meer boeken bevat dan welke andere bibliotheek van de christenheid ook. Ik weet dat in vergelijking tot uw armaria die van Bobbio of Pomposa, Cluny of Fleury de kamer lijken van een kind dat net leert tellen. Ik weet dat de zesduizend codices waar Novalesa zich honderd jaar en langer geleden op beroemde een kleinigheid zijn vergeleken bij de uwe, en misschien is een groot aantal ervan nu hier. Ik weet dat uw abdij het enige licht is dat de christenheid kan stellen tegenover de zesendertig bibliotheken van Bagdad, de tienduizend codices van vizier Ibn al-Alkami, dat het aantal van uw bijbels de tweeduizendvierhonderd korans evenaart waar Cairo zich op beroemt en dat het bestaan van uw armaria een lichtende proeve is tegen het aanmatigende sprookje van de ongelovigen die (vertrouwelingen van de vorst van de leugen als ze zijn) jaren geleden beweerden dat de bibliotheek van Tripoli zes miljoen banden rijk was en werd bevolkt door tachtigduizend commentatoren en tweehonderd schrijvers.'

'Zo is het, de hemel zij geprezen.'

'Ik weet dat er onder de monniken die hier wonen vele afkomstig zijn van andere abdijen verspreid over de hele wereld: sommige voor korte tijd, om manuscripten te kopiëren die elders niet te vinden zijn en ze vervolgens mee te nemen naar hun eigen klooster, niet zonder in ruil een ander uitzonderlijk zeldzaam manuscript voor u te hebben meegebracht, hetwelk u kopieert en in uw schat opneemt; andere voor zeer lange tijd, soms zelfs tot aan hun dood, omdat zij alleen hier de werken kunnen vinden die hun licht verschaffen in hun onderzoek. Daarom verkeren onder u Germanen, Daciërs, Hispaniërs, Fransen en Grieken. Ik weet dat keizer Frederik vele, vele jaren geleden aan u vroeg om voor hem een boek over de profetieën van Merlijn samen te stellen en vervolgens in het Arabisch te vertalen, om het de sultan van Egypte ten geschenke te zenden. Ten slotte weet ik dat zelfs een roemrijke abdij als Murbach in deze donkere tijden geen enkele schrijver meer heeft, dat er in Sankt Gallen nog maar een paar monniken zijn die kunnen schrijven, dat het nu de steden zijn waar uit leken bestaande corporaties en gilden opkomen die voor de universiteiten werken en dat alleen uw abdij van dag tot dag de roem van uw orde vernieuwt, wat zeg ik?, tot steeds grotere hoogten stuwt...'

'Monasterium sine libris,' citeerde de abt in gedachten verzonken, 'est sicut civitas sine opibus, castrum sine numeris, coquina sine suppellectili, mensa sine cibis, hortus sine herbis, pratum sine floribus, arbor sine foliis... En onze orde, gebouwd op het dubbele gebod van arbeid en gebed, was een licht voor de gehele bekende wereld, een bewaarplaats van kennis, toevlucht voor een oude geleerdheid die ten onder dreigde te gaan door branden, plunderingen en aardbevingen, werkplaats waar nieuwe schriftuur ontstond en de oude werd uitgebreid... Maar we leven in zeer donkere tijden, het volk Gods is thans geneigd zich te mengen in kuiperijen en veten; ginds in de grote woongemeenschappen, waar de geest van heiligheid niet kan huizen, spreekt men niet alleen in de volkstaal (men zou van leken niet anders kunnen verlangen) maar men schrijft er zelfs in, en moge er nimmer zulk een boek binnen onze muren komen – haard van ketterij die het onvermijdelijk wordt! Door de zonden der mensen hangt de wereld nu boven de rand van de afgrond, doortrokken van de afgrond die de afgrond tot zich roept. En morgen zullen, zoals Honorius zei, de lichamen der mensen kleiner zijn dan de onze, zoals de onze kleiner zijn dan die der Ouden. Mundus senescit. Als God nu onze orde een zending heeft toevertrouwd, dan is het die om ons te verzetten tegen deze ren naar de afgrond, en wel door de schat van wijsheid die onze vaderen ons hebben toevertrouwd te bewaren, door te geven en te beschermen. De goddelijke voorzienigheid heeft beschikt dat de wereldheerschappij die bij het begin van de wereld in het oosten was, zich naarmate de tijd nadert allengs naar het westen zou verplaatsen, om ons te waarschuwen dat het einde der wereld nabij is, want de loop der gebeurtenissen heeft de grens van de wereld reeds bereikt. Maar totdat de duizend jaren voorbij zijn, totdat het onreine beest dat de Antichrist is, zegeviert, zij het slechts voor korte tijd, is het onze taak de schat van de christelijke wereld te verdedigen, en Gods woord zelf, zoals Hij het dicteerde aan de profeten en de apostelen, zoals de kerkvaders het herhaalden zonder er een woord aan te veranderen, zoals de scholen getracht hebben het te commentariëren, ook al nestelt zich in die scholen zelf nu de slang van de hoogmoed, de afgunst en de dwaasheid. In deze invallende duisternis zijn wij nog fakkels en het hoge licht aan de horizon. En zolang deze muren standhouden, zullen wij de hoeders zijn van het goddelijk Woord.'

'Zo zij het,' zei William op devote toon. 'Maar wat heeft dit te maken met het feit dat men de bibliotheek niet mag bezoeken?'

'Kijk, frater William,' zei de abt, 'om het grootse en heilige werk te kunnen verwezenlijken dat die muren verrijkt,' en hij wees naar het kolossale Hoofdgebouw dat, zelfs nog boven de abdijkerk uittorenend, door de ramen van de cel gedeeltelijk te zien was, 'hebben vrome lieden eeuwenlang gewerkt, gehoorzamend aan ijzeren wetten. De bibliotheek is ontstaan volgens een plan dat door de eeuwen heen voor iedereen verborgen is gebleven en dat geen van de monniken geroepen is te kennen. Alleen de bibliothecaris heeft het geheim ervan ontvangen van de bibliothecaris die hem voorafging, en hij deelt het nog bij zijn leven mee aan de hulpbibliothecaris, opdat, wanneer de dood hem verrast, de gemeenschap niet van die kennis worde verstoken. En de lippen van beiden zijn door het geheim verzegeld. Alleen de bibliothecaris heeft, naast die kennis, het recht zich door het labyrint van de boeken te bewegen, alleen hij weet waar hij ze kan vinden en moet terugzetten, alleen hij is verantwoordelijk voor het behoud ervan. De andere monniken werken in het scriptorium en hebben alleen toegang tot de catalogus waarin het boekenbezit van de bibliotheek is opgenomen. Maar een lijst van titels zegt meestal niet zoveel; alleen de bibliothecaris weet, aan de hand van de plaats van het boek en de mate van onbereikbaarheid, welk soort geheimen, waarheden of leugens het boek in zich bergt. Alleen hij beslist, soms na overleg met mij, hoe, wanneer en of een monnik het boek krijgt waar hij om heeft gevraagd. Want niet alle waarheden zijn bestemd voor alle oren, niet alle leugens kunnen als zodanig door een vrome ziel worden herkend en de monniken werken tenslotte in het scriptorium om een duidelijk omschreven taak te volbrengen, waarvoor ze bepaalde boeken wel en andere niet moeten lezen, en niet om toe te geven aan elke onzinnige vlaag van nieuwsgierigheid, veroorzaakt door zwakheid van de geest, hoogmoed of duivelse influistering.'

'Er staan in de bibliotheek dus ook boeken die leugens bevatten...'

'Monsters bestaan omdat ze deel uitmaken van het goddelijk plan en juist in die afschrikwekkende gedaante van monsters openbaart zich de macht van de Schepper. Zo bestaan volgens goddelijk plan ook de boeken der tovenaars, de kabbala der joden, de fabels der heidense dichters, de leugens der ongelovigen. Het was de vaste en heilige overtuiging van hen die deze abdij door de eeuwen heen hebben gewenst en gesteund, dat ook in leugenachtige boeken voor de scherpzinnige lezer een zwak licht van de goddelijke wijsheid kan doorschemeren. Daarom is de bibliotheek ook voor die boeken een schrijn. Maar juist om deze reden kan, zoals u begrijpt, niet iedereen er zomaar in worden toegelaten. Bovendien,' voegde de abt eraan toe als om zich voor de zwakheid van dit laatste argument te verontschuldigen, 'is een boek een broos schepsel, het lijdt onder de tand des tijds, het ducht knaagdieren, weersinvloeden, onbekwame handen. Als iedereen honderden jaren lang onze codices vrijelijk ter hand had kunnen nemen, zou het grootste deel ervan niet meer bestaan. De bibliothecaris beschermt ze dus niet alleen tegen de mensen maar ook tegen de natuur en wijdt zijn leven aan deze strijd tegen de machten der vergetelheid, vijand van de waarheid.'

'Dus niemand, op twee personen na, betreedt de bovenste verdieping van het Hoofdgebouw...'

De abt glimlachte: 'Niemand mag het. Niemand kan het. Niemand zou erin slagen, als hij het zou willen. De bibliotheek beschermt zichzelf, onpeilbaar als de waarheid die zij herbergt, bedrieglijk als de leugen die zij bewaart. Geestelijk labyrint, maar ook aards labyrint. U zou er kunnen binnengaan en het zou kunnen dat u er niet meer uitkwam. Dit gezegd zijnde, hoop ik dat u zich aan de regels van de abdij zult aanpassen.'

'Maar u hebt niet uitgesloten dat Adelmo uit een van de ramen van de bibliotheek kan zijn gestort. Hoe kan ik nu over de toedracht van zijn dood nadenken als ik niet de plaats zie waar de geschiedenis ervan zou kunnen zijn begonnen?'

'Frater William,' zei de abt op verzoenende toon, 'een man die mijn paard Brunello heeft beschreven zonder het te zien en de dood van Adelmo vrijwel zonder er iets over te weten, zal het niet moeilijk vallen na te denken over plaatsen die hij niet mag betreden.'

William maakte een buiging: 'Ook in uw gestrengheid bent u wijs. Zoals u wilt.'

'Als ik al wijs mocht zijn, dan ben ik dat omdat ik streng kan zijn,' antwoordde de abt.

'Een laatste vraag,' zei William. 'Ubertino?'

'Die is hier. Hij wacht op u. U vindt hem in de kerk.'

'Wanneer?'

'Altijd,' glimlachte de abt. 'U weet dat hij er, hoewel hij zeer geleerd is, niet de man naar is een bibliotheek te appreciëren. Hij beschouwt haar als een aardse verlokking... Hij zit meestal in de kerk te mediteren en te bidden...'

'Is hij oud?' vroeg William schoorvoetend.

'Hoe lang hebt u hem niet gezien?'

'Al jaren niet.'

'Hij is moe. Sterk onthecht aan de dingen van deze wereld. Hij is achtenzestig jaar. Maar ik geloof dat hij innerlijk nog de jongeman van weleer is gebleven.'

'Ik ga hem meteen opzoeken, ik dank u.'

De abt vroeg of hij zich niet bij de gemeenschap wilde voegen voor het middagmaal, na de sext. William zei dat hij net, en zeer smakelijk, had gegeten en dat hij liever meteen naar Ubertino ging. De abt groette.

Hij liep juist de cel uit toen er uit de hof een snerpende gil opklonk, als van iemand die dodelijk wordt verwond, gevolgd door een niet minder afschuwelijk gejammer. 'Wat is dat?' vroeg William geschrokken. 'Niets,' antwoordde de abt glimlachend. 'Dit is het seizoen waarin de varkens worden geslacht. Werk voor de varkenshoeders. Met dat bloed hoeft u zich niet bezig te houden.'

Hij ging weg, en deed zijn reputatie van vooruitziend man onrecht aan. Want de volgende ochtend... Maar beheers uw ongeduld, mijn vrijpostige tong. Want op de dag waarover ik nu vertel gebeurde er, voor het vallen van de nacht, nog heel veel waarover het goed is te berichten.

EERSTE DAG

SEXT

Waarin Adson het portaal van de kerk bewondert en
William Ubertino da Casale weerziet.

◆

De kerk was niet majestueus zoals andere die ik later in Straatsburg, Chartres, Bamberg en Parijs zag. Ze leek veeleer op die welke ik in Italië al had gezien, weinig geneigd in een duizelingwekkende vlucht naar de hemel op te streven en stevig op de aarde geplant, dikwijls meer breed dan hoog; zij het dat de muren van deze kerk op een eerste niveau, gelijk die van een burcht, van boven waren bezet met een reeks vierkante kantelen, terwijl zich boven deze verdieping een tweede bouwwerk verhief, meer een fikse tweede kerk dan een toren, met een puntdak erop en voorzien van strenge ramen. Een robuuste abdijkerk zoals onze oude bouwmeesters in de Provence en de Languedoc bouwden, gespeend van de vermetele vormen en overdreven versiersels eigen aan de moderne stijl, en pas in later tijden, vermoed ik, boven het koor verrijkt met een spitse, driest naar het hemelgewelf priemende toren.

Twee rechte, gladde zuilen stonden voor de ingang, die op het eerste gezicht een grote boog leek; maar van de zuilen gingen twee steunmuren uit, waarboven zich nog vele andere bogen welfden die de blik, als naar het hart van een afgrond, naar de eigenlijke, in het halfduister maar net te onderscheiden ingang trokken, bekroond met een groot timpaan, aan de zijkanten geschraagd door twee muurpijlers en in het midden door een gebeeldhouwde pilaar die de ingang verdeelde in twee openingen, elk afgesloten door een eikenhouten, met metaal verstevigde deur. Op dat uur van de dag scheen de bleke zon bijna loodrecht op het dak en het licht viel schuin op de voorgevel, dus niet rechtstreeks op het timpaan; zo stonden we, na de twee zuilen te zijn gepasseerd, plotseling als het ware in een woud van bogen die, ontsproten aan de reeks kleinere pijlers waarmee de steunmuren op regelmatige afstanden werden verstevigd, boven onze hoofden het gewelf vormden. Toen onze ogen eindelijk aan het halfduister gewend waren, werd ik als door een bliksemflits getroffen door de woordeloze taal van de gebeeldhouwde en beschilderde steen, waarvan de voorstellingen, direct toegankelijk voor ieders blik en fantasie als ze waren (want pictura est laicorum literatura) mij in een visioen dompelden waarvan mijn tong ook thans nog slechts met moeite vermag te gewagen.

Ik zag een troon, in de hemel gezet, en iemand die op de troon was gezeten. Het gelaat van Hem die was gezeten, was streng en onbewogen, met de ogen wijd geopend en vonken schietend op een mensdom dat op aarde aan het eind van zijn geschiedenis was gekomen, met majesteitelijke haren en baard die over Zijn borst vielen als het water van een rivier, in volkomen gelijke en symmetrisch gesplitste stroompjes. De kroon die Hij op Zijn hoofd droeg was rijk bezet met edelstenen en juwelen, het purperen keizerlijke kleed, overladen met borduurwerk van goud- en zilverdraad, viel in ruime plooien op Zijn knieën. In Zijn linkerhand, die op Zijn knie lag, hield Hij een verzegeld boek, Zijn rechterhand was geheven in een gebaar waarvan ik niet weet of het zegenend of dreigend was. Zijn gelaat werd verlicht door de ontzagwekkende pracht van een kruisvormige, met bloemen versierde nimbus, en rond de troon en boven het hoofd van Hem die was gezeten, zag ik een regenboog van smaragd schitteren. Voor de troon, onder de voeten van Hem die was gezeten, strekte zich een zee van kristal uit en rondom Hem die was gezeten, aan weerszijden van de troon en boven de troon, zag ik vier verschrikkelijke dieren, verschrikkelijk voor mij die in vervoering naar hen keek, maar gedwee en zachtmoedig voor Hem die was gezeten, wiens lof zij onafgebroken zongen.

Eigenlijk kon niet van alle vier gezegd worden dat ze verschrikkelijk waren, want de man die aan mijn linkerhand (rechts van Hem die was gezeten) een boek aanreikte, scheen mij mooi en vriendelijk toe. Maar gruwzaam leek mij de adelaar aan de tegenovergestelde kant, met zijn wijd opengesperde snavel, zijn stijve veren als een borstschild uitgespreid, zijn machtige klauwen, zijn grote, uitgeslagen vleugels. En aan de voeten van Hem die was gezeten, onder de twee eerste figuren, twee andere, een stier en een leeuw, beide monsters met een boek tussen hun hoeven of klauwen geklemd, het lichaam van de troon af maar de kop naar de troon toe gewend, alsof ze hun schouders en nek in een woeste ruk verdraaiden, de flanken als in hijgende ademhaling uitgezet, de leden verkrampt als van een dier in doodsnood, de muilen opengesperd, de staarten gewonden en gekronkeld als slangen en aan de punt eindigend in tongen van vuur. Beide gevleugeld, beide met een nimbus gekroond, waren ze ondanks hun geduchte verschijning geen helse creaturen maar schepselen des hemels, en als zij er schrikwekkend uitzagen, kwam dat omdat ze brulden in aanbidding voor Hem die komen zal en die de levenden en de doden zal richten.

Rondom de troon, naast de vier dieren en onder de voeten van Hem die was gezeten, zodat het leek alsof men hen door de waterspiegel van de kristallen zee heen zag, en opgesteld als om de hele ruimte van het visioen te vullen, zaten, volgens de driehoekige structuur van het timpaan gegroepeerd in een onderste rij van zeven plus zeven, vervolgens drie plus drie en ten slotte twee plus twee aan weerszijden van de troon, vierentwintig oudsten op vierentwintig kleine tronen, gekleed in witte gewaden en met gouden kronen op het hoofd. Sommigen hadden een vedel in hun hand, anderen een schaal vol reukwerk, en slechts één bespeelde zijn instrument; alle anderen blikten in vervoering op naar Hem die was gezeten, wiens lof zij zongen, waarbij ook hun ledematen waren verwrongen als die van de vier dieren, opdat zij Hem die was gezeten allen konden zien, maar niet op een dierlijke manier doch met de bewegingen van een extatische dans – zoals David rond de ark moet hebben gedanst – zodat waar zij zich ook bevonden hun pupillen, in strijd met de wet die de stand der lichamen beheerst, alle op hetzelfde stralende middelpunt waren gericht. O, welk een harmonie van overgave en geestdrift, van onnatuurlijke en toch aanvallige houdingen, in die mystieke taal van ledematen, wonderbaarlijk bevrijd van het gewicht hunner lichamelijke materie, getekende kwantiteit waarin een nieuwe wezensvorm was gestort, als werd de heilige schare voortgestuwd door een onstuimige wind, adem des levens, uitzinnige blijdschap, jubelende lofzang, van klank als door een wonder tot beeld geworden.

Lichamen en ledematen bewoond door de Geest, verlicht door de openbaring, de gezichten vertrokken van verbijstering, de ogen stralend van opgetogenheid, de wangen gloeiend van liefde, de pupillen wijd van gelukzaligheid, de een met blijde ontsteltenis geslagen, de ander van ontstelde verblijding doorsidderd, sommigen getransfigureerd door de verrukking, anderen verjongd door de vreugde, zo, met de uitdrukking van hun gezichten, met de plooiing van hun opperkleden, met de houding en de spanning van hun ledematen, zongen zij allen een nieuw lied, de lippen half geopend in een glimlach van eeuwigdurende lofprijzing. En onder de voeten van de oudsten, in bogen boven hun hoofden en boven de troon en boven de tetramorf, in symmetrische bundels gerangschikt, ternauwernood van elkaar te onderscheiden, zozeer had het kunstzinnig vernuft ze alle met elkaar vervlochten, gelijk in hun verscheidenheid en verscheiden in hun gelijkheid, enig in hun ongelijksoortigheid en ongelijksoortig in hun apta coadunatio, voorbeeldig in de overeenstemming van hun delen, met oogstrelende lieflijkheid van tinten, wonder van samenklank en samenhang van onderling afwijkende stemmen, complex van elementen geordend gelijk de snaren van een citer, eenstemmige eendrachtige eenbaarlijke eenwording, door intense en innerlijke kracht in staat het eenduidende te bewerken in het steeds wisselende spel der dubbelzinnigheden, ornament en samenspraak van nu eens onherleidbare en dan weer herleide schepsels, werk van liefdevolle samenbundeling gedragen door een hemelse en tegelijk wereldse wet (keten en stevige band van vrede, liefde, deugd, soberheid, gezag, orde, oorsprong, leven, licht, glans, vorm en gedaante), veeltallige gelijkheid schitterend door de weerschijn van de vorm boven de met elkaar in evenredigheid gebrachte delen van de materie – zo vervlochten zich alle bloemen en bladeren en ranken en takken en bloeiwijzen van alle planten waarmee de tuinen van aarde en hemel zijn getooid, het viooltje, de goudenregen, de wilde tijm, de lelie, de liguster, de narcis, de aronskelk, de berenklauw, de laurierkers, de mirre en de balsemboom.

Maar terwijl mijn ziel, meegesleept door dat samenspel van aardse schoonheden en majestueuze bovennatuurlijke tekenen, op het punt stond in een jubelzang uit te barsten, viel mijn oog, bij het volgen van het evenwichtige ritme van de rozetten aan de voeten van de oudsten, op de verstrengelde figuren die vergroeid leken met de pilaar die het timpaan in het midden ondersteunde. Wat stelden ze voor en welke symbolische boodschap verkondigden die drie leeuwenparen, drie transversale kruisen boven elkaar vormend, klimmend en als bogen gespannen, steunend op hun achterpoten, hun voorpoten op de rug van hun wederhelft, de wilde manen in slangachtige krullen, de muil opengesperd in dreigend gebrul, met de kern van de pilaar verbonden door een wirwar, of een nest, van ranken? Tot geruststelling van mijn geest, stonden (misschien daar geplaatst om de duivelse natuur van de leeuwen in bedwang te houden en deze te transformeren tot een symbolische toespeling op de hogere dingen) op de zijkanten van de pilaar twee menselijke figuren, onnatuurlijk uitgerekt tot de lengte van de pilaar zelf en tegenhangers van twee andere figuren die aan beide zijden symmetrisch tegenover hen waren geplaatst op de gebeeldhouwde muurpijlers aan de buitenkanten, waar de stijlen van de twee eikenhouten deuren op aansloten: vier figuren dus, vier oude mannen, aan wier parafernalia ik Petrus, Paulus, Jeremia en Jesaja herkende, ook zij in gedraaide houdingen alsof ze een danspas uitvoerden, hun lange, benige handen geheven en hun vingers als vleugels gespreid, en als vleugels waren hun baarden en hun haren, in beroering gebracht door een profetische wind, de plooien van hun lange gewaden door de beweging van hun lange benen opwaaiend tot golven en arabesken, tegenbeelden van de leeuwen maar van hetzelfde materiaal als deze. En terwijl ik mijn gefascineerde blik van die raadselachtige polyfonie van heilige ledematen en helse spierbundels afwendde, zag ik aan de zijkanten van het portaal, en onder het diepe gewelf van de bogen, soms gebeeldhouwd op de steunmuren in de ruimte tussen de ranke zuilen die ze schraagden en versierden, en verder op de dichte haag van hun kapitelen van waaruit ze zich vertakten naar het woudachtige gewelf van de talrijke bogen, nog meer visioenen, verschrikkelijk om te zien en op die plek alleen gerechtvaardigd door hun parabolische en allegorische kracht of om de zedelijke lering die ervan uitging: en ik zag een wellustige, naakte vrouw met een ontvleesd lichaam, aangevreten door smerige padden, leeggezogen door slangen, gepaard met een dikbuikige sater met ruige griffioenpoten en een liederlijk opengesperde keel die zijn verdoemenis uitschreeuwde; en ik zag een vrek, verstijfd in de starheid van de dood op zijn protserige hemelbed, tot weerloze prooi geworden van een horde duivels, van wie één hem de ziel in de vorm van een zuigeling (die helaas nimmer meer tot het eeuwige leven geboren zou worden) uit zijn reutelende mond rukte, en ik zag een hoogmoedige op wiens schouders een duivel neerstreek en hem zijn klauwen in de ogen stak, terwijl elders twee vraatzuchtigen elkaar in een weerzinwekkende worsteling in stukken reten, en nog meer wezens, met bokkenpoten, leeuwenmanen en pantermuilen, gevangen in een woud van vlammen waarvan men de schroeilucht bijna kon ruiken. En rondom hen, tussen hen in, boven hen en onder hun voeten, nog meer gezichten en nog meer ledematen, een man en een vrouw die elkaar bij de haren grepen, twee adders die de ogen van een verdoemde uitzogen, een hoonlachende man die met zijn haakvormige handen de muil van een hydra opensperde, en alle andere dieren van satans bestiarium, in vergadering bijeen en als bewakers en erewacht geschaard om de troon tegenover hen, om met hun nederlaag Zijn lof te zingen, faunen, tweeslachtige wezens, beestmensen met zes vingers aan elke hand, sirenen, centauren, gorgonen, harpijen, maren, dracontopoden, minotauren, lynxen, pardels, chimaeren, draken met hondenkoppen die uit hun neusgaten vuur spuwden, getande reuzenhagedissen, veelstaartige monsters, harige slangen, salamanders, hoornadders, waterschildpadden, ringslangen, tweekoppige adelaars met tanden op hun rug, hyena's, otters, kraaien, krokodillen, zeemonsters met zaagvormige hoorns, kikkers, griffioenen, apen, bavianen, leeuw-hyena's, mantichora's, gieren, rendieren, wezels, draken, hoppen, steenuilen, basilisken, hypnalissen, praesters, schorpioenen, sauriërs, walvissen, rolslangen, ringelaars, pijlslangen, dispassen, smaragdhagedissen, zuigvissen, poliepen, murenen en schildpadden. De gehele bevolking van het dodenrijk scheen zich te hebben verzameld om, duister woud en troosteloze vlakte van uitgestotenen, als voorhal te dienen voor de verschijning op het timpaan van Hem die was gezeten, voor Zijn gelaat vol belofte en dreiging, zij, de verslagenen van Armageddon, voor het aangezicht van Hem die komen zal om voorgoed de levenden van de doden te scheiden. En schier verstijfd van ontzetting door dat visioen stond ik daar, niet meer wetend of ik me op een goedgunstige plek bevond of in het dal van het laatste oordeel, nauwelijks in staat mijn tranen te bedwingen, en ik verbeeldde me die stem te horen (of hoorde ik haar werkelijk?) en ik zag die visioenen die mijn eerste jaren als novice hadden begeleid, mijn eerste kennismaking met de heilige boeken en de nachten van meditatie in het koor van Melk, en in de onmacht van mijn uiterst zwakke en verzwakte zinnen hoorde ik een stem luid als een bazuin die zei: 'wat gij ziet, schrijf dat in een boek' (en dat doe ik nu), en ik zag zeven gouden luchters en midden tussen die luchters Een gelijk een mensenzoon, Zijn borst omgord met een gouden gordel, Zijn hoofd en haren wit als sneeuwwitte wol, Zijn ogen als vurige vlammen, Zijn voeten als koperbrons dat in de oven gloeit, Zijn stem als het gebruis van vele wateren, en in Zijn rechterhand had Hij zeven sterren en uit Zijn mond kwam een scherp, tweesnijdend zwaard. En ik zag een deur geopend in de hemel en Hij die was gezeten, scheen mij toe als jaspis en carneool, en een regenboog was rondom de troon en van de troon gingen bliksemstralen en donderslagen uit. En Hij die was gezeten nam een scherpe sikkel in Zijn hand en riep: 'Sla uw sikkel erin en maai, want het uur om te maaien is gekomen, overrijp is de oogst van de aarde'; en Hij die was gezeten sloeg zijn sikkel erin en de aarde werd gemaaid.

Op dat moment begreep ik dat het visioen over niets anders sprak dan over wat zich in de abdij afspeelde en waarover wij uit de terughoudende mond van de abt hadden vernomen – en hoevele malen ben ik in de volgende dagen niet teruggekeerd om het portaal te aanschouwen, in de zekerheid zelf de gebeurtenissen te beleven die het vertelde. En ik begreep dat we naar dit oord waren gekomen om getuige te zijn van een groot en hemels bloedbad.

Ik beefde, alsof ik doorweekt was van een ijskoude winterregen. En toen hoorde ik nog een stem, maar ditmaal kwam ze van achter mij en het was een andere stem, want ze kwam van de aarde en niet van het fonkelende middelpunt van mijn visioen; ze maakte zelfs abrupt een einde aan het visioen, want William (van wiens aanwezigheid ik me op dat ogenblik weer bewust werd), die tot dan toe eveneens in de aanschouwing verdiept was geweest, draaide zich tegelijk met mij om.

Het wezen achter ons leek een monnik, hoewel zijn vuile en gescheurde pij hem meer op een zwerver deed lijken. Het is mij, in tegenstelling tot vele van mijn medebroeders, in mijn leven nog nooit overkomen dat ik door de duivel werd bezocht, maar ik geloof dat als hij me op een dag mocht verschijnen, hij er niet anders zou uitzien dan de man die ons aansprak. Zijn hoofd was kaalgeschoren, niet uit boetvaardigheid maar als gevolg van de een of andere slijmerige huiduitslag in het verleden, zijn voorhoofd laag, zodat als hij haar op zijn hoofd had gehad, het zich zou hebben verward met zijn wenkbrauwen (die zwaar en borstelig waren), zijn ogen waren rond, met kleine, uiterst beweeglijke pupillen, en van zijn blik kon ik niet uitmaken of hij onschuldig of boosaardig was, misschien allebei, afwisselend en afhankelijk van het ogenblik. Zijn neus verdiende die naam nauwelijks, ware het niet dat zich tussen zijn ogen het beginpunt van een bot bevond dat echter, zodra het uit zijn voorhoofd naar voren kwam, er onmiddellijk weer in terugkeerde, zodat er slechts twee donkere spelonken overbleven, twee enorme en dicht met haartjes beplante neusgaten. Zijn mond, door een litteken met de neusgaten verbonden, was groot en afzichtelijk, rechts breder dan links, en tussen de onzichtbare bovenlip en de vooruitstekende, vlezige onderlip kwamen op onregelmatige afstand zwarte tanden tevoorschijn, puntig als die van een hond.

   De man glimlachte (althans dat dacht ik) en zei met een waarschuwend geheven vinger: 'Penitenziagite! Zie wanneer draco venturus vreten anima tua! La mortz est super nos! Bid papa santo komt a liberar nos a malo de todas de zondes! Ha, ha, jullie amare ista negromanzia de Domini Nostri Iesu Christi! Et anco jois m'es dols e plazer m'es dolors... Cave el diabolo! Semper m'aguaita, altijd in alle hoeken en gaten el diabolo op mijn hielen. Maar Salvatore niet stom! Bonum monasterium, et equi eten en bidden dominum nostrum. Et el resto valet geen lor. Et amen. Waar of niet?'

   Ik zal in de loop van dit verhaal nog vaak en veel over dit wezen moeten spreken en zijn woorden aanhalen. Ik beken dat ik dat erg moeilijk vind, omdat ik nu nog niet zou kunnen zeggen, evenmin als ik het toen ooit begreep, wat voor soort taal hij sprak. Het was geen Latijn, de taal waarin wij geletterden onder elkaar ons in de abdij uitdrukten, het was niet de volkstaal van die streek, noch enige andere volkstaal die ik ooit had gehoord. Ik geloof dat ik een flauwe indruk van zijn manier van spreken heb gegeven door de eerste woorden die ik van hem hoorde hierboven (zoals ik ze me herinner) weer te geven. Toen ik later hoorde over zijn avontuurlijk leven en de verschillende plaatsen waar hij had vertoefd, zonder ergens wortel te schieten, kwam ik tot de slotsom dat Salvatore alle talen en geen enkele sprak. Of liever, hij had een eigen taal verzonnen die zich bediende van brokstukken van alle talen waarmee hij in aanraking was gekomen – en eens kwam ik op de gedachte dat zijn taal niet de adamitische taal was die de gelukkige mensheid had gesproken toen allen verenigd waren door één taal, van de eerste tijden der wereld tot aan de Toren van Babel, en ook niet een van de talen die na het rampzalige ogenblik van hun scheiding waren ontstaan, maar de Babylonische taal zelf van de eerste dag na de goddelijke straf, de taal van de allereerste spraakverwarring. Anderzijds zou ik Salvatores spraak eigenlijk geen taal kunnen noemen, want in iedere menselijke taal bestaan regels en elk woord betekent ad placitum iets, volgens een onveranderlijke wet, want de mens kan een hond niet de ene keer hond en de andere keer kat noemen, en evenmin klanken uitspreken waaraan een bepaalde groep niet in onderlinge overeenstemming een vaste betekenis heeft toegekend, zoals het geval zou zijn als iemand het woord 'blitiri' zou zeggen. Toch begreep ik, net als de anderen, min of meer wat Salvatore te verstaan wilde geven. Een teken dat hij niet één, maar alle talen sprak, geen enkele op de juiste manier, daar hij zijn woorden nu eens aan deze en dan weer aan die taal ontleende. Ik merkte later ook op dat hij iets de ene keer een Latijnse en de andere keer een Provençaalse naam gaf, en ik realiseerde me dat hij niet zozeer zijn eigen zinnen bedacht als wel disiecta membra van andere zinnen gebruikte die hij een keer had gehoord, naargelang van de situatie en van de dingen die hij wilde zeggen: ik bedoel, alsof hij alleen over een bepaald gerecht kon praten in de bewoordingen van de mensen bij wie hij dat gerecht had gegeten, en alleen zijn vreugde kon uitdrukken met zinnen die hij verheugde mensen had horen uitspreken op een dag dat hij een even grote vreugde had gevoeld. Het leek alsof zijn taaltje was zoals zijn gezicht, samengesteld uit delen van andermans gezichten, of zoals ik soms kostbare reliekschrijnen zag (si licet magnis componere parva, of zo men goddelijke dingen met duivelse zaken in verband zou mogen brengen) die ontstonden uit het overschot van andere heilige voorwerpen. Op dat ogenblik, waarop ik hem voor het eerst ontmoette, scheen Salvatore me, én door zijn gezicht, én door zijn manier van spreken, een wezen toe dat niet veel verschilde van de harige, geklauwde kruisingen die ik zojuist in het portaal had gezien. Later merkte ik dat de man misschien een goede inborst en een vrolijk humeur had. Nog later... Maar laat ik niet op de gebeurtenissen vooruitlopen. Ook al omdat mijn meester hem, zodra hij was uitgesproken, vol nieuwsgierigheid vragen begon te stellen.

'Waarom zei je "penitenziagite"?' vroeg hij.

'Domine frate magnificentisimo,' antwoordde Salvatore met een soort buiging. 'Jesus venturus est en de mensen moeten penitentia doen. Waar of niet?'

William keek hem strak aan: 'Ben je uit een minorietenklooster hier gekomen?'

'No intendo.'

'Ik vraag of je onder de broeders van de heilige Franciscus hebt geleefd, ik vraag of je de zogenaamde apostelen hebt gekend...'

Salvatore verbleekte, of liever zijn gebruinde en dierlijke gezicht werd grauw. Hij maakte een diepe buiging, mompelde een 'vade retro', bekruiste zich devoot en maakte zich, af en toe achterom kijkend, uit de voeten.

'Wat hebt u hem gevraagd?' vroeg ik aan William.

Hij bleef nog even in gedachten verzonken. 'Het doet er niet toe, ik vertel het je later wel. Laten we nu naar binnen gaan. Ik wil Ubertino zien.'

Het zesde uur was nog maar net verstreken. De bleke zon scheen door een paar smalle ramen aan de westkant de kerk binnen. Een dunne streep licht viel nog op het hoofdaltaar, waarvan het antependium met een gouden glans was overtogen. De zijbeuken waren in schemerduister gehuld.

Bij de laatste kapel in de linkerbeuk, vóór het altaar, stond een ranke zuil waarop een stenen Maagd met het kind in haar armen, in moderne stijl gebeeldhouwd, een onbestemde glimlach om haar lippen, een vooruitstekende buik, gekleed in een bevallig gewaad met een fijn keursje. Aan de voeten van de Maagd lag een man, gehuld in het ordekleed van de cluniacenzers, diep ter aarde gebogen in gebed.

Wij kwamen naderbij. Toen de man het geluid van onze voetstappen hoorde, keek hij op. Het was een oude man met een onbehaard gezicht, een kaal hoofd, grote blauwe ogen, een dunne rode mond, een zeer lichte huid, een benige schedel waarover de huid zo strak gespannen was dat hij aan een in melk geconserveerde mummie deed denken. Zijn handen waren blank, met lange, dunne vingers. Hij leek een jong meisje dat door een voortijdige dood was verschrompeld. Zijn eerste blik op ons was er een van verwarring, alsof we hem in een extatisch visioen hadden gestoord, maar daarna lichtte zijn gezicht plotseling op van blijdschap.

'William!' riep hij uit. 'Mijn dierbare broeder!' Hij kwam moeizaam overeind en liep mijn meester tegemoet, omhelsde hem en kuste hem op de mond. 'William!' zei hij nogmaals, en zijn ogen werden vochtig van tranen. 'Wat een tijd geleden! Maar ik herken je nog! Wat een tijd geleden, wat is er veel gebeurd! Wat een beproevingen heeft de Heer ons opgelegd!' Hij weende. William beantwoordde zijn omhelzing, zichtbaar ontroerd. Wij stonden tegenover Ubertino da Casale.

Ik had ook vóór mijn komst in Italië al veel over hem gehoord, en nog meer toen ik met de franciscanen aan het keizerlijk hof in aanraking kwam. Iemand had mij zelfs verteld dat de grootste dichter van die tijd, Dante Alighieri uit Florence, die een paar jaar tevoren was gestorven, een gedicht had geschreven (dat ik niet kon lezen omdat het in de Toscaanse volkstaal was geschreven) waarin hemel en aarde de hand hadden gehad en waarvan vele verzen niets anders waren dan een parafrase van fragmenten van Ubertino's *Arbor vitae crucifixae*. En dat was niet de enige verdienste van die alom bekende man. Maar om mijn lezer het belang van deze ontmoeting nog beter te doen inzien, zal ik moeten trachten de gebeurtenissen van die jaren te reconstrueren, voor zover ik gedurende mijn korte verblijf in Midden-Italië, uit de enkele opmerkingen van mijn meester en door het beluisteren van de vele gesprekken die William tijdens onze reis met abten en monniken voerde, hun verloop heb kunnen nagaan.

Mijn meesters in Melk hadden mij dikwijls gezegd dat het voor een noorderling zeer moeilijk is zich een helder beeld te vormen van de religieuze en politieke gebeurtenissen in Italië.

Het schiereiland, waar de clerus meer dan in enig ander land zijn macht en rijkdom tentoonspreidde, had al sinds ten minste twee eeuwen bewegingen voortgebracht van lieden die een soberder leven voorstonden, in openlijk verzet tegen de corrupte priesters, van wie zij zelfs de sacramenten weigerden, en die zich in autonome gemeenschappen verenigden welke zowel de adel als het keizerlijk gezag en de stedelijke magistraten een doorn in het oog waren.

Ten slotte was de heilige Franciscus gekomen en had een liefde voor de armoede verspreid die niet strijdig was met de voorschriften van de Kerk, en door zijn toedoen had de Kerk de oproep tot de strenge leefregels van die oude bewegingen beantwoord en ze gezuiverd van oproerige elementen die zich erin nestelden. Er had een tijdperk van gematigdheid en heiligheid moeten volgen, maar toen de franciscaner orde groeide en de beste mensen aantrok, werd zij te machtig en raakte te nauw betrokken bij aardse zaken, en vele franciscanen wilden haar weer terugbrengen tot de zuiverheid van weleer. Een zeer moeilijke taak voor een orde die, in de tijd dat ik in de abdij verbleef, reeds meer dan dertigduizend leden telde, verspreid over de hele wereld. Maar zo was het, en vele van deze broeders van de heilige Franciscus verzetten zich tegen de regel die de orde had aangenomen, zeggend dat de orde van lieverlede de manieren had overgenomen van die kerkelijke instellingen, tot hervorming waarvan zij juist in het leven was geroepen. En dat dit al was gebeurd in de tijd dat Franciscus nog leefde, en dat aan zijn woorden en doelstellingen verraad was gepleegd.

Velen van hen herontdekten toen het boek van een cisterciënzer monnik, Joachim geheten, die tegen het eind van de twaalfde eeuw van onze jaartelling had geschreven en wie men profetische gaven toedichtte. Hij had de komst van een nieuw tijdperk voorspeld waarin de geest van Christus, sinds lange tijd door toedoen van zijn valse apostelen ontaard, zich opnieuw op aarde zou verwezenlijken. En het was voor iedereen duidelijk geweest dat hij zonder het te weten over de franciscaner orde had gesproken.

Daarover had menige franciscaan zich ten zeerste verheugd, iets té veel klaarblijkelijk, want halverwege de dertiende eeuw veroordeelden de professoren van de Sorbonne in Parijs de uitspraken van deze abt Joachim, en dat deden ze omdat de franciscanen (en de dominicanen) in de universiteit van Frankrijk al te populair en invloedrijk werden en men hen als ketters wilde uitbannen. Hetgeen toen toch niet gebeurde en dat was een zegen voor de Kerk, want daardoor konden de werken van Thomas van Aquino en Bonaventura van Bagno-regio worden verspreid, die allesbehalve ketters waren. Waaruit men ziet dat ook in Parijs de ideeën verward waren, of dat iemand ze voor eigen doeleinden wilde verwarren. En dat is het kwaad dat de ketterij het christelijke volk aandoet: zij verduistert de geest en zet iedereen ertoe aan uit louter eigenbelang inquisiteur te worden. En wat ik later in de abdij zou zien zou me tot de overtuiging brengen dat het vaak de inquisiteurs zijn die ketters kweken. Niet alleen in de zin dat ze ketters zien waar ze niet zijn, maar ook dat ze de etterhaarden van ketterij met zo veel geweld onderdrukken dat velen er juist uit haat tegen hen toe worden aangezet. Met recht een door de duivel uitgedachte cirkel, God behoede ons.

Maar ik had het over de ketterij (als het dat al was geweest) van Joachims volgelingen. In Toscane trad een franciscaan, Gerard van Borgo San Donnino, op als vertolker van de voorspellingen van Joachim en maakte in de kringen van de minderbroeders grote indruk. Zo ontstond onder hen een groep die vasthield aan de oude regel, en wel in die mate dat toen het concilie van

Lyon haar het eigendom van alle bij haar in gebruik zijnde goederen toekende, een aantal broeders in de Marken in opstand kwam, omdat ze meenden dat een franciscaan niets dient te bezitten, noch als individu, noch als klooster, noch als orde. Ik geloof niet dat ze dingen predikten die strijdig waren met het evangelie, maar zodra het bezit van aardse goederen in het geding komt, valt het de mensen moeilijk naar rechtvaardigheid te redeneren, en dus werden ze levenslang gevangengezet. Men vertelde mij dat de nieuwe generaal van de orde, Raimondo Gaufredi, vele jaren later die gevangenen in Ancona aantrof en hen vrijliet met de woorden: 'Gave God dat wij allen en onze gehele orde met een dergelijke zonde besmet waren.'

Een van deze bevrijde gevangenen was Angelo Clareno, die later een broeder uit de Provence ontmoette, Petrus Johannis Olivi, die de profetieën van Joachim predikte, en daarna Ubertino da Casale, en uit die ontmoetingen ontstond de beweging der spirituelen. In die jaren besteeg een zeer heilige eremiet, Pietro van Morrone, de pauselijke troon en regeerde als Coelestinus v. De spirituelen waren opgelucht over zijn komst: 'Er zal een heilige komen,' was er gezegd, 'en hij zal de leer van Christus onderhouden en van een engelachtige levenswandel zijn; sidder, verdorven prelaten!' Misschien was Coelestinus van een te engelachtige levenswandel, of waren de prelaten om hem heen te verdorven, of was hij niet bestand tegen de spanning van een al te langdurige oorlog tegen de keizer en de andere vorsten van Europa; in ieder geval deed hij afstand van zijn pauselijke tiara en trok zich terug in een kluizenaarsbestaan. Maar in zijn korte regeerperiode, minder dan een jaar, gingen de verwachtingen van de spirituelen alle in vervulling en Coelestinus stichtte met hen de zogenoemde gemeenschap der fratres et pauperes heremitae domini Coelestini. Bovendien waren er bij de machtigste kardinalen van Rome, tussen wie de paus als bemiddelaar moest optreden, enkele, zoals Colonna en Orsini, die de nieuwe hang naar armoede heimelijk steunden: een eigenlijk gezegd nogal zonderlinge keus voor zulke machtige lieden die in grote welstand en buitensporige rijkdom leefden, en ik heb nooit begrepen of zij de spirituelen eenvoudigweg gebruikten voor hun politieke doeleinden, of zich door het steunen van de spirituelen op de een of andere manier in hun weelderige bestaan gerechtvaardigd voelden; misschien waren beide dingen waar, voor zover ik iets van Italiaanse zaken begrijp. Maar om een voorbeeld te noemen: Ubertino was als kapelaan door kardinaal Orsini ontvangen toen hij, tot de meest invloedrijke woordvoerder van de spirituelen geworden, gevaar liep van ketterij te worden beschuldigd. En diezelfde kardinaal had hem in Avignon de hand boven het hoofd gehouden.

Maar het ging zoals het in zulke gevallen dikwijls gaat: enerzijds predikten Angelo en Ubertino volgens de rechte leer, anderzijds namen grote massa's eenvoudigen van geest hun prediking aan en verspreidden zich, aan elke controle onttrokken, over het hele land. Zo werd Italië overstroomd door deze fraticelli of broeders van het arme leven, die door velen als een gevaar werden beschouwd. Het was toen al moeilijk geworden onderscheid te maken tussen de geestelijke meesters, die contacten onderhielden met het kerkelijk gezag, en de eenvoudigsten onder hun volgelingen, die nu buiten de orde hun leven van armoede leidden, om aalmoezen bedelden en van dag tot dag van het werk hunner handen leefden, zonder enig bezit te vergaren. En dit zijn degenen die in de volksmond de naam fraticelli hadden gekregen, en die sterk geleken op de Franse begijnen, volgelingen van Petrus Johannis Olivi.

Coelestinus werd opgevolgd door Bonifatius VIII en deze paus toonde onmiddellijk buitengewoon weinig toegeeflijkheid ten aanzien van spirituelen en fraticelli in het algemeen: nog net in de laatste jaren van de ten einde lopende eeuw vaardigde hij een bul uit, *Firma cautela*, waarin hij in één klap zijn veroordeling uitsprak over 'broedertjes', rondtrekkende bedelmonniken die zich aan de uiterste rand van de franciscaner orde bewogen, en ook de spirituelen zelf, ofwel degenen die zich aan het ordeleven onttrokken om als kluizenaar te leven.

De spirituelen trachtten later de consensus van andere pausen, zoals Clemens V, te verwerven om zich zonder geweld van de orde te kunnen losmaken, maar de troonsbestijging van Johannes XXII ontnam hen alle hoop. Zodra deze in 1316 was gekozen liet hij Angelo Clareno en de spirituelen uit de Provence in de boeien slaan, en van degenen die erop stonden hun vrije leven voort te zetten, werden er velen verbrand.

Johannes had evenwel begrepen dat hij, om het onkruid der fraticelli uit te roeien, de idee dat Christus en de apostelen geen enkel persoonlijk of gemeenschappelijk bezit hadden gehad als ketters diende te veroordelen; en aangezien juist een jaar daarvoor het generaal kapittel van de franciscanen in Perugia deze gedachte had onderschreven, veroordeelde de paus met de fraticelli ook de orde in zijn geheel. Men zou het vreemd kunnen vinden dat een paus de gedachte dat Christus arm was verdorven zou vinden, maar het was duidelijk dat het onderschrijven van de armoede van Christus maar één stap verwijderd was van het onderschrijven van de armoede van zijn Kerk, en een arme Kerk zou zwak staan tegenover de keizer. Zodoende vonden vanaf die tijd talrijke fraticelli die noch van keizers noch van Perugia enige notie hadden, de dood op de brandstapel.

Deze gedachten gingen door mij heen toen ik naar een zo legendarische man als Ubertino keek. Mijn meester had me aan hem voorgesteld en de oude man had met een warme, bijna gloeiende hand mijn wang gestreeld. Bij de aanraking van die hand had ik veel begrepen van wat ik over deze heilige man had gehoord, ik begreep het mystieke vuur dat hem reeds als jongeling had verteerd toen hij zich had verbeeld in de boetvaardige Maria Magdalena te zijn getransformeerd; en de innige banden die hij had gehad met de heilige Angela van Foligno, door wie hij was ingewijd in de aanbidding van het kruis…

Ik keek onderzoekend naar de trekken die even zacht waren als die van de heilige met wie hij zo'n broederlijke uitwisseling van de hoogste geestelijke gevoelens had gehad. Ik vermoedde dat die trekken vaak heel wat harder moesten zijn geweest toen het concilie van Vienne in 1311 alle franciscaner oversten die de spirituelen vijandig gezind waren, had uitgeschakeld, maar de laatsten wel had opgedragen vreedzaam binnen de orde te leven. Deze voorvechter van het ascetische leven had het compromis echter niet aanvaard en gevochten voor de stichting van een onafhankelijke orde waar volgens de allerstrengste regel zou worden geleefd. Ubertino had toen zijn slag verloren, want Johannes XXII voerde in die jaren een kruistocht tegen de volgelingen van Petrus Johannis Olivi, maar Ubertino had niet geaarzeld de nagedachtenis van zijn vriend ten overstaan van de paus te verdedigen en de paus, onder de indruk van zijn heiligheid, had hem niet durven veroordelen (ook al veroordeelde hij de anderen later wel). De paus had hem bij die gelegenheid zelfs een uitweg geboden door hem ertoe te bewegen in te treden in de cluniacenzer orde. Ubertino, bedreven in het verwerven van beschermheren en bondgenoten aan het pauselijke hof (hij die ogenschijnlijk zo broos en weerloos was), had er weliswaar in toegestemd in het Vlaamse klooster van Gembloers in te treden, maar ik geloof dat hij er zelfs nooit was geweest en onder het vaandel van kardinaal Orsini in Avignon was gebleven om de franciscaanse zaak te verdedigen.

Pas de laatste tijd (ik had daar vage geruchten over gehoord) was er een kentering gekomen in zijn bevoorrechte positie aan het hof, en hij had Avignon moeten verlaten terwijl de paus hem liet vervolgen als ketter die *per mundum discurrit vagabundus*. Hij was spoorloos verdwenen, naar men zei. Die middag had ik uit het gesprek tussen William en de abt begrepen dat hij zich in deze abdij schuilhield. En nu zag ik hem voor me.

'William,' zei hij, 'ze stonden op het punt me te vermoorden, weet je. Ik moest midden in de nacht vluchten.'

'Wie wilde je dood? Johannes?'

'Nee. Johannes heeft nooit veel met me op gehad, maar hij heeft me altijd gerespecteerd. Tenslotte was hij het die me tien jaar geleden de mogelijkheid bood aan het proces te ontsnappen door me te bevelen in de benedictijner orde in te treden.'

'Wie wilde je dan kwaad doen?'

'Iedereen. De curie. Ze hebben twee keer geprobeerd me te vermoorden. Ze hebben geprobeerd me het zwijgen op te leggen. Je weet wat er vijf jaar geleden is gebeurd. De begijnen van Narbonne waren al sinds twee jaar veroordeeld en Berengario Talloni, die toch een van hun rechters was, had de paus om herziening van het vonnis gevraagd. Het waren moeilijke tijden, Johannes had al twee bullen tegen de spirituelen uitgevaardigd, en zelfs Michael van Cesena was gezwicht – à propos, wanneer komt hij?'

'Hij zal over twee dagen hier zijn.'

'Michael... Wat heb ik die lang niet gezien. Hij is tot andere gedachten gekomen, hij begrijpt nu wat wij nastreefden, het kapittel van Perugia heeft ons in het gelijk gesteld. Maar toen, nog in 1318, is hij voor de paus gezwicht en heeft vijf spirituelen uit de Provence die zich niet wilden onderwerpen, aan hem uitgeleverd. Verbrand, William... O, het is verschrikkelijk!' Hij verborg zijn hoofd in zijn handen.

'Maar wat is er na het beroep van Talloni precies gebeurd?' vroeg William.

'Johannes moest het debat weer openen, begrijp je? Hij moest wel, want ook binnen de curie waren sommige mannen door twijfel bevangen, ook de franciscanen van de curie – farizeeërs, witgepleisterde graven, altijd bereid voor een prebende zichzelf te verkopen, maar toch twijfelden ze. Bij die gelegenheid vroeg Johannes mij een verhandeling over de armoede op te stellen. Dat was een mooi geschrift, William, moge God mij deze hoogmoed vergeven...'

'Ik heb het gelezen, Michael heeft het me laten zien.'

'Er waren weifelaars, ook onder onze mannen, de provinciaal van Aquitanië, de kardinaal van San Vitale, de bisschop van Caffa.'

'Een idioot,' zei William.

'Hij ruste in vrede, God heeft hem twee jaar geleden tot Zich genomen.'

'Zo barmhartig is God niet geweest. Het was een vals bericht uit Constantinopel. Hij is nog steeds onder ons, ze zeggen dat hij zelfs tot het gezantschap zal toetreden. God behoede ons!'

'Maar hij staat achter het kapittel van Perugia,' zei Ubertino.

'Precies. Hij behoort tot het slag mensen dat altijd de beste pleitbezorger van hun tegenstander is.'

'Om de waarheid te zeggen,' zei Ubertino, 'deed hij onze zaak ook niet veel goed. Het is allemaal op niets uitgelopen, maar er is tenminste niet vastgesteld dat de gedachte ketters was, en dat was van groot belang. Dat feit hebben de anderen me nooit vergeven. Ze hebben op alle mogelijke manieren geprobeerd me schade te berokkenen, ze hebben gezegd dat ik in Sachsenhausen was toen Lodewijk drie jaar geleden Johannes tot ketter verklaarde. Toch wist iedereen dat ik in juli bij Orsini in Avignon was… Ze vonden dat gedeelten van de keizerlijke verklaring mijn ideeën weerspiegelden; wat een onzin.'

'Zo onzinnig was dat niet,' zei William. 'Ik had hem de ideeën ervoor geleverd, en ik ontleende ze op mijn beurt aan jouw verhandeling uit Avignon en aan enkele bladzijden van Olivi.'

'Jij?' riep Ubertino verbaasd en verheugd uit, 'maar dan ben je het dus met me eens!'

William leek in verlegenheid gebracht: 'Het waren op dat moment goede ideeën voor de keizer,' zei hij ontwijkend.

Ubertino keek hem wantrouwig aan. 'O, maar je gelooft er niet echt in, is het wel?'

'Vertel verder,' zei William, 'vertel hoe je aan die honden bent ontkomen.'

'O ja, honden waren het, William. Dolle honden. Weet je dat ik zelfs tegen Bonagratia heb moeten vechten?'

'Maar Bonagratia van Bergamo staat aan onze kant!'

'Nu wel, nadat ik lang met hem heb gesproken. Toen pas was hij overtuigd en protesteerde hij tegen de *Ad conditorem canonum*. En de paus heeft hem een jaar lang gevangengezet.'

'Ik heb gehoord dat hij nu een vertrouweling is van een vriend van mij die in de curie zit, Willem van Ockham.'

'Die heb ik niet zo vaak ontmoet. Hij staat me niet aan. Een kille man, een en al hoofd, geen hart.'

'Maar wel een knap hoofd.'

'Dat kan zijn, en het zal hem ter helle voeren.'

'Dan zie ik hem daar terug en kunnen we over logica discussiëren.'

'Zeg dat niet, William,' zei Ubertino met een glimlach vol diepe genegenheid, 'jij bent beter dan je filosofen. Als je had gewild…'

'Wat?'

'Weet je nog, toen we elkaar de laatste keer in Umbrië zagen? Ik was juist van mijn kwalen hersteld door de tussenkomst van die wonderbaarlijke vrouw… Clara van Montefalco…' mompelde hij met een stralend gezicht.

'Clara... Als de vrouwelijke natuur, in haar aanleg zo verdorven, zich in heiligheid sublimeert, dan kan zij tot het hoogste voertuig van de genade worden. Je weet hoe mijn leven op de meest zuivere kuisheid gericht is geweest, William,' (hij had hem krampachtig bij een arm gegrepen) 'je weet met welk een... razende – ja, dat is het juiste woord – met welk een razende dorst naar boetedoening ik heb getracht de begeerten des vlezes in mij te versterven en me geheel en al open te stellen voor de liefde van de Gekruisigde Jezus... En toch zijn drie vrouwen in mijn leven voor mij drie hemelse boodschapsters geweest: Angela van Foligno, Margherita van Città di Castello (die mij het einde van mijn boek voorzegde toen ik nog maar een derde ervan had geschreven) en ten slotte Clara van Montefalco. Het was een geschenk des hemels dat ik, juist ik, een onderzoek moest instellen naar haar wonderen en haar heiligheid aan het volk moest verkondigen voordat de Kerk iets ondernam. En jij was daar ook, William, en je had me bij die heilige onderneming kunnen helpen, maar je wilde niet...'

'De heilige onderneming waartoe jij me uitnodigde bestond eruit Bentivenga, Jacomo en Giovannuccio tot de brandstapel te veroordelen,' zei William zachtjes.

'Zij vertroebelden haar nagedachtenis met hun verdorvenheden. En jij was inquisiteur!'

'Dat was ook het moment waarop ik verzocht van mijn taak te worden ontheven. Die geschiedenis beviel me niet. En om eerlijk te zijn, de manier waarop jij Bentivenga ertoe bracht zijn zonden op te biechten, beviel me ook niet. Je hebt gedaan alsof je in zijn sekte wilde intreden, als het al een sekte was, je hebt hem zijn geheimen ontfutseld en toen heb je hem laten arresteren.'

'Maar zo dien je tegen de vijanden van Christus te werk te gaan! Het waren ketters, het waren pseudoapostelen, ze stonken naar de zwavel van fra Dolcino!'

'Het waren Clara's vrienden.'

'Nee William, je mag op Clara's nagedachtenis zelfs geen schaduw van verdenking werpen!'

'Maar ze hoorden bij haar groep...'

'Ze dacht dat het spirituelen waren, ze koesterde geen verdenking... Pas door het onderzoek werd duidelijk dat Bentivenga van Gubbio zich voor apostel uitgaf en daarna samen met Giovannuccio van Bevagna de nonnen verleidde door te vertellen dat de hel niet bestaat, dat je vleselijke lusten kunt bevredigen zonder God te beledigen, dat je het lichaam van Christus (vergeef me, Heer!) kunt ontvangen nadat je met een non hebt gelegen, dat Maria Magdalena de Heer welgevalliger was dan de maagdelijke Agnes, dat dat wat het volk duivel noemt God zelf is, want de duivel is wijsheid en God is immers wijsheid! En juist zij, de zalige Clara, kreeg, na het horen van die praatjes, haar visioen waarin God zelf haar zei dat die lieden boosaardige volgelingen van de Spiritus Libertatis waren!'

'Het waren minorieten wier geest was ontvlamd door dezelfde visioenen als die van Clara, en vaak is de stap van extatisch visioen naar de razernij van de zonde uiterst klein,' zei William.

Ubertino greep Williams handen vast en zijn ogen vulden zich opnieuw met tranen: 'Zeg dat niet, William. Hoe kun je het moment van extatische liefde, dat je binnenste verzengt met de geur van wierook, verwarren met de ontsporing der zinnen die naar zwavel riekt? Bentivenga zette aan tot het betasten van naakte lichaamsdelen, hij beweerde dat dat de enige manier was om bevrijd te worden van de heerschappij der zinnen, homo nudus cum nuda iacebat…'

'Et non commiscebantur ad invicem…'

'Leugens! Zij zochten het genot, als de vleselijke lust zich deed gevoelen, zij achtten het geen zonde als man en vrouw om die lust te bevredigen met elkaar lagen en de een de ander over het hele lichaam streelde en kuste, en de een zijn naakte buik met de naakte buik van de ander verenigde!'

Ik moet bekennen dat de manier waarop Ubertino andermans ondeugd brandmerkte mij niet op deugdzame gedachten bracht. Mijn meester merkte zeker op dat ik ontdaan was, want hij onderbrak de heilige man.

'Jij bent een vurige geest, Ubertino, zowel in je liefde voor God als in je haat tegen het kwaad. Wat ik bedoelde, is dat er niet zo veel verschil is tussen het vuur der serafijnen en het vuur van Lucifer, want beide komen voort uit een extreme ontvlamming van de wil…'

'Maar er is wel degelijk verschil, en ik weet welk!' zei Ubertino bezield. 'Jij beweert dat het maar een kleine stap is van het willen van het goede naar het willen van het kwade, omdat het steeds gaat om het richten van dezelfde wil. Dat is ook zo. Maar het verschil ligt in het object, en dat object is maar al te duidelijk herkenbaar. Aan deze kant God, aan die kant de duivel.'

'En ik vrees dat ik geen onderscheid meer weet te maken, Ubertino. Was het niet jouw Angela van Foligno die vertelde hoe zij zich op een dag, in haar geestvervoering, in het graf van Christus bevond? Vertelde zij niet hoe ze eerst Zijn borst kuste en Hem met gesloten ogen zag liggen, hoe ze daarna Zijn mond kuste en een onuitsprekelijk zoete geur van die lippen voelde opstijgen, en hoe ze even later haar wang tegen die van Christus vlijde en Christus Zijn hand naar haar wang bracht en haar tegen zich aandrukte en hoe zij – het zijn haar eigen woorden – een uitzinnige vreugde voelde...?'

'Wat heeft dat met de aandrift der zinnen te maken?' vroeg Ubertino. 'Het was een mystieke ervaring, en het lichaam was dat van Onze Heer.'

'Misschien ben ik gewend aan Oxford,' zei William, 'waar ook de mystieke ervaring van een andere aard was...'

'Allemaal in het hoofd,' glimlachte Ubertino.

'Of in de ogen. God ervaren als licht, in de stralen van de zon, in de beelden van de spiegels, in de verspreiding van de kleuren over de delen van de geordende materie, in de weerschijn van het daglicht op de natte bladeren... Staat deze liefde niet dichter bij die van Franciscus wanneer hij God looft in Zijn schepselen, bloemen, planten, water, lucht? Ik geloof niet dat uit een dergelijke liefde enige verlokking kan komen. Terwijl een liefde die de sidderingen welke men bij vleselijke aanrakingen ondervindt, overbrengt naar de samenspraak met de Allerhoogste, mij niet bevalt...'

'Dat is godslastering, William! Het is niet hetzelfde. Er is een peilloze afgrond tussen de extase in het hart van hen die de Gekruisigde Jezus beminnen en de verdorven extase van de pseudoapostelen van Montefalco.'

'Het waren geen pseudoapostelen, het waren broeders van den Vrijen Geest, dat heb je zelf gezegd.'

'Wat maakt dat uit? Jij hebt niet alles van dat proces gehoord, ikzelf heb bepaalde bekentenissen niet eens in de processtukken durven opnemen, om de sfeer van heiligheid die Clara op die plek had geschapen zelfs geen ogenblik door de schaduw van de duivel te vertroebelen. Maar ik heb het een en ander gehoord, William! Ze kwamen in het holst van de nacht in een kelder bijeen, pakten een pasgeboren kind en gooiden het van de een naar de ander tot het stierf, van de schokken... of van iets anders... En wie het voor het laatst levend in handen kreeg en in wiens handen het stierf, die werd leider van de sekte... En het lichaam van het kind werd uiteengereten en met meel vermengd, om er godslasterlijke hosties van te maken!'

'Ubertino,' zei William op besliste toon, 'deze dingen zijn eeuwen geleden door Armeense bisschoppen verteld over de sekte van de paulicianen. En over de bogomielen.'

'Wat doet dat ertoe? De duivel is een botte geest, hij volgt een bepaalde regelmaat in zijn valstrikken en verlokkingen, hij herhaalt zijn riten na verloop van duizenden jaren, hij is altijd dezelfde, juist daaraan herkent men hem als de vijand! Ik zweer je, ze ontstaken in de paasnacht kaarsen en namen jonge meisjes mee naar de kelder. Daarna bliezen ze de kaarsen uit en wierpen zich op hen, ook als ze door banden des bloeds met hen waren verbonden... En als er uit die gemeenschap een kind werd geboren, begon het helse ritueel weer: ze verzamelden zich allen rond een vat vol wijn, dat zij het tonnetje noemden, ze dronken zich een roes en sneden het kind aan stukken, en goten zijn bloed in een kom, en wierpen de nog levende kinderen op het vuur, en vermengden de as van het kind met zijn bloed en dronken ervan!'

'Maar dat schreef Michael Psellus driehonderd jaar geleden in het boek over de werken der duivels! Wie heeft je deze dingen verteld?'

'Zij, Bentivenga en de anderen, en wel onder tortuur!'

'Er is maar één ding dat bezielde wezens meer opwindt dan genot, en dat is pijn. Onder tortuur leef je zoals onder de heerschappij van kruiden die visioenen veroorzaken. Alles wat je ooit hebt horen vertellen, alles wat je hebt gelezen, keert in je herinnering terug, alsof je in vervoering wordt meegesleept, niet hemelwaarts maar hellewaarts. Onder tortuur zeg je niet alleen wat de inquisiteur wil horen, maar ook wat je denkt dat hem genoegen zal doen, omdat er een (in dit geval inderdaad duivels) verbond ontstaat tussen jou en hem... Ik weet deze dingen, Ubertino, ook ik heb deel uitgemaakt van die groepen mannen die denken dat ze met gloeiende ijzers de waarheid aan het licht kunnen brengen. Welnu, weet dat de gloed van de waarheid van een ander vuur komt. Bentivenga kan onder tortuur de meest absurde leugens hebben verteld, want niet meer hijzelf sprak, maar zijn wellust, de demonen van zijn ziel.'

'Wellust?'

'Ja, er bestaat een wellust van de pijn, zoals er een wellust van de aanbidding bestaat, en zelfs een wellust van de nederigheid. Als er voor de opstandige engelen zo weinig nodig was om hun fervente aanbidding en nederigheid te doen omslaan in fervente hoogmoed en opstandigheid, wat moet je dan van een menselijk wezen zeggen? Wel, nu weet je het dan, het was deze gedachte die tijdens mijn onderzoeken als inquisiteur in me opkwam. Daarom heb ik dat ambt ook neergelegd. De moed ontbrak me om de zwakheden van de booswichten na te sporen, omdat ik ontdekte dat het dezelfde zwakheden zijn als die van de heiligen.'

Ubertino had de laatste woorden van William aangehoord alsof hij niet begreep wat de ander zei. Uit de uitdrukking van zijn gezicht, die steeds meer naar hartelijke deernis neigde, maakte ik op dat William naar zijn mening ten prooi was aan zeer zondige gevoelens, die hij hem vergaf omdat hij hem innig liefhad. Hij viel hem in de rede en zei op bittere toon: 'Het doet er niet toe. Als je het zo voelde, heb je er goed aan gedaan ermee op te houden. Men dient de verleidingen te bestrijden. Maar ik heb je steun gemist, we hadden die boosaardige bende uiteen kunnen slaan. En je weet wat er in plaats daarvan gebeurde: ikzelf werd ervan beschuldigd te slap tegen hen op te treden en werd van ketterij verdacht. Ook jij bent te slap geweest bij de bestrijding van het kwaad. Het kwaad, William: zal aan deze vloek, deze schaduw, deze drek die ons verhindert de bron te bereiken, dan nooit een einde komen?' Hij ging nog dichter bij William staan, alsof hij bang was dat iemand hem kon horen: 'Ook hier, ook tussen deze aan het gebed gewijde muren, weet je dat?'

'Ik weet het, de abt heeft me erover gesproken en me zelfs gevraagd hem te helpen de zaak op te helderen.'

'Welaan dan, speur, graaf en spied met lynxogen in twee richtingen: wellust en hoogmoed.'

'Wellust?'

'Ja, wellust. Er was iets... vrouwelijks en dus iets duivels in die jongeman die gestorven is. Hij had de ogen van een jong meisje dat vleselijke omgang met een nachtgeest zoekt. Maar ik zei ook hoogmoed, hoogmoed van de geest, in dit klooster dat is gewijd aan de trots van het woord, aan de waan van de kennis...'

'Als je iets weet, help mij dan.'

'Ik weet niets. Er is niets wat ik wéét. Sommige dingen voel je met je hart... Maar kom, waarom zouden we over deze treurige zaken praten en onze jonge vriend vrees aanjagen?' Hij keek me met zijn blauwe ogen aan terwijl hij met zijn lange, witte vingers mijn wang streelde, en even voelde ik de neiging een stap achteruit te doen; ik hield me in en daar deed ik goed aan want anders zou ik hem hebben beledigd, en zijn bedoelingen waren zuiver. 'Vertel me liever over jezelf,' zei hij, zich opnieuw tot William wendend. 'Wat heb je daarna gedaan? Er is zo veel tijd overheen gegaan, wel...'

'Achttien jaar. Ik ben naar mijn land teruggekeerd. Ik ben weer in Oxford gaan studeren. Ik heb de natuur bestudeerd.'

'De natuur is goed want zij is een dochter van God,' zei Ubertino.

'En God moet goed zijn, als Hij de natuur heeft voortgebracht,' zei William glimlachend. 'Ik heb gestudeerd, ik heb zeer wijze vrienden ontmoet. En ik heb Marsilius leren kennen. Ik werd aangetrokken door zijn ideeën over het keizerschap, over het volk, over een nieuwe wet voor de aardse heerschappijen, en zo ben ik terechtgekomen in die groep van onze medebroeders die de keizer van advies dienen. Maar dat weet je, ik heb het je geschreven. Ik was overgelukkig toen ik in Bobbio hoorde dat jij hier was. We dachten dat je spoorloos was verdwenen. Maar nu je in ons midden bent, kun je ons over een paar dagen, als Michael er ook is, tot grote hulp zijn. Het zal een harde confrontatie worden.'

'Ik zal niet veel anders te zeggen hebben dan wat ik vijf jaar geleden in Avignon al heb gezegd. Wie komen er met Michael mee?'

'Een paar broeders die bij het kapittel van Perugia waren: Arnaud van Aquitanië, Hugh van Newcastle…'

'Wie?' vroeg Ubertino.

'Hugo van Novocastrum, neem me niet kwalijk, ook als ik goed Latijn spreek, val ik soms in mijn eigen taal terug. En verder William Alnwick. En van de franciscanen uit Avignon kunnen we rekenen op Girolamo, de dwaas uit Caffa, en misschien komen Berengario Talloni en Bonagratia van Bergamo.'

'Laten we op God vertrouwen,' zei Ubertino, 'dat die laatste twee de paus niet al te zeer tegen zich in het harnas jagen. En wie zal het standpunt van de curie verdedigen, ik bedoel, wie van de onvermurwbaren?'

'Uit de brieven die ik heb ontvangen, heb ik begrepen dat Lorenzo Decoalcone komt en…'

'Een boosaardige man.'

'Jean d'Anneaux.'

'Dat is een theologische scherpslijper, pas op voor hem.'

'We zullen voor hem oppassen. En ten slotte Jean de Baune.'

'Die zal het met Berengario Talloni aan de stok krijgen.'

'Ja, ik geloof vast dat we ons zullen vermaken,' zei mijn meester welgemoed. Ubertino keek hem met een onzekere glimlach aan.

'Ik weet nooit wanneer jullie Engelsen in ernst spreken. Er is niets vermakelijks aan zo'n smartelijke kwestie. Het voortbestaan van de orde is in het geding, een orde die de jouwe is en diep in mijn hart ook de mijne. Maar ik zal Michael bezweren niet naar Avignon te gaan. Johannes wil hem daar hebben, hij zoekt hem en nodigt hem met te veel aandrang uit. Wees op jullie hoede voor die oude Franse vos! In welke handen is Uw Kerk gevallen, o Heer!' Hij draaide zijn hoofd om naar het altaar. 'Zij is tot hoer geworden, verwekelijkt in weelde, zij wentelt zich in wellust gelijk een geile slang! Van de naakte zuiverheid van de stal van Bethlehem, hout zoals het lignum vitae van het kruis hout was, naar de bacchanalen in goud en steen, kijk, ook hier – heb je het portaal gezien? – ook hier kan men zich niet aan de hoogmoed der beelden onttrekken! De dagen van de Antichrist zijn ten slotte nabij, en ik ben bang, William!' Hij keek met wijd opengesperde ogen om zich heen, de donkere zijbeuken in, alsof de Antichrist elk ogenblik tevoorschijn kon komen, en ik verwachtte hem ook inderdaad te zien verschijnen. 'Zijn plaatsbekleders zijn al hier, door hem uitgestuurd zoals Christus zijn apostelen over de wereld uitstuurde. Zij lopen de Stad Gods onder de voet, zij verleiden met bedrog, huichelarij en geweld. De tijd is gekomen dat God Zijn dienaren Elias en Henoch zendt, die Hij in het aardse paradijs in leven heeft gehouden opdat zij eens de Antichrist zullen verdelgen en in een grauw kleed gehuld komen profeteren en boete prediken met woord en voorbeeld...'

'Zij zijn al gekomen, Ubertino,' zei William, op zijn franciscaner pij wijzend.

'Maar ze hebben nog niet overwonnen. Dit is het ogenblik dat de Antichrist ziedend van woede zal bevelen Henoch en Elias te doden en hun lichamen te doden opdat iedereen hen kan zien en zich ervoor zal wachten hen na te volgen. Net zoals ze mij wilden doden...'

Op dat moment dacht ik, verstijfd van ontzetting, dat Ubertino ten prooi was aan een soort goddelijke waanzin, en ik vreesde voor zijn verstand. Thans, na verloop van zo veel tijd, nu ik weet wat ik weet, namelijk dat hij enkele jaren later in een Duitse stad op geheimzinnige wijze werd vermoord (en niemand is ooit te weten gekomen door wie), is mijn ontzetting nog groter, omdat Ubertino die avond duidelijk profeteerde.

'Je weet, abt Joachim heeft waarheid gesproken. We zijn in het zesde tijdperk van de menselijke geschiedenis beland, waarin twee Antichristen zullen verschijnen, de mystieke Antichrist en de werkelijke Antichrist. Dit gebeurt nu in het zesde tijdperk, nadat Franciscus is verschenen om in zijn eigen vlees de vijf wonden van de Gekruisigde Jezus te ontvangen. Bonifatius was de mystieke Antichrist en de abdicatie van Coelestinus was niet geldig. Bonifatius was het beest dat uit de zee komt, wiens zeven koppen de zeven hoofdzonden en wiens tien horens de overtreding van de tien geboden uitbeelden, en de kardinalen die hem omringden waren de sprinkhanen, wier lijf Appolyon is! Maar het getal van het beest, als je zijn naam in Griekse letters leest, is *Benedicti*!' Hij keek mij recht in de ogen om te zien of ik het had begrepen en stak een vermanende vinger op. 'Benedictus xi was de werkelijke Antichrist, het beest dat uit de aarde opstijgt! God heeft toegestaan dat zulk een monster van verdorvenheid en ongerechtigheid Zijn Kerk bestierde, opdat de deugden van zijn opvolger des te verblindender zouden stralen!'

'Maar heilige vader,' waagde ik heel zachtjes tegen te werpen, 'zijn opvolger is Johannes!'

Ubertino legde een hand tegen zijn voorhoofd als om een nachtmerrie te verdrijven. Hij ademde zwaar, hij was moe. 'Inderdaad. De berekeningen waren fout, we wachten nog steeds op de Papa Angelicus... Maar intussen zijn Franciscus en Dominicus gekomen.' Hij sloeg zijn ogen naar de hemel op en zei als in gebed (maar ik wist zeker dat hij een bladzijde uit zijn grote boek over de boom des levens voordroeg): 'Quorum primus seraphico calculo purgatus et ardore celico inflammatus totum incendere videbatur. Secundus vero verbo predicationis fecundus super mundi tenebras clarius radiavit... Ja, als dit de beloften waren, zal de Papa Angelicus zeker komen.'

'Zo zij het, Ubertino,' zei William. 'Intussen ben ik hier om te voorkomen dat de menselijke keizer wordt verjaagd. Over jouw Papa Angelicus had ook fra Dolcino het...'

'Laat de naam van die slang niet meer over je lippen komen!' schreeuwde Ubertino, en ik zag voor het eerst zijn somberheid omslaan in toorn. 'Hij heeft het woord van Joachim uit Calabrië door het slijk gehaald en er een bron van dood en verderf van gemaakt. Een afgezant van de Antichrist, als die al ooit bestaan heeft. Maar jij praat zo, William, omdat je eigenlijk niet in de komst van de Antichrist gelooft, en je leermeesters in Oxford hebben je geleerd de rede te verafgoden, waardoor de profetische gaven van je hart zijn verdord!'

'Je vergist je, Ubertino,' antwoordde William ernstig. 'Je weet dat ik van al mijn leermeesters Roger Bacon het meest vereer...'

'Die ijdele dromen koesterde over vliegende machines,' zei Ubertino op een toon van bittere spot.

'Die helder en duidelijk over de Antichrist heeft gesproken en de verdorvenheid van de wereld en de achteruitgang van de wijsheid als voortekenen van zijn komst zag. Maar hij heeft ons geleerd dat er maar één manier is om ons op zijn komst voor te bereiden: de geheimen van de natuur bestuderen, kennis aanwenden om de menselijke soort te verbeteren. Je kunt je op de strijd tegen de Antichrist voorbereiden door de geneeskracht der kruiden te bestuderen, of de aard van de stenen, en zelfs door die vliegende machines te ontwerpen waar jij zo spottend over doet.'

'De Antichrist van jouw Bacon was een voorwendsel om de hoogmoed van de rede te cultiveren.'

'Een heilig voorwendsel.'

'Geen enkel voorwendsel is heilig. William, je weet dat ik op je gesteld ben. Je weet dat ik veel vertrouwen in je heb. Tuchtig je verstand, leer te wenen over de wonden van de Heer, gooi je boeken weg.'

'Ik zal alleen het jouwe houden,' zei William glimlachend. Ook Ubertino glimlachte en zwaaide dreigend met zijn vinger: 'Dwaze Engelsman. Spot niet te veel met je naasten. Integendeel, vrees hen die je niet kunt beminnen. En wees op je hoede voor de abdij. Dit oord bevalt me niet.'

'Ik wil het juist beter leren kennen,' zei William terwijl hij afscheid nam. 'Kom, Adson, we gaan.'

'Ik zeg je dat dit geen goed oord is en jij zegt dat je het beter wilt leren kennen. Ach!' zei Ubertino hoofdschuddend.

'À propos,' zei William toen hij al halverwege het schip was, 'wie is die monnik die een dier lijkt en de taal van Babel spreekt?'

'Salvatore?' Ubertino, die alweer was neergeknield, draaide zich om. 'Ik geloof dat ik hem aan deze abdij heb geschonken... Samen met de cellarius. Toen ik de franciscaner pij uittrok, keerde ik voor enige tijd naar mijn oude klooster in Casale terug, en daar trof ik nog meer benarde broeders aan die er door de gemeenschap van werden beschuldigd spirituelen van mijn sekte te zijn... zo drukten zij het uit. Ik nam het voor hen op en kreeg gedaan dat ze mijn voorbeeld mochten volgen. En twee van hen, Salvatore en Remigio, trof ik in deze abdij toen ik hier vorig jaar aankwam. Salvatore... Inderdaad, hij lijkt een beest. Maar hij is hulpvaardig.'

William aarzelde een ogenblik. 'Ik hoorde hem "penitenziagite" zeggen.'

Ubertino zweeg even. Hij bewoog zijn hand alsof hij een hinderlijke gedachte wilde verdrijven. 'Nee, ik geloof het niet. Je weet hoe die lekenbroeders zijn. Mensen van het boerenland, die misschien de een of andere rondtrekkende prediker hebben gehoord en niet weten wat ze nazeggen. Ik zou Salvatore andere dingen kunnen verwijten, hij is een vraatzuchtig en wellustig beest. Maar niets, niets tegen de rechte leer. Nee, de kwaal van de abdij is een andere, zoek haar bij wie te veel weet, niet bij wie niets weet. Bouw geen toren van verdenkingen op een enkel woord.'

'Dat zou ik nooit doen,' antwoordde William. 'Ik heb het inquisiteursambt juist opgegeven om dat te vermijden. Maar ik luister graag naar woorden, en dan denk ik erover na.'

'Jij denkt te veel. Jongeman,' zei hij, tot mij gewend, 'neem niet te veel slechte voorbeelden van je meester over. Het enige waaraan men moet denken, en tot dat besef kom ik aan het eind van mijn leven, is de dood. Mors est quies viatoris – finis est omnis laboris. Laat me nu bidden.'

EERSTE DAG
TEGEN DE NOON

*Waarin William een zeer geleerd gesprek voert met
de herborist Severin.*

◆

We liepen door het middenschip terug en verlieten de kerk. Ik was nog niet bekomen van het gesprek met Ubertino.

'Het is een… vreemde man,' zei ik.

'Hij is, of was, in veel opzichten een groot man. Maar juist daarom is hij vreemd. Alleen kleine mensen lijken normaal. Ubertino had een van de ketters kunnen worden die mede door zijn toedoen op de brandstapel zijn beland, of een kardinaal van de heilige Roomse Kerk. Hij is beide perversies zeer nabij gekomen. Als ik met Ubertino praat, krijg ik de indruk dat de hel het paradijs is, van de andere kant bezien.'

Ik begreep niet wat hij bedoelde: 'Van welke kant?' vroeg ik.

'Tja, het is waar,' gaf William toe, 'het gaat erom te weten of er kanten zijn en of er een geheel is. Maar luister maar niet naar mij. En kijk niet meer naar dat portaal,' zei hij met een tikje tegen mijn nek toen ik me omdraaide, aangetrokken door de sculpturen die ik bij het binnenkomen had gezien. 'Die hebben je vandaag al genoeg de stuipen op het lijf gejaagd. Allemaal.'

Toen ik me weer naar de uitgang omdraaide, zag ik een andere monnik voor me staan. Hij zou van Williams leeftijd kunnen zijn. Hij glimlachte naar ons en groette ons hoffelijk. Hij zei dat hij Severin van Sankt Emmeram was, de pater herborist die zorg droeg voor het badhuis, het hospitaal en de moestuinen, en dat hij tot onze dienst stond als we wat beter wilden rondkijken binnen de muren van de abdij.

William bedankte hem en zei dat hij bij zijn aankomst de prachtige moestuin al had opgemerkt en dat deze naar hij dacht niet alleen voedingsgewassen bevatte, maar ook geneeskrachtige kruiden, voor zover het door de sneeuw heen te zien was.

'Des zomers of in de lente zingt deze tuin met zijn verscheidenheid aan planten, elk met haar bloemen getooid, beter de lof van de Schepper,' zei Severin verontschuldigend. 'Maar ook in dit seizoen ziet het oog van de herborist door de dode twijgen heen de planten die komen zullen en kan hij je vertellen dat deze tuin rijker is dan enig herbarium ooit is geweest, en bonter van kleur, hoe prachtig de miniaturen van dat herbarium ook mogen zijn. Bovendien groeien er ook in de winter heilzame kruiden, en andere heb ik geplukt en in potten bij de hand in mijn laboratorium. Zo worden de wortels van de klaverzuring gebruikt voor de behandeling van catarres, met afkooksel van altheawortels maakt men kompressen tegen huidziekten, met de klis worden eczemen geheeld, met de gemalen en fijngestampte wortelstok van de adderwortel kunnen we buikloop en een aantal vrouwenziekten genezen, peper bevordert de spijsvertering, het klein hoefblad is goed tegen de hoest, en we hebben voortreffelijke gentiaan voor de spijsvertering, en zoethout en jeneverbessen om een krachtig aftreksel van te maken, en vlierboom waarvan we de bast gebruiken om een afkooksel te maken voor de lever, zeepkruid waarvan we de wortels in koud water weken, tegen catarre, en valeriaan waarvan u ongetwijfeld de heilzame werking kent.'

'U hebt een keur van kruiden, en uit verschillende klimaatgebieden. Hoe kan dat?'

'Enerzijds dank ik dat aan de genade van de Heer, die ons plateau heeft geplaatst op de kruin van een bergketen die met de zuidzijde is gericht naar de zee, waarvan ze de warme winden ontvangt, terwijl aan de noordzijde het hogere gebergte haar de gezonde boslucht zendt. Anderzijds dank ik het aan de vakkennis die mijn onwaardige persoon door de goedgunstigheid van mijn leermeesters heeft vergaard. Sommige planten groeien ook in een voor hen ongunstig klimaat als je de grond eromheen, de voeding en de groei verzorgt.'

'Maar u hebt ook planten die alleen goed zijn om te eten?' vroeg ik.

'Mijn jong, hongerig veulen, er bestaan geen planten die goed zijn als voedsel en niet eveneens bevorderlijk voor de gezondheid, mits in de juiste mate gebruikt. Alleen overdaad maakt ze tot oorzaak van ziekte. Neem nu uien. Warm en vochtig als ze zijn, bevorderen ze, in kleine hoeveelheden genuttigd, de potentie (natuurlijk alleen voor hen die niet onze geloften hebben afgelegd), maar te grote hoeveelheden bezorgen je een zwaar hoofd, wat weer bestreden wordt met melk en azijn. Een goede reden voor een jonge monnik,' voegde hij er ondeugend aan toe, 'om zich er altijd zuinigjes van te bedienen. Maar knoflook moet je wel eten. Dat is warm en droog en goed tegen vergiften. Ook al zeggen sommigen dat als je er 's avonds te veel van eet, het nare dromen veroorzaakt. Hoewel minder dan sommige andere planten, want er zijn er ook die kwalijke visioenen teweegbrengen.'

'Welke zijn dat?' vroeg ik.

'Tut, tut, onze novice is al te weetgierig. Dit zijn zaken die alleen de herborist mag weten, anders zou ieder onbezonnen individu visioenen kunnen gaan uitdelen, met andere woorden leugens verspreiden door middel van kruiden.'

'Maar een beetje brandnetel,' zei William toen, 'roybra of olieribus volstaan om je tegen zulke visioenen te beschermen. Ik hoop dat u deze goede kruiden ook hebt.'

Severin keek mijn meester van terzijde aan: 'Ben je goed thuis in de kruidkunde?'

'Nauwelijks,' zei William bescheiden. 'Ik heb een keer het *Theatrum Sanitatis* van Abu l-Kasim van Baldach in handen gehad...'

'Abu l-Hasan al-Mukhtar ibn Butlan.'

'Of Ellucasim Elimittar, zoals je wilt. Ik vraag me af of ze er hier een kopie van hebben.'

'En een heel mooie nog wel, met veel prachtig uitgevoerde illustraties.'

'De hemel zij geprezen. En *De Virtutibus herbarum* van Platearius?'

'Die is er ook, en *De plantis* van Aristoteles. Ik ga met genoegen een gedegen gesprek over kruiden met je aan.'

'En ik met nog meer genoegen,' zei William, 'maar handelen we dan niet tegen de regel van het stilzwijgen die in deze orde meen ik van kracht is?'

'De regel,' zei Severin, 'is in de loop der eeuwen aangepast aan de behoefte van de verschillende gemeenschappen. De regel voorzag in de lectio divina maar niet in de studie: niettemin weet je zelf hoezeer onze orde het onderzoek op het gebied van de goddelijke en de menselijke zaken heeft ontwikkeld. Verder schrijft de regel een gemeenschappelijke slaapzaal voor, maar soms is het billijk, zoals bij ons, dat de monniken ook 's nachts de mogelijkheid hebben om na te denken, en daarom hebben zij elk hun eigen cel. De regel is zeer streng inzake het stilzwijgen, en ook bij ons mag niet alleen de monnik die handenarbeid verricht, maar ook degene die schrijft of leest niet met zijn medebroeders praten. Maar de abdij is vóór alles een gemeenschap van mannen die zich op de studie toeleggen, en dikwijls is het nuttig dat de monniken de schatten aan kennis die zij vergaren met elkaar uitwisselen. Ieder gesprek dat onze studies betreft wordt gerechtvaardigd en vruchtbaar geacht, mits het niet plaatsvindt in het refectorium of gedurende de uren van het koorgebed.'

'Heb je veel gelegenheid gehad om met Adelmo van Otranto te praten?' vroeg William plotseling.

Severin leek niet verrast: 'Ik zie dat de abt al met je heeft gesproken,' zei hij. 'Nee. Met hem heb ik me niet vaak onderhouden. Hij bracht de tijd door met miniatuurschilderen. Ik heb hem soms met andere monniken, Venantius van Salvemec of Jorge van Burgos, over de aard van zijn werk horen praten. Bovendien breng ik mijn dagen niet in het scriptorium door, maar in mijn laboratorium,' en hij wees naar het hospitaalgebouw.

'Ik begrijp het,' zei William. 'Dus je weet niet of Adelmo visioenen heeft gehad.'

'Visioenen?'

'Zoals die welke door jouw kruiden worden veroorzaakt, bijvoorbeeld.'

Severin verstarde: 'Ik zei al dat ik de gevaarlijke kruiden zeer zorgvuldig bewaak.'

'Dat bedoel ik niet,' haastte William zich te verduidelijken. 'Ik sprak over visioenen in het algemeen.'

'Ik begrijp je niet,' hield Severin vol.

'Ik dacht dat een monnik die 's nachts door het Hoofdgebouw doolt, waar... verschrikkelijke dingen kunnen gebeuren met degene die er in verboden uren binnendringt, zoals de abt zelf heeft gezegd, goed, ik bedoel, ik dacht dat hij duivelse visioenen kon hebben gehad die hem ertoe hebben aangezet in de afgrond te springen.'

'Ik heb al gezegd dat ik niet vaak in het scriptorium kom, behalve wanneer ik een boek nodig heb, maar gewoonlijk heb ik mijn eigen herbaria die ik in het hospitaal bewaar. Ik heb je verteld dat Adelmo op zeer vertrouwelijke voet stond met Jorge, Venantius en... Berenger natuurlijk.'

Ook ik bespeurde de lichte aarzeling in Severins stem, die mijn meester niet was ontgaan. 'Berenger? Waarom natuurlijk?' vroeg hij.

'Berenger van Arundel, de hulpbibliothecaris. Ze waren leeftijdgenoten, ze zijn samen novice geweest, het lag voor de hand dat zij veel hadden om over te praten. Dat bedoelde ik.'

'Dat bedoelde je dus,' beaamde William. En het verbaasde me dat hij er niet op doorging maar terstond van onderwerp veranderde. 'Maar misschien wordt het tijd dat we een kijkje gaan nemen in het Hoofdgebouw. Wil jij onze gids zijn?'

'Volgaarne,' zei Severin met maar al te merkbare opluchting. Langs de moestuin bracht hij ons tot voor de westelijke gevel van het Hoofdgebouw.

'Aan de kant van de moestuin bevindt zich de deur die toegang geeft tot de keuken,' zei hij, 'maar de keuken neemt slechts de westelijke helft van de benedenverdieping in beslag, in de andere helft is het refectorium gelegen.

Door de zuidelijke deur, die je bereikt als je achter het koor van de kerk langs loopt, kom je terecht bij nog twee deuren, waarvan er een naar de keuken en een naar het refectorium leidt. Maar laten we hier maar binnengaan, want vanuit de keuken kunnen we binnendoor het refectorium bereiken.'

Toen ik de ruime keuken betrad, merkte ik op dat in het centrum van het Hoofdgebouw, van boven tot beneden, een achthoekige binnenplaats was geschapen. Zoals ik later begreep, was het een soort kolossale luchtkoker, zonder toegangen, waar op elke verdieping grote ramen op uitkwamen, gelijk aan die welke aan de buitenkant zaten. De keuken was een enorme, langwerpige ruimte vol met rook, waar een groot aantal knechten reeds druk bezig was met het klaarmaken van de gerechten voor het avondmaal. Twee van hen bereidden op een grote tafel een pastei van groente, gerst, haver en rogge, waarvoor ze rapen, waterkers, radijsjes en wortels fijnsneden. Naast hen had een andere kok net een paar vissen in een mengsel van water en wijn gaargekookt en was nu bezig ze te bedekken met een saus toebereid met salie, peterselie, tijm, knoflook, peper en zout.

In de hoek van de westelijke toren gaapte de opening van een enorme bakkersoven waarin reeds bleekrode vlammen oplaaiden. In de zuidelijke toren bevond zich een zeer brede haard waarboven pannen hingen te pruttelen en spitten werden rondgedraaid. Door de deur die uitkwam op de dorsvloer achter de kerk kwamen op dat moment een paar varkenshoeders binnen met het vlees van de geslachte varkens. Wij gingen door diezelfde deur naar buiten en bevonden ons op de dorsvloer, in de meest oostelijke hoek van het terrein, vlak onder de muur, waarlangs een hele rij gebouwen stond. Severin legde mij uit dat in het eerste de varkenskotten waren ondergebracht, daarna kwamen de paardenstallen, dan de koestallen, de kippenhokken en de schaapskooi. Buiten voor de varkenskotten stonden de varkenshoeders in een enorme kruik het bloed van de pas geslachte varkens te roeren opdat het niet zou runnen. Als het meteen flink werd geroerd, zou het dankzij het strenge klimaat nog een paar dagen goed blijven en ten slotte zou er bloedworst van worden gemaakt.

We gingen het Hoofdgebouw weer binnen en wierpen een vluchtige blik in het refectorium, waar we doorheen liepen om in de oostelijke toren te komen. Van de twee torens waartussen het refectorium zich uitstrekte, bood de noordelijke plaats aan een haard en de andere aan een wenteltrap die naar het scriptorium op de eerste verdieping leidde. Langs die trap begaven de monniken zich elke dag naar hun werk, ofwel langs twee andere, minder gemakkelijke maar goed verwarmde trappen die achter de haard en de oven van de keuken in een spiraal omhoogliepen.

William vroeg of we iemand in het scriptorium zouden aantreffen, ook al was het zondag. Severin glimlachte en zei dat werken voor een benedictijn bidden is. 's Zondags duurden de officies langer, maar de monniken die aan de boeken werkten brachten toch een paar uren daarboven door, uren die gewoonlijk werden besteed aan vruchtbare uitwisselingen van geleerde beschouwingen, raadgevingen en overpeinzingen over de Heilige Schrift.

EERSTE DAG
NA DE NOON

Waarin men het scriptorium bezoekt en kennismaakt met een groot aantal studiemannen, kopiisten en rubricatoren en tevens met een blinde grijsaard die de Antichrist verwacht.

◆

Terwijl we naar boven liepen, zag ik dat mijn meester oplettend naar de ramen keek die de trap verlichtten. Ik was waarschijnlijk op weg om een even scherp oog te krijgen als hij, want ik merkte terstond op dat hun plaatsing het moeilijk maakte erbij te komen. Overigens leken ook de ramen in het refectorium (de enige die vanaf de benedenverdieping op de steile rotswand uitzagen) niet gemakkelijk bereikbaar, aangezien er geen enkel meubelstuk onder stond.

Boven aan de trap gekomen, betraden we door de oostelijke toren het scriptorium, en daar kon ik een kreet van bewondering niet onderdrukken. Deze verdieping was niet in tweeën gedeeld zoals die eronder, derhalve kon ik haar in heel haar ruime uitgestrektheid overzien. De door stevige pijlers gedragen gewelven, rond en niet zo erg hoog (lager dan in een kerk, maar hoger dan in alle kapittelzalen die ik ooit zag), overdekten een ruimte die geheel doorstraald was van een prachtig licht, want in elk van de vier lange zijden zaten drie enorme ramen, terwijl de vijf buitenzijden van de vier torens elk een kleiner raam bevatten; acht smalle, hoge ramen zorgden er ten slotte voor dat ook uit de achthoekige luchtkoker in het midden van het gebouw nog licht binnenkwam.

Deze overvloed aan ramen maakte dat de grote zaal werd opgevrolijkt door een bestendig en gelijkmatig licht, ook op een winternamiddag als deze. Het glas was niet gekleurd zoals in kerken, en de in lood gevatte ruiten lieten de zonnestralen zo zuiver mogelijk en niet door menselijke kunstgrepen gewijzigd door, opdat ze licht verschaften aan de lees- en schrijfarbeid. Ik heb in de loop der jaren op andere plaatsen vele scriptoria gezien, maar geen enkel waarin zo helder, in de stromen van fysisch licht die de ruimte deden flonkeren, het geestelijke beginsel doorstraalde dat door het licht wordt belichaamd, de claritas, bron van alle schoonheid en wijsheid, onlosmakelijk attribuut van de evenwichtige verhoudingen die de zaal te zien gaf. Want drie dingen werken samen bij het scheppen van schoonheid: allereerst de volledigheid of volmaaktheid, en daarom beschouwen we onvolledige dingen als lelijk; dan de juiste verhoudingen ofwel harmonie; en ten slotte de helderheid en het licht: het is immers zo dat we dingen met een heldere kleur mooi noemen. En aangezien de aanblik van het schone innerlijke vrede met zich brengt en het voor onze verlangens hetzelfde is of ze in de vrede, in het goede of in het schone rust vinden, voelde ik mij doorstroomd van een innige verheugenis en bedacht ik hoe prettig het moest zijn in deze zaal te werken.

Zoals ze zich op dat vroege middaguur aan mij vertoonde, leek ze mij een blijde werkplaats der wijsheid toe. Later zag ik in Sankt Gallen een scriptorium van soortgelijke afmetingen, gescheiden van de bibliotheek (op andere plaatsen werkten de monniken in dezelfde ruimte waar de boeken werden bewaard), maar niet zo mooi ingericht. Antiquarii, librarii, rubricatoren en studiemannen zaten elk aan hun eigen tafel, één onder elk raam. En aangezien er veertig ramen waren (een waarlijk volmaakt getal, ontstaan uit de vertienvoudiging van het vierkant, als waren de tien geboden door de vier kardinale deugden tot een hogere macht verheven), zouden er veertig monniken tegelijkertijd kunnen werken, ook al waren er op dat ogenblik op zijn hoogst een dertigtal. Severin verklaarde ons dat de monniken die in het scriptorium werkten, waren vrijgesteld van het officie van terts, sext en noon, om hun werk niet in de uren van daglicht te hoeven onderbreken, en zij staakten hun werkzaamheden pas tegen zonsondergang, voor de vespers.

De plaatsen die het meeste licht ontvingen, waren gereserveerd voor de antiquarii, de meest ervaren verluchters, de rubricatoren en de kopiisten. Op elke tafel lag alles wat voor het miniatuurschilderen en kopiëren nodig was: inkthoorns, fijne pennen die net door een paar monniken met een scherp mesje werden aangepunt, puimsteen om het perkament glad te maken, linialen om de lijnen te trekken waarop de letters zouden worden geschreven. Naast elke schrijver, of boven aan het hellende blad van elke tafel, stond een lessenaar waarop de te kopiëren codex lag, met over de bladzijde een maskertje dat de regel omlijstte die op dat moment werd overgeschreven. Sommigen hadden gouden of andere gekleurde inkten. Anderen daarentegen zaten alleen maar boeken te lezen en aantekeningen te maken in hun eigen schriften of op hun schrijfplankjes.

Ik kreeg overigens niet de tijd hun werk goed te bekijken, want de bibliothecaris, van wie we al wisten dat hij Malachias van Hildesheim heette, kwam op ons toe. Zijn gezicht trachtte een uitdrukking van vriendelijke begroeting aan te nemen, maar bij het zien van zijn eigenaardige uiterlijk kon ik een huivering niet onderdrukken. Zijn gezicht was bleek, en ofschoon hij amper halverwege zijn aardse tocht kon zijn, leek hij door een fijn web van rimpels bij een eerste aanblik niet zozeer op een oude man, maar (God vergeve me) op een oude vrouw, omdat hij iets onbestemds vrouwelijks in zijn doordringende, melancholieke blik had. Zijn mond was bijna niet in staat zich tot een glimlach te plooien, en de man wekte al met al de indruk dat hij het als een onaangename plicht zag de pijn van het bestaan te moeten verduren.

Hij begroette ons overigens hoffelijk en stelde ons voor aan vele van de monniken die op dat ogenblik aan het werk waren. Van elk van hen vertelde hij ons ook wat voor werk hij onder handen had en van allen bewonderde ik de intense toewijding aan de kennis van het vak en de studie van Gods woord. Zo maakte ik kennis met Venantius van Salvemec, vertaler uit het Grieks en het Arabisch, een trouw bewonderaar van de grote Aristoteles die zonder twijfel de wijste van alle mensen is geweest; Bengt van Uppsala, een jonge Scandinavische monnik die zich met retorica bezighield; Berenger van Arundel, de hulp van de bibliothecaris; Aymaro van Alessandria, die werken kopieerde die maar voor enkele maanden aan de bibliotheek waren uitgeleend, en verder een groep miniaturisten uit verschillende landen, Patrick van Clonmacnois, Rabano van Toledo, Magnus van Iona, Waldo van Hereford.

Deze opsomming zou zeker nog kunnen doorgaan, en er is niets mooiers dan een catalogus, instrument tot interessante hypotyposen. Maar ik moet nu overgaan tot het onderwerp van onze gesprekken, waaruit talrijke aanwijzingen naar voren kwamen die ons een idee gaven van de ondefinieerbare onrust die onder de monniken broeide, en iets wat onuitgesproken bleef maar dat op al hun gesprekken drukte.

Mijn meester opende het gesprek met Malachias door de fraaie aanblik en de bedrijvigheid van het scriptorium te prijzen en hem bijzonderheden te vragen over de voortgang van het werk dat er werd verricht, want, zei hij heel diplomatiek, hij had overal over deze bibliotheek horen praten en zou graag vele van de boeken willen bestuderen. Malachias legde hem uit wat de abt al had gezegd, dat een monnik aan de bibliothecaris het werk vroeg dat hij wilde raadplegen en dat deze het, wanneer het een gerechtvaardigd en deugdzaam verzoek betrof, boven uit de bibliotheek ging halen. William vroeg hoe hij de titels van de in de armaria boven onze hoofden bewaarde boeken te weten kon komen, en Malachias liet hem een lijvige, dichtbeschreven codex zien met lijsten, die met een gouden ketting aan zijn tafel was bevestigd.

William stak zijn hand in zijn pij, daar waar een opening ter hoogte van zijn borst een soort zak vormde, en haalde er een voorwerp uit dat ik tijdens onze reis al eerder in zijn handen en voor zijn gezicht had gezien. Het was een vorkje, zodanig geconstrueerd dat het op de neus van een mens kon rusten (en bij uitstek op de zijne, zo sterk geprononceerd en haakvormig), zoals een ruiter op de rug van zijn paard of een vogel op een stokje. En het vorkje liep aan weerszijden, op de plaats van de ogen, uit in twee ovale metalen ringen waarin twee amandelvormige glazen, zo dik als de bodem van een glas, waren gevat. William las bij voorkeur met die glazen voor zijn ogen, en hij zei dat hij zo beter zag dan de natuur hem had vergund of dan zijn gevorderde leeftijd, vooral als het daglicht afnam, hem toestond. Ze dienden hem niet om in de verte te kijken, want dan was zijn zicht juist zeer scherp, maar om dichtbij te zien. Met dit ding kon hij manuscripten in uiterst fijne lettertjes lezen die zelfs ik nauwelijks kon ontcijferen. Hij had me uitgelegd dat wanneer de mens over de helft van zijn leven was gekomen zijn ogen, ook als zijn gezichtsvermogen altijd uitstekend was geweest, stugger werden en de pupillen zich trager aanpasten. Daarom was voor vele geleerden na hun vijftigste lente het lezen en schrijven zo goed als afgelopen. Een ernstig nadeel voor mensen die nog jarenlang het beste van hun vernuft hadden kunnen geven. Reden waarom men de Heer moest prijzen dat iemand dit instrument had uitgevonden en vervaardigd. En dat zei hij om de ideeën van de door hem bewonderde Roger Bacon te ondersteunen, die zei dat de wetenschap mede tot doel had het menselijk leven te verlengen.

De andere monniken keken William vol nieuwsgierigheid aan, maar durfden hem geen vragen te stellen. Ik merkte dat zelfs op een plek die met zo veel na-ijver en inzet aan lectuur en schrijfkunst was gewijd, dit opmerkelijke instrument nog niet was doorgedrongen. En ik was er trots op een man te vergezellen die iets bezat waarmee hij andere, om hun wijsheid wereldvermaarde mannen, verbaasd kon doen staan.

Met dat ding voor zijn ogen boog William zich over de in de codex neergeschreven lijsten. Ik keek met hem mee, en we ontdekten titels van boeken waarvan we nog nooit hadden gehoord, en andere van zeer beroemde werken, welke in het bezit waren van de bibliotheek.

'*De pentagono Salomonis*, Ars loquendi et intelligendi in lingua hebraica, *De rebus metallicis* van Roger van Hereford, *Algebra* van Al-Chwarizmi, in het Latijn vertaald door Robert van Chester, de *Punica* van Silius Italicus, de

Gesta francorum, De laudibus sanctae crucis van Rhabanus Maurus, en *Flavii Claudii Giordani de aetate mundi et hominis reservatis singulis litteris per singulos libros ab A usque ad Z,*' las mijn meester. 'Prachtige werken. Maar in welke volgorde zijn ze in de lijst opgenomen?' Hij citeerde uit een tekst die ik niet kende maar die Malachias vertrouwd moest zijn: '"Habeat Librarius et registrum omnium librorum ordinatum secundum facultates et auctores, reponeatque eos separatim et ordinate cum signaturis per scripturam applicatis." Hoe weet u de plaats van elk boek te vinden?'

Malachias wees hem op aanwijzingen die naast elke titel stonden. Ik las: iii, iv gradus, v in prima graecorum; ii, v gradus, vii in tertia anglorum, enzovoort. Ik begreep dat het eerste getal de plaats van het boek op de plank of gradus aangaf die door het tweede getal werd aangeduid, terwijl het derde getal de kast aanduidde, en ik begreep ook dat de overige termen verwezen naar een kamer of gang van de bibliotheek. Ik verstoutte me over deze laatste distinctiones nadere inlichtingen te vragen. Malachias keek me streng aan: 'Misschien weet u niet, of bent u vergeten, dat alleen de bibliothecaris toegang heeft tot de bibliotheek. Derhalve is het passend en voldoende dat alleen de bibliothecaris in staat is deze dingen te ontcijferen.'

'Maar in welke volgorde staan de boeken op de lijst vermeld?' vroeg William. 'Niet naar onderwerp, lijkt mij.' Hij doelde niet op een rangschikking naar auteurs volgens de orde van de letters van het alfabet, want dat is een methode die ik pas de laatste jaren heb zien toepassen en die toen nog niet zo in zwang was.

'De bibliotheek vindt haar oorsprong in een zeer ver verleden,' zei Malachias, 'en de boeken staan geregistreerd naar de volgorde van aanschaf of van schenking, dus van het tijdstip waarop ze binnen onze muren zijn gekomen.'

'Moeilijk te vinden,' merkte William op.

'Het is voldoende dat de bibliothecaris de titels uit zijn hoofd kent en van elk boek weet wanneer het hier is gekomen. De andere monniken hoeven zich slechts op zijn geheugen te verlaten.' Het leek alsof hij het over een ander had dan zichzelf; en ik begreep dat hij sprak over de functie die op dat moment door zijn onwaardige persoon werd bekleed en die al door honderd anderen vóór hem was bekleed, monniken die thans waren overleden maar die hun kennis van de een op de ander hadden overgedragen.

'Ik begrijp het,' zei William. 'Als ik dus iets zou zoeken, zonder te weten wat, over de pentagoon van Salomo, zou u me kunnen wijzen op het bestaan van het boek waarvan ik zojuist de titel heb gelezen, en zou u zijn plaats op de verdieping hierboven kunnen vinden.'

'Indien u werkelijk iets over de pentagoon van Salomo zou moeten weten,' zei Malachias. 'Maar dat is juist zo'n boek waarover ik liever eerst de abt zou raadplegen alvorens het u te geven.'

'Ik heb gehoord dat een van uw bekwaamste miniaturisten onlangs is gestorven,' zei William toen. 'De abt heeft me veel over zijn kunstvaardigheid verteld. Zou ik de codices die hij verluchtte, mogen zien?'

'Adelmo van Otranto,' zei Malachias met een wantrouwige blik naar William, 'werkte wegens zijn jeugdige leeftijd uitsluitend aan de marginalia. Hij bezat een zeer levendige fantasie en verstond de kunst om uit bekende dingen onbekende en verrassende dingen te scheppen, zoals wanneer men een menselichaam met een paardenhals verbindt. Maar daar liggen zijn boeken. Niemand heeft zijn tafel nog aangeraakt.'

We begaven ons naar wat de werktafel van Adelmo was geweest en waar nog de rijk verluchte bladen van een psalterium lagen. Het waren bladen van het allerfijnste vellum – koning onder de perkamenten – en het laatste was nog aan het tafelblad vastgehecht. Het was heel licht met puimsteen gepolijst, met krijt zacht gemaakt en daarna met het schraapijzer gladgestreken; vanuit de aan de zijkanten met een fijne stift aangebrachte minuscule gaatjes waren alle lijnen getrokken die de hand van de kunstenaar moesten leiden. De bovenste helft van het blad was al beschreven en de monnik was begonnen met het schetsen van de figuren naast de teksten. De andere bladen waren echter al gereed en bij het zien ervan wisten noch William noch ik een kreet van bewondering te onderdrukken. Het betrof een psalterium in de marges waarvan een wereld was afgebeeld die omgekeerd was ten opzichte van die waaraan onze zintuigen ons hebben gewend. Alsof zich aan de rand van een betoog dat per definitie het betoog van de waarheid is, een – door wonderlijke toespelingen in aenigmate hecht ermee verbonden – leugenachtig betoog ontwikkelde over een ondersteboven gekeerd universum, waarin honden voor hazen op de vlucht slaan en herten op leeuwen jagen. Kleine hoofden met vogelpootjes, dieren met mensenhanden op hun rug, hoofden met een welige haardos waaruit voeten staken, draken met zebrastrepen, viervoeters met een in duizend onontwarbare knopen verstrikte slangenhals, apen met geweien, vogelachtige sirenen met vliezige vleugels op hun rug, mensen zonder armen met andere mensenlichamen die als bochels op hun rug groeiden, en figuren met een mond vol tanden op hun buik, mensen met paardenkoppen en paardachtigen met mensenbenen, vissen met vogelvleugels en vogels met vissenstaarten, monsters met één lichaam en twee koppen of één kop en twee lichamen, koeien met hanenstaarten en vlindervleugels, vrouwen met geschubde hoofden als vissenruggen, tweekoppige chimaeren verstrengeld met libellen met hagedissenbekken, centauren, draken, olifanten, manticora's, sciapoden, op boomtakken uitgestrekt, griffioenen aan wier staart een boogschutter in krijgsuitrusting ontsproot, duivelse creaturen met eindeloze halzen, reeksen mensvormige dieren en diervormige dwergen verschenen, soms op dezelfde bladzijde, naast landelijke taferelen waarin je, met zo'n verbluffende levendigheid dat de figuren bijna echt leken, het gehele boerenleven zag afgebeeld, ploegers, fruitplukkers, maaiers, spinsters, zaaiers, naast vossen en steenmarters die met katapulten gewapend een door apen verdedigde vestingstad bestormden. Hier boog een beginletter zich tot een L die aan de onderkant een draak voortbracht, daar ontstond uit een grote v aan het begin van het woord 'verba' als een natuurlijke rank van zijn stam een slang met duizend kronkels, waaraan op hun beurt bij wijze van bladeren en bloemtuilen andere slangen ontsproten.

Naast het psalterium lag, klaarblijkelijk net voltooid, een sierlijk getijdenboekje van ongelooflijk geringe afmetingen, zo klein dat je het in de palm van je hand kon houden. De miniaturen in de marge van het zeer fijne schrift waren op het eerste gezicht nauwelijks te onderscheiden en dienden van nabij te worden bestudeerd om in hun volle schoonheid tot hun recht te komen (en je vroeg je af met welk bovenmenselijk instrument de miniaturist ze had getekend om in zo'n beperkte ruimte zo'n levendig effect te verkrijgen). De marges van het boek waren dichtbevolkt met minuscule figuurtjes die als door een natuurlijk groeiproces ontsproten aan de eindkrullen van de prachtig getekende letters: zeemeerminnen, vluchtende herten, chimaeren, menselijke rompen zonder armen die als wormen uit het corps van de regels zelf schenen weg te kruipen. Op één plek zag je, als het ware in voortzetting van het drievoudige, op drie regels onder elkaar herhaalde 'Sanctus, Sanctus, Sanctus', drie roofdierfiguren met mensenhoofden, waarvan twee zich naar elkaar toebogen, één naar beneden en één naar boven, om zich te verenigen in een kus die je niet zou aarzelen schaamteloos te noemen als je er niet van overtuigd was geweest dat een diepe geestelijke betekenis, zij het niet duidelijk herkenbaar, deze afbeelding op deze plaats moest rechtvaardigen.

Ik volgde met mijn blik die bladzijden, heen en weer geslingerd tussen sprakeloze bewondering en lachlust, want de figuren wekten onvermijdelijk de hilariteit, ofschoon ze heilige teksten illustreerden. Ook frater William bekeek ze glimlachend en hij merkte op: 'Babewyn, zo noemen ze die op mijn eilanden.'

'Babouins, zoals ze ze in Gallië noemen,' zei Malachias. 'Adelmo heeft zijn kunst inderdaad in uw land geleerd, hoewel hij later ook in Frankrijk heeft gestudeerd. Bavianen, ofwel Afrikaanse apen. Figuren uit een omgekeerde wereld, waarin de huizen op de punt van een torenspits verrijzen en de aarde boven de hemel ligt.'

Ik herinnerde me een paar verzen die ik in de volkstaal van mijn land had gehoord en ik kon niet nalaten ze op te zeggen:

Aller Wunder si geswigen,
das herde himel hât überstigen,
daz sult ir vür ein Wunder wigen.

En Malachias vervolgde, uit dezelfde tekst citerend:

Erd ob un himel unter
das sult ir hân besunder
vür aller Wunder ein Wunder.

'Goed zo, Adson,' vervolgde de bibliothecaris, 'inderdaad verhalen deze beelden ons van dat gebied dat je op de rug van een blauwe gans bereikt, waar je sperwers vindt die in een beekje vissen vangen, beren die in de lucht valken najagen, kreeften die met de duiven meevliegen en drie reuzen die in een valstrik zijn gevangen en door een haan worden gepikt.'

En een flauwe glimlach plooide zijn lippen. Daarop barstten de andere monniken, die het gesprek enigszins beschroomd hadden gevolgd, uit in een hartelijk gelach, alsof ze op de toestemming van de bibliothecaris hadden gewacht. Wiens gezicht weer betrok, terwijl de anderen nog steeds lachend de vaardigheid van de arme Adelmo roemden en elkaar de meest onwaarschijnlijke figuren aanwezen. En terwijl allen nog stonden te lachen hoorden we plotseling achter ons een plechtige, strenge stem.

'Verba vana aut risui apta non loqui.'

We draaiden ons om. Degene die had gesproken was een onder het gewicht der jaren gebogen monnik, sneeuwwit, en dan bedoel ik niet alleen zijn haar, maar ook zijn gelaat en zijn pupillen. Ik zag dat hij blind was. Zijn stem was nog indrukwekkend en zijn gestalte krachtig, ook al was zijn lichaam door de hoge leeftijd gekrompen. Hij staarde ons aan alsof hij ons zag, en ook later zag ik hem altijd bewegen en spreken alsof hij nog over zijn gezichtsvermogen beschikte. De toon van zijn stem was evenwel die van een man die alleen de gave der profetie bezit.

'De eerbiedwaardige man, zowel in jaren als in wijsheid, die u daar ziet,' zei Malachias tegen William terwijl hij hem op de nieuwaangekomene wees, 'is Jorge van Burgos. Als oudste van allen die dit klooster bewonen, op Alinardo van Grottaferrata na, is hij degene aan wie zeer vele van de monniken onder het biechtgeheim de last van hun zonden toevertrouwen.' Vervolgens, tot de oude monnik gewend: 'Hij die hier voor u staat is frater William van Baskerville, onze gast.'

'Ik hoop dat u niet vertoornd bent over mijn woorden,' zei de grijsaard kortaf. 'Ik hoorde mensen om lachwekkende dingen lachen en ik heb hen aan een van de grondbeginselen van onze regel herinnerd. En zoals de Psalmist zegt, als de monnik zich wegens de gelofte van stilzwijgen van goede gesprekken moet onthouden, met hoeveel te meer reden dient hij zich dan aan slechte gesprekken te onttrekken. En zoals er slechte gesprekken zijn, zo zijn er slechte beelden. Dat zijn die welke leugens verkondigen over de gedaante der schepping en de wereld tegengesteld voorstellen aan wat ze moet zijn, altijd geweest is en altijd zal zijn, in de eeuwen der eeuwen tot aan het einde der tijden. Maar u komt uit een andere orde waar, naar men mij vertelt, ook de meest ongepaste vrolijkheid met een mild oog wordt bezien.' Hij zinspeelde op wat onder de benedictijnen werd verteld over de luimen van de heilige Franciscus van Assisi en misschien ook over de luimen die werden toegeschreven aan fraticelli en spirituelen van allerlei aard, die de jongste en geruchtmakendste spruiten van de franciscaner orde waren. Maar frater William deed alsof de insinuatie hem ontging.

'De randtekeningen ontlokken vaak een glimlach, maar met een stichtelijk oogmerk,' antwoordde hij. 'Zoals het in preken noodzakelijk is om, teneinde tot de verbeelding van het vrome volk te spreken, exempla in te vlechten die niet zelden van kluchtige aard zijn, zo moet ook de taal van de beelden zich van deze zotternijen bedienen. Voor iedere deugd en voor iedere zonde bestaat een aan de bestiaria ontleend voorbeeld, en de dieren geven een beeld van de mensenwereld.'

'O zeker,' zei de oude man spottend maar zonder een glimlach, 'ieder beeld is goed om tot deugd aan te zetten, opdat het meesterwerk van de schepping, op zijn kop gezet, de lachlust moge wekken. En zo openbaart het woord Gods zich door middel van de ezel die op een lier speelt, van de uil die met een schild ploegt, van ossen die zichzelf voor de ploeg spannen, van rivieren die bergopwaarts stromen, van de zee die ontbrandt, van een wolf die kluizenaar wordt! Jaag met de os op hazen, laat u door uilen grammatica onderwijzen, laat honden vlooien bijten, laat de blinden naar de stommen kijken en de stommen om brood vragen, laat de mier een kalf baren, laat gebraden kippen vliegen, laat oliekoeken op de daken groeien, laat papegaaien lesgeven in retorica, laat de hennen de hanen bevruchten, span de wagen voor de ossen, leg de hond in bed te slapen en laat iedereen met het hoofd naar beneden lopen! Wat is het doel van al deze zotternijen? Een wereld omgekeerd en tegengesteld aan die welke door God is gegrondvest, onder het voorwendsel Gods geboden te onderwijzen!'

'Maar de Areopagiet leert,' zei William deemoedig, 'dat God slechts door middel van de meest ongelijkvormige dingen te benoemen is. En Hugo van Sint-Victor bracht ons in herinnering dat hoe meer de gelijkenis der dingen ongelijk wordt, des te meer wordt de waarheid ons geopenbaard onder de sluier van afschrikwekkende en onbetamelijke figuren en des te minder zoekt de fantasie bevrediging in vleselijke geneugten maar wordt gedwongen de mysteries te ontwaren die zich onder de liederlijkheid van de beelden verbergen...'

'Ik ken dat argument! En ik schaam me te moeten toegeven dat dit het belangrijkste argument van onze orde was toen de cluniacenzer abten de strijd aanbonden tegen de cisterciënzers. Maar de heilige Bernard had gelijk: de mens die monsters en natuurwonderen afbeeldt om per speculum et in aenigmate de goddelijke dingen te onthullen, gaat allengs behagen scheppen in de aard zelf van de monsterlijkheden die hij schept en verlustigt zich in deze en om deze en ziet nog slechts door middel van deze. U behoeft maar te kijken, u die uw gezichtsvermogen nog hebt, naar de kapitelen van onze kloostergang,' en hij wees naar buiten, in de richting van de kerk. 'Wat betekenen die belachelijke monsterlijkheden, die misvormde schoonheden en die schone misvormingen onder de ogen van monniken die daar zijn om te mediteren? Die smerige apen? Die leeuwen, die centauren, die half menselijke, eenbenige wezens met hun mond op hun buik en oren als zeilen? Die gevlekte tijgers, die strijdende krijgers, die jagers die op de hoorn blazen, en die vele lichamen met een enkel hoofd en die vele hoofden op een enkel lichaam? Viervoeters met slangenstaarten, vissen met koppen van viervoeters, hier een dier dat van voren een paard en van achteren een bok lijkt en daar een paard met hoorns, enzovoort enzovoort, zo langzamerhand is het voor een monnik aangenamer van het marmer te lezen dan de manuscripten te bestuderen, en de werken der mensen te bewonderen in plaats van over de goddelijke wet te mediteren. Schande over uw genotzuchtige ogen en over uw lachende monden!'

De grote grijsaard onderbrak zichzelf hijgend. En ik bewonderde zijn levendige geheugen dat hem, terwijl hij misschien al jarenlang blind was, in staat stelde zich de beelden te herinneren waarvan hij ons de liederlijkheid voorhield. Het vermoeden kwam zelfs in me op dat hij er sterk door bekoord was geweest toen hij ze had gezien, als hij ze nu nog met zo veel hartstocht kon beschrijven. Maar het is me vaak gebeurd dat ik de verleidelijkste voorstellingen van de zonde juist aantrof in de geschriften van die mannen van onkreukbare deugdzaamheid, die de bekoring en de invloeden ervan veroordeelden. Teken dat zij worden gedreven door een zodanige ijver om van de waarheid te getuigen dat zij, uit liefde voor God, niet aarzelen aan het kwaad alle verlokkingen toe te schrijven waarin het zich hult, om de mensen beter in kennis te stellen van de manieren waarop de Boze hen bekoort. En het was waar dat de woorden van Jorge een grote lust in mij wekten om de tijgers en de apen van de kloostergang, die ik nog niet had bewonderd, te bekijken. Maar Jorge onderbrak mijn gedachtegang want hij begon, op minder opgewonden toon, opnieuw te spreken.

'Onze Heer heeft niet zo veel dwaasheden nodig gehad om ons de rechte weg te wijzen. Niets in zijn gelijkenissen wekt de lachlust of boezemt vrees in. Maar Adelmo, wiens dood u nu betreurt, genoot zo van de monsterlijkheden die hij schilderde, dat hij de laatste dingen, waarvan ze toch het stoffelijk beeld moesten zijn, uit het oog verloor. Hij heeft alle, werkelijk alle,' en zijn stem werd plechtig en dreigend, 'paden der monsterlijkheid bewandeld. Waarvoor God weet te straffen.'

Er daalde een drukkende stilte op de aanwezigen neer. Venantius van Salvemec waagde het haar te verbreken.

'Eerbiedwaardige Jorge,' zei hij, 'uw deugd maakt u onrechtvaardig. Twee dagen voordat Adelmo stierf, was u aanwezig bij een geleerd dispuut dat eveneens hier in het scriptorium plaatsvond. Adelmo sprak zijn zorg erover uit dat zijn kunst, al hield ze zich met bizarre en fantastische voorstellingen bezig, niettemin op de heerlijkheid van God mocht zijn gericht, een instrument mocht zijn tot kennis van de hemelse dingen. Frater William citeerde zojuist de Areopagiet inzake de kennis door ongelijkvormigheid. En Adelmo citeerde die dag een andere, zeer hoge autoriteit, de doctor van Aquino, waar deze zegt dat het past dat de goddelijke dingen meer in de gedaante van lage lichamen zichtbaar worden gemaakt dan in de gedaante van edele lichamen. In de eerste plaats omdat de menselijke ziel aldus gemakkelijker uit de dwaling wordt verlost; het is immers duidelijk dat bepaalde eigenschappen niet aan de goddelijke dingen kunnen worden toegeschreven, hetgeen twijfelachtig zou zijn wanneer ze in edele lichaamsvormen zouden worden aangeduid. In de tweede plaats omdat deze wijze van afbeelden beter past bij de kennis die wij op deze aarde van God hebben: Hij openbaart zich immers meer in dat wat Hij niet is dan in dat wat Hij is, en derhalve verschaffen de gelijkenissen van die dingen die zich het verst van God verwijderen ons een beter idee van Hem, want zo weten we dat Hij boven dat wat wij zeggen en denken staat. En in de derde plaats omdat de dingen Gods zo beter verborgen blijven voor hen die ze niet waardig zijn. Kortom, het ging er die dag om te begrijpen op welke wijze men de waarheid kan ontdekken door middel van verrassende, geestige en raadselachtige uitingsvormen. En ik herinnerde hem eraan dat ik in het werk van de grote Aristoteles dienaangaande zeer duidelijke woorden had gevonden...'

'Ik herinner het me niet,' viel Jorge hem bars in de rede, 'ik ben heel oud. Ik herinner het me niet. Misschien ben ik al te streng geweest. Het is laat geworden. Ik moet gaan.'

'Vreemd dat u het zich niet herinnert,' hield Venantius aan, 'het was een geleerde en zeer boeiende discussie, waarin ook Bengt en Berenger zich mengden. Het ging er met name om te weten of metaforen, woordspelingen en raadsels, die de dichters ogenschijnlijk alleen voor hun plezier hebben bedacht, niet aanzetten tot nieuwe en verrassende speculaties over de dingen, en ik zei dat ook dat een deugd is die van de wijze wordt geëist... En Malachias was er ook bij...'

'Als de eerbiedwaardige Jorge het zich niet herinnert, heb dan respect voor zijn leeftijd en de vermoeidheid van zijn geest... die overigens nog steeds zo levendig is,' kwam een van de monniken die het gesprek volgden tussenbeide. De zin was op opgewonden toon uitgesproken, althans aan het begin, want toen de spreker merkte dat hij met zijn aansporing tot respect voor de oude man in feite de aandacht op een zwakheid van hem vestigde, beteugelde hij de felheid van zijn woorden en eindigde bijna in een verontschuldigend gemompel. Degene die had gesproken, was Berenger van Arundel, de hulpbibliothecaris. Hij was een jongeman met een bleek gezicht, en terwijl ik naar hem keek, schoot me de beschrijving te binnen die Ubertino van Adelmo had gegeven: zijn ogen leken die van een wulpse vrouw. Verlegen geworden door alle blikken die zich nu op hem vestigden, strengelde hij zijn handen ineen als iemand die een innerlijke spanning wil onderdrukken.

Eigenaardig was de reactie van Venantius. Hij keek Berenger op zo'n manier aan dat deze zijn ogen neersloeg: 'Toegegeven, broeder,' zei hij, 'als het geheugen een gave Gods is, kan ook de kunst om te vergeten een goede gave zijn, die geëerbiedigd dient te worden. Maar ik eerbiedig haar in de oude medebroeder tot wie ik sprak. Van jou verwachtte ik een levendiger herinnering omtrent de dingen die zijn gebeurd toen we hier waren, samen met een zeer dierbare vriend van jou…'

Ik zou niet kunnen zeggen of Venantius een bijzondere nadruk had gelegd op de woorden 'zeer dierbare'. Zeker is dat ik onder de aanwezigen een sfeer van gêne bespeurde. Ieder keek een andere kant uit en niemand richtte zijn blik op Berenger, die nu hevig bloosde. Malachias greep onmiddellijk met gezag in: 'Kom, frater William,' zei hij, 'ik zal u nog enkele interessante boeken laten zien.'

De groep ging uiteen. Ik zag hoe Berenger een blik boordevol wrok naar Venantius wierp en Venantius deze op dezelfde wijze beantwoordde, woordeloos en uitdagend. Toen ik zag dat de oude Jorge wilde weglopen, boog ik me in een opwelling van vrome eerbied om zijn hand te kussen. De grijsaard nam de kus in ontvangst, legde zijn hand op mijn hoofd en vroeg wie ik was. Toen ik mijn naam noemde, klaarde zijn gezicht op.

'Je draagt een grote en zeer schone naam,' zei hij. 'Weet je wie Adso van Montier-en-Der was?' Ik moest bekennen dat ik het niet wist. Waarop Jorge eraan toevoegde: 'Hij was de schrijver van een schrikwekkend boek, de *Libellus de Antechristo*, waarin hij dingen zag die later zouden gebeuren, maar er werd niet voldoende naar hem geluisterd.'

'Het boek is vóór het jaar duizend geschreven,' zei William, 'en die dingen zijn niet bewaarheid…'

'Voor wie geen ogen heeft om te zien,' zei de blinde. 'De wegen van de Antichrist zijn traag en kronkelig. Hij komt wanneer wij hem niet verwachten, en niet omdat de door de apostel gemaakte berekening fout was, maar omdat wij niet hebben geleerd haar te duiden.' Toen riep hij met donderende stem, zijn gezicht naar de zaal toegekeerd zodat de gewelven van het scriptorium weergalmden: 'Hij is in aantocht! Laat uw laatste dagen niet verloren gaan in gelach om misgeboorten met gevlekte huid en gekronkelde staart! Verspilt de laatste zeven dagen niet!'

EERSTE DAG
VESPERS

Waarin de rest van de abdij wordt bezocht, William enige gevolgtrekkingen maakt over de dood van Adelmo, met de broeder glasmeester wordt gepraat over glazen om te lezen en over spookbeelden voor wie te veel wil lezen.

◆

Op dat moment werd er voor de vespers geluid en de monniken maakten zich gereed om hun werktafels te verlaten. Malachias gaf ons te verstaan dat ook wij ons moesten verwijderen. Hij zou met zijn helper, Berenger, achterblijven om op te ruimen en de bibliotheek (zoals hij het uitdrukte) in gereedheid te brengen voor de nacht. William vroeg of hij daarna de deuren afsloot.

'Er zijn geen deuren die de toegang tot het scriptorium vanuit de keuken en het refectorium beletten, of die de bibliotheek van het scriptorium afsluiten. Het verbod van de abt dient sterker te zijn dan welke deur ook. En de monniken moeten nog tot de completen zowel van de keuken als van het refectorium gebruik kunnen maken. Daarna sluit ik persoonlijk de benedendeuren die naar de keukens en het refectorium leiden af om te voorkomen dat buitenstaanders of dieren, voor wie het verbod niet van kracht is, het Hoofdgebouw kunnen betreden. Vanaf dat uur is het Hoofdgebouw volkomen verlaten.'

We gingen naar beneden. Terwijl de monniken naar het koor liepen, besloot mijn meester dat de Heer het ons zou vergeven als we niet aan het officie deelnamen (de Heer zou ons in de volgende dagen heel wat te vergeven hebben!) en stelde me voor nog wat met hem over het terrein van de abdij te wandelen teneinde de plek beter te leren kennen.

We gingen naar buiten en staken het kerkhof over: er waren vrij nieuwe grafstenen en andere die door de tand des tijds waren aangetast en verhaalden over monnikenlevens in voorbije eeuwen. De graven droegen geen naam, alleen een stenen kruis.

Het weer verslechterde. Er was een koude wind opgestoken en de lucht betrok. Een flauw schijnsel duidde op een zon die achter de moestuinen onderging en het werd al donker naar het oosten toe, waarheen wij onze schreden richtten, langs het koor van de kerk heen naar het achterste gedeelte van het terrein. Daar, bijna direct onder de muur, waar deze aan de oostelijke toren van het Hoofdgebouw aansloot, stonden de varkenskotten, en de varkenshoeders waren juist bezig de kruik met het varkensbloed toe te dekken. We merkten op dat achter de varkenskotten de muur iets lager was, zodat men eroverheen kon kijken. Aan de andere kant was het terrein, dat aan de voet van de loodrechte muur in een duizelingwekkend steile helling afliep, bedekt met scherven en afval, die de sneeuw niet geheel aan het oog vermocht te onttrekken. Dit was klaarblijkelijk de stortplaats van het vuilnis, dat hier over de muur werd gegooid en naar beneden gleed tot aan de bocht waar het pad zich afsplitste waarlangs de voortvluchtige Brunello zich uit de voeten had gemaakt. Ik zeg vuilnis, want het was een grote lawine van stinkende rommel, waarvan de lucht zelfs op de plek waar ik over de muur keek te ruiken was; en ik zag de boeren die deze grond van onderaf weg schepten om er hun akkers mee te bemesten. Maar de uitwerpselen van dieren en mensen waren vermengd met ander, vast afval, heel de stroom van dode materie die de abdij uitscheidde, om de zuiverheid en ongereptheid in haar betrekking met de top van de berg en de hemel te behouden.

 In de stallen ernaast waren de paardenknechten bezig de dieren naar de ruif terug te voeren. Wij wandelden over het pad waarlangs aan de kant van de muur de verschillende stallen stonden en rechts, naast het koor, het dormitorium van de monniken en daarna de latrines. Daar waar de oostelijke muur naar het zuiden afboog, in de hoek van het terrein, stond het gebouw van de smederij. De laatste smeden legden juist hun gereedschappen neer en zetten hun blaasbalgen af om zich naar het officie te begeven. William liep nieuwsgierig naar een hoek van de smederij die bijna geheel van de rest van de werkplaats was afgescheiden en waar een monnik bezig was zijn spullen op te ruimen. Er lag een prachtige verzameling van kleine stukken glas in allerlei kleuren op zijn tafel en grotere platen stonden tegen de muur. Voor hem stond een nog niet voltooide reliekschrijn, waarvan alleen het zilveren raamwerk klaar was; ik begreep dat hij bezig was er glas en stenen in te vatten die hij met zijn instrumenten tot het formaat van een edelsteen had teruggebracht.

 Zo maakten we kennis met Nicola van Morimondo, de glasmeester van de abdij. Hij vertelde ons dat er in het achterste gedeelte van de smederij ook glas werd geblazen, terwijl in het voorste deel, waar de smeden werkten, het glas in lood werd gezet om er ramen van te maken. Maar, voegde hij eraan toe, het grote glazenierswerk dat de kerk en het Hoofdgebouw sierde, was al minstens twee eeuwen geleden voltooid. Nu beperkte men zich tot kleinere werken of tot reparaties van door de jaren aangebrachte schade.

'En dat kost veel moeite,' vervolgde hij, 'want we kunnen de kleuren van vroeger niet meer krijgen, met name het blauw dat jullie nog in het koor kunt bewonderen, een glas van zo'n heldere kwaliteit dat het, als de zon hoog staat, een paradijselijk licht in het schip verspreidt. De ramen in het westelijk deel van het schip, die niet lang geleden zijn vervangen, zijn niet van dezelfde kwaliteit, en dat is op zomerse dagen te zien. Niets aan te doen,' voegde hij eraan toe,' we hebben niet meer de kennis van de oude meesters, het tijdperk der reuzen is voorbij!'

'Wij zijn dwergen,' gaf William toe, 'maar dwergen die op de schouders van die reuzen staan, en soms slagen wij er in al onze nietigheid in verder voor ons uit te zien dan zij.'

'Vertel mij eens wat wij beter doen dat zij niet hebben kunnen doen!' riep Nicola uit. 'Als je afdaalt in de crypte van de kerk waar de schat van deze abdij wordt bewaard, zul je reliekschrijnen vinden van zo'n verfijnde makelij, dat het misbaksel dat ik hier in elkaar sta te knoeien,' en hij wees naar zijn werkstuk op de tafel, 'daarbij vergeleken erbarmelijke namaak is!'

'Er staat niet geschreven dat glasmeesters ruiten en goudsmeden reliekschrijnen moeten blijven maken, als de meesters uit het verleden er zulke mooie hebben weten te vervaardigen die de eeuwen kunnen doorstaan. Anders zou de wereld vol raken met reliekschrijnen, in een tijd waarin de heiligen van wie de relieken moeten komen zo schaars zijn,' zei William gekscherend. 'En er moeten ook niet eindeloos glas-in-loodramen worden gemaakt. Ik heb in verschillende landen nieuwe uit glas gemaakte dingen gezien die ons doen denken aan een wereld van morgen waarin het glas niet alleen in dienst staat van de godsverering, maar ook hulp biedt bij 's mensen gebreken. Ik wil je een werkstuk van onze tijd laten zien, waarvan ik de eer heb een zeer nuttig exemplaar te bezitten.' Hij stak zijn hand in zijn pij en haalde zijn oogglazen tevoorschijn die de glasmeester met stomheid sloegen.

Nicola pakte het vorkje dat William hem voorhield vol nieuwsgierigheid aan: 'Oculi de vitro cum capsula!' riep hij uit. 'Ik had er al over gehoord van een zekere frater Giordano die ik in Pisa heb leren kennen! Hij zei dat er nog geen twintig jaren waren verstreken sinds ze waren uitgevonden. Maar ik sprak hem meer dan twintig jaar geleden.'

'Ik geloof dat ze veel eerder zijn uitgevonden,' zei William, 'maar ze zijn moeilijk te vervaardigen en er zijn zeer ervaren glasmeesters voor nodig. Ze kosten tijd en arbeid. Tien jaar geleden is één paar van deze vitrei ab oculis ad legendum in Bologna voor zes stuivers verkocht. Ik heb meer dan tien jaar geleden een paar ten geschenke gekregen van een groot meester, Salvino degli Armati, en ik heb het al die tijd zorgvuldig bewaard alsof het – zoals inmiddels het geval is – een deel van mijn eigen lichaam was.'

'Ik hoop dat je me een dezer dagen de gelegenheid geeft ze goed te bekijken; ik zou ook wel zoiets willen maken,' zei Nicola opgewonden.

'Natuurlijk,' zegde William toe, 'maar houd er rekening mee dat de dikte van het glas moet wisselen naargelang van het oog dat erdoor moet kijken, en je moet een groot aantal van die lenzen maken om ze op de patiënt te passen, totdat je de goede dikte hebt gevonden.'

'Wat een wonder!' vervolgde Nicola. 'En toch zouden velen het hekserij en duivelse manipulatie noemen...'

'Je kunt in dit verband zeker van magie spreken,' gaf William toe. 'Maar er zijn twee vormen van magie. Er bestaat een magie die het werk is van de duivel en gericht is op de ondergang van de mens door middel van kunstgrepen waarover het niet gepast is te spreken. Anderzijds bestaat er een magie die het werk van God is, daar waar Gods kennis zich openbaart door middel van de kennis van de mens, die dient om de natuur om te vormen en onder meer tot doel heeft het leven van de mens te verlengen. En dat is heilige magie, waaraan de geleerden zich steeds meer zullen moeten wijden, niet alleen om nieuwe dingen te ontdekken, maar ook om talloze natuurgeheimen te herontdekken die de goddelijke wijsheid had geopenbaard aan de joden, de Grieken, aan andere oude volkeren en thans zelfs aan de ongelovigen (je moest eens weten hoeveel wonderbaarlijke zaken over de optiek en de wetenschap van het gezichtsvermogen er in de boeken van de ongelovigen staan!). En een christelijke wetenschap moet zich al deze kennis opnieuw toe-eigenen, haar heroveren op de heidenen en op de ongelovigen *tamquam ab iniustis possessoribus*, alsof niet zij maar alleen wij recht zouden hebben op de schatten van waarheid.'

'Maar waarom geven zij die deze kennis bezitten haar niet door aan het gehele volk Gods?'

'Omdat niet het gehele volk Gods rijp is voor zo veel geheimen. Het is vaak voorgekomen dat zij die deze wetenschap bezaten, werden aangezien voor tovenaars die zich door een pact met de duivel hadden verbonden, zodat ze hun voornemen om allen deelgenoot te maken van hun kennis met de dood moesten bekopen. Ikzelf heb me, tijdens processen waarin iemand van omgang met de duivel werd verdacht, ervoor moeten hoeden deze lenzen te gebruiken en mijn toevlucht moeten nemen tot welwillende secretarissen die mij de stukken welke ik nodig had voorlazen, omdat ik anders, op een ogenblik dat de aanwezigheid van de duivel zich zo sterk opdrong dat iedereen zijn zwavellucht rook, zelf voor een vriend van de verdachten zou zijn aangezien. En ten slotte, zo waarschuwde de grote Roger Bacon, moeten de geheimen der wetenschap niet altijd in ieders handen terechtkomen, want sommigen zouden ze voor slechte doeleinden kunnen aanwenden. Dikwijls moet de geleerde boeken die helemaal niet over magie handelen voor toverboeken laten doorgaan teneinde ze tegen onbescheiden blikken te beschermen.'

'Dus jij vreest dat de eenvoudigen van geest misbruik kunnen maken van deze geheimen?' vroeg Nicola.

'Wat de eenvoudigen aangaat, vrees ik alleen dat ze erdoor van streek worden gebracht, omdat ze deze geheimen kunnen verwarren met die werken van de duivel waarvoor hun predikers hen maar al te vaak waarschuwen. Kijk, ik heb bijvoorbeeld zeer bekwame artsen gekend die medicijnen hadden vervaardigd waarmee een ziekte kon worden genezen. Maar zij dienden de eenvoudigen hun zalfje of drankje toe onder het psalmodiëren van zinnen die op gebeden leken, en niet omdat die gebeden zouden kunnen genezen, maar om te bereiken dat de geest, in de goede gesteldheid gebracht door het vertrouwen in de vrome formule, meer zou openstaan voor de lichamelijke werking van de medicijn. Dikwijls echter dienen de schatten der wetenschap niet tegen de eenvoudigen te worden beschermd maar tegen andere geleerden. Er worden tegenwoordig wonderbaarlijke machines gemaakt waarmee men de loop der natuur kan beïnvloeden, maar o wee als ze in handen zouden vallen van lieden die ze gingen gebruiken om hun aardse macht te vergroten. Ik heb gehoord dat in Cathay een geleerde een poeder heeft verkregen dat, met vuur in aanraking gebracht, een luide knal en een grote vlam teweegbrengt en ellen en ellen in de omtrek alles vernietigt. Een prachtig hulpmiddel, als het zou worden aangewend om rivieren om te leggen of rotsen te verbrijzelen op plaatsen waar de grond moet worden bewerkt. Maar als iemand het zou gebruiken om zijn vijanden schade toe te brengen?'

'Dat zou misschien goed zijn, als het vijanden van het volk Gods waren,' zei Nicola devoot.

'Misschien,' gaf William toe. 'Maar wie is heden ten dage de vijand van het volk Gods? Keizer Lodewijk of paus Johannes?'

'Lieve Heer!' zei Nicola ontsteld, 'over zo'n netelige zaak zou ik bepaald niet alleen willen beslissen!'

'Zie je wel?' zei William. 'Soms is het goed dat bepaalde geheimen nog door duistere taal verhuld blijven. De geheimen der natuur worden niet op geiten- of schapenvellen overgedragen. Aristoteles zegt in zijn boek der geheimen dat men door te veel verborgenheden van de natuur en van de kunst openbaar te maken, een hemels zegel verbreekt en dat daar veel onheil uit kan voortkomen. Hetgeen niet betekent dat de geheimen niet onthuld moeten worden, maar dat het aan de geleerden is om uit te maken wanneer en hoe.'

'Daarom is het goed dat in oorden zoals dit,' zei Nicola, 'niet alle boeken voor iedereen toegankelijk zijn.'

'Dat is een andere kwestie,' zei William. 'Men kan zondigen door overmatige spraakzaamheid en door overmatige terughoudendheid. Ik bedoelde niet dat men de bronnen der wetenschap dient te verbergen. Dat lijkt me juist een groot kwaad. Ik bedoelde dat de geleerde, wanneer het om geheimen gaat waaruit zowel goed als kwaad kan voortkomen, het recht en de plicht heeft raadselachtige taal te bezigen die alleen voor zijn gelijken begrijpelijk is. De weg der wetenschap is moeilijk en het is moeilijk er het goede van het kwade te onderscheiden. En dikwijls zijn de geleerden van de nieuwe tijden slechts dwergen op de schouders van dwergen.'

Dit vriendschappelijke gesprek met mijn meester scheen Nicola in een vertrouwelijke stemming te hebben gebracht. Hij knipoogde tegen William (alsof hij wilde zeggen: wij begrijpen elkaar want we praten over dezelfde dingen) en zei op veelbetekenende toon: 'Maar daarginds,' en hij wees naar het Hoofdgebouw, 'worden de geheimen der wetenschap goed beschermd door magische krachten...'

'O ja?' zei William, onverschilligheid voorwendend. 'Vergrendelde deuren, strenge verboden, dreigementen, neem ik aan.'

'O nee, veel meer...'

'Wat bijvoorbeeld?'

'Kijk, ik weet het niet precies, ik houd me met glas bezig en niet met boeken, maar er doen in de abdij... vreemde verhalen de ronde...'

'Wat voor soort verhalen?'

'Vreemde. Bijvoorbeeld over een monnik die zich 's nachts in de bibliotheek waagde en toen, als betoverd, slangen, mensen zonder hoofd en mensen met twee hoofden zag. Het scheelde niet veel of hij was waanzinnig uit het labyrint gekomen...'

'Waarom spreek je over betovering en niet over duivelse verschijningen?'

'Omdat ik, ook al ben ik maar een eenvoudige glasmeester, niet helemaal van verstand gespeend ben. De duivel (God sta ons bij!) verleidt een monnik niet met slangen en tweekoppige mensen. Eerder met wellustige visioenen, zoals hij met de woestijnvaders deed. Bovendien, als het zondig is om bepaalde boeken te lezen, waarom zou een duivel een monnik dan van die zonde weerhouden?'

'Dat lijkt me een goed enthymema,' gaf mijn meester toe.

'En verder heb ik, toen ik ramen van het hospitaal repareerde, voor de aardigheid in een paar boeken van Severin gebladerd. Er was een boek met geheimen, naar ik meen geschreven door Albertus Magnus; mijn aandacht werd getrokken door een paar opmerkelijke miniaturen, en ik las enkele bladzijden over de manier waarop je de pit van een olielamp kunt insmeren zodat de walm die ervan afkomt visioenen veroorzaakt. Je zult hebben opgemerkt, of liever gezegd je zult nog niet hebben opgemerkt omdat je nog geen nacht in deze abdij hebt doorgebracht, dat de bovenste verdieping van het Hoofdgebouw tijdens de nachtelijke uren verlicht is. Op bepaalde punten is door de ramen heen een zwak schijnsel te zien. Menigeen heeft zich afgevraagd wat het is, en er is gefluisterd over dwaallichten of over de zielen van overleden monniken die bibliothecaris zijn geweest en terugkomen om hun domein te bezoeken. Velen hier geloven daarin. Ik denk dat het lampen zijn die zijn toegerust om visioenen te veroorzaken. Weet je, als je een lampenpit invet met de smeer uit het oor van een hond, dan denkt iemand die de rook van die lamp inademt dat hij een hondenkop heeft, en als hij iemand bij zich heeft, zal hij die ook met een hondenkop zien. En er is een ander smeersel dat maakt dat degenen die om de lamp heen lopen zich zo groot voelen als olifanten. Met de ogen van een vleermuis en van twee vissen waarvan ik de naam vergeten ben, en de gal van een wolf, maak je een lampenpit die je, als hij brandt, de dieren doet zien waaruit je het smeersel hebt gemaakt. En met de staart van een hagedis zie je alles om je heen als zilver, en met het vet van een zwarte slang en een stukje lijkwade lijkt de hele kamer vol slangen. Ik weet er alles van. Iemand in de bibliotheek is heel slim…'

'Maar zouden het niet de zielen van de overleden bibliothecarissen kunnen zijn die deze toverkunsten uithalen?'

Nicola keek verbluft en verontrust. 'Daar had ik niet aan gedacht. Het kan zijn. God behoede ons. Het is laat, de vespers zijn al begonnen. Adieu.' En hij begaf zich naar de kerk.

Wij liepen verder langs de zuidkant: rechts lagen het gastenverblijf en de kapittelzaal met de tuin, links de oliepersen, de molen, de korenschuren, de wijnkelders en het novicenhuis. En iedereen spoedde zich naar de kerk.

'Wat denkt u van Nicola's verhaal?' vroeg ik.

'Ik weet het niet. Er is iets gaande in de bibliotheek, en ik geloof niet dat het de zielen van de overleden bibliothecarissen zijn…'

'Waarom niet?'

'Omdat ik me voorstel dat zij zo deugdzaam zijn geweest dat ze nu in het rijk der hemelen het aangezicht van de godheid aanschouwen, als dit antwoord je kan bevredigen. Wat die lampen betreft: als ze er zijn, zullen we ze zien. En die smeersels waar onze glasmeester het over had… er zijn simpeler methoden om visioenen op te roepen, en Severin kent ze heel goed, dat heb je vandaag gemerkt. Zeker is dat men in de abdij niet wenst dat iemand 's nachts de bibliotheek binnenkomt, maar dat velen het hebben geprobeerd of nog proberen.'

'En heeft onze misdaad iets met deze geschiedenis uitstaande?'

'Misdaad? Hoe langer ik erover nadenk, hoe meer ik ervan overtuigd raak dat Adelmo zich van het leven heeft beroofd.'

'Waarom dan wel?'

'Herinner je je nog, vanmorgen, toen ik de vuilstortplaats opmerkte? Terwijl wij in de bocht onder de oostelijke toren omhoog liepen, zag ik op die plek de sporen van een aardverschuiving: een deel van de grond, ongeveer op de plaats waar het afval zich ophoopt, was namelijk afgegleden tot onder de toren. Daarom kregen we vanavond, toen we over de muur naar beneden keken, de indruk dat het afval maar amper door sneeuw bedekt was, dat wil zeggen alleen door het dunne laagje dat gisteren was gevallen, niet door die van de dagen daarvoor. Met betrekking tot het lijk van Adelmo heeft de abt ons verteld dat het door de rotsen was gehavend, en onder de oostelijke toren, vlak onder de plek waar het bouwwerk in de afgrond overgaat, groeien pijnbomen. De rotswand daarentegen bevindt zich precies op het punt waar de muur eindigt en een soort stoep vormt, waarachter de stroom afval begint.'

'Wat wilt u daarmee zeggen?'

'Wel: zou het… hoe moet ik het uitdrukken…? voor ons brein niet een geringere verspilling zijn om aan te nemen dat Adelmo, om nog op te helderen redenen, eigener beweging van de muur naar beneden is gesprongen, enige malen op de rotsen is afgestuit en, dood of gewond, in het afval is terechtgekomen? Daarna heeft de storm van die avond het afval, met een gedeelte van de grond en met het lichaam van de arme jongen, aan het schuiven gebracht tot onder de oostelijke toren.'

'Waarom zegt u dat deze oplossing voor ons brein een geringere verspilling zou zijn?'

'Beste Adson, men dient de verklaringen en oorzaken niet te vermenigvuldigen zonder dat daar een dringende noodzaak voor bestaat. Als Adelmo uit de oostelijke toren is gevallen, moet hij de bibliotheek zijn binnengedrongen, moet iemand hem eerst hebben neergeslagen zodat hij geen tegenstand kon bieden, moet die iemand het hebben klaargespeeld met een levenloos lichaam op zijn rug tot aan het raam te klimmen, het raam te openen en de ongelukkige naar beneden te gooien. In mijn hypothese daarentegen kunnen we volstaan met Adelmo, zijn wil en een aardverschuiving. Alles is verklaarbaar met gebruikmaking van een kleiner aantal oorzaken.'

'Maar waarom zou hij zich van het leven hebben beroofd?'

'Maar waarom zouden ze hem hebben vermoord? Het is in elk geval zaak motieven te vinden. En voor mij staat het vast dat die er zijn. In het Hoofdgebouw hangt een sfeer van terughoudendheid, men verzwijgt iets voor ons. Intussen hebben we al enkele, weliswaar zeer vage, toespelingen opgevangen op de een of andere vreemde relatie tussen Adelmo en Berenger. We zullen de hulpbibliothecaris dus in het oog houden.'

Onder al dit gepraat was de vesperdienst ten einde gelopen. De knechten gingen weer aan hun bezigheden voordat ze zich voor het avondmaal terugtrokken, de monniken begaven zich naar het refectorium. Buiten was het nu donker geworden en het begon te sneeuwen. Het was lichte sneeuw die in kleine, zachte vlokken neerviel en, denk ik, een groot deel van de nacht doorging, want de volgende ochtend was het hele plateau bedekt met een witte deken, zoals ik nog zal vertellen.

Ik had honger en was opgelucht bij de gedachte aan tafel te gaan.

EERSTE DAG
COMPLETEN

*Waarin William en Adson door de abt
op een smakelijke maaltijd en door Jorge
op grimmige woorden worden onthaald.*

◆

Het refectorium werd door grote toortsen verlicht. De monniken zaten aan een lange rij tafels, met aan het hoofd de tafel van de abt, op een ruim podium haaks op de andere geplaatst. Aan de overzijde stond een lessenaar, waarachter de monnik die tijdens de maaltijd de lezing zou verrichten reeds had plaatsgenomen. De abt wachtte ons op bij een fonteintje met een witte doek om onze handen na de wassing mee af te drogen, overeenkomstig de oeroude voorschriften van de heilige Pachomius.

De abt noodde William aan zijn tafel en zei dat ik, al was ik een benedictijner novice, die avond hetzelfde voorrecht zou genieten omdat ook ik een nieuwaangekomen gast was. De volgende dagen, zei hij vaderlijk, zou ik bij de monniken aan tafel mogen zitten of, als mijn meester mij de een of andere opdracht had toevertrouwd, voor of na de maaltijden naar de keuken kunnen gaan, waar de koks zich over mij zouden ontfermen.

De monniken stonden nu onbeweeglijk aan de tafels, met de kap over hun hoofd getrokken en hun handen onder het scapulier. De abt liep naar zijn tafel en bad het *Benedicite*. De cantor zette vanachter de lessenaar het *Edent pauperes* in. De abt gaf zijn zegen en iedereen ging zitten.

De regel van onze stichter schrijft een zeer sobere maaltijd voor, maar laat het aan de abt over te beslissen over de hoeveelheid voedsel die de monniken werkelijk nodig hebben. Tegenwoordig geeft men in onze abdijen echter meer toe aan de genoegens van de dis. Ik heb het niet over die welke, helaas, tot verzamelplaatsen van smulpapen zijn geworden, maar ook de abdijen die de beginselen van boetedoening en deugdzaamheid zijn toegedaan, zetten de monniken, die bijna altijd inspannend hoofdwerk verrichten, geen verfijnd maar krachtig voedsel voor. De tafel van de abt is echter altijd bevoorrecht, mede omdat er niet zelden belangrijke gasten aanzitten, en de abdijen zijn trots op de producten van hun grond en hun stallen, en op de bekwaamheid van hun keukenmeesters.

De maaltijd van de monniken verliep, zoals de gewoonte was, in stilte; zij onderhielden zich met elkaar middels het bij ons gebruikelijke vingeralfabet. De novicen en de jongste monniken werden het eerst bediend, dadelijk nadat de voor allen bestemde schotels bij de tafel van de abt waren langsgegaan.

Aan de dis van de abt zaten verder nog Malachias, de cellarius en de twee oudste monniken, Jorge van Burgos, de blinde grijsaard die ik al in het scriptorium had leren kennen, en de stokoude Alinardo van Grottaferrata, bijna honderd jaar, mank, broos van uiterlijk en – leek het mij toe – zeer afwezig. De abt vertelde over hem dat hij reeds als novice in deze abdij was gekomen, er altijd was gebleven en zich ten minste tachtig jaar van haar geschiedenis herinnerde. Deze dingen vertelde de abt ons aan het begin van de maaltijd op gedempte toon, want daarna hielden wij ons aan het gebruik van onze orde en volgden in stilte de lezing. Maar zoals ik al zei, aan de tafel van de abt veroorloofde men zich enkele vrijheden, en zo prezen wij dan ook de gerechten die ons werden voorgeschoteld, terwijl de abt de kwaliteit van zijn olie of zijn wijn ophemelde. Eenmaal herinnerde hij ons zelfs, terwijl hij ons inschonk, aan de passages van de regel waarin de heilige stichter opmerkte dat het monniken natuurlijk niet betaamt wijn te drinken, maar dat het, aangezien de monniken in onze tijd er niet toe te bewegen zijn niet te drinken, aan te bevelen was ten minste niet tot verzadigens toe te drinken, want de wijn maakt zelfs wijzen tot afvalligen, zoals Ecclesiasticus ons voorhoudt. Benedictus zei 'in onze tijd' en bedoelde de zijne, die nu al ver achter ons ligt: dus laat staan in de tijd waarin wij in de abdij zaten te eten, na zo veel zedelijk verval (en nog gezwegen over mijn tijd, het moment waarop ik dit schrijf, zij het dat men zich hier in Melk meer aan bier overgeeft!): kortom, wij dronken zonder overdrijving, maar niet zonder smaak.

We aten vlees aan het spit, van pas geslachte varkens, en ik merkte op dat er voor andere gerechten geen dierlijk vet of koolzaadolie werd gebruikt, maar goede olijfolie, afkomstig van gaarden die de abdij aan de voet van de berg bezat, richting zee. De abt liet ons de (alleen voor zijn tafel bestemde) kip proeven die ik in de keuken had zien klaarmaken. Ik zag dat hij, wat zeer uitzonderlijk was, ook beschikte over een metalen vork, waarvan de vorm me aan de oogglazen van mijn meester deed denken: als man van adellijke afkomst wilde onze gastheer zijn handen niet vuil maken aan het voedsel. Hij bood ons zelfs zijn instrument aan om ten minste het vlees van de schaal te pakken en in onze nappen te leggen. Ik bedankte, maar ik zag dat William het aanbod met genoegen aanvaardde en zich ongedwongen van dat instrument voor de hoge heren bediende, misschien om de abt niet de indruk te geven dat de franciscanen slecht opgevoede lieden van zeer nederige afkomst waren.

Opgetogen als ik was door al die heerlijke spijzen (na een paar dagen reizen gedurende welke wij ons zo goed en zo kwaad als het ging hadden gevoed), had ik de lezing, die intussen godvruchtig werd voortgezet, niet meer zo goed gevolgd. Mijn aandacht werd er weer op gevestigd door een krachtig, instemmend brommen van Jorge, en ik merkte dat het moment was aangebroken waarop altijd een hoofdstuk uit de Regel werd voorgelezen. Na wat ik hem die middag had horen zeggen, begreep ik de reden waarom Jorge zo voldaan was. De lector zei namelijk: 'Laat ons het voorbeeld navolgen van de profeet, die zegt: ik heb besloten, ik zal waken over mijn pad, om niet te zondigen met mijn tong, ik heb een doek voor mijn mond gebonden, ik ben in ootmoed verstomd, ik heb me onthouden van spreken, zelfs over gepaste zaken. En als de profeet ons in deze passage leert dat we ons uit liefde voor de stilte zelfs zouden moeten onthouden van geoorloofde gesprekken, hoeveel te meer moeten wij ons dan niet onthouden van ongeoorloofde gesprekken om de straf voor deze zonde te ontlopen!' En hij vervolgde: 'Maar stijlloze grappen en lege woorden die de lachlust wekken veroordelen wij met eeuwige uitsluiting, in alle plaatsen; en wij staan niet toe dat de leerling voor dergelijke praat zijn mond opendoet.'

'En moge dat ook gelden voor de marginalia waarover vanmiddag werd gesproken,' kon Jorge niet nalaten zachtjes toe te voegen. 'Johannes Chrysostomus heeft gezegd dat Christus nooit heeft gelachen.'

'Niets in zijn menselijke natuur verbood dat,' merkte William op, 'want de lach is, zoals de theologen leren, een kenmerkende eigenschap van de mens.'

'Forte potuit sed non legitur eo usus fuisse,' zei Jorge kortaf, Petrus Cantor citerend.

'Maar,' fluisterde William met een uitgestreken gezicht, 'toen de heilige Laurentius op het rooster werd gelegd, nodigde hij zijn beulen op een gegeven moment uit om hem om te draaien, omdat hij aan één kant al gaar was, zoals ook Prudentius in zijn *Peristephanon* aanhaalt. De heilige Laurentius kon dus lachwekkende dingen zeggen, al was het maar om zijn vijanden te vernederen.'

'Hetgeen bewijst dat de lach zeer dicht bij de dood en de ontbinding van het lichaam staat,' bitste Jorge onmiddellijk terug, en ik moet zeggen dat zijn argument van veel logica getuigde.

Op dat moment verzocht de abt ons goedmoedig om stilte. De maaltijd liep overigens ten einde. De abt stond op en stelde William aan de monniken voor. Hij prees zijn wijsheid, sprak over zijn faam, deelde mee dat hij hem had gevraagd een onderzoek naar de dood van Adelmo in te stellen en verzocht de monniken zijn vragen te beantwoorden en hem bij zijn onderzoek zoveel mogelijk behulpzaam te zijn, mits, voegde hij eraan toe, zijn verzoeken niet in strijd waren met de regels van het klooster. In dat geval zou men hem, de abt, om toestemming moeten vragen.

Na afloop van de maaltijd maakten de monniken zich gereed om naar het koor te gaan voor het officie van de completen. Ze trokken hun kap weer voor hun gezicht en stelden zich voor de deur op. Daarna liepen ze in een lange rij naar buiten, staken het kerkhof over en betraden door het noorderportaal het koor.

Wij liepen met de abt mee. 'Worden op deze tijd de deuren van het Hoofdgebouw gesloten?' vroeg William.

'Zodra de knechten het refectorium en de keukens hebben schoongemaakt, sluit de bibliothecaris zelf alle deuren af en vergrendelt ze van de binnenkant.'

'Van de binnenkant? Waar moet hij er dan uit?'

De abt keek William een ogenblik met een ernstig gezicht aan. 'Natuurlijk slaapt hij niet in de keuken,' zei hij toen kortaf. En hij versnelde zijn pas.

'Mooi zo,' fluisterde William mij toe, 'er bestaat dus nog een andere ingang, maar die mogen wij niet weten.' Ik glimlachte vol trots om zijn gevolgtrekking, waarop hij me vermaande: 'Niet lachen! Je hebt gezien dat de lach binnen deze muren niet goed staat aangeschreven.'

We gingen het koor binnen. Er brandde slechts één lamp op een zware bronzen drievoet van tweemaal manshoogte. De monniken namen zwijgend in de koorbanken plaats, terwijl de lector een passage uit een homilie van de heilige Gregorius las.

Daarop gaf de abt een teken en de cantor zette *Tu autem Domine miserere nobis* in. De abt antwoordde *Adjutorium nostrum in nomine Domini* en allen zongen samen *Qui fecit coelum et terram*. Vervolgens begon het psalmzingen: 'Als ik u aanroep, antwoord mij, o God van mijn gerechtigheid; Ik zal u danken, Heer, met heel mijn hart; Welaan, looft de Heer, alle dienaren van de Heer.' Wij waren niet in de koorbanken gaan zitten, maar hadden ons in het middenschip teruggetrokken. Van daaruit zagen we opeens Malachias uit het duister van een zijkapel tevoorschijn komen.

'Houd dat punt in de gaten,' zei William tegen mij. 'Daar zou wel eens een doorgang naar het Hoofdgebouw kunnen zitten.'

'Onder het kerkhof?'

'Waarom niet? Sterker nog, nu ik erover nadenk, zal er ergens een ossuarium moeten zijn; het is onmogelijk dat ze eeuwenlang monniken in dat kleine lapje grond hebben begraven.'

'Wilt u dan werkelijk 's nachts naar de bibliotheek gaan?' vroeg ik ontsteld.

'Waar de dode monniken en de slangen en de geheimzinnige lichten zijn, bedoel je? Nee, beste Adson. Ik overwoog het vandaag, en niet uit nieuwsgierigheid, maar omdat ik mezelf de vraag stelde hoe Adelmo de dood had gevonden. Maar nu neig ik, zoals ik je heb gezegd, tot een logischer verklaring, en alles welbeschouwd zou ik de gewoonten van dit oord willen eerbiedigen.'

'Waarom wilt u het dan weten?'

'Omdat de wetenschap niet alleen bestaat in het weten wat je moet of kunt doen, maar ook in het weten wat je zou kunnen doen en misschien niet moet doen. Daarom zei ik vandaag tegen de glasmeester dat een geleerde de geheimen die hij ontdekt op de een of andere manier verborgen moet houden, opdat anderen er geen misbruik van maken; maar ze moeten wel ontdekt worden, en deze bibliotheek lijkt mij eerder een plek waar de geheimen toegedekt blijven.'

Met deze woorden liep hij de kerk uit, want het officie was afgelopen. We waren allebei zeer vermoeid en gingen naar onze cel. Ik kroop in wat William schertsend mijn 'loculus' noemde en viel onmiddellijk in slaap.

TWEEDE DAG

TWEEDE DAG
METTEN

*Waarin luttele uren van mystiek geluk worden
onderbroken door een zeer bloedige gebeurtenis.*

◆

Het onbetrouwbaarste van alle dieren is wel de haan, nu eens symbool van de duivel, dan weer van de verrezen Christus. Onze orde had er gekend die te lui waren om bij zonsopgang te kraaien. Anderzijds hebben de metten, vooral op winterse dagen, plaats als het nog volop nacht en de hele natuur in diepe slaap is, want de monnik moet in het donker opstaan en in het donker langdurig in gebed de dag afwachten, en de duisternis verlichten met de vlam van zijn devotie. Daarom is het een verstandig gebruik dat sommige monniken zich niet tegelijk met hun medebroeders ter ruste leggen maar blijven waken en de nacht doorbrengen met het ritmisch opzeggen van een vastgesteld aantal psalmen, waaraan zij de verstreken tijd kunnen afmeten, zodat zij aan het eind van de uren bestemd voor de slaap van de anderen, deze anderen het sein tot opstaan kunnen geven.

Die nacht werden wij dan ook gewekt door broeders die onder het luiden van een bel door het dormitorium van het pelgrimshuis liepen, terwijl een van hen cel na cel binnenging en *Benedicamus Domino* riep, waarop elke monnik antwoordde met *Deo gratias*.

William en ik hielden ons aan het benedictijnse gebruik: binnen een halfuur waren we gereed om de nieuwe dag tegemoet te treden. Daarop begaven we ons naar het koor waar de monniken diep ter aarde gebogen de eerste vijftien psalmen opzegden, in afwachting van de binnenkomst van de novicen onder de hoede van hun meester. Vervolgens nam ieder op zijn bank plaats en zette het koor in met *Domine labia mea aperies et os meum annuntiabit laudem tuam*. De kreet steeg als de smeekbede van een kind naar de gewelven van de kerk op. Twee monniken bestegen de preekstoel en begonnen de vierennegentigste psalm te zingen, *Venite exultemus*, waarna de andere voorgeschreven psalmen volgden. Ik voelde het vuur van een hernieuwd geloof in me opvlammen.

De monniken zaten in de koorbanken, zestig figuren waaraan pij en kap een gelijk uiterlijk verleenden, zestig donkere schimmen, ternauwernood verlicht door de vlam van de grote drievoet, zestig stemmen opstijgend tot lof van de Allerhoogste. En bij het horen van deze ontroerende samenzang, voorportaal tot de verrukkingen van het paradijs, vroeg ik me af of deze abdij werkelijk een plaats was van verborgen geheimen, van ongeoorloofde pogingen deze te onthullen en van duistere dreigingen. Ze leek mij nu veeleer een cenakel van deugd, kostbare schrijn van kennis, ark van bezonnenheid, toren van wijsheid, hof van zachtmoedigheid, bolwerk van standvastigheid, wierookvat van heiligheid.

Na zes psalmen begon de lezing uit de Heilige Schrift. Enkele monniken zaten te knikkebollen van de slaap, en een van de wakers van die nacht liep met een lampje langs de koorbanken om degenen die in slaap waren gevallen te wekken. Als er iemand op indommelen werd betrapt, nam hij als penitentie de lamp over en vervolgde de ronde van toezicht. Vervolgens werden er nog zes psalmen gezongen. Daarna gaf de abt zijn zegen, zei de hebdomadarius de gebeden en bogen allen zich naar het altaar in een minuut van stille bezinning, waarvan niemand, die zulke uren van mystieke gloed en intense innerlijke vrede niet heeft beleefd, de zoetheid kan bevroeden. Ten slotte gingen allen, met de kap opnieuw over hun gezicht getrokken, weer zitten en zetten plechtig het *Te Deum* in. Ook ik prees de Heer omdat Hij me had verlost van mijn twijfels en bevrijd van het gevoel van onbehagen dat de eerste dag in de abdij in me had teweeggebracht. Wij zijn broze schepsels, zei ik tegen mezelf, ook onder deze geleerde en vrome monniken zaait de Boze gevoelens van na-ijver en bedekte vijandschappen, maar het is slechts rook die door de stormachtige wind van het geloof wordt uiteengedreven zodra allen zich in de naam van de Vader verenigen en Christus weer in hun midden neerdaalt.

Tussen metten en lauden gaat de monnik niet naar zijn cel terug, ook al is het nog het holst van de nacht. De novicen volgden hun meester naar de kapittelzaal om de psalmen te bestuderen, enkele monniken bleven in de kerk om de altaarbenodigdheden te verzorgen, de meesten wandelden in zwijgende meditatie door de kloostergang, en zo deden William en ik. De knechten sliepen nog, ook toen wij, nog steeds bij donker, naar het koor teruggingen voor de lauden.

Het psalmzingen werd hervat, en in het bijzonder een van de psalmen, vastgesteld voor de maandag, deed mij in mijn vroegere angsten terugvallen:

'De zonde heeft zich meester gemaakt van de goddeloze, van het diepste van zijn hart – er is geen vreze Gods in zijn ogen – hij handelt bedrieglijk voor Zijn aangezicht – zodat zijn tong verachtelijk wordt.' Het leek mij een slecht voorteken dat de regel juist voor die dag een zo gruwelijke vermaning had voorgeschreven. En ook de gebruikelijke lezing van de Apocalyps, na de lofpsalmen, bracht de onrust van mijn gemoed niet tot bedaren, en mijn gedachten keerden terug naar de figuren van het portaal die de dag tevoren mijn hart en mijn blik zo in hun ban hadden gehouden. Maar na het responsorie, de hymne en het vers, toen de lofzang uit het Evangelie begon, ontwaarde ik door de ramen van het koor, precies boven het altaar, een bleek schijnsel dat de verschillende kleuren van de ruiten, tot op dat ogenblik door de duisternis gedempt, reeds deed oplichten. Het was nog niet de morgenstond, die pas tijdens de priem in volle glorie zou doorbreken, juist op het moment waarop wij *Deus qui est sanctorum splendor mirabilis* en *Iam lucis orto sidere* zouden zingen. Het was slechts de eerste zwakke aankondiging van de winterse dageraad, maar het was er, en de lichte schemering die thans in het kerkschip het nachtelijk duister verdreef, was genoeg om mij met nieuwe moed te vervullen.

Wij zongen de woorden van het goddelijk boek, en terwijl we getuigden van het Woord dat was gekomen om de volkeren te verlichten, leek het mij toe alsof de dagster in al haar gloed bezit nam van de tempel. Het nog afwezige licht scheen te weerspiegelen in de woorden van de lofzang, mystieke lelie die zich geurend ontsloot tussen de kruisbogen van de gewelven. 'Dank, o Heer, voor dit ogenblik van onuitsprekelijke vreugde,' bad ik in stilte, en ik zei tot mijn hart: 'en gij, dwaas, waarvoor zijt ge bevreesd?'

Plotseling klonken uit de richting van het noorderportaal een paar luide kreten op. Ik vroeg me af hoe de knechten, die zich opmaakten voor de arbeid, de eredienst zo konden verstoren. Op dat moment kwamen drie varkenshoeders met de doodsschrik op hun gezicht de kerk binnen en liepen op de abt toe om hem iets in het oor te fluisteren. De abt maakte aanvankelijk een sussend gebaar, alsof hij de dienst niet wilde onderbreken, maar er kwamen nog meer knechten binnen en hun kreten werden luider: 'Het is een man, een dode man!' zei een van hen, en anderen: 'Een monnik, heb je zijn schoeisel niet gezien?'

Het gebed verstomde, de abt snelde naar buiten terwijl hij de cellarius wenkte hem te volgen. William ging hen achterna, maar intussen verlieten ook de andere monniken hun banken en haastten zich naar buiten.

De hemel was nu helder en de sneeuw op de grond gaf het plateau een nog lichter aanzien. Op het terrein achter het koor, voor de kotten, waar vanaf de vorige dag de grote kruik met varkensbloed troonde, zagen we een eigenaardig, bijna kruisvormig voorwerp boven de rand van de kruik uitsteken, alsof er twee palen in de bodem waren geslagen die met lappen moesten worden bedekt om tot vogelverschrikker te dienen.

Het waren daarentegen twee mensenbenen, de benen van een man die met zijn hoofd naar beneden in de kruik met bloed was gezet.

De abt gaf opdracht het lijk (want, helaas, geen enkel levend mens zou die obscene houding hebben volgehouden) uit het weerzinwekkende vocht te trekken. De varkenshoeders bogen zich aarzelend over de kruik en trokken het arme, van bloed druipende ding eruit, waarbij ze zichzelf van onder tot boven besmeurden. Zoals ze mij hadden verteld, was het bloed, omdat het onmiddellijk na in de kruik te zijn gegoten grondig was geroerd en in de kou gelaten, niet geronnen, maar het laagje dat het lijk bedekte, de kleren doorweekte en het gezicht onherkenbaar maakte, vertoonde nu neiging tot stollen. Een knecht snelde toe met een emmer water en gooide wat over het gezicht van dat armzalige menselijke overschot. Iemand anders boog zich er met een lap overheen om het schoon te vegen zodat de trekken zichtbaar werden. Voor onze ogen verscheen het witte gelaat van Venantius van Salvemec, de kenner van de Griekse wereld, met wie wij de middag tevoren bij de codices van Adelmo hadden staan praten.

'Adelmo heeft misschien zelfmoord gepleegd,' zei William terwijl hij strak naar dat gezicht keek, 'maar hij zeker niet, en het is evenmin denkbaar dat hij zich toevallig over de rand van de kruik heeft gebogen en er per ongeluk is ingevallen.'

De abt kwam op hem toe: 'Frater William, zoals u ziet is er in deze abdij iets gaande, iets wat al uw wijsheid vereist. Maar ik bezweer u, handel snel!'

'Was hij in het koor tijdens het officie?' vroeg William, op het lijk wijzend.

'Nee,' zei de abt. 'Ik had al opgemerkt dat zijn bank leeg was.'

'Was er verder niemand afwezig?'

'Ik geloof het niet. Ik heb niets bijzonders opgemerkt.'

William aarzelde even voor hij de volgende vraag stelde, en hij deed het fluisterend, om te zorgen dat de anderen hem niet konden horen: 'Zat Berenger op zijn plaats?'

De abt keek hem met een wat verontruste bewondering aan, alsof het hem trof dat mijn meester eenzelfde verdenking koesterde als hijzelf even, maar om begrijpelijker redenen, had gekoesterd. Toen zei hij snel: 'Hij was er, zijn plaats is op de eerste rij, vrijwel aan mijn rechterhand.'

'Vanzelfsprekend,' zei William, 'betekent dat allemaal niets. Ik geloof niet dat er iemand langs de achterkant van de apsis het koor is binnengegaan, dus het lijk kon hier al urenlang zijn, ten minste vanaf het moment dat iedereen is gaan slapen.'

'Inderdaad, de eerste knechten staan bij het aanbreken van de dag op en daarom hebben ze het nu pas ontdekt.'

William boog zich over het lijk heen alsof hij dagelijks met dode lichamen omging. Hij doopte de lap die naast hem lag in de emmer water en maakte het gezicht van Venantius beter schoon. Onderwijl kwamen de andere monniken verschrikt om ons heen staan en vormden een druk pratende kring, waaraan de abt trachtte het zwijgen op te leggen. Severin, aan wie de lijkverzorging in de abdij was toevertrouwd, baande zich een weg door de kring en hurkte naast mijn meester neer. Ik overwon mijn afschuw en voegde me bij hen om hun gesprek te horen en om William te helpen, die een schone natte doek nodig had.

'Heb je wel eens een drenkeling gezien?' vroeg William.

'Vaak genoeg,' zei Severin. 'En als ik goed begrijp wat je bedoelt: hun gezicht ziet er anders uit, het is opgeblazen.'

'Dus de man was al dood toen iemand hem in de kruik gooide.'

'Waarom zou hij dat hebben gedaan?'

'Waarom zou hij hem hebben vermoord? We staan tegenover het werk van een verwrongen geest. Maar we moeten nu kijken of het lichaam verwondingen of kneuzingen heeft. Ik stel voor hem naar het badhuis te brengen, hem uit te kleden, te wassen en te onderzoeken. Ik kom zo bij je.'

Terwijl Severin, na verkregen toestemming van de abt, het lichaam door de varkenshoeders liet wegdragen, vroeg mijn meester of de monniken via de weg waarlangs ze waren gekomen naar het koor konden terugkeren en de knechten zich op dezelfde wijze konden terugtrekken, zodat niemand zich meer op de open plek buiten zou bevinden. De abt vroeg hem niet naar het waarom van zijn verzoek en voldeed eraan. Zo bleven alleen wij tweeën achter, naast de kruik waarvan het bloed gedurende de macabere bergingsoperatie over de rand was gelopen, met de sneeuw eromheen geheel rood gekleurd, hier en daar gesmolten door het uitgegoten water, en een grote donkere vlek waar het lijk had gelegen.

'Fraaie warboel,' zei William, wijzend op het netwerk van de voetstappen die monniken en knechten overal rondom hadden achtergelaten. 'De sneeuw, beste Adson, is een voortreffelijk perkament waarop de lichamen der mensen een duidelijk leesbaar schrift achterlaten. Maar dit is een slecht afgekrabd palimpsest en wellicht kunnen we er niets van belang uit lezen. Van hier tot aan de kerk is er een heen en weer geren van talloze monniken geweest, van hier tot aan de kotten en de stallen hebben hele scharen knechten gelopen. Alleen de ruimte tussen de kotten en het Hoofdgebouw is nog ongerept. Laten we eens kijken of we iets belangwekkends kunnen vinden.'

'Wat wilt u dan vinden?' vroeg ik.

'Als hij zich niet uit zichzelf in de kruik heeft geworpen, heeft iemand hem erheen gedragen, toen hij al dood was neem ik aan. En iemand die het lichaam van een ander meezeult, laat in de sneeuw diepe sporen na. Dus zoek jij eens of je hier in de buurt sporen vindt van een andere soort dan de indrukken van die opgewonden monniken die ons perkament hebben verknoeid.'

Zo deden wij. En ik vertel er meteen bij dat ik het was, God behoede me voor ijdelheid, die iets ontdekte tussen de kruik en het Hoofdgebouw. Het waren tamelijk diepe indrukken van mensenvoeten op een deel van het terrein waar nog niemand had gelopen en, zoals mijn meester dadelijk opmerkte, minder scherp afgetekend dan die van de monniken en knechten, een teken dat er nieuwe sneeuw op was gevallen en dat ze dus langer geleden waren achtergelaten. Maar wat ons het belangrijkste leek, was dat er tussen die indrukken door een ononderbroken spoor liep, alsof degene die daar had gelopen iets achter zich aan had gesleept. Kortom, een streep die van de kruik naar de deur van het refectorium liep, aan de kant van het Hoofdgebouw die tussen de zuidelijke en de oostelijke toren was gelegen.

'Refectorium, scriptorium, bibliotheek,' zei William. 'Alweer de bibliotheek. Venantius is in het Hoofdgebouw gestorven, en zeer waarschijnlijk in de bibliotheek.'

'Waarom juist in de bibliotheek?'

'Ik probeer me in de moordenaar te verplaatsen. Als Venantius in het refectorium, de keuken of het scriptorium was gestorven, of liever vermoord, waarom hem daar dan niet gelaten? Maar als hij in de bibliotheek was gestorven, diende hij ergens anders te worden heengebracht, óf omdat hij in de bibliotheek nooit zou zijn gevonden (en misschien was het de moordenaar er juist om te doen dat hij werd gevonden), óf omdat de moordenaar waarschijnlijk niet wil dat de aandacht zich op de bibliotheek concentreert.'

'En waarom zou het de moordenaar erom te doen kunnen zijn dat hij werd gevonden?'

'Dat weet ik niet, ik stel hypothesen op. Wie zegt je dat de moordenaar Venantius heeft vermoord omdat hij Venantius haatte? Het is mogelijk dat hij hem heeft vermoord in plaats van willekeurig wie, om een teken achter te laten, om iets anders aan te duiden.'

'Omnis mundi creatura, quasi liber et pictura...' mompelde ik. 'Maar om wat voor teken zou het gaan?'

'Dat is juist wat ik niet weet. Maar we moeten niet vergeten dat er ook tekens zijn die tekens lijken maar geen betekenis hebben, zoals blitiri of boe-ba-baf...'

'Het zou gruwelijk zijn,' zei ik, 'een mens te doden om boe-ba-baf te zeggen!'

'Het zou gruwelijk zijn,' vulde William aan, 'een mens te doden om *Credo in unum Deum* te zeggen.'

Op dat moment kwam Severin naar ons toe. Het lijk was zorgvuldig gewassen en onderzocht. Geen enkele verwonding, geen enkele kneuzing aan het hoofd. Als door betovering gestorven.

'Als door goddelijke straf?' vroeg William.

'Misschien,' zei Severin.

'Of door vergif?'

Severin aarzelde. 'Ook dat is mogelijk.'

'Heb je vergiften in je laboratorium?' vroeg William terwijl we naar het hospitaal liepen.

'Het ligt eraan wat je onder vergif verstaat. Er bestaan stoffen die in geringe doses heilzaam zijn maar in al te grote hoeveelheden de dood tot gevolg hebben. Zoals elke goede herborist heb ik er verschillende in voorraad, en ik gebruik ze met mate. In mijn kruidentuin kweek ik bijvoorbeeld valeriaan. Een paar druppels in een aftreksel van andere kruiden kalmeren een hart dat van slag is geraakt. Een overmatige dosis veroorzaakt verdoving en dood.'

'En heb je op het lijk geen sporen van één bepaald vergif opgemerkt?'

'Geen enkel. Maar er zijn veel vergiften die geen sporen nalaten.'

We waren bij het hospitaal aangekomen. Het lichaam van Venantius was, na in het badhuis te zijn gewassen, hierheen gebracht en lag nu op de grote tafel in het laboratorium van Severin: distilleertoestellen en andere instrumenten van glas en aardewerk deden me (ofschoon ik er alleen over had horen vertellen) aan de werkplaats van een alchemist denken. In een lang rek langs de buitenmuur stond een uitgebreide verzameling ampullen, kruiken en potten gevuld met stoffen in verschillende kleuren.

'Een mooie kruidenapotheek,' zei William. 'Zijn dat allemaal producten van jullie tuin?'

'Nee,' zei Severin, 'veel zeldzame kruiden, die niet in deze contreien groeien, hebben monniken uit alle windstreken in de loop der jaren voor me meegebracht. Zo heb ik kostbare dingen die hier niet te vinden zijn naast stoffen die gemakkelijk uit de vegetatie van deze streek kunnen worden gewonnen. Kijk... gestampte aghalingo, afkomstig uit Cathay, ik heb het van een Arabisch geleerde gekregen. Aloë socoltrino, uit Indië, uitstekend voor het helen van wonden. Ariento vivo of kwikzilver, wekt doden op, of beter gezegd, het brengt bewustelozen weer tot bewustzijn. Arsenicum: uiterst gevaarlijk, een dodelijk vergif voor wie het inslikt. Borago, een heilzaam kruid voor zieke longen. Betonica, goed bij schedelfracturen. Mastix: beteugelt longontstekingen en hinderlijke catarres. Mirre...'

'Die van de Wijzen?' vroeg ik.

'Ja, die van de Wijzen, maar ook gebruikt om vruchtafdrijvingen te voorkomen. En dit is mumiyya, een zeer zeldzame stof die vrijkomt bij de ontbinding van gemummificeerde lijken; je kunt er verschillende welhaast wonderbaarlijke medicijnen mee bereiden. Mandragora officinalis of alruin, goed om in slaap te komen...'

'En vleselijke begeerte op te wekken,' voegde mijn meester eraan toe.

'Dat zegt men, maar hier wordt het niet als zodanig gebruikt, zoals jullie je kunt voorstellen,' glimlachte Severin. 'En kijk dit eens,' zei hij, een ampul pakkend, 'tutiya of zinkkalk, doet wonderen voor de ogen.'

'En wat is dit?' vroeg William nieuwsgierig terwijl hij een steen pakte die op een plank lag.

'Die? Die heb ik een tijd geleden gekregen. Ik geloof dat het lopris amatiti of lapis ematitis is. Hij schijnt verschillende geneeskrachtige werkingen te hebben, maar ik heb nog niet ontdekt welke. Ken jij hem?'

'Ja,' zei William, 'maar niet als medicijn.' Hij haalde uit zijn pij een mesje tevoorschijn en bewoog het langzaam in de richting van de steen. Toen het mesje, met de grootste omzichtigheid door zijn hand voortbewogen, op korte afstand van de steen was gekomen, zag ik het lemmet plotseling vooruitschieten, alsof William een beweging had gemaakt met zijn pols, die hij echter volkomen stil hield. En het lemmet sloeg met een droge, metalige klik tegen de steen.

'Zie je,' zei William tegen mij, 'het is een magneet.'

'Waar wordt hij voor gebruikt?' vroeg ik.

'Voor verschillende dingen, waarover ik je later zal vertellen. Nu zou ik graag willen weten, Severin, of er hier niets is wat een mens zou kunnen doden.'

Severin dacht even na, te lang leek het mij, gezien de eenvoud van zijn antwoord: 'Van alles. Ik heb je al gezegd, de grens tussen vergif en medicijn is vaag, de Grieken noemden ze allebei *pharmacon*.'

'Is er ook niets vanhier verdwenen, de laatste tijd?'

Severin dacht weer even na en zei toen, alsof hij zijn woorden zorgvuldig afwoog: 'Niets, de laatste tijd.'

'En in het verleden?'

'Wie zal het zeggen. Ik herinner het me niet. Ik ben al dertig jaar in deze abdij en werk sinds vijfentwintig jaar in het hospitaal.'

'Te veel voor een menselijk geheugen,' gaf William toe. Toen, onverwachts: 'We hadden het gisteren over planten die visioenen kunnen veroorzaken. Welke zijn dat?'

Uit Severins gebaren en gelaatsuitdrukking sprak overduidelijk het verlangen dit onderwerp te vermijden: 'Daar zou ik over moeten nadenken hoor, ik heb hier zo veel wonderbaarlijke stoffen. Maar om op Venantius terug te komen: wat zeg jij ervan?'

'Daar zou ik over moeten nadenken,' antwoordde William.

TWEEDE DAG
PRIEM

*Waarin Bengt van Uppsala enige vertrouwelijke
mededelingen doet, Berenger van Arundel andere
dingen in vertrouwen onthult en Adson
verneemt wat ware boetedoening is.*

◆

De rampzalige gebeurtenis had het leven van de gemeenschap ernstig verstoord. Het rumoer, ontstaan na de ontdekking van het lijk, had het heilig officie onderbroken. De abt had de monniken onmiddellijk weer het koor ingestuurd om voor de ziel van hun medebroeder te bidden.

De stemmen der monniken waren gebroken. Wij gingen zo zitten dat we hun gezichten konden bestuderen wanneer, volgens de liturgie, hun kap niet was neergeslagen. Het eerst zagen we het gezicht van Berenger. Bleek, gespannen, glimmend van het zweet. De vorige dag hadden we tweemaal iets over hem horen fluisteren, in verband met een bijzondere relatie die hij met Adelmo zou hebben gehad; en het opvallende was niet het feit dat die twee leeftijdgenoten vrienden waren, maar de ontwijkende toon van hen die op deze vriendschap hadden gezinspeeld.

Naast hem zagen we Malachias. Somber, nors, ondoorgrondelijk. Naast Malachias het al even ondoorgrondelijke gezicht van de blinde Jorge. Wat ons daarentegen opviel waren de zenuwachtige bewegingen van Bengt van Uppsala, de monnik die studie maakte van de retorica en met wie we de dag tevoren in het scriptorium hadden kennisgemaakt, en een snelle blik van hem in de richting van Malachias ontging ons niet.

'Bengt is zenuwachtig, Berenger is bang,' merkte William op. 'We moeten ze nu meteen ondervragen.'

'Waarom?' vroeg ik argeloos.

'Ons beroep is hard,' zei William. 'Een hard beroep, dat van inquisiteur, hij moet de zwaksten aanpakken, en wel op het moment dat ze op hun zwakst zijn.'

Onmiddellijk nadat het officie was afgelopen, liepen we dan ook op Bengt toe, die op weg was naar de bibliotheek. De jongeman leek verstoord toen hij aangesproken werd en kwam met een vage uitvlucht. Hij scheen haast te hebben om naar het scriptorium te gaan. Maar mijn meester herinnerde hem eraan dat hij in opdracht van de abt met een onderzoek bezig was en nam hem mee naar de kloostergang. We gingen op een muurtje aan de binnenkant zitten, tussen twee zuilen. Bengt wachtte tot William iets zei en wierp intussen verstolen blikken op het Hoofdgebouw.

'Vertel eens,' zei William, 'wat werd er gezegd die dag toen jij, Berenger, Venantius, Malachias en Jorge over de marginalia van Adelmo discussieerden?'

'Dat hebt u gisteren gehoord. Jorge vond dat het niet geoorloofd is om boeken die de waarheid bevatten met lachwekkende voorstellingen te versieren. En Venantius merkte op dat Aristoteles zelf grappen en woordspelingen had genoemd als instrumenten om de waarheid beter te ontdekken, en dat de lach dus niet iets slechts kon zijn, aangezien hij tot voertuig van de waarheid kon worden. Daarop zei Jorge dat Aristoteles, voor zover hij het zich herinnerde, in zijn boek over de poëtica over deze dingen had gesproken, en wel naar aanleiding van de metaforen. En dat daarbij al twee verontrustende omstandigheden in het spel waren: ten eerste het feit dat het boek over de poëtica dat, misschien door een goddelijke beschikking, de christelijke wereld zo lange tijd onbekend was gebleven, via de ongelovige moren tot ons is gekomen...'

'Maar het is in het Latijn vertaald door een vriend van de doctor angelicus van Aquino,' wierp William tegen.

'Dat heb ik ook gezegd,' viel Bengt hem opgelucht bij. 'Ik lees niet goed Grieks en ik heb juist door de vertaling van Willem van Moerbeke kennis kunnen nemen van dat grootse boek. Dat heb ik ook tegen hem gezegd. Maar Jorge voegde eraan toe dat de tweede reden tot ongerustheid was dat de Stagiriet in dat boek sprak over de poëzie, die een minderwaardige leer is en van verzinsels leeft. Waarop Venantius zei dat ook de psalmen poëtische werken zijn en van metaforen gebruikmaken, en toen werd Jorge kwaad, want, zei hij, de psalmen zijn door God geïnspireerd en bedienen zich van metaforen om de waarheid over te brengen, terwijl de werken van de heidense dichters metaforen gebruiken om de leugen over te brengen, met als enig doel de geest te bekoren, hetgeen mij diep kwetste...'

'Waarom?'

'Omdat ik me met retorica bezighoud en veel heidense dichters lees, en omdat ik weet... of liever geloof, dat er door middel van hun woorden ook waarheden naturaliter christianae zijn overgebracht... Hoe dan ook, als ik me wel herinner begon Venantius op dat moment over andere boeken te praten en Jorge ontstak in grote woede.'

'Welke boeken?'

Bengt aarzelde: 'Dat weet ik niet meer. Wat maakt het uit over welke boeken er werd gesproken?'

'Dat maakt heel veel uit, want we proberen hier te begrijpen wat er is voorgevallen tussen mannen die tussen boeken, met boeken en van boeken leven, en dus is het ook belangrijk wat ze over boeken zeggen.'

'Dat is waar,' zei Bengt terwijl hij voor het eerst glimlachte en zijn gezicht bijna iets stralends kreeg. 'Wij leven voor de boeken. Een zoete zending in deze wereld beheerst door wanorde en zedelijk verval. Misschien begrijpt u dan wat er die dag is gebeurd. Venantius, die heel goed Grieks kent... kende, zei dat Aristoteles het tweede boek van de *Poetica* speciaal aan de lach had gewijd en dat als een filosoof van dat formaat een heel boek aan de lach had besteed, de lach iets belangrijks moest zijn. Jorge zei dat veel kerkvaders hele boeken aan de zonde hadden gewijd, die een belangrijke maar slechte zaak is, en toen zei Venantius dat Aristoteles, voor zover hij wist, over de lach had gesproken als over een goede zaak en een instrument van waarheid, en toen vroeg Jorge hem honend of hij dat boek van Aristoteles bijgeval had gelezen, en Venantius zei dat niemand het nog kon hebben gelezen, omdat het nergens meer was gevonden en misschien wel verloren was gegaan. Inderdaad heeft niemand ooit het tweede boek van de *Poetica* kunnen lezen, Willem van Moerbeke heeft het nooit in handen gehad. Toen zei Jorge dat het onvindbaar was omdat het nooit was geschreven, want de Voorzienigheid wilde niet dat lichtzinnige zaken werden verheerlijkt. Ik wilde de gemoederen tot bedaren brengen, want Jorge is nogal opvliegend en Venantius daagde hem met zijn woorden uit, en zei dat er in het deel van de *Poetica* dat wij kennen, en in de *Rhetorica*, talrijke wijze opmerkingen over geestige raadsels staan, en Venantius was het met me eens. Het geval wilde dat zich onder ons ook Pacifico van Tivoli bevond, die de heidense dichters heel goed kent, en hij zei dat op het gebied van geestige raadsels de Afrikaanse dichters niet te overtreffen zijn. Hij citeerde zelfs het raadsel van de vis, dat van Symphosius:

Est domus in terris, clara quae voce resultat.
Ipsa domus resonat, tacitus sed non sonat hospes.
Ambo tamen currunt, hospes simul et domus una.

Daarop zei Jorge dat Jezus ons had aangespoord om ja of neen te zeggen, en dat wat daar bij komt, uit den Boze is; en dat het genoeg was vis te zeggen om de vis aan te duiden, zonder het begrip met leugenachtige klanken te verhullen. En hij voegde eraan toe dat het hem niet wijs leek de Afrikanen tot voorbeeld te nemen... En toen...'

'En toen?'

'Toen gebeurde er iets wat ik niet begreep. Berenger begon te lachen, Jorge berispte hem en toen zei Berenger dat hij lachte omdat het hem te binnen was geschoten dat wanneer je goed onder de Afrikanen zou zoeken, er heel wat meer raadsels te vinden zouden zijn, en niet zulke eenvoudige als dat van de vis. Malachias, die er ook bij was, werd woedend, hij greep Berenger zo ongeveer bij zijn kap en stuurde hem weg om zijn werk te gaan doen... Berenger is zijn hulp, zoals u weet...'

'En daarna?'

'Daarna maakte Jorge een eind aan de discussie door weg te lopen. We gingen allemaal aan onze eigen bezigheden, maar terwijl ik zat te werken, zag ik dat eerst Venantius en daarna Adelmo naar Berenger toeliepen om hem iets te vragen. Ik zag uit de verte dat hij hen afweerde, maar in de loop van de dag gingen ze allebei weer naar hem toe. En die avond zag ik Berenger en Adelmo in de kloostergang met elkaar praten, voordat ze naar het refectorium gingen. Wel, dat is alles wat ik weet.'

'Dat wil zeggen, je weet dat de twee personen die kortgeleden onder geheimzinnige omstandigheden om het leven zijn gekomen, iets aan Berenger hadden gevraagd,' zei William.

'Dat heb ik niet gezegd!' antwoordde Bengt, weinig op zijn gemak. 'Ik heb u verteld wat er die dag is gebeurd, zoals u me hebt gevraagd...' Hij dacht even na en voegde er toen haastig aan toe: 'Maar als u het mij vraagt, heeft Berenger hun over iets gesproken wat zich in de bibliotheek bevindt, en dáár zou u moeten zoeken.'

'Waarom denk je aan de bibliotheek? Wat bedoelde Berenger toen hij het had over zoeken onder de Afrikanen? Bedoelde hij niet dat jullie de Afrikaanse dichters beter moesten lezen?'

'Misschien, het leek wel zo, maar waarom zou Malachias dan zo woedend zijn geworden? Tenslotte is het aan hem te beslissen of hij een boek van Afrikaanse dichters ter inzage zal geven of niet. Maar één ding weet ik wel: wie de catalogus van de boeken doorbladert, vindt onder de verwijzingen, die alleen de bibliothecaris kent, vaak de aanduiding "Africa", en ik heb er zelfs een gevonden die "finis Africae" luidde. Op een keer vroeg ik om een boek dat die signatuur had, ik herinner me niet meer welk, de titel had mijn nieuwsgierigheid gewekt; Malachias zei toen dat de boeken van die signatuur verloren waren gegaan. Dat is wat ik ervan weet. Daarom zeg ik u nogmaals: ga Berengers gangen na en houd hem in het oog wanneer hij naar de bibliotheek gaat. Je kunt nooit weten.'

'Je kunt nooit weten,' besloot William terwijl hij hem beduidde dat hij kon gaan. Daarna begon hij met mij door de kloostergang te wandelen en merkte op dat: in de eerste plaats Berenger wederom het mikpunt van insinuaties van zijn medebroeders was; in de tweede plaats Bengt erop gebrand leek ons op het spoor van de bibliotheek te zetten. Ik voerde aan dat hij misschien wilde dat wij daar dingen zouden ontdekken die ook hij wilde weten en William zei dat dat waarschijnlijk zo was, maar dat het ook kon zijn dat hij ons naar de bibliotheek toedreef om onze aandacht af te leiden van een andere plaats. Welke? vroeg ik. En William zei dat hij dat niet wist, misschien het scriptorium, misschien de keuken, of het koor, of het dormitorium, of het hospitaal. Ik merkte op dat hij, William, de vorige dag zelf sterk geboeid was door de bibliotheek en hij antwoordde dat hij geboeid wilde zijn door datgene wat hem aanstond en niet door datgene wat anderen hem aanraadden. Dat de bibliotheek niettemin in het oog diende te worden gehouden, en dat het in dat verband ook niet zo gek zou zijn te proberen er op de een of andere manier in binnen te dringen. De omstandigheden gaven hem nu wel het recht zijn nieuwsgierigheid tot over de grenzen te drijven van wat beleefdheid en respect voor de wetten en gebruiken van de abdij toestonden.

We lieten de kloostergang achter ons. Knechten en novicen kwamen juist uit de kerk na afloop van de mis. Terwijl we om de westelijke zijde van het godshuis heen liepen, zagen we Berenger uit het portaal van het transept komen en het kerkhof oversteken naar het Hoofdgebouw. William riep hem, hij bleef staan en wij liepen op hem toe. Hij was nog erger van streek dan toen we hem in het koor hadden gezien en William besloot kennelijk van deze gemoedstoestand gebruik te maken, zoals hij ook met Bengt had gedaan.

'Het schijnt dat jij de laatste bent geweest die Adelmo in leven heeft gezien,' zei hij.

Berenger wankelde alsof hij in onmacht zou vallen. 'Ik?' vroeg hij nauwelijks hoorbaar. William had zijn vraag min of meer op goed geluk gesteld, waarschijnlijk omdat Bengt hem had gezegd dat hij de twee na de vespers in de kloostergang met elkaar had zien praten. Maar hij had ongetwijfeld in de roos geschoten en het was duidelijk dat Berenger aan een andere en werkelijk laatste ontmoeting dacht, want hij begon met gebroken stem te praten.

'Hoe kunt u dat zeggen, ik heb hem net als alle anderen gezien voordat we ons ter ruste legden!'

Toen besloot William dat het de moeite loonde hem het vuur aan de schenen te leggen: 'Nee, je hebt hem daarna nog gezien en je weet meer dan je wilt doen geloven. Maar er zijn hier nu al twee doden in het spel en je kunt niet langer zwijgen. Je weet heel goed dat er vele manieren zijn om iemand aan het praten te krijgen!'

William had mij meer dan eens verteld dat hij, ook in zijn functie van inquisiteur, altijd voor marteling was teruggedeinsd, maar Berenger begreep hem verkeerd (of William wilde dat hij hem verkeerd begreep). In elk geval bleek zijn zet doeltreffend.

'Ja, ja,' zei Berenger, in tranen uitbarstend, 'ik heb Adelmo die avond gezien, maar toen was hij al dood!'

'Hoe dan?' vroeg William, 'onder aan de helling?'

'Nee, nee, ik zag hem hier op het kerkhof, hij liep tussen de graven rond, schim onder de schimmen. Ik kwam hem tegen en zag meteen dat ik geen levende voor me had, zijn gezicht was dat van een dode, zijn wijd opengesperde ogen aanschouwden reeds de eeuwige kwellingen. Natuurlijk begreep ik pas de volgende ochtend, toen ik zijn dood vernam, dat ik zijn geest had gezien, maar ook op dat moment besefte ik al dat ik een visioen had en dat daar voor mij een verdoemde ziel, een lemure stond... O, Heer, met welk een grafstem sprak hij tot mij!'

'En wat zei hij?'

'"Ik ben verdoemd," zei hij tegen me. "Degene die je voor je ziet komt uit de hel en zal er ook weer in terugkeren." Dat zei hij. En ik riep tegen hem: "Adelmo, kom je werkelijk uit de hel? Hoe zijn de helse kwellingen?" Ik was ontzet, want ik was juist uit de completen gekomen waar ik huiveringwekkende passages over de toorn des Heren had horen lezen. En hij zei tegen me: "De helse kwellingen zijn oneindig veel erger dan onze tong kan zeggen. Zie je," zei hij, "deze mantel van sofismen waarin ik tot heden gehuld was? Hij drukt zwaar op mij, als torste ik de hoogste toren van Parijs of alle bergen van de wereld op mijn schouders en kon ik ze nooit meer van me afwerpen. En deze straf is mij door de goddelijke rechtvaardigheid opgelegd voor mijn ijdelheid, omdat ik mijn lichaam voor een plaats van genot hield en omdat ik meende meer te weten dan de anderen, en omdat ik genoegen schepte in monsterlijke dingen die, door mijn fantasie gekoesterd, in het binnenste van mijn ziel nog veel monsterlijker dingen hebben voortgebracht – en nu zal ik eeuwig met ze moeten leven. Zie je? De voering van deze mantel is als uit gloed en vuur, het is het vuur dat mijn lichaam verteert, en deze straf is mij opgelegd voor de onterende zonde van het vlees die ik heb begaan, en dit vuur brandt nu in mij en verteert me zonder ophouden! Reik me je hand, o schone leermeester," zei hij toen, "opdat deze ontmoeting je tot nuttige lering moge strekken, in vergelding voor de vele lessen die je mij hebt gegeven, reik me je hand, o schone leermeester!" En hij schudde de vinger van zijn gloeiende hand en er viel een druppeltje van zijn zweet op mijn hand en het leek alsof het mijn hand doorboorde, want nog vele dagen droeg ik het teken ervan, ofschoon ik het voor de anderen verborg. Daarop verdween hij tussen de graven en de volgende ochtend hoorde ik dat dat lichaam, dat mij zo veel schrik had aangejaagd, reeds levenloos onder aan de rots lag.'

Berenger ademde zwaar en huilde. William vroeg hem: 'Waarom noemde hij je in hemelsnaam zijn schone leermeester? Jullie waren even oud. Had je hem soms iets geleerd?'

Berenger trok zijn kap omlaag om zijn gezicht te verbergen, viel op zijn knieën en sloeg zijn armen om Williams benen: 'Ik weet het niet, ik weet niet waarom hij me zo noemde, ik heb hem niets geleerd!' en hij barstte in snikken uit. 'Ik ben bang, vader, ik wil bij u biechten, erbarm u over mij, een duivel knaagt aan mijn ingewanden!'

William maakte zijn armen los en stak hem zijn hand toe om hem te helpen opstaan. 'Nee, Berenger,' zei hij, 'vraag me niet jouw biecht te horen. Verzegel mijn lippen niet door de jouwe te openen. Wat ik van je wil weten, zul je me op een andere manier moeten vertellen. En als je het me niet vertelt, zal ik er zelf achter komen. Vraag me om erbarmen, als je wilt, maar vraag me niet om stilzwijgen. Te velen zwijgen in deze abdij. Vertel me liever: hoe heb je zijn bleke gezicht kunnen zien terwijl het pikdonker was, hoe heeft hij je hand kunnen branden terwijl het die nacht regende, hagelde en sneeuwde, en wat deed je op het kerkhof? Vooruit,' en hij schudde hem ruw aan zijn schouders heen en weer, 'vertel me dat ten minste!'

Berenger beefde over zijn hele lichaam. 'Ik weet niet wat ik op het kerkhof deed, ik herinner het me niet meer. Ik weet niet hoe ik zijn gezicht heb kunnen zien, misschien had ik een lichtje bij me, nee... hij had een licht in zijn hand, een kaars, misschien heb ik zijn gezicht bij het schijnsel van de vlam gezien...'

'Hoe kon hij een lichtje hebben als het regende en sneeuwde?'

'Het was na de completen, direct na de completen, het sneeuwde nog niet, dat is pas later begonnen... Ik herinner me dat de eerste vlagen neerkwamen toen ik naar het dormitorium vluchtte. Ik vluchtte naar het dormitorium, in de richting tegenovergesteld aan die waarin de geest verdween... En verder weet ik niets meer, ik smeek u, vraag me niets meer als u mijn biecht niet wilt horen.'

'Goed,' zei William, 'ga nu maar, ga naar het koor, ga met de Heer spreken, aangezien je niet met de mensen wilt spreken, of ga een monnik zoeken die je biecht wil horen, want als je al die tijd je zonden niet hebt gebiecht, heb je de sacramenten op heiligschennende wijze ontvangen. Ga nu. We zien elkaar weer.'

Berenger vloog weg. William wreef zich in de handen, zoals ik hem al vaak had zien doen als hij ergens voldaan over was.

'Mooi zo,' zei hij, 'nu worden veel dingen duidelijk.'

'Duidelijk, meester?' vroeg ik, 'duidelijk, nu we ook nog de geestverschijning van Adelmo erbij hebben?'

'Beste Adson,' zei William, 'die geest lijkt me heel weinig van een geest te hebben en in elk geval droeg hij een bladzijde voor die ik al eens in het een of andere boek heb gelezen waar predikers gebruik van maken. Die monniken lezen misschien te veel, en als ze opgewonden zijn, beleven ze opnieuw de visioenen die de boeken bij ze teweegbrachten. Ik weet niet of Adelmo die dingen echt heeft gezegd of dat Berenger ze heeft gehoord omdat hij het nodig had ze te horen. Een feit is dat dit verhaal een reeks veronderstellingen van mij bevestigt. Bijvoorbeeld: Adelmo heeft zelfmoord gepleegd, en uit het verhaal van Berenger blijkt dat hij, voordat hij een eind aan zijn leven maakte, ronddoolde ten prooi aan een grote opwinding en gekweld door wroeging over iets wat hij had gedaan. Hij was opgewonden en ontzet door zijn zonde, want iemand had hem angst aangejaagd, en misschien had die persoon hem precies de geschiedenis van de helse verschijning verteld die hij met zo veel hallucinatorische welsprekendheid aan Berenger heeft voorgedragen. En hij liep over het kerkhof omdat hij uit het koor kwam, waar hij zijn hart had uitgestort (of had gebiecht) bij iemand die zijn angst en wroeging heeft aangewakkerd. Van het kerkhof is hij, zoals Berenger ons duidelijk heeft gemaakt, verdwenen in een richting tegenovergesteld aan het dormitorium. In die van het Hoofdgebouw dus, maar mogelijkerwijs ook naar de muur achter de varkenskotten, vanwaar hij zich volgens mijn redenering in de afgrond moet hebben gestort. En hij is vóór het losbreken van de storm naar beneden gesprongen, heeft onder aan de muur de dood gevonden, en pas naderhand is zijn lijk door de schuivende grond naar de diepte tussen de noordelijke en de oostelijke toren gevoerd.'

'Maar de brandende druppel zweet dan?'

'Die kwam al voor in het verhaal dat hij heeft gehoord en naverteld, of dat Berenger in zijn opwinding en wroeging heeft gemeend te horen. Want de wroeging van Adelmo heeft een antistrofe in de wroeging van Berenger, zoals je hebt gehoord. En als Adelmo uit het koor kwam, had hij misschien een kaars bij zich en was de druppel op de hand van zijn vriend alleen een druppel was. Maar Berenger heeft zich stellig veel meer voelen branden omdat Adelmo hem zijn leermeester heeft genoemd. Een teken dus dat Adelmo hem verweet dat hij hem iets had geleerd waardoor hij nu tot dodelijke wanhoop was vervallen. En Berenger weet dat, hij lijdt onder de wetenschap dat hij Adelmo de dood in heeft gedreven door hem iets te laten doen wat hij niet behoorde te doen. En het is niet moeilijk te raden wat, mijn beste Adson, na alles wat we over onze hulpbibliothecaris hebben gehoord.'

'Ik geloof dat ik heb begrepen wat er tussen hen beiden is voorgevallen,' zei ik, beschaamd over mijn inzicht, 'maar geloven wij niet allen in een God van barmhartigheid? Adelmo had waarschijnlijk gebiecht, zegt u. Waarom heeft hij dan geprobeerd zijn eerste zonde te bestraffen met een zonde die zeker nog groter is, of ten minste even ernstig?'

'Omdat iemand woorden van wanhoop tot hem heeft gesproken. Ik zei al dat de een of andere bladzijde uit een boek voor hedendaagse predikers iemand de woorden in de mond moet hebben gelegd die Adelmo angst hebben aangejaagd en waarmee Adelmo Berenger angst heeft aangejaagd. Meer dan ooit tevoren hebben predikers de laatste jaren het volk gruwelijke, onthutsende en macabere verhalen voorgeschoteld om zijn vroomheid en vrees (en zijn ijver, en zijn eerbied voor de menselijke en goddelijke wet) aan te wakkeren. Nooit eerder zijn, in de ene flagellantenprocessie na de andere, geestelijke lofzangen gehoord die zo op het lijden van Christus en de Heilige Maagd zijn geïnspireerd, nooit eerder heeft men zich er zo op toegelegd het geloof van de eenvoudigen aan te wakkeren door het oproepen van de helse kwellingen.'

'Misschien is het behoefte aan boetedoening,' zei ik.

'Adson, ik heb nog nooit zo veel oproepen tot boetedoening gehoord als tegenwoordig, in een tijdperk waarin predikers noch bisschoppen, en zelfs niet mijn geestelijke medebroeders, in staat zijn nog een waarachtige boetedoening te bewerkstelligen…'

'Maar het Derde Tijdperk dan, de Papa Angelicus, het kapittel van Perugia…' zei ik onthutst.

'Allemaal nostalgie. Het grote tijdperk der boetedoening is voorbij, en daarom kan zelfs het generaal kapittel van de orde het over boetedoening hebben. Honderd, tweehonderd jaar geleden is er een grote golf van vernieuwing geweest, toen zij die erover spraken, heilige zowel als ketter, werden verbrand. Nu praat iedereen erover. In zekere zin laat zelfs de paus zich erover uit. Vertrouw nooit op vernieuwingen van het mensdom als curies en hoven erover praten.'

'Maar fra Dolcino dan,' opperde ik, verlangend om meer te weten te komen over de naam die ik de dag tevoren meermalen had horen noemen.

'Die is gestorven, en gruwelijk, zoals hij heeft geleefd, want ook hij is te laat gekomen. Trouwens, wat weet jij daarvan?'

'Niets, daarom vraag ik het u...'

'Ik praat er liever helemaal niet over. Ik heb met een aantal van de zogenaamde apostelen te maken gehad en ze van nabij gevolgd. Een trieste geschiedenis. Ze zou je schokken. In elk geval heeft ze mij geschokt en jij zou nog meer geschokt zijn door mijn onvermogen tot oordelen. Het is de geschiedenis van een man die onzinnige dingen deed omdat hij in praktijk bracht wat vele heiligen hem hadden gepredikt. Op een gegeven moment kon ik niet meer uitmaken bij wie de schuld lag, ik was als... als beneveld door een vertrouwde geur die uit beide kampen opsteeg, dat van de heiligen die boete predikten en dat van de zondaars die haar in praktijk brachten, vaak ten koste van de anderen... Maar ik had het over iets anders. Of misschien niet, misschien ging het steeds over hetzelfde: toen het tijdperk van de boetedoening voorbij was, is voor de boetelingen de behoefte aan boete geworden tot behoefte aan de dood. En degenen die de dol geworden boetelingen hebben gedood, daarmee de dood aan de dood teruggevend, om de waarachtige boetedoening, die dood teweegbracht, de kop in te drukken, hebben de boetedoening van de ziel vervangen door een boetedoening van de verbeelding: ze grepen terug op bovennatuurlijke visioenen van lijden en bloed en noemden die "spiegel" van de ware boetedoening. Een spiegel die de eenvoudigen, en soms zelfs de geleerden, de kwellingen van de hel al in dit leven in hun verbeelding doet ondergaan. Opdat – zo heet het – niemand zal zondigen. In de hoop de zielen door middel van angst van de zonde te weerhouden, en in het vertrouwen rebellie door angst te kunnen vervangen.'

'Maar zullen ze dan werkelijk niet meer zondigen?' vroeg ik gespannen.

'Dat hangt ervan af wat je onder zondigen verstaat, Adson,' antwoordde mijn meester. 'Ik wil niet onrechtvaardig zijn tegenover de mensen van dit land waar ik nu al een paar jaren verblijf, maar ik heb de indruk dat het karakteristiek voor de geringe deugd van de Italiaanse volkeren is om alleen uit vrees voor de een of andere afgod niet te zondigen, ook al geven ze die afgod de naam van een heilige. Ze koesteren meer vrees voor Sint-Sebastiaan of Sint-Antonius dan voor Christus. Als iemand hier een plek schoon wil houden en wil voorkomen dat er gewaterd wordt, zoals de Italianen doen, alsof ze honden zijn, dan schildert hij boven die plek een beeltenis van Sint-Antonius met de punt van zijn staf, en die zal degenen die daar willen wateren, wegjagen. Zo lopen de Italianen, en wel door toedoen van hun predikers, het gevaar weer tot de oude bijgelovigheden te vervallen; ze geloven niet meer in de verrijzenis van het vlees, ze zijn alleen doodsbenauwd voor lichamelijk letsel en ongelukken, en daarom zijn ze banger voor Sint-Antonius dan voor Christus.'

'Maar Berenger is geen Italiaan,' merkte ik op.

'Dat doet er niet toe, ik heb het hier over het klimaat dat de Kerk en de predikorden op dit schiereiland hebben geschapen en dat zich van hier uit in alle richtingen verbreidt. En het bereikt ook een eerbiedwaardige abdij van geleerde monniken zoals deze.'

'Als ze tenminste maar niet zondigen,' hield ik vol, want ik was bereid me daarmee alleen al tevreden te stellen.

'Als deze abdij een speculum mundi was, zou je het antwoord al hebben.'

'Maar is ze dat?' vroeg ik.

'Voorwaarde voor het bestaan van een spiegel van de wereld is dat de wereld een vorm heeft,' besloot William, die te veel filosoof was voor mijn jeugdige geest.

TWEEDE DAG

TERTS

*Waarin men getuige is van een ruzie tussen platvloerse
lieden, Aymaro van Alessandria een paar toespelingen maakt
en Adson mediteert over heiligheid en over de drek van de duivel.
Daarna gaan William en Adson weer naar het scriptorium, William
ziet iets belangwekkends, heeft een derde gesprek over de
geoorloofdheid van de lach, maar kan als het erop
aankomt niet kijken waar hij zou willen.*

◆

Voordat we naar het scriptorium gingen, liepen we de keuken binnen om iets tot ons te nemen, want we hadden sinds we waren opgestaan nog niets genuttigd. Een kom warme melk verkwikte mij meteen. De grote haard aan de zuidkant brandde reeds als een smidsvuur, terwijl in de oven het brood voor die dag werd gebakken. Twee geitenhoeders brachten juist een pas geslacht schaap binnen. Tussen de keukenbedienden zag ik Salvatore, die me met zijn wolvenmond toelachte. Ik zag ook dat hij een rest kip van de vorige avond van een tafel pakte en stilletjes aan de geitenhoeders gaf, die het met een tevreden grijns in hun kiel verstopten. Maar de keukenmeester merkte het en gaf Salvatore een uitbrander: 'Jij moet de goederen van de abdij beheren, niet verkwisten!'

'Filii Dei zij zijn,' zei Salvatore, 'Jezus heeft gezegd dat jullie facite voor Hem wat jullie facite voor een van deze pueri!'

'Prul van een fraticello, schijtgat van een minoriet!' schreeuwde de keukenmeester. 'Je bent niet meer bij die armoedzaaiers van broeders van jou. Voor de kinderen van God zorgt de barmhartigheid van de abt wel!'

Salvatores gezicht kreeg een dreigende uitdrukking en hij draaide zich woedend om: 'Ik ben geen fraticello minorita! Ik ben een monnik Sancti Benedicti! Merdre à toy, stomme bogomiel!'

'Bogomiel is die hoer die jij 's nachts in haar achterste naait, met je ketterse zwans, vuil zwijn!' schreeuwde de keukenmeester.

Salvatore stuurde haastig de geitenhoeders naar buiten en terwijl hij langs ons heen liep keek hij ons bezorgd aan. 'Frater,' zei hij tegen William, 'jij moet verdedigen jouw orde die niet mijne is, zeg hem dat de filios Francisci niet ereticos esse!' Daarna siste hij in mijn oor: 'Ille menteur, poeh!' en hij spuwde op de grond.

De keukenmeester duwde hem ruw naar buiten en gooide de deur achter hem dicht. 'Frater,' zei hij eerbiedig tegen William, 'ik wilde geen kwaad zeggen over uw orde en de hoogstaande en heilige mannen die er deel van uitmaken. Ik had het gemunt op die valse minoriet en valse benedictijn die vlees noch vis is.'

'Ik weet waar hij vandaan komt,' zei William verzoenend. 'Maar hij is nu een monnik zoals jij en je bent hem broederlijk respect verschuldigd.'

'Maar hij steekt zijn neus overal in waar hij hem niet in moet steken, omdat hij door de cellarius wordt beschermd, en hij denkt dat hij zelf de cellarius is. Hij gebruikt de abdij alsof ze van hem is, overdag en 's nachts!'

'Hoezo 's nachts?' vroeg William. De keukenmeester maakte een gebaar als om te beduiden dat hij niet over onvertogen dingen wilde praten. William vroeg niet verder en dronk zijn melk op.

Mijn nieuwsgierigheid werd steeds meer geprikkeld. De ontmoeting met Ubertino, de geruchten over het verleden van Salvatore en van de cellarius, het groeiende aantal toespelingen op de fraticelli en de ketterse minorieten dat ik in die dagen hoorde, de terughoudendheid waarmee mijn meester me over fra Dolcino sprak... Een reeks beelden begon in mijn geest nieuwe gestalte aan te nemen. In de loop van onze reis waren we bijvoorbeeld ten minste tweemaal een processie van flagellanten tegengekomen. De ene keer beschouwde de plaatselijke bevolking hen als heiligen, een andere keer ging er een gemompel op dat het ketters waren. Toch betrof het steeds dezelfde mensen. Ze liepen twee aan twee in processie door de straten van de stad, slechts bedekt met een lendendoek, omdat ze elk schaamtegevoel hadden overwonnen. Elk van hen had een leren gesel in zijn hand en ze sloegen zich tot bloedens toe op de rug, waarbij ze rijkelijk tranen vergoten alsof ze met eigen ogen het lijden van de Verlosser aanschouwden, en ze smeekten in een klaaglijk gezang de barmhartigheid van de Heer en de hulp van de Moeder Gods af. Niet alleen overdag, maar ook 's nachts en in de ijzige winterkou deden ze, met brandende kaarsen, in grote scharen hun rondgang door de kerken en wierpen zich, voorafgegaan door priesters met kaarsen en banieren, deemoedig voor de altaren neer, en niet alleen mannen en vrouwen uit het volk, maar ook deftige adellijke dames en kooplieden... En dan was men getuige van grote uitingen van boete: zij die hadden gestolen gaven het onrechtmatig verkregene terug, anderen beleden hun misdaden...

Maar William had hen met koele onverschilligheid gadegeslagen en tegen mij gezegd dat dat geen waarachtige boetedoening was. Hij had ongeveer op dezelfde manier gesproken als hij even tevoren die ochtend had gedaan: het tijdperk van de grote loutering door boete was voorbij, en dit waren de manieren waarop de predikers zelf de godvruchtigheid van het volk in banen leidden, alleen maar om het niet ten prooi te doen vallen aan een ander verlangen naar boetedoening, dat – anders dan het eerste – ketters was en iedereen schrik aanjoeg. Maar ik kon het verschil niet vatten, als dat er al was. Ik had de indruk dat het verschil niet lag in de daden van de ene of van de andere, maar in de zienswijze volgens welke de Kerk de ene en de andere daad beoordeelde.

Ik dacht weer aan het gesprek met Ubertino. William had tegenover hem ongetwijfeld willen insinueren dat er weinig verschil bestond tussen zijn mystieke (en orthodoxe) geloof en het vervormde geloof van de ketters. Ubertino had zich erdoor gekwetst gevoeld, omdat hij klaarblijkelijk het verschil heel goed zag. De indruk die ik ervan had overgehouden, was dat hij anders was juist omdat hij degene was die het onderscheid wist te maken. William had zich aan de plichten van het inquisiteursambt onttrokken omdat hij het niet meer wist te maken. Daarom kon hij er niet toe komen mij te vertellen over die geheimzinnige fra Dolcino. Maar in dat geval, zei ik tegen mezelf, is het duidelijk dat William de bijstand heeft verloren van de Heer, die niet alleen leert het verschil te zien, maar Zijn uitverkorenen als het ware begiftigt met dit onderscheidingsvermogen. Ubertino en Clara van Montefalco (die toch door zondaars was omringd) waren heilig gebleven juist omdat zij onderscheid wisten te maken. Dit, en niets anders, is heiligheid.

Maar waarom kon William geen onderscheid maken? Hij was toch zo'n scherpzinnig man, en als het om natuurverschijnselen ging, wist hij de geringste ongelijkheid en de geringste verwantschap tussen de dingen te ontdekken...

Terwijl ik in deze gedachten verzonken zat en William zijn kom melk leegdronk, werden we opgeschrikt door iemand die ons groette. Het was Aymaro van Alessandria, met wie we in het scriptorium al hadden kennisgemaakt en wiens gelaatsuitdrukking me had getroffen: op zijn gezicht lag voortdurend een spottende grijns, alsof hij nooit ophield zich te verbazen over de domme verwatenheid van alle menselijke wezens, maar toch geen al te groot belang hechtte aan deze kosmische tragedie. 'Wel frater William, bent u al gewend aan dit hol van dementen?'

'Het lijkt mij een oord van mannen die bewondering afdwingen om hun heiligheid en geleerdheid,' zei William bedachtzaam.

'Dat was het. Toen de abten nog echte abten en de bibliothecarissen echte bibliothecarissen waren. Maar u hebt het gezien, daarboven,' en hij wees naar de verdieping boven ons, 'die halfdode Duitser met zijn blindemansogen hoort in vrome eerbied het gezwets aan van die blinde Spanjaard met zijn dodemansogen. Het lijkt alsof de Antichrist elke ochtend kan komen, de perkamenten worden geschraapt, maar nieuwe boeken komen er nauwelijks binnen… Wij zitten hier, en ginds in de steden wordt van alles ondernomen… Vroeger werd vanuit onze abdijen de wereld geregeerd. Nu ziet u het: de keizer gebruikt ons om zijn vrienden hierheen te sturen voor een ontmoeting met zijn vijanden (ik heb iets over uw missie gehoord, die monniken kletsen en kletsen maar, ze hebben niets anders te doen), maar als hij een oogje wil houden op de zaken in dit land, verblijft hij in de steden. Wij zijn hier aan het graan oogsten en kippen fokken, en daarginds ruilen ze ellen zijde voor lappen linnen, en lappen linnen voor zakken specerijen, en dat alles samen voor klinkende munt. Wij bewaken onze schat, maar daarginds worden de schatten opgestapeld. En ook boeken. En mooier dan de onze.'

'Er gebeuren in de wereld inderdaad heel wat nieuwe dingen. Maar waarom denkt u dat de schuld bij de abt ligt?'

'Omdat hij de bibliotheek in handen van vreemdelingen heeft gegeven en de abdij bestiert als een citadel, opgericht ter verdediging van de bibliotheek. Een benedictijner abdij in deze Italiaanse contreien zou een plek moeten zijn waar Italianen over Italiaanse zaken beslissen. Wat doen de Italianen, nu ze zelfs geen paus meer hebben? Ze drijven handel, vervaardigen goederen, en zijn rijker dan de koning van Frankrijk. Wel, laten wij dat dan ook doen, als we mooie boeken kunnen vervaardigen, laten we ze dan voor de universiteiten maken en laten we ons bezighouden met wat er daarbeneden gebeurt, ik doel niet op wat de keizer doet, met alle respect voor uw missie, frater William, maar op wat de Bolognezen en Florentijnen doen. We zouden van hieruit het verkeer van pelgrims en kooplui, die van Italië naar de Provence en omgekeerd reizen, kunnen controleren. Als we de bibliotheek openstellen voor teksten in de volkstaal, dan zullen ook zij die niet meer in het Latijn schrijven hierboven komen. Maar nee, hier wordt de scepter gezwaaid door een stelletje vreemdelingen die de bibliotheek nog net zo beheren alsof in Cluny de goede Odilo nog abt was…'

'Maar de abt hier is Italiaan,' zei William.

'De abt hier heeft niets in te brengen,' zei Aymaro met die spottende grijns van hem. 'In plaats van een hoofd heeft hij een boekenkast. Hij is wormstekig. Om de paus dwars te zitten, laat hij toe dat de abdij wordt overspoeld door fraticelli... ik bedoel die ketters, frater, de overlopers van uw allerheiligste orde... en om de keizer te paaien laat hij monniken uit alle kloosters uit het noorden hierheen komen, alsof er bij ons geen bekwame kopiisten zijn, en geen mannen die Grieks en Arabisch kennen, en alsof er in Florence of in Pisa geen rijke en edelmoedige koopmanszonen zijn die graag in onze orde zouden intreden, als onze orde de mogelijkheid zou bieden om de macht en het aanzien van hun vader te vergroten. Maar hier is toegeeflijkheid tegenover wereldlijke zaken alleen te bespeuren als het erom gaat de Duitsers toe te staan om... o, goede God, verlam mijn tong, want ik sta op het punt weinig betamelijke dingen te zeggen!'

'Gebeuren er in deze abdij dan weinig betamelijke dingen?' vroeg William verstrooid, terwijl hij zich nog een beetje melk inschonk.

'Een monnik is ook een man,' oordeelde Aymaro. En hij voegde eraan toe: 'Maar hier zijn ze minder man dan elders. Vanzelfsprekend moet u dit alles als niet gezegd beschouwen.'

'Zeer interessant,' zei William. 'Is dat uw eigen mening of denken velen hier er zo over?'

'Zeer velen. Zeer velen die nu rouwen over het droevige lot van Adelmo, maar die er niet rouwig om zouden zijn geweest als iemand anders, iemand die meer door de bibliotheek rondloopt dan hij behoorde te doen, in de afgrond was gevallen.'

'Wat wilt u daarmee zeggen?'

'Ik heb al te veel gezegd. We praten hier allemaal te veel, zoals u zult hebben gemerkt. Het stilzwijgen wordt hier aan de ene kant door niemand meer in acht genomen; aan de andere kant houdt men zich er te veel aan. Hier zou, in plaats van gepraat of gezwegen, gehandeld moeten worden. In de gouden tijd van onze orde ging het zo: als een abt niet geschikt was voor zijn ambt... een flink glas vergiftigde wijn, en de plaats was vrij voor een opvolger. Zoals u wel begrijpt, frater William, heb ik u dit niet verteld om over de abt of andere medebroeders kwaad te spreken. God behoede me daarvoor, gelukkig bezit ik niet de lelijke ondeugd van kwaadsprekerij. Maar ik hoop niet dat de abt u heeft verzocht ook mij of iemand anders, zoals Pacifico van Tivoli of Pietro van Sant'Albano, aan een onderzoek te onderwerpen. Wij hebben met al wat er in de bibliotheek gebeurt niets te maken. Maar we zouden er wel iets meer mee te maken willen krijgen. Dus gooit u deze slangenkuil open, u die zo veel ketters hebt verbrand.'

'Ik heb nooit iemand verbrand,' antwoordde William kortaf.

'Ik zei het bij wijze van spreken,' vergoelijkte Aymaro met een brede glimlach. 'Goede vangst, frater William, maar wees op uw hoede, 's nachts.'

'Waarom overdag niet?'

'Omdat men hier overdag het lichaam sterkt met heilzame kruiden en 's nachts de geest verziekt met kwade kruiden. Gelooft u maar niet dat Adelmo door iemand de afgrond is ingeduwd of dat iemand Venantius in het bloed heeft gezet. Hier is iemand die niet wil dat de monniken zelf beslissen waar ze gaan en staan, wat ze doen en wat ze lezen. En de krachten van de hel of die van de helse handlangers, de geestenbezweerders, worden aangewend om de geesten van de nieuwsgierigen te verwarren...'

'Doelt u op de pater herborist?'

'Severin van Sankt Emmeram is een beste man. Wel een Duitser natuurlijk, net als Malachias...' En na nogmaals te hebben bewezen niet tot kwaadspreken geneigd te zijn, ging Aymaro naar boven om te werken.

'Wat zou hij ons hebben willen vertellen?' vroeg ik.

'Alles en niets. In iedere abdij woedt altijd een strijd onder de monniken om het bestuur over de gemeenschap te veroveren. Ook in Melk, al heb je daar als novice misschien niets van kunnen merken. Maar in jouw land betekent het veroveren van het bestuur over een abdij hetzelfde als het veroveren van een positie van waaruit men direct met de keizer onderhandelt. In dit land daarentegen is de situatie anders, de keizer is ver weg, ook als hij helemaal naar Rome komt. Er is geen hof, nu zelfs geen pauselijk hof meer. Hier heb je de steden, zoals je zult hebben gemerkt.'

'Zeker, en dat heeft me verbaasd. De stad is in Italië iets anders dan in mijn land... Het is niet alleen een plaats om te wonen: het is een plaats om beslissingen te nemen, iedereen bemoeit zich met alles, de stedelijke magistraten zijn belangrijker dan de keizer of de paus. Het zijn net... allemaal koninkrijkjes...'

'En de kooplui zijn de koningen. En het geld is hun wapen. Het geld heeft in Italië een andere functie dan in jouw of in mijn land. Overal is geld in omloop, maar een groot deel van het leven wordt nog steeds beheerst en geleid door de uitwisseling van goederen, kippen of garven graan, of een sikkel, of een kar, en het geld dient om deze goederen aan te schaffen. Je hebt vast al opgemerkt dat in een Italiaanse stad goederen juist dienen om geld te verkrijgen. En ook priesters en bisschoppen, en zelfs de religieuze orden, moeten rekening houden met geld. Dat is natuurlijk ook de reden waarom verzet tegen de macht zich manifesteert als een oproep tot armoede, en zij die zich tegen de macht verzetten, zijn zij die van de omgang met geld zijn uitgesloten. Elke oproep tot armoede geeft aanleiding tot grote spanningen en talrijke twistgesprekken, en de hele stad, van bisschop tot magistraat, ziet een vijand in degene die te veel de armoede predikt. De inquisiteurs ruiken stank van de duivel daar waar iemand in verzet is gekomen tegen de stank van 's duivels drek. Dus nu zul je ook de gedachtegang van Aymaro begrijpen. Een benedictijner abdij was, in de gouden tijd van de orde, de plaats van waaruit de herders toezicht hielden op de kudde der gelovigen. Aymaro wil dat men tot de traditie terugkeert. Maar het leven van de kudde is veranderd, en de abdij kan alleen tot de traditie (tot haar glorie, tot haar macht van weleer) terugkeren als zij de nieuwe levenswijze van de kudde aanvaardt en zichzelf verandert. En aangezien men hier heden ten dage de kudde niet met wapens of met luisterrijke riten in bedwang houdt, maar met de macht over het geld, wil Aymaro dat de gehele huishouding van de abdij, met inbegrip van de bibliotheek, tot een werkplaats wordt, een bedrijf dat geld opbrengt.'

'Wat heeft dit alles met de misdaden, of de misdaad, te maken?'

'Dat weet ik nog niet. Maar nu wil ik graag naar boven. Kom mee.'

De monniken waren al aan het werk. In het scriptorium heerste stilte, maar het was niet het soort stilte dat voortvloeit uit de innerlijke vrede van ijverig werkende mensen. Berenger, die kort voor ons naar boven was gegaan, begroette ons bedeesd. De andere monniken keken van hun werk op. Ze wisten dat wij daar waren om iets omtrent Venantius aan de weet te komen, en alleen al de richting van hun blikken vestigde onze aandacht op een lege plaats onder een raam dat uitkwam op de achthoek in het midden van het gebouw.

Hoewel het een zeer koude dag was, was de temperatuur in het scriptorium tamelijk aangenaam. Het lag niet toevallig boven de keukens, waar vrij veel warmte vandaan kwam, mede omdat de schoorstenen van de twee stookplaatsen beneden door het binnenste van de pilaren liepen die de twee wenteltrappen in de westelijke en zuidelijke toren steunen. De noordelijke toren, aan de andere kant van de grote zaal, had geen trap maar een grote haard die brandde en een behaaglijke warmte verspreidde. Bovendien was de vloer bedekt met stro, dat het geluid van onze voetstappen dempte. De slechtst verwarmde hoek was dus die van de oostelijke toren en het viel me dan ook op dat, gezien het grotere aantal beschikbare plaatsen ten opzichte van het aantal werkende monniken, iedereen probeerde de tafels aan die kant te mijden. Toen ik me er later rekenschap van gaf dat de wenteltrap in de oostelijke toren de enige was die, behalve naar het refectorium beneden, ook naar de bibliotheek boven voerde, vroeg ik me af of de verwarming van de zaal niet opzettelijk zo was geregeld, opdat de monniken niet de neiging zouden krijgen in dat gedeelte rond te snuffelen en de bibliothecaris de toegang tot de bibliotheek beter in het oog kon houden. Maar misschien waren mijn vermoedens overdreven en werd ik een povere nabootser van mijn meester, want meteen daarop bedacht ik dat die opzet in de zomer niet veel vrucht zou afwerpen – tenzij (zei ik tegen mezelf) dat gedeelte 's zomers juist de meeste zon kreeg zodat het om die reden weer werd gemeden.

De tafel van Venantius zaliger stond tegen de muur recht tegenover de grote haard en was vermoedelijk een van de felst begeerde. Ik had toen nog maar een klein deel van mijn leven in een scriptorium doorgebracht, maar later zou ik er vele uren doorbrengen, en ik weet wat een beproeving het voor de schrijver, de rubricator of de studieman is om de lange winteruren aan zijn tafel te zitten, met zijn verstijfde vingers om de stift geklemd (terwijl al bij een normale temperatuur na zes uren schrijven de onder monniken zo beruchte schrijfkramp in de vingers optreedt en de duim pijn doet alsof erop is geslagen). Dat verklaart ook waarom we in de randen van manuscripten dikwijls zinnetjes aantreffen die de schrijver daar heeft nagelaten als een getuigenis van lijden (en van gebrek aan lijdzaamheid), zoals 'God zij dank wordt het gauw donker' of 'O, had ik maar een lekker glaasje wijn!' of ook 'Het is koud vandaag, het licht is zwak, dit vellum is harig, het wil niet lukken'. Zoals een oud spreekwoord zegt: drie vingers houden de pen, maar het hele lichaam doet mee. En doet wee.

Maar ik had het over de tafel van Venantius. Hij was van een kleiner model, zoals trouwens alle tafels die tegen de muur van de achthoekige binnenplaats stonden en voor studiemannen bestemd waren, terwijl die onder de ramen van de buitenmuren, bestemd voor miniaturisten en kopiisten, groter waren. Overigens werkte ook Venantius met een lessenaar, want waarschijnlijk raadpleegde hij manuscripten die aan de abdij waren uitgeleend en waarvan een kopie werd gemaakt. Onder de tafel stond een laag rekje, waarop stapels niet-gebonden bladen lagen, en aangezien ze alle in het Latijn waren gesteld, kwam ik tot de slotsom dat het zijn laatste vertalingen waren. Ze waren haastig neergeschreven, niet bedoeld om als bladzijden voor een boek te dienen, en zouden naderhand aan een kopiist en een miniaturist moeten worden toevertrouwd. Daarom waren ze moeilijk leesbaar. Tussen de bladen lagen een paar boeken, in het Grieks. Er lag ook een Grieks boek opengeslagen op de lessenaar: het werk waarvan Venantius in de afgelopen dagen een vertaling aan het vervaardigen was. Ik kende toen nog geen Grieks, maar mijn meester zei dat het van een zekere Lucianus was en vertelde van een man die in een ezel was veranderd. Het deed me denken aan een soortgelijke fabel van Apuleius, die de novicen gewoonlijk streng ontraden werd.

'Waarom maakte Venantius deze vertaling eigenlijk?' vroeg William aan Berenger, die naast ons stond.

'Ze is bij onze abdij besteld door de heer van Milaan en de abdij krijgt in ruil ervoor een recht van voorkeur op de wijnproductie van een paar landgoederen ginds in het oosten,' en Berenger wees in de verte. Maar hij voegde er meteen aan toe: 'Niet dat de abdij zich leent voor betaald werk ten behoeve van leken. Maar de opdrachtgever heeft zich ervoor beijverd dat dit kostbare Griekse manuscript aan ons werd uitgeleend door de doge van Venetië, die het van de keizer van Byzantium heeft gekregen, en als Venantius zijn werk zou hebben beëindigd, zouden we er twee kopieën van hebben gemaakt: een voor de opdrachtgever en een voor onze bibliotheek.'

'Die het dus niet beneden haar waardigheid acht ook heidense fabels te verzamelen,' zei William.

'De bibliotheek is een getuigenis van de waarheid en van de dwaling,' zei daarop een stem achter ons. Het was Jorge. Wederom verbaasde ik me (maar ik zou me in de volgende dagen nog heel vaak verbazen) over de volkomen onverwachte manier waarop die oude man opdook, alsof wij hem niet zagen, maar hij ons wel. Ik vroeg me ook af wat een blinde in vredesnaam in het scriptorium deed, maar later werd me duidelijk dat Jorge in de gehele abdij alomtegenwoordig was. En dikwijls zat hij in het scriptorium op een hoge stoel bij de haard, en het leek alsof hij alles volgde wat in de zaal gebeurde. Op een keer hoorde ik hem vanwaar hij zat met luide stem vragen: 'Wie gaat daar naar boven?' en hij wendde zijn hoofd naar Malachias die over het stro, dat zijn passen dempte, in de richting van de bibliotheek liep. De monniken hadden allen zeer veel achting voor hem en ze wendden zich dikwijls tot hem: ze lazen hem passages voor die ze niet goed begrepen, consulteerden hem voor een scholium of vroegen hem raad over hoe een dier of een heilige moest worden uitgebeeld. Hij keek dan in de leegte met zijn levenloze ogen alsof hij naar bladen staarde die hem nog helder voor de geest stonden, en antwoordde dat de valse profeten gekleed gaan als bisschoppen en dat er kikkers uit hun mond komen, of welke de stenen waren die de muren van het hemelse Jeruzalem moesten sieren, of dat de arimaspen op de landkaarten dienden te worden afgebeeld in de nabijheid van het rijk van priester Jan – waarbij hij hun op het hart drukte ze niet al te verlokkelijk te maken in hun monsterlijkheid, want het was voldoende ze als een embleem uit te beelden, herkenbaar maar niet zinnenprikkelend of zo afstotelijk dat ze de lachlust wekten.

Op een keer hoorde ik hem een scholiast raad geven over hoe hij de recapitulatie in de teksten van Tyconius in de geest van de heilige Augustinus kon uitleggen om de ketterij van de donatisten te vermijden. Een andere keer hoorde ik hem aanwijzingen geven over de manier waarop in een commentaar een onderscheid kon worden gemaakt tussen ketters en scheurmakers. Of tegen een in twijfel verkerende studieman zeggen welk boek hij in de catalogus van de bibliotheek moest opzoeken en op welk blad ongeveer hij het kon vinden, waarbij hij hem verzekerde dat de bibliothecaris het hem zeker zou geven, omdat het een door God geïnspireerd werk betrof. Weer een andere keer ten slotte hoorde ik hem zeggen dat een bepaald boek niet hoefde te worden opgezocht, want het stond weliswaar in de catalogus, maar het was al vijftig jaar geleden door de muizen aangevreten en zou nu verpulveren onder de vingers van degene die het vastpakte. Kortom, hij was het geheugen van de bibliotheek en de ziel van het scriptorium. Soms vermaande hij de monniken die hij onder elkaar hoorde babbelen: 'Haast u getuigenis der waarheid na te laten, want de tijden zijn nabij!' en hij zinspeelde daarmee op de komst van de Antichrist.

'De bibliotheek is een getuigenis van de waarheid en van de dwaling,' had Jorge dus gezegd.

'Zeker, Apuleius en Lucianus hebben zich aan vele dwalingen schuldig gemaakt,' zei William. 'Maar deze fabel bevat onder de sluier van haar verdichtsels ook een goede moraal, omdat zij leert hoezeer men voor zijn dwalingen moet boeten, en bovendien geloof ik dat het verhaal van de man die in een ezel verandert een zinspeling is op de metamorfose van de ziel die in zonde valt.'

'Dat kan zijn,' zei Jorge.

'Maar nu begrijp ik waarom Venantius in dat gesprek waarover hij het gisteren had, zo geïnteresseerd was in de problemen van het blijspel; ook dit soort fabels kunnen immers met de blijspelen uit de Oudheid worden vergeleken. Beide verhalen niet over mensen die werkelijk hebben bestaan, zoals de tragedies, maar zijn verdichtsels, zoals Isidorus zegt: "fabulas poetae a *fando* nominaverunt quia non sunt *res factae* sed tantum loquendo *fictae*".'

Aanvankelijk begreep ik niet waarom William zich in die geleerde discussie had begeven, en nog wel met een man die niet van zulke onderwerpen gediend leek te zijn, maar het antwoord van Jorge maakte duidelijk hoe sluw mijn meester was geweest.

'Er werd die dag niet over blijspelen gesproken, maar alleen over de geoorloofdheid van de lach,' zei Jorge korzelig. En ik herinnerde me heel goed dat toen Venantius, juist de dag daarvoor, naar dat gesprek verwees, Jorge had beweerd dat hij het zich niet herinnerde.

'O,' zei William langs zijn neus weg, 'ik dacht dat u het met hen over de leugens der dichters en over geestige raadsels had gehad...'

'We hadden het over de lach,' zei Jorge kortaf. 'De blijspelen werden door de heidenen geschreven om de toeschouwers aan het lachen te maken, en daar deden ze verkeerd aan. Onze Heer Jezus vertelde nooit kluchten of fabels, maar uitsluitend heldere gelijkenissen die ons op allegorische wijze leren hoe we het paradijs kunnen verdienen, en zo zij het.'

'Ik vraag me af,' zei William, 'waarom u zo afwijzend staat tegenover de gedachte dat Jezus ooit heeft gelachen. Ik geloof dat de lach, net als baden, een goede medicijn is voor de genezing van stoornissen in de lichaamssappen en van andere lichamelijke aandoeningen, in het bijzonder de melancholie.'

'Baden zijn goed,' zei Jorge, 'en zelfs de Aquinaat raadt ze aan ter bestrijding van neerslachtigheid, die een slechte passie kan zijn als ze niet voortkomt uit een kwaad dat door moed kan worden verwijderd. Baden herstellen het evenwicht van de lichaamssappen. De lach doet het lichaam schokken, vervormt de gelaatstrekken en doet de mens op een aap lijken.'

'Apen lachen niet. Lachen is een kenmerkende eigenschap van de mens, het is een teken van zijn rationaliteit,' zei William.

'Ook de spraak is een teken van de menselijke rationaliteit en door middel van de spraak kan men God lasteren. Niet alles wat kenmerkend is voor de mens, is noodzakelijkerwijs goed. De lach is een teken van dwaasheid. Wie lacht gelooft niet in hetgeen waarom hij lacht, maar hij haat het evenmin. Dus betekent lachen om het kwade dat men zich geen moeite geeft om het te bestrijden en lachen om het goede dat men de kracht waardoor het goede zich door uitstroming mededeelt, miskent. Daarom zegt de Regel dat de tiende trap van de nederigheid hierin bestaat dat de monnik niet gemakkelijk in lachen uitbarst, want er staat geschreven: "stultus in risu exaltat vocem suam."'

'Quintilianus,' onderbrak mijn meester hem, 'zegt dat de lach in de lofrede ter wille van de waardigheid dient te worden bedwongen, maar in vele andere gevallen dient te worden aangemoedigd. Tacitus prijst de ironie van Calpurnius Piso, Plinius de Jongere schreef: "Soms lach ik bovendien, maak ik gekheid, speel ik, ben ik mens."'

'Dat waren heidenen,' repliceerde Jorge. 'De Regel zegt: "Stijlloze grappen echter en lege woorden die de lachlust wekken veroordelen wij met eeuwige uitsluiting in alle plaatsen en het wordt niet toegestaan dat de monnik voor dergelijke praat zijn mond opendoet."'

'Maar in een tijd dat het woord van Christus al over de aarde had gezegevierd, zegt Synesius van Cyrene dat de godheid het komische en het tragische harmonieus heeft weten samen te voegen, en Aelius Spartianus vertelt over keizer Hadrianus, een hoogbeschaafd man met een naturaliter christelijke geest, dat hij momenten van uitbundige vrolijkheid wist af te wisselen met momenten van diepe ernst. En Ausonius ten slotte beveelt aan om ernst en luim met mate te doseren.'

'Maar Paulinus van Nola en Clemens van Alexandrië hebben ons tegen die dwaasheden gewaarschuwd, en Sulpicius Severus zegt dat niemand de heilige Martinus ooit ten prooi had gezien aan toorn noch aan vrolijkheid.'

'Maar hij memoreert wel een aantal responsa spiritualiter salsa van de heilige,' zei William.

'Ze waren slagvaardig en wijs, niet lachwekkend. De heilige Ephraim heeft een vermaning geschreven tegen het lachen van monniken, en in *De habitu et conversatione monachorum* wordt aanbevolen obsceniteiten en boertigheden te mijden als het ergste slangengif!'

'Maar Hildebert zei: "admittenda tibi joca sunt post seria quaedam", een teken dat het soms nodig is een overmaat aan ernst met een enkele kwinkslag te temperen. En Johannes van Salisbury heeft een bescheiden vrolijkheid geoorloofd verklaard. En Ecclesiasticus ten slotte, van wie u de passage citeerde waarnaar uw Regel verwijst en waarin wordt gezegd dat lachen een kenmerkende eigenschap is van de dwaas, staat ten minste wel een stille lach van de serene geest toe.'

'De geest is alleen sereen wanneer hij de waarheid aanschouwt en zich in het volmaakt goede verheugt, en men lacht niet om de waarheid en om het goede. Daarom lachte Christus ook niet. De lach is een haard van twijfel.'

'Maar soms is het goed te twijfelen.'

'Ik zie er geen reden voor. Wanneer men twijfelt, dient men zich te wenden tot een auctoritas, tot de woorden van een kerkvader of een kerkleraar, dan verdwijnt iedere reden tot twijfel. U lijkt mij doortrokken van aanvechtbare leerstellingen, zoals die van de logici uit Parijs. Maar de heilige Bernard wist wel hoe hij moest optreden tegen de ontmande Abélard, die alle problemen aan de koele en levenloze afweging van een niet door de Schrift verlichte rede wilde onderwerpen. Natuurlijk kan hij die deze uiterst gevaarlijke ideeën aanvaardt, ook waardering opbrengen voor het spel van de dwaas die lacht om datgene waarvan men uitsluitend de enige waarheid dient te kennen, die eens en voor altijd is geopenbaard. Door zo te lachen, zegt de dwaas impliciet "Deus non est".'

'Eerbiedwaardige Jorge, ik meen dat u onrechtvaardig bent als u Abélard voor een ontmande uitmaakt, want u weet dat hij door de boosaardigheid van anderen in die treurige toestand geraakte...'

'Door zijn zonden. Door de verwatenheid van zijn vertrouwen in de menselijke rede. Zo werd het geloof van de eenvoudigen bespot, werden de mysteriën Gods blootgelegd (of men probeerde het te doen, dwazen die het probeerden), werden vraagstukken die de allerhoogste dingen betroffen op lichtzinnige wijze behandeld, en bespotte men de kerkvaders omdat zij hadden gemeend dat dergelijke vraagstukken veeleer dienden te worden toegedekt dan opgelost.'

'Ik ben het niet met u eens, eerbiedwaardige Jorge. God verlangt van ons dat wij onze rede oefenen op talloze duistere zaken ten aanzien waarvan de Schrift ons de vrije beslissing heeft gelaten. En wanneer iemand u voorstelt een bepaalde uitspraak te geloven, dient u eerst te onderzoeken of die uitspraak aanvaardbaar is, want onze rede is door God geschapen, en dat wat met onze rede overeenkomt, kan niet niet overeenkomen met de goddelijke rede, waarover we trouwens alleen maar datgene weten waartoe we, door analogie en vaak door ontkenning, vanuit de werking van onze rede zijn gekomen. En dan ziet u dat soms, als het erom gaat het valse gezag te ondermijnen van een absurde uitspraak die tegen de rede indruist, ook de lach een passend instrument kan zijn. Dikwijls dient de lach ook om de boosaardigen te beschamen en hun dwaasheid aan het licht te brengen. Over de heilige Maurus wordt verteld dat de heidenen hem in kokend water stopten en dat hij toen klaagde dat het bad te koud was; de hoofdman van de heidenen beging de dwaasheid zijn hand in het water te steken om te voelen, en brandde zich. Een mooie handelwijze van die heilige martelaar die de vijanden van het geloof belachelijk maakte.'

Jorge zei honend: 'Ook de geschiedenissen die de predikers vertellen zijn met sprookjes doorspekt. Een heilige die in kokend water is ondergedompeld, lijdt voor Christus en houdt zijn kreten in, hij speelt geen kinderachtige spelletjes met de heidenen!'

'Ziet u wel?' zei William, 'dit verhaal lijkt u tegen de rede in te druisen en u verwijt het belachelijkheid! U lacht, zij het in stilte en zonder uw lippen te vertrekken, op dit ogenblik om iets en u wilt dat ook ik het niet serieus neem. U lacht om de lach, maar u lacht.'

Jorge maakte een geërgerd gebaar: 'Met uw woordenspel over de lach verleidt u mij tot ijdel gepraat. Maar u weet dat Christus niet lachte.'

'Daar ben ik niet zeker van. Als Hij de Farizeeërs uitnodigt om de eerste steen te werpen, als Hij vraagt van wie de beeldenaar is op de penning waarmee de schatting moet worden betaald, als Hij een woordspeling maakt en zegt "Tu es petrus", geloof ik dat Hij geestige dingen zei, om de zondaars te beschamen, om de Zijnen een hart onder de riem te steken. Van geestigheid getuigt ook Zijn antwoord aan Kajafas: "Gij hebt het gezegd." U weet heel goed dat in het heetst van de strijd tussen cluniacenzers en cisterciënzers de eersten de laatsten, om hen belachelijk te maken, ervan beschuldigden dat ze geen onderbroek droegen. En in *Speculum Stultorum* wordt verteld over de ezel Brunello die zich afvraagt wat er zou gebeuren als de wind 's nachts de dekens omhoog zou blazen en de monnik zijn schaamdelen zou zien…'

De monniken om ons heen lachten en Jorge ontstak in toorn: 'U sleept mijn medebroeders hiermee naar een kermis van dwazen. Ik weet dat het bij de franciscanen gebruikelijk is de gunst van het volk te winnen met dit soort zotternijen, maar ik zal u eens zeggen wat een vers, dat ik uit de mond van een uwer predikers hoorde, over dit soort scherts zegt: tum podex carmen extulit horridulum.'

Deze terechtwijzing ging een beetje te ver. William was wel onbetamelijk geweest, maar nu beschuldigde Jorge hem ervan dat hij met zijn mond winden liet. Ik vroeg me af of dit strenge antwoord van de oude monnik niet een aansporing inhield om het scriptorium te verlaten. Maar ik zag de even tevoren zo strijdvaardige William plotseling zo mak worden als een lam.

'Ik vraag u vergeving, eerbiedwaardige Jorge,' zei hij. 'Mijn mond heeft verraad gepleegd aan mijn gedachten, ik wilde u niet kwetsen. Misschien is het waar wat u zegt en zag ik het verkeerd.'

Jorge beantwoordde deze voorbeeldige akte van deemoed met een grom die zowel tevredenheid als vergiffenis kon uitdrukken, en hem restte niets anders dan naar zijn plaats terug te keren, terwijl de monniken, die tijdens de discussie allengs naderbij waren gekomen, weer naar hun tafels gingen. William knielde opnieuw bij de tafel van Venantius neer en hervatte zijn gesnuffel in de papieren. Hij had met zijn deemoedige antwoord een paar tellen rust gewonnen. En wat hij in die paar tellen zag, verschafte hem de ideeën voor het onderzoek van de komende nacht.

Het waren ook werkelijk maar een paar tellen. Bengt kwam algauw op ons toe, onder het voorwendsel dat hij zijn stift op de tafel had laten liggen toen hij bij ons was komen staan om het gesprek met Jorge te horen. Hij fluisterde William in het oor dat hij hem dringend moest spreken en hem achter het badhuis zou treffen. Hij vroeg William het eerst weg te gaan, dan zou hij zich spoedig bij hem voegen.

William aarzelde even, riep toen Malachias, die vanaf zijn tafel bij de catalogus het hele gebeuren had gevolgd, en verzocht hem, krachtens het hem door de abt gegeven mandaat (en hij legde grote nadruk op deze bevoorrechte positie) om iemand de tafel van Venantius te laten bewaken, want hij achtte het voor zijn onderzoek nuttig dat er gedurende die hele dag, totdat hij zou kunnen terugkeren, niemand bij in de buurt kwam. Hij zei dit alles met luide stem, want op die manier verplichtte hij niet alleen Malachias om op de monniken te letten, maar ook de monniken om op Malachias te letten. De bibliothecaris moest wel toestemmen en William ging met mij de zaal uit.

Terwijl we door de moestuin in de richting van het badhuis achter het hospitaal liepen, merkte William op: 'Het schijnt velen te mishagen dat ik de hand leg op iets wat op of onder de tafel van Venantius ligt.'

'Wat kan dat zijn?'

'Ik heb de indruk dat ook zij wie het mishaagt het niet weten.'

'Dus Bengt heeft ons niets te vertellen en lokt ons alleen maar uit het scriptorium weg?'

'Dat zullen we zo dadelijk weten,' zei William. Inderdaad voegde Bengt zich even later bij ons.

TWEEDE DAG
SEXT

Waarin Bengt een vreemd verhaal vertelt waardoor we weinig stichtelijke dingen over het leven in de abdij vernemen.

◆

Wat Bengt ons vertelde, was nogal verward. Het leek er inderdaad op dat hij ons alleen daarheen had gelokt om ons uit het scriptorium weg te krijgen, maar het was waarschijnlijk ook zo dat hij ons, uit onvermogen een geloofwaardig voorwendsel te verzinnen, brokstukken vertelde van een waarheid die veelomvattender was dan hij zelf wist.

Hij zei dat hij die ochtend terughoudend was geweest, maar dat hij nu, na rijp beraad, vond dat William de hele waarheid moest weten. In het befaamde gesprek over de lach had Berenger op 'finis Africae' gezinspeeld. Wat was dat? De bibliotheek was vol geheimen, en vooral vol boeken die de monniken nooit te lezen hadden gekregen. Bengt was getroffen geweest door wat William had gezegd over het rationele onderzoek van uitspraken. Hij vond dat een monnik die studie verrichtte het recht had kennis te nemen van alles wat in de bibliotheek werd bewaard. Hij voer heftig uit tegen het concilie van Soissons dat Abélard had veroordeeld, en terwijl hij zo sprak, werd het ons duidelijk dat deze nog jonge monnik, die de retoriek zozeer was toegedaan, vervuld was van een koortsachtige drang naar onafhankelijkheid en moeite had de beperkingen te aanvaarden die de discipline van de abdij aan de nieuwsgierigheid van zijn intellect oplegde. Ik heb altijd geleerd een dergelijke nieuwsgierigheid te wantrouwen, maar ik weet heel goed dat deze instelling mijn meester niet onwelgevallig was en ik merkte dat hij met Bengt meevoelde en geloofde wat hij zei. Kort en goed, Bengt vertelde dat hij niet wist over welke geheimen Adelmo, Venantius en Berenger hadden gesproken, maar dat hij het niet onplezierig zou vinden als er door deze trieste geschiedenis enig licht zou worden geworpen op de manier waarop de bibliotheek werd beheerd, en dat hij goede hoop had dat mijn meester, hoe hij het kluwen van het onderzoek ook zou ontwarren, er elementen uit zou halen die de abt ertoe konden bewegen enige versoepeling aan te brengen in het intellectuele keurslijf waarin de monniken gevangenzaten – monniken, voegde hij eraan toe, die net als hij, juist van heinde en verre waren gekomen om hun geest te voeden met de wonderen die verscholen lagen in het machtige ingewand van de bibliotheek.

Ik geloof dat Bengt werkelijk van het onderzoek verwachtte wat hij beweerde. Maar vermoedelijk wilde hij, zoals William had voorzien, tegelijkertijd bereiken dat hij, verteerd door nieuwsgierigheid als hij was, als eerste de tafel van Venantius kon doorzoeken; en om ons ervan weg te houden was hij bereid ons in ruil nog meer inlichtingen te geven. En dat waren de volgende.

Berenger werd, zoals velen onder de monniken inmiddels wisten, verteerd door een ongezonde hartstocht voor Adelmo, dezelfde hartstocht als die waarvan de schanddaden eens de toorn Gods over Sodom en Gomorra hadden afgeroepen. Zo drukte Bengt het uit, wellicht met het oog op mijn jeugdige leeftijd. Maar iedereen die zijn jongelingsjaren in een klooster heeft doorgebracht, heeft, ook al is hijzelf kuis gebleven, wel degelijk over dergelijke hartstochten horen praten, en zich soms moeten behoeden voor de valstrikken van hen die eraan ten prooi waren. Had ikzelf, als jonge kloosterling, in Melk ook al niet van een oude monnik briefjes ontvangen met verzen die gewoonlijk door een leek aan een vrouw worden opgedragen? Onze kloostergeloften houden ons verre van die poel van ondeugd die het vrouwenlichaam is, maar brengen ons vaak zeer dicht bij andere dwalingen. Kan ik ten slotte mijzelf verhelen dat mijn eigen oude dag zelfs nu nog door de middagduivel wordt bestookt wanneer ik, in het koor, onwillekeurig mijn blik laat rusten op het baardeloze gelaat van een novice, onbedorven en fris als een jonge maagd?

Ik zeg deze dingen niet omdat ik mijn keuze om mij aan het kloosterleven te wijden in twijfel wil trekken, maar om de misstap te verontschuldigen van velen wie de last van deze heilige opgave zwaar weegt. Misschien om het afschuwelijke misdrijf van Berenger te verontschuldigen. Het schijnt echter, volgens wat Bengt vertelde, dat deze monnik zijn ondeugd op een nog schandelijker wijze koesterde, namelijk door zich van de wapenen der chantage te bedienen teneinde van anderen datgene gedaan te krijgen waarvan deugd en waardigheid hen hadden moeten weerhouden.

De monniken maakten dus al geruime tijd spottende opmerkingen over de tedere blikken die Berenger de klaarblijkelijk zeer aanvallige Adelmo toewierp. Terwijl Adelmo, volkomen opgaand in zijn werk, dat zijn enige bron van vreugde scheen te zijn, zich aan Berengers passie weinig gelegen liet liggen. Maar misschien, wie weet, was hij er zich niet van bewust dat hij diep in zijn binnenste tot dezelfde schandelijke praktijken neigde. Hoe dan ook, Bengt vertelde dat hij een gesprek tussen Adelmo en Berenger had opgevangen waarin Berenger, zinspelend op een geheim dat Adelmo hem vroeg te onthullen, de ander de abjecte transactie voorstelde die zelfs de onschuldigste lezer kan raden. En het schijnt dat Bengt uit Adelmo's mond toestemmende woorden had gehoord die haast met opluchting werden uitgesproken. Alsof Adelmo, waagde Bengt te opperen, eigenlijk niets anders verlangde, en het hem voldoende was dat hij een andere reden dan de vleselijke begeerte had gevonden om toe te stemmen. Een teken, argumenteerde Bengt, dat het geheim van Berenger te maken moest hebben met verborgenheden der wetenschap, zodat Adelmo zichzelf kon wijsmaken dat hij zich tot een zonde van het vlees leende om een verlangen van het verstand te bevredigen. Hoeveel keer werd hijzelf, voegde Bengt er glimlachend aan toe, niet door zulke hevige verlangens van het verstand bestormd dat hij, om ze te bevredigen, zou hebben toegestemd in het tegemoetkomen aan vleselijke verlangens die niet de zijne waren, zelfs tegen zijn eigen vleselijk verlangen in.

'Zijn er geen ogenblikken,' vroeg hij William, 'dat u ook afkeurenswaardige dingen zou doen om een boek in handen te krijgen dat u al jarenlang zoekt?'

'De wijze en zeer deugdzame Sylvester II gaf, eeuwen geleden, een uiterst kostbare globe ten geschenke in ruil voor een manuscript van, naar ik meen, Statius of Lucanus,' zei William. Bedachtzaam voegde hij eraan toe: 'Maar het ging om een globe, niet om de eigen eerbaarheid.'

Bengt gaf toe dat hij zich door zijn geestdrift had laten meeslepen, en vatte zijn verhaal weer op. In de nacht voordat Adelmo stierf had hij, door nieuwsgierigheid gedreven, de twee gevolgd. En hij had hen na de completen samen naar het dormitorium zien gaan. Hij had lange tijd gewacht, met de deur van zijn cel, niet ver van de hunne, op een kier, en hij had, toen de stilte over de slaap van de monniken was neergedaald, duidelijk gezien dat Adelmo de cel van Berenger binnenglipte. Hij had nog een poos lang opgelet, daar hij de slaap niet kon vatten, totdat hij de deur van Berengers cel had horen opengaan en Adelmo ijlings had zien wegvluchten, terwijl zijn vriend hem trachtte staande te houden. Berenger was Adelmo gevolgd toen deze naar de benedenverdieping afdaalde. Bengt was stilletjes achter hen aan gegaan en aan het begin van de gang beneden had hij Berenger gezien die bevend van angst in een hoek gedrukt naar de deur van Jorges cel staarde. Bengt had dadelijk begrepen dat Adelmo zich aan de voeten van zijn oude medebroeder had geworpen om bij hem zijn zonde te biechten. En Berenger sidderde omdat hij wist dat zijn geheim werd onthuld, al was het dan onder het zegel van het sacrament.

Daarna was Adelmo met een lijkbleek gezicht naar buiten gekomen, had Berenger die met hem wilde praten van zich afgeduwd en was het dormitorium uitgesneld. Hij was om de apsis van de kerk heen gelopen en door het noorderportaal (dat 's nachts altijd openblijft) het koor binnengegaan. Waarschijnlijk wilde hij bidden. Berenger was hem gevolgd, maar niet tot in de kerk, en was handenwringend tussen de graven van het kerkhof blijven rondlopen.

Bengt wist niet wat te doen, toen hij merkte dat een vierde persoon zich in de buurt bewoog. Ook deze had de twee gevolgd en had stellig de aanwezigheid van Bengt niet opgemerkt, die platgedrukt tegen de stam van een eik aan de rand van het kerkhof stond. Het was Venantius. Berenger had zich, toen hij hem zag, tussen de graven verscholen en Venantius was op zijn beurt het koor binnengegaan. Op dat moment was Bengt, uit angst voor ontdekking, naar het dormitorium teruggekeerd. De volgende ochtend was het lijk van Adelmo onder aan de helling gevonden. Meer wist Bengt er niet van.

Inmiddels was het bijna tijd geworden voor het middagmaal. Bengt verliet ons zonder dat mijn meester hem verder iets had gevraagd. Wij bleven nog even achter het badhuis staan, daarna wandelden we enkele minuten door de moestuin, napeinzend over die merkwaardige onthullingen.

'Sporkehout,' zei William opeens terwijl hij bukte om een plant te bekijken, die hij op die winterse dag aan de heester herkende. 'Thee van de schors is heilzaam tegen aambeien. En dat daar is de grote klis, die huidaandoeningen geneest.'

'U weet er nog meer van dan Severin,' zei ik tegen hem, 'maar vertelt u me nu eerst wat u denkt van alles wat we hebben gehoord!'

'Beste Adson, je zou eens moeten leren je hersens te gebruiken. Bengt heeft ons waarschijnlijk de waarheid verteld. Zijn verhaal klopt met het relaas dat Berenger ons, weliswaar doorspekt met hallucinaties, vanochtend vroeg deed. Probeer eens te reconstrueren. Berenger en Adelmo doen samen iets verschrikkelijk slechts, zoals we al hadden vermoed. Berenger moet zijn geheim, dat helaas een geheim blijft, aan Adelmo hebben onthuld. Adelmo's enige gedachte, nadat hij zijn misdrijf tegen de kuisheid en de wetten der natuur heeft gepleegd, is zich uit te spreken tegen iemand die hem de absolutie kan geven, en hij rent naar Jorge toe.

Deze heeft een zeer strenge aard, zoals hij ons heeft bewezen, en hij bestookt Adelmo ongetwijfeld met angstaanjagende vermaningen. Misschien geeft hij hem geen absolutie, misschien legt hij hem een onmogelijke penitentie op, we weten het niet en Jorge zal het ons nooit vertellen. In elk geval rent Adelmo naar de kerk om zich voor het altaar neer te werpen, maar dat brengt zijn wroeging niet tot bedaren. Op dat moment komt Venantius op hem toe. We weten niet wat ze tegen elkaar zeggen. Misschien vertrouwt Adelmo Venantius het geheim toe dat Berenger hem uit vriendschap (of als betaling) heeft meegedeeld en waar hij nu totaal geen belang meer aan hecht, aangezien hij nu zelf een geheim heeft dat nog veel verschrikkelijker en kwellender is. Wat gebeurt er met Venantius? Misschien laat hij, bewogen door dezelfde brandende nieuwsgierigheid als ook onze Bengt vandaag bezielde, en voldaan over wat hij heeft gehoord, Adelmo alleen met zijn wroeging. Adelmo ziet zich in de steek gelaten, vat het plan op zelfmoord te plegen, loopt in wanhoop het kerkhof op en ontmoet daar Berenger. Hij zegt huiveringwekkende dingen tegen hem, verwijt hem zijn verantwoordelijkheid, noemt hem zijn meester in de ontucht. Ik geloof werkelijk dat het verhaal van Berenger, ontdaan van alle hallucinaties, juist was. Adelmo herhaalt tegen hem de met wanhoop geladen woorden die hij van Jorge moet hebben gehoord. En daarna gaat Berenger volkomen overstuur de ene kant uit en Adelmo de andere, om zich van het leven te beroven. Dan komt de rest, waarvan we zo goed als getuige zijn geweest. Iedereen denkt dat Adelmo is vermoord. Venantius trekt er de conclusie uit dat het geheim van de bibliotheek nog belangrijker moet zijn dan hij dacht, en zet de speurtocht op eigen houtje voort. Totdat iemand hem de pas afsnijdt, voordat of nadat hij heeft ontdekt wat hij wilde ontdekken.'

'Wie vermoordt hem? Berenger?'

'Dat kan zijn. Of Malachias, die het Hoofdgebouw moet bewaken. Of een ander. Berenger kunnen we verdenken juist omdat hij doodsbang is en omdat hij wist dat Venantius zijn geheim nu kende. Malachias kunnen we verdenken: als waker over de ontoegankelijkheid van de bibliotheek ontdekt hij dat iemand deze heeft geschonden, en doodt hem. Jorge weet alles van iedereen, hij kent het geheim van Adelmo, hij wil niet dat ik erachter kom wat Venantius kan hebben gevonden… Er zijn nogal wat feiten die een verdenking in zijn richting zouden kunnen suggereren. Maar vertel jij me eens hoe een blinde een man in de kracht van zijn leven kan vermoorden, en hoe een oude man, al is hij nog flink, het lijk in de kruik kan hebben getild. Maar waarom zou Bengt zelf de moordenaar niet kunnen zijn? Hij kan ons hebben voorgelogen, hij kan beweegredenen hebben die hij niemand zou willen bekennen. En waarom zouden we de verdachten alleen zoeken onder degenen die aan het gesprek over de lach hebben deelgenomen? Misschien zitten er achter de misdaad andere drijfveren, die niets met de bibliotheek te maken hebben. In elk geval staan ons twee dingen te doen: te weten komen hoe je 's nachts de bibliotheek binnenkomt, en een lamp bemachtigen. Zorg jij voor de lamp. Loop tegen etenstijd wat door de keuken rond en pak er een…'

'Stelen?'

'Lenen, tot meerdere glorie van de Heer. Wat de toegang tot het Hoofdgebouw betreft, we hebben gezien waar Malachias gisteravond opdook. Ik ga vandaag een bezoekje brengen aan de kerk en aan die kapel in het bijzonder. Over een uur gaan we aan tafel. Daarna hebben we een gesprek met de abt. Jij zult erbij worden toegelaten, want ik heb gevraagd een secretaris bij me te mogen hebben die aantekening houdt van wat er wordt gezegd.'

TWEEDE DAG
NOON

Waarin de abt zich trots toont op de rijkdommen van zijn abdij en bevreesd voor de ketters, en Adson er ten slotte aan twijfelt of hij er goed aan heeft gedaan de wijde wereld in te trekken.

◆

We troffen de abt aan in de kerk, voor het hoofdaltaar. Hij volgde de bezigheden van een paar novicen die uit een der kluizen een reeks gewijde vaten, kelken, patenen en monstransen tevoorschijn hadden gehaald, en ook een crucifix dat ik tijdens het ochtendofficie niet had gezien. Ik kon een kreet van bewondering niet onderdrukken toen ik de fonkelende pracht van die gewijde voorwerpen voor me zag. Het was midden op de dag en het licht stroomde door de ramen van het koor en nog meer door die van de zijgevels naar binnen, in witte watervallen die elkaar vervolgens, als mystieke beken van goddelijke substantie, op verschillende punten in de kerk kruisten en ook het altaar overspoelden.

De vaten, de kelken, alles pronkte met zijn kostbare materiaal: tussen het geel van het goud, het smetteloze wit van het ivoor en de doorschijnende glans van het kristal, zag ik edelstenen in alle kleuren en afmetingen schitteren. Ik herkende hyacint, topaas, robijn, saffier, smaragd, chrysoliet, onyx, karbonkel, jaspis en agaat. Tegelijkertijd zag ik wat ik die ochtend, eerst in de vervoering van het gebed en later in de verwarring van de schrik niet had opgemerkt: het antependium van het altaar en ook de drie panelen die het omlijstten, waren geheel van goud, trouwens het gehele altaar leek van goud, van welke kant men er ook naar keek.

De abt glimlachte om mijn verbazing: 'De rijkdommen die u hier ziet,' zei hij, tot mijn meester en mij gewend, 'en die welke u nog te zien zult krijgen, zijn het erfdeel van eeuwenlange vroomheid en godsvrucht, en getuigen van de macht en de heiligheid van deze abdij. Vorsten en machtigen der aarde, aartsbisschoppen en bisschoppen hebben voor deze heilige tafel de ringen van hun investituur, het goud en de stenen die het teken van hun grootheid waren, geofferd, opdat ze hier zouden worden versmolten en samengevoegd tot meerdere glorie van de Heer en van dit oord waar Hij woont. Ook al is de abdij vandaag wederom door een noodlottige gebeurtenis in rouw gedompeld, we mogen, in het besef van onze zwakheid, de kracht en de macht van de Allerhoogste niet uit het oog verliezen. Het heilig kerstfeest nadert, en we maken een begin met het reinigen van de altaarbenodigdheden, zodat de geboorte van de Verlosser straks kan worden gevierd met alle pracht en praal die haar toekomt en die zij vereist. Alles dient in zijn volle glans te verschijnen…' voegde hij eraan toe terwijl hij William strak aankeek, en later begreep ik waarom hij zo nadrukkelijk en met zo veel trots zijn handelwijze rechtvaardigde, 'want wij achten het nuttig en passend om de goddelijke gaven niet te verbergen, maar juist openlijk ten toon te spreiden.'

'Natuurlijk,' zei William hoffelijk, 'als uwe Hoogheid van mening is dat de Heer op deze wijze dient te worden verheerlijkt, dan heeft uw abdij in deze vorm van lofprijzing de grootste voortreffelijkheid bereikt.'

'En zo moet het ook zijn,' zei de abt. 'Als amforen en ampullen van goud en kleine, vergulde vijzels volgens een door God beschikte of door de profeten ingestelde gewoonte in de tempel van Salomo dienden om het bloed van geiten of kalveren of van een vaars op te vangen, hoeveel te meer moeten dan gouden vaten en edelstenen, en al wat in de schepping tot de kostbaarste dingen behoort, met voortdurende eerbied en innige devotie worden gebruikt om het bloed van Christus op te vangen! Als, in het geval van een tweede schepping, ons wezen hetzelfde zou worden als dat der cherubijnen en serafijnen, zou de dienst die het aan een zo onuitsprekelijk offer zou kunnen bewijzen, nog Zijner onwaardig zijn…'

'Zo zij het,' zei ik.

'Velen brengen daar tegenin dat een door heiligheid bezielde geest, een rein hart en een van geloof vervulde intentie genoeg zouden moeten zijn voor deze heilige dienst. Wij zijn de eersten om uitdrukkelijk en onomwonden te bevestigen dat dit het wezenlijke is. Maar we zijn ervan overtuigd dat de lofprijzing ook dient te geschieden door middel van de uiterlijke sier van het heilig vaatwerk, want het is uitermate juist en passend dat wij onze Verlosser in alles geheel en al dienen, Hem die zich er niet aan heeft onttrokken om in alles, geheel en al en zonder voorbehoud, voor ons te zorgen.'

'Dat is altijd het standpunt van de groten van uw orde geweest,' gaf William toe, 'en ik herinner me prachtige woorden die uw zeer grote en eerbiedwaardige abt Suger over de ornamenten van de kerken heeft geschreven.'

'Zo is het,' zei de abt. 'Kijk dit crucifix eens. Het is nog niet voltooid…' Hij nam het met oneindige liefde in zijn hand en bekeek het met een verzaligde blik. 'Hier ontbreken nog enkele parels: ik heb ze nog niet in de juiste maat kunnen vinden. De heilige Andreas zei eens over het kruis van Golgotha dat het door Christus' ledematen als door paarlen was getooid. En parels dienen deze nederige afbeelding van dat grote wonder te tooien. Ook al heb ik gemeend er goed aan te doen op dit punt, precies boven het hoofd van de Verlosser, de mooiste diamant te laten zetten die u ooit hebt gezien.' Hij streelde met eerbiedige hand, met zijn lange, blanke vingers, de kostbaarste delen van het heilige hout, of liever van het heilige ivoor, want van dat prachtige materiaal waren de armen van het kruis gemaakt.

'Als ik, genietend van alle schoonheden in dit huis van God, door de betovering van de veelkleurige stenen aan de zorgen voor de uiterlijke dingen word onttrokken en een hooggestemde meditatie mij ertoe heeft gebracht na te denken – dat wat materieel is overbrengend naar dat wat immaterieel is – over de verscheidenheid der heilige deugden, dan is het mij te moede alsof ik mij in een vreemd gebied van het universum bevind, dat niet meer geheel in het aardse slijk is opgesloten maar ook niet geheel vrij is in de hemelse zuiverheid. Ik heb dan de gewaarwording dat ik, door Gods genade, van deze lagere wereld naar de hogere wereld kan worden overgebracht langs anagogische weg...'

Terwijl hij sprak was zijn gezicht naar het middenschip gekeerd. Een bundel licht die van bovenaf de kerk binnenviel, bescheen, door een bijzondere goedgunstigheid van de dagster, zijn gezicht en zijn handen die hij in vrome vervoering in kruisvorm had opengevouwen. 'Ieder schepsel,' zei hij, 'zichtbaar dan wel onzichtbaar, is een licht dat door de vader der lichten in het aanzijn is geroepen. Deze ivoor, deze onyx, maar ook de stenen die ons omringen zijn een licht, want ik neem waar dat ze goed en schoon zijn, dat ze bestaan volgens de wetten waarin hun proporties zijn vastgelegd, dat ze door geslacht en soort verschillen van alle andere geslachten en soorten, dat ze door hun getal worden bepaald, dat ze zich niet aan hun orde onttrekken, dat ze hun soortelijke plaats nastreven in overeenstemming met hun zwaarte. En des te meer worden deze dingen mij geopenbaard, naarmate de materie die ik aanschouw mij door haar aard zelf kostbaarder is, en des te beter wordt zij tot licht van de goddelijke scheppingskracht, naarmate ik vanuit de verhevenheid van het gevolg moet teruggaan tot de verhevenheid van de oorzaak, ontoegankelijk in haar volheid; en hoeveel te meer spreekt een wonderbaar gevolg als het goud of de diamant mij dan niet van de goddelijke oorzakelijkheid, als zelfs de drek en het insect mij van haar weten te spreken! Als ik dan ook in deze stenen dergelijke hoge dingen waarneem, weent mijn ziel van blijde ontroering, en niet uit aardse ijdelheid of liefde voor rijkdommen, maar uit de allerzuiverste liefde voor de eerste oorzaak, zelf niet veroorzaakt.'

'Dit is waarlijk de zoetste aller theologieën,' zei William in volmaakte deemoed, en ik meende dat hij die arglistige denkfiguur toepaste die de retoren ironie noemen, en die altijd dient te worden voorafgegaan door de pronunciatio, die er het signaal en de rechtvaardiging van vormt; hetgeen William nooit deed. Reden waarom de abt, meer geneigd tot het gebruik van stijlfiguren, Williams woorden letterlijk nam en er, nog steeds ten prooi aan zijn mystieke vervoering, aan toevoegde: 'Het is de meest rechtstreekse van alle wegen die ons in contact brengen met de Allerhoogste, de materiële theofanie.'

William kuchte beleefd. 'Eh... o...' zei hij. Dat deed hij altijd als hij een ander onderwerp wilde aansnijden. Hij wist het op een elegante manier te doen, want het was zijn gewoonte – en ik geloof dat deze kenmerkend is voor de mensen van zijn land – om elke wending die hij aan het gesprek wilde geven in te leiden met lange kreunende geluiden, alsof het hem grote geestelijke inspanning kostte aan de uiteenzetting van een voltooide gedachte te beginnen. Terwijl ik er inmiddels van overtuigd was dat hoe meer gekreun hij aan zijn betoog liet voorafgaan, des te zekerder hij was van de deugdelijkheid van de stelling die erin werd geponeerd.

'Eh... o...' zei William dus. 'We zouden het moeten hebben over de ontmoeting en het debat over de armoede...'

'De armoede...' zei de abt nog steeds in gedachten verzonken, alsof het hem moeite kostte af te dalen uit de schone sfeer van het universum waarheen zijn edelstenen hem hadden gevoerd. 'Dat is waar, de ontmoeting...'

En toen begonnen ze druk te praten over dingen die ik deels al wist en deels uit hun woorden kon opmaken. Het ging, zoals ik reeds aan het begin van deze getrouwe kroniek vertelde, over het dubbele geschil dat enerzijds de keizer tegenover de paus stelde en anderzijds de paus tegenover de franciscanen, die in het kapittel van Perugia, weliswaar met een vertraging van vele jaren, de stellingen van de spirituelen over de armoede van Christus tot de hunne hadden gemaakt; en over de verwikkelingen die daaruit waren ontstaan en waardoor de franciscanen zich bij de keizer hadden aangesloten; verwikkelingen die inmiddels, van een driehoek van tegenstellingen en bondgenootschappen, waren getransformeerd tot een vierhoek ten gevolge van de – mij nog steeds zeer onduidelijke – tussenkomst der abten van de orde van de heilige Benedictus.

Ik heb nooit goed de reden begrepen waarom de benedictijner abten de franciscaanse spirituelen in bescherming hadden genomen en onderdak hadden geboden, nog voordat hun eigen orde hun ideeën op enigerlei wijze deelde. Want terwijl de spirituelen de afstand van alle aardse goederen predikten, volgden de abten van mijn orde – daar had ik juist die dag een schitterende bevestiging van gekregen – een niet minder deugdzame maar volkomen tegengestelde weg. Maar ik geloof dat de abten meenden dat overmatige macht van de paus leidde tot overmatige macht van de bisschoppen en van de steden, terwijl mijn orde door de eeuwen heen haar macht juist had gehandhaafd door de wereldlijke clerus en de kooplieden in de steden te bestrijden, door zich op te werpen als de directe middelaar tussen hemel en aarde en raadgever van de vorsten.

Talloze malen had ik de zegswijze gehoord volgens welke het volk Gods was verdeeld in herders (ofwel de geestelijkheid), honden (ofwel de soldaten) en schapen (het volk). Maar later heb ik geleerd dat deze zegswijze op verschillende manieren kan worden geformuleerd. De benedictijnen hadden vaak, in plaats van over drie rangen, gesproken over twee grote afdelingen: één die het beheer van de aardse zaken en de andere die het beheer van de hemelse zaken betrof. Voor die van de aardse zaken gold een onderverdeling in clerus, wereldlijke heren en volk, maar boven deze drie groepen stond de aanwezigheid van de ordo monachorum, directe verbinding tussen het volk Gods en de hemel, en de monniken hadden niets uit te staan met die wereldlijke herders, de priesters en bisschoppen, onwetende en corrupte lieden die zich geheel ondergeschikt hadden gemaakt aan de belangen van de steden, waar de kudde niet meer zozeer bestond uit goede, trouwe boeren, maar uit kooplieden en ambachtsmensen. Het was de orde der benedictijnen niet onwelgevallig dat het gezag over de eenvoudigen werd toevertrouwd aan de seculiere clerus, mits het vaststellen van de definitieve regel van deze verhouding bleef voorbehouden aan de monniken, die in direct contact stonden met de bron van alle aardse macht, het keizerschap, zoals ze in direct contact stonden met de bron van alle hemelse macht. Dat is, denk ik, de reden waarom tal van benedictijner abten, met het doel het keizerschap weer in aanzien te doen stijgen tegenover het bestuur van de steden (bisschoppen en kooplieden tezamen), ook bereid waren bescherming te bieden aan de franciscaanse spirituelen, wier ideeën zij weliswaar niet deelden, maar wier aanwezigheid hun te stade kwam, daar zij de keizer goede syllogismen bood tegen de al te grote macht van de paus.

Dat waren de redenen, concludeerde ik, waarom Abbone zich nu bereid verklaarde samen te werken met William, die door de keizer was gezonden om als middelaar op te treden tussen de orde der franciscanen en de Heilige Stoel. Een feit was dat, juist in het heetst van de strijd die de eenheid van de Kerk zo ernstig in gevaar bracht, Michael van Cesena, die door paus Johannes meerdere malen naar Avignon was ontboden, zich eindelijk bereid had getoond de uitnodiging te aanvaarden, omdat hij niet wilde dat zijn orde voorgoed in conflict zou komen met de paus. Als generaal der franciscanen wilde hij tegelijkertijd hun standpunten doen zegevieren en zich verzekeren van de pauselijke consensus, ook omdat hij wel voelde dat hij zonder die pauselijke consensus niet lang meer aan het hoofd van de orde zou kunnen blijven.

Velen hadden hem er echter op gewezen dat de paus hem naar Frankrijk wilde laten komen om hem in de val te lokken, hem van ketterij te beschuldigen en te berechten. Daarom raadden zij aan Michaels reis naar Avignon te laten voorafgaan door enige onderhandelingen. Marsilius was met een nog beter idee gekomen: Michael ook te doen vergezellen van een keizerlijk afgezant, die de paus het standpunt van de medestanders van de keizer zou uiteenzetten. Niet zozeer om de oude Cahors te overtuigen, maar om Michaels positie te verstevigen; immers, als hij deel zou uitmaken van een keizerlijk gezantschap, zou hij niet zo makkelijk aan de pauselijke wraakneming ten prooi kunnen vallen.

Toch kleefden er ook aan dit plan talrijke nadelen, en het was niet direct uitvoerbaar. Daarop was het idee geboren van een voorbereidende ontmoeting tussen leden van het keizerlijk gezantschap en enkele vertegenwoordigers van de paus, teneinde de wederzijdse standpunten te toetsen en afspraken te formuleren voor een ontmoeting waarbij de veiligheid van de Italiaanse bezoekers gewaarborgd zou zijn. Het organiseren van deze eerste ontmoeting was toevertrouwd aan William van Baskerville, die vervolgens het standpunt van de keizerlijke theologen in Avignon zou vertolken, als hij althans van mening was dat de reis geen gevaar opleverde. Geen eenvoudige onderneming, want de algemene veronderstelling was dat de paus, die Michael alleen in Avignon wilde hebben om hem gemakkelijker tot gehoorzaamheid te kunnen dwingen, een gezantschap naar Italië zou sturen dat de opdracht had al het mogelijke te doen om de reis van de keizerlijke afgezanten naar zijn hof te doen mislukken. William had tot dusverre zeer bekwaam gemanoeuvreerd. Na langdurige besprekingen met verschillende benedictijner abten (dat was de reden waarom onze reis uit zo veel etappes had bestaan) had hij de abdij gekozen waar we ons bevonden, en wel omdat van deze abt bekend was dat hij de keizer ten zeerste was toegewijd maar, door zijn grote diplomatie, ook aan het pauselijk hof niet ongezien was.

Neutraal terrein dus, deze abdij, waar het voor de twee partijen mogelijk was elkaar te ontmoeten.

Maar het verzet van de paus was daarmee niet geëindigd. Hij wist dat zijn gezantschap, eenmaal op het terrein van de abdij, aan de jurisdictie van de abt zou zijn onderworpen; en aangezien ook leden van de seculiere clerus er deel van zouden uitmaken, weigerde hij deze regeling te aanvaarden, met het argument dat hij een valstrik van de keizerlijke partij vreesde. Hij had derhalve als voorwaarde gesteld dat de veiligheid van zijn afgezanten zou worden verzekerd door een compagnie boogschutters van de Franse koning onder bevel van een man die zijn vertrouwen genoot. Daarover had ik iets opgevangen uit een gesprek dat William in Bobbio had met een bode van de paus: het ging er toen om de formule vast te stellen waarmee de taak van die compagnie werd omschreven, met andere woorden, te bepalen wat onder de verzekering van de veiligheid van de pauselijke afgezanten diende te worden verstaan. Ten slotte was een door de mannen uit Avignon voorgestelde formule, die redelijk leek, aanvaard: de soldaten en hun bevelhebber zouden de jurisdictie hebben 'over allen die op de een of andere manier probeerden de leden van het pauselijke gezantschap naar het leven te staan of met gewelddadige handelingen hun gedrag en hun oordeel te beïnvloeden'. Op dat moment leek de overeenkomst uit zuiver formele overwegingen te zijn voortgekomen. Nu, na de jongste gebeurtenissen in de abdij, was de abt er niet gerust op en hij maakte zijn twijfels aan William kenbaar. Als het gezantschap in de abdij aankwam terwijl men nog in het duister tastte omtrent de dader van twee misdaden (de volgende dag zou de ongerustheid van de abt nog toenemen, daar het aantal der misdaden dan tot drie zou zijn gestegen), zou men moeten toegeven dat er binnen die muren iemand rondliep die in staat was met gewelddadige handelingen het oordeel en het gedrag van de pauselijke gezanten te beïnvloeden.

Het had geen enkel nut te trachten de gepleegde misdaden te verbergen, want als er nog iets zou gebeuren, zouden de pauselijke gezanten denken aan een tegen hen gericht complot. Dus waren er maar twee oplossingen. Of William ontmaskerde de moordenaar vóór de aankomst van het gezantschap (en hierbij keek de abt hem strak aan, alsof hij hem verweet dat hij dat nog niet had gedaan), óf men moest de afgevaardigde van de paus naar waarheid inlichten omtrent wat er aan de hand was en hem vragen eraan mee te werken dat de abdij voor de duur van de onderhandelingen onder zorgvuldige bewaking werd gesteld. Hetgeen de abt niet naar de zin was, want het betekende dat hij ten dele afstand zou moeten doen van zijn soevereiniteit en zijn eigen monniken onder toezicht van de Fransen zou moeten plaatsen. Maar er konden geen risico's worden genomen. Zowel William als de abt was weinig ingenomen met de wending die de gebeurtenissen namen, maar ze hadden nauwelijks een andere keus. Ze kwamen overeen uiterlijk de volgende dag een definitieve beslissing te nemen. In die tussentijd zat er niets anders op dan zich op de goddelijke barmhartigheid en het vernuft van William te verlaten.

'Ik zal doen wat in mijn vermogen ligt, uwe Hoogheid,' zei William. 'Maar anderzijds zie ik niet in hoe deze kwestie de ontmoeting daadwerkelijk in gevaar zou kunnen brengen. Ook de vertegenwoordiger van de paus zal zeker begrijpen dat er verschil is tussen het werk van een gek, of een bloeddorstig moordenaar, of misschien alleen een verdoolde ziel, en de ernstige vraagstukken die rechtschapen mannen hier komen bespreken.'

'Denkt u?' vroeg de abt terwijl hij William opnieuw strak aankeek. 'Vergeet u niet dat de mannen uit Avignon weten dat ze minorieten zullen ontmoeten, dus mensen die gevaarlijk dicht in de buurt komen van de fraticelli en andere lieden, nog ontzinder dan de fraticelli, gevaarlijke ketters die zich hebben bezoedeld met misdaden,' en hier dempte de abt zijn stem, 'vergeleken waarbij de – overigens gruwelijke – dingen die hier zijn voorgevallen verbleken als nevel in de zon.'

'Dat is niet hetzelfde!' riep William heftig uit. 'U kunt de minorieten van het kapittel van Perugia niet over één kam scheren met de een of andere bende ketters die de boodschap van het evangelie verkeerd hebben begrepen en de strijd tegen de rijkdom omzetten in een reeks persoonlijke wraakoefeningen of bloedige dollemansstreken.'

'Het is nog niet zo veel jaren geleden dat, luttele mijlen hier vandaan, een van die benden, zoals u ze noemt, de landerijen van de bisschop van Vercelli en de bergen in het gebied van Novara te vuur en te zwaard heeft verwoest,' zei de abt bits.

'U bedoelt fra Dolcino en de apostelbroeders.'

'De pseudoapostelen,' verbeterde de abt. Voor de zoveelste maal hoorde ik fra Dolcino en de pseudoapostelen noemen, en voor de zoveelste maal op behoedzame toon, waarin bijna iets van angst doorklonk.

'Pseudoapostelen,' gaf William geredelijk toe. 'Maar zij hadden niets met de minorieten te maken…'

'Met wie zij de eerbied voor Joachim van Fiore deelden,' repliceerde de abt prompt. 'Vraagt u dat maar aan uw medebroeder Ubertino.'

'Ik moge uwe Hoogheid erop wijzen dat hij nu uw medebroeder is,' zei William met een glimlach en een soort buiging, als om de abt geluk te wensen met de aanwinst die het opnemen van een man van zo'n grote faam voor zijn orde betekende.

'Ik weet het, ik weet het,' zei de ambt glimlachend. 'En u weet met hoeveel broederlijke voorkomendheid onze orde de spirituelen heeft opgenomen toen zij zich de toorn van de paus op de hals hadden gehaald. Ik heb het niet alleen over Ubertino, maar ook over tal van minder belangrijke broeders, over wie men weinig weet en misschien meer zou moeten weten. Want het is voorgekomen dat wij afvalligen opnamen die hier verschenen gekleed in de pij van de minorieten, maar van wie ik later vernam dat de wisselvalligheden van hun bestaan hen een tijd lang zeer dicht bij de volgelingen van Dolcino hadden gebracht…'

'Ook hier?' vroeg William.

'Ook hier. Ik onthul u op dit moment iets waarvan ik eerlijk gezegd maar heel weinig weet, in elk geval niet genoeg om beschuldigingen te uiten. Maar aangezien u bezig bent met een onderzoek omtrent het leven in deze abdij, is het wenselijk dat ook u van deze dingen weet. Ik zal u dus vertellen dat ik vermoed, let wel, vermoed op grond van dingen die ik heb gehoord of bevroed, dat er een zeer duistere periode is geweest in het leven van onze cellarius, die jaren geleden, juist tijdens de grote uittocht van de minorieten, hier arriveerde.'

'De cellarius? Remigio van Varagine een volgeling van Dolcino? Hij lijkt mij het zachtaardigste en in elk geval het minst om Vrouwe Armoede bekommerde wezen dat ik ken…' zei William.

'Ik kan ook inderdaad niets op hem aanmerken, en ik maak graag gebruik van zijn goede diensten, waarvoor de hele gemeenschap hem erkentelijk is. Maar ik zeg dit om u duidelijk te maken hoe gemakkelijk het is verbanden te vinden tussen fraters en fraticelli.'

'Uwe Hoogwaardigheid is wederom onrechtvaardig, als ik het zo mag zeggen,' wierp William tegen. 'We hadden het over de volgelingen van Dolcino, niet over de fraticelli. Over de fraticelli kan men veel zeggen zonder een idee te hebben over wie men spreekt, want er zijn er in vele soorten, maar dat ze bloeddorstig zijn kan niemand zeggen. Hoogstens kan men hun verwijten dat zij op nogal onbezonnen wijze dingen in praktijk brengen die de spirituelen in gematigder termen en bewogen door een ware liefde voor God hebben gepredikt, en in deze ben ik het met u eens dat er tussen de een en de ander grenzen bestaan die nauwelijks te herkennen zijn…'

'Maar de fraticelli zijn ketters!' onderbrak de abt hem korzelig. 'Zij beperken zich niet tot de bewering dat Christus en de apostelen arm waren, een leerstelling die, ook al zou ik haar niet willen delen, goed van pas kan komen om tegenover de praal van Avignon te stellen. De fraticelli putten uit die leerstelling een praktisch syllogisme, zij ontlenen er het recht aan in opstand te komen, te plunderen, er een liederlijke levenswijze op na te houden.'

'Welke fraticelli dan?'

'Alle, in het algemeen. U weet dat zij zich met onnoembare misdaden hebben bezoedeld, dat ze het huwelijk niet erkennen, dat ze beweren dat de hel niet bestaat, dat ze sodomie bedrijven, dat ze de ketterij van de bogomielen van de ordo Bulgariae en de ordo Drugonthiae tot de hunne maken…'

'Ik bid u,' zei William, 'haalt u geen dingen door elkaar die zo verschillend zijn! U praat alsof fraticelli, patarini, waldenzen, katharen, met daaronder bogomielen uit Bulgarije en ketters uit Dragovitsa, één en hetzelfde zijn!'

'Dat zijn ze ook,' zei de abt kortaf, 'ze zijn hetzelfde omdat ze ketters zijn, en ze zijn hetzelfde omdat ze de hele orde van de beschaafde wereld in gevaar brengen, ook de orde van het keizerrijk dat u zo na aan het hart schijnt te liggen. Honderd en meer jaren geleden staken de volgelingen van Arnold van Brescia de huizen van de edelen en de kardinalen in brand, en dat waren de vruchten van de ketterij der patarini in Lombardije. Ik ken verschrikkelijke verhalen over deze ketters, ik heb ze gelezen in Caesarius van Heisterbach. In Verona zag de kanunnik van de San Gedeone, Everardo, op een keer de man die hem elke nacht onderdak bood met vrouw en dochter zijn huis verlaten. Hij vroeg aan een van hen, ik weet niet aan wie, waar ze heen gingen en wat ze gingen doen. Kom mee, dan zie je het, kreeg hij ten antwoord en hij volgde hen naar een zeer ruim onderaards huis, waar personen van beiderlei kunne verzameld waren. Een aartsketter hield, terwijl iedereen zweeg, een toespraak vol godslasteringen, met het doel hen tot een verdorven en zedeloos leven aan te moedigen. Vervolgens, toen de kaars uit was, wierp eenieder zich op zijn buurvrouw, zonder onderscheid te maken tussen gehuwde en ongehuwde vrouwen, tussen weduwen en maagden, tussen dames en dienstboden, noch (en dat was het allerergste, moge de Heer mij vergeven dat ik zulke afschuwelijke dingen zeg) tussen dochter en zuster. Toen Everardo dat alles zag, deed hij, jong en wellustig als hij was, zich voor als een volgeling en schoof naar de dochter van zijn gastheer toe, of naar een ander meisje, dat weet ik niet, en toen de kaars was uitgeblazen, zondigde hij met haar. Hij deed dat helaas langer dan een jaar, en ten slotte zei de meester dat deze jongeling hun bijeenkomsten met zo veel vrucht had bezocht dat hij weldra de neofieten zou kunnen inwijden. Op dat ogenblik besefte Everardo in welk een afgrond hij was gevallen en hij slaagde erin zich aan hun verlokkingen te onttrekken door te zeggen dat hij dat huis niet had bezocht omdat hij door de ketterij werd aangetrokken, maar omdat hij door de meisjes werd aangetrokken. Hij werd weggejaagd. Maar u ziet het, zo is de wet en het leven van de ketters, patarini, katharen, joachimieten, spirituelen van ieder slag. En dat hoeft ons niet te verwonderen: zij geloven niet in de verrijzenis van het vlees en in de hel als straf voor de boosaardigen, en ze menen ongestraft te kunnen doen wat ze willen. Ze noemen zich immers *katharoi*, dat wil zeggen reinen.'

'Abbone,' zei William, 'u leeft in afzondering in deze prachtige, heilige abdij, ver van de goddeloosheid dezer wereld. Het leven in de steden heeft veel meer kanten dan u denkt en u weet dat er ook in de dwaling en het kwaad gradaties bestaan. Lot was veel minder zondaar dan zijn stadgenoten die zelfs ten aanzien van de door God gezonden engelen schandelijke gedachten koesterden, en het verraad van Petrus was niets vergeleken bij het verraad van Judas; de een werd dan ook vergeven, de ander niet. U kunt patarini en katharen niet als één en hetzelfde beschouwen. De pataria is een hervormingsbeweging die binnen de wetten van onze Moeder, de heilige Kerk blijft. De patarini hebben altijd naar verbetering van de levenswijze van de geestelijken gestreefd.'

'Door te betogen dat men geen sacramenten van onreine priesters diende te ontvangen…'

'En daarin hadden ze ongelijk, maar dat was hun enige leerstellige dwaling. Ze zijn nooit van plan geweest de wet van God te veranderen…'

'Maar de patarijnse preken van Arnold van Brescia in Rome, meer dan tweehonderd jaar geleden, hitsten het gepeupel ertoe op de huizen van edelen en kardinalen in brand te steken.'

'Arnold trachtte de magistraten van de stad in zijn hervormingsbeweging mee te slepen. Zij volgden hem niet, maar hij vond instemming onder de scharen der armen en misdeelden. Hij was niet verantwoordelijk voor de krachtdadigheid en de woede waarmee zij antwoordden op zijn herhaalde oproep de stad minder corrupt te maken.'

'De stad is altijd corrupt.'

'De stad is de plaats waar heden ten dage het volk Gods woont, waarvan u, waarvan wij de herders zijn. Het is de plaats van de wantoestand waarin de rijke prelaat de deugd predikt aan het arme, uitgehongerde volk. De wanordelijkheden van de patarini komen uit die toestand voort. Ze zijn betreurenswaardig, maar niet onbegrijpelijk. De katharen zijn een ander geval.

Daar betreft het een oosterse ketterij, die buiten de leer van de Kerk staat. Ik weet niet of ze de misdaden waarvan ze worden beschuldigd werkelijk plegen of hebben gepleegd. Ik weet wel dat ze het huwelijk afwijzen, dat ze het bestaan van de hel ontkennen. Ik vraag me af of vele van de daden die zij niet hebben gepleegd hun niet uitsluitend zijn toegeschreven op grond van de (inderdaad verwerpelijke) ideeën die zij hebben verdedigd.'

'Dus u wilt zeggen dat de katharen zich niet met de patarini hebben vermengd, en dat zij beiden niet eenvoudigweg twee van de ontelbare gezichten van één en dezelfde duivelse verschijning zijn?'

'Ik wil alleen zeggen dat vele van deze ketterijen, onafhankelijk van de leer die zij verdedigen, bij de eenvoudigen aanslaan omdat ze hun de mogelijkheid van een ander leven voorhouden. Ik wil zeggen dat de eenvoudigen in de regel niet veel van de kerkleer weten. Ik wil zeggen dat het dikwijls is voorgekomen dat de scharen der eenvoudigen de prediking van de katharen verwarden met die van de patarini, en deze in het algemeen met die van de spirituelen. Het leven van de eenvoudigen, Abbone, wordt niet verlicht door de kennis en de waakzame zin voor onderscheid die ons verstandig maakt. Zij leven onder de kwellende druk van ziekte, van armoede, en de onwetendheid maakt hen tot stamelaars. Dikwijls is voor velen van hen de toetreding tot een ketterse groepering slechts een willekeurige manier om hun wanhoop uit te schreeuwen. Men kan het huis van een kardinaal in brand steken, hetzij omdat men het leven van de clerus wil zuiveren, hetzij omdat men meent dat de hel, die hij predikt, niet bestaat. Men doet het altijd omdat er een aardse hel bestaat, waarin de kudde leeft waarvan wij de herders zijn. Maar u weet heel goed dat, net zoals zij geen onderscheid maken tussen Bulgaarse Kerk en volgelingen van priester Liprando, ook de keizerlijke gezagdragers en hun aanhangers vaak geen onderscheid maakten tussen spirituelen en ketters. Niet zelden hebben Ghibellijnse groepen, om hun tegenstanders te verslaan, onder het volk sympathieën voor het katharisme aangewakkerd. Naar mijn mening deden ze daar verkeerd aan. Maar wat ik nu weet, is dat diezelfde groepen, om zich van deze onrustige, gevaarlijke en al te "eenvoudige" tegenstanders te ontdoen, vaak aan de een de ketterijen van de ander toeschreven en allen op de brandstapel deden belanden. Ik heb gezien, ik zweer u, Abbone, ik heb met mijn eigen ogen gezien hoe deugdzaam levende lieden, oprechte nastrevers van armoede en kuisheid, maar vijanden van de bisschoppen, door die bisschoppen aan de wereldlijke arm werden uitgeleverd, om het even of deze in dienst stond van het keizerrijk of van de vrije steden, op beschuldiging van seksuele promiscuïteit, sodomie en goddeloze praktijken, waaraan misschien anderen maar niet zij zich schuldig hadden gemaakt. De eenvoudigen zijn slachtvee, dat men gebruikt als het van pas komt om het vijandelijke gezag aan het wankelen te brengen, en dat men offert als het niet meer van pas komt.'

'Dus,' zei de abt met kennelijke boosaardigheid, 'waren fra Dolcino en zijn dolle horde, en Gherardo Segalelli en die laaghartige moordenaars nu boosaardige katharen of deugdzame fraticelli, sodomie bedrijvende bogomielen of hervormingsgezinde patarini? Wilt u, William, u die zoveel van ketters weet dat u haast een van de hunnen lijkt, mij dan eens vertellen waar de waarheid ligt?'

'Nergens, in veel gevallen,' zei William mistroostig.

'Ziet u dat ook u geen onderscheid meer weet te maken tussen de ene ketter en de andere? Ik heb tenminste een regel. Ik weet dat ketters die lieden zijn, die de orde volgens welke het volk Gods geregeerd wordt, in gevaar brengen. En ik verdedig het keizerrijk omdat het me die orde verzekert. Ik bestrijd de paus omdat hij bezig is de geestelijke macht in handen te geven aan de bisschoppen in de steden, die gemene zaak maken met kooplieden en gilden en niet in staat zullen zijn die orde te handhaven. Wij hebben haar eeuwenlang gehandhaafd. En ten aanzien van de ketters heb ik ook een regel, die is samengevat in het antwoord dat Arnaud Amaury, abt van Cîteaux, gaf toen hem werd gevraagd wat er moest gebeuren met de burgers van Béziers, een van ketterij verdachte stad: doodt ze allemaal, God zal de Zijnen herkennen.'

William sloeg zijn ogen neer en deed er enige tijd het zwijgen toe. Toen zei hij: 'De stad Béziers werd ingenomen en de onzen letten noch op waardigheid, noch op geslacht, noch op leeftijd, en bijna twintigduizend mensen stierven door het zwaard. Na deze slachting werd de stad geplunderd en in brand gestoken.'

'Ook een heilige oorlog is een oorlog.'

'Ook een heilige oorlog is een oorlog. Daarom zouden er misschien geen heilige oorlogen moeten zijn. Maar ach, wat zeg ik? Ik ben hier om de rechten van Lodewijk te verdedigen, die ook bezig is Italië in vuur en vlam te zetten. Ook ik zit verstrikt in een spel van vreemde bondgenootschappen. Vreemd is het bondgenootschap van de spirituelen met het keizerrijk, vreemd dat van het keizerrijk met Marsilius, die de soevereiniteit voor het volk opeist. En vreemd dat tussen ons beiden, met onze zo verschillende oogmerken en traditie. Maar we hebben twee gemeenschappelijke taken. Het welslagen van de ontmoeting en de ontmaskering van een moordenaar. Laten we trachten voort te gaan in vrede.'

De abt breidde zijn armen uit. 'Geef mij de vredeskus, frater William. Met een man van uw kennis zou ik langdurig over subtiele theologische en morele kwesties kunnen discussiëren. Maar we moeten niet toegeven aan de lust tot disputeren, zoals de magisters van Parijs doen. Het is waar, er wacht ons een belangrijke taak en we moeten in gemeenschappelijk overleg te werk gaan. Ik heb alleen over deze dingen gesproken omdat ik denk dat er een verband bestaat, begrijpt u?, een mogelijk verband, ofwel dat anderen een verband kunnen leggen, tussen de misdaden die hier hebben plaatsgevonden en de stellingen van uw medebroeders. Daarom heb ik u gewaarschuwd, daarom moeten we elke verdenking of insinuatie van de zijde van de mannen uit Avignon voorkomen.'

'Moet ik misschien veronderstellen dat uwe Hoogheid mij ook een spoor voor mijn onderzoek heeft aangegeven? Denkt u dat er aan de recente gebeurtenissen de een of andere duistere geschiedenis ten grondslag kan liggen die teruggaat tot het ketterse verleden van een van de monniken?'

De abt zweeg enkele ogenblikken, terwijl hij William aankeek zonder dat er op zijn gezicht enige uitdrukking te bespeuren viel. Toen zei hij: 'In deze trieste zaak bent u de inquisiteur. Het is aan u om verdenking te koesteren en zelfs een onrechtmatige verdenking te riskeren. Ik ben hier slechts de vader van allen. En ik zeg erbij dat, als ik had geweten dat het verleden van een van mijn monniken aanleiding geeft tot gerechtvaardigde verdenkingen, ikzelf het kwaad al met wortel en tak zou hebben uitgeroeid. Wat ik weet, weet u ook. Wat ik niet weet, moge dankzij uw vernuft aan het licht komen. Maar brengt u, hoe dan ook, altijd mij en in de eerste plaats mij op de hoogte.' Hij groette en liep de kerk uit.

'De geschiedenis wordt ingewikkelder, beste Adson,' zei William met een somber gezicht. 'We zitten achter een manuscript aan, we schenken aandacht aan de diatriben van een paar al te nieuwsgierige monniken en aan de lotgevallen van een paar al te wellustige monniken, en nu tekent zich steeds scherper een nieuw en totaal ander spoor af. De cellarius dus... En met de cellarius is dat vreemde wezen van een Salvatore hier gekomen... Maar nu zullen we wat moeten gaan rusten, want we zijn van plan vannacht wakker te blijven.'

'Bent u dan nog steeds van plan vannacht de bibliotheek binnen te dringen? Laat u dat eerste spoor niet los?'

'In geen geval. Bovendien, wie heeft gezegd dat het om twee verschillende sporen gaat? Die geschiedenis van de cellarius kan tenslotte wel alleen een vermoeden van de abt zijn.'

Hij liep naar het gastenverblijf. Op de drempel gekomen, bleef hij staan en begon te praten alsof hij het voorgaande gesprek voortzette.

'Welbeschouwd heeft de abt me gevraagd een onderzoek in te stellen naar de dood van Adelmo toen hij dacht dat er iets troebels plaatsvond onder zijn jonge monniken. Maar nu doet de dood van Venantius andere vermoedens rijzen. Misschien heeft de abt bevroed dat de sleutel van het mysterie in de bibliotheek ligt, en daar mag ik van hem geen onderzoek verrichten. Daarom heeft hij me misschien op het spoor van de cellarius gezet, om mijn aandacht van het Hoofdgebouw af te leiden…'

'Maar waarom zou hij niet willen dat…'

'Je moet niet te veel vragen. De abt heeft me van meet af aan gezegd dat de bibliotheek verboden terrein is. Daar zal hij wel goede redenen voor hebben. Het zou kunnen zijn dat ook hij betrokken is in de een of andere zaak waarvan hij niet dacht dat ze met de dood van Adelmo verband zou kunnen houden, en nu realiseert hij zich dat het schandaal zich uitbreidt en dat ook hij erin betrokken kan raken. En hij wil niet dat de waarheid wordt ontdekt, althans hij wil niet dat ik haar ontdek…'

'Maar dan leven we in een van God verlaten oord,' zei ik mismoedig.

'Heb jij wel eens een oord gevonden waar God zich op zijn gemak zou voelen?' vroeg William, mij vanuit de hoogte van zijn lange gestalte aankijkend.

Daarna stuurde hij me naar mijn slaapstee. Terwijl ik me uitstrekte, kwam ik tot de slotsom dat mijn vader me niet de wijde wereld in had moeten sturen, want ze was ingewikkelder dan ik had gedacht. Ik was bezig te veel te leren.

'Salva me ab ore leonis,' bad ik terwijl ik in slaap viel.

TWEEDE DAG
NA DE VESPERS

*Waarin, hoewel het hoofdstuk kort is, de oude Alinardo
zeer belangwekkende dingen zegt over het labyrint en
over de manier om er binnen te komen.*

◆

Ik werd wakker toen het al bijna tijd was voor de avonddis. Ik voelde me verdoofd van de slaap, want de slaap overdag is als de zonde van het vlees: hoe meer je ervan hebt gehad, hoe meer je ervan zou willen hebben, en toch voel je je ongelukkig, voldaan en onvoldaan tegelijkertijd. William was niet in zijn cel, kennelijk was hij veel eerder opgestaan. Na een korte omzwerving zag ik hem het Hoofdgebouw uitkomen. Hij vertelde me dat hij in het scriptorium was geweest, waar hij de catalogus had doorgebladerd en het werk van de monniken had gadegeslagen in een poging de tafel van Venantius aan een nader onderzoek te onderwerpen; maar dat om de een of andere reden iedereen erop uit leek te zijn te voorkomen dat hij in die papieren ging snuffelen. Eerst was Malachias naar hem toe gekomen om hem een paar kostbare miniaturen te laten zien. Daarna had Bengt hem onder volkomen onbelangrijke voorwendsels aan de praat gehouden. Weer later, toen hij zich over de tafel had gebogen om zijn inspectie te hervatten, was Berenger om hem heen komen draaien en had hem zijn medewerking aangeboden.

Ten slotte had Malachias, toen hij zag dat mijn meester vast van zins was zich met de spullen van Venantius bezig te houden, hem onomwonden gezegd dat het misschien beter was om, voordat hij de papieren van de overledene ging doorzoeken, eerst aan de abt toestemming te vragen; dat hijzelf, ook al was hij de bibliothecaris, zich er uit eerbied en discipline van had onthouden; en dat, hoe dan ook, niemand in de buurt van die tafel was geweest, zoals William hem had gevraagd, en niemand er in de buurt zou komen totdat de abt het zijne had gezegd. William had hem erop gewezen dat de abt hem verlof had gegeven om door de hele abdij naspeuringen te verrichten. Malachias had hem daarop niet zonder boosaardigheid gevraagd of de abt hem ook verlof had gegeven om zich vrijelijk door het scriptorium of, God verhoede, door de bibliotheek te bewegen. William had begrepen dat het niet raadzaam was een krachtmeting met Malachias aan te gaan, ook al hadden al die bewegingen en al die bezorgdheid rondom de papieren van Venantius hem natuurlijk gesterkt in zijn verlangen er kennis van te nemen. Maar hij was zo vastbesloten die nacht op de plek terug te keren, al wist hij nog niet hoe, dat hij geen moeilijkheden had willen maken. Het was echter duidelijk dat hij de gedachte koesterde revanche te nemen, een gedachte die, als ze niet, zoals het geval was, door dorst naar waarheid ingegeven was geweest, erg koppig en misschien afkeurenswaardig zou hebben geleken.

Voordat we het refectorium binnengingen, maakten we nog een wandelingetje door de kloostergang om de laatste restjes slaap in de koude avondlucht te verdrijven. Er liepen nog enkele monniken te mediteren. In de tuin tegenover de kloosterhof ontdekten we de stokoude Alinardo van Grottaferrata die, lichamelijk afgetakeld als hij was, een groot deel van zijn dagen tussen de planten doorbracht, als hij niet in de kerk zat te bidden. De kou scheen hem niet te deren, want hij zat aan de buitenkant van de zuilenrij.

William begroette hem met enkele woorden en de oude man leek verheugd dat iemand hem aansprak.

'Heldere dag vandaag,' zei William.

'Door Gods genade,' antwoordde de oude man.

'Helder in de hemel, maar donker op de aarde. Kende u Venantius goed?'

'Welke Venantius?' vroeg de oude man. Toen lichtte er iets op in zijn ogen. 'O ja, die jongen die is gestorven. Het beest waart door de abdij...'

'Welk beest?'

'Het grote beest dat uit de zee komt... Zeven koppen en tien horens en op zijn horens tien diademen en op zijn koppen drie godslasterlijke namen. Het beest dat op een luipaard lijkt, met poten als van een beer en een muil als van een leeuw... Ik heb het gezien.'

'Waar hebt u het gezien? In de bibliotheek?'

'De bibliotheek? Waarom? Ik ga al jaren niet meer naar het scriptorium en de bibliotheek heb ik nooit gezien. Niemand komt in de bibliotheek. Ik heb degenen gekend die wel boven in de bibliotheek kwamen...'

'Wie? Malachias, Berenger?'

'O nee...' lachte de oude man kokkelend. 'Daarvóór. De bibliothecaris die vóór Malachias kwam, vele jaren geleden...'

'Wie was dat?'

'Dat herinner ik me niet, hij is gestorven, toen Malachias nog jong was. En degene die vóór de meester van Malachias kwam en die de jonge hulpbibliothecaris was toen ik jong was... Maar in de bibliotheek heb ik nooit een voet gezet. Labyrint...'

'Is de bibliotheek een labyrint?'

'Hunc mundum tipice laberinthus denotat ille,' reciteerde de grijsaard in gedachten verzonken. 'Intranti largus, redeunti sed nimis artus. De bibliotheek is een groot labyrint, teken van het labyrint van de wereld. Je gaat er binnen en je weet niet of je eruit komt. Men dient de zuilen van Heracles niet te schenden...'

'Dus u weet niet hoe je in de bibliotheek komt als de deuren van het Hoofdgebouw zijn afgesloten?'

'O jawel,' lachte de oude, 'velen weten het. Je gaat door het ossuarium. Je kunt door het ossuarium gaan, maar je wilt niet door het ossuarium gaan. De dode monniken waken.'

'Zijn het de dode monniken die waken, zijn het niet degenen die 's nachts met een lichtje door de bibliotheek waren?'

'Met een lichtje?' De oude leek stomverbaasd. 'Dat verhaal heb ik nog nooit gehoord. De dode monniken verblijven in het ossuarium, de beenderen zakken langzaamaan uit het kerkhof naar beneden en verzamelen zich daar om de doorgang te bewaken. Heb je het altaar van de kapel die naar het ossuarium leidt nooit gezien?'

'Dat is de derde links na het transept, nietwaar?'

'De derde? Misschien. Het is die waar in de steen van het altaar duizend skeletten zijn gebeeldhouwd. De vierde schedel rechts, daar moet je in de ogen drukken... en je bent in het ossuarium. Maar je gaat er niet in, ik ben er nooit in gegaan. De abt wil het niet.'

'En het beest? Waar hebt u het beest gezien?'

'Het beest? O, de Antichrist... Hij zal spoedig komen, het millennium is voorbij, we verwachten hem...'

'Maar het millennium is al driehonderd jaar voorbij, en toen is hij niet gekomen...'

'De Antichrist komt niet nadat de duizend jaren voorbij zijn. Als de duizend jaren voorbij zijn, begint het rijk der rechtvaardigen, daarna komt de Antichrist om verwarring te zaaien onder de rechtvaardigen, en daarna komt de laatste strijd...'

'Maar de rechtvaardigen zullen duizend jaar heersen,' zei William. 'Of ze hebben vanaf de dood van Christus tot aan het einde van het eerste millennium geheerst, en dan had de Antichrist toen moeten komen, óf ze hebben nog niet geheerst, en dan is de Antichrist nog ver.'

'Het millennium moet niet worden berekend vanaf de dood van Christus maar vanaf de schenking van Constantijn. Nu zijn het duizend jaren…'

'Dus nu eindigt de heerschappij der rechtvaardigen?'

'Ik weet het niet, ik weet het niet meer… Ik ben moe. De berekening is moeilijk. Beatus van Liébana heeft haar gemaakt, vraag maar aan Jorge, die is jong, die heeft een goed geheugen… Maar de tijden zijn rijp. Heb je de zeven bazuinen niet gehoord?'

'Hoezo de zeven bazuinen?'

'Heb je niet gehoord hoe die andere jongen, de miniaturist, is gestorven? De eerste engel blies de eerste bazuin en er kwam hagel en vuur, vermengd met bloed. En de tweede engel blies de tweede bazuin en het derde deel van de zee werd bloed… Is de tweede jongen niet in een zee van bloed gestorven? Let op de derde bazuin! Dan zal het derde deel van de in de zee levende schepselen sterven. God straft ons. De hele wereld rondom de abdij is vergeven van ketterij, ze hebben me verteld dat er op de troon in Rome een verdorven paus zetelt die hosties misbruikt voor necromantische praktijken en er zijn murenen mee voedt… En bij ons heeft iemand het verbod geschonden, hij heeft de zegels van het labyrint verbroken…'

'Wie heeft u dat verteld?'

'Ik heb het gehoord, iedereen fluistert dat de zonde de abdij is binnengekomen. Heb je kekers?'

De vraag, tot mij gericht, verraste me. 'Nee, ik heb geen kekers,' zei ik beduusd.

'Breng de volgende keer kekers voor me mee. Ik houd ze in mijn mond, kijk, deze arme tandeloze mond van mij, tot ze helemaal zacht zijn. Ze bevorderen de speekselvorming, aqua fons vitae. Breng je morgen kekers voor me mee?'

'Morgen kom ik u kekers brengen,' beloofde ik. Maar hij was ingedommeld. We lieten hem alleen en gingen naar het refectorium.

'Wat denkt u van zijn verhaal?' vroeg ik aan mijn meester.

'Hij geniet de goddelijke waan der honderdjarigen. Het is moeilijk in zijn woorden het ware van het onware te onderscheiden. Maar ik geloof dat hij ons iets heeft verteld over de manier om in het Hoofdgebouw door te dringen. Ik heb de kapel gezien waar Malachias gisteravond uitkwam. Daar staat inderdaad een stenen altaar en op de basis zijn schedels gebeeldhouwd. Vanavond gaan we het proberen.'

TWEEDE DAG
COMPLETEN

Waarin men het Hoofdgebouw binnengaat, een geheimzinnige bezoeker ontdekt, een geheime boodschap in necromantische tekens vindt, een boek dat men net heeft gevonden weer ziet verdwijnen (en nog vele hoofdstukken lang zal zoeken) en de diefstal van Williams kostbare lenzen nog niet de laatste verwikkeling is.

◆

De maaltijd verliep onder een bedrukte stilte. Er waren nog maar net twaalf uren verstreken sinds de ontdekking van Venantius' lijk en iedereen keek verstolen naar zijn lege plaats aan tafel. Toen het tijd was voor de completen, leek de rij die zich naar het koor begaf wel een begrafenisstoet. Wij volgden het officie vanuit het middenschip en hielden intussen de derde kapel in het oog. Er was weinig licht, en toen we Malachias uit het donker zagen opdoemen om naar zijn koorbank te lopen, konden we niet uitmaken waar hij precies vandaan kwam. Uit voorzorg trokken we ons in het donker terug en verborgen ons in de zijbeuk, zodat niemand zou zien dat we na het officie in de kerk achterbleven. Ik had de lamp, die ik op het etensuur uit de keuken had weggepakt, onder mijn scapulier. We zouden hem aansteken aan de vlam van de grote bronzen drievoet die de hele nacht bleef branden. Ik had een nieuwe lampenpit en flink wat olie bij me. We zouden voor lange tijd licht hebben.

Ik was veel te opgewonden over wat wij op het punt stonden te gaan doen om aandacht te hebben voor de dienst, die bijna zonder dat ik het merkte ten einde liep. De monniken trokken hun kap over hun gezicht en liepen langzaam achter elkaar naar buiten om naar hun cel te gaan. De kerk bleef verlaten achter, slechts verlicht door het schijnsel van de drievoet.

'Vooruit!' zei William. 'Aan de slag.'

We liepen naar de derde kapel. De basis van het altaar leek inderdaad veel op een ossuarium: een hele rij schedels met holle, diepe oogkassen joeg de toeschouwer vrees aan, zoals ze in dat wonderlijke reliëf op een hoop botten waren geplaatst. William herhaalde zachtjes de woorden die hij van Alinardo had gehoord (vierde schedel rechts, in de ogen drukken). Hij stak zijn vingers in de oogkassen van dat knekelhoofd en onmiddellijk hoorden we een soort knarsend gepiep. Het altaar begon om een onzichtbare spil te draaien en erachter verscheen een donkere opening. Toen ik mijn lamp omhoog hield om de opening te verlichten, ontwaarden we een aantal vochtige traptreden. We besloten ze af te dalen, na eerst te hebben overlegd of we de doorgang achter ons moesten sluiten of niet. Beter van niet, vond William, we wisten niet of we hem naderhand weer open zouden krijgen. En wat het risico op ontdekking betrof: als iemand op dat uur het mechaniek in werking kwam stellen, dan was dat omdat hij de manier kende om binnen te komen en dan zou een gesloten doorgang hem niet tegenhouden.

We daalden een tiental of meer treden af en belandden in een gang waarin zich aan weerszijden horizontale nissen bevonden zoals ik later nog in vele catacomben te zien zou krijgen. Maar toen was het de eerste keer dat ik een ossuarium binnenging en de angst sloeg me om het hart. De beenderen van de monniken waren daar in de loop der eeuwen, na uit de grond te zijn opgegraven, bijeengebracht en in de nissen opgestapeld zonder dat er een poging was gedaan de skeletten in hun oorspronkelijke vorm te herstellen. In enkele nissen lagen alleen kleine botten, in andere alleen schedels, netjes opgestapeld in een soort piramide, zodat ze niet op elkaar konden rollen, en dat gaf werkelijk een huiveringwekkende aanblik, vooral door het spel van licht en schaduw dat de lamp langs onze weg teweegbracht. In één nis zag ik alleen handen, stapels handen, onlosmakelijk verstrengeld tot een kluwen van dode vingers. Ik gaf een schreeuw toen ik, in dat dodenoord, even de indruk kreeg dat er iets levends was, een gepiep, en een snelle beweging in het duister.

'Muizen,' stelde William mij gerust.

'Wat doen die muizen hier?'

'Ze zijn, net als wij, op doortocht, want het ossuarium voert naar het Hoofdgebouw, en dus naar de keuken. En naar de lekkere boeken van de bibliotheek. Nu begrijp je ook waarom Malachias zo'n streng gezicht heeft. Zijn ambt dwingt hem om tweemaal per dag, 's ochtends en 's avonds, hier doorheen te lopen. Voor hem valt er inderdaad weinig te lachen.'

'Maar waarom staat er in het Evangelie nergens dat Christus lachte?' vroeg ik zonder een duidelijke reden. 'Is het werkelijk zo als Jorge zegt?'

'Legioenen hebben zich afgevraagd of Christus ooit heeft gelachen. Mij interesseert het niet zo erg. Ik denk dat Hij nooit heeft gelachen omdat Hij, alwetend als de zoon Gods moest zijn, wist wat wij christenen zouden gaan doen. Maar kijk, we zijn er.'

Inderdaad waren we, God zij dank, aan het eind van de gang gekomen en daar was opnieuw een trap. Toen we die hadden beklommen, hoefden we alleen maar een hardhouten, met ijzer versterkte deur open te duwen, en daar stonden we achter de haard in de keuken, precies onder de wenteltrap die naar het scriptorium leidde. Terwijl we die bestegen, meenden we boven ons een geluid te horen.

We bleven een ogenblik doodstil staan, toen zei ik: 'Dat is onmogelijk. Niemand is vóór ons naar binnen gegaan...'

'Aangenomen dat dit de enige toegang tot het Hoofdgebouw zou zijn. In voorgaande eeuwen was dit een burcht, en hij zal meer geheime toegangen hebben dan wij weten. Laten we langzaam naar boven gaan. Maar we hebben weinig keus. Als we de lamp uitblazen, weten we niet waar we lopen, als we hem aan houden, verraden we onze aanwezigheid aan degene die boven is. We kunnen alleen maar hopen dat, als er iemand is, hij banger is voor ons dan wij voor hem.'

We stapten vanuit de zuidelijke toren het scriptorium binnen. De tafel van Venantius stond precies aan de andere kant. We verlichtten onder het lopen niet meer dan telkens een paar ellen van de wand, omdat de zaal veel te groot was. We hoopten dat er niemand buiten was die het licht door de ramen zag schijnen. De tafel leek onaangeroerd, maar William bukte onmiddellijk om de bladen op het rekje eronder te bekijken; hij slaakte een kreet van teleurstelling.

'Is er iets weg?' vroeg ik.

'Ik heb hier vandaag twee boeken zien liggen, waarvan een in het Grieks. En dat is er niet meer. Iemand heeft het weggepakt, en in grote haast, want één blad is op de grond gevallen.'

'Maar de tafel werd bewaakt...'

'Zeker. Misschien heeft iemand er nog maar heel kortgeleden de hand op gelegd. Misschien is hij nog hier.' Hij wendde zich naar de duisternis en zijn stem weergalmde tussen de zuilen: 'Als je hier bent, pas dan maar op!' Het leek me een goed idee: zoals William al had gezegd, het is altijd beter dat degene die ons angst inboezemt banger is voor ons.

William legde het vel perkament dat hij onder de tafel had gevonden voor zich neer en bracht zijn gezicht er vlakbij. Hij verzocht mij hem bij te lichten. Ik bracht de lamp dichterbij en zag een bladzijde waarvan de bovenste helft blanco was en de onderste beschreven met heel kleine lettertjes, die ik met moeite kon thuisbrengen.

'Is dat Grieks?' vroeg ik.

'Ja, maar ik kan er niet goed uit wijs worden.' Hij haalde zijn lenzen uit zijn pij tevoorschijn, plantte ze stevig op zijn neus en bracht zijn gezicht toen nog dichter bij het blad.

'Het is Grieks, heel klein en in elk geval slordig geschreven. Ook met mijn lenzen kan ik het ternauwernood lezen, ik zou meer licht moeten hebben. Kom nog wat meer hiernaartoe...'

Hij had het blad ter hand genomen en hield het voor zijn gezicht, en ik onnozele hals ging, in plaats van de lamp van achteren boven zijn hoofd te houden, juist pal voor hem staan. Hij vroeg me wat opzij te gaan, en terwijl ik dat deed, streek ik met de vlam langs de achterkant van het blad. William duwde me schielijk weg en vroeg of ik zijn manuscript soms wilde verbranden. Daarop slaakte hij een kreet van verrassing. Ik zag duidelijk dat op het bovenste deel van de bladzijde een paar ondefinieerbare tekens van een geelbruine kleur tevoorschijn waren gekomen. William nam de lamp van mij over en bewoog hem achter langs het blad, waarbij hij de vlam zo dicht bij het perkament hield dat ze het verwarmde zonder eraan te likken. Heel langzaam, alsof een onzichtbare hand de woorden 'mane, techel, phares' schreef, zag ik op het blanco deel van het blad één voor één, met de bewegingen van de lamp in Williams hand mee en terwijl de rook die van de vlam opsteeg de achterzijde zwart kleurde, tekens verschijnen die op die van geen enkel alfabet geleken, of het moest het necromantische zijn.

'Fantastisch!' zei William. 'Het wordt steeds interessanter!' Hij keek om zich heen: 'Maar het lijkt me beter deze ontdekking niet bloot te stellen aan de valstrikken van onze geheimzinnige gast, als hij nog hier is...' Hij nam zijn lenzen van zijn neus en legde ze op de tafel, rolde vervolgens het perkament zorgvuldig op en verstopte het in zijn pij. Nog steeds verbluft door die opeenvolging van op zijn minst wonderbaarlijke gebeurtenissen, wilde ik hem juist om verdere uitleg vragen, toen een onverwachte, doffe klap ons deed opschrikken. Het geluid kwam van onder aan de oostelijke trap die naar de bibliotheek leidde.

'Onze man is daar, pak hem!' riep William en we stormden in die richting, hij sneller dan ik, omdat ik de lamp droeg. Ik hoorde het gestommel van iemand die struikelt en valt, haastte me erheen en vond William onder aan de trap, bezig een lijvig boekwerk met een door metalen beslag versterkte band te betasten. Op hetzelfde ogenblik hoorden we een ander geluid uit de richting vanwaar wij waren gekomen. 'Sufferd die ik ben!' riep William. 'Vlug, naar de tafel van Venantius!'

Ik begreep het ineens: iemand die in het donker achter ons stond, had het boek op de grond gegooid om ons weg te lokken.

Weer was William sneller dan ik. Hij was al bij de tafel toen ik, achter hem aan komend, tussen de zuilen nog net een schim zag wegvluchten en langs de trap van de westelijke toren verdwijnen.

Plotseling door strijdlust bevangen, drukte ik William de lamp in de hand en stormde blindelings naar de trap waarlangs de vluchteling was afgedaald. Ik voelde me op dat moment gelijk een soldaat van Christus die de strijd aanbindt met alle helse legioenen tezamen, en ik brandde van verlangen de onbekende in zijn kraag te vatten om hem aan mijn meester over te leveren. Ik rolde bijna langs de wenteltrap naar beneden, struikelend over de onderrand van mijn pij (dat was het enige moment in mijn leven, ik zweer het, dat ik er spijt van had in een kloosterorde te zijn ingetreden!) maar tegelijkertijd flitste de vertroostende gedachte door mijn hoofd dat mijn tegenstander met hetzelfde euvel te kampen had. Bovendien had hij, als hij het boek had weggepakt, zijn handen niet vrij. Ik tuimelde haast van achter de broodoven de keuken binnen, en bij het licht van de sterrenhemel die bleekjes de grote langwerpige ruimte verlichtte, zag ik de schim die ik achtervolgde het refectorium binnenglippen en de deur achter zich dichttrekken. Ik snelde erheen, rukte een paar tellen driftig aan de deur tot ik haar open kreeg, ging naar binnen, keek om me heen en zag niemand meer. De buitendeur was nog op de grendel. Ik draaide me om. Duisternis en stilte. Ik zag een zwak schijnsel uit de keuken komen en drukte me plat tegen de muur. Op de drempel tussen de twee ruimten verscheen een figuur in het licht van een lamp. Het was William.

'Is er niemand meer? Dat had ik al voorzien. Hij is niet door een deur naar buiten gegaan. Is hij niet het ossuarium ingedoken?'

'Nee, hij is van hieruit verdwenen, maar ik weet niet hoe!'

'Ik heb het je gezegd, er zijn nog meer uitgangen, en het heeft geen zin om die te gaan zoeken. Wie weet komt onze man pas een eind verderop weer naar buiten. En met hem mijn lenzen.'

'Uw lenzen?'

'Precies. Onze vriend heeft me het blad niet kunnen afpakken maar hij heeft, met grote tegenwoordigheid van geest, in het voorbijgaan mijn glazen van de tafel gegrist.'

'Waarom dat zo?'

'Omdat hij niet van gisteren is. Hij heeft me over die aantekeningen horen praten, heeft begrepen dat ze belangrijk waren, heeft bedacht dat ik zonder mijn lenzen niet in staat zal zijn ze te ontcijferen en is ervan overtuigd dat ik het niet zal aandurven ze ook maar aan iemand te laten zien. Inderdaad is het nu net alsof ik ze niet heb.'

'Maar hoe kon hij dat weten, van uw lenzen?'

'Kom, denk even na! Niet alleen hebben we er gisteren met de glasmeester over gepraat, maar ook vanmorgen in het scriptorium heb ik ze opgezet om in de papieren van Venantius te snuffelen. Er zijn dus heel wat mensen die kunnen weten hoe kostbaar die dingen voor me waren. Een gewoon manuscript zou ik nog wel kunnen lezen, maar niet dit hier,' en hij ontrolde opnieuw het geheimzinnige perkament, 'waarop het gedeelte in het Grieks te klein geschreven is en het gedeelte erboven te weinig houvast biedt…'

Hij wees op de mysterieuze tekens die als bij toverslag door de warmte van de vlam zichtbaar waren geworden: 'Venantius wilde een belangrijk geheim verbergen en heeft een van die inktsoorten gebruikt die bij het schrijven geen sporen achterlaten en bij verhitting weer tevoorschijn komen. Of hij heeft citroensap gebruikt. Maar aangezien ik niet weet welke stof hij heeft gebruikt en de tekens weer zouden kunnen verdwijnen, moet jij, die goede ogen hebt, ze nu dadelijk zo getrouw mogelijk kopiëren, vlug, en liefst een beetje groter.' En dat deed ik, zonder te weten wat ik kopieerde. Het ging om een reeks van vier of vijf regels van iets wat waarlijk een toverschrift leek, en ik geef nu alleen maar de allereerste tekens ervan weer, om de lezer een idee te geven van het raadsel dat we voor onze ogen hadden:

Toen ik klaar was met kopiëren, hield William mijn schrijfplankje op flinke afstand van zijn neus (helaas zonder lenzen) en keek ernaar. 'Dit is vast een geheim alfabet dat we zullen moeten ontcijferen,' zei hij. 'De tekens zijn slecht getekend, en misschien heb jij ze nog slechter nagetekend, maar het gaat stellig om een zodiakaal alfabet. Zie je? Op de eerste regel hebben we…' hij hield het blad nog verder van zich af, kneep in uiterste concentratie zijn ogen half dicht: 'Sagittarius, Zon, Mercurius, Scorpio…'

'En wat betekenen ze?'

'Als Venantius een naïeve jongen was geweest, zou hij het meest voor de hand liggende zodiakale alfabet hebben gebruikt: A voor Zon, B voor Jupiter… Dan zou er op de eerste regel staan… schrijf eens op: RAIQASVL.' Hij onderbrak zich. 'Nee, dat betekent niets, en Venantius was niet naïef. Hij heeft het alfabet opnieuw geordend, volgens een andere sleutel. Die zal ik moeten ontdekken.'

'Is dat mogelijk?' vroeg ik vol bewondering.

'Wel als je iets van de wijsheid van de Arabieren weet. De beste verhandelingen over cryptografie zijn het werk van ongelovige geleerden, en in Oxford heb ik de gelegenheid gehad me er een paar te laten voorlezen. Bacon had gelijk toen hij zei dat de verovering van kennis via de kennis van de talen gaat. Abu Bakr Ahmad ibn Ali ibn Wakhshiyya an-Nabati heeft eeuwen geleden een boek geschreven, het *Boek over het ontembare verlangen van de vrome om de raadselen der oude schriften te doorgronden*, en daarin talloze regels uiteengezet om geheimschriften te ontwerpen en te ontcijferen, goed bruikbaar voor magische praktijken, maar ook voor de briefwisseling tussen legers of tussen een koning en zijn gezanten. Ik heb ook Arabische boeken gezien waarin een hele opsomming wordt gegeven van zeer vindingrijke kunstgrepen. Je kunt bijvoorbeeld een letter door een andere vervangen, je kunt een woord achterstevoren schrijven, je kunt de letters in omgekeerde volgorde zetten maar daarbij om de andere letter één overslaan en dan van voren af aan beginnen, je kunt, zoals in dit geval, de letters vervangen door tekens uit de dierenriem, maar in die zin dat je de verborgen letters hun numerieke waarde geeft en daarna, volgens een ander alfabet, de nummers in andere letters omzet...'

'En welk van deze systemen zou Venantius hebben gebruikt?'

'We zouden ze allemaal moeten proberen, en nog andere erbij. Maar de eerste regel voor het ontcijferen van een boodschap is dat je moet raden wat ze inhoudt.'

'Maar dan hoef je haar niet meer te ontcijferen!' lachte ik.

'Zo bedoel ik het niet. Je kunt hypothesen formuleren over welke de eerste woorden van de boodschap zouden kunnen zijn, en dan zien of de regel die daaruit voortvloeit voor de rest van het geschrevene opgaat. Hier bijvoorbeeld heeft Venantius ongetwijfeld de sleutel opgetekend om tot het finis Africae door te dringen. Als ik er nu even van uitga dat de boodschap daarover spreekt, dan valt me plotseling een ritme op... Kijk eens naar de eerste drie woorden, en dan moet je niet aan de letters denken maar alleen op het aantal tekens letten... IIIIIIII IIIII IIIIIII... Verdeel nu eens iedere groep in lettergrepen van minstens twee tekens elk, en lees hardop voor: ta-ta-ta, ta-ta, ta-ta-ta... Brengt dat je niet op een idee?'

'Nee, mij niet.'

'Mij wel. *Secretum finis Africae*... Maar als dat zo zou zijn, dan zouden in het laatste woord de eerste en de zesde letter gelijk moeten zijn, hetgeen inderdaad het geval is, kijk maar, twee keer het symbool van de Aarde. De eerste letter van het eerste woord, de S, zou dan gelijk moeten zijn aan de laatste letter van het tweede woord: en inderdaad staat er twee keer het teken van de Virgo. Misschien is dit de goede weg. Maar het zou ook alleen een reeks toevalligheden kunnen zijn. We moeten een verbindende regel zien te vinden…'

'Waar moeten we die vinden?'

'In ons hoofd. Er een bedenken. En dan zien of het de juiste is. Maar al die proeven zouden me wel eens een hele dag kunnen kosten. Niet langer want – onthoud dit goed – er is geen geheimschrift dat met een beetje geduld niet ontcijferd kan worden. Maar nu zou ons dat te veel ophouden en we willen de bibliotheek bezoeken. Temeer omdat ik zonder lenzen nooit het tweede deel van de boodschap zal kunnen lezen, en jij kunt me niet helpen, want deze tekens zijn voor jouw ogen…'

'Graecum est, non legitur,' maakte ik beschaamd zijn zin af.

'Precies, dus je ziet dat Bacon gelijk had. Studeren! Maar laten we de moed niet opgeven. We bergen het perkament en jouw aantekeningen weer op en gaan naar de bibliotheek. Want vanavond zullen zelfs geen tien helse legioenen ons kunnen tegenhouden.'

Ik bekruiste me. 'Maar wie zou ons hier voor zijn geweest? Bengt?'

'Bengt brandde van nieuwsgierigheid naar wat er tussen de papieren van Venantius kon zitten, maar hij leek me niet in de stemming ons zulke boosaardige streken te leveren. Tenslotte heeft hij ons een bondgenootschap voorgesteld, en bovendien lijkt hij me niet iemand die de moed zou hebben 's nachts het Hoofdgebouw binnen te gaan.'

'Berenger dan? Of Malachias?'

'Berenger lijkt me wel in staat om zulke dingen te doen. Tenslotte is hij medeverantwoordelijk voor de bibliotheek, hij wordt verteerd door wroeging omdat hij een geheim ervan heeft verraden, hij meende dat Venantius dat boek had weggepakt en wilde het misschien terugzetten op de plaats waar het vandaan komt. Het is hem niet gelukt naar boven te gaan; nu is hij het boek ergens aan het verstoppen en zullen we hem, met Gods hulp, op heterdaad kunnen betrappen als hij probeert het terug te zetten.'

'Maar om diezelfde redenen zou het ook Malachias kunnen zijn.'

'Dat lijkt me niet. Malachias heeft alle tijd gehad die hij wilde om in Venantius' papieren te snuffelen toen hij alleen achterbleef om het Hoofdgebouw af te sluiten. Dat wist ik heel goed en ik zag geen kans het te voorkomen. Nu weten we dat hij het niet heeft gedaan. En als je goed nadenkt, hebben we geen reden om te vermoeden dat Malachias wist dat Venantius de bibliotheek was ingegaan en er iets had weggenomen. Dat weten Berenger en Bengt en dat weten jij en ik. Door Adelmo's biecht zou ook Jorge het kunnen weten, maar hij was zeker niet de man die met zo'n onstuimige vaart langs de wenteltrap naar beneden vloog…'

'Dus het was óf Berenger óf Bengt.'

'En waarom niet Pacifico van Tivoli of een van de andere monniken die we vandaag hier hebben gezien? Of Nicola de glasmeester, die van mijn oogglazen weet? Of die rare kwant van een Salvatore, van wie ze beweerden dat hij 's nachts voor wie weet wat voor zaakjes ronddoolt? We moeten oppassen de kring van verdachten niet te klein te maken alleen omdat de onthullingen van Bengt ons in één enkele richting hebben gestuurd. Bengt wilde ons misschien op een dwaalspoor brengen.'

'Maar u dacht dat hij oprecht was.'

'Zeker. Maar onthoud dat het de eerste plicht van een goed inquisiteur is allereerst diegenen te verdenken die oprecht lijken.'

'Akelig werk, dat van een inquisiteur,' zei ik.

'Daarom ben ik ermee opgehouden. En zoals je ziet, ben ik genoodzaakt het weer op te vatten. Maar komaan, naar de bibliotheek.'

TWEEDE DAG

NACHT

Waarin men eindelijk in het labyrint doordringt, vreemde visioenen krijgt en, zoals dat in labyrinten gaat, de weg kwijtraakt.

◆

We gingen opnieuw de trap op naar het scriptorium, ditmaal de oostelijke trap, die ook naar de verboden verdieping leidde, de lamp hoog voor ons uit. Ik dacht aan wat Alinardo over het labyrint had gezegd en bereidde me op griezelige dingen voor.

Toen we de ruimte binnenstapten waar we niet geacht werden te komen, was ik verrast me in een niet erg grote, zevenhoekige kamer zonder ramen te bevinden die, zoals trouwens de hele verdieping, doortrokken was van een ranzige en muffe geur. Niets huiveringwekkends.

De kamer had, zoals ik zei, zeven wanden, maar slechts in vier daarvan was, tussen twee in de muur gemetselde zuiltjes, een opening, een tamelijk ruime doorgang, vanboven afgesloten met een rondboog. Langs de blinde wanden stonden enorme kasten, vol met keurig geordende boeken. De kasten droegen een plaatje met een nummer erop, en ook elke plank afzonderlijk was genummerd: ongetwijfeld dezelfde nummers als we in de catalogus hadden gezien. Midden in het vertrek een tafel, eveneens volgestapeld met boeken. Op alle banden slechts een dun laagje stof, teken dat ze vrij regelmatig werden afgestoft. Ook op de grond lag hoegenaamd geen vuil. Boven de boog van een van de deurgaten was een groot opschrift op de muur geschilderd dat luidde: Apocalypsis Iesu Christi. Het leek niet verbleekt, al waren de lettertekens zeer oud. Later ontdekten we, ook in de andere vertrekken, dat deze opschriften in werkelijkheid in de steen waren gegrift en dat de vrij diepe groeven vervolgens met verf waren opgevuld.

We gingen door een van de openingen en bevonden ons in een ander vertrek, dat een raam had waarvan de ruiten in plaats van uit glas uit dunne platen albast bestonden. Er waren twee gesloten wanden en een met een opening van hetzelfde type als die waardoor we zonet waren binnengekomen, die naar een ander vertrek voerde, hetwelk eveneens twee gesloten wanden had, een met een raam, en weer een deurgat recht voor ons. De twee vertrekken hadden elk een opschrift, in vorm gelijk aan het eerste dat we hadden gezien, maar met een andere tekst. Het opschrift van het eerste vertrek luidde: SUPER THRONOS VIGINTI QUATUOR, en dat van het tweede: NOMEN ILLI MORS. Voor het overige was, ook al waren deze twee vertrekken kleiner dan dat waardoor we de bibliotheek waren binnengegaan (dat was dan ook zevenhoekig en deze twee waren vierhoekig), hun uitrusting dezelfde: kasten met boeken en in het midden een tafel.

We betraden het derde vertrek. Dat bevatte geen boeken en geen opschrift. Onder het raam een stenen altaar. Er waren drie deurgaten, het ene waardoor we waren binnengekomen, een ander dat naar het zevenhoekige vertrek voerde waar we al waren geweest, een derde dat ons naar een nieuw vertrek bracht, niet veel verschillend van de andere, behalve het opschrift dat luidde: OBSCURATUS EST SOL ET AER. Vandaar kwamen we weer in een ander vertrek, ditmaal met het opschrift FACTA EST GRANDO ET IGNIS; het had geen andere openingen, wat inhield dat we, daar aangekomen, niet verder konden en op onze schreden moesten terugkeren.

'Even goed nadenken,' zei William. 'Vijf rechthoekige of min of meer trapeziumvormige vertrekken, elk met een raam, gegroepeerd rond een zevenhoekig vertrek zonder ramen waarin de trap uitkomt. Dat lijkt me een eenvoudig rekensommetje. We zijn in de oostelijke toren, elke toren heeft aan de buitenkant vijf ramen en vijf zijden. Dat klopt. De lege kamer is het vertrek dat precies op het oosten ligt, in dezelfde richting als het koor van de kerk, het zonlicht beschijnt bij de dageraad het altaar, hetgeen mijns inziens juist en godgevallig is. De enige slimme vondst lijkt mij die van de albastplaten. Overdag zorgen ze voor een mooi gefilterd licht, 's nachts laten ze zelfs de stralen van de maan niet door. Het is overigens geen groot labyrint. Nu gaan we eens kijken waar de andere twee openingen van het zevenhoekige vertrek heen voeren. Ik denk dat we ons gemakkelijk zullen oriënteren.'

Mijn meester vergiste zich en de bouwers van de bibliotheek waren vernuftiger geweest dan we dachten. Ik kan niet goed verklaren wat er gebeurde, maar zodra we de toren verlieten, werd de volgorde van de vertrekken onoverzichtelijker. Sommige hadden twee, andere drie openingen. Alle hadden een raam, ook die welke we vanuit een vertrek met raam betraden, in de veronderstelling ons naar het binnenste van het Hoofdgebouw te bewegen. Elk had steeds hetzelfde soort kasten en tafels, de netjes opgestapelde boeken leken alle gelijk en ze hielpen ons zeker niet om de plek met een enkele blik te herkennen. We probeerden ons aan de hand van de opschriften te oriënteren. Een keer waren we door een vertrek gekomen waarin IN DIEBUS ILLIS geschreven stond en na een poosje te hebben rondgelopen hadden we de indruk er te zijn teruggekeerd. Maar we herinnerden ons dat het deurgat tegenover het raam toegang gaf tot een vertrek waar geschreven stond PRIMOGENITUS MORTUORUM, terwijl we nu een ander opschrift aantroffen, opnieuw met de woorden APOCALYPSIS IESU CHRISTI, en het was niet de zevenhoekige kamer van waaruit we onze tocht waren begonnen. Dit bracht ons tot de overtuiging dat verschillende vertrekken soms dezelfde opschriften droegen. We troffen vlak bij elkaar twee kamers aan met APOCALYPSIS, en dadelijk daarop een met CECIDIT DE COELO STELLA MAGNA.

Waar de zinnetjes van de opschriften vandaan kwamen was duidelijk, het betrof verzen uit de Apocalyps van Johannes, maar het was volstrekt niet duidelijk waarom ze op de muren waren geschilderd, noch volgens welke logica ze waren aangebracht. We raakten nog meer in verwarring toen we merkten dat van sommige opschriften (veel waren het er niet) de letters rood waren in plaats van zwart.

Op een gegeven moment waren we weer terug in de zevenhoekige kamer van waaruit we waren vertrokken (deze was herkenbaar omdat zich daarin het trapgat bevond), en we hielden nu rechts aan, om vervolgens te proberen rechtdoor te lopen, van vertrek naar vertrek. We doorliepen drie vertrekken en stonden toen voor een blinde muur. De enige doorgang leidde naar een ander vertrek dat maar één andere opening had; die gingen we door, liepen door vier vertrekken en stonden opnieuw tegenover een muur. We keerden naar het vorige vertrek terug dat nog een andere uitgang had, gingen door die welke we nog niet hadden geprobeerd, kwamen in een nieuw vertrek en stonden weer in de zevenhoekige kamer van het begin.

'Hoe heette het verst gelegen vertrek van waaruit we zijn teruggegaan?' vroeg William.

Ik pijnigde mijn geheugen: '*Equus albus.*'

'Goed, laten we dat weer opzoeken.' Dat was gemakkelijk. Van daaruit moesten we, als we niet dezelfde weg wilden teruggaan, wel naar het vertrek met het opschrift GRATIA VOBIS ET PAX, en van daar rechtsaf gaand, meenden we een nieuwe doorgang te vinden die ons niet terugvoerde. We troffen wel weer IN DIEBUS ILLIS en PRIMOGENITUS MORTUORUM aan (waren het dezelfde vertrekken van even tevoren?), maar ten slotte kwamen we in een vertrek dat we meenden nog niet eerder te hebben bezocht: TERTIA PARS TERRAE COMBUSTA EST. Maar toen wisten we niet meer waar we waren ten opzichte van de oostelijke toren.

De lamp voor me uit houdend, liep ik voortvarend de volgende vertrekken in. Een reus van schrikwekkende afmetingen, met een lichaam dat deinde en zweefde als dat van een spook, kwam me tegemoet.

'Een duivel!' schreeuwde ik, en het scheelde niet veel of ik had de lamp laten vallen toen ik me met een ruk omdraaide en in Williams armen vluchtte. Hij nam me de lamp uit handen, duwde me opzij en liep naar voren met een vastberadenheid die mij bovenmenselijk leek. Ook hij zag iets, want hij deinsde opeens terug. Daarop boog hij zich weer naar voren en hield de lamp omhoog. Hij barstte in lachen uit.

'Werkelijk knap gevonden. Een spiegel!'

'Een spiegel?'

'Jazeker, mijn wakkere strijder. Je hebt je zo-even in het scriptorium zo moedig op een echte vijand geworpen, en nu schrik je terug voor je eigen spiegelbeeld. Een spiegel, die je beeld vergroot en vervormd naar je terugkaatst.'

Hij nam me bij de hand en leidde me tot voor de wand tegenover de ingang van het vertrek. In een gegolfde glasplaat zag ik, nu de lamp er van dichterbij haar licht op wierp, onze twee potsierlijk vervormde spiegelbeelden, die voortdurend van vorm en grootte wisselden naargelang we vooruit of achteruit liepen.

'Je moet eens een verhandeling over optiek lezen,' zei William geamuseerd, 'zoals de oprichters van deze bibliotheek ongetwijfeld hebben gedaan. De beste zijn die van de Arabieren. Alhazen heeft er een geschreven, *De aspectibus*, waarin hij, met exacte geometrische bewijsvoeringen, over de werking van spiegels heeft gesproken. Sommige kunnen, afhankelijk van de kromming die men aan hun oppervlak heeft gegeven, de allerkleinste dingen vergroten (en wat anders zijn mijn lenzen?), andere weerkaatsen de beelden omgekeerd, of schuin, of ze laten twee voorwerpen zien in plaats van één, vier in plaats van twee. Weer andere, zoals deze, maken van een dwerg een reus of van een reus een dwerg.'

'Heer Jezus!' zei ik. 'Zijn dit dus de visioenen die sommigen zeggen in de bibliotheek te hebben gehad?'

'Misschien. Een werkelijk ingenieus idee.' Hij las het opschrift op de muur boven de spiegel: SUPER THRONOS VIGINTI QUATUOR. 'Dat hebben we al gehad, maar in een kamer zonder spiegel. En deze heeft bovendien geen ramen en is toch niet zevenhoekig. Waar zijn we?' Hij keek om zich heen en liep naar een boekenkast: 'Adson, zonder die gezegende *oculi ad legendum* kan ik niet zien wat er op deze boeken staat. Lees me een paar titels voor.'

Ik pakte lukraak een boek: 'Meester, het is niet beschreven!'

'Hoezo? Ik zie dat het beschreven is, wat lees je?'

'Ik kan het niet lezen. Het zijn geen letters van het alfabet en het is geen Grieks, dat zou ik herkennen. Het lijken wormpjes, slangetjes, vliegenpoepjes.'

'O, dat is Arabisch. Zijn er nog meer van zulke titels?'

'Ja, verschillende. Maar hier is er een in het Latijn, zo God wil. Al… Al-Chwarizmi, *Tabulae.*'

'De astronomische tafels van Al-Chwarizmi, vertaald door Adelard van Bath! Een uiterst zeldzaam werk! Ga verder.'

'Isa ibn Ali, *De oculis*, Alkindi, *De radiis stellatis…*'

'Kijk nu eens op de tafel.'

Ik sloeg een groot boek open dat op de tafel lag, een *De bestiis*. Voor me zag ik een fijnzinnig verluchte bladzijde waarop een prachtige eenhoorn was afgebeeld.

'Mooi gedaan,' vond William, die afbeeldingen wel goed kon zien. 'En dat?'

Ik las: '*Liber monstrorum de diversis generibus.* Ook dit met mooie afbeeldingen, maar ze lijken me van oudere datum.'

William boog zich over de bladzijde: 'Verlucht door Ierse monniken, minstens vijf eeuwen geleden. Het boek met de eenhoorn daarentegen is veel recenter, het lijkt op de Franse manier gemaakt.' Wederom was ik vol bewondering voor de geleerdheid van mijn meester. We gingen het volgende vertrek binnen en doorliepen ook de vier daaropvolgende, alle met ramen en alle vol boeken in onbekende talen, en we kwamen bij een wand die ons noopte terug te gaan, want de laatste vijf vertrekken liepen in elkaar over zonder andere uitgangen te bieden.

'Naar de stand van de muren te oordelen, zouden we in de vijfhoek van een andere toren moeten zijn,' zei William, 'maar de zevenhoekige kamer in het midden is er niet, misschien vergissen we ons.'

'En de ramen dan?' zei ik. 'Hoe kunnen er zo veel ramen zijn? Het is onmogelijk dat al die vertrekken aan de buitenkant liggen.'

'Je vergeet de luchtkoker midden in het gebouw, veel van de ramen die we hebben gezien komen uit op de achthoek van de luchtkoker. Als het dag was, zouden we aan het verschil in licht kunnen zien welke de ramen aan de buitenkant en welke die aan de binnenkant zijn, en misschien zou het ons zelfs de ligging van het vertrek ten opzichte van de zon kunnen onthullen. Maar bij donker is er geen enkel verschil te zien. Laten we teruggaan.'

We keerden terug naar het vertrek met de spiegel en richtten onze schreden naar het derde deurgat, waar we dachten nog niet doorheen te zijn gegaan. Vóór ons lag een reeks van drie of vier vertrekken, en aan het eind ervan ontwaarden we een lichtschijnsel.

'Daar is iemand!' riep ik met gesmoorde stem.

'Als er iemand is, heeft hij ons licht al gezien,' zei William, maar hij schermde niettemin de vlam met zijn hand af. We bleven een minuut of twee staan. Het licht bleef zachtjes flakkeren, zonder dat het sterker of zwakker werd.

'Misschien is het alleen een lamp,' zei William. 'Zo een die daar is neergezet om de monniken ervan te overtuigen dat de bibliotheek door de geesten van de overledenen wordt bevolkt. Maar we moeten het weten. Blijf jij hier staan met je hand voor de lamp, dan ga ik er voorzichtig op af.'

Nog beschaamd om het povere figuur dat ik voor de spiegel had geslagen, wilde ik mij in de ogen van William rehabiliteren: 'Nee, ik ga,' zei ik, 'blijft u hier. Ik zal er voorzichtig heen lopen, ik ben kleiner en lichter. Zodra ik merk dat er geen gevaar is, roep ik u.'

En dat deed ik. Zachtjes als een kat (of als een novice die de keuken ingaat om kaas uit de provisiekast te stelen, een onderneming waar ik in Melk in uitblonk) sloop ik, vlak langs de muren, drie vertrekken door. Langs de muur schuivend waartegen de rechter zuil van de deuropening steunde, bereikte ik de drempel van het vertrek waaruit het – erg zwakke – licht kwam en gluurde naar binnen. Er was niemand. Op de tafel stond een soort lamp die enigszins walmend brandde. Het was niet zo'n lamp als de onze, het leek veeleer een open wierookvat; er sloeg geen vlam af maar op een laagje gloeiende as lag iets te smeulen. Ik raapte mijn moed bij elkaar en ging naar binnen. Op de tafel, naast het wierookvat, lag een opengeslagen boek met felle kleuren. Ik kwam naderbij en ontwaarde op de bladzijde vier strepen van verschillende kleur: geel, vermiljoen, turkoois en roodbruin. Daaroverheen was een huiveringwekkend beest geschilderd, een grote draak met tien koppen die met zijn staart de sterren van de hemel trok en ze op de aarde wierp. Plotseling zag ik dat de draak zich vermenigvuldigde, en zijn schubben werden gelijk een woud van vuurrode plaatjes die zich van het blad losmaakten en om mijn hoofd begonnen te wervelen. Ik deinsde terug, viel achterover en zag het plafond van het vertrek boven mij doorbuigen en naar beneden golven, daarop hoorde ik een gesis als van duizend slangen, maar niet angstwekkend, het had veeleer iets verleidelijks, en er verscheen een vrouw in een krans van licht, die haar gelaat naar het mijne toe bracht en haar adem in mijn gezicht blies. Ik duwde haar met gestrekte armen van mij af en had de indruk dat mijn handen de boeken in de kast tegenover mij aanraakten, of dat de boeken buitensporige afmetingen aannamen. Ik had er geen idee meer van waar ik was, en waar de aarde was en waar de hemel. In het midden van het vertrek zag ik Berenger staan die me met een weerzinwekkende grijns waar de wellust vanaf droop aanstaarde. Ik sloeg mijn handen voor mijn gezicht en mijn handen leken me glibberig en vliezig als de poten van een pad. Ik schreeuwde, geloof ik, er kwam een zurige smaak in mijn mond, toen tuimelde ik in een afgrond van duisternis die zich steeds verder onder mij leek te openen, en daarna wist ik niets meer.

Ik werd wakker door het geluid van kloppen die in mijn hoofd weergalmden. Ik lag op de grond en William gaf mij tikken tegen mijn wangen. Ik was niet meer in het bewuste vertrek en mijn blik viel op een opschrift met de tekst REQUIESCANT A LABORIBUS SUIS.

'Kom, kom, Adson,' fluisterde William mij toe. 'Het is niets…'

'Die dingen…' zei ik, nog half buiten westen. 'Daarginds, het beest…'

'Er is geen beest. Ik vond je ijlend op de grond naast een tafel met daarop een mooie mozarabische apocalyps, opengeslagen op de bladzijde van de mulier amicta sole die tegenover de draak staat. Maar ik maakte uit de geur op dat je kwalijke dampen had ingeademd en heb je onmiddellijk weggedragen. Ook ik heb een beetje pijn in mijn hoofd.'

'Wat heb ik dan gezien?'

'Je hebt niets gezien. Er lagen daarginds stoffen te smeulen die visioenen kunnen veroorzaken, ik heb de geur herkend, het is een Arabisch spul, misschien hetzelfde als de Oude Man van de Bergen zijn assassinen liet opsnuiven voordat hij ze op hun bloedige ondernemingen uitstuurde. Hiermee hebben we dus het mysterie van de visioenen verklaard. Iemand legt daar voor de nacht magische kruiden neer om ongewenste bezoekers ervan te overtuigen dat de bibliotheek door duivelse machten wordt beschermd. Wat heb je nu eigenlijk beleefd?'

Ik vertelde hem verward mijn visioenen voor zover ik ze me herinnerde en William lachte: 'Voor de ene helft heb je dat wat je in het boek hebt gezien tot enorme proporties vergroot, voor de andere helft heb je je verlangens en je angsten laten spreken. Dat is de stimulerende werking van dergelijke kruiden. Morgen moeten we er met Severin over praten, ik geloof dat hij er meer van weet dan hij ons wil doen geloven. Het zijn kruiden, alleen maar kruiden, zonder dat er iets van die necromantische toebereiding aan te pas hoeft te komen waarover de glasmeester het had. Kruiden, spiegels… Dit oord van verboden wijsheid wordt door talrijke en zeer vernuftige vondsten beschermd. De wetenschap toegepast om te verduisteren in plaats van te verlichten. Dat bevalt me niet. Er zit een perverse geest achter de heilige verdediging van de bibliotheek. Maar we hebben een zware nacht gehad, het is beter hier nu weg te gaan. Jij bent van streek en hebt behoefte aan water en frisse lucht. We hoeven niet te proberen deze ramen open te maken, ze zitten veel te hoog en zijn misschien al tientallen jaren niet meer open geweest. Hoe hebben ze kunnen denken dat Adelmo vanhier naar beneden is gesprongen?'

Weggaan, zei William. Alsof dat zo makkelijk was. We wisten dat de bibliotheek slechts vanuit één toren bereikbaar was, de oostelijke. Maar waar zaten we op dat moment? We waren onze oriëntatie volkomen kwijt. De omzwervingen die we maakten, met de angst nooit meer daarvandaan te komen, ik nog steeds onvast op mijn benen en af en toe overvallen door braakneigingen, William nogal bezorgd om mij – dit alles bracht ons, of liever hem, op een idee voor de volgende dag. We zouden naar de bibliotheek moeten teruggaan, aangenomen dat we er ooit uitkwamen, met een verkoold eind hout of iets anders waarmee je tekens op de muren kon maken.

'Om de weg uit het labyrint te vinden,' begon William uiteen te zetten, 'is er maar één middel. Bij elk nieuw knooppunt, dat wil zeggen elk nog niet eerder bezocht punt, moet de richting waaruit men is gekomen met drie tekens worden aangegeven. Als men, aan de hand van eerder aangebrachte tekens op een van de gangen van het knooppunt, ziet dat men al op dat knooppunt is geweest, moet op de gang waaruit men is gekomen slechts één teken worden gezet. Als alle doorgangen van tekens zijn voorzien, moet men dezelfde weg teruggaan. Maar als er op één of twee doorgangen van het knooppunt nog geen tekens staan, moet men er een willekeurige uitkiezen en er twee tekens op zetten. Als men een gang inslaat die bij het begin slechts met één teken is gemerkt, dient men er nog twee op te zetten, zodat die doorgang nu drie tekens heeft. Men moet op het laatst alle delen van het labyrint hebben doorlopen wanneer men, bij een knooppunt gekomen, nooit de met drie tekens gemerkte doorgang neemt, tenzij geen van de andere doorgangen nog zonder tekens is.'

'Hoe weet u dat? Hebt u ervaring met labyrinten?'

'Nee, ik zeg een stuk van een oude tekst na die ik eens heb gelezen.'

'En kom je er volgens die regel uit?'

'Bijna nooit, voor zover ik weet. Maar laten we het toch proberen. Bovendien zal ik in de komende dagen lenzen hebben en de tijd om me grondiger met de boeken bezig te houden. Het kan zijn dat daar waar de volgorde van de opschriften ons in de war brengt, die van de boeken ons een regel verschaft.'

'Krijgt u uw lenzen terug? Hoe denkt u ze terug te vinden?'

'Ik zei dat ik lenzen zal hebben. Ik zal nieuwe maken. Ik geloof dat de glasmeester zit te popelen om de gelegenheid te krijgen een nieuwe ervaring op te doen. Als hij de juiste instrumenten heeft om de glazen te slijpen. Stukjes glas heeft hij in die werkplaats van hem genoeg.'

Terwijl we ronddoolden op zoek naar de juiste weg, voelde ik plotseling, midden in een vertrek, een onzichtbare hand over mijn gezicht strijken terwijl een zucht, die noch menselijk noch dierlijk was, in dat vertrek en in de ruimte ernaast weerklonk, alsof een spook door de kamers waarde. Ik had op de verrassingen van de bibliotheek voorbereid moeten zijn, maar voor de zoveelste maal sloeg de schrik me om het hart en sprong ik achteruit. Ook William moest een soortgelijke gewaarwording hebben gehad, want hij voelde aan zijn wang en keek met de lamp hoog geheven om zich heen.

Hij stak een hand omhoog, bekeek de vlam die nu iets feller leek op te flakkeren, maakte vervolgens een vinger nat en hield die recht voor zich uit.

'Natuurlijk,' zei hij toen, en hij wees naar twee punten op manshoogte in twee tegenover elkaar gelegen muren. Daar bevonden zich twee smalle spleten waar je, als je je hand ertegenaan hield, de koude lucht van buiten doorheen voelde komen. Als je er dan je oor bij hield, hoorde je een geruis alsof het buiten nu hard waaide.

'De bibliotheek moest ook wel een luchtverversingssysteem hebben,' zei William, 'anders zou het hier veel te benauwd worden, vooral in de zomer. Bovendien zorgen deze spleten voor een juiste vochtigheidsgraad, zodat het perkament niet uitdroogt. Maar de slimheid van de bouwers houdt daar niet mee op. Door de spleten onder bepaalde hoeken aan te brengen, hebben ze zich ervan verzekerd dat op winderige nachten de luchtstromen, die door deze openingen naar binnen dringen, andere luchtstromen kruisen en door de aaneengeschakelde vertrekken wervelen, waarbij ze de geluiden voortbrengen die we hebben gehoord. Welke geluiden, samen met de spiegels en de kruiden, de vrees vergroten van de roekelozen die hier, net als wij, binnendringen zonder de plek goed te kennen. Wijzelf hebben een ogenblik gedacht de adem van geesten op ons gezicht te voelen. We hebben het nu pas gemerkt omdat de wind nu pas is opgestoken. Ook dit mysterie is dus opgelost. Maar met dat al weten we nog steeds niet hoe we hieruit moeten komen!'

Onder dit gepraat doolden we blindelings rond; we waren nu totaal de kluts kwijt en lazen zelfs de opschriften niet meer, die alle gelijk leken. We belandden opnieuw in een zevenhoekige kamer, doorliepen de aangrenzende vertrekken, vonden geen enkele uitgang. We keerden op onze schreden terug, liepen bijna een uur lang zonder nog moeite te doen om uit te vinden waar we waren. Op een gegeven moment besloot William dat we het maar moesten opgeven; er bleef ons niets anders over dan in een van de kamers te gaan slapen en te hopen dat Malachias ons de volgende dag zou vinden. Terwijl we ons beklaagden over de erbarmelijke afloop van onze mooie onderneming, vonden we onverwachts de kamer terug waarin de trap uitkwam. We dankten de hemel uit de grond van ons hart en liepen in opperbeste stemming naar beneden.

In de keuken gekomen, spoedden we ons naar de hoek van de haard, doken de gang van het ossuarium in, en ik zweer dat de onheilspellende grijns van die ontvleesde hoofden mij voorkwam als de glimlach van dierbare personen. We stapten de kerk weer in en gingen door het noorderportaal naar buiten, waar we ten slotte opgelucht op de stenen zerken van de graven gingen zitten. De heerlijk frisse nachtlucht leek mij een goddelijke balsem. De sterren schitterden rondom en de visioenen uit de bibliotheek leken heel ver weg.

'Wat is de wereld mooi en wat zijn labyrinten lelijk!' zei ik opgelucht.

'Wat zou de wereld mooi zijn als er een regel was om door labyrinten te lopen,' antwoordde mijn meester.

'Hoe laat zou het zijn?' vroeg ik.

'Ik ben mijn tijdsbesef kwijt. Maar het lijkt me beter om in onze cellen te zijn voordat er voor de metten wordt geluid.'

We liepen langs de linkerzijde van de kerk, toen langs het portaal (ik draaide mijn hoofd naar de andere kant om de oudsten van de Apocalyps, super thronos viginti quatuor, niet te zien!) en staken de kloosterhof over naar het gastenverblijf.

Op de drempel van het gebouw stond de abt, die ons streng aankeek. 'Ik zoek u al de hele nacht,' zei hij tegen William. 'Ik heb u niet in uw cel gevonden, ik heb u niet in de kerk gevonden...'

'We volgden een spoor...' zei William vaag, zichtbaar in verlegenheid gebracht. De abt keek hem een hele poos strak aan en zei toen langzaam op strenge toon: 'Ik heb u meteen na de completen gezocht. Berenger was niet in het koor.'

'Wat vertelt u me nu!' riep William aangenaam verrast. Nu werd hem immers duidelijk wie zich in het scriptorium had genesteld.

'Hij was niet in het koor voor de completen,' zei de abt nogmaals, 'en hij is niet in zijn cel teruggekeerd. Het is bijna tijd voor de metten en dan zullen we zien of hij weer opduikt. Anders vrees ik een nieuw onheil.'

Tijdens de metten was Berenger er niet.

DERDE DAG

DERDE DAG

VAN DE LAUDEN TOT DE PRIEM

*Waarin men in de cel van de verdwenen Berenger een met
bloed besmeurde lap vindt, meer niet.*

◆

Terwijl ik dit schrijf, voel ik me net zo vermoeid als ik me die nacht, of liever die ochtend, voelde. Wat moet ik zeggen? Na het officie stuurde de abt het grootste deel van de inmiddels hevig verontruste monniken erop uit om overal te zoeken. Zonder resultaat.

Tegen de lauden vond een monnik, bij het doorzoeken van Berengers cel, een met bloed besmeurde witte lap onder de strozak. Men liet hem aan de abt zien, die er een somber voorteken in zag. Jorge was erbij en zei toen hij op de hoogte werd gebracht: 'Bloed?' alsof hem dat onwaarschijnlijk leek. Men vertelde het aan Alinardo, die zijn hoofd schudde en zei: 'Nee, nee, bij de derde bazuin komt de dood door het water.'

William keek naar de lap en zei toen: 'Nu is alles duidelijk.'

'Waar is Berenger dan?' vroegen ze hem.

'Ik weet het niet,' antwoordde hij. Aymaro, die dat hoorde, hief zijn ogen ten hemel en fluisterde tegen Pietro van Sant'Albano: 'Zo zijn die Engelsen nu.'

Tegen de priem, toen de zon al op was, werden enige knechten naar beneden gestuurd om de berghelling onderlangs de gehele muur af te zoeken. Ze keerden met de terts terug, zonder iets te hebben gevonden.

William zei tegen mij dat ons niets anders te doen stond dan de gebeurtenissen af te wachten. Hij ging naar de smidse en begon een druk gesprek met Nicola, de glasmeester.

Ik ging in de kerk bij het middenportaal zitten terwijl de missen werden opgedragen. Zo viel ik in een vrome slaap, en een langdurige, want het schijnt dat jongeren meer slaap nodig hebben dan oudere mensen, die al zoveel hebben geslapen en zich voorbereiden op de eeuwige slaap.

DERDE DAG

TERTS

*Waarin Adson in het scriptorium mijmert over
de geschiedenis van zijn orde en het lot van boeken.*

◆

Ik verliet de kerk minder vermoeid maar enigszins slaapdronken, want het lichaam geniet alleen in de nachtelijke uren een verkwikkende rust. Ik ging naar het scriptorium en begon, na aan Malachias toestemming te hebben gevraagd, in de catalogus te bladeren. Terwijl ik verstrooide blikken wierp op de bladen die voor mijn ogen langstrokken, sloeg ik in werkelijkheid de monniken gade.

Ik werd getroffen door de kalmte en de sereniteit waarmee zij zich met hun werk bezighielden, alsof een van hun medebroeders niet met angstige spanning op het hele kloosterterrein werd gezocht en twee andere niet reeds onder huiveringwekkende omstandigheden waren gestorven. Ziehier, zei ik tot mezelf, de grootheid van onze orde: eeuwenlang hebben mannen als deze hun abdijen door horden barbaren zien overvallen en plunderen, rijken in vlammen zien opgaan, en toch zijn zij hun liefde voor perkamenten en inkten gestand gebleven en zijn zij voortgegaan met het stil voor zich heen oplezen van woorden die hun door de eeuwen heen waren doorgegeven en die zij aan de komende eeuwen doorgaven. Ze zijn voortgegaan met lezen en kopiëren terwijl het millennium naderde; waarom zouden ze er dan nu niet mee voortgaan?

De vorige dag had Bengt gezegd dat hij bereid zou zijn een zonde te begaan om een zeldzaam boek in handen te krijgen. Dat was noch een leugen, noch een grapje. Een monnik behoorde natuurlijk zijn boeken in nederigheid lief te hebben, omwille van de boeken zelf en niet voor de triomf van zijn eigen nieuwsgierigheid: maar wat voor leken de bekoring van het overspel en voor wereldgeestelijken de hang naar rijkdom is, dat is voor monniken de bekoring van de kennis.

Ik bladerde in de catalogus en een festijn van geheimzinnige titels trok aan mijn ogen voorbij: *Quinti Sereni de medicamentis, Phaenomena, Liber*

Aesopi de natura animalium, Liber Aethici peronymi de cosmographia, Libri tres quos Arculphus episcopus Adamnano escipiente de locis sanctis ultramarinis designavit conscribendos, Libellus Q. Iulii Hilarionis de origine mundi, Solini Polyshistor de situ orbis terrarum et mirabilibus, Almagesthus... Het verbaasde me niet dat het mysterie van de misdaden zich rond de bibliotheek afspeelde. Voor deze mannen, die hun leven aan de geschriften hadden gewijd, was de bibliotheek tegelijkertijd het hemelse Jeruzalem en een onderaardse wereld op de grens van de terra incognita en het dodenrijk. De bibliotheek, met haar beloften en haar verbodsbepalingen, beheerste hun bestaan. Zij leefden met haar, voor haar en misschien tegen haar, in de zondige hoop eens al haar geheimen te schenden. Waarom zouden ze hun leven niet wagen om een nieuwsgierigheid van hun geest te bevredigen, of een ander doden om te verhinderen dat iemand zich in het bezit zou stellen van een door hen zorgvuldig bewaard geheim?

Verlokkingen, zeker, hoogmoed van de geest. Hoe geheel anders was de schrijvende monnik die onze heilige ordestichter zich voorstelde: de monnik die in staat is te kopiëren zonder te begrijpen, in volle overgave aan Gods wil, schrijvend als biddend en biddend wanneer hij schrijft. Waarom was het niet meer zo? Ach, en dat waren niet de enige ontaardingsverschijnselen van onze orde! Ze was te machtig geworden, haar abten wedijverden met de vorsten; had ik soms niet in Abbone het voorbeeld van een monarch die met de allures van een monarch geschillen tussen monarchen trachtte te beslechten? Zelfs de kennis die de abdijen hadden vergaard, werd nu gebruikt als koopwaar voor ruilhandel, ze was reden tot hoogmoed, grond voor ijdelheid en prestige; zoals de ridders met hun wapenrusting en hun vaandels pronkten, zo pronkten onze abten met verluchte codices... En nog zoveel te meer (o dwaasheid!) nu onze kloosters allengs ook de palm der wijsheid hadden verloren: kathedraalscholen, stedelijke gilden en universiteiten kopieerden thans boeken, misschien meer en beter dan wij, en ze produceerden nieuwe werken – en mogelijk was dat de oorzaak van zo veel onheil.

De abdij waarin ik vertoefde was misschien de laatste die nog kon bogen op voortreffelijkheid in de productie en reproductie van de wetenschap. Maar wellicht juist daarom stelden haar monniken zich niet meer tevreden met de vrome arbeid van het kopiëren en wilden zij, gedreven door begeerte naar nieuwe dingen, eveneens nieuwe verhandelingen over de natuur aan de reeds bestaande toevoegen. En ze beseften niet, zoals ik toen vagelijk en intuïtief begreep (en thans, oud in jaren en ervaring, zeker weet), dat zij door zo te handelen de ondergang van hun voortreffelijkheid bekrachtigden.

Want als die nieuwe kennis die zij wilden produceren vrijelijk vanuit de muren der abdij naar buiten was gestroomd, zou niets dat heilige oord meer hebben onderscheiden van een kathedraalschool of van een stedelijke universiteit. Door verborgen te blijven, kon die kennis daarentegen haar overwicht en haar kracht ongeschonden handhaven en werd zij niet aangetast door het dispuut, door het quodlibet van verwaten scholastici die elk mysterie en elke grootheid aan het oordeel van het sic et non wilden onderwerpen. Ziedaar, zei ik tegen mijzelf, de redenen van het stilzwijgen en de duisternis die de bibliotheek omringen. Zij is een vergaarplaats van kennis, maar kan die kennis alleen ongeschonden handhaven indien zij verhindert dat deze voor een iegelijk bereikbaar is, zelfs voor de monniken zelf. Kennis is niet zoals een geldstuk, dat ook onder de schandelijkste zwendelarijen als voorwerp intact blijft: zij is veeleer als een prachtig kledingstuk, dat men door het te dragen en ermee te pronken verslijt. Is dat eigenlijk ook niet zo met het boek als zodanig, waarvan de bladen versnipperen, de kleuren van de inkt en het goud dof worden als ze door te veel handen worden aangeraakt? Kijk, ik zag vlak bij mij Pacifico van Tivoli in een oud boekwerk bladeren waarvan de bladen door de vochtigheid min of meer aan elkaar waren vastgekleefd. Hij bevochtigde zijn duim en wijsvinger met zijn tong om de bladen om te slaan, en bij elke aanraking met zijn speeksel verloren die bladen iets van hun stevigheid, ze omslaan betekende ze omkrullen, ze blootstellen aan de onbarmhartige inwerking van lucht en stof, die de fijne aderingen, door deze behandeling in het perkament ontstaan, zouden uitbijten en nieuwe schimmel zouden veroorzaken daar waar het speeksel de hoek van het blad zachter maar ook zwakker had gemaakt. Zoals een overmaat aan zachtheid de krijger slap en onbekwaam maakt, zo zou deze overmaat aan hebzuchtige en nieuwsgierige liefde het boek bevattelijk maken voor de ziekte die het ten slotte zou doden.

Wat moesten we dan doen? Niet meer lezen, alleen bewaren? Was mijn vrees gerechtvaardigd? Wat zou mijn meester ervan zeggen?

Niet ver van mij vandaan zag ik een rubricator, Magnus van Iona, die zijn vellum geheel met puimsteen had geruwd en nu bezig was het met krijt zacht te maken, om het oppervlak vervolgens met het schraapijzer te polijsten. Naast hem had een ander, Rabano van Toledo, het perkament aan het tafelblad vastgemaakt en in de marges aan weerszijden fijne gaatjes geprikt, tussen welke hij nu met een metalen stift ragdunne horizontale lijnen trok. Zo dadelijk zouden de twee bladen zich vullen met kleuren en vormen, de pagina zou als een reliekschrijn worden, fonkelend van edelstenen, gevat in dat wat het vrome weefsel van de schriftuur zou worden. Die twee medebroeders, dacht ik, beleven hun paradijselijke uren op aarde. Ze waren bezig met het vervaardigen van nieuwe boeken, gelijk aan die welke de tijd later onherroepelijk zou vernietigen... De bibliotheek kon dus door geen enkele aardse kracht worden bedreigd, ze was dus iets levends... Maar als ze iets levends was, waarom zou ze zich dan niet voor de gevaren van de kennis openstellen? Was dat wat Bengt wilde en wat Venantius misschien had gewild?

Ik voelde me verward en bevreesd voor mijn eigen gedachten. Misschien pasten die niet voor een novice, wiens enige plicht het was de regel nauwgezet en nederig op te volgen, gedurende al de jaren die komen zouden – hetgeen ik later ook heb gedaan, zonder me verder nog vragen te stellen, terwijl om mij heen de wereld steeds dieper wegzakte in een woeste stroom van bloed en waanzin.

Het was tijd voor het ochtendmaal en ik ging naar de keuken, waar ik inmiddels goede maatjes was geworden met de koks, die me enkele van de lekkerste hapjes toestopten.

DERDE DAG

SEXT

*Waarin Adson van Salvatore confidenties aanhoort
die niet in enkele woorden zijn samen te vatten maar
hem veel stof tot overpeinzingen geven.*

◆

Terwijl ik zat te eten, zag ik in een hoek van de keuken Salvatore die, kennelijk weer verzoend met de keukenmeester, welgemoed een pastei van schapenvlees verslond. Hij at zoals hij nog nooit van zijn leven had gegeten: hij liet zelfs geen kruimeltje vallen en het leek alsof hij God dankte voor deze buitengewone gebeurtenis.

Hij gaf me een knipoog en zei, in dat bizarre taaltje van hem, dat hij al die jaren van hongerlijden aan het inhalen was. Ik vroeg hem ernaar. Hij vertelde me over een zeer ongelukkige jeugd in een dorp met ongezonde lucht en overmatige regenval, waar de akkers verrotten terwijl alles werd verziekt door dodelijke miasma's. Er waren, zo begreep ik, overstromingen die seizoenen lang duurden, zodat er in de akkers geen voren meer waren en je van een schepel zaaigoed nog geen vierendeel oogstte, en van dat vierendeel bleef dan helemaal niets meer over. Ook de heren hadden bleke gezichten, net als de armen, ofschoon, merkte Salvatore op, er meer armen stierven dan heren, misschien (zei hij met een grijns) omdat er daar meer van waren… Een vierendeel kostte vijftien stuivers, een schepel zestig stuivers, de predikers kondigden het einde der tijden aan, maar Salvatores ouders en voorouders herinnerden zich dat dat al vaker het geval was geweest, waaruit zij de slotsom hadden getrokken dat de tijden altijd op het punt stonden te eindigen. Nadat nu de mensen alle vogelkadavers en alle smerige beesten die ze maar konden vinden hadden opgegeten, ging het gerucht dat sommigen uit het dorp waren begonnen de doden op te graven. Salvatore vertelde mij met veel verve, als een volleerd komediant, hoe die 'verfoeilijke homeni' te werk gingen, hoe ze de dag nadat iemand was begraven met hun vingers de aarde op het kerkhof weggroeven. 'Njam!' zei hij en zette zijn tanden in zijn schapenpastei, maar ik zag op zijn gezicht de grijns van de vertwijfelde die lijkenvlees at. En sommigen, nog slechter dan de anderen, hadden er niet genoeg aan in gewijde aarde te wroeten: zij verscholen zich als struikrovers in het bos en overvielen de voorbijgangers. 'Tsak!' zei Salvatore, het mes op de keel en 'Njam!' En de slechtsten onder de slechtsten lokten met een ei of een appel kinderen mee en slachtten ze, maar, zei Salvatore er doodernstig bij, na ze eerst te hebben gekookt.

Hij vertelde van een man die in het dorp voor weinig geld gekookt vlees kwam verkopen, en de mensen konden hun geluk niet op, maar toen zei de pastoor dat het mensenvlees was, en de man werd door de woedende menigte aan stukken gereten. Diezelfde nacht nog ging er iemand uit het dorp het graf van de vermoorde man openwoelen om van het vlees van de kannibaal te eten, met gevolg dat ook hij, toen hij ontdekt werd, door het dorp ter dood werd veroordeeld.

Maar Salvatore liet het niet bij dit ene verhaal. In zijn verminkte taaltje, dat mij noodzaakte het beetje dat ik van Provençaals en van Italiaanse dialecten kende uit mijn geheugen op te diepen, vertelde hij me het verhaal van zijn vlucht uit zijn geboortedorp en zijn omzwervingen door de wereld. En in zijn verhaal herkende ik vele figuren die ik onderweg al had leren kennen, en vele anderen, met wie ik later in aanraking kwam, herken ik nu, zodat ik er niet zeker van ben of ik hem niet, na verloop van zo veel tijd, avonturen en misdaden toeschrijf die door anderen, voor of na hem, waren beleefd of begaan, en die nu in mijn vermoeide geest tot één beeld vervlakken, volgens hetzelfde proces als waardoor de verbeeldingskracht, de herinnering aan goud verbindend met die aan een berg, het begrip gouden berg weet te vormen.

Tijdens onze reis had ik uit Williams mond dikwijls de uitdrukking 'de eenvoudigen' gehoord, een term waarmee sommige van zijn medebroeders niet alleen het volk aanduidden, maar tegelijkertijd de ongeletterden. Een uitdrukking die mij altijd erg algemeen had geleken, want in de Italiaanse steden had ik kooplui en ambachtslieden ontmoet die niet tot de geleerden behoorden maar niet ongeletterd waren, ook al drukten zij hun kennis door middel van de volkstaal uit. Verder waren, om maar een voorbeeld te noemen, sommige van de tirannen die in die tijd het schiereiland regeerden, wel gespeend van kennis op het gebied van theologie, geneeskunde, logica en Latijn, maar zij waren beslist geen eenvoudigen of onbekwamen. Daarom geloof ik dat ook mijn meester, wanneer hij het over de eenvoudigen had, een wat erg eenvoudig begrip hanteerde. Maar Salvatore was zonder enige twijfel een eenvoudige, hij kwam van een boerenland dat al eeuwenlang door gebrek en machtsmisbruik van de feodale heren werd geteisterd. Hij was een eenvoudige maar hij was niet dom. Hij droomde van een andere wereld die, zoals ik uit zijn woorden begreep, in de tijd dat hij zijn ouderlijk huis ontvluchtte de gedaante aannam van het land van Kokanje, waar aan bomen druipend van honing allerlei kaasjes en geurige worstjes groeien.

Gedreven door deze hoop, die hem als het ware de ogen deed sluiten voor het feit dat deze wereld een tranendal is waarin (zoals mij is geleerd) ook de onrechtvaardigheid door de Voorzienigheid vooraf is beschikt om het evenwicht tussen de dingen te bewaren, waarvan de zin ons vaak ontgaat, reisde Salvatore door verschillende landstreken, van zijn geboortegrond Monferrato naar Ligurië, en daarna verder van de Provence naar de gebieden van de Franse koning.

Salvatore zwierf over de wereld, bedelend, stelend, ziekten voorwendend, of tijdelijk zijn diensten verlenend aan de een of andere voorname heer, waarna hij weer verder trok door wouden en langs 's heren wegen. Uit het verhaal dat hij me opdiste, kreeg ik de indruk dat hij zich had aangesloten bij die rondzwervende benden die men in de daaropvolgende jaren steeds meer door Europa zag trekken: valse monniken, charlatans, bedriegers, oplichters, schooiers en bedelaars, melaatsen en kreupelen, landlopers, marskramers, sprookjesvertellers, geestelijken zonder stad of land, reizende studenten, valsspelers, duizendkunstenaars, afgedankte huurlingen, joden die aan de ongelovigen waren ontsnapt en verwezen ronddoolden, gekken, ontvluchte ballingen, boosdoeners met afgesneden oren, sodomieten, met daartussen reizende ambachtslieden, wevers, ketellappers, stoelenmatters, scharenslijpers, strovlechters, metselaars, en dan weer schurken van alle slag, zwendelaars, knevelaars, goochelaars, konkelaars, huichelaars, guichelaars, scharrelaars, sjacheraars, spitsboeven, brooddieven, veile en corrupte kanunniken en priesters en lieden die nog slechts op andermans goedgelovigheid leefden, vervalsers van pauselijke bullen en zegels, aflaathandelaars, zogenaamd verlamden die voor de deuren van de kerken gingen liggen, uit kloosters gevluchte vaganten, reliekenverkopers, waarzeggers en chiromanten, necromanten, handopleggers, valse bedelmonniken en tuchtelozen van alle slag, lieden die nonnen en jonge meisjes met bedrog en geweld verleidden, anderen die veinsden aan waterzucht, vallende ziekte, aambeien, jicht en open wonden of aan manische zwaarmoedigheid te lijden. Er waren er die pleisters op hun lichaam plakten om ongeneeslijke zweren voor te wenden, anderen die hun mond met een bloedrode stof vulden om de bloedspuwingen van een teringlijder te simuleren, schelmen die deden alsof een van hun ledematen machteloos was en zonder noodzaak op stokken steunden, zich gedragend alsof ze aan vallende ziekte leden, of die door middel van zwachtels of saffraantinctuur schurft, klierontstekingen en gezwellen nabootsten, die ketens aan hun handen of windsels om hun hoofd droegen en stinkend en wel de kerken binnenglipten of zich op de pleinen plotseling op de grond lieten vallen, waarbij ze kwijlend met hun ogen rolden en bloed, gemaakt van moerbeisap en vermiljoen, uit hun neus lieten lopen, ten einde voedsel of geld af te troggelen van de godvrezende omstanders die zich de woorden herinnerden waarmee de heilige vaderen tot barmhartigheid maanden: deel uw brood met de hongerige, nodig de dakloze in uw huis, laat ons Christus bezoeken, laat ons Christus ontvangen, laat ons Christus kleden, want zoals water het vuur uitblust, zo wist de aalmoes onze zonden uit.

Ook na de gebeurtenissen die ik hier vertel, en nog tot op de huidige dag, heb ik langs de oevers van de Donau vele van die lapzalvers zien trekken die, net als de duivels, hun namen en hun onderverdeling in legioenen hadden: acapones, lotores, protomedici, pauperes verecundi, morquigerentes, affamiliales, cruciarii, alacerbati, reliquiarii, affarinati, falpatores, iucchi, spectini, coquini, aperentes en atarantati, acconi en admiracti, mutuatores, attrementes, cagnabaldi, falsibordones, acadentes, alacrimantes en affarfantes.

Het was als een moddervloed die over de wegen van onze wereld stroomde, en onder hen mengden zich goedbedoelende predikers, ketters op zoek naar nieuwe prooi en tweedrachtzaaiers. En het was paus Johannes, immer bevreesd voor de bewegingen van de eenvoudigen die de armoede predikten en in praktijk brachten, geweest die van leer was getrokken tegen de predikers van de bedelorden die, zo beweerde hij, door hun gezwaai met beschilderde vaandels de nieuwsgierigen aanlokten, hun preken hielden en de mensen geld afpersten. Had deze corrupte en simonie bedrijvende paus gelijk wanneer hij bedelmonniken die de armoede predikten, gelijkstelde met deze benden van havelozen en rovers? Ik kon me er in die dagen, na enkele reizen over het Italiaanse schiereiland te hebben gemaakt, geen goed oordeel meer over vormen: ik had gehoord over de broeders van Altopascio, die in hun preken met de kerkelijke ban dreigden en aflaten beloofden, tegen betaling de absolutie gaven voor roof en broedermoord, voor doodslag en meineed, de mensen wijsmaakten dat in hun hospitaal dagelijks wel honderd missen werden opgedragen, waarvoor zij giften verzamelden, en dat zij met hun goederen tweehonderd arme meisjes een bruidsschat verschaften. En ik had horen spreken over broeder Paolo Zoppo, die als kluizenaar in het woud van Rieti leefde en beweerde regelrecht van de Heilige Geest de openbaring te hebben ontvangen dat de geslachtsdaad geen zonde was. Zodoende verleidde hij zijn slachtoffers, die hij zusters noemde en die hij dwong hun naakte lichaam aan de zweep bloot te stellen, waarbij zij op de grond vijf knievallen in de vorm van een kruis moesten maken, voordat hij zijn slachtoffers aan God aanbood en van hen dat verlangde wat hij de vredeskus noemde. Maar was dat waar? En wat verbond deze kluizenaars, die zichzelf door de goddelijke geest verlicht noemden, aan de broeders van het arme leven, die in waarachtige boetedoening over de wegen van het schiereiland trokken en een doorn in het oog waren van de clerus en de bisschoppen, wier ondeugden en roverijen zij hekelden?

Uit het verhaal van Salvatore, zoals het zich vermengde met de dingen die ik van mijn kant al wist, kwamen deze verschillen niet duidelijk naar voren: alles leek gelijk aan alles. Soms deed hij me denken aan een van die kreupele bedelaars uit Touraine die, volgens de legende, bij het naderen van het wonderdadige lijk van de heilige Martinus op de vlucht sloegen, omdat zij vreesden dat de heilige hun als door een wonder het gebruik van hun ledematen terug zou geven en hun daarmee hun bron van inkomsten zou ontnemen, waarop de heilige hen, voordat zij de grens bereikten, meedogenloos begenadigde. Soms evenwel werd het roofdierachtige gezicht van de monnik van een allerzachtste glans doorstraald, wanneer hij me vertelde hoe hij, onder die benden levend, had geluisterd naar het woord van franciscaanse predikers die net als hij in veld en bos leefden, en had begrepen dat het armoedige zwerversbestaan dat hij leidde niet moest worden gezien als een bittere noodzaak, maar als een blijde daad van toewijding, en hoe hij was toegetreden tot sekten en groepen van boetelingen, waarvan hij de namen verbasterde en de geloofsleer in zeer stuntelige termen omschreef. Ik maakte eruit op dat hij in aanraking was gekomen met patarini en waldenzen, en misschien katharen, arnoldisten en humiliaten, en dat hij al zwervend over de wereld van de ene groep naar de andere was getrokken, waarbij hij het vagantenbestaan allengs als een roeping had aanvaard en voor de Heer was gaan doen wat hij eerst voor zijn buik had gedaan.

Maar hoe, en tot wanneer? Voor zover ik begreep, was hij een dertigtal jaren geleden ingetreden in een minorietenklooster in Toscane en had daar de pij van de heilige Franciscus aangetrokken, zonder de wijding te ontvangen. Daar had hij, denk ik, het beetje Latijn geleerd dat hij sprak en dat hij vermengde met de dialecten van alle oorden waar hij, arme vaderlandloze, was geweest, en van alle zwervers met wie hij was opgetrokken, van de huurlingen uit mijn land tot de bogomielen uit Dalmatië. In dat klooster was hij, naar hij zei, een leven van boetedoening gaan leiden ('penitenziagite', zei hij met een bezielde blik tegen mij, en wederom hoorde ik de uitdrukking die Williams nieuwsgierigheid had gewekt), maar naar het schijnt hadden ook de minderbroeders bij wie hij verbleef verwarde ideeën, want op een dag hadden ze, verbolgen op de kanunnik van de nabijgelegen kerk, die van roof en andere euveldaden werd beschuldigd, zijn kerk en huis geplunderd en hadden hem van de trap gesmeten, zodat de zondaar eraan bezweek. Naar aanleiding daarvan zond de bisschop soldaten, de fraters vluchtten alle kanten op en Salvatore zwierf lange tijd door het noorden van Italië met een bende fraticelli, of liever bedelende minorieten die geen enkele wet of regel meer kenden.

Vandaar week hij uit naar de streek rond Toulouse, waar hem een vreemde geschiedenis overkwam toen hij in geestdrift was ontstoken bij het horen van de verhalen over de grote ondernemingen van de kruistochten. Een menigte, gevormd uit grote scharen herders en geringe lieden, kwam op een dag bijeen om de zee over te steken en tegen de vijanden van het geloof te strijden. Ze werden pastorelli (herdertjes) genoemd. In werkelijkheid wilden zij hun vermaledijde land ontvluchten. Er waren twee aanvoerders, die hun valse theorieën bijbrachten, een priester die wegens zijn gedrag zijn kerk was uitgezet, en een afvallige monnik van de orde van de heilige Benedictus. Deze twee hadden die simpele zielen zodanig het hoofd op hol gebracht dat ze in drommen achter hen aan holden – ook jongens van zestien jaar, tegen de wil van hun ouders – en slechts voorzien van een bedelzak en een stok, zonder geld, hun akkers in de steek lieten en hen volgden als een kudde, die tot een grote menigte aangroeide. Ze lieten zich niet meer leiden door rede of rechtvaardigheid, maar alleen door hun kracht en hun wil. Het samenzijn met al die anderen, eindelijk vrij en met een vage hoop op beloofde landen, maakte dat ze wel dronkenmannen leken. Ze trokken door dorpen en steden, alles wegpakkend wat ze vonden, en als een van hen werd gearresteerd, bestormden ze de gevangenis en bevrijdden hem. Toen ze de vesting van Parijs binnendrongen om enkele van hun metgezellen te bevrijden die op last van de hoge heren waren gearresteerd, en de provoost van Parijs poogde tegenstand te bieden, gooiden ze hem van de trap van de gevangenis naar beneden. Vervolgens stelden ze zich op de weide van Saint-Germain in slagorde op, maar niemand waagde het zich tegen hen te keren. Toen trokken ze richting Aquitanië en beroofden en doodden alle joden in de getto's waar ze langskwamen...

'Waarom de joden?' vroeg ik aan Salvatore. 'Waarom niet?' antwoordde hij, en hij legde me uit dat ze hun leven lang vanaf elke preekstoel te horen hadden gekregen dat de joden de vijanden van de christenheid waren en de rijkdommen vergaarden die hun niet waren vergund. Ik vroeg hem of het dan niet zo was dat de rijkdommen werden vergaard door de heren en de bisschoppen, middels de heffing van tienden, en dat de pastorelli dus niet hun ware vijanden bestreden. Hij antwoordde dat als je ware vijanden te sterk zijn, je nu eenmaal zwakkere vijanden moet kiezen. O, dus daarom, dacht ik, worden de eenvoudigen zo genoemd. Alleen de machtigen weten altijd heel precies wie hun ware vijanden zijn. De heren wilden niet dat de pastorelli hun bezittingen in gevaar zouden brengen en het was voor hen een grote meevaller dat de leiders van de pastorelli hun volgelingen wijsmaakten dat een groot deel der rijkdommen in handen was van de joden.

Ik vroeg wie de volksmenigten had ingeprent dat de joden dienden te worden aangevallen. Salvatore wist het niet meer. Ik geloof dat als er te veel mensen bijeenkomen die achter een belofte aanhollen en ogenblikkelijk iets verlangen, men nooit weet wie van hen iets zegt. Ik bedacht dat hun leiders in kloosters en op bisschoppelijke scholen hun opvoeding hadden genoten en de taal der heren spraken, ook al vertaalden ze deze in termen die voor de herders begrijpelijk waren. En de herders wisten niet waar de paus verbleef, maar ze wisten wel waar de joden verbleven. Kortom, ze hadden een hoge, zware toren van de Franse koning bestormd, waar de verschrikte joden in groten getale hun toevlucht hadden gezocht. De joden kwamen naar buiten en verdedigden zich op de weergang van de toren dapper door stukken hout en stenen naar hun belagers te slingeren. Maar de pastorelli hadden de poort van de toren in brand gestoken, en de door rook en vuur in het nauw gedreven joden die liever zichzelf doodden dan door de hand van onbesnedenen te sneuvelen, hadden de moedigste onder hen gevraagd hen met het zwaard te doden. En hij had er bijna vijfhonderd gedood. Daarna was hij met de kinderen van de joden uit de toren tevoorschijn gekomen en had de pastorelli verzocht hem te dopen. Maar de pastorelli hadden tegen hem gezegd: Je hebt een slachting onder je eigen mensen aangericht en nu denk je aan de dood te ontsnappen? En ze hadden hem aan stukken gehakt, maar spaarden de kinderen, die ze daarna lieten dopen.

Vervolgens trokken ze in de richting van Carcassonne, onderweg talloze bloedige overvallen plegend. Toen liet de Franse koning weten dat ze over de schreef waren gegaan en gelastte dat hun in iedere stad waar ze doorheen kwamen tegenstand moest worden geboden, en dat zelfs de joden moesten worden verdedigd, als behoorden zij tot het volk van de koning…

Waarom bekommerde de koning zich ineens zo om de joden? Misschien omdat hij zich zorgen begon te maken over wat de pastorelli in het hele koninkrijk zouden kunnen aanrichten en niet wilde dat hun aantal te groot zou worden. Toen kreeg hij ook tedere gevoelens voor de joden, hetzij omdat de joden nuttig waren voor de handelsbetrekkingen van het koninkrijk, hetzij omdat het nu zaak was de pastorelli te vernietigen, en alle goede christenen moesten een reden vinden om zich over hun euveldaden te beklagen. Vele christenen gehoorzaamden de koning echter niet, omdat zij meenden dat het niet juist was het op te nemen voor de joden, die altijd de vijanden van Christus de Heer waren geweest. En in vele steden waren de mensen uit het volk, die de joden woekerrenten hadden moeten betalen, blij dat de pastorelli hen voor hun rijkdom straften. Toen verbood de koning op straffe des doods de pastorelli hulp te bieden. Hij verzamelde een talrijk leger en viel hen aan, en velen van hen werden gedood, anderen zochten hun heil in de vlucht en verscholen zich in de bossen, waar ze van ontbering omkwamen. In korte tijd werden ze allemaal uitgeroeid. De gemachtigde van de koning pakte hen op en hing hen bij twintig of dertig tegelijk op aan de hoogste bomen, opdat de aanblik van hun lijken tot eeuwigdurend voorbeeld mocht dienen en niemand het meer zou wagen de rust in het koninkrijk te verstoren.

Het eigenaardige was dat Salvatore me deze geschiedenis vertelde alsof het een buitengewoon deugdzame onderneming betrof. Hij was er ook nog steeds van overtuigd dat de schare der pastorelli zich ten doel had gesteld het graf van Christus te veroveren en van de ongelovigen te bevrijden. Hoe dan ook, Salvatore ging niet naar de ongelovigen en trok naar de streek rond Novara, zei hij, maar over wat er toen gebeurde, was hij bijzonder vaag. Ten slotte kwam hij in Casale terecht, waar de minorieten hem in hun klooster opnamen (en ik geloof dat hij daar Remigio leerde kennen), precies in de tijd waarin velen van hen, om niet op de brandstapel te eindigen, van pij verwisselden en hun toevlucht zochten bij kloosters van een andere orde. Zoals Ubertino ons had verteld. Vanwege zijn lange ervaring in allerlei soorten handwerk (dat hij voor oneerlijke doeleinden had bedreven toen hij vrij rondzwierf en voor heilige doeleinden toen hij rondzwierf uit liefde voor Christus), werd Salvatore door de cellarius prompt als hulp aangenomen. En zo kwam het dat hij al vele jaren in de abdij was, weinig geïnteresseerd in de luister van de orde, des te meer in het beheer van de wijnkelder en de voorraadkamer, vrij om te eten zonder te stelen en de Heer te prijzen zonder te worden verbrand.

Dit was het verhaal dat ik, tussen de ene hap en de andere door, van hem hoorde, en ik vroeg me af wat hij zou hebben verzonnen en wat hij zou hebben verzwegen.

Ik keek hem nieuwsgierig aan, niet om de uitzonderlijkheid van zijn ervaringen, maar juist omdat hetgeen hij had meegemaakt mij een schitterende samenvatting leek van talloze gebeurtenissen en bewegingen die het Italië van die tijd zo boeiend en onbegrijpelijk maakten.

Wat was uit die verhalen naar voren gekomen? Het beeld van een man met een avontuurlijk leven, die ook in staat was een medemens te doden zonder zich rekenschap te geven van zijn misdaad. Maar ofschoon doden altijd slecht is, begreep ik dat er verschil bestond tussen de slachting, onder invloed van een welhaast extatische vervoering, aangericht door een menigte die de wetten van de duivel met die van de Heer verwarde, en de listig en in stilte beraamde en in koelen bloede uitgevoerde individuele misdaad. Ik had niet de indruk dat Salvatore zich aan een dergelijke misdaad zou hebben schuldig gemaakt.

Anderzijds wilde ik iets ontdekken omtrent de toespelingen die de abt had gemaakt, en ik was geobsedeerd door de gedachte aan fra Dolcino, over wie ik zo goed als niets wist. Niettemin leek zijn schim rond te waren bij vele van de gesprekken die ik in die twee dagen had gehoord.

Derhalve vroeg ik hem op de man af: 'Heb je op je reizen nooit kennisgemaakt met fra Dolcino?'

De reactie van Salvatore was opmerkelijk. Hij sperde zijn ogen wijd open, voor zover ze nog wijder open te sperren waren, bekruiste zich enige malen achtereen en mompelde een paar afgebroken zinnen in een taaltje dat ik ditmaal werkelijk niet begreep. Maar het leken mij ontkennende zinnen. Tot dusverre had hij mij met sympathie en vertrouwen, om niet te zeggen met vriendschap aangekeken. Op dat moment was zijn blik bijna grimmig. Daarop maakte hij zich met een voorwendsel uit de voeten.

Ik kon mijn nieuwsgierigheid niet meer bedwingen. Wie was die frater die eenieder die zijn naam hoorde noemen zo veel schrik aanjoeg? Ik besloot dat ik niet langer ten prooi kon blijven aan mijn verlangen het te weten. Ik kreeg een ingeving: Ubertino! Hijzelf had, op de eerste middag dat we hem ontmoetten, die naam genoemd, hij wist alles over de al dan niet duistere lotgevallen van fraters, fraticelli en andere zwervers uit de laatste jaren. Waar kon ik hem op dat uur vinden? Vast en zeker in de kerk, in gebed verzonken. En aangezien ik over een vrij ogenblikje beschikte, richtte ik mijn schreden daarheen.

Hij was er niet en ik zag hem niet tot 's avonds. Zo bleef ik dus met mijn nieuwsgierigheid rondlopen, terwijl de andere dingen plaatsvonden waarover ik nu moet vertellen.

DERDE DAG

NOON

Waarin William tegen Adson spreekt over de grote stroom van ketterij, over de functie van de eenvoudigen in de Kerk, over zijn twijfels omtrent de kenbaarheid van algemene wetten, en bijna terloops vertelt hoe hij de necromantische tekens van Venantius heeft ontcijferd.

◆

Ik vond William in de smidse, waar hij samen met Nicola aan het werk was, beiden volkomen opgaand in hun bezigheid. Ze hadden op de werkbank tal van minuscule schijfjes glas uitgestald, die misschien al klaarlagen om in het lood van een kerkraam te worden gezet, en enkele ervan hadden ze met de daartoe bestemde instrumenten tot de gewenste dikte geslepen. William hield ze beurtelings voor zijn ogen om ze te proberen. Nicola van zijn kant was bezig de smeden aanwijzingen te geven voor het vervaardigen van het vorkje, waar de juiste glazen naderhand moesten worden ingezet.

William mopperde, geërgerd omdat tot op dat ogenblik de lens die het meest voldeed van een smaragdgroene kleur was en hij, naar hij zei, geen zin had de perkamenten te zien alsof het weilanden waren. Nicola liep weg om toezicht te houden op het smidswerk. Terwijl William in de weer was met zijn glaasjes, vertelde ik hem over mijn gesprek met Salvatore.

'Die man heeft velerlei dingen meegemaakt,' zei hij, 'misschien heeft hij zich werkelijk bij de volgelingen van Dolcino aangesloten. Deze abdij is wat je noemt een microkosmos; als straks de afgezanten van paus Johannes en frater Michael hier zijn, hebben we echt alles bij elkaar.'

'Meester,' zei ik, 'ik begrijp er niets meer van.'

'Waarvan, Adson?'

'Ten eerste van de verschillen tussen ketterse groeperingen. Maar daar zal ik u straks over vragen. Nu zit ik te tobben over het vraagstuk van het verschil zelf. Ik kreeg de indruk dat u, toen u met Ubertino sprak, probeerde aan te tonen dat heiligen en ketters allemaal gelijk zijn. Maar toen u met de abt sprak, deed u uw uiterste best om hem het verschil uit te leggen tussen de ene ketter en de andere, en tussen een ketter en een rechtzinnige. Met andere woorden, u verweet Ubertino dat hij verschil maakte tussen hen die in wezen gelijk zijn, en de abt dat hij hen die in wezen verschillend zijn, gelijk achtte.'

William legde de lenzen even op de tafel neer. 'Mijn beste Adson,' zei hij, 'laten we proberen distincties aan te brengen, en laten we dat maar doen in de termen van de Parijse scholen. Welnu, daarginds zeggen ze dat alle mensen eenzelfde wezensvorm hebben, of vergis ik me?'

'Zeker,' zei ik, trots op mijn kennis, 'ze zijn levende wezens, maar dan redelijke, en hun kenmerkende eigenschap is dat ze het vermogen hebben om te lachen.'

'Heel goed. Maar Thomas is anders dan Bonaventura, en Thomas is dik terwijl Bonaventura mager is, en het kan zelfs gebeuren dat Uguccione slecht is terwijl Franciscus goed is, en dat Aldemarus flegmatisch is terwijl Agilulf cholerisch is. Of niet?'

'Dat is ongetwijfeld zo.'

'Dus dat betekent dat er, in verschillende mensen, identiteit bestaat voor wat hun wezensvorm betreft en diversiteit voor wat hun accidenten ofwel hun uiterlijke kenmerken betreft.'

'Dat is stellig zo.'

'Dus als ik tegen Ubertino zeg dat de menselijke natuur zelf, in het geheel van haar handelingen, zowel aan de liefde tot het goede als aan de liefde tot het kwade ten grondslag ligt, dan tracht ik Ubertino te overtuigen van de identiteit van de menselijke natuur. Als ik vervolgens tegen de abt zeg dat er verschil is tussen katharen en waldenzen, dan leg ik de nadruk op de verscheidenheid van hun accidenten. En ik leg er de nadruk op omdat het voorkomt dat men een der waldenzen verbrandt omdat men hem de accidenten van een kathaar toeschrijft en omgekeerd. En wanneer men een mens verbrandt, verbrandt men zijn individuele substantie, en brengt men tot louter niets terug wat een concrete bestaansact was, als zodanig goed, althans in de ogen van God die hem in het bestaan hield. Lijkt je dat een goede reden om de nadruk te leggen op de verschillen?'

'Ja meester,' antwoordde ik geestdriftig. 'Ik begrijp waarom u zo spreekt, en ik bewonder uw goede filosofie.'

'Het is niet de mijne,' zei William, 'en ik weet ook niet of het de goede is. Maar het belangrijkste is dat jij het hebt begrepen. Kom dan nu maar met je tweede vraag.'

'De zaak is,' zei ik, 'dat ik mezelf een grote domoor vind. Ik weet niet meer het accidentele verschil te onderkennen tussen waldenzen, katharen, armen van Lyon, humiliaten, begijnen, kwezels, lombarden, joachimieten, patarini, apostelbroeders, armen van Lombardije, arnoldisten, wilhelmieten, volgelingen van de vrije geest en luciferianen. Wat moet ik daaraan doen?'

'Och, arme Adson,' lachte William terwijl hij me een vriendschappelijk klopje op mijn nek gaf, 'zo dom ben je niet! Weet je, het is alsof er in de laatste twee eeuwen, en nog eerder, door deze wereld van ons fikse winden van onverdraagzaamheid, hoop en wanhoop hebben geblazen, allemaal door elkaar... Of nee, dat is geen goede analogie. Denk maar aan een rivier, een volle, majestueuze rivier, die mijl na mijl tussen stevige dijken stroomt, en je weet waar de rivier, waar de dijk en waar de vaste grond is. Maar door vermoeidheid, omdat ze te lang en over een te grote afstand heeft gestroomd, omdat ze de zee nadert die alle rivieren in zich opslokt, weet de rivier op een gegeven moment niet meer wat ze is. Ze wordt haar eigen delta. Er blijft misschien een hoofdstroom over, maar vele takken scheiden zich af, naar alle richtingen, en sommige stromen weer in elkaar over, zodat je niet meer weet wat de oorsprong van wat is, en soms weet je niet meer wat nog rivier is en wat al zee..'

'Als ik uw allegorie goed begrijp, is de rivier de stad Gods, of het rijk der rechtvaardigen dat het einde van de duizend jaren nadert; en in deze onzekerheid weet het niet meer binnen de perken te blijven, er staan valse en echte profeten op en alles stroomt samen in de grote vlakte waar het Armageddon zal plaatsvinden...'

'Daar dacht ik niet precies aan. Hoewel het waar is dat onder ons franciscanen nog steeds de idee leeft van een derde tijdperk en de komst van het rijk van de Heilige Geest. Nee, ik probeerde je veeleer duidelijk te maken hoe het lichaam van de Kerk, dat eeuwenlang ook het lichaam van de gehele samenleving, van het volk Gods is geweest, te rijk is geworden, te vol, en al het afval van alle landen waar het doorheen is getrokken met zich meevoert, en zijn zuiverheid heeft verloren. De vertakkingen van de delta zijn, als je wilt, evenveel pogingen van de rivier om zo snel mogelijk naar de zee, met andere woorden naar het moment van de zuivering te stromen. Maar mijn allegorie was onvolmaakt, ze diende alleen maar om je te zeggen hoe talrijk de vertakkingen van ketterij en vernieuwingsbewegingen worden en hoezeer ze dooreen gaan lopen, als de rivier niet meer binnen haar oevers blijft. Je kunt aan mijn armzalige allegorie ook nog het beeld toevoegen van iemand die uit alle macht probeert de dijken van de rivier opnieuw op te bouwen, maar er niet in slaagt. En een paar takken van de delta worden gedempt, andere door kunstmatige kanalen naar de rivier teruggeleid, weer andere wordt de vrije loop gelaten, omdat men nu eenmaal niet alles kan indammen en het goed is dat de rivier een deel van haar water verliest als ze haar loop ongeschonden wil handhaven, als ze een herkenbare loop wil hebben.'

'Ik begrijp er steeds minder van.'

'Ik ook. Het spreken in gelijkenissen gaat mij niet zo goed af. Vergeet dat verhaal van die rivier maar. Probeer liever te begrijpen hoe vele van de bewegingen die jij zonet noemde ten minste tweehonderd jaar geleden zijn ontstaan en al gestorven zijn; andere zijn van latere datum…'

'Maar als het over ketters gaat, worden ze altijd in één adem genoemd.'

'Dat is waar, maar dit is een van de manieren waarop de ketterij zich verbreidt en een van de manieren waarop ze wordt vernietigd.'

'Ik begrijp het weer niet.'

'Grote God, wat is het moeilijk. Goed. Stel je voor dat jij de levensgewoonten wilt hervormen en een aantal metgezellen op de top van een berg verzamelt om in armoede te leven. Na een poosje zie je dat velen naar je toe komen, ook uit verre landen, dat ze je als een profeet of als een nieuwe apostel beschouwen en je volgen. Komen ze werkelijk voor jou of voor wat je zegt?'

'Ik weet het niet, ik hoop het. Waarvoor anders?'

'Omdat ze van hun vaders verhalen hebben gehoord over andere hervormers, en legenden over min of meer volmaakte gemeenschappen, en denken dat deze die is, en die deze.'

'Dus elke beweging erft de zonen van de andere bewegingen.'

'Jazeker, want er komen voor het grootste deel eenvoudigen op af, die geen kleine verschillen in de leer kunnen onderscheiden. Toch ontstaan zulke hervormingsbewegingen op verschillende plaatsen en manieren en is ook hun leer verschillend. Bijvoorbeeld, men verwart nogal eens katharen en waldenzen. Maar er is een groot verschil tussen hen. De waldenzen predikten een hervorming van de levensgewoonten binnen de Kerk, de katharen predikten een andere Kerk, een andere opvatting van God en van de moraal. De katharen meenden dat de wereld was verdeeld tussen de aan elkaar tegengestelde krachten van het goede en het kwade, en ze hadden een Kerk gesticht waarin onderscheid werd gemaakt tussen de volmaakten en de eenvoudige gelovigen, en ze hadden hun eigen sacramenten en riten. Ze hadden een zeer strenge hiërarchie ingesteld, bijna even streng als die van onze Moeder, de heilige Kerk, en ze waren geenszins van plan iedere vorm van macht te vernietigen. Dat verklaart waarom ook gezagdragers, rijken en grootgrondbezitters zich bij de katharen aansloten. Ze waren evenmin van plan de wereld te hervormen, want de tegenstelling tussen goed en kwaad kan volgens hen nooit worden opgeheven. De waldenzen (en met hen de arnoldisten of de armen van Lombardije) wilden daarentegen een andere wereld opbouwen op het ideaal van de armoede. Daarom namen zij de bezitlozen in hun midden op en leefden in gemeenschap van het werk van hun handen. De katharen wezen de sacramenten van de Kerk af, de waldenzen niet, zij wezen alleen de oorbiecht af.'

'Maar waarom worden ze dan met elkaar verward en spreekt men over hen als over dezelfde woekerplant?'

'Ik heb het je al gezegd, wat hen in het leven roept is ook wat hen doet sterven. Ze groeien door de toeloop van eenvoudigen die door andere bewegingen zijn wakker geschud en die geloven dat het om dezelfde impuls van verzet en van hoop gaat. En ze worden vernietigd door de inquisiteurs die de dwalingen van de ene groep aan de andere toeschrijven: als de aanhangers van de ene sekte een misdaad hebben begaan, wordt die misdaad aan elke volgeling van elke sekte toegeschreven. Volgens redelijke normen hebben de inquisiteurs ongelijk, want ze gooien tegengestelde geloofsleren op één hoop; volgens het ongelijk van de anderen hebben zij gelijk, want als er in een stad een beweging van bijvoorbeeld arnoldisten ontstaat, sluiten zich ook degenen erbij aan die elders katharen of waldenzen zouden zijn geweest of zijn geweest. De apostelen van fra Dolcino predikten de fysieke vernietiging van geestelijken en heren en pleegden talloze gewelddaden; de waldenzen zijn tegen geweld en de fraticelli eveneens. Toch ben ik er zeker van dat in de tijd van fra Dolcino velen die tevoren het oor hadden geleend aan de prediking van fraticelli of waldenzen, zich bij zijn groep aansloten. De eenvoudigen kunnen niet hun eigen ketterij uitkiezen, Adson, zij klampen zich vast aan degene die in hun streek predikt, die hun dorp aandoet of op het plein spreekt. Daar maken hun vijanden nu gebruik van. Het volk één enkele ketterij voor ogen houden, liefst een die tegelijkertijd seksueel genot afwijst en lichamelijke gemeenschap aanbeveelt, is goede predikkunde: want ze laat de ketters zien als één kluwen van duivelse tegenspraken die het gezonde verstand beledigen.'

'Dus er is geen verband tussen hen en het is door duivels bedrog dat een eenvoudige die joachimiet of spiritueel zou willen zijn, in de handen van katharen valt en omgekeerd?'

'Zo is het nu juist niet. Laten we proberen van voren af aan te beginnen, Adson, en ik verzeker je dat ik probeer je iets uit te leggen waaromtrent ik zelf ook niet geloof de waarheid te bezitten. Naar mijn mening doet men er fout aan te denken dat de ketterij eerst komt en dan de eenvoudigen die haar (en hun ondergang) omarmen. In werkelijkheid komen eerst de levensomstandigheden van de eenvoudigen en dan de ketterij.'

'Hoe bedoelt u?'

'Je hebt de samenstelling van Gods volk zeker wel duidelijk voor ogen. Een grote kudde, goede en slechte schapen, in bedwang gehouden door waakhonden, de krijgslieden, ofwel de wereldlijke macht, de keizer en de heren, onder leiding van de herders, de geestelijken, vertolkers van Gods woord. Het beeld is simpel.'

'Maar het is niet juist. De herders vechten met de honden want elk van hen wil de rechten van de anderen.'

'Zo is het, en dat is nu juist wat de aard van de kudde onduidelijk maakt. Druk als ze het hebben met elkaar te verscheuren, passen honden en herders niet meer op de kudde. Een deel van de schapen blijft erbuiten.'

'Hoezo, erbuiten?'

'Aan de rand. Boeren, die geen boeren zijn omdat ze geen land hebben of omdat het land dat ze hebben hen niet voedt. Burgers, die geen burgers zijn omdat ze noch tot een gilde, noch tot een andere broederschap behoren. Het zijn geringe lieden, prooi voor iedereen. Heb je in de velden wel eens groepen melaatsen gezien?'

'Ja, één keer zag ik er honderd bij elkaar. Misvormd, hun vlees in ontbinding en wittig van kleur, steunend op hun krukken, met gezwollen oogleden en bloeddoorlopen ogen. Ze spraken niet en schreeuwden niet: ze piepten, als muizen.'

'Zij zijn voor het christenvolk de anderen, degenen die aan de rand van de kudde staan. De kudde haat hen, zij haten de kudde. Ze wensen ons allemaal dood, allemaal melaats zoals zij.'

'Ja, ik herinner me een verhaal van koning Marke, die de schone Isolde moest veroordelen en haar naar de brandstapel wilde voeren, maar toen kwamen de melaatsen en zeiden tegen de koning dat de brandstapel een geringe straf was en dat er een ergere bestond. Ze schreeuwden tegen hem: geef Isolde aan ons en laat haar ons allen toebehoren, de ziekte doet onze begeerten ontvlammen, geef haar aan uw melaatsen, kijk, onze lompen kleven aan onze etterende wonden, als zij het hof van de melaatsen zal zien, zij die aan uw zijde haar hart ophaalde aan rijke, met eekhoornbont gevoerde stoffen en juwelen, als zij onze krotten moet binnengaan en zich naast ons moet uitstrekken, dan zal zij werkelijk haar zonde beseffen en dit mooie vuurtje van braamhout betreuren!'

'Ik merk dat je er voor een novice van de heilige Benedictus merkwaardige lectuur op na houdt,' zei William gekscherend, en ik kreeg een kleur, want ik wist dat een novice geen liefdesromans behoort te lezen, maar onder ons jongeren in het klooster van Melk gingen ze wel rond en we lazen ze 's nachts bij kaarslicht. 'Maar dat doet er niet toe,' hernam William, 'je hebt begrepen wat ik bedoelde. De uitgestoten melaatsen zouden iedereen in hun verderf willen meeslepen. En ze zullen des te boosaardiger worden naarmate jij hen meer uitstoot, en hoe meer jij je hen voorstelt als een schare lemuren die jouw ondergang willen, des te meer zullen zij uitgestoten worden. De heilige Franciscus heeft dat begrepen, en zijn eerste keuze was om onder de melaatsen te gaan leven. Men kan het volk Gods niet veranderen als de buitengeslotenen niet weer in zijn lichaam worden opgenomen.'

'Maar u had het over andere uitgestotenen, de ketterse bewegingen worden niet door de melaatsen gevormd.'

'De kudde is als het ware een reeks cirkels met één middelpunt, van de verst verwijderde buitenkant tot in haar onmiddellijke nabijheid. De melaatsen zijn een teken van uitstoting in het algemeen. De heilige Franciscus had dat begrepen. Hij wilde de melaatsen niet alleen helpen, want dan zou zijn daad niet meer zijn geweest dan een armzalige, machteloze akt van liefdadigheid. Hij wilde iets anders zeggen. Hebben ze je wel eens verteld over zijn prediking tot de vogels?'

'Jazeker, ik heb die prachtige geschiedenis gehoord, en ik voelde bewondering voor de heilige die zich in het gezelschap van die tedere schepselen Gods vermeide,' zei ik vol geestdrift.

'Welnu, ze hebben je een verkeerd verhaal verteld, of liever het verhaal dat de orde er nu van maakt. Toen Franciscus het volk en de magistraten van de stad toesprak en zag dat zij hem niet begrepen, liep hij de stad uit naar het kerkhof en begon te prediken tegen raven en eksters en sperwers, tegen roofvogels die zich met lijken voedden.'

'Wat afschuwelijk,' zei ik, 'het waren dus geen lieflijke vogels!'

'Het waren roofvogels, uitgestoten vogels, zoals de melaatsen. Franciscus moet aan dat vers van de Apocalyps hebben gedacht waarin staat: Ik zag een engel, staande in de zon, en hij riep met luide stem tot alle vogels die in de lucht vlogen: komt, verzamelt u aan de grote maaltijd van God, eet het vlees van koningen, het vlees van legeroversten en helden, het vlees van paarden en ruiters, het vlees van vrijen en slaven, van kleinen en groten!'

'Franciscus wilde de uitgestotenen dus tot oproer aanzetten?'

'Nee, dat wilden hoogstens Dolcino en de zijnen. Franciscus wilde de uitgestotenen, die popelden om in opstand te komen, weer tot het volk Gods terugroepen. Om de kudde opnieuw te vormen, diende men de uitgestotenen te hervinden. Franciscus is er niet in geslaagd, en dat zeg ik je met grote bitterheid. Om de uitgestotenen weer in de kudde terug te brengen, moest hij binnen de Kerk te werk gaan, om binnen de Kerk te werk te gaan, moest hij de erkenning van zijn regel verwerven, waaruit een orde zou voortkomen, en een orde zou, zodra zij er was, opnieuw het beeld hebben gevormd van een cirkel met aan de rand ervan de uitgestotenen. Nu zul je dus wel begrijpen waarom er groepen van fraticelli en joachimieten zijn, die andermaal de uitgestotenen om zich heen verzamelen.'

'Maar we hadden het niet over Franciscus, we hadden het erover hoe de ketterij het product is van eenvoudigen en uitgestotenen.'

'Inderdaad. We hadden het over de uitgestoten schapen van de kudde. Eeuwenlang zijn zij, terwijl de paus en de keizer elkaar in hun machtsstrijd verscheurden, aan de rand blijven leven. Zij zijn de ware melaatsen, van wie de melaatsen slechts de door God beschikte afbeelding zijn, opdat wij deze bewonderenswaardige gelijkenis zouden begrijpen en met het woord "melaatsen" zouden bedoelen "uitgestotenen, armen, eenvoudigen, bezitlozen, ontwortelden van het land, vernederden van de stad". We hebben het niet begrepen, het mysterie van de melaatsheid is ons blijven kwellen, omdat wij het niet als een teken hebben herkend. Uitgestoten uit de kudde als zij waren, waren zij maar al te graag bereid elk soort prediking aan te horen die zich beriep op het woord van Christus en een aanklacht was tegen het gedrag van de honden en de herders, en de belofte inhield dat zij op een dag zouden worden gestraft. Dat hebben de machtigen altijd geweten. De uitgestotenen erkennen hield een vermindering van hun voorrechten in; daarom werden de uitgestotenen die zich hun uitstoting bewust waren als ketters gebrandmerkt, welke hun leer ook was. En zij stelden, giftig geworden door hun uitstoting, in geen enkele geloofsleer belang. Dat is de illusie van de ketterij. Het gaat niet om het geloof dat door een beweging wordt uitgedragen, het gaat om de hoop die zij biedt. Krab de ketterij eraf en je vindt de melaatse. En elke strijd tegen de ketterij wil alleen dat de melaatse melaats blijft. En wat kun je van de melaatsen zelf verwachten? Dat zij onderscheid maken tussen twee definities van de Drievuldigheid of de eucharistie? Komaan, Adson, dat zijn spelletjes voor ons godgeleerden. De eenvoudigen hebben andere problemen. En let wel, zij lossen ze allemaal op de verkeerde manier op. Daarom worden ze ketters.'

'Maar waarom worden ze door sommigen gesteund?'

'Omdat zij van pas komen in hun spel, dat zelden met het geloof en maar al te vaak met het veroveren van de macht te maken heeft.'

'Is dat de reden waarom de Kerk van Rome al haar tegenstanders van ketterij beticht?'

'Juist, en dat is de reden waarom zij die ketterij als rechte leer erkent die zij weer binnen haar machtssfeer kan krijgen, of die zij moet aanvaarden omdat ze te sterk is geworden. Maar er is geen duidelijk omlijnde regel voor. En dat geldt ook voor de koningen of de stadstaten. Lang geleden, in Cremona, hielpen de aanhangers van de keizer de katharen, alleen om de Kerk van Rome dwars te zitten. Soms moedigen de magistraten van een stad de ketters alleen aan omdat zij het evangelie in de volkstaal vertalen: de volkstaal is langzamerhand de taal van de steden geworden, het Latijn de taal van Rome. Of ze steunen de waldenzen omdat deze beweren dat iedereen, man of vrouw, klein of groot, kan onderrichten en prediken, en zo bannen zij het onderscheid uit dat de geestelijken onvervangbaar maakt!'

'Maar waarom keren diezelfde stedelijke magistraten zich dan weer tegen de ketters en bieden de Kerk de helpende hand om hen te doen verbranden?'

'Omdat zij merken dat de ketters ook de voorrechten van de leken, die de volkstaal spreken, in gevaar brengen. Tweehonderd jaar geleden had men, tijdens een concilie, al gezegd dat je die onnozele, ongeletterde lieden die de waldenzen waren niet moest geloven. Men zei, als ik het me wel herinner, dat zij geen vaste woonplaats hebben, barrevoets en zonder enig bezit rondzwerven, alles gemeenschappelijk hebben, en naakt de naakte Christus volgen; maar als men hun te veel ruimte laat, zullen zij iedereen verdrijven. Om deze ramp te voorkomen, hebben de steden later de bedelorden begunstigd, en ons franciscanen in het bijzonder: omdat wij het mogelijk maakten een harmonisch verband te leggen tussen behoefte aan boetedoening en leven in de stad, tussen de Kerk en de burgers die goede mogelijkheden voor hun handel wensten…'

'Heeft men toen de harmonie bereikt tussen liefde voor God en liefde voor gewin?'

'Nee, de spirituele hervormingsbewegingen zijn vastgelopen, ze zijn in de goede banen van een door de paus erkende orde geleid. Maar wat zich onder de oppervlakte roerde, is niet in goede banen geleid. Het is enerzijds uitgelopen in de bewegingen van de flagellanten die niemand kwaad doen, anderzijds in gewapende benden zoals die van fra Dolcino, of in de heksenrituelen zoals die van de broeders van Montefalco, waar Ubertino het over had…'

'Maar wie had er gelijk? Wie heeft gelijk, wie heeft zich vergist?' vroeg ik confuus.

'Allen hadden hun gelijk, allen hebben zich vergist.'

'Maar u,' schreeuwde ik haast in een vlaag van opstandigheid, 'waarom kiest u geen partij, waarom vertelt u me niet waar de waarheid ligt?'

William deed er enige tijd het zwijgen toe, terwijl hij de lens waarmee hij bezig was tegen het licht hield. Daarna bracht hij haar tot vlak boven de tafel en liet me door het glas heen naar een vijl kijken. 'Kijk,' zei hij, 'wat zie je?'

'De vijl, iets vergroot.'

'Juist, alles wat je kunt doen, is beter kijken.'

'Maar het blijft dezelfde vijl!'

'Ook het manuscript van Venantius blijft hetzelfde manuscript als het me, dankzij deze lens, gelukt zal zijn het te lezen. Maar misschien zal ik, als ik het manuscript heb gelezen, een deel van de waarheid beter kennen. En misschien kunnen we het leven in deze abdij beter maken.'

'Maar dat is niet genoeg!'

'Ik zeg hiermee meer dan het lijkt, Adson. Het is niet de eerste maal dat ik je over Roger Bacon spreek. Hij was misschien niet de geleerdste man aller tijden, maar ik ben altijd gefascineerd geweest door de hoop die zijn liefde voor de wijsheid bezielde. Bacon geloofde in de kracht, in de behoeften, in de geestelijke ontdekkingen van de eenvoudigen. Hij zou geen goed franciscaan zijn geweest als hij niet had gedacht dat de armen, de bezitlozen, de onnozelen en de ongeletterden vaak met de mond van Onze Heer spreken. Als hij de gelegenheid had gehad hen meer van nabij te leren kennen, zou hij meer aandacht hebben gehad voor de fraticelli dan voor de provinciaals van de orde. De eenvoudigen hebben iets wat de geleerden, die zich vaak verliezen in het zoeken naar de meest algemene wetten, niet hebben. Zij hebben de intuïtie van het individuele. Maar die intuïtie alleen is niet genoeg. De eenvoudigen bespeuren een eigen waarheid, die misschien meer waar is dan die van de kerkleraren, maar zij verspillen haar vervolgens in ondoordachte daden. Wat moeten we doen? De wetenschap aan de eenvoudigen geven? Dat is te gemakkelijk, of te moeilijk. En dan, welke wetenschap? Die uit de bibliotheek van Abbone? De franciscaanse leermeesters hebben zich deze vraag gesteld. De grote Bonaventura heeft gezegd dat de geleerden de in de daden der eenvoudigen besloten waarheid tot de klaarheid van het begrip moeten brengen...'

'Zoals het kapittel van Perugia en de geleerde verhandelingen van Ubertino de oproep van de eenvoudigen tot armoede in theologische besluiten omzetten,' zei ik.

'Ja, maar het gebeurt te laat, zoals je hebt gezien, en als het gebeurt, is de waarheid van de eenvoudigen al getransformeerd in de waarheid van de machtigen, bruikbaarder voor keizer Lodewijk dan voor een broeder van het arme leven. Hoe blijft men dicht bij de ervaringen van de eenvoudigen en behoudt men, om zo te zeggen, hun werkzame kracht, hun vermogen zich in te zetten voor de transformatie en de verbetering van hun wereld? Dat was het probleem van Bacon: Quod enim laicali ruditate turgescit non habet effectum nisi fortuito, de ervaring van de eenvoudigen mondt uit in wilde, oncontroleerbare handelingen. Sed opera sapientiae certa lege vallantur et in finem debitum efficaciter diriguntur: hij meende dat de nieuwe wetenschap van de natuur de nieuwe, grote taak van de geleerden zou moeten zijn, met het doel orde te brengen in de elementaire behoeften, die ook het ongeordende, maar op zijn manier juiste en gerechtvaardigde samenstel van verwachtingen van de eenvoudigen vormden. Met dien verstande dat in Bacons ogen deze onderneming door de Kerk diende te worden geleid, en ik denk dat hij dat zei omdat in zijn tijd geestelijke zijn hetzelfde was als geleerde zijn. Nu is dat niet meer zo, nu staan er ook geleerden op buiten de kloosters en de kathedralen, zelfs buiten de universiteiten. In dit land is de grootste filosoof van onze eeuw geen monnik geweest maar een apotheker. Ik bedoel die Florentijn, van wiens dichtwerk je wel zult hebben gehoord. Ik heb het nooit gelezen omdat ik zijn volkstaal niet begrijp, en voor zover ik er iets van weet, denk ik dat het me maar weinig zou bevallen, want hij bazelt over dingen die zeer ver van onze ervaring af staan. Maar hij heeft geloof ik de meest geleerde dingen geschreven die ons verstand kan vatten over de aard van de elementen en van de gehele kosmos, en over het besturen van staten. Net als hij, zijn mijn vrienden en ik van mening dat de wetgeving die het bestuur van de menselijke zaken betreft, niet aan de Kerk maar aan de vergadering van het volk toekomt; en in de toekomst zal het evenzo aan de gemeenschap van geleerden zijn de mensheid in kennis te brengen mct deze geheel nieuwe en menselijke theologie, die natuurfilosofie en positieve magie is.'

'Een prachtige taak,' zei ik, 'maar is dat mogelijk?'

'Bacon geloofde erin.'

'En u?'

'Ook ik geloofde erin. Maar om erin te geloven, dien je er zeker van te zijn dat de eenvoudigen gelijk hebben omdat zij de intuïtie van het individuele bezitten, die de enige goede is. Maar als de intuïtie van het individuele de enige goede is, hoe kan de wetenschap dan komen tot een opnieuw opstellen van de universele wetten, door welke en door de interpretatie van welke de goede magie werkzaam wordt?'

'Ja,' zei ik, 'hoe kan ze dat?'

'Ik weet het niet meer. Ik heb in Oxford menigmaal van gedachten gewisseld met mijn vriend Willem van Ockham, die nu in Avignon is. Hij heeft vele twijfels in mijn geest gezaaid. Want als alleen de intuïtie van het individuele juist is, dan is het gegeven dat oorzaken van dezelfde soort gevolgen van dezelfde soort hebben, een moeilijk bewijsbare propositie. Eenzelfde lichaam kan op de ene plaats koud of warm, zoet of bitter, vochtig of droog zijn – en op een andere plaats niet. Hoe kan ik het universele verband ontdekken dat ordening geeft aan de dingen, als ik geen vinger kan bewegen zonder een oneindig aantal nieuwe zijnden te scheppen, aangezien met een dergelijke beweging alle verhoudingen van plaats tussen mijn vinger en alle andere objecten veranderen? De verhoudingen zijn de manieren waarop mijn geest de relatie tussen afzonderlijke zijnden waarneemt, maar welke waarborg heb ik dat deze manier universeel en stabiel is?'

'Maar u weet dat aan een bepaalde dikte van een stuk glas een bepaalde gezichtsscherpte beantwoordt, en omdat u dat weet, kunt u nu lenzen maken gelijk aan die welke u hebt verloren; hoe zou u het anders kunnen doen?'

'Een scherpzinnig antwoord, Adson. Ik heb inderdaad deze propositie geformuleerd, dat aan een gelijke dikte een gelijke gezichtsscherpte moet beantwoorden. Dat heb ik gedaan omdat ik meermalen een individuele intuïtie van dezelfde soort heb gehad. Iedereen die de heilzame eigenschappen van kruiden onderzoekt, weet natuurlijk dat alle afzonderlijke exemplaren van hetzelfde soort kruid op patiënten met dezelfde dispositie dezelfde soort uitwerking hebben. Daarom formuleert de onderzoeker de propositie dat elk kruid van die soort heilzaam is voor een koortslijder, of dat elke lens van een bepaalde soort de gezichtsscherpte van het oog in gelijke mate vergroot. De wetenschap waar Bacon over sprak, heeft ongetwijfeld deze proposities tot kern. Let wel, ik heb het over proposities omtrent de dingen, niet over dingen. De wetenschap heeft met proposities en hun termen te maken, en de termen duiden afzonderlijke dingen aan. Begrijp je, Adson, ik moet aannemen dat mijn propositie bruikbaar is, want dat heb ik op grond van de ervaring geleerd; maar om dat aan te nemen, zou ik moeten onderstellen dat er universele wetten zijn, en toch kan ik daar niet over spreken, want de idee zelf dat er universele wetten en een gegeven orde van de dingen bestaan, zou impliceren dat God er de gevangene van zou zijn, terwijl God zulk een absoluut vrij iets is dat, zo Hij het zou willen, met één enkele wilsdaad van Hem de wereld anders zou zijn.'

'Dus als ik het goed begrijp, doet u iets, weet u waarom u het doet, maar weet u niet waarom u weet dat u weet wat u doet?'

Ik moet met enige trots zeggen dat William me bewonderend aankeek: 'Misschien is dat zo. In elk geval verklaart dit waarom ik me zo onzeker voel over mijn waarheid, ook al geloof ik erin.'

'U bent een nog groter mysticus dan Ubertino!' plaagde ik.

'Misschien. Maar zoals je ziet, werk ik met dingen van de natuur. Ook in het onderzoek dat we op het ogenblik uitvoeren, wil ik niet weten wie goed of wie slecht is, maar wie er gisteravond in het scriptorium was, wie mijn oogglazen heeft gepakt, wie in de sneeuw de sporen heeft achtergelaten van een lichaam dat een ander lichaam meesleept, en waar Berenger is. Dit zijn feiten, vervolgens zal ik proberen ze met elkaar in verband te brengen, als dat tenminste mogelijk is, want het is moeilijk te zeggen welk gevolg voortkomt uit welke oorzaak; de tussenkomst van een engel zou al voldoende zijn om alles te veranderen, daarom is het niet verwonderlijk als je niet kunt bewijzen dat iets de oorzaak van iets anders is. Ook al moet je het altijd blijven proberen, zoals ik doe.'

'Een moeilijk leven, dat van u,' zei ik.

'Maar ik heb Brunello gevonden!' riep William uit, verwijzend naar het paard van twee dagen geleden.

'Dus er is een wereldorde!' riep ik triomfantelijk.

'Dus er is een beetje orde in dit arme hoofd van mij,' antwoordde William.

Op dat moment kwam Nicola weer binnen met een bijna voltooid vorkje dat hij triomfantelijk liet zien.

'En als dit vorkje straks op die arme neus van mij zal staan,' zei William, 'zal mijn arme hoofd misschien nog beter geordend zijn.'

Toen kwam een novice ons zeggen dat de abt William wenste te spreken en in de tuin op hem wachtte. Mijn meester was genoodzaakt zijn proefnemingen tot later uit te stellen en we haastten ons naar de ontmoetingsplaats. Onderweg sloeg William opeens tegen zijn voorhoofd, alsof hem pas op dat ogenblik iets te binnen schoot wat hij was vergeten.

'Dat is waar ook,' zei hij, 'ik heb de kabbalistische tekens van Venantius ontcijferd.'

'Allemaal?! Wanneer?'

'Toen jij sliep. En het ligt er maar aan wat je onder allemaal verstaat. Ik heb de tekens ontcijferd die bij de warmte van de vlam tevoorschijn zijn gekomen, en die jij hebt gekopieerd. De aantekeningen in het Grieks moeten wachten tot ik de nieuwe lenzen heb.'

'En? Ging het over het geheim van het finis Africae?'

'Ja, en de sleutel was tamelijk eenvoudig. Venantius beschikte over de twaalf tekens van de dierenriem en over acht tekens voor de vijf planeten, de twee hemellichten en de aarde. Twintig tekens in totaal. Genoeg om er de letters van het Latijnse alfabet aan te koppelen, gezien het feit dat je dezelfde letter kunt gebruiken om de klank van de twee beginletters van *unum* en *velut* uit te drukken. De volgorde van de letters kennen we. Welke kon de volgorde van de tekens zijn? Ik heb gedacht aan de ordening van de hemelsferen, waarbij ik de gordel van de dierenriem aan de uiterste buitenrand heb geplaatst. Dus: Aarde, Maan, Mercurius, Venus, Zon enzovoort, en daarna de tekens van de dierenriem in hun traditionele volgorde, zoals ook Isidorus van Sevilla ze indeelt, beginnend bij Ariës en het lentepunt en eindigend bij Pisces. Welnu, als je deze sleutel toepast, krijgt de boodschap van Venantius een betekenis.'

Hij liet me het perkament zien, waarop hij de boodschap in grote Latijnse letters had overgeschreven: *Secretum finis Africae manus supra idolum age primum et septimum de quatuor.*

'Duidelijk?' vroeg hij.

'De hand boven het beeld werkt op de eerste en de zevende van de vier...' herhaalde ik. Ik schudde mijn hoofd: 'Dat is helemaal niet duidelijk.'

'Ik weet het. We zouden allereerst moeten weten wat Venantius met *idolum* bedoelde. Een beeld, een schim, een figuur? En wat kunnen die vier zijn die een eerste en een zevende hebben? En wat moet je ermee doen? Ze in beweging brengen, duwen, trekken?'

'Dus we weten nog niets en zijn even ver als eerst,' zei ik diep teleurgesteld. William bleef staan en keek me met een niet al te welwillende blik aan. 'Mijn beste jongen,' zei hij, 'hier voor je staat een arme franciscaan die met zijn bescheiden kennis en dat beetje bekwaamheid dat hij aan de oneindige macht van de Heer dankt, er in enkele uren tijds in is geslaagd een geheimschrift te ontcijferen waarvan de schrijver zeker was dat het voor iedereen behalve hemzelf volkomen onbegrijpelijk zou zijn... en jij, armzalige, ongeletterde kwajongen, bestaat het om te zeggen dat we even ver zijn als eerst?'

Ik stamelde onbeholpen een verontschuldiging. Ik had de ijdelheid van mijn meester gekwetst, terwijl ik toch wist hoe trots hij was op de snelheid en zekerheid van zijn gevolgtrekkingen. William had wel degelijk bewonderenswaardig werk verricht en het was niet zijn schuld dat de geslepen Venantius niet alleen dat wat hij had gevonden onder de dekmantel van een duister zodiakaal alfabet had verstopt, maar ook nog een onoplosbaar raadsel had bedacht.

'Het geeft niet, je hoeft je niet te verontschuldigen,' onderbrak William mij. 'Eigenlijk heb je gelijk, we weten nog te weinig. Kom, ga mee.'

DERDE DAG

VESPERS

*Waarin men wederom met de abt spreekt, William enige
wonderbaarlijke ideeën krijgt om het raadsel van het labyrint
op te lossen en er langs de meest verstandelijke weg in slaagt.
Daarna wordt er kaas in het pannetje gegeten.*

◆

De abt wachtte ons met een somber en bezorgd gezicht op. Hij had een papier in zijn hand.

'Ik heb zojuist een brief ontvangen van de abt van Conques,' zei hij. 'Hij deelt mij de naam mee van degene aan wie Johannes het commando over de Franse soldaten en de zorg voor de veiligheid van het gezantschap heeft toevertrouwd. Het is geen krijgsman, geen hoveling, en hij zal tegelijkertijd deel uitmaken van het gezantschap.'

'Een ongewone bundeling van eigenschappen,' zei William verontrust. 'Wie zal dat zijn?'

'Bernard Gui, of Bernardus Guidonis, hoe u hem noemen wilt.'

William liet zich een uitroep in zijn eigen taal ontvallen, die ik niet begreep, en de abt evenmin, hetgeen misschien beter was voor iedereen, want het woord dat William uitsprak, siste op een obscene manier.

'Dat bevalt me niet,' voegde hij er onmiddellijk aan toe. 'Bernard is jaren lang de hamer van de ketters in de streek rond Toulouse geweest en hij heeft een *Practica officii inquisitionis heretice pravitatis* geschreven ten gebruike van al degenen die tot taak hebben waldenzen, begijnen, kwezels, fraticelli en volgelingen van Dolcino te vervolgen en te vernietigen.'

'Dat weet ik. Ik ken het boek, bewonderenswaardig om zijn leerstelligheid.'

'Bewonderenswaardig om zijn leerstelligheid,' gaf William toe. 'Hij is zeer verknocht aan Johannes, die hem in de afgelopen jaren talrijke missies in Vlaanderen en hier in Noord-Italië heeft toevertrouwd. Ook toen hij in Galicië tot bisschop werd benoemd, heeft hij zich nooit in zijn diocees laten zien en zijn inquisiteurswerk voortgezet. Ik dacht dat hij zich nu in het bisdom Lodève had teruggetrokken, maar Johannes heeft hem kennelijk weer aan het werk gezet, en nog wel hier in Noord-Italië. Waarom nu juist Bernard en waarom als commandant van de soldaten…?'

'Daar is een antwoord op,' zei de abt, 'en het bevestigt alle angstige vermoedens die ik gisteren tegen u uitsprak. U weet heel goed – ook al wilt u het tegenover mij niet toegeven – dat het standpunt omtrent de armoede van Christus en van de Kerk, dat door het kapittel van Perugia, weliswaar met een overvloed aan theologische argumenten, is verdedigd, hetzelfde is als dat wat door talloze ketterse bewegingen op een heel wat minder voorzichtige manier en met een minder rechtzinnig gedrag wordt verdedigd. Er is weinig voor nodig om aan te tonen dat het standpunt van Michael van Cesena, dat ook door de keizer is overgenomen, gelijk is aan dat van Ubertino en Angelo Clareno. Tot zover zullen de twee gezantschappen het met elkaar eens zijn. Maar Gui zou verder kunnen gaan, en hij is ertoe in staat: hij zal trachten aan te tonen dat de stellingen van Perugia dezelfde zijn als die van de fraticelli of van de pseudoapostelen.'

'We wisten dat we ook zonder de aanwezigheid van Bernard op dat punt zouden komen. Hoogstens zal Bernard het op een behendiger wijze doen dan vele van die onbetekenende curieambtenaren, en het zal zaak zijn tegen hem spitsvondiger argumenten in te brengen.'

'Ja,' zei de abt, 'maar nu staan we weer voor de kwestie die gisteren ter sprake is gebracht. Als we vóór morgen niet de dader vinden van twee of misschien drie misdaden, zal ik Bernard moeten veroorloven toezicht uit te oefenen op de gang van zaken in de abdij.'

'Dat is waar,' mompelde William bezorgd. 'Er is niets aan te doen. We zullen op onze hoede moeten zijn en Bernard in het oog moeten houden, die op zijn beurt de geheimzinnige moordenaar in het oog houdt. Misschien is dat een voordeel: een Bernard die bezig is op de moordenaar te letten, zal minder tijd hebben om zich in het dispuut te mengen.'

'Een Bernard die bezig is de moordenaar op te sporen, is mij als gezagdrager een doorn in het vlees, bedenkt u dat wel. Deze troebele zaak dwingt mij er voor de eerste maal toe een deel van mijn macht binnen deze muren af te staan, en dat is een ongekend feit, niet alleen in de geschiedenis van deze abdij, maar in die van de hele cluniacenzer orde. Ik zou alles willen doen om dat te voorkomen. En het eerste wat ik zou kunnen doen is de gezantschappen mijn gastvrijheid weigeren.'

'Ik bid uwe Hoogheid om goed over zulk een ernstig besluit na te denken,' zei William. 'U hebt een brief in handen van de keizer die u dringend verzoekt om…'

'Ik weet wat mij aan de keizer bindt,' zei de abt korzelig, 'en u weet dat ook. Dus u weet dat ik helaas niet meer terug kan. Maar dit alles is zeer onaangenaam. Waar is Berenger, wat is er met hem gebeurd, wat doet u eigenlijk?'

'Ik ben maar een frater die een hele tijd geleden als inquisiteur onderzoekingen heeft verricht. Men vindt de waarheid niet in een paar dagen. Bovendien, wat voor macht hebt u me verleend? Mag ik de bibliotheek binnengaan? Mag ik alle vragen stellen die ik wil?'

'Ik zie het verband niet tussen de misdaden en de bibliotheek,' zei de abt geprikkeld.

'Adelmo was miniaturist, Venantius vertaler, Berenger hulpbibliothecaris...' legde William geduldig uit.

'Als u het zo bekijkt, hebben alle zestig monniken met de bibliotheek te maken, zoals ze met de kerk te maken hebben. Waarom zoekt u dan niet in de kerk? Frater William, u voert een onderzoek uit in opdracht van mij en binnen de grenzen die ik u heb verzocht te eerbiedigen. Overigens ben ik binnen deze muren de enige heer en meester na God, en bij Zijn gratie. En dat zal ook voor Bernard gelden. Anderzijds,' voegde hij er op minder hoge toon aan toe, 'is het niet eens gezegd dat Bernard hier allereerst voor de ontmoeting komt. De abt van Conques schrijft me ook dat hij naar Italië komt om naar het zuiden door te reizen. Hij vertelt me tevens dat de paus kardinaal Bertrando del Poggetto heeft verzocht uit Bologna hierheen te reizen om de leiding van het pauselijk gezantschap op zich te nemen. Misschien komt Bernard hier om de kardinaal te ontmoeten.'

'Wat, in groter verband gezien, nog erger zou zijn. Bertrand is de hamer van de ketters in Midden-Italië. Deze ontmoeting tussen twee kampioenen van de strijd tegen de ketterij kan een voorbode zijn van een landelijk offensief op grotere schaal, waarbij ten slotte de hele franciscaanse beweging betrokken zal raken...'

'Daar zullen we de keizer dan onverwijld van in kennis stellen,' zei de abt, 'maar in dat geval zou het gevaar niet onmiddellijk zijn. We blijven waakzaam. Goedendag.'

William bleef een poosje zwijgend staan terwijl de abt zich verwijderde. Toen zei hij: 'Luister, Adson, laten we vooral proberen niets overhaast te doen. De dingen zijn niet snel op te lossen als er zoveel van die kleine individuele ervaringen moeten worden opgestapeld. Ik ga naar de werkplaats terug, want zonder lenzen kan ik niet alleen het manuscript niet lezen, maar heeft het ook geen zin dat we vannacht naar de bibliotheek gaan. Ga jij intussen informeren of er al iets over Berenger bekend is.'

Op dat moment kwam Nicola van Morimondo op ons toegesneld met een zeer slechte tijding. Toen hij probeerde de beste lens, die waarop William zo veel hoop had gevestigd, wat bij te slijpen, was de lens gebroken. En een andere, die de eerste misschien kon vervangen, was gebarsten toen hij probeerde haar in het vorkje te zetten. Nicola wees mistroostig naar de hemel. Het was al vespertijd en de duisternis begon in te vallen. Die dag kon er niet meer gewerkt worden. Weer een dag verloren, gaf William ontstemd toe, terwijl hij (zoals hij mij later bekende) de aanvechting onderdrukte om de onhandige glasmeester, die zich overigens al geblameerd genoeg voelde, bij de keel te grijpen.

We lieten hem bedremmeld en wel staan en gingen navraag doen naar Berenger. Natuurlijk had niemand hem gevonden.

We hadden het gevoel op een dood punt te zijn aangeland. We wandelden wat door de kloostergang, onzeker over wat ons te doen stond. Maar algauw zag ik William in gedachten verzonken in de lucht staren, alsof hij niets zag. Kort tevoren had hij uit zijn pij een takje tevoorschijn gehaald van dat kruid dat ik hem enige weken geleden had zien plukken, en daar kauwde hij nu op alsof hij er een soort van kalme opwinding aan ontleende. Hij leek weliswaar afwezig, maar af en toe lichtten zijn ogen op alsof in de leegte van zijn brein een nieuw idee was opgekomen; daarna viel hij weer terug in die eigenaardige, actieve zinsverdoving van hem. Plotseling zei hij: 'Natuurlijk, we zouden kunnen…'

'Wat?' vroeg ik.

'Ik dacht aan een manier om ons in het labyrint te oriënteren. Het is niet makkelijk uitvoerbaar, maar het zou wel doeltreffend zijn… Immers, de uitgang bevindt zich in de oostelijke toren, dat weten we. Stel nu eens dat we een toestel hadden dat ons vertelt waar het noorden is. Wat zou er dan gebeuren?'

'Dan zouden we vanzelfsprekend maar naar rechts hoeven te gaan om in oostelijke richting te lopen. Of we zouden maar in tegengestelde richting hoeven te lopen om te weten dat we in de richting van de zuidelijke toren gaan. Maar zelfs al zou er zo'n magisch toestel bestaan, het labyrint is nu eenmaal een labyrint, en zodra we ons in oostelijke richting zouden bewegen, zouden we op een muur stuiten die ons zou beletten rechtdoor te gaan, en dan zouden we opnieuw de weg kwijt raken…' merkte ik op.

'Ja, maar het toestel waarover ik het heb zou altijd de richting van het noorden aangeven, ook als wij van richting zouden zijn veranderd; het zou ons op elk punt vertellen welke kant we op moeten.'

'Dat zou prachtig zijn. Maar we zouden zo'n toestel eerst moeten hebben, en het zou in staat moeten zijn 's nachts en in een gesloten ruimte het noorden te vinden, zonder hulp van de zon of de sterren... En ik denk dat zelfs uw Bacon niet zo'n toestel bezat!' lachte ik.

'Dat heb je dan mis,' zei William, 'want er is een dergelijk toestel geconstrueerd en een aantal zeevaarders heeft het gebruikt. Het heeft geen zon of sterren nodig, want het maakt gebruik van de kracht van een wonderbaarlijke steen, gelijk aan die welke we in het hospitaal van Severin hebben gezien, de steen die ijzer aantrekt. Bacon heeft er een studie van gemaakt, evenals een magiër uit Picardië, Pierre de Maricourt, die de vele toepassingen ervan heeft beschreven.'

'Zou u dat toestel kunnen maken?'

'Op zichzelf zou het niet moeilijk zijn. Met behulp van die steen zijn tal van wonderbaarlijke dingen te maken, onder andere een toestel dat zonder enige kracht van buitenaf voortdurend in beweging blijft. Maar de eenvoudigste uitvinding is ook door een Arabier beschreven, Baylak al-Qabadjaqi. Je neemt een kom met water en laat er een kurk in drijven waarin je een ijzeren naald hebt gestoken. Vervolgens beweeg je de steen in kringen boven het wateroppervlak, totdat de naald dezelfde eigenschappen heeft aangenomen als die van de steen. Als het zover is, neemt de naald – maar ook de steen zou het hebben gedaan als hij de mogelijkheid had gehad om een spil te draaien – zo'n stand in dat ze met de punt ongeveer naar het noorden wijst, en als jij met de schaal rondloopt, draait ze steeds weer in noordelijke richting. Ik hoef je niet te vertellen dat als je op de rand van de kom, uitgaande van het noorden, ook de andere hoofdwindstreken aangeeft, je altijd weet welke richting je in de bibliotheek moet kiezen om in de oostelijke toren te komen.'

'Wat wonderbaarlijk!' riep ik uit. 'Maar waarom wijst de naald altijd naar het noorden? De steen trekt ijzer aan, dat heb ik gezien, en ik stel me voor dat een zeer grote hoeveelheid ijzer de steen aantrekt. Maar dan...dan liggen er in de richting van de Poolster, aan de uiterste rand van de aardbol, enorme ijzermijnen!'

'Dat is inderdaad wel geopperd. Behalve dat de naald niet precies in de richting van de leidstar wijst, maar naar het punt waar de hemelmeridianen samenkomen. Een teken, dat, zoals gezegd is, "hic lapis gerit in se similitudinem coeli"; de polen van de magneet ontvangen hun inclinatie van de polen van de hemel en niet van die van de aarde. Hetgeen een mooi voorbeeld is van een beweging die op afstand wordt opgewekt en niet door een directe materiële oorzakelijkheid: een vraagstuk waarmee mijn vriend Johannes de Janduno zich op het ogenblik bezighoudt, als de keizer hem niet vraagt om Avignon in het binnenste der aarde te doen wegzinken...'

'Laten we dan de steen van Severin gaan halen, en een kom en water en een kurk...' zei ik opgewonden.

'Rustig aan,' zei William. 'Ik weet niet waarom, maar ik heb nog nooit een toestel gezien dat, hoe volmaakt het in de beschrijving van de filosofen ook is, ook in de praktijk volmaakt werkt. Terwijl de sikkel van een boer, die nooit door enig filosoof is beschreven, werkt zoals het hoort... Ik ben bang dat als we door het labyrint rondlopen met een lamp in de ene hand en een kom vol water in de andere... Wacht even, ik krijg een ander idee. Het toestel zou ook het noorden aangeven als we buiten het labyrint zouden zijn, nietwaar?'

'Ja, maar in dat geval zouden we het niet nodig hebben, want dan hadden we de zon en de sterren...'

'Dat weet ik, dat weet ik. Maar als het toestel zowel buiten als binnen werkt, waarom zou dat dan ook niet opgaan voor ons hoofd?'

'Ons hoofd? Natuurlijk werkt dat buiten ook, een feit is dat we buiten heel goed weten hoe het Hoofdgebouw georiënteerd is! Alleen als we binnen zijn begrijpen we er niets meer van.'

'Precies. Vergeet nu dat toestel maar. Het denken aan het toestel heeft me aan het denken gezet over de natuurwetten en over de wetten van ons denken. Het gaat hierom: we moeten van buitenaf een manier vinden om het Hoofdgebouw te beschrijven zoals het vanbinnen is...'

'Hoe dan?'

'Laat me even nadenken, zo moeilijk kan het niet zijn...'

'En de methode waar u het gisteren over had? Wilde u niet het labyrint doorlopen en daarbij met houtskool tekens aanbrengen?'

'Nee,' zei hij. 'Hoe langer ik erover nadenk, hoe minder dat me overtuigt. Misschien weet ik niet meer precies hoe de regel was. Of misschien heb je om je door een labyrint te bewegen een goede Ariadne nodig, die je met het andere uiteinde van een draad in haar hand bij de poort opwacht. Maar zulke lange draden bestaan er niet. En ook al zouden ze bestaan, dan zou dat betekenen (fabels vertellen vaak de waarheid) dat je alleen met hulp van buitenaf uit een labyrint komt. Waar de wetten buiten gelijk zijn aan de wetten binnen. Kijk, Adson, we zullen van de wiskundige wetenschappen gebruikmaken. Alleen in de wiskundige wetenschappen, zegt Averroës, vallen de dingen die door ons gekend worden samen met de dingen die op absolute wijze gekend worden.'

'U ziet dus dat u wel algemene kennis erkent.'

'Wiskundige kennis bestaat uit stellingen die door ons intellect zijn geconstrueerd op zulk een wijze dat ze altijd als waar gelden, hetzij omdat ze ons aangeboren zijn, hetzij omdat de wiskunde eerder is uitgevonden dan de andere wetenschappen. En de bibliotheek is geconstrueerd door een menselijk brein dat op wiskundige wijze dacht, want zonder wiskunde maak je geen labyrinten. Het gaat er dus om onze wiskundige stellingen te vergelijken met die van de bouwmeester, en uit deze vergelijking kan kennis worden geput, want het is kennis van termen over termen. Maar houd nu eens op met mij tot metafysische discussies te verleiden. Wat voor duiveltje is er vandaag in je gevaren? Pak liever een stuk perkament, jij die goede ogen hebt, of een schrijfplankje, iets om tekens op te maken, en een stift... mooi, je hebt ze bij je, goed zo, Adson. Laten we nu om het Hoofdgebouw heen lopen, zolang we nog een beetje licht hebben.'

We maakten een lange ronde om het Hoofdgebouw. Dat wil zeggen, we bestudeerden vanuit de verte de oostelijke, zuidelijke en westelijke toren, en tevens de muren die ze met elkaar verbonden. De rest van het gebouw zag, zoals reeds gezegd, op de afgrond uit, maar om redenen van symmetrie kon die niet verschillen van het voor ons zichtbare deel.

En wat dat deel te zien gaf, merkte William op terwijl hij me alles nauwkeurig op mijn schrijfplankje liet noteren, was dat in de bibliotheek elke muur twee ramen had, en elke toren vijf.

'Denk nu goed na,' zei mijn meester. 'Elk vertrek dat we hebben gezien had één raam...'

'Behalve de zevenhoekige,' zei ik.

'Dat spreekt vanzelf, het zijn de vertrekken in het midden van elke toren.'

'En behalve een paar die we zijn tegengekomen, die geen ramen hadden en niet zevenhoekig waren.'

'Vergeet die even. Eerst moeten we de regel vinden, daarna proberen we de uitzonderingen te verklaren. We hebben dus aan de buitenkant vijf vertrekken per toren en twee vertrekken per muur, elk met een raam. Maar als je vanuit een vertrek met raam naar het binnenste van het Hoofdgebouw loopt, kom je in een andere kamer met raam. Een teken dat het daar binnenramen betreft. Welnu, welke vorm heeft de luchtkoker midden in het Hoofdgebouw, zoals je die vanuit de keuken en vanuit het scriptorium kunt zien?'

'Achthoekig,' zei ik.

'Uitstekend. En in elke zijde van de achthoek kunnen heel goed twee ramen zitten. Maar gezien de lengte van de wanden en de grootte van de ramen, kunnen we aannemen dat in de bibliotheek elke zijde er twee heeft. Dat betekent dat er aan elke zijde van de binnenste achthoek twee vertrekken liggen. Is dat juist?'

'Ja, maar de vertrekken zonder raam dan?'

'Dat zijn er acht in totaal. We weten dat de zevenhoekige kamer in het midden van elke toren vijf wanden heeft die grenzen aan de vijf vertrekken van elke toren. Waaraan grenzen de resterende twee wanden? Niet aan een vertrek dat langs een van de buitenmuren is gelegen, want dan zou er een raam zijn, en om dezelfde reden ook niet aan een vertrek dat aan de achthoek is gelegen, ook al omdat het dan overdreven langgerekte vertrekken zouden zijn. Probeer nu eens een tekening te maken van de bibliotheek zoals ze er van bovenaf gezien zou uitzien. Dan zie je dat er in aansluiting op elke toren twee vertrekken moeten zijn die enerzijds aan de zevenhoekige kamer grenzen en anderzijds aan twee langs de achthoekige luchtkoker gelegen vertrekken.'

Ik probeerde de tekening volgens de aanwijzingen van mijn meester uit te voeren en opeens slaakte ik een triomfkreet. 'Maar dan weten we alles! Laat me eens tellen… De bibliotheek heeft zesenvijftig vertrekken, waarvan vier zevenhoekig en tweeënvijftig min of meer vierhoekig, en van de laatste hebben er acht geen ramen, terwijl er achtentwintig aan de buitenkant liggen en zestien aan de binnenkant!'

'En de vier torens hebben elk vijf vertrekken met vier zijden en één met zeven… De bibliotheek is geconstrueerd volgens een hemelse harmonie, waaraan verschillende wonderbaarlijke betekenissen kunnen worden toegekend…'

'Een schitterende ontdekking,' zei ik. 'Maar waarom is het dan zo moeilijk je erin te oriënteren?'

'Omdat er iets is dat aan geen enkele wiskundige wet beantwoordt, namelijk de ligging van de doorgangen. Sommige vertrekken bieden toegang tot meer dan één ander, sommige tot maar één ander, en we moeten ons afvragen of er geen vertrekken zijn die tot geen enkel ander toegang verschaffen. Als je deze factor in aanmerking neemt, plus het ontbreken van licht en van elke aanwijzing die je aan de stand van de zon zou kunnen ontlenen (en voeg daarbij de visioenen en de spiegels), dan begrijp je hoe het labyrint het hoofd in de war kan brengen van eenieder die er, toch al door schuldgevoelens geplaagd, doorheen loopt. Trouwens, bedenk eens hoe wanhopig wij gisteravond waren toen we de weg niet meer konden vinden. Een maximum aan verwarring, verkregen door een maximum aan ordening: een sublieme rekensom, dunkt mij. De bouwers van de bibliotheek waren grote meesters.'

'Hoe moeten we ons dan oriënteren?'

'Dat is nu niet moeilijk meer. Met de plattegrond die jij hebt getekend, en die min of meer met het plan van de bibliotheek moet overeenkomen, zullen we, zodra we in de eerste zevenhoekige kamer zijn, de richting zien te vinden die ons regelrecht naar een van de twee blinde vertrekken voert. Als we dan steeds rechts aanhouden, zouden we, na drie of vier vertrekken, opnieuw in een toren moeten komen, die niet anders dan de noordelijke toren kan zijn, waarna we weer een vertrek zonder ramen moeten vinden, dat aan de linkerkant aan de zevenhoekige kamer grenst en ons aan de rechterkant een mogelijkheid zou moeten bieden om via een soortgelijke weg als die ik je daarnet heb beschreven, in de westelijke toren te arriveren.'

'Ja, als alle vertrekken een doorgang zouden hebben naar andere vertrekken…'

'Inderdaad. En daarvoor hebben we jouw plattegrond nodig, waarop we de wanden zonder doorgang kunnen aantekenen, zodat we weten welke omwegen we maken. Maar dat zal niet moeilijk zijn.'

'Is het wel zeker dat het zal lukken?' vroeg ik ongelovig, want het leek mij allemaal wat erg eenvoudig.

'Het zal lukken,' antwoordde William. '"Omnes enim causae effectuum naturalium dantur per lineas, angulos et figuras. Aliter enim impossibile est scire propter quid in illis,"' citeerde hij. 'Dat zegt een van de grote meesters van Oxford. Maar helaas weten we nog niet alles. We hebben geleerd hoe we het moeten aanleggen om niet te verdwalen. Nu moeten we te weten komen of de boeken volgens een bepaalde regel over de vertrekken zijn verdeeld. En de verzen van de Apocalyps zeggen ons bitter weinig, ook omdat vele ervan in verschillende vertrekken precies eender worden herhaald…'

'Toch waren er in het boek van de apostel heel wat meer dan zesenvijftig verzen te vinden geweest!'

'Ongetwijfeld. Alleen sommige verzen waren dus bruikbaar. Vreemd. Alsof ze er minder dan vijftig, dertig of twintig hadden gehad… Ah, bij de baard van Merlijn!'

'Van wie?'

'Doet er niet toe, een tovenaar uit mijn land… Ze hebben evenveel verzen gebruikt als er letters zijn in het alfabet! Dat is het natuurlijk! De tekst van de verzen is niet van belang, van belang zijn alleen de beginletters. Elk vertrek is gemerkt met een letter van het alfabet, en allemaal samen vormen ze een tekst die we moeten ontdekken!'

'Net als een figuurraadsel in de vorm van een kruis of een vis!'

'Min of meer, en waarschijnlijk was in de tijd dat de bibliotheek werd gebouwd dit soort figuurraadsels erg in zwang.'

'Maar waar begint de tekst?'

'Bij een opschrift dat groter is dan de andere, in de zevenhoekige kamer van de toegangstoren... of... Ach, natuurlijk, bij de zinnen in rood!'

'Maar dat zijn er zoveel!'

'Dan zijn er dus veel teksten, of veel woorden. Ga jij nu je plattegrond beter en groter overtekenen, dan geef je, wanneer we in de bibliotheek zijn, niet alleen met je stift dunnetjes de vertrekken aan waar we doorheen komen, met de ligging van de deuropeningen en de wanden (alsmede van de ramen), maar ook de beginletter van het vers dat we er lezen, en als een goed miniaturist maak je de letters in rood een beetje groter.'

'Hoe komt het toch,' zei ik vol bewondering, 'dat het u gelukt is het raadsel van de bibliotheek op te lossen door er van buitenaf naar te kijken, en dat u het niet hebt opgelost toen u binnen was?'

'Zo kent God de wereld, want Hij heeft haar, voordat Hij haar schiep, eerst als het ware van buitenaf in Zijn geest ontworpen, terwijl wij de regel ervan niet kennen, omdat we er middenin leven en haar als reeds gemaakt aantreffen.'

'Men kan de dingen dus leren kennen door er van buitenaf naar te kijken!'

'De kunstmatige dingen, doordat we in onze geest de handelingen van de maker opnieuw doorlopen. Niet de natuurlijke dingen, want die zijn niet het werk van onze geest.'

'Maar voor de bibliotheek hebben we er genoeg aan, nietwaar?'

'Ja,' zei William. 'Maar alleen voor de bibliotheek. Laten we nu gaan rusten. Ik kan niets doen totdat ik morgenochtend – hoop ik – mijn lenzen heb. We kunnen dus beter gaan slapen en vroeg opstaan. Ik zal de zaak nog eens overdenken.'

'En het avondmaal?'

'Dat is waar ook. Het etensuur is nu voorbij. De monniken zijn al naar de completen. Maar misschien is de keuken nog open. Ga maar iets zoeken.'

'Stelen?'

'Vragen. Aan Salvatore, die inmiddels je vriend is geworden.'

'Maar dan zal hij stelen!'

'Ben je soms je broeders hoeder?' vroeg William met de woorden van

Kaïn. Maar ik zag dat hij een grapje maakte en bedoelde dat God groot en barmhartig is. Daarom ging ik op zoek naar Salvatore en vond hem bij de paardenstallen.

'Mooi dier,' zei ik, op Brunello wijzend, meer om een gesprek te beginnen. 'Ik zou hem best willen berijden.'

'Kan niet. Abbonis est. Maar niet nodig goed paard pour courir vite...' Hij wees naar een stevige maar plompe knol: 'Ook die sufficit... Vide illuc, tertius equi...'

Hij wilde me het derde paard aanwijzen. Ik lachte om zijn allerkoddigst Latijn. 'Wat ga je dan met hem doen?' vroeg ik.

Daarop vertelde hij me een vreemd verhaal. Hij zei dat je elk willekeurig paard, ook het oudste en slapst op de benen staande dier, even snel kon maken als Brunello. Dan moest je een kruid dat satirion heet goed fijngehakt door zijn haver mengen en verder zijn dijen met hertenvet insmeren. Daarna bestijg je het paard, draait, voordat je het de sporen geeft, zijn snuit naar het oosten en fluistert hem driemaal de woorden 'Kaspar, Melchior, Balthasar' in het oor. Het paard schiet dan als een pijl uit de boog weg en legt in één uur dezelfde afstand af als Brunello in acht uur. En als je ook nog de tanden van een wolf, die door het paard zelf in zijn vaart was gedood, om zijn hals hing, zou het dier zelfs geen vermoeidheid voelen.

Ik vroeg hem of hij het ooit had geprobeerd. Hij kwam behoedzaam op me toe en fluisterde me in het oor, zijn werkelijk onaangename adem in mijn gezicht blazend, dat dat erg moeilijk was, want satirion wordt tegenwoordig alleen door de bisschoppen en de met hen bevriende ridders gekweekt, die het gebruiken om hun macht te vergroten. Ik maakte een eind aan zijn verhaal en zei dat mijn meester die avond in zijn cel een paar boeken wilde lezen en graag daar wilde eten.

'Facio mi,' zei hij, 'facio el casio in pastelletto.'

'Kaas in het pannetje? Hoe maak je dat?'

'Facilis. Pak el casio die niet is te oud, niet te zout, en snijden in plakjes of blokjes o sicut te piace. Et postea een piezeltje butierro of structo fresco à réchauffer sobre la brasia. En hup daarin twee plakken casio, en als je denkt dat is al zacht, zucharum et canella erop positurum du bis. En meteen in tabula, want je moet hem eten caldo caldo.'

'Maak die casio in pastelletto maar,' zei ik. En hij verdween naar de keuken, nadat hij me had gevraagd om op hem te wachten. Een halfuur later kwam hij terug met een schaal waarover een doek was gelegd. Het rook lekker.

'Tene,' zei hij, en hij reikte me tevens een grote lamp vol met olie aan. 'Wat moet ik daarmee?' vroeg ik.

'Sais pas, moi,' zei hij met een gluiperige blik. 'Fileisch jouw magister wil ire in donkere plaats esta noche.'

Salvatore wist klaarblijkelijk meer dan ik vermoedde. Ik vroeg niet verder en bracht het eten naar William. We aten en daarna trok ik me in mijn cel terug. Tenminste, ik deed alsof. Ik wilde Ubertino nog opzoeken en sloop heimelijk de kerk in.

DERDE DAG
NA DE COMPLETEN

Waarin Adson van Ubertino de geschiedenis van fra Dolcino hoort,
andere geschiedenissen uit zijn herinnering ophaalt of op eigen houtje
in de bibliotheek leest, en vervolgens een onverwachte ontmoeting heeft met
een mooi meisje, geducht als een leger in slagorde.

◆

Ik trof Ubertino inderdaad aan bij het beeld van de Heilige Maagd. Ik knielde zwijgend naast hem neer en veinsde (ik beken het) enige tijd te bidden. Daarna vatte ik moed en sprak hem aan.

'Heilige vader,' zei ik, 'mag ik u om licht en raad vragen?'

Ubertino keek me aan, greep mijn hand, stond op en voerde me mee naar een bank waar hij me naast zich liet plaatsnemen. Hij sloeg zijn arm stevig om me heen en ik kon zijn adem in mijn gezicht voelen.

'Mijn dierbare zoon,' zei hij, 'alles wat deze arme, oude zondaar voor jouw ziel kan doen, zal met vreugde worden gedaan. Wat kwelt je? De begeerte, nietwaar?' vroeg hij met iets van begeerte in zijn eigen stem, 'de begeerte van het vlees?'

'Nee,' antwoordde ik blozend, 'hoogstens de begeerte van de geest, die te veel dingen wil kennen...'

'Dat is verkeerd. De Heer kent de dingen, onze taak is slechts Zijn wijsheid te aanbidden.'

'Maar onze taak is ook het goede van het kwade te onderscheiden en de menselijke hartstochten te begrijpen. Ik ben een novice, maar ik zal eens monnik en priester zijn, en ik moet leren waar het kwaad is en hoe het eruitziet, om ooit in staat te zijn het te herkennen en anderen te leren het te herkennen.'

'Dat is juist, mijn jongen. Wat wil je kennen?'

'De woekerplant van de ketterij, vader,' zei ik kordaat. En toen, in één adem: 'Ik heb horen praten over een boosaardig man die anderen heeft verleid, fra Dolcino.'

Ubertino zweeg even. Toen zei hij: 'Het is waar, je hebt hem eergisteren in mijn gesprek met frater William horen noemen. Maar het is een heel lelijke geschiedenis, waarover ik het pijnlijk vind te spreken, omdat zij leert (ja, in die zin zou je haar moeten kennen, om er nuttige lering uit te trekken), omdat zij leert, zei ik, hoe uit de liefde voor boetedoening en uit het verlangen de wereld te louteren bloed en vernietiging kunnen voortkomen.' Hij ging wat gemakkelijker zitten, zijn greep om mijn schouders werd iets losser maar zijn hand bleef op mijn hals rusten, alsof hij mij zijn wijsheid of wellicht zijn innerlijk vuur wilde mededelen.

'De geschiedenis begint al vóór fra Dolcino,' zei hij, 'meer dan zestig jaar geleden, ik was nog een kind. Het was in Parma. Daar begon een zekere Gherardo Segalelli te prediken en alle mensen op te roepen tot een leven van boetedoening, waarbij hij door de straten liep onder het roepen van "penitenziagite!", wat voor hem als ongeletterd man een manier was om te zeggen: "Penitentiam agite, appropinquabit enim regnum coelorum." Hij riep zijn leerlingen op net zo te worden als de apostelen, en hij wilde dat zijn sekte naar de orde van de apostelen zou worden genoemd en dat zijn volgelingen als arme bedelaars door de wereld zouden trekken, uitsluitend van aalmoezen levend...'

'Net als de fraticelli,' zei ik. 'Was dat niet de opdracht van Onze Heer en van uw Franciscus?'

'Jawel,' gaf Ubertino met een zucht en een lichte aarzeling in zijn stem toe. 'Maar Gherardo overdreef misschien. Hij en de zijnen werden ervan beschuldigd dat zij het gezag van priesters, de viering van de mis en de biecht niet meer erkenden en in ledigheid rondzwierven.'

'Maar daarvan werden ook de spirituele franciscanen beschuldigd. En zeggen de minorieten in onze tijd niet dat het gezag van de paus niet moet worden erkend?'

'Ja, maar dat geldt niet voor de priesters. Wijzelf zijn priesters. Het is moeilijk in deze dingen onderscheid te maken, jongen. De grens die het goede van het kwade scheidt is zo smal... Gherardo heeft op de een of andere manier verkeerd gehandeld en zich aan ketterij schuldig gemaakt... Hij heeft verzocht tot de orde van de minderbroeders te worden toegelaten, maar onze medebroeders hebben hem niet aangenomen. Hij bracht zijn dagen in de kerk van onze broeders door en zag daar schilderingen van de apostelen met sandalen aan hun voeten en mantels om hun schouders, en daarom liet hij zijn haar en baard groeien, trok sandalen aan en deed het koord van de minderbroeders om; want iedereen die een nieuwe congregatie wil stichten, neemt altijd iets van de orde van de zalige Franciscus over.'

'Maar dan was hij op de rechte weg...'

'Toch heeft hij verkeerde dingen gedaan... Met zijn witte mantel over zijn witte hemd en met zijn lange haren verwierf hij zich bij de eenvoudigen een roep van heiligheid. Hij verkocht een huisje dat hij bezat en toen hij het geld ervoor had ontvangen, ging hij op een steen staan, zo een waarop in vroeger tijden de stadsbestuurders hun redevoeringen plachten te houden, met de zak geld in zijn hand. En hij strooide het niet uit, gaf het ook niet aan de armen, maar riep een groep rabauwen die daar in de buurt aan het dobbelen waren en strooide het voor hen uit, zeggend: "Wie wil neme ervan", en die rabauwen pakten het geld en gingen het verspelen en zij lasterden de levende God, en hij die had gegeven, hoorde en bloosde niet.'

'Maar ook Franciscus ontdeed zich van al zijn bezit, en ik hoorde vandaag van William dat hij ging preken voor kraaien en sperwers, en ook voor de melaatsen, dus voor het uitvaagsel dat door het volk van hen die zich deugdzaam noemden buiten de gemeenschap werd gehouden…'

'Jawel, maar Gherardo deed verkeerde dingen, Franciscus heeft nooit een botsing uitgelokt met de heilige Kerk, en het evangelie zegt dat men aan de armen moet geven, niet aan rabauwen. Gherardo gaf en ontving niets terug, want hij had aan slechte mensen gegeven; hij begon slecht, ging slecht verder en eindigde slecht, want zijn congregatie werd door paus Gregorius afgekeurd.'

'Misschien,' zei ik, 'had die paus een minder vooruitziende blik dan de paus die de regel van Franciscus goedkeurde…'

'Ja, maar Gherardo deed verkeerde dingen. En bovendien, jongen, wilden deze varkens- en koeienhoeders, die opeens pseudoapostelen werden, zorgeloos en zonder zich in het zweet te werken leven van de aalmoezen van degenen die door de minderbroeders met zo veel moeite en met zo'n heldhaftig voorbeeld van armoede waren opgevoed! Maar daar gaat het niet om,' voegde hij er onmiddellijk aan toe, 'het gaat erom dat Gherardo Segalelli, om op de apostelen te gelijken, die nog joden waren, zich liet besnijden, hetgeen strijdig is met de woorden van Paulus aan de Galaten – en jij weet dat vele heilige personen voorspellen dat de komende Antichrist uit het volk der besnedenen zal komen… Maar Gherardo deed nog ergere dingen, hij verzamelde de eenvoudigen en zei: "Komt met mij in de wijngaard", en zij die hem niet kenden, gingen met hem mee naar de wijngaard van een ander, in de veronderstelling dat het de zijne was, en aten de druiven van anderen…'

'De minderbroeders zullen toch niet degenen zijn geweest die andermans bezit verdedigden,' zei ik vrijpostig.

Ubertino keek me streng aan: 'De minderbroeders verlangen arm te zijn, maar ze hebben nooit van de anderen verlangd dat zij arm zijn. Je kunt je niet ongestraft aan het bezit van goede christenen vergrijpen, want de goede christenen zullen je als bandiet bestempelen. Dat gebeurde ook met Gherardo. Van hem werd ten slotte verteld (let wel, ik weet niet of het waar is, ik ga af op de woorden van frater Salimbene, die die mensen heeft gekend) dat hij, om zijn wilskracht en zijn kuisheid op de proef te stellen, met verscheidene vrouwen sliep zonder geslachtsgemeenschap te hebben; maar toen zijn leerlingen trachtten hem na te volgen, waren de resultaten wel anders… Ach, dat zijn geen dingen die een jonge knaap moet horen, de vrouw is het vat des duivels… Gherardo bleef "penitenziagite" roepen, maar een van zijn leerlingen, een zekere Guido Putagio, reed met veel pracht en praal en talloze rijdieren rond, voerde een grote staat en richtte banketten aan zoals de kardinalen van de Kerk van Rome doen. Daarop ontstond er een vete tussen hen om de leiding van de sekte, waarbij de meest schandelijke dingen gebeurden. Toch sloten velen zich bij Gherardo aan, niet alleen boeren, maar ook stedelingen, en Gherardo liet hen al hun kleren uittrekken opdat zij naakt de naakte Christus zouden volgen, en hij zond hen de wereld in om te prediken, maar zelf liet hij zich uit stevig garen een wit kleed zonder mouwen maken, en zo uitgedost leek hij eerder een nar dan een religieus! Ze leefden in de openlucht, maar soms vielen ze midden in de samenkomst van het vrome volk de kerken binnen, klommen op de preekstoelen en joegen de predikanten eraf, en één keer zetten ze een kind op de bisschopstroon van de Sant' Orsokerk in Ravenna. En ze noemden zich erfgenamen van de leer van Joachim van Fiore…'

'Maar dat deden de franciscanen ook, en Gerard van Borgo San Donnino, en uzelf!' riep ik uit.

'Kalm aan, jongen. Joachim van Fiore was een groot profeet en de eerste die begreep dat Franciscus de vernieuwing van de Kerk zou inluiden. Maar de pseudoapostelen misbruikten zijn leer om hun dwaasheden te rechtvaardigen. Segalelli trok rond met een apostelin, een zekere Tripia of Ripia, die beweerde de gave van de profetie te bezitten. Een vrouw, begrijp je?'

'Maar vader,' probeerde ik tegen te werpen, 'uzelf sprak de vorige keer over de heiligheid van Clara van Montefalco en Angela van Foligno.'

'Zij waren heiligen! Ze leefden in nederigheid en erkenden de macht van de Kerk, zij hebben zich nooit enige profetische gave aangematigd! De pseudoapostelen daarentegen beweerden dat ook vrouwen van stad tot stad konden trekken om te prediken, zoals bij vele andere ketters gebeurde. Ze kenden geen enkel verschil meer tussen gehuwden en ongehuwden, en geen enkele gelofte werd meer als eeuwig beschouwd. Kort en goed, bisschop

Obizzo van Parma besloot ten slotte Gherardo in de boeien te slaan. Maar toen gebeurde er iets vreemds, waaraan je kunt zien hoe zwak de menselijke natuur is en hoe verraderlijk het onkruid van de ketterij. Want de bisschop liet Gherardo weer vrij en noodde hem aan zijn dis en lachte om zijn grollen en hield hem bij zich als zijn nar.'

'Waarom deed hij dat?'

'Ik weet het niet, of liever, ik vrees dat ik het wel weet. De bisschop was van adel en had niet zoveel op met de kooplui en handwerkslieden van de stad. Misschien was het hem niet onwelgevallig dat Gherardo zich met zijn armoedepreken tegen hen keerde en van het vragen om aalmoezen overstapte op roof. Maar ten slotte kwam de paus tussenbeide en de bisschop keerde terug tot de gestrengheid waartoe hij verplicht was. Gherardo eindigde als onboetvaardig ketter op de brandstapel.'

'En wat heeft fra Dolcino met dit alles te maken?'

'Hij heeft er zeer zeker mee te maken, en daaruit kun je leren dat de ketterij de uitroeiing van de ketters zelf overleeft. Deze Dolcino was een onwettig kind van een priester die in dit deel van Italië woonde, iets meer naar het noorden. Sommigen zeiden dat hij ergens anders was geboren, in de Valle dell'Ossola, of in Romagnano, maar dat doet er weinig toe. Hij was een zeer schrandere jongeman en werd in de letteren opgeleid, maar hij bestal de priester die zijn opvoeding verzorgde en vluchtte naar het oosten, naar de stad Trente. Daar vatte hij de prediking van Gherardo opnieuw op, hij beweerde de enige ware apostel Gods te zijn en zei dat alles in de liefde gemeenschappelijk moest zijn en dat het geoorloofd was zich met alle vrouwen, zonder onderscheid, in te laten, zodat niemand van concubinaat kon worden beschuldigd, zelfs al had hij betrekkingen met vrouw en dochter...'

'Predikte hij deze dingen werkelijk of werd hij ervan beschuldigd? Want ik heb gehoord dat ook de spirituelen van zulke misdaden werden beschuldigd, zoals die fraters van Montefalco...'

'De hoc satis,' onderbrak Ubertino mij bruusk. 'Dat waren geen fraters meer. Het waren ketters. Door Dolcino het slijk in getrokken. Trouwens, luister goed, je hoeft alleen maar te weten wat Dolcino daarna deed, om hem als booswicht te brandmerken. Hoe hij op de hoogte was gekomen van de leerstellingen der pseudoapostelen, weet ikzelf niet. Misschien was hij als jongeman in Parma geweest en had hij Gherardo gehoord. Maar zeker is dat hij zijn prediking in Trente begon. Daar verleidde hij een beeldschoon meisje van adellijke familie, Margherita, of zij verleidde hem, zoals Héloïse Abélard verleidde, want bedenk wel, de vrouw is het instrument waardoor de duivel in het hart van de mannen doordringt! Naar aanleiding daarvan verjoeg de bisschop van Trente hem uit zijn diocees, maar Dolcino had toen al meer dan duizend volgelingen om zich heen verzameld en begon aan een lange mars die hem terugvoerde naar de contreien waar hij was geboren. En onderweg sloten andere begoochelden, aangetrokken door zijn woorden, zich bij hem aan, en misschien kreeg hij ook veel aanhang van de ketterse sekte der waldenzen, die zich ophielden in de bergen waar hij doorheen trok. In de buurt van Novara gekomen, trof Dolcino een gunstige sfeer aan voor zijn oproerige beweging. De vazallen die in naam van de bisschop van Vercelli het dorp Gattinara bestuurden, waren namelijk door de bevolking verjaagd, en de dorpelingen haalden toen de bandieten van Dolcino als goede bondgenoten in.'

'Wat hadden de vazallen van de bisschop misdaan?'

'Dat weet ik niet en het is ook niet aan mij erover te oordelen. Er heerste in de stad Vercelli een familievete, daar deden de pseudoapostelen hun voordeel mee, en de families in kwestie trokken weer profijt van de door de pseudoapostelen teweeggebrachte wanorde. De feodale heren ronselden avonturiers om de stedelingen te beroven, en de stedelingen vroegen de bisschop van Novara om bescherming.'

'Wat een ingewikkelde geschiedenis. Maar aan welke kant stond Dolcino?'

'Ik weet het niet, hij vormde een partij voor zichzelf. Hij had zich in al deze schermutselingen gemengd en nam de gelegenheid te baat om in naam van de armoede de strijd tegen andermans bezit te prediken. Dolcino legerde zich met de zijnen, inmiddels drieduizend in getal, op een berg in de buurt van Novara, de Parete Calva genaamd; daar bouwden ze kleine burchten en woningen, en Dolcino had de leiding over heel die menigte mannen en vrouwen die in de meest schandelijke promiscuïteit leefden. Van daaruit zond hij brieven aan zijn getrouwen, waarin hij schreef dat hun ideaal de armoede was en dat zij aan niemand buiten de gemeenschap gehoorzaamheid verschuldigd waren, en dat hij, Dolcino, door God was gezonden om de zegels van de profetieën te verbreken en de geschriften van het Oude en het Nieuwe Testament te begrijpen. Hij noemde wereldgeestelijken, predikheren en minderbroeders dienaren van de duivel en ontsloeg eenieder van de plicht hen te gehoorzamen. En hij onderscheidde vier tijdperken in het leven van het volk Gods: het eerste dat van het Oude Testament, van de patriarchen en profeten, vóór de komst van Christus, waarin het huwelijk goed was omdat de mensen zich moesten vermenigvuldigen; het tweede dat van Christus en de apostelen, het tijdperk van heiligheid en kuisheid. Daarop kwam het derde tijdperk, waarin de pausen aanvankelijk de aardse rijkdommen moesten aanvaarden om het volk te kunnen regeren; maar toen de mensen zich van Gods liefde begonnen af te wenden, kwam Benedictus, die zich uitsprak tegen elk aards bezit. Toen vervolgens ook de monniken van Benedictus opnieuw rijkdommen gingen vergaren, kwamen de broeders van de heilige Franciscus en van de heilige Dominicus, die met nog grotere gestrengheid dan Benedictus tegen aardse heerschappij en aardse rijkdom predikten. Maar nu het leven van zovele prelaten wederom al die goede voorschriften weersprak, was men ten slotte aan het einde van het derde tijdperk gekomen en diende men zich tot het onderricht van de apostelen te bekeren.'

'Maar dan predikte Dolcino hetzelfde als de franciscanen hadden gepredikt, en onder de franciscanen met name de spirituelen, en uzelf, vader!'

'Jazeker, maar hij leidde er een verraderlijk syllogisme uit af! Hij zei dat het, om een einde te maken aan dit derde tijdperk van de corruptie, noodzakelijk was dat alle prelaten van de Kerk, alle leden van de clerus, de kloosterbroeders en kloosterzusters, dominicanen, franciscanen, eremieten, en paus Bonifatius zelf, moesten worden uitgeroeid door de keizer die hij, Dolcino, daartoe zou uitverkiezen, en dat zou dan Frederik van Sicilië zijn.'

'Maar was het niet juist Frederik die de uit Umbrië verjaagde spirituelen welwillend op Sicilië ontving, en zijn het niet juist de minorieten die verlangen dat de keizer de wereldlijke macht van de paus vernietigt?'

'Het is een kenmerkende eigenschap van de ketterij de meest rechtschapen gedachten zo te verdraaien dat ze voeren tot consequenties die tegengesteld zijn aan de wetten van God. De minorieten hebben de keizer nooit gevraagd de andere priesters te doden.'

Hij vergiste zich, dat weet ik nu. Want toen de Beier enkele maanden later in Rome zijn gezag vestigde, deden Marsilius en andere minorieten met de pausgetrouwe geestelijken precies wat Dolcino had verlangd dat men zou doen. Hiermee wil ik niet zeggen dat Dolcino op de goede weg was, men kan beter zeggen dat Marsilius eveneens dwaalde. Ik begon me echter af te vragen, vooral na het gesprek van die middag met William, hoe het voor de eenvoudigen die Dolcino volgden mogelijk was onderscheid te maken tussen de beloften van de spirituelen en die van Dolcino. Was hij niet juist in praktijk aan het brengen wat anderen in een zuiver mystieke sfeer hadden gepredikt? Of was het verschil misschien daarin gelegen dat heiligheid bestaat in afwachten tot God ons geeft wat Zijn heiligen hebben beloofd, zonder te proberen het met aardse middelen te verwerven? Nu weet ik dat het zo is en waarom Dolcino dwaalde: men moet de orde der dingen niet veranderen, ook al moet men vurig op verandering ervan hopen. Maar die avond was ik ten prooi aan tegenstrijdige gedachten.

'Tenslotte,' vervolgde Ubertino, 'is het merkteken van de ketterij altijd te vinden in de hoogmoed. Op een gegeven moment had Dolcino zichzelf benoemd tot hoogste leider van de apostolische congregatie, en had hij zelfs een vrouw, de goddeloze Margherita, als een van zijn plaatsvervangers gekozen. En hij kondigde de Papa Angelicus aan over wie abt Joachim had gesproken, die door God zou worden uitverkoren, en dan zouden Dolcino en al de zijnen (dat waren er toen al vierduizend) tezamen de genade van de Heilige Geest ontvangen. Maar in de drie jaren die aan zijn komst voorafgingen, zou al het kwaad moeten worden uitgeroeid. En dat trachtte Dolcino te doen, door overal oorlog te ontketenen. De paus die toen kwam – en hier ziet men welk een spel de duivel met zijn handlangers speelt – was Clemens v, die de kruistochten tegen Dolcino afkondigde. En terecht, want Dolcino beweerde intussen in zijn brieven dat de Roomse Kerk een hoer is, dat men de priesters geen gehoorzaamheid meer verschuldigd was, dat alleen de apostelen de nieuwe Kerk vormden en het huwelijk nietig konden verklaren, dat geen enkele paus van de zonde kon ontslaan, dat men geen tienden moest betalen, dat een leven zonder gelofte volmaakter was dan een leven met gelofte, dat een geconsacreerde kerk minder waarde heeft dan een stal, en dat men Christus zowel in bossen als in kerken kan aanbidden.'

'Zei hij dat alles werkelijk?'

'Hij deed nog ergere dingen. Toen hij zich op de Parete Calva had gevestigd, begon hij om zich te bevoorraden strooptochten te ondernemen en de dorpen in het dal te plunderen. Men had inmiddels een van de strengste winters in tientallen jaren meegemaakt en in de hele streek heerste groot gebrek. Het leven op de Parete Calva was ondraaglijk geworden en de honger werd zo nijpend dat ze het vlees van paarden en andere dieren aten, en gekookt hooi. Velen stierven eraan.'

'Tegen wie vochten ze toen eigenlijk?'

'De bisschop van Vercelli had een beroep gedaan op Clemens v en deze had tot een kruistocht tegen de ketters opgeroepen. Er werd een volle aflaat afgekondigd voor eenieder die eraan zou deelnemen, de medewerking van Lodewijk van Savoye, de inquisiteurs van Lombardije en de aartsbisschop van Milaan werd ingeroepen. Velen namen het kruis op om de bevolking van Vercelli en Novara te hulp te komen, ook uit Savoye, de Provence en Frankrijk, en de bisschop van Vercelli kreeg het opperbevel. Er vonden voortdurend gevechten plaats tussen de voorhoeden van de beide legers, maar de vesting van Dolcino was onneembaar, en op de een of andere manier kregen de goddelozen hulp.'

'Van wie?'

'Van andere goddelozen, denk ik, die zich verkneukelden in deze haard van wanorde. Tegen het eind van het jaar 1305 zag de aartsketter zich echter gedwongen de Parete Calva te verlaten. Hij liet zieken en gewonden achter en week uit naar het gebied van Trivero, waar hij zich op een berg verschanste, die tot dusverre de naam Zubello had gedragen maar van toen af aan Rubello of Rebello werd genoemd, omdat het de vesting van de rebellen tegen de Kerk was geworden. Enfin, ik kan je niet alles vertellen wat er gebeurde, maar het waren vreselijke slachtpartijen. Ten slotte werden de rebellen toch tot overgave gedwongen, Dolcino en de zijnen werden gevangengenomen en ondergingen hun gerechte straf op de brandstapel.'

'Ook de schone Margherita?'

Ubertino keek me aan: 'Je hebt onthouden dat ze mooi was, nietwaar? Ze was mooi, zegt men, en vele plaatselijke heren trachtten haar tot hun bruid te maken om haar van de brandstapel te redden. Maar zij wilde niet, ze stierf onboetvaardig met die onboetvaardige minnaar van haar. En moge dit je tot lering strekken: wees op je hoede voor de hoer van Babylon, ook als zij de gedaante van het meest verrukkelijke schepsel aanneemt.'

'Maar vertelt u me nu eens, vader. Ik heb gehoord dat de cellarius van het klooster, en misschien ook Salvatore, Dolcino hebben ontmoet en op de een of andere manier tot zijn groep hebben behoord...'

'Zwijg, en spreek geen lichtvaardige oordelen uit. Ik heb de cellarius in een minorietenklooster leren kennen, na de gebeurtenissen die in verband stonden met de geschiedenis van Dolcino, dat is waar. Vele spirituelen leidden in die jaren, voordat we besloten onze toevlucht te zoeken bij de orde van de heilige Benedictus, een onrustig bestaan en moesten hun kloosters verlaten. Ik weet niet waar Remigio is geweest voordat ik hem ontmoette. Ik weet dat hij altijd een goed minderbroeder was, trouw aan de leer van de Kerk. Wat de rest betreft... helaas, het vlees is zwak...'

'Wat bedoelt u daarmee?'

'Het zijn geen dingen die jij behoort te weten. Hoewel, ach, nu we er toch over hebben gesproken en je moet leren goed van kwaad te onderscheiden...' hij aarzelde nog. 'Welnu dan, ik heb hier, in de abdij, horen fluisteren dat de cellarius geen weerstand kan bieden aan bepaalde bekoringen... Maar het zijn geruchten. Jij moet leren niet eens aan dit soort dingen te denken.' Hij trok me opnieuw dicht tegen zich aan en wees me op het beeld van de Heilige Maagd: 'Jij moet leren wat de onbevlekte liefde is. Ziedaar degene in wie de vrouwelijkheid zich heeft gesublimeerd. Daarom kun je van haar zeggen dat zij mooi is, zoals de geliefde uit het Hooglied. In haar,' zei hij met een gezicht dat straalde van een innerlijke vreugde, precies zoals dat van de abt een dag tevoren toen hij over zijn edelstenen en zijn gouden vaten sprak, 'in haar wordt zelfs de bekoorlijkheid van het lichaam tot teken van de hemelse schoonheden, en daarom heeft de beeldhouwer haar uitgebeeld met alle bekoorlijkheden waarmee een vrouw moet zijn getooid.' Hij wees me op de sierlijke boezem van de Heilige Maagd, hoog opgehouden door een strak keursje dat in het midden was dichtgesnoerd met veters, waarmee de handjes van het Kind speelden. 'Zie je de bekoorlijkheid van haar kleine, kuise borsten? Pulchra enim sunt ubera quae paululum supereminent et tument modice, nec fluitantia licenter, sed leniter restricta, repressa sed non depressa… Wat gaat er bij deze lieflijke aanblik door je heen?'

Ik bloosde hevig, want ik voelde me in beroering gebracht als door een innerlijk vuur. Ubertino merkte het vast en zeker, of misschien zag hij de gloed op mijn wangen, want hij voegde er dadelijk aan toe: 'Maar je moet leren onderscheid te maken tussen het vuur van de bovennatuurlijke liefde en de zwijmeling van de zinnen. Dat is zelfs voor heiligen moeilijk.'

'Maar hoe herken je de goede liefde?' vroeg ik bevend.

'Wat is liefde? Er is niets op de wereld, mens noch duivel, noch willekeurig welk ding, dat ik met zo veel achterdocht beschouw als de liefde, want zij dringt dieper in de ziel dan wat ook. Niets neemt het hart zozeer in beslag en bindt het zozeer als de liefde. Daarom zal de ziel, tenzij zij over de wapens beschikt die haar in bedwang houden, door de liefde in een onmetelijke afgrond storten. Ik geloof dat Dolcino zich zonder de bekoringen van Margherita niet in het verderf zou hebben gestort en dat zonder het leven van schaamteloze promiscuïteit op de Parete Calva niet zovelen de aantrekkingskracht van zijn rebellie zouden hebben ondervonden. Let wel, wat ik zeg geldt niet alleen voor de slechte liefde, die natuurlijk door iedereen als duivelswerk moet worden gemeden, het geldt ook, en ik zeg het met grote vreze, voor de goede liefde die bestaat tussen God en de mens, tussen de mens en zijn naaste. Dikwijls gebeurt het dat twee of drie personen, mannen of vrouwen, met heel hun hart van elkaar houden en wederzijds een bijzondere genegenheid koesteren; ze verlangen steeds bij elkaar te leven, en als de een iets wenst, dan wil de ander het. En ik beken je dat ik een dergelijk gevoel heb gekoesterd voor deugdzame vrouwen zoals Angela en Clara. Welnu, ook dit is zeer afkeurenswaardig, hoezeer het ook op geestelijke wijze en omwille van God geschiedt... Want ook de liefde die van de ziel uitgaat zal, als zij niet gewapend is maar in hartstocht wordt beleefd, ten slotte wegkwijnen of zich op wanordelijke wijze manifesteren. Ach, de liefde heeft verschillende kenmerken, eerst wordt de ziel door haar vertederd, vervolgens wordt ze ziek... Maar dan opeens voelt zij de ware gloed van de goddelijke liefde en schreeuwt, en kreunt, zij wordt als een steen, in de oven gelegd om tot kalk uiteen te vallen, en knettert onder de lekkende vlammen...'

'En is dat goede liefde?'

Ubertino streelde over mijn hoofd, en toen ik hem aankeek, zag ik dat zijn ogen vochtig waren van tranen: 'Ja, dat is eindelijk de goede liefde.' Hij nam zijn hand van mijn schouder. 'Maar wat is het moeilijk,' voegde hij eraan toe, 'wat is het moeilijk haar van de andere te onderscheiden. En soms, als je ziel door de duivels wordt verlokt, voel je je als een man die met de strop om zijn nek, geblinddoekt en met zijn handen op zijn rug gebonden, aan de galg blijft hangen en toch leeft, zonder enige hulp, zonder enige steun, zonder enig uitzicht op redding, bungelend in de leegte...'

Zijn gezicht was niet alleen meer nat van tranen, maar ook bepareld met zweet. 'Ga nu weg,' zei hij haastig, 'ik heb je verteld wat je wilde weten. Aan deze zijde het koor van de engelen, aan gene de muil van de hel. Ga, en geloofd zij de Heer.' Hij knielde opnieuw voor de Heilige Maagd neer en ik hoorde hem zachtjes snikken. Hij bad.

Ik verliet de kerk niet. Het gesprek met Ubertino had mijn gemoed en mijn hele wezen vervuld met een vreemde gloed en een onzegbare onrust. Misschien kwam er daarom een neiging tot ongehoorzaamheid in me op, en ik besloot alleen naar de bibliotheek terug te gaan. Ik wist zelf niet wat ik zocht. Ik wilde nu eens alleen een onbekende plaats verkennen, en de gedachte er zonder de hulp van mijn meester de weg te kunnen vinden, bekoorde me. Ik zou naar boven gaan zoals Dolcino de berg Rubello had beklommen.

Ik had de lamp bij me (waarom had ik die meegebracht? koesterde ik dit geheime plan soms al?) en liep bijna met mijn ogen dicht het ossuarium in. Even later was ik in het scriptorium.

Het was een door het noodlot getekende avond, denk ik, want toen ik tussen de tafels rondsnuffelde, ontdekte ik er een waarop een opengeslagen manuscript lag dat in die dagen door een monnik werd gekopieerd. De titel trok me onmiddellijk aan: *Historia fratris Dulcini Heresiarche*. Ik geloof dat het de tafel van Pietro van Sant'Albano was, van wie mij was verteld dat hij een monumentale geschiedenis van de ketterij aan het schrijven was. Het was dus niet zo ongewoon dat die tekst hier lag, en er waren andere over aanverwante onderwerpen, over de patarini en de flagellanten. Mij kwam deze omstandigheid evenwel voor als een bovennatuurlijk teken – of het uit de hemel of uit de hel kwam, weet ik nog niet – en ik begon gretig te lezen. De tekst was niet zo lang en in het eerste deel stond, met veel meer details, die ik ben vergeten, hetzelfde als Ubertino me had verteld. Er werd ook gesproken over de talrijke misdaden die door Dolcino en de zijnen tijdens de oorlog en het beleg waren gepleegd. En over de beslissende slag, die uiterst wreed was. Maar ik vond er ook dingen in die Ubertino me niet had verteld en die kennelijk het relaas waren van iemand die alles had gezien en het zich nog levendig voor de geest had staan.

Zo vernam ik dat in maart 1307, op paaszaterdag, Dolcino, Margherita en zijn andere plaatsvervangers ten slotte gevangen werden genomen, naar de stad Biella werden gevoerd en overgedragen aan de bisschop, die de beslissing van de paus afwachtte. Toen de paus het bericht ontving, stelde hij koning Filips van Frankrijk ervan in kennis met een brief waarin hij schreef: 'Wij hebben zeer welkom nieuws ontvangen, dat ons vervult met blijdschap en jubel, want eindelijk is die verpestende duivel, dat Belialskind, die verfoeilijke aartsketter Dolcino, na veel gevaren, inspanningen, bloedbaden en allerhande ingrepen, met zijn volgelingen in onze kerkers opgesloten door toedoen van onze eerbiedwaardige broeder Raniero, bisschop van Vercelli. Hij werd gevangengenomen op de dag van het laatste avondmaal Onzes Heren, en de talrijke menigte die met hem was en door de besmetting was aangestoken, werd diezelfde dag nog gedood.'

De paus was meedogenloos ten aanzien van de gevangenen en beval de bisschop hen ter dood te brengen. Aldus werden de ketters in juli van datzelfde jaar, op de eerste dag van de maand, aan de wereldlijke arm overgedragen. Terwijl de klokken van de stad uit alle macht beierden, werden zij op een wagen gezet en, omringd door de beulen en gevolgd door de militie, door de hele stad gereden, terwijl hun op elke straathoek met gloeiende tangen stukken vlees van het lijf werden gerukt. Margherita werd als eerste verbrand, voor de ogen van Dolcino, die geen spier vertrok, zoals hij ook geen klacht had geuit toen de tangen zijn leden folterden. Daarop vervolgde de wagen zijn weg, terwijl de beulen hun tangen in ketels vol brandende fakkels staken. Dolcino onderging nog meer martelingen, steeds zonder een kik te geven, alleen toen zijn neus werd afgesneden, trok hij zijn schouders een beetje samen en toen zijn manlijk lid werd afgerukt, slaakte hij een lange zucht, als het janken van een hond. De laatste dingen die hij zei klonken naar onboetvaardigheid, en hij kondigde aan dat hij op de derde dag zou verrijzen. Zijn as werd in de wind verstrooid.

Ik deed het manuscript met trillende handen dicht. Dolcino had vele misdaden gepleegd, maar hij was op een gruwelijke manier verbrand. En op de brandstapel had hij zich gedragen... ja, hoe? Met de standvastigheid der martelaren of met de halsstarrigheid der verdoemden? Terwijl ik wankelend de trap opliep die naar de bibliotheek voerde, begreep ik waarom ik zo ontdaan was. Ik herinnerde me opeens een scène die ik slechts enkele maanden daarvoor, kort na mijn aankomst in Toscane, had gezien. Ik vroeg me zelfs af hoe het mogelijk was dat ik haar tot dan toe bijna was vergeten, alsof mijn zieke ziel een herinnering had willen uitwissen die als een nachtmerrie op haar drukte. Of liever, ik was haar niet vergeten, want elke keer als ik over fraticelli hoorde praten, zag ik beelden van dat gebeuren weer voor me, maar onmiddellijk dreef ik ze dan terug naar de diepste schuilhoeken van mijn geest, alsof het een zonde was van die verschrikking getuige te zijn geweest.

De eerste keer dat ik over fraticelli hoorde spreken, was in de dagen dat ik, in Florence, er een op de brandstapel had zien branden. Het was kort voordat ik in Pisa frater William ontmoette. Hij had zijn komst naar die stad nog even moeten uitstellen en mijn vader had me verlof gegeven een bezoek te brengen aan Florence, omdat we veel lovends hadden gehoord over haar prachtige kerken. Ik had enige tijd door Toscane rondgereisd om de Italiaanse volkstaal wat beter te leren, en was ten slotte voor een week naar Florence gegaan, verlangend om de stad waarover ik zoveel had gehoord te leren kennen.

Het toeval wilde dat ik dadelijk bij aankomst al hoorde praten over een geruchtmakend geval dat de hele stad in beroering bracht. Een ketterse fraticello, beschuldigd van misdaden tegen de godsdienst, was aan de bisschop en andere geestelijken voorgeleid en werd in die dagen door de inquisitie aan een streng verhoor onderworpen. Ik volgde degenen die mij erover vertelden naar de plaats waar het gericht werd gehouden. Onderweg hoorde ik de mensen zeggen dat deze fraticello, Michele genaamd, in werkelijkheid een zeer vroom man was, dat hij, in navolging van de heilige Franciscus, boetedoening en armoede had gepredikt, en dat hij voor de rechters was gesleept door de boze opzet van bepaalde vrouwen, die hadden voorgegeven bij hem te willen biechten en hem vervolgens van heiligschennende uitspraken hadden beschuldigd; hij was door de mannen van de bisschop zelfs in het huis van deze vrouwen gearresteerd, een feit dat mij ten zeerste verbaasde, want een geestelijke behoort zich niet naar zo weinig voegzame plaatsen te begeven om de sacramenten toe te dienen. Maar het scheen juist de zwakheid van de fraticelli te zijn dat zij de welvoeglijkheid niet voldoende in acht namen, en misschien school er wel enige waarheid in het algemeen verspreide gerucht volgens hetwelk zij van twijfelachtige zeden waren (zoals ook altijd van de katharen werd gezegd dat zij Bulgaren waren en sodomie bedreven).

Ik arriveerde bij de San Salvatorekerk waar het proces werd gehouden, maar ik kon er niet in door de grote menigte die voor de deur verzameld was. Enkele lieden hadden zich echter aan het traliewerk van de ramen opgehesen, zij zagen en hoorden wat er binnen gebeurde en deelden het mee aan de anderen die beneden stonden. Ze lazen op dat moment frater Michele de bekentenis voor die hij de vorige dag had afgelegd, en waarin hij zei dat Christus en Zijn apostelen 'niets en niemendal in eigendom hadden gehad, noch persoonlijk, noch gemeenschappelijk', maar Michele protesteerde dat de griffier er thans 'vele onware consequentiën' aan had toegevoegd en schreeuwde (dit kon ik zelfs buiten horen) 'daar zullen jullie op de dag des oordeels verantwoording voor moeten afleggen!' Maar de inquisiteurs lazen de bekentenis voor zoals ze was opgesteld en na afloop vroegen ze hem of hij zich nederig aan de meningen van de Kerk en van het gehele volk van de stad wilde houden. En ik hoorde Michele met luide stem roepen dat hij zich wilde houden aan wat hij geloofde, dat wil zeggen dat hij 'Christus als de arme gekruisigde wilde zien en paus Johannes XXII als ketter omdat deze het tegendeel beweerde'. Daarop volgde een lange discussie, waarin de inquisiteurs, onder wie vele franciscanen, hem probeerden duidelijk te maken dat de Schrift niet had gezegd wat hij zei, waarop hij hen ervan beschuldigde hun eigen orderegel te loochenen, waarop zij hem weer op scherpe toon vroegen of hij soms dacht de Schrift beter te begrijpen dan zij, die er meesters in waren. En frater Michele bestreed hen met waarlijk grote halsstarrigheid, zodat zij hem begonnen te bestoken met provocaties als 'dan willen wij dat jij Christus voor een bezitter houdt en paus Johannes voor katholiek en heilig'. En Michele, onversaagd: 'Nee, ketters.' En zij zeiden dat ze nog nooit iemand hadden gezien die zo halsstarrig was in zijn goddeloosheid. In de menigte buiten het gebouw hoorde ik echter velen zeggen dat hij was als Christus onder de farizeeërs, en ik merkte dat velen uit het volk in zijn heiligheid geloofden.

Ten slotte werd hij door de mannen van de bisschop geboeid naar de gevangenis teruggebracht. Die avond vertelde men mij dat vele met de bisschop bevriende fraters naar hem toe waren gegaan om hem uit te schelden en hem te vragen zijn woorden te herroepen, maar hij antwoordde als iemand die zeker was van zijn waarheid. Hij herhaalde tegen iedereen dat Christus arm was en dat ook de heilige Franciscus en de heilige Dominicus dat hadden gezegd, en als hij voor het verkondigen van deze juiste mening tot de marteldood zou worden veroordeeld, zoveel te beter, want dan zou hij binnen korte tijd kunnen zien wat in de Schrift geschreven staat, en de vierentwintig oudsten van de Apocalyps, en Jezus Christus, en de heilige Franciscus, en de glorierijke martelaren. En men vertelde me dat hij had gezegd: 'Als we met zo veel geestdrift de leer van sommige heilige abten lezen, met hoeveel te meer geestdrift en vreugde moeten we dan verlangen in hun midden te vertoeven.' Na deze woorden liepen de inquisiteurs met grimmige gezichten de gevangenis uit en riepen verontwaardigd (ik hoorde hen): 'Hij is van de duivel bezeten!'

De volgende dag hoorden we dat het vonnis was geveld en ik vernam dat een van de misdaden waarvan hij werd beschuldigd, naar verluidt was dat hij had beweerd dat de heilige Thomas van Aquino noch heilig was, noch de eeuwige zaligheid genoot, maar dat hij was verdoemd en voor eeuwig verloren! Het vonnis besloot dat, aangezien de beklaagde zich niet had willen beteren, hij naar de gebruikelijke plaats van de terechtstelling diende te worden gebracht en ibidem igne et flammis igneis accensis concrementur et comburatur, ita quod penitus moriatur et anima a corpore separetur.

Daarna werd hij wederom door geestelijken bezocht en die waarschuwden hem voor wat er gebeuren zou, en zeiden: 'Frater Michele, de mijters en schoudermantels zijn al klaar, beschilderd met fraticelli omringd door duivels.' Om hem schrik aan te jagen en hem toch nog te dwingen zijn woorden terug te nemen.

Maar frater Michele knielde neer en zei: 'Ik denk dat onze vader Franciscus bij de brandstapel zal staan, en Jezus, en de apostelen, en de glorierijke martelaren Bartolomeüs en Antonius.'

De volgende ochtend stond ook ik op de brug van het bisschoppelijk paleis waar frater Michele, nog steeds in de boeien, aan de daar verzamelde inquisiteurs werd voorgeleid. Een van zijn getrouwen knielde voor hem neer om zijn zegen te ontvangen en werd door de wachters gepakt en onmiddellijk naar de gevangenis gevoerd. Daarna lazen de inquisiteurs de veroordeelde opnieuw het vonnis voor en vroegen hem nogmaals of hij berouw wilde tonen. Telkens wanneer het vonnis zei dat hij een ketter was, antwoordde Michele 'een ketter ben ik niet, wel een zondaar, maar katholiek' en wanneer de tekst 'de allereerbiedwaardigste en allerheiligste paus Johannes XXII' noemde, antwoordde Michele 'nee, ketters'. Toen beval de bisschop Michele voor hem neer te knielen, en Michele zei dat hij niet knielde voor ketters. Ze dwongen hem op de knieën en hij mompelde: 'Het is me voor God vergeven.' En aangezien hij met al zijn priesterlijke gewaden was voorgeleid, begon er een ritueel waarin de gewaden hem één voor één werden afgenomen totdat hij alleen nog dat lange hemd aan had dat ze in Florence *cioppa* noemen. En zoals het gebruik wil voor een priester die uit het priesterschap wordt ontzet, sneden ze hem met een scherp mes de vingertoppen af en schoren zijn hoofd kaal. Vervolgens werd hij aan de hoofdman en zijn manschappen toevertrouwd, die hem zeer ruw behandelden en hem in ketenen naar de gevangenis terugbrachten, terwijl hij tot de menigte zei: 'Per Dominum moriemur.' Hij zou, naar ik vernam, pas de volgende dag worden verbrand. Die dag werd hem nog gevraagd of hij wilde biechten en de communie ontvangen. Maar hij weigerde een zonde te begaan door de sacramenten te ontvangen van iemand die in zonde leefde. En ik geloof dat hij daar verkeerd aan deed en ermee bewees door de ketterij van de patarini te zijn aangetast.

Ten slotte was de ochtend van de terechtstelling daar en werd hij opgehaald door een banierdrager, die hem vroeg waarom hij zo koppig bleef als hij alleen maar hoefde te beamen wat het hele volk beaamde en alleen maar de mening van onze Moeder, de heilige Kerk hoefde te aanvaarden. Maar Michele bleef onverzettelijk: 'Ik geloof in de arme, gekruisigde Christus.' De banierdrager maakte een machteloos armgebaar en ging heen. Daarop arriveerden de hoofdman en zijn manschappen, die Michele naar de binnenplaats brachten waar de vicaris van de bisschop hem nogmaals zowel de bekentenis als de veroordeling voorlas.

Ik begreep toen niet waarom de mannen van de kerk en van de wereldlijke arm zo bruut optraden tegen mensen die in armoede wilden leven en ik zei bij mezelf dat ze veeleer beducht zouden moeten zijn voor mensen die in rijkdom wilden leven, anderen geld wilden aftroggelen en praktijken van simonie in de Kerk wilden invoeren. Ik sprak erover met iemand die naast mij stond, want ik kon het niet langer voor me houden. De man lachte spottend en zei dat een frater die naar de armoederegel leeft een slecht voorbeeld wordt voor het volk, dat dan niet meer kan wennen aan fraters die er niet naar leven. Bovendien, voegde hij eraan toe, bracht die prediking van de armoede het volk op slechte gedachten, want het zou een reden tot hoogmoed vinden in zijn armoede, en hoogmoed kan tot allerlei hoogmoedige daden leiden. En ten slotte had ik toch moeten weten dat men zich, door te preken dat de broeders in armoede moeten leven, aan de kant van de keizer schaarde, en dat stond de paus niet aan. Alleen begreep ik op dat moment niet waarom frater Michele zo'n afgrijselijke dood wilde sterven om de keizer een genoegen te doen. Maar een van de aanwezigen zei: 'Hij is geen heilige, hij is door Lodewijk gestuurd om onenigheid te zaaien onder de burgers, en de fraticelli zijn Toscanen maar achter hen staan de afgezanten van het keizerrijk.' En een ander: 'Die man is gek, hij is van de duivel bezeten en geniet van het martelaarschap omdat hij zo vervloekt hovaardig is, ze laten die fraters te veel heiligenlevens lezen, laat ze liever trouwen!' En weer een ander: 'Nee, het zou goed zijn als alle christenen zo waren.' En terwijl ik niet meer wist wat ik ervan moest denken, kon ik de veroordeelde, die door de menigte telkens voor enige tijd aan mijn blik werd onttrokken, opeens weer in het gezicht zien. En ik zag het gelaat van een mens die naar iets kijkt dat niet van deze aarde is, zoals ik soms had gezien bij beelden van heiligen in een extatisch visioen. Toen begreep ik dat hij, of hij nu een gek was of een ziener, welbewust wilde sterven omdat hij geloofde dat hij door te sterven zijn vijand, wie dat ook mocht zijn, zou verslaan. En ik begreep dat zijn voorbeeld anderen de dood in zou drijven. Het enige wat mij overbleef was een gevoel van verbijstering over zo veel vastberadenheid, want zelfs nu nog weet ik niet wat in hen overheerst: een hoogmoedige liefde voor de waarheid waarin zij geloven en die hen de dood in drijft, of een hoogmoedig verlangen naar de dood, dat hen ertoe beweegt van hun waarheid te getuigen, welke deze ook is. En ik voel me erdoor heen en weer geslingerd tussen bewondering en vrees.

Maar laten we naar de terechtstelling terugkeren, want iedereen was inmiddels op weg gegaan naar de plaats waar deze zou worden voltrokken.

De hoofdman en zijn mannen voerden hem de poort uit, gekleed in zijn hemd waarvan een deel van de knopen los hing, en hij liep met grote passen en gebogen hoofd, terwijl hij zijn gebeden uitsprak. Er was zo veel volk op de been dat het ongelooflijk leek, en velen riepen: 'Je moet niet sterven!' en hij antwoordde: 'Ik wil sterven voor Christus.' 'Maar je sterft niet voor Christus,' zeiden zij, en hij: 'Maar wel voor de waarheid.' Toen ze op een plaats waren aangekomen die de straat van de Proconsul wordt genoemd, riep iemand naar hem dat hij God voor hen allen moest bidden, en hij zegende de menigte. En bij de Fondamenti di santa Liperata zei iemand tegen hem: 'Dwaas die je bent, geloof toch in de paus!' en hij antwoordde: 'Jullie hebben een god gemaakt van die paus van jullie' en voegde eraan toe: 'Die paperi van jullie hebben jullie mooi geplukt' (wat een woordspeling of kwinkslag was die, volgens het Toscaanse dialect, zoals mij werd verklaard, van de pausen een soort ganzen maakte), en iedereen was er verbaasd over dat hij grappen makend de dood tegemoet ging.

Bij de San Giovanni riepen ze tegen hem: 'Red je leven!' en hij antwoordde: 'Redden jullie je van je zonden!'; op de Oude Markt schreeuwden ze: 'Red jezelf, red jezelf!' en hij antwoordde: 'Redden jullie jezelf van de hel'; op de Nieuwe Markt bruiden ze: 'Toon berouw, toon berouw!' en hij antwoordde: 'Tonen jullie berouw over je woekerpraktijken.' Bij Santa Croce aangekomen, zag hij de fraters van zijn orde op de trappen staan en hij maakte hun verwijten omdat zij de regel van de heilige Franciscus niet volgden. Sommige van hen haalden hun schouders op, maar andere trokken uit schaamte hun kap over hun gezicht.

Onderweg naar de poort van de Gerechtigheid zeiden velen tegen hem: 'Loochen toch, je moet niet willen sterven,' en hij: 'Christus is voor ons gestorven.' En zij: 'Maar jij bent Christus niet, je hoeft niet voor ons te sterven!' en hij: 'Maar ik wil voor Hem sterven.' Op de weide van de Gerechtigheid vroeg iemand hem of hij niet hetzelfde kon doen als die frater, zijn superieur, die had geloochend, maar Michele antwoordde dat hij niet had geloochend, en ik zag velen in de menigte instemmend knikken en Michele aansporen om sterk te zijn: daaruit maakte ik op, en vele anderen met mij, dat zij aanhangers van hem waren, en we gingen een eindje bij hen vandaan.

Eindelijk waren we buiten de poort en voor onze ogen verrees de brandstapel, of het hutje, zoals hij daar werd genoemd, omdat het hout in de vorm van een hut was opgestapeld, en daar werd een kring van gewapende ruiters gevormd om te zorgen dat de mensen niet te dichtbij konden komen. Hier werd frater Michele aan de paal vastgebonden. Ik hoorde nog iemand tegen hem schreeuwen: 'Wat is dat toch, waar je voor wilt sterven?' en hij antwoordde: 'Dit is een waarheid die binnen in mij woont en waarvan men slechts door de dood getuigenis kan geven.'

Ze ontstaken het vuur. En frater Michele, die het *Credo* reeds had aangeheven, hief daarna het *Te Deum* aan. Hij zong er misschien acht verzen van, toen boog hij voorover alsof hij moest niezen en viel op de grond omdat de touwen, die hem aan de paal vasthielden, waren verbrand. En hij was al dood, want voordat het lichaam volledig verbrandt, sterft men reeds door de grote hitte die het hart uiteen doet springen en door de rook die de longen vult.

Daarop ontvlamde de hele hut als een toorts, wat een verblindend licht gaf, en als het arme, verkoolde lichaam van Michele, dat tussen de gloeiende houtblokken nog vaag zichtbaar was, er niet was geweest, zou ik hebben gemeend voor het brandende braambos te staan. En ik was zo dicht bij een visioen dat (herinnerde ik me terwijl ik de trap naar de bibliotheek opliep) enige woorden over de extatische vervoering die ik in de boeken van de heilige Hildegard had gelezen, me vanzelf naar de lippen stegen: 'De vlam bestaat uit een schitterende helderheid, een ingeschapen kracht en een vurige gloed, maar de schitterende helderheid bezit zij om te stralen en de vurige gloed om te branden.'

Ik dacht terug aan enkele zinnen van Ubertino over de liefde. Het beeld van Michele op de brandstapel vermengde zich met dat van Dolcino, en dat van Dolcino met dat van de mooie Margherita. Ik voelde opnieuw die onrust die me in de kerk had bevangen.

Ik probeerde er niet aan te denken en liep vastberaden naar het labyrint.

Het was de eerste maal dat ik er alleen binnenging. De lange schaduwen die het lampje op de vloer wierp, joegen me evenveel angst aan als de visioenen van de nacht daarvoor. Ik vreesde elk ogenblik oog in oog te komen staan met weer een spiegel, want dusdanig is de magie van spiegels dat ze je blijven verontrusten, zelfs al weet je dat het spiegels zijn.

Ik deed overigens geen moeite om me te oriënteren, noch om het vertrek te mijden van de visioenen opwekkende kruiden. Ik liep als in een koortstoestand voort en wist niet waar ik heen wilde. In werkelijkheid verwijderde ik me niet ver van het punt van vertrek, want na enige tijd stond ik weer in de zevenhoekige kamer waardoor ik was binnengekomen. Hier lagen op een tafel enige boeken die ik me niet herinnerde de vorige avond te hebben gezien. Ik vermoedde dat het werken waren die Malachias uit het scriptorium had gehaald en die hij nog niet op hun vaste plaats had teruggezet. Ik kon niet uitmaken of ik ver van de kamer met de kruiden verwijderd was, want ik voelde me als verdoofd, en dat kon komen door de een of andere damp die doordrong tot de plek waar ik was, of door de dingen waarover ik tot op dat ogenblik had gefantaseerd. Ik sloeg een rijk verlucht boekwerk open dat me, naar de stijl te oordelen, afkomstig leek uit de kloosters van het Ultima Thule.

Op de bladzijde waarop het heilig evangelie van de apostel Marcus begon, werd ik getroffen door de afbeelding van een leeuw. Het was zonder twijfel een leeuw, ook al had ik er nog nooit een in levenden lijve gezien, en de miniaturist had zijn lichaamsvormen getrouw weergegeven, misschien geïnspireerd door de aanschouwing van de leeuwen van Hibernia, land van monsterlijke schepselen, en ik kwam tot de overtuiging dat dit dier, zoals trouwens de *Physiologus* zegt, alle kenmerken van de afgrijselijkste en van de majesteitelijkste dingen in zich verenigt. Daardoor riep die afbeelding tegelijkertijd het beeld van de vijand en dat van Christus Onze Heer in mij op, ik wist niet in welke symbolische sleutel ik haar moest lezen en ik beefde over mijn hele lichaam, zowel door de angst als door de wind die door de spleten van de muren naar binnen drong.

De leeuw die ik zag had een muil vol puntige tanden en een fijn geschubde kop zoals die van een slang, het kolossale lichaam geplant op vier poten met scherpe, verscheurende klauwen; zijn vacht leek op zo'n tapijt zoals ik er later uit het Oosten heb zien meebrengen, met rode en smaragdgroene schubben waarop, geel gelijk de pest, het gruwelijke, machtige gestel van de botten stond afgetekend. Geel was ook de staart, die langs de rug omhoog kronkelde tot aan de kop en met een laatste krul uitliep in witte en zwarte pluimen.

Ik was al diep onder de indruk geraakt door de leeuw (en meer dan eens had ik me omgedraaid alsof ik verwachtte dat hij ineens achter me zou staan) toen ik besloot andere bladzijden te bekijken en mijn oog, aan het begin van het evangelie van Mattheüs, op de afbeelding van een man viel. Ik weet niet waarom, maar hij joeg me meer schrik aan dan de leeuw: het gelaat was dat van een man, maar deze man was gepantserd in een soort van stijve kazuifel die hem tot aan de voeten reikte, en deze kazuifel of dit harnas was geheel bedekt met rode en gele edelstenen of halfedelstenen. Dat hoofd, dat raadselachtig boven een citadel van robijnen en topazen uittrees, deed mij denken (hoe godslasterlijk maakte de ontzetting mij!) aan de geheimzinnige moordenaar wiens ontastbare spoor wij volgden. En opeens begreep ik waarom ik het roofdier en de gepantserde zo nauw met het labyrint in verband bracht: omdat beiden, evenals alle figuren van dat boek, tevoorschijn traden uit een kunstig netwerk van vervlochten labyrinten die allemaal leken te verwijzen naar het kluwen van kamers en gangen waarin ik me bevond. Mijn blik verdwaalde op de bladzijde over fonkelende paden, zoals mijn voeten verdwaalden in de beangstigende opeenvolging van de kamers van de bibliotheek, en een gevoel van onrust kwam over me toen ik op die perkamenten mijn doolgangen zag weergegeven, terwijl de overtuiging in mij postvatte dat elk van die boeken met een raadselachtige spot mijn geschiedenis van dat ogenblik vertelde. En ik vroeg me af of die bladzijden niet reeds de geschiedenis bevatten van de toekomstige lotgevallen die mij wachtten.

Ik sloeg een ander boek open, en dat leek mij van de Hispanische school te zijn. De kleuren waren fel, de roden leken bloed of vuur. Het was het boek van de openbaring van de apostel, en ik trof andermaal, net als de avond tevoren, de bladzijde van de mulier amicta sole. Maar het was niet hetzelfde boek, de miniatuur was anders, hier had de kunstenaar langer bij de lichaamsvormen van de vrouw stilgestaan. Ik vergeleek haar gelaat, haar boezem en haar sierlijk gewelfde heupen met het beeld van de Heilige Maagd dat ik met Ubertino had gezien. De voorstelling was verschillend, maar ook deze mulier leek mij beeldschoon. Ik bedacht dat ik niet te lang bij dergelijke gedachten moest verwijlen en sloeg een paar bladzijden om. Ik zag opnieuw een vrouw, maar ditmaal was het de hoer van Babylon. Ik werd niet zozeer getroffen door haar lichaamsvormen als wel door de gedachte dat ook zij een vrouw was gelijk de andere, en toch was deze een vat van alle ondeugden en de andere receptakel van alle deugden. Maar de vormen waren in beide gevallen vrouwelijk, en op een gegeven moment was ik niet meer in staat te doorzien waarin zij verschilden. Wederom onderging ik een innerlijke beroering, het beeld van de Maagd in de kerk schoof over dat van de mooie Margherita. 'Ik ben verdoemd!' zei ik bij mezelf. Of: 'Ik ben krankzinnig.' En ik besloot dat ik niet langer in de bibliotheek kon blijven.

Tot mijn geluk was ik vlak bij de trap. Ik rende naar beneden, op gevaar af te struikelen en de lamp te doven. Een ogenblik later stond ik weer onder de brede gewelven van het scriptorium, maar ook hier hield ik geen halt maar snelde de trap af die naar het refectorium voerde.

Daar bleef ik buiten adem staan. Door de ruiten drong, in de stralende heldere nacht, het maanlicht naar binnen, en ik had de lamp, die in de kamertjes en gangen van de bibliotheek zo onmisbaar was, eigenlijk niet meer nodig. Toch liet ik haar branden, als om er steun bij te vinden. Maar ik hijgde nog steeds, en ik bedacht dat het goed zou zijn wat water te drinken, om te kalmeren. Daar de keuken vlakbij was, liep ik door het refectorium naar een van de deuren die toegang gaf tot de andere helft van de benedenverdieping en opende haar langzaam.

In plaats van af te nemen, werd mijn ontzetting toen nog groter. Want ik merkte onmiddellijk dat zich in de keuken, in de buurt van de bakkersovens, iemand ophield; tenminste, ik zag dat in die hoek een lampje brandde, en hevig verschrikt doofde ik het mijne. Geschrokken als ik was, boezemde ik ook schrik in, want de ander, of liever de anderen, doofden snel het hunne. Maar vergeefs, want de maneschijn verlichtte de keuken voldoende om vóór mij op de vloer een of twee vage gedaanten af te tekenen.

Ik stond verstijfd en durfde geen stap meer voor- of achteruit te doen. Ik hoorde gefluister en meende een gedempte vrouwenstem te horen. Vervolgens maakte zich uit de vormeloze groep bij de oven een donkere, gedrongen gedaante los; deze vluchtte weg door de buitendeur, die kennelijk niet op slot was, en deed haar achter zich dicht.

Daar stond ik dan, op de drempel tussen refectorium en keuken, met een onbestemd iets bij de oven. Een onbestemd en – hoe moet ik het zeggen? – kreunend iets. Uit de duisternis klonk namelijk een klaaglijk geluid op, bijna een onderdrukt geschrei, een aanhoudend gesnik van angst.

Niets geeft een angstig mens meer moed dan de angst van een ander. Toch was het geen moed die me naar de gedaante toedreef: ik zou het veeleer een soort dronkenschap noemen, niet veel verschillend van die welke me had bevangen toen ik de visioenen kreeg. In de keuken hing iets wat leek op de dampen die me de dag tevoren in de bibliotheek hadden verrast. Misschien waren het niet dezelfde stoffen, maar op mijn overspannen zinnen hadden ze dezelfde uitwerking. Ik rook een scherpe geur van tragant, aluin en wijnsteen, die de keukenmeesters gebruikten om de wijn te aromatiseren. Of wellicht dienden ze voor het bier dat, zoals ik later hoorde, juist in die dagen werd gebrouwen, hetgeen geschiedde volgens de methode van mijn land, met dopheide, mirte uit het laagland en moerasrozemarijn. Allemaal geuren die mijn reukorgaan, maar meer nog mijn geest bedwelmden.

En terwijl mijn redelijk instinct me ingaf om 'vade retro!' te roepen en me te verwijderen van het kreunende ding, dat ongetwijfeld een door de Boze voor mij opgeroepen succubus was, dreef iets in mijn streefvermogen me voorwaarts, alsof ik deelgenoot wilde zijn van een wonder.

Zo naderde ik de gedaante totdat ik, bij het licht van de maan dat door de ramen viel, zag dat het een vrouw was, die bevend van angst met een hand een pak tegen haar borst klemde en huilend achteruit deinsde naar de ovenmond.

Mogen God, de Heilige Maagd en alle heiligen uit het paradijs mij bijstaan nu ik ga vertellen wat me overkwam. De zedigheid en de waardigheid van mijn staat (oude monnik die ik inmiddels ben geworden in dit mooie klooster van Melk, oord van vrede en serene meditatie) zouden mij de meest vrome voorzichtigheid moeten aanbevelen. Ik zou eenvoudigweg moeten zeggen dat er iets slechts gebeurde maar dat het niet betamelijk is te herhalen wat het was, dan zou ik noch mijzelf, noch mijn lezer verontrusten.

Maar ik heb me voorgenomen over de gebeurtenissen van zo lang geleden de gehele waarheid te vertellen, en de waarheid is één en onverdeeld, zij schittert door haar eigen klaarheid en gedoogt niet dat ze door onze belangen en onze schaamte tot de helft wordt teruggebracht. De moeilijkheid is veeleer om dat wat er gebeurde niet te vertellen zoals ik het nu zie en me herinner (ook al herinner ik me alles nog met meedogenloze levendigheid, waarbij ik niet weet of feiten en gedachten zo levendig in mijn geest geprent staan door het berouw dat erop is gevolgd, of juist door de ontoereikendheid van dat berouw, welke mij nog kwelt en in mijn bedrukte geest elk facet van mijn schaamte met felheid kleurt), maar zoals ik het toen zag en voelde. En ik kan het doen met de getrouwheid van een kroniekschrijver, want als ik mijn ogen sluit, kan ik alles, niet alleen wat ik deed maar ook wat ik voelde, herhalen alsof ik een in die tijd geschreven perkament overschrijf. Ik moet dus die weg volgen, en de heilige aartsengel Michael bescherme me: want tot stichting van mijn toekomstige lezers en tot kastijding van mijn schuld wil ik nu vertellen hoe een jongeman in de valstrikken van de duivel kan lopen, opdat deze valstrikken bekend en zichtbaar worden en hij die er nog inloopt ze kan overwinnen.

Het was dus een vrouw. Of liever, een meisje. Daar ik tot dan toe (en van toen af, God zij dank) weinig vertrouwd was met de wezens van dat geslacht, kan ik niet zeggen hoe oud ze zal zijn geweest. Ik weet dat ze jong was, nauwelijks volwassen, misschien telde ze zestien, of achttien, lentes. Ze beefde als een vogeltje in de winter, en huilde, en was bang voor me.

Bedenkend dat het de plicht van elk goed christen is zijn naaste te hulp te komen, liep ik dan ook met grote vriendelijkheid op haar toe en zei haar in goed Latijn dat ze niet hoefde te vrezen, omdat ik een vriend was, in elk geval geen vijand, zeker niet de vijand zoals zij die misschien duchtte.

Wellicht door de zachtmoedigheid die uit mijn blik straalde, kwam het meisje tot rust en deed een stap in mijn richting. Ik merkte dat zij mijn Latijn niet begreep, en onwillekeurig sprak ik haar toen aan in mijn Duitse volkstaal, maar dat ontstelde haar hevig, ik weet niet of het was vanwege de schrille klanken, ongewoon voor de mensen van die streek, of omdat die klanken haar aan de een of andere ervaring met soldaten uit mijn land herinnerden. Daarom glimlachte ik, overwegend dat de taal van gebaren en gelaat universeler is dan die van de woorden, en ze bedaarde. Ze glimlachte op haar beurt en zei enkele woorden tegen me.

Ik had een zeer gebrekkige kennis van haar volkstaal, en de hare was hoe dan ook anders dan die welke ik ten dele in Pisa had geleerd; niettemin maakte ik uit de toon op dat zij lieve woorden tot me sprak, en ik meende dat ze zoiets zei als 'Jij bent jong, jij bent mooi...' Het overkomt een novice, die zijn hele jeugd in een klooster heeft doorgebracht, zelden dat hij opmerkingen hoort over zijn schoonheid, want gewoonlijk wordt hem juist voorgehouden dat lichamelijke schoonheid vergankelijk is en men er geen enkele waarde aan dient te hechten. Maar de valstrikken van de vijand zijn talloos en ik beken dat die opmerking over mijn aanvalligheid, hoe leugenachtig ook, als honing in mijn oren vloeide en mij een onbedwingbare aandoening bezorgde. Te meer daar het meisje, terwijl ze dat zei, haar hand uitstak en met haar vingertoppen heel licht over mijn – toen nog geheel baardeloze – wang streek. Ik had het gevoel dat ik zou bezwijmen, maar op dat ogenblik kon ik hoegenaamd niets van zonde in mijn hart bespeuren. Zoveel vermag de duivel wanneer hij ons op de proef wil stellen en de sporen van de genade uit ons binnenste wil wegwissen.

Wat ondervond ik? Wat zag ik? Ik herinner me alleen dat de emoties van het eerste ogenblik gespeend waren van elke uitdrukking, want mijn tong en mijn geest waren niet opgevoed om gewaarwordingen van die aard te benoemen. Totdat er uit mijn binnenste andere woorden naar boven kwamen, in andere tijden en op andere plaatsen gehoord en stellig met andere oogmerken uitgesproken, maar die wonderbaarlijk schenen overeen te stemmen met mijn vreugde van dat ogenblik, alsof ze ervoor bedoeld waren om deze vreugde uit te drukken. Woorden die in de spelonken van mijn geheugen lagen opgetast, stegen naar de oppervlakte van mijn (zwijgende) lippen, en ik vergat dat ze in de Schrift of in de geschriften van de heiligen hadden gediend om een heel wat stralender realiteit uit te drukken. Maar was er werkelijk wel verschil tussen de verrukkingen waarover de heiligen hadden gesproken en die welke mijn hevig bewogen gemoed op dat ogenblik ondervond? Op dat ogenblik verdween in mij het waakzame gevoel voor onderscheid. Hetgeen, geloof ik, juist het teken is van de duizelingwekkende afdaling naar de afgronden van de identiteit.

Opeens verscheen het meisje mij als de zwarte maar schone maagd over wie het Hooglied spreekt. Zij droeg een versleten jurk van ruwe stof, die op de borst vrij schaamteloos openviel, en om haar hals had ze een ketting van gekleurde steentjes, zonder enige waarde vermoed ik. Maar haar hoofd stond fier op een hals zo blank als een ivoren toren, haar ogen waren helder als de vijvers van Hesbon, haar neus was een toren van Libanon, de haarlokken op haar hoofd als purper. Ja, haar lokken schenen mij toe als een kudde geiten, haar tanden als kuddes schapen die opstijgen uit het bad, twee aan twee, en geen een van hen komt voor de ander. En 'Wat ben je mooi, mijn lief, wat ben je mooi,' prevelde ik onwillekeurig, 'je lokken zijn als een kudde geiten die neergolven van Gileads bergen, als een lint van purper zijn je lippen, als het hart van een granaatappel zijn je wangen, je hals is als de toren van David, waaraan duizend rondassen hangen.' En ontsteld en verrukt vroeg ik me af wie zij was die voor mij verrees als de dageraad, schoon als de maan, stralend als de zon, terribilis ut castrorum acies ordinata.

Toen kwam het meisje nog dichter op me toe, terwijl ze het donkere pak, dat ze tot dusverre tegen haar borst geklemd had gehouden, in een hoek smeet, en ze hief nogmaals haar hand op om mijn gezicht te strelen, en ze herhaalde nogmaals de woorden die ik al had gehoord. En terwijl ik niet wist of ik haar moest ontvluchten of nog dichter op haar toe stappen, terwijl mijn hoofd bonsde alsof de bazuinen van Jozua het volgende ogenblik de muren van Jericho ineen zouden doen storten, en ik tegelijkertijd verlangde en vreesde haar aan te raken, verscheen op haar lippen een glimlach van innige vreugde, zij slaakte een gesmoord kreetje als van een willige geit en maakte de bandjes los waarmee haar jurk op haar borst was gesloten, en ze stroopte haar jurk als een hemd van haar lichaam en stond voor mij zoals Eva in de hof van Eden voor Adam moet zijn verschenen. 'Pulchra sunt ubera quae paululum supereminent et tument modice,' mompelde ik, de zin herhalend die ik van Ubertino had gehoord, want haar borsten kwamen mij voor als twee hertenkalven, tweelingen van een gazelle, weidend tussen de leliën, haar navel was een ronde kom waarin de gekruide wijn nooit ontbrak, haar buik een tarwehoop, door veldbloemen omgeven.

'O sidus clarum puellarum,' riep ik haar toe, 'o porta clausa, fons hortorum, cella custos unguentorum, cella pigmentaria!' en zonder het te willen had ik mij tegen haar lichaam aangedrukt en voelde ik haar warmte en rook ik de scherpe geur van nooit gekende balsems. 'Kinderen, wanneer de dwaze liefde komt, vermag de mens niets!' schoot mij te binnen, en ik begreep dat ik, om het even of dat wat ik ondervond duivelse valstrik of hemelse gave was, niets meer kon doen om de impuls die mij bewoog tegen te gaan, en 'Oh langueo!' riep ik, en 'Causam languoris video nec caveo!' want haar lippen wasemden een rozengeur uit, en welgevormd waren haar voeten in de sandalen, en haar benen waren als zuilen, en als zuilen de ronding van haar heupen, door kunstenaarshand gevormd. O liefde, dochter van lusten, een koning is in uw netten verstrikt, prevelde ik voor me heen, en ik was in haar armen, en samen vielen we op de kale vloer van de keuken neer en ik was (of het door mijn eigen initiatief of door haar kunstgrepen gebeurde, weet ik niet) bevrijd van mijn novicenpij en we voelden geen schaamte voor onze lichamen et cuncta erant bona.

En zij kuste mij met de kussen van haar mond, en haar liefkozingen waren zoeter dan wijn, en haar zalven waren heerlijk om te ruiken, en bekoorlijk waren haar hals met de snoeren en haar wangen tussen de oorhangers, wat ben je mooi, mijn lief, wat ben je mooi, je ogen zijn als duiven (zei ik) en laat mij je gezicht zien, laat mij je stem horen, want je stem is welluidend en je gezicht lieftallig, je hebt mij uitzinnig gemaakt van liefde, mijn zuster, je hebt mij van mijn zinnen beroofd met één blik van je ogen, met één snoer van je hals, een druipende honingraat zijn je lippen, honing en melk is onder je tong, de geur van je adem is als die van kweeappels, je borsten als trossen van de wijnstok, je borsten als druiventrossen, je gehemelte een zoete wijn die mijn liefde prikkelt en over mijn lippen en mijn tanden vloeit... Bron in een tuin, nardus en saffraan, kalmoes en kaneel, mirre en aloë, ik at mijn honingraat en mijn honing, dronk mijn wijn en mijn melk, wie was zij, wie was zij toch die verrees gelijk de dageraad, schoon als de maan, stralend als de zon, geducht als een leger in slagorde?

O Heer, als de ziel in vervoering is, dan bestaat de enige deugd in het beminnen wat je ziet (nietwaar?), het opperste geluk in het hebben wat je hebt, dan drink je het gelukzalige leven aan zijn bron (is dat niet gezegd?), dan smaak je het ware leven dat ons na dit sterfelijke bestaan in gezelschap van de engelen in eeuwigheid beschoren zal zijn... Dat dacht ik en het kwam mij voor dat de profetieën eindelijk in vervulling gingen, terwijl het meisje me overstelpte met onbeschrijfelijke liefkozingen, en het was alsof mijn lichaam van voren en van achteren geheel oog was en ik alle omringende dingen in één enkele blik zag. En ik begreep dat uit deze gewaarwording, die liefde is, tegelijkertijd de eenheid en de zoetheid en het goede en de kus en de omhelzing voortkomen, zoals ik al had horen zeggen, in de veronderstelling dat het om andere dingen ging. En slechts een ogenblik, terwijl mijn genot bijna het zenit bereikte, kwam het in me op dat ik misschien, op dit nachtelijk uur, bezeten was van de middagdemon, die eindelijk gedoemd was zich in zijn ware duivelsaard te vertonen aan de ziel die in haar extase vraagt 'wie ben je?', hij die de ziel weet te vervoeren en het lichaam te bedriegen. Maar dadelijk kwam ik tot de overtuiging dat als er iets duivels was, dat alleen mijn aarzelingen waren, want niets kon gerechter, beter en heiliger zijn dan wat ik ondervond en waarvan de zoetheid van moment tot moment toenam.

Zoals een druppeltje water, opgelost in een hoeveelheid wijn, geheel teloorgaat om de kleur en de smaak van wijn aan te nemen, zoals het gloeiende en vlammende ijzer vrijwel volkomen aan het vuur gelijk wordt en zijn voormalige vorm verliest, zoals de lucht, wanneer zij doorstraald is van zonlicht, in haar opperste glans en dezelfde helderheid wordt getransformeerd, zozeer dat ze niet meer verlicht maar zelf licht schijnt te zijn, zo voelde ik me wegsmelten in weke overgave, waarbij me nog slechts de kracht bleef om de woorden van de psalm te prevelen: 'Zie, mijn borst is als jonge wijn, zonder spon, die uit nieuwe zakken barst,' en opeens zag ik een verblindend licht en daarin een gedaante in de kleur van saffier, die geheel en al vlamde van een zinderend en wonderzoet vuur, en dat verblindende licht verspreidde zich over heel het zinderende vuur, en dat zinderende vuur over die stralende gedaante. Terwijl ik, een bezwijming nabij, op het lichaam neerviel waarmee ik me had verenigd, bedacht ik in een laatste opleving van krachten dat de vlam bestaat uit een schitterende helderheid, een ingeschapen kracht en een vurige gloed, maar de schitterende helderheid bezit zij om te stralen en de vurige gloed om te branden. Daarop begreep ik de afgrond, en de andere afgronden die de afgrond roept.

Nu ik met een bevende hand deze regels schrijf (en ik weet niet of dat is uit afschuw van de zonde waarvan ik vertel of uit zondige nostalgie naar het voorval dat ik in mijn herinnering terugroep) merk ik dat ik, om mijn allerschandelijkste extase van dat ogenblik te beschrijven, dezelfde woorden heb gebruikt als ik slechts enkele bladzijden hiervoor heb gebezigd om het vuur te beschrijven dat het gemartelde lichaam van fraticello Michele verbrandde. En het is ook geen toeval dat mijn hand, gewillige uitvoerster van de ziel, dezelfde uitdrukkingen heeft neergeschreven voor twee zo andersoortige ervaringen, want waarschijnlijk heb ik ze toen ik ze onderging op dezelfde wijze beleefd als zojuist, toen ik trachtte beide op het perkament te doen herleven.

Er is een geheimzinnige wijsheid, volgens welke onderling uiteenlopende verschijnselen met overeenkomstige woorden kunnen worden benoemd, op dezelfde manier als de goddelijke dingen met aardse namen kunnen worden aangeduid, en God volgens dubbelzinnige symbolen zowel leeuw als luipaard kan worden genoemd, en de dood wonde, en de vreugde vlam, en de vlam dood, en de dood afgrond, en de afgrond ondergang en de ondergang bedwelming en de bedwelming hartstocht.

Waarom benoemde ik als knaap de doodsextase die mij in het martelaarschap van Michele had getroffen met de woorden waarmee de heilige Hildegard de extase van het (goddelijk) leven had benoemd, en waarom kon ik niet nalaten met dezelfde woorden de (zondige en voorbijgaande) extase van het aardse genot te benoemen, welke mij van haar kant onmiddellijk daarna als gewaarwording van dood en vernietiging was voorgekomen? Ik probeer nu te redeneren over zowel de manier waarop ik, in een tijdsbestek van enkele maanden, twee ervaringen onderging die beide opwindend en smartelijk waren, als over de manier waarop ik die nacht in de abdij in een tijdsbestek van enkele uren de eerste in mijn herinnering ophaalde en de andere daadwerkelijk beleefde, en bovendien over de manier waarop ik ze thans bijna gelijktijdig heb herbeleefd bij het neerschrijven van deze regels, en hoe ik ze in de drie gevallen aan mezelf heb verteld met de woorden van de zo geheel andere ervaring van een heilige ziel die zich verloor in het visioen van de godheid. Heb ik (toen, nu) soms gelasterd? Wat was er voor gelijksoortigs in het doodsverlangen van Michele, in de vervoering die ik onderging bij de aanblik van de vlam die hem verteerde, in het verlangen naar vleselijke gemeenschap dat ik in aanwezigheid van het meisje ondervond, in de mystieke schroom waarmee ik haar op allegorische wijze beschreef, en in het verlangen naar vreugdevolle zelfvernietiging dat de heilige bewoog van liefde te sterven om langer en eeuwig te leven? Hoe kunnen zulke dubbelzinnige dingen toch op een zo eensluidende manier worden gezegd? En toch is dat, schijnt het, de lering die de grootsten onder de kerkleraren ons hebben nagelaten: omnis ergo figura tanto evidentius veritatem demonstrat quanto apertius per dissimilem similitudinem figuram se esse et non veritatem probat.

Maar als de liefde voor de vlam en voor de afgrond een beeld zijn van de liefde voor God, kunnen ze dan een beeld zijn van de liefde voor de dood en van de liefde voor de zonde? Ja, zoals de slang en de leeuw tegelijkertijd beeld zijn van Christus en van de duivel. De zaak is dat de juistheid van de interpretatie slechts kan worden vastgesteld door het gezag van de kerkvaders, en in het geval waarover ik me pijnig, heb ik geen auctoritas naar wie mijn gehoorzame geest zich kan richten, en ik word verschroeid door twijfel (en wederom komt het beeld van het vuur eraan te pas om de leegte aan waarheid en de volheid aan dwaling die mij verslinden te duiden!). Wat gebeurt er in mijn gemoed, o Heer, nu ik mij laat meevoeren door de maalstroom van herinneringen, en verschillende tijdstippen tegelijkertijd doe ontbranden, alsof ik me wil vergrijpen aan de ordening der hemellichamen en aan de kringloop van hun hemelse banen?

Ik overschrijd vast de grenzen van mijn zondige en zieke verstand. Welaan, laat ik terugkeren tot de taak die ik me in nederigheid had gesteld. Ik was bezig te vertellen over die dag en over de totale zinsverbijstering waarin ik wegzonk. Goed, ik heb verteld wat ik me bij die gelegenheid herinnerde, en daartoe beperke zich mijn zwakke pen van getrouw en waarheidlievend kroniekschrijver.

Ik lag daar, ik weet niet hoe lang, met het meisje naast me. Alleen haar hand bleef met lichte bewegingen mijn lichaam strelen, dat nu klam was van het zweet. Ik voelde een innerlijke jubel, die geen vrede was, maar iets als het laatste smeulen van een vuur dat nog niet kan besluiten onder de as uit te doven wanneer de vlam reeds dood is. Ik zou niet aarzelen degene aan wie het vergund was in dit leven iets dergelijks te ondervinden gelukzalig te noemen (prevelde ik als in de slaap), ook al overkwam het hem maar zelden (ik ondervond het inderdaad slechts die ene keer) en als in een flits, in de tijd van een ogenblik. Jezelf in het geheel niet meer voelen, alsof je niet meer bestaat, weggezonken, bijna weggevaagd zijn... Als een sterfelijk wezen (zei ik bij mezelf) slechts voor een ogenblik en in een flits mocht smaken wat ik heb gesmaakt, zou hij onmiddellijk deze verdorven wereld met een misprijzende blik aanzien, hij zou verstoord zijn door de boosaardigheid van het dagelijks leven, hij zou het gewicht van zijn aardse lichaam voelen... Was het me zo niet geleerd? Die oproep van heel mijn geest om in gelukzaligheid alles te vergeten, was vast en zeker (dat begreep ik toen) de uitstraling van de eeuwige zon, en de vreugde die zij teweegbrengt legt de mens open, maakt hem wijder, groter, en de gapende muil die hij in zich draagt, sluit zich dan niet meer zo gemakkelijk, het is de open wonde van de degenstoot der liefde, en er bestaat hier beneden niets wat zoeter en verschrikkelijker is. Maar zulks is het recht van de zon, zij geselt de gewonde met haar stralen en alle wonden verwijden zich, de mens opent zich en zet uit, zelfs zijn aderen liggen open, zijn krachten zijn niet meer toereikend om de opdrachten die ze ontvangen uit te voeren, maar worden uitsluitend door de begeerte gestuwd, zijn geest brandt, verzonken in de afgrond van dat waar hij thans aan raakt, terwijl hij zijn begeerte en zijn waarheid overtroffen ziet door de werkelijkheid die hij heeft beleefd en nog beleeft. En men kijkt verbijsterd toe bij zijn eigen bedwelming.

Te midden van deze gewaarwordingen van onzegbare vreugde viel ik in slaap.

Enige tijd later deed ik mijn ogen weer open. Het maanlicht was, misschien ten gevolge van een wolk, veel zwakker geworden. Ik tastte met een hand naast mij en voelde het lichaam van het meisje niet meer. Ik keek: ze was verdwenen.

De afwezigheid van het object dat mijn begeerte had ontketend en mijn dorst gelest, deed me in één klap de ijdelheid van die begeerte en de perversiteit van die dorst beseffen. Omne animal triste post coitum. Ik gaf me rekenschap van het feit dat ik had gezondigd. Nu, na al die jaren, kan ik, terwijl ik mijn misstap nog steeds bitter beween, niet vergeten dat ik die avond een grote vreugde had ondervonden, en ik zou de Allerhoogste, die alle dingen in goedheid en schoonheid heeft geschapen, onrecht doen als ik niet toegaf dat ook in dat voorval tussen twee zondaars iets gebeurde dat op zichzelf, naturaliter, goed en schoon was. Maar misschien is het nu mijn ouderdom waardoor ik de zonde op me laad alles wat tot mijn jeugd behoort als schoon en goed te ervaren. Terwijl ik mijn gedachten op de naderende dood zou moeten richten. Toen, als jongeman, dacht ik niet aan de dood, maar beweende ik mijn zonde heftig en oprecht.

Ik stond trillend op, ook omdat ik lang op de ijskoude stenen van de keuken had gelegen en mijn lichaam was verkleumd. Ik kleedde me bijna in een koortstoestand aan. Toen zag ik plotseling in een hoek het pak, dat het meisje bij haar vlucht had achtergelaten. Ik bukte om het te bekijken: het was een voorwerp, gewikkeld in een doek die uit de keukens afkomstig leek. Ik maakte het open, en het eerste ogenblik begreep ik niet wat erin zat, zowel door het weinige licht als door de vormeloze vorm van de inhoud. Daarop werd het me duidelijk: tussen klonters bloed en flarden vlees van een wekere en blekere soort lag daar voor mijn ogen, dood maar nog lillend van het slijmige leven van dode ingewanden, doorsneden met blauwige zenuwen, een hart, van grote afmetingen.

Een donkere sluier trok voor mijn ogen, een zurig speeksel steeg me naar de mond. Ik slaakte een schreeuw en viel neer zoals een dood lichaam neervalt.

DERDE DAG
NACHT

*Waarin Adson diep ontdaan bij William biecht en
mediteert over de functie van de vrouw in het
scheppingsplan, vervolgens echter het lijk
van een man ontdekt.*

◆

Ik kwam weer bij doordat iemand mijn gezicht bette. Het was frater William, die een lamp bij zich had en die iets onder mijn hoofd had gelegd.

'Wat overkomt jou, Adson,' vroeg hij, 'dat je 's nachts rondwaart om slachtafval uit de keuken te stelen?'

Om kort te gaan: William was wakker geworden, had mij om ik weet niet meer welke reden gezocht en had, toen hij me niet kon vinden, het vermoeden gekregen dat ik in de bibliotheek het een of andere stoute stukje was gaan uithalen. Toen hij het Hoofdgebouw van de kant van de keukens naderde, had hij uit de deur die op de moestuin uitkwam een schim zien wegglippen (het was het meisje dat zich, misschien omdat ze iemand had horen aankomen, uit de voeten maakte). Hij had gepoogd te ontdekken wie het was en haar te volgen, maar zij (of liever degene die voor hem een schim was) was in de richting van de kloostermuur gelopen en toen verdwenen. Daarop was William, na de omgeving te hebben verkend, de keuken binnengegaan en daar had hij mij bewusteloos aangetroffen.

Toen ik hem, nog steeds vol ontzetting, op het pak met het hart wees en iets stamelde over een nieuwe misdaad, begon hij te lachen: 'Maar Adson, welk mens zou zo'n groot hart hebben? Dat is het hart van een koe, of van een os, ze hebben vandaag net een beest geslacht. Vertel me liever hoe jij eraan komt!'

Toen barstte ik, niet alleen buiten mezelf door de doorstane angst maar ook overstelpt door wroeging, in tranen uit en vroeg hem mij het sacrament van de biecht toe te dienen. Hetgeen hij deed, en ik vertelde hem alles zonder iets te verbergen.

Frater William hoorde mijn biecht met grote aandacht maar ook met een zekere welwillendheid aan. Toen ik uitgesproken was, trok hij een ernstig gezicht en zei: 'Adson, je hebt gezondigd, dat is zeker, zowel tegen het gebod dat je oplegt geen ontucht te plegen, als tegen je plichten als novice. Te jouwer verontschuldiging is daar het feit dat je in een soort situatie terecht bent gekomen waarin zelfs een woestijnvader in zonde zou zijn gevallen. En over de vrouw als haard van verleidingen heeft de Schrift al genoeg gesproken. Ecclesiasticus zegt over haar dat haar spreken is als gloeiend vuur, en in Spreuken staat dat zij de kostbare ziel van de man inpalmt en dat de sterksten door haar te gronde zijn gericht. En ook Prediker zegt: ik ontdekte iets wat bitterder is dan de dood, de vrouw; zij is gelijk de strik van de jagers, haar hart is gelijk een vangnet, haar handen zijn boeien. En anderen hebben gezegd dat zij een vat van de duivel is. Niettemin, beste Adson, kan ik me niet voorstellen dat God zulk een verfoeilijk wezen in Zijn schepping heeft willen binnenvoeren zonder het met enkele deugden te begiftigen. En ik kan niet voorbijgaan aan het feit dat Hij haar vele voorrechten en prijzenswaardige gaven heeft verleend, waarvan er ten minste drie zeer groot zijn. Immers, Hij heeft de man in deze nietswaardige wereld en uit het slijk geschapen, en de vrouw in een tweede stadium, in het aardse paradijs, en uit edele, menselijke stof. En Hij heeft haar niet uit Adams voeten of uit het ingewand van zijn lichaam gemaakt, maar uit zijn rib. In de tweede plaats had de Heer, die alles vermag, op de een of andere wonderbaarlijke manier direct in een man mens kunnen worden, maar Hij heeft verkozen in de schoot van een vrouw te wonen, een teken dat zij niet zo verfoeilijk was. En toen Hij na de verrijzenis verscheen, verscheen Hij aan een vrouw. En ten slotte, in de hemelse heerlijkheid zal geen enkele man koning van dat rijk zijn, maar een vrouw die nooit heeft gezondigd zal er koningin van zijn. Als de Heer dus zo veel aandacht heeft gehad voor Eva zelf en voor haar dochters, is het dan zo ongewoon dat ook wij ons tot de bekoorlijkheden en de adeldom van die kunne voelen aangetrokken? Wat ik je wil zeggen, Adson, is dat je het stellig niet weer moet doen, maar dat het niet zoiets monsterlijks is dat je je ertoe hebt laten verleiden het te doen. Bovendien, dat een monnik ten minste éénmaal in zijn leven de vleselijke hartstocht heeft ervaren, zodat hij eens in staat zal zijn toegeeflijk en begrijpend te zijn tegenover de zondaars aan wie hij raad en troost moet geven... wel, beste Adson, het is iets wat je je niet moet toewensen voordat het gebeurt, maar waarover je evenmin te veel schande moet spreken nadat het gebeurd is. Dus ga met God en laten we er niet meer over praten. Laten we, om niet te lang met onze gedachten te verwijlen bij iets wat je beter kunt vergeten, als dat je gelukt,' en het leek me toe dat bij die woorden zijn stem, als door een innerlijke aandoening, zachter werd, 'ons liever afvragen wat de dingen die vannacht zijn gebeurd, te betekenen hebben. Wie was dat meisje en met wie had ze een afspraak?'

'Dat weet ik werkelijk niet, en ik heb de man die bij haar was niet gezien,' zei ik.

'Goed, maar we kunnen uit een groot aantal onbetwistbare aanwijzingen afleiden wie het was. Om te beginnen was het een lelijke, oude man, met wie een jong meisje niet graag verkeert, vooral niet als ze zo mooi is als jij zegt, al heb ik de indruk, mijn ondeugende wolfje, dat jij genegen was elk hapje voortreffelijk te vinden.'

'Waarom lelijk en oud?'

'Omdat het meisje niet uit liefde naar hem toe kwam, maar voor een pak ingewanden. Het was ongetwijfeld een meisje uit het dorp dat zich, misschien niet voor de eerste maal, uit honger aan de een of andere wellustige monnik geeft, en van hem tot beloning iets krijgt om haar mond en die van haar familie mee te vullen.'

'Een hoer!' zei ik vol afschuw.

'Een arm boerenmeisje, Adson. Misschien met een stel hongerige broertjes en zusjes. Een meisje dat zich, als ze kon, uit liefde en niet om het gewin zou geven. Zoals ze vanavond heeft gedaan. Je vertelde me immers dat ze je jong en mooi vond, en ze heeft jou gratis en uit liefde gegeven wat ze aan anderen daarentegen zou hebben gegeven voor een ossenhart en een paar stukken long. En ze voelde zich, nadat ze zich vrijwillig had weggeschonken, zo deugdzaam, zo opgelucht, dat ze is gevlucht zonder in ruil iets mee te nemen. Dat is de reden waarom ik denk dat de andere, met wie ze jou heeft vergeleken, noch jong, noch mooi was.'

Ik beken dat die verklaring mij, ondanks de hevigheid van mijn berouw, met een allerzoetste trots vervulde, maar ik zweeg en liet mijn meester zijn betoog vervolgen.

'Die lelijke oude schavuit moet de mogelijkheid hebben gehad naar het dorp te gaan en, om redenen die met zijn taak hier te maken hebben, zich met de boeren te onderhouden. Hij moet de manier kennen om mensen binnen de kloostermuur en weer naar buiten te laten, en weten dat in de keuken dat slachtafval zou liggen (en morgen zou er misschien gezegd worden dat, aangezien de deur was blijven openstaan, een hond was binnengekomen en het spul had opgegeten). Ten slotte moet hij een zeker gevoel voor zuinigheid hebben en er een zeker belang bij hebben dat de keuken niet van kostbaarder levensmiddelen wordt beroofd, anders zou hij haar een ribstuk of een ander stuk van een betere soort hebben gegeven. En dan zie je dat het beeld van onze onbekende zich zeer duidelijk aftekent en dat al deze kenmerken of accidenten, uitstekend passen bij een substantie die ik niet zou aarzelen te omschrijven als onze cellarius, Remigio van Varagine. Of, zo ik me mocht vergissen, als onze geheimzinnige Salvatore. Die bovendien, daar hij uit deze streek afkomstig is, heel goed met de mensen van hier kan praten en weet hoe hij een meisje moet overhalen te doen wat hij haar wilde laten doen, als jij niet was gekomen.'

'Zo is het vast,' zei ik overtuigd, 'maar wat hebben we nu aan die wetenschap?'

'Niets. En alles,' zei William. 'Deze geschiedenis kan wel of niet te maken hebben met de misdaden waar wij ons mee bezighouden. Overigens, als de cellarius een volgeling van Dolcino is geweest, verklaart het een het ander en omgekeerd. En ten slotte weten we nu dat deze abdij 's nachts een oord is waar zich menige ongeregeldheid afspeelt. En wie weet of onze cellarius, of Salvatore, die er in het donker zo ongedwongen rondlopen, niet op zijn minst gezegd meer dingen weten dan ze vertellen.'

'Maar zullen ze die aan ons vertellen?'

'Niet als we ons welwillend gedragen en doen of we niets van hun zonden weten. Maar als we werkelijk iets zouden moeten weten, dan zouden we een middel in handen hebben om hen tot praten te bewegen. Met andere woorden, als het nodig mocht zijn, kunnen we met de cellarius en Salvatore doen wat we willen, en God zal ons dit machtsmisbruik vergeven, gezien het feit dat Hij zo veel andere dingen vergeeft,' zei hij en keek me plagerig aan, zodat ik de moed niet had opmerkingen te maken over de geoorloofdheid van zijn voornemens.

'En nu zouden we naar bed moeten gaan, want over een uur is het tijd voor de metten. Maar ik zie dat je nog uit je doen bent, arme Adson, nog steeds verontrust om je zonde… Er is niets beters om je gemoed tot kalmte te brengen dan een tijdje vertoeven in de kerk. Ik heb je de absolutie gegeven, maar je weet nooit. Ga de Heer om bevestiging vragen.' En hij gaf me een nogal stevige klap op mijn hoofd, misschien als bewijs van vaderlijke en manlijke genegenheid, misschien als milde penitentie. Of misschien (was de zondige gedachte die in me opkwam) uit een soort goedmoedige afgunst van een man die, zoals hij, dorstte naar nieuwe en prikkelende ervaringen.

We gingen naar de kerk langs onze gebruikelijke weg, die ik haastig en met dichtgeknepen ogen aflegde, want al die beenderen herinnerden mij er die nacht al te duidelijk aan dat ook ik stof was en hoe dwaas de hoogmoed van mijn vlees was geweest.

In het middenschip aangekomen, zagen we een gedaante voor het hoofdaltaar. Ik dacht dat het Ubertino was. Het was evenwel Alinardo, die ons het eerste ogenblik niet herkende. Hij zei dat hij tegenwoordig niet meer kon slapen en had besloten de nacht door te brengen met bidden voor die jonge monnik die was verdwenen (hij herinnerde zich zijn naam niet eens). Hij bad voor zijn ziel, als hij dood mocht zijn, en voor zijn lichaam, mocht hij ergens ziek en eenzaam liggen.

'Te veel doden,' zei hij, 'te veel doden... Maar het stond geschreven in het boek van de apostel. Bij de eerste bazuin kwam de hagel, bij de tweede werd een derde deel van de zee tot bloed, en de een hebben jullie in de hagel gevonden, de ander in het bloed... De derde bazuin waarschuwt dat een brandende ster zal vallen op een derde deel van de rivieren en de waterbronnen. Zo, zeg ik jullie, is onze derde broeder verdwenen. En vrees de vierde bazuin, want dan zal het derde deel van de zon worden getroffen, en van de maan, en van de sterren, zodat er bijna volledige duisternis zal heersen...'

Terwijl we door het transept naar buiten liepen, vroeg William zich af of er niet enige waarheid stak in de woorden van de oude man.

'Maar,' merkte ik op, 'dat zou de veronderstelling inhouden dat één enkel duivels brein, met de Apocalyps als leidraad, de drie sterfgevallen van tevoren zou hebben beschikt, aangenomen dat ook Berenger dood is. We weten daarentegen dat de dood van Adelmo zijn eigen wilsdaad was...'

'Dat is waar,' zei William, 'maar datzelfde duivelse, of zieke brein kan door de dood van Adelmo op het idee zijn gekomen de andere twee gevallen op symbolische wijze te doen plaatshebben. En als dat zo zou zijn, zou Berenger in een rivier of in een bron moeten liggen. En er zijn geen rivieren of bronnen in de abdij, althans niet van die grootte dat iemand erin kan verdrinken of verdronken worden.'

'Er zijn alleen baden,' merkte ik bijna terloops op.

'Adson!' zei William, 'weet je dat dit een idee kan zijn? Het badhuis!'

'Maar ze zullen er al hebben gekeken...'

'Ik heb de knechten vanmorgen gezien toen ze aan het zoeken waren, ze deden de deur van het badhuis open en wierpen een blik om zich heen, zonder goed te zoeken, ze verwachtten nog niet iets te moeten zoeken dat goed verborgen was, ze verwachtten een lijk dat ergens op een opzienbarende manier zou liggen, zoals het lijk van Venantius in de kruik... Laten we eens gaan kijken, het is tenslotte nog donker en ik geloof dat onze lamp nog lustig brandt.'

Zo deden we, en we kregen zonder moeite de deur van het naast het hospitaal gelegen badhuis open.

Van elkaar gescheiden door grote gordijnen stonden daar de badkuipen, ik weet niet meer hoeveel. De monniken gebruikten ze voor hun lichaamshygiëne, op de door de regel voorgeschreven dag, en Severin gebruikte ze voor therapeutische doeleinden, want niets kan lichaam en geest zo tot rust brengen als een bad. In een hoek was een haard waarop het water gemakkelijk kon worden verwarmd. We zagen dat er verse as in lag, en ervoor lag een omgekeerde grote kookketel. Het water kon uit een bron in een hoek worden geput.

We keken in de eerste badkuipen, die leeg waren. Alleen de laatste, verscholen achter een dichtgetrokken gordijn, was vol en ernaast lag een hoopje kleren. Op het eerste gezicht leek, bij het licht van onze lamp, het oppervlak van het water onberoerd, maar toen we het licht erboven hielden zagen we door de vloeistof heen op de bodem een ontzield mensenlichaam, naakt. We trokken het langzaam uit het water: het was Berenger. En deze dode, zei William, had werkelijk het gezicht van een drenkeling. De gelaatstrekken waren gezwollen. Het lichaam, blank en week, onbehaard, leek op dat van een vrouw, op de obscene aanblik na die de slappe schaamdelen boden. Ik kreeg een kleur, vervolgens een huivering. Ik bekruiste me, terwijl William het lijk zegende.

VIERDE DAG

VIERDE DAG
LAUDEN

Waarin William en Severin het lijk van Berenger onderzoeken en ontdekken dat zijn tong zwart is, een eigenaardig verschijnsel voor een drenkeling. Vervolgens hebben zij een gesprek over uiterst pijnlijke vergiften en over een diefstal van lang geleden.

◆

Ik zal niet uitweiden over hoe wij de abt verwittigden, hoe de gehele abdij vóór het canonieke uur werd wakker geschud, hoe overal kreten van afschuw weerklonken en de schrik en smart op ieders gezicht te lezen stond, hoe het nieuws zich onder de gehele bevolking van het terrein verspreidde en de dienaren zich bekruisten en bezweringen uitspraken. Ik weet niet of het eerste officie die ochtend volgens de regels verliep en wie eraan deelnamen. Ik volgde William en Severin, die het lichaam van Berenger in een laken lieten wikkelen en opdracht gaven het op een tafel in het hospitaal neer te leggen.

Toen de abt en de andere monniken zich hadden verwijderd, schouwden de herborist en mijn meester het lijk langdurig en met de nuchterheid van heelmeesters.

'Hij is door verdrinking om het leven gekomen,' zei Severin, 'daar bestaat geen twijfel aan. Het gezicht is opgezwollen, de buik gespannen...'

'Maar hij is niet door een ander verdronken,' merkte William op, 'want dan zou hij zich tegen het geweld van de moordenaar hebben verzet en zouden we rondom de kuip sporen van gemorst water hebben aangetroffen. Alles zag er daarentegen ordelijk en schoon uit, alsof Berenger water had warm gemaakt, het bad had gevuld en er uit eigen beweging in was gaan liggen.'

'Dat verbaast mij niet,' zei Severin. 'Berenger leed aan zenuwkrampen, en ikzelf had hem meermalen gezegd dat lauwe baden goed zijn om de overspannen toestand van lichaam en geest tot bedaren te brengen. Verscheidene malen had hij me verlof gevraagd om van het badhuis gebruik te maken. Dat kan hij vannacht ook hebben gedaan...'

'Gisternacht,' corrigeerde William, 'want dit lichaam heeft, zoals je ziet, ten minste een dag in het water gelegen...'

'Het is mogelijk dat het gisternacht was,' gaf Severin toe. William bracht hem ten dele op de hoogte van de gebeurtenissen van de voorgaande nacht. Hij vertelde hem niet dat wij heimelijk in het scriptorium waren geweest maar zei, onder verzwijging van verschillende omstandigheden, dat we een geheimzinnige gedaante hadden achtervolgd die ons een boek had ontstolen. Severin begreep dat William hem slechts een deel van de waarheid vertelde, maar vroeg verder niets. Hij merkte op dat Berenger, als hij de geheimzinnige dief was, daardoor misschien zo opgewonden was geraakt dat hij in een verkwikkend bad kalmering had gezocht. Berenger, zei hij, had een zeer gevoelige aard, soms bezorgde een tegenkanting of een emotie hem bevingen en koud zweet, dan sperde hij zijn ogen wijd open en viel op de grond onder het opgeven van een wittig slijm.

'Hoe het ook zij,' zei William, 'voordat hij hierheen kwam is hij ergens anders geweest, want in het badhuis heb ik het boek dat hij heeft gestolen niet gezien.'

'Ja,' bevestigde ik met een zekere trots, 'ik heb zijn kleren die naast de badkuip lagen opgetild, en ik heb geen sporen van enig omvangrijk voorwerp gevonden.'

'Goed zo,' prees William mij met een glimlach. 'Hij is dus ergens anders geweest, en laten we maar aannemen dat hij daarna, om zijn opwinding tot bedaren te brengen, en misschien om zich aan onze naspeuringen te onttrekken, het badhuis is binnengeglipt en in het water is gaan liggen. Severin, acht jij de kwaal waaraan hij leed van zodanige aard dat hij het bewustzijn kan hebben verloren en toen is verdronken?'

'Het zou kunnen,' antwoordde Severin weifelend. 'Anderzijds, als alles twee nachten geleden is gebeurd, kan er water om de kuip hebben gelegen, dat later is opgedroogd. Dan kunnen we dus niet uitsluiten dat hij met geweld is verdronken.'

'Maar,' wierp William tegen, 'heb je ooit een dode gezien die, voordat hij wordt verdronken, zijn kleren uittrekt?' Severin antwoordde niet, omdat hij al enkele ogenblikken de handen van het lijk stond te bestuderen: 'Kijk eens wat merkwaardig…' zei hij.

'Eergisteren heb ik de handen van Venantius bekeken, nadat het bloed van zijn lichaam was afgewassen, en daarbij een bijzonderheid opgemerkt waaraan ik toen niet veel belang hechtte. De vingertoppen van twee vingers van zijn rechterhand waren donker, alsof ze door een bruine stof waren gekleurd. Precies – zie je? – zoals nu twee vingertoppen van Berenger. We hebben hier zelfs nog een spoor op de derde vinger. Toen dacht ik dat Venantius in het scriptorium met inkten in aanraking was geweest…'

'Hoogst interessant,' zei William peinzend terwijl hij vooroverboog om Berengers vingers beter te bekijken. De dageraad brak aan, het licht binnen was nog zwak, mijn meester was zichtbaar onthand door het gemis van zijn lenzen. 'Hoogst interessant,' herhaalde hij. 'Duim en wijsvinger zijn aan de toppen donker gekleurd, de middelvinger alleen een klein beetje aan de binnenkant. Maar er zitten ook lichtere sporen op de linkerhand, althans op duim en wijsvinger.'

'Als het alleen de rechterhand was, zouden het de vingers zijn van iemand die iets kleins, of iets langs en duns heeft beetgepakt...'

'Zoals een stift. Of iets eetbaars. Of een insect. Of een slang. Of een monstrans. Of een stok. Te veel dingen. Maar als er ook op de andere hand sporen zitten, kan het ook een nap zijn geweest, de rechterhand houdt hem vast en de linker steunt hem met minder krachtsinspanning...'

Severin wreef nu zachtjes over de vingers van de dode, maar de bruine kleur verdween niet. Ik merkte op dat hij een paar handschoenen had aangetrokken, die hij waarschijnlijk gebruikte wanneer hij met giftige stoffen bezig was. Hij rook aan de vingers, maar kon er niets uit gewaarworden. 'Ik zou je heel wat stoffen kunnen opnoemen die dit soort sporen achterlaten. Sommige zijn dodelijk, andere niet. Miniaturisten hebben soms goudstof aan hun vingers...'

'Adelmo was miniaturist,' zei William. 'Ik neem aan dat je er bij het zien van zijn verminkte lichaam niet aan hebt gedacht zijn vingers te onderzoeken. Maar de andere twee kunnen iets hebben aangeraakt dat aan Adelmo had toebehoord.'

'Ik weet het werkelijk niet,' zei Severin. 'Twee doden, beide met zwarte vingers. Wat leid jij daaruit af?'

'Ik leid er niets uit af: de regels van het syllogisme zeggen dat nihil sequitur geminis ex particularibus unquam, uit twee afzonderlijke feiten volgt geen enkele regel. We zouden eerst de regel moeten kennen, bijvoorbeeld: er bestaat een stof die de vingers van degene die haar aanraakt zwart kleurt...'

Ik maakte triomfantelijk het syllogisme af: '...Venantius en Berenger hebben zwart gekleurde vingers, ergo zij hebben deze stof aangeraakt!'

'Goed zo, Adson,' zei William, 'jammer dat ook jouw syllogisme niet geldig is, want aut semel aut iterum medium generaliter esto, en in dit syllogisme is de middenterm nergens algemeen. Een teken dat we de major verkeerd hebben gekozen. Ik had niet moeten zeggen: al degenen die een bepaalde stof aanraken krijgen zwarte vingers, want er zouden ook mensen met zwarte vingers kunnen zijn die de stof niet hebben aangeraakt. Ik had moeten zeggen: al degenen en alleen degenen die zwarte vingers hebben, hebben stellig een bepaalde stof aangeraakt. Venantius en Berenger, enzovoort. Waarmee we een Darii, een voortreffelijk derde syllogisme van de eerste figuur zouden hebben.'

'Dan hebben we het antwoord!' zei ik opgetogen.

'Ach, Adson, wat stel jij veel vertrouwen in syllogismen! We hebben wederom slechts de vraag. Dat wil zeggen, we hebben de hypothese opgesteld dat Venantius en Berenger dezelfde stof hebben aangeraakt, zonder meer een redelijke hypothese. Maar als we uitgaan van een stof die, als enige onder alle andere, dit resultaat teweegbrengt (hetgeen nog moet worden vastgesteld), dan weten we nog niet welke stof het is en waar zij haar hebben gevonden, en waarom ze haar hebben aangeraakt. En let wel, we weten ook niet of die stof die ze hebben aangeraakt wel de oorzaak is van hun dood. Stel dat een krankzinnige iedereen die goudpoeder aanraakt zou willen doden. Zouden we dan zeggen dat het goudpoeder zelf dodelijk is?'

Ik was van mijn stuk gebracht. Ik had altijd gedacht dat de logica een universeel wapen was, en nu merkte ik hoezeer haar geldigheid afhing van de wijze waarop ze werd toegepast. Anderzijds was ik me er in de omgang met mijn meester van bewust geworden, en werd ik me er in de dagen die volgden steeds meer van bewust, dat de logica vele diensten kan bewijzen, op voorwaarde dat men zich erin begeeft en haar vervolgens weer achter zich laat.

Severin, die stellig geen goed logicus was, dacht intussen na vanuit zijn eigen ervaring: 'De wereld van de vergiften is veelsoortig zoals de mysteriën van de natuur veelsoortig zijn,' zei hij. Hij wees naar een reeks potten en ampullen die wij al een keer hadden bewonderd, ordelijk op de planken langs de muren gerangschikt naast een groot aantal boeken. 'Zoals ik je al heb gezegd, zouden vele van deze kruiden, op de juiste wijze samengebracht en gedoseerd, dodelijke drankjes en zalven kunnen opleveren. Kijk, daar staan doornappel, belladonna, waterscheerling: ze kunnen slaap verwekken, of opwinding, of beide; met mate toegediend zijn het uitstekende geneesmiddelen, in te grote doses leiden ze tot de dood…'

'Maar geen van deze stoffen zou op de vingers sporen achterlaten?'

'Geen enkele, geloof ik. Verder zijn er stoffen die alleen gevaarlijk worden als men ze inslikt en andere die daarentegen op de huid werken. Nieswortel kan brakingen veroorzaken bij iemand die de plant beetpakt om haar uit de grond te trekken. Het essenkruid, ook vuurwerkplant genoemd, kan, wanneer het in bloei staat, bij de tuinlieden die het aanraken een roes teweegbrengen, alsof ze wijn hebben gedronken. Het zwarte nieskruid veroorzaakt, alleen al bij aanraking, diarree. Andere planten geven hartkloppingen, weer andere bonzingen in het hoofd, nog weer andere ontnemen iemand de stem. Addergif daarentegen veroorzaakt, als het op de huid wordt gesmeerd zonder dat het in het bloed doordringt, slechts een lichte irritatie... Eén keer echter heeft men mij een mengsel laten zien dat, aan de binnenkant van de dijen van een hond vlak bij de geslachtsdelen aangebracht, het dier in korte tijd doet sterven onder gruwelijke krampen, waarbij de ledematen langzamerhand verstijven...'

'Je weet veel van vergiften,' zei William op een toon die bewonderend leek. Severin keek hem strak aan en doorstond enkele tellen lang zijn blik: 'Ik weet wat een medicus, een herborist, een beoefenaar van de menselijke gezondheidsleer moet weten.'

William bleef een poos lang in gedachten verzonken. Daarop verzocht hij Severin de mond van het lijk te openen en de tong te bekijken. Nieuwsgierig pakte Severin een dunne spatel, een van de instrumenten uit zijn medische praktijk, en deed wat hem was gevraagd. Hij slaakte een kreet van verbazing: 'De tong is zwart!'

'Zo is het dus,' mompelde William. 'Hij heeft iets met zijn vingers beetgepakt en heeft het ingeslikt... Dat sluit de vergiften uit die jij zojuist noemde, die dodelijk zijn als ze door de huid heen dringen. Maar dat maakt onze gissingen niet eenvoudiger. Want nu moeten we, ten aanzien van hem en van Venantius, denken aan een vrijwillige, niet toevallige daad die niet te wijten is aan onoplettendheid of onvoorzichtigheid en evenmin met geweld is opgelegd. Ze hebben iets beetgepakt en in hun mond gestoken, wetende wat ze deden...'

'Een spijs? Een drank?'

'Misschien. Of misschien... ik noem maar wat, een muziekinstrument zoals een fluit...'

'Absurd,' zei Severin.

'Natuurlijk is het absurd. Maar we mogen geen enkele hypothese, hoe uitzonderlijk ook, verwaarlozen. Laten we nu proberen te achterhalen wat de giftige stof kan zijn. Als iemand die de vergiften net zo goed kent als jij, hier was binnengedrongen en een aantal van jouw kruiden had gebruikt, zou hij dan in staat zijn geweest een dodelijke zalf samen te stellen die zulke sporen op vingers en tong kan achterlaten? Die in een spijs kan worden gedaan, in een drank, op een lepel of iets anders dat men in zijn mond steekt?'

'Ja,' gaf Severin toe, 'maar wie? En zelfs al zou je van die hypothese uitgaan, hoe zou het vergif dan aan onze arme medebroeders zijn toegediend?'

Eerlijk gezegd kon ik me ook niet voorstellen dat Venantius en Berenger zich door iemand zouden laten benaderen die hun een geheimzinnige substantie voorhield en hen overhaalde haar te eten of te drinken. Maar William leek door deze ongerijmdheid niet uit het veld geslagen. 'Daarover zullen we later nadenken,' zei hij, 'want nu zou ik graag willen dat jij je een voorval probeert te herinneren waar je misschien nog niet aan hebt teruggedacht, ik weet niet, iemand die je vragen heeft gesteld over je kruiden, iemand die gemakkelijk toegang heeft tot het hospitaal…'

'Wacht even,' zei Severin, 'een hele tijd geleden, ik heb het over jaren, bewaarde ik op een van die planken een zeer krachtige stof, die ik had gekregen van een medebroeder die verre landen had bereisd. Hij kon me niet vertellen waarvan ze was gemaakt, ongetwijfeld van kruiden, en niet uitsluitend van bekende. Het spul zag eruit als iets kleverigs, gelig van kleur, maar ik kreeg de raad het niet aan te raken, want zelfs al zou het slechts in aanraking komen met mijn lippen, dan zou het me in korte tijd doden. Mijn medebroeder vertelde me dat het, ook bij inname van minimale doses, binnen een halfuur een gevoel van grote uitputting veroorzaakte, vervolgens een langzaam intredende verlamming van alle ledematen, en ten slotte de dood. Hij wilde het niet bij zich houden en gaf het mij ten geschenke. Ik bewaarde het lange tijd, want ik was van plan het op de een of andere manier te onderzoeken. Toen kwam er op een dag een zware storm over het plateau. Een van mijn helpers, een novice, had de deur van het hospitaal laten openstaan, en de orkaan had een chaos veroorzaakt in het hele vertrek waarin we nu staan. Gebroken ampullen, vloeistoffen uitgestroomd over de vloer, kruiden en poeders her en der. Ik was een hele dag bezig om mijn spullen weer te ordenen, en ik liet me alleen helpen bij het opvegen van de scherven en de kruiden die niet meer te redden waren. Toen alles klaar was, merkte ik dat juist de ampul waarover ik je vertelde er niet meer was. Aanvankelijk maakte ik me zorgen, daarna kwam ik tot de overtuiging dat ze was verbrijzeld en zich met het andere afval had vermengd. Ik liet de vloer van het hospitaal goed schrobben en de muurplanken met water afnemen…'

'Had je de ampul enkele uren voor de orkaan nog gezien?'

'Ja… Of liever, nee, nu ik erover nadenk. Ze stond achter een rij potten, goed verstopt, en ik controleerde niet elke dag of ze er nog stond…'

'Dus voor zover je weet, zou ze je ook geruime tijd voor de orkaan ontstolen kunnen zijn, zonder dat je het wist?'

'Nu je me erover aan het denken zet, ja, zonder twijfel.'

'En die novice van jou zou je de ampul kunnen hebben ontstolen en daarna zou hij de gelegenheid van de orkaan kunnen hebben aangegrepen om de deur opzettelijk te laten openstaan en je spullen door elkaar te gooien.'

Severin leek buitengewoon opgewonden: 'Inderdaad, ja. Dat niet alleen, maar terugdenkend aan wat er gebeurde, herinner ik me dat het me ten zeerste verbaasde dat de orkaan, hoe hevig ook, zo veel dingen had omgegooid. Ik zou heel goed kunnen zeggen dat iemand van de orkaan gebruik heeft gemaakt om het vertrek overhoop te halen en meer schade te veroorzaken dan de wind had kunnen doen!'

'Wie was die novice?'

'Hij heette Agostino. Maar hij is vorig jaar gestorven door een val van een steiger toen hij met andere monniken en knechten de sculpturen aan de voorgevel van de kerk schoonmaakte. Overigens had hij, nu ik er goed over nadenk, bij hoog en bij laag gezworen dat hij de deur voor het opsteken van de orkaan niet had laten openstaan. Ik was het die hem in mijn woede verantwoordelijk hield voor het onheil. Misschien was hij werkelijk onschuldig.'

'Daarmee hebben we dan een derde, wellicht heel wat deskundiger persoon dan een novice, die van jouw vergif wist. Met wie had je erover gesproken?'

'Dat kan ik me echt niet herinneren. Met de abt natuurlijk, om hem toestemming te vragen een zo gevaarlijke stof in bezit te houden. En met nog een paar anderen, misschien wel in de bibliotheek, omdat ik kruidenboeken zocht die me iets zouden kunnen onthullen.'

'Maar zei je niet dat je de boeken die voor jouw beroep het meest van pas komen hier bij je houdt?'

'Ja, en dat zijn er vele,' zei hij, wijzend op een aantal planken in een hoek van het vertrek, beladen met tientallen boekwerken. 'Maar destijds zocht ik bepaalde boeken die ik niet hier zou mogen houden en die Malachias me zelfs niet zomaar wilde laten inzien, zodat ik de abt toestemming ervoor moest vragen.' Hij dempte zijn stem, en het leek alsof hij liever niet wilde dat ik hem hoorde. 'Weet je, op een onbekende plaats in de bibliotheek worden ook werken bewaard over necromantie. Ik mocht, ter wille van mijn beroepskennis, enkele van die werken raadplegen, en ik hoopte een beschrijving van dat vergif en van zijn werking te vinden. Vergeefs.'

'Je hebt er dus met Malachias over gesproken.'

'Zeker, met hem in elk geval, en misschien ook wel met Berenger, die hem assisteerde. Maar trek geen overhaaste conclusies: misschien waren er andere monniken bij toen ik erover sprak, ik herinner het me niet, weet je, soms is het nogal druk in het scriptorium…'

'Ik verdenk op dit moment niemand. Ik probeer alleen erachter te komen wat er kan zijn gebeurd. In elk geval zeg jij dat dit voorval een aantal jaren geleden plaatsvond, en het is merkwaardig dat iemand zo lang van tevoren een vergif heeft ontvreemd dat hij zoveel later zou gaan gebruiken. Dat zou duiden op een kwaadaardige wil die lange tijd in het verborgene een moordplan heeft gekoesterd.'

Severin bekruiste zich met een uitdrukking van afschuw op zijn gezicht. 'Moge God ons allen vergeven!' zei hij.

Er viel niets meer over te zeggen. We legden het laken weer over het lichaam van Berenger, dat voor de teraardebestelling in gereedheid moest worden gebracht.

VIERDE DAG
PRIEM

Waarin William eerst Salvatore en dan de cellarius dwingt hun verleden op te biechten, Severin de gestolen lenzen terugvindt, Nicola de nieuwe brengt en William met zes ogen het manuscript van Venantius gaat ontcijferen.

◆

We wilden net de deur uitgaan toen Malachias binnenkwam. Hij leek verstoord door onze aanwezigheid en maakte aanstalten om weer weg te gaan. Severin zag hem vanuit zijn laboratorium en zei: 'Zocht je mij? Is het voor...' Hij maakte zijn zin niet af en keek naar ons. Malachias gaf hem een verholen teken alsof hij wilde zeggen: 'We hebben het er straks wel over...' Wij waren op weg naar buiten, hij naar binnen, en we troffen elkaar gedrieën in de deuropening. Malachias zei dat hij de broeder herborist zocht omdat hij hoofdpijn had.

'Dat komt vast door de bedompte lucht van de bibliotheek,' zei William vol medeleven. 'U zou berokingen moeten toepassen.'

Malachias bewoog zijn lippen alsof hij nog iets wilde zeggen, zag er toen van af, boog zijn hoofd en ging naar binnen, terwijl wij ons verwijderden.

'Wat komt hij bij Severin doen?' vroeg ik.

'Adson,' zei mijn meester ongeduldig, 'leer je hersens te gebruiken.' Daarop veranderde hij van onderwerp: 'We moeten nu enkele mensen ondervragen. Tenminste,' voegde hij eraan toe terwijl hij met zijn blik het kloosterterrein verkende, 'zo lang ze nog in leven zijn. À propos: van nu af aan letten we goed op wat we eten en drinken. Neem altijd je eten uit de gemeenschappelijke schaal en je drinken uit de kruik waaruit de anderen zich al hebben ingeschonken. Na Berenger zijn wij degenen die het meest weten. Behalve, natuurlijk, de moordenaar.'

'Wie wilt u nu dan ondervragen?'

'Adson,' zei William, 'je zult hebben opgemerkt dat de belangwekkendste dingen hier 's nachts gebeuren. 's Nachts vallen er doden, 's nachts dwaalt men door het scriptorium, 's nachts worden er vrouwen binnen de kloostermuur gehaald... We hebben een abdij van de dag en een abdij van de nacht, en die van de nacht lijkt noodlottigerwijs interessanter dan die van de dag.

Bijgevolg stellen wij belang in eenieder die 's nachts op pad is, met inbegrip van bijvoorbeeld de man die je gisteravond met dat meisje hebt gezien. Misschien heeft de geschiedenis met het meisje niets met die van de vergiften te maken, misschien ook wel. Hoe het ook zij… kijk, daar loopt iemand die ofwel de man van gisteravond was, ofwel iemand die weet wie dat was.'

Hij wees op Salvatore, die ons eveneens had gezien. Ik merkte een lichte aarzeling op in zijn pas, alsof hij ons wilde ontlopen en stilhield om rechtsomkeert te maken. Het duurde slechts een ogenblik. Klaarblijkelijk had hij ingezien dat hij zich niet aan de ontmoeting kon onttrekken, en hij liep weer verder. Hij wendde zich tot ons met een brede grijns en een nogal zalvend 'benedicite'. Mijn meester liet hem nauwelijks de tijd om zijn groet uit te spreken en ging meteen in de aanval.

'Weet je dat morgen de inquisitie hier komt?' vroeg hij hem. Salvatore leek er niet mee ingenomen. Met een benepen stem vroeg hij: 'En mi?'

'Jij doet er beter aan de waarheid te vertellen aan mij, die een vriend van je is, en een minderbroeder, zoals jij bent geweest, dan haar morgen te vertellen aan die anderen, die jij maar al te goed kent.'

Na deze plotselinge aanval scheen Salvatore alle tegenstand op te geven. Hij keek William onderdanig aan, als om hem duidelijk te maken dat hij bereid was te vertellen wat deze hem zou vragen.

'Vannacht was er een vrouw in de keuken. Wie was er bij haar?'

'O, femena die zich verkoopt como mercandia, kan niet bon essere, niet netjes essere,' oreerde Salvatore.

'Ik wil niet weten of het een net meisje was. Ik wil weten wie er bij haar was!'

'Dieu, wat zijn de femene slimme duivelinnen! Zij denken jour et nuit hoe te bedotten l'omo…'

William greep hem ruw bij zijn pij: 'Wie was er bij haar, jij of de cellarius?'

Salvatore begreep dat hij niet langer kon blijven draaien. Hij begon een vreemd verhaal te vertellen, waaruit we met veel moeite opmaakten dat hij de cellarius, om hem te gerieven, meisjes uit het dorp bezorgde, die hij 's nachts in de abdij binnenliet langs wegen die hij ons niet wilde vertellen. Maar hij zwoer dat hij uit louter goedhartigheid handelde en liet een komische spijtigheid doorschemeren om het feit dat hij geen kans zag er zelf iets aan te hebben, in die zin dat het meisje, na de cellarius ter wille te zijn geweest, ook iets aan hem gaf. Hij vertelde dit alles met kleverige en liederlijke lachjes en knipoogjes, als wilde hij te verstaan geven dat hij sprak tegen mannen van vlees en bloed, die aan dit soort praktijken gewoon waren. En hij keek mij tersluiks aan.

William besloot toen alles op alles te zetten. Hij vroeg hem op de man af: 'Heb je Remigio leren kennen vóór- of nadat je bij Dolcino bent geweest?' Salvatore knielde aan zijn voeten neer en smeekte hem in tranen hem niet in het verderf te storten en hem van de inquisitie te redden. William zwoer hem plechtig dat hij aan niemand zou vertellen wat hij te horen kreeg, en Salvatore leverde prompt de cellarius aan onze genade uit. Ze hadden elkaar op de Parete Calva leren kennen toen ze beiden deel uitmaakten van de bende van Dolcino, samen met de cellarius was hij gevlucht en in het klooster van Casale ingetreden, samen met hem was hij overgegaan naar de cluniacenzers. Hij smeekte brabbelend om vergiffenis, en het was duidelijk dat we van hem niets meer aan de weet zouden komen. William besloot dat het de moeite waard was Remigio te overrompelen en liet Salvatore gaan, waarop deze ijlings de kerk in vluchtte.

De cellarius was aan de andere kant van de abdij, voor de graanschuren, waar hij stond te onderhandelen met enkele boeren uit het dal. Hij keek ons benauwd aan en deed alsof hij het erg druk had, maar William stond erop met hem te spreken. Tot op dat ogenblik hadden we weinig met hem te maken gehad; hij was hoffelijk geweest tegen ons, wij tegen hem. Die ochtend richtte William het woord tot hem zoals hij tot een broeder uit zijn eigen orde zou hebben gedaan. De cellarius leek door die vertrouwelijkheid in verlegenheid gebracht en gaf aanvankelijk zeer voorzichtig antwoord.

'Uit hoofde van je functie ben je uiteraard gedwongen ook als de anderen slapen door de abdij rond te lopen, neem ik aan,' zei William.

'Dat hangt ervan af,' antwoordde Remigio, 'soms zijn er kleine dingen af te handelen waaraan ik een paar uren slaap moet opofferen.'

'Is je in die gevallen niets overkomen dat ons een aanwijzing kan verschaffen over wie zich, zonder de geldige redenen die jij hebt, rond de keuken en de bibliotheek beweegt?'

'Als ik iets had gezien, zou ik het aan de abt hebben verteld.'

'Juist,' beaamde William, waarop hij plotseling van onderwerp veranderde: 'Het dorp in het dal is niet erg rijk, wel?'

'Ja en nee,' antwoordde Remigio, 'er wonen proveniers die afhankelijk zijn van de abdij en zij delen in onze rijkdom, in de vette jaren. Op Sint-Jansdag bijvoorbeeld hebben ze twaalf schepels mout, een paard, zeven ossen, een stier, vier vaarzen, vijf kalveren, twintig schapen, vijftien varkens, vijftig kippen en zeventien bijenkorven gekregen. En verder nog twintig gerookte varkens, zevenentwintig blokken reuzel, een halve maat honing, drie maten zeep, een visnet...'

'Ja, ja,' viel William hem in de rede, 'maar je zult moeten toegeven dat ik hieruit nog niet kan opmaken hoe het dorp ervoor staat, wie van de inwoners proveniers van de abdij zijn, en hoeveel grond iemand die geen provenier is, voor zichzelf kan bebouwen…'

'O, wat dat betreft,' zei Remigio, 'bezit een normaal gezin daar beneden wel vijftig tafels grond.'

'Hoeveel is een tafel?'

'Vier vierkante roe, natuurlijk.'

'Vierkante roe? Hoeveel is dat?'

'Zesendertig vierkante voet per roe. Of anders gezegd, achthonderd strekkende roe vormen een Piëmontese mijl. En dan moet je rekenen dat een gezin – op de aan de noordzijde gelegen gronden – olijven kan kweken voor op zijn minst een halve zak olie.'

'Een halve zak?'

'Ja, één zak is vijf emine, en één emina is acht kannen.'

'Ik begrijp het,' zei mijn meester ontmoedigd. 'Elk land heeft zijn eigen maten. De wijn bijvoorbeeld, meten jullie die in kruiken?'

'Of in rubbie. Zes rubbie, een brenta, en acht brente een bottale. Anders gezegd, een rubbio is zes pinten van twee kruikjes.'

'Ik geloof dat ik er nu wel een goed idee van heb,' zei William berustend.

'Wil je nog meer weten?' vroeg Remigio op een toon die mij uitdagend toescheen.

'Ja. Ik vroeg je hoe de mensen in het dal leven, want ik zat vandaag in de bibliotheek na te denken over de preken tot de vrouwen van Humbert van Romans, en in het bijzonder over dat hoofdstuk *Ad mulieres pauperes in villulis*. Waarin hij zegt dat zij door hun armoede meer dan andere vrouwen tot de zonde van het vlees worden verleid, en de wijze woorden spreekt dat zij "peccant enim mortaliter, cum peccant cum quocumque laico, mortalius vero quando cum Clerico in sacris ordinibus constituto, maxime vero quando cum Religioso mundo mortuo". Jij weet beter dan ik dat ook in heilige oorden als abdijen de bekoringen van de middagduivel nimmer ontbreken. Ik vroeg me af of jij in je gesprekken met de mensen uit het dorp misschien had gehoord dat er monniken zijn die – moge God het verhoeden – meisjes tot ontucht hebben overgehaald.'

Hoewel mijn meester deze dingen op een haast verstrooide toon zei, zal mijn lezer hebben begrepen hoezeer die woorden de arme cellarius van zijn stuk brachten. Ik zou niet kunnen zeggen of hij verbleekte, maar wel dat ik er zo van overtuigd was dat hij zou verbleken, dat ik het ook zag gebeuren.

'Je vraagt me dingen die ik, als ik ze wist, al aan de abt zou hebben verteld,' antwoordde hij deemoedig. 'In elk geval zal ik je niets verzwijgen van wat mij ter ore mocht komen, indien zulke berichten, naar ik aanneem, nuttig kunnen zijn voor je onderzoek. Ja, wat die eerste vraag van je betreft, nu je me erop attent maakt... De nacht waarin de arme Adelmo stierf, liep ik door de hof... er was iets met de kippen, weet je... geruchten die ik had opgevangen over de een of andere hoefsmid die in de nachtelijke uren in het kippenhok ging stelen... Welnu, die nacht zag ik toevallig – uit de verte, ik kan er geen eed op doen – Berenger langs het koor naar het dormitorium terugkeren, alsof hij uit het Hoofdgebouw kwam... Het verbaasde me niet, want er werd onder de monniken al lang over Berenger gefluisterd, misschien heb je het gehoord...'

'Nee, vertel eens.'

'Wel, hoe zal ik het zeggen? Berenger werd ervan verdacht hartstochten te koesteren die... een monnik niet betamen...'

'Wil je soms suggereren dat hij betrekkingen had met meisjes uit het dorp, zoals ik je daarnet vroeg?'

De cellarius kuchte verlegen, en er kwam een nogal gemene grijns op zijn gezicht: 'O nee... nog veel onbetamelijker hartstochten...'

'Bevredigt een monnik die zijn vleselijke lusten met dorpsmeisjes botviert, dan in zekere zin wel betamelijke hartstochten?'

'Dat heb ik niet gezegd, maar jij leert me dat er een rangorde is in de verdorvenheid, zoals die er is in de deugd. Het vlees kan worden bekoord op een natuurlijke en... een tegennatuurlijke manier.'

'Vertel je me hiermee dat Berenger werd gedreven door vleselijke begeerten tot personen van zijn eigen geslacht?'

'Ik zeg dat er zulke praatjes over hem gingen... Ik heb je deze dingen medegedeeld als bewijs van mijn oprechtheid en mijn goede wil...'

'Daar dank ik je voor. En ik ben het met je eens dat de zonde der sodomie heel wat erger is dan andere vormen van ontucht, die ik eerlijk gezegd liever niet aan een onderzoek onderwerp...'

'Pekelzonden, anders niet, als ze zich al mochten voordoen,' zei de cellarius filosofisch.

'Pekelzonden, Remigio. Wij zijn allen zondaars. Ik zou nooit de splinter in het oog van mijn broeder zoeken, zozeer vrees ik een grote balk in het mijne te hebben. Maar ik zal je dankbaar zijn voor alle balken waarover je me in de komende tijd zult willen vertellen. Zo zullen we over grote en stevige boomstronken babbelen en de splinters vrij door de lucht laten dwarrelen. Hoeveel zei je ook weer dat een roe is?'

'Zesendertig vierkante voet. Maar span je niet in. Als je iets nauwkeurig wilt weten, kom je maar bij mij. Je kunt erop rekenen dat je in mij een trouwe vriend hebt.'

'Zo beschouw ik je ook,' zei William hartelijk. 'Ubertino heeft me verteld dat je vroeger ook tot mijn orde behoorde. Ik zou nooit een gewezen medebroeder verraden, vooral niet in deze dagen, nu we de komst verwachten van een pauselijk gezantschap onder leiding van een grootinquisiteur, die erom bekendstaat dat hij talloze volgelingen van Dolcino heeft verbrand. Zei je dat een roe zesendertig vierkante voet is?'

De cellarius was geen domme man. Hij besloot dat het geen zin had langer kat en muis te spelen, te meer daar hij merkte dat hij de muis was.

'Frater William,' zei hij, 'ik zie dat je veel meer weet dan ik had gedacht. Het is waar, ik ben een arme zondaar en geef toe aan de verlokkingen van het vlees. Jij hebt veel gereisd, William, je weet dat zelfs de kardinalen in Avignon geen voorbeeld van deugdzaamheid zijn. Ik weet dat je me niet voor deze kleine, armzalige zonden aan de tand voelt. Maar ik begrijp ook dat je iets over mijn lotgevallen van weleer hebt vernomen. Ik heb een veelbewogen leven gehad, zoals met zo vele van ons minorieten het geval is. Jaren geleden heb ik in het ideaal van de armoede geloofd, ik heb de gemeenschap verlaten om een zwervend bestaan te gaan leiden. Ik heb in de prediking van Dolcino geloofd, zoals velen met mij. Ik ben geen ontwikkeld man, ik kom uit een gezin van ambachtslieden, en ik weet weinig van theologie. Ik weet niet eens waarom ik deed wat ik toen heb gedaan. Kijk, voor Salvatore was het begrijpelijk, hij kwam voort uit de grondhorigen, hij had een jeugd van ontberingen en ziekten… Dolcino vertegenwoordigde de opstand tegen wie hem honger had laten lijden. Voor mij was het anders, ik kwam uit een familie van stedelingen, ik vluchtte niet voor de honger. Het was… hoe zal ik het zeggen, een feest van dwazen, een vrolijk carnaval… In de bergen met Dolcino, voordat het zover was gekomen dat we het vlees aten van onze makkers die in de strijd waren gesneuveld, voordat er zoveel van ellende omkwamen dat we ze niet allemaal meer konden opeten en we ze aan de vogels voerden en aan de roofdieren op de hellingen van de Rebello… of misschien ook op die momenten… ademden we een lucht van… mag ik zeggen van vrijheid? Voor die tijd wist ik niet wat vrijheid was, de predikers zeiden tegen ons: "De waarheid zal jullie vrij maken." Wij voelden ons vrij, we dachten dat het de waarheid was. We dachten dat alles wat we deden juist was…'

'En daar zijn jullie begonnen… je vrijelijk met een vrouw te verenigen?' vroeg ik, waarom weet ik zelf niet, maar sinds de vorige nacht werd ik geobsedeerd door de woorden van Ubertino, door wat ik in het scriptorium had gelezen en door wat mijzelf was overkomen. William keek me nieuwsgierig aan, waarschijnlijk verwachtte hij niet dat ik zo driest en zo schaamteloos kon zijn. De cellarius staarde me aan alsof ik een vreemde diersoort was.

'Op de Rebello,' zei hij, 'waren mensen die hun hele jeugd met hun tienen of meer in een kamer van enkele ellen lang en breed hadden geslapen, broers en zusters, vaders en dochters. Wat dacht je dat het voor hen betekende deze nieuwe situatie te aanvaarden? Ze deden uit eigen verkiezing wat ze voordien uit noodzaak hadden gedaan. En 's nachts, wanneer je de komst van de vijandelijke troepen vreest en je je op de grond dicht tegen je kameraad aandrukt om de kou niet te voelen... Ketters: jullie monnikjes die van een kasteel komen en in een abdij eindigen, denken dat het een door de duivel ingeblazen manier van denken is. Maar het is een manier van leven, en het is... het was... een nieuwe ervaring... Er waren geen bazen meer en God, werd ons gezegd, was met ons. Ik zeg niet dat we gelijk hadden, William, je ziet me nu immers hier, want ik ben algauw bij ze weggegaan. Maar ik heb nu eenmaal nooit jullie geleerde disputen begrepen over de armoede van Christus en usus en factum en ius... Ik zei je al, het was een groot carnaval, en met carnaval doe je alles omgekeerd. Daarna word je oud, je wordt niet wijs maar je wordt een snoeper. En hier gedraag ik me als een snoeper... Je kunt een ketter veroordelen, maar wil je een snoeper veroordelen?'

'Genoeg daarover, Remigio,' zei William. 'Ik ondervraag je niet over wat er destijds is gebeurd, maar over wat er kortgeleden is gebeurd. Help me, dan zal ik zeker niet op je ondergang aansturen. Ik kan en wil niet over je oordelen. Maar je moet me vertellen wat je over de gebeurtenissen in de abdij weet. Je loopt 's nachts en overdag te veel rond om niet iets te weten. Wie heeft Venantius vermoord?'

'Dat weet ik niet, ik zweer het je. Ik weet wanneer hij is gestorven, en waar.'

'Wanneer? Waar?'

'Laat me vertellen. Die nacht ben ik, een uur na de completen, de keuken binnengegaan...'

'Van welke kant, en om welke redenen?'

'Door de deur aan de kant van de moestuin. Ik heb een sleutel die ik al lang geleden door de smeden heb laten maken. De keukendeur is de enige deur die niet vanbinnen vergrendeld is. En de redenen... die doen er niet toe, je hebt zelf gezegd dat je me niet wilt beschuldigen om de zwakheid van mijn vlees...' Hij grijnsde verlegen. 'Maar ik zou ook niet willen dat je denkt dat ik mijn dagen in ontucht slijt… Die avond zocht ik etenswaren om aan het meisje te geven dat door Salvatore binnen de muur zou worden gesmokkeld…'

'Waarlangs?'

'O, de kloostermuur heeft nog meer ingangen dan de poort. Maar die avond kwam het meisje niet, ik stuurde haar juist weg om wat ik ontdekte en wat ik je nu ga vertellen. Daarom ook probeerde ik haar gisteravond te laten terugkomen.'

'Laten we terugkomen op de nacht van zondag op maandag.'

'Wel: ik ging de keuken binnen en zag Venantius op de grond liggen, dood.'

'In de keuken?'

'Ja, vlak bij de gootsteen. Misschien was hij net uit het scriptorium naar beneden gekomen.'

'Geen spoor van een gevecht?'

'Geen enkel. Of liever, naast het lichaam lag een stukgevallen beker, en sporen van water op de grond.'

'Hoe weet je dat het water was?'

'Ik weet het niet. Ik dacht dat het water was. Wat kon het anders zijn?'

Zoals William me later uitlegde, kon die beker twee verschillende dingen betekenen. Of iemand had Venantius in de keuken zelf een gifmengsel te drinken gegeven, óf de stakker had het vergif al binnengekregen (maar waar? en wanneer?) en was naar beneden gegaan om een plotselinge brandende dorst te lessen, verzachting te zoeken voor een kramp of een schroeiende pijn in zijn ingewanden of aan zijn tong (want de zijne was ongetwijfeld zwart zoals die van Berenger).

In elk geval konden we op dat ogenblik niet meer aan de weet komen. Na de ontdekking van het lijk had Remigio zich, verlamd van schrik, afgevraagd wat hij moest doen, en hij had besloten niets te doen. Als hij hulp had gevraagd, had hij moeten toegeven dat hij gedurende de nacht door het Hoofdgebouw had gezworven, en het zou zijn medebroeder, die toch al verloren was, niet hebben gebaat. Daarom had hij besloten de dingen te laten zoals ze waren en te wachten totdat iemand de volgende morgen, wanneer de deuren opengingen, het lichaam zou vinden. Hij was weggesneld om Salvatore tegen te houden die al bezig was het meisje in de abdij binnen te laten, vervolgens waren hij en zijn medeplichtige weer gaan slapen, als men de onrustige waaktoestand waarin ze tot aan de metten verkeerden tenminste slaap kon noemen. En toen tijdens de lauden de varkenshoeders de abt kwamen waarschuwen, dacht Remigio dat het lijk was ontdekt waar hij het had achtergelaten en hij was verstijfd van schrik toen hij het in de kruik zag staan. Wie had het lijk uit de keuken laten verdwijnen? Daarvan had Remigio niet het flauwste idee.

'De enige die zich vrij door het Hoofdgebouw kan bewegen, is Malachias,' zei William.

De cellarius reageerde heftig: 'Nee, Malachias niet. Ik bedoel, ik geloof het niet... In elk geval ben ik het niet geweest die je iets ten nadele van Malachias heeft verteld...'

'Maak je geen zorgen, wat de verplichting ook mag zijn die je aan Malachias bindt. Weet hij iets van je?'

'Ja,' zei de cellarius met een kleur, 'en hij heeft zich een discreet man getoond. Als ik jou was, zou ik Bengt in de gaten houden. Hij had vreemde banden met Berenger en Venantius... Maar ik zweer je, meer heb ik niet gezien. Als ik iets te weten kom, zal ik het je vertellen.'

'Voorlopig weet ik genoeg. Als ik je nodig heb, kom ik bij je terug.' De cellarius keerde zichtbaar opgelucht naar zijn bezigheden terug, waarbij hij scherp uitviel tegen de boeren die intussen ik weet niet wat voor zakken zaaigoed hadden verplaatst.

In de tussentijd kwam Severin op ons toe. In zijn hand had hij de lenzen van William, die hem twee nachten tevoren waren ontstolen. 'Ik heb ze in de pij van Berenger gevonden,' zei hij. 'Eergisteren in het scriptorium heb ik ze op jouw neus gezien. Ze zijn van jou, nietwaar?'

'God zij geloofd!' riep William verheugd uit. 'We hebben twee problemen opgelost! Ik heb mijn lenzen en ik weet eindelijk zeker dat Berenger de man is die ons eergisternacht in het scriptorium heeft bestolen!'

We waren nauwelijks uitgesproken, of daar kwam Nicola van Morimondo aangesneld, nog opgetogener dan William. Hij had een stel afgewerkte, op hun vorkje gemonteerde lenzen in zijn hand: 'William,' riep hij, 'ik heb het alleen voor elkaar gekregen, ze zijn klaar, ik denk dat ze bruikbaar zijn!' Toen zag hij dat William andere lenzen voor zijn ogen had en bleef stokstijf staan. William wilde hem niet kwetsen, nam zijn oude lenzen van zijn neus en paste de nieuwe: 'Ze zijn beter dan de andere,' zei hij. 'Ik zal dus de oude in reserve houden en voortaan altijd de jouwe dragen.' Daarop wendde hij zich tot mij: 'Adson, ik trek me nu in mijn cel terug om die bewuste papieren te lezen. Eindelijk! Wacht ergens op me. En dank, dank aan jullie allemaal, dierbare broeders.'

Er werd voor het derde uur geluid en ik begaf me naar het koor, om met de anderen de hymne, de psalmen, de verzen en het *Kyrie* te zingen. De anderen baden voor de ziel van de overleden Berenger. Ik dankte God dat Hij ons niet één maar twee paar lenzen had laten terugvinden.

Nu ik alle verschrikkingen die ik had gezien en gehoord achter me had gelaten en volledig tot rust kwam, dommelde ik in en werd pas wakker toen het officie ten einde was. Ik realiseerde me dat ik die nacht niet had geslapen en bedacht verontrust dat ik ook veel van mijn krachten had verbruikt. Toen ik weer buiten was, begon de herinnering aan het meisje mijn geest te kwellen.

Ik probeerde mijn gedachten te verzetten en begon met haastige pas over het terrein te lopen. Ik voelde een lichte duizeling. Ik sloeg mijn verkleumde handen tegen elkaar. Ik stampte met mijn voeten op de grond. Ik had nog steeds slaap, maar voelde me niettemin wakker en vol levenskracht. Ik begreep niet wat me overkwam.

VIERDE DAG

TERTS

Waarin Adson worstelt met zijn liefdessmart en William
hem de tekst van Venantius voorleest, die
onontcijferbaar blijft, zelfs nadat hij is ontcijferd.

◆

Om de waarheid te zeggen, hadden de verschrikkelijke gebeurtenissen na mijn zondige ontmoeting met het meisje mij dat eerste voorval bijna doen vergeten; bovendien had mijn gemoed, dadelijk nadat ik bij frater William had gebiecht, zich dermate ontlast van de wroeging die ik bij het ontwaken na mijn schuldige zwakheid had ondervonden, dat ik het gevoel had met mijn woorden de last zelve waaraan zij uitdrukking gaven, aan de frater te hebben overgedragen. Waartoe anders dient immers de weldadige loutering van de biecht, dan tot het afwentelen van het gewicht van de zonde, en van de wroeging die deze met zich meebrengt, in de schoot van Onze Heer, waarna de ziel, met de vergiffenis, een nieuwe, ijle lichtheid verwerft die ons het door het kwaad gemartelde lichaam doet vergeten? Maar ik had mij niet van alles bevrijd. Nu ik in de koude en bleke zon van die winterse ochtend wandelde, omringd door nijver arbeidende mensen en dieren, keerden de gebeurtenissen van de afgelopen nacht onder een andere gedaante in mijn herinnering terug. Alsof van alles wat gebeurd was niet meer het berouw en de troostende en louterende woorden van de biecht overbleven, maar alleen beelden van lichamen en menselijke ledematen. Voor mijn overspannen geest verscheen plotseling het spookbeeld van Berenger, gezwollen door het water, en ik huiverde van afschuw en medelijden. Daarop wendde mijn geest, als om die boze schim te verdrijven, zich tot andere beelden die nog vers in mijn geheugen lagen, en ik kon niet verhinderen dat ik voor mijn ogen (voor mijn geestesoog, maar zo duidelijk dat het bijna was alsof het voor mijn vleselijke ogen verscheen) het beeld zag van het meisje, mooi en geducht als een leger in slagorde.

Als bejaarde opsteller van een tekst die ik nu pas ben gaan schrijven maar die al vele tientallen jaren in mijn geest heeft gesproken, heb ik mij voorgenomen een getrouw kroniekschrijver te zijn, en niet alleen uit liefde voor de waarheid of uit een (overigens zeer achtenswaardig) verlangen mijn toekomstige lezers te onderrichten, maar ook om mijn verdorde en vermoeide geheugen te bevrijden van visioenen die het mijn leven lang hebben gekweld. Derhalve moet ik alles vertellen, met inachtneming van de betamelijkheid maar zonder schaamte. En ik moet nu, in duidelijke bewoordingen, vertellen wat ik toen dacht en bijna voor mezelf trachtte te verbergen terwijl ik over het kloosterterrein wandelde, soms in looppas overgaand om het plotseling versnelde kloppen van mijn hart aan de beweging van mijn lichaam te kunnen toeschrijven, af en toe stilstaand om de werkzaamheden van de boeren te bewonderen in de illusie mijn gedachten door die aanschouwing te kunnen afleiden, met volle teugen de koude lucht inademend, zoals iemand die wijn drinkt om angst of verdriet te vergeten.

Vergeefs. Ik dacht aan het meisje. Mijn vlees had het intense, zondige en voorbijgaande (dus lage) genot vergeten dat de vereniging met haar mij had geschonken; maar mijn ziel had haar gelaat niet vergeten, en zij slaagde er niet in die herinnering als verdorven te ervaren, integendeel, ze popelde alsof in dat gelaat alle zaligheden van de schepping werden weerspiegeld.

Ik bevroedde, op een verwarde manier waarbij ik de waarheid van wat ik voelde haast voor mezelf ontkende, dat dat arme, liederlijke, schaamteloze schepsel dat zich (wie weet met welk een schandelijke regelmaat) aan andere zondaars verkocht, die dochter van Eva die, zwak gelijk al haar zusters, zo vele malen haar lichaam had veil geboden, niettemin iets prachtigs en wonderbaarlijks was. Mijn verstand wist haar een haard van zonde, mijn zinnelijk streefvermogen ervoer haar als receptakel van alle bekoorlijkheden. Het is moeilijk te zeggen wat ik ondervond. Ik zou kunnen proberen te schrijven dat ik, nog steeds verstrikt in de netten der zonde, de zondige begeerte voelde haar te zien verschijnen en dat ik het werk van de landarbeiders als het ware bespiedde in de hoop dat om de hoek van een schuur, uit het donker van een stal, die gestalte die mij had verleid tevoorschijn zou komen. Maar dan zou ik niet de waarheid schrijven, althans ik zou trachten een sluier voor de waarheid te trekken om haar iets van haar kracht en evidentie te ontnemen. Want de waarheid is dat ik het meisje 'zag': ik zag haar in de twijgen van de kale boom die zachtjes trilden wanneer een verkleumde mus erop neerstreek, ik zag haar in de ogen van de vaarzen die uit de stal kwamen, en ik hoorde haar in het gemekker van de lammeren die mijn pad kruisten. Het was alsof al het geschapene me van haar sprak, en ik verlangde er zeer zeker naar haar weer te zien, maar ik was ook bereid de gedachte te aanvaarden dat ik haar nooit meer zou zien, en mij nooit meer met haar zou verenigen, mits ik de vreugde zou mogen smaken die mij die ochtend doorstroomde, en ik haar altijd dicht bij mij mocht hebben ook al zou zij voor eeuwig ver van mij weg zijn. Het was – ik tracht het nu te begrijpen – alsof het gehele universum, dat duidelijk een boek is, geschreven door de vinger Gods, waarin elk ding ons spreekt van de onmetelijke goedheid van zijn Schepper, waarin elk schepsel is als een boek en spiegel van het leven en van de dood, waarin de nederigste roos tot een kanttekening wordt van onze aardse pelgrimsreis, kortom, alsof alles mij van niets anders sprak dan van het gelaat waarvan ik ternauwernood een glimp had opgevangen in het van geuren vervulde schemerdonker van de keuken. Ik gaf aan deze fantasieën toe omdat ik tegen mezelf zei (of liever, niet tegen mezelf zei, want op dat ogenblik formuleerde ik geen in woorden vertaalbare gedachten) dat als de gehele wereld bestemd is om mij te spreken van de macht, de goedheid en de wijsheid van de Schepper, en als die ochtend de gehele wereld mij sprak van het meisje dat, hoe zondig zij ook mocht zijn, toch nog altijd een hoofdstuk was uit het grote boek van de schepping, een vers van de grote, door de kosmos gezongen psalm – omdat ik tegen mezelf zei (of nu zeg) dat als dit gebeurde, het onmogelijk was dat het geen deel uitmaakte van het grote plan hetwelk de grondslag vormt van het universum, gevormd op de wijze van een citer, wonder van gelijkluidendheid en harmonie. Als in een roes genoot ik toen van haar aanwezigheid in de dingen die ik zag, terwijl ik in die dingen haar begeerde, in de aanblik ervan bevrediging vond. Toch voelde ik iets van smart, want ondanks het geluk dat zo veel voorstellingen van een aanwezigheid me bezorgden, leed ik tegelijkertijd onder een afwezigheid. Het valt me moeilijk dit mysterie van tegenstrijdigheid te verklaren, een teken dat de menselijke geest zeer broos is en zich nimmer rechtstreeks voortbeweegt langs de paden van de goddelijke rede die de wereld als een volmaakt syllogisme heeft samengesteld, maar uit dit syllogisme slechts afzonderlijke en dikwijls onsamenhangende proposities kiest, waardoor wij zo licht ten offer vallen aan de zinsbegoochelingen van de Boze. Was het zinsbegoocheling van de Boze wat mij die ochtend zo ontroerde? Ik denk nu dat het dat was, want ik was een novice, maar ik denk ook dat het menselijke gevoel dat mij vervulde op zichzelf niet slecht was, maar alleen met betrekking tot mijn levensstaat. Want op zichzelf beschouwd was het het gevoel dat de man naar de vrouw toedrijft opdat hij zich met haar verenige, zoals de apostel der heidenen gebiedt, en zij beiden tot één vlees zullen zijn en samen nieuwe menselijke wezens zullen voortbrengen en elkaar wederzijds zullen bijstaan van hun jeugd tot in hun ouderdom. Met dit verschil dat de apostel zo sprak voor hen die een geneesmiddel zoeken tegen de zinnelijke begeerte en voor wie niet wil branden, waarbij hij er echter op wees dat de staat van kuisheid, waaraan ik mij als monnik had gewijd, verre te verkiezen was. En zo leed ik die ochtend onder wat een kwaad was voor mij, maar voor anderen misschien een goed, en wel een allerzoetst goed, reden waarom ik thans begrijp dat mijn verwarring niet te wijten was aan de verdorvenheid van mijn gedachten, die op zichzelf waardig en teder waren, maar aan de verdorvenheid van de betrekking tussen mijn gedachten en de geloften die ik had afgelegd. Ik deed er derhalve slecht aan te genieten van iets wat in een bepaald opzicht goed was, maar in een ander opzicht slecht, en mijn fout bestond daarin dat ik de geboden van de redelijke ziel trachtte te verzoenen met de natuurlijke streving. Nu weet ik dat ik leed onder de tegenstelling tussen de eigen verstandelijke streving, waarin de heerschappij van de wil zich had moeten manifesteren, en de eigen zinnelijke streving, subject van de menselijke hartstochten. Immers, actus appetitus sensitivi in quantum habent transmutationem corporalem annexam, passiones dicuntur, non autem actus voluntatis. En mijn streefakt ging inderdaad vergezeld van een trillen van het gehele lichaam, van een fysieke impuls om te schreeuwen en me te roeren. De doctor angelicus zegt dat de hartstochten op zichzelf niet slecht zijn, mits ze worden gematigd door de door de redelijke ziel geleide wil. Maar mijn redelijke ziel was die ochtend in slaap gesust door de vermoeidheid waardoor een rem werd opgelegd aan de irascibile streving, welke zich op het goede en het kwade richt als zijnde termen van verovering, maar niet aan de concupiscibile streving, die zich op het goede en het kwade richt in zoverre zij gekend zijn. Ter rechtvaardiging van mijn onverantwoordelijke lichtzinnigheid van weleer kan ik thans, en met de woorden van de doctor angelicus, zeggen dat ik ongetwijfeld in de greep verkeerde van de liefde, die hartstocht is en een kosmische wet, want ook de zwaarte der lichamen is natuurlijke liefde. En door deze hartstocht was ik natuurlijkerwijze verleid, want in deze hartstocht appetitus tendit in appetibile realiter consequendum ut sit ibi finis motus. Waardoor natuurlijkerwijze amor facit quod ipsae res quae amantur, amanti aliquo modo uniantur et amor est magis cognitivus quam cognitio. Inderdaad zag ik het meisje nu beter dan ik haar de avond tevoren had gezien, en ik begreep haar intus et in cute, want in haar begreep ik mij zelve en in mij haar zelve. Ik vraag me thans af of dat wat ik voelde vriendschapsliefde was, waarin de gelijke het gelijke bemint en alleen het welzijn van de ander nastreeft, of begerende liefde, waarin men zijn eigen welzijn nastreeft, en het onvolledige slechts streeft naar dat wat het volledig maakt. En ik geloof dat de liefde van die nacht begerende liefde was geweest, want toen verlangde ik van het meisje iets wat ik nog nooit had gehad, terwijl ik die ochtend niets van het meisje verlangde en alleen haar welzijn wilde en wenste dat zij bevrijd mocht worden van de wrede noodzaak zich voor luttel voedsel veil te bieden, en gelukkig mocht zijn; en ik wilde niets meer van haar vragen maar alleen aan haar blijven denken en haar blijven zien in de schapen, in de ossen, in de bomen, in het serene licht dat het terrein van de abdij in een stralende gloed hulde.

Nu weet ik dat de oorzaak van de liefde het goede is, en wat goed is wordt bepaald door kennis, en men kan slechts dat liefhebben wat men als goed heeft gekend, terwijl ik het meisje weliswaar als goed voor de concupiscibile streving had gekend, maar als kwaad voor de wil. Maar toen was ik ten prooi aan talrijke en zeer tegenstrijdige gemoedsbewegingen, want wat ik ondervond was gelijk aan de meest heilige liefde, juist zoals zij door de kerkleraren wordt beschreven: zij bracht mij in een geestvervoering waarin minnaar en beminde hetzelfde willen (krachtens mysterieuze verlichting wist ik op dat ogenblik dat het meisje, waar ze ook mocht zijn, dezelfde dingen wilde als ik zelf wilde), en om haar voelde ik na-ijver, maar niet de slechte, door Paulus in de eerste brief aan de Korintiërs veroordeelde na-ijver, die welke principium contentionis is en geen consortium in amato duldt, maar die waarover Dionysius spreekt in de *Goddelijke Namen*, volgens welke ook God na-ijverig is propter multum amorem quem habet ad existentia (en ik had het meisje lief omdat zij bestond, en ik was verheugd, niet afgunstig, dat zij bestond). Ik was na-ijverig op de manier waarop voor de doctor angelicus de na-ijver motus in amatum is, vriendschappelijke na-ijver die iemand ertoe aanzet ten strijde te trekken tegen alles wat de geliefde schaadt (en ik droomde op dat ogenblik niets anders dan het meisje te bevrijden uit de macht van degene die haar lichaam kocht en haar met zijn lage lusten bezoedelde).

Nu weet ik, zoals de doctor zegt, dat de liefde de minnende kan schaden als zij buitensporig is. En de mijne was buitensporig. Ik heb getracht uit te leggen wat ik destijds voelde, ik tracht geenszins te rechtvaardigen wat ik voelde. Ik spreek over wat de zondige hartstochten van mijn jeugd waren. Ze waren slecht, maar de waarheid gebiedt mij te zeggen dat ik ze toen als uitermate goed ervoer. Moge dit tot lering strekken van wie, zoals ik, in de netten van de bekoring verstrikt raakt. Thans, op mijn oude dag, zou ik duizend manieren kennen om aan dergelijke verlokkingen te ontkomen (en ik vraag me af in hoeverre ik me daarop moet beroemen, want ja, ik ben vrij van de bekoringen van de middagduivel; maar niet vrij van andere bekoringen, zodat ik me afvraag of dat wat ik nu doe niet een zondig toegeven is aan de aardse drang tot het ophalen van herinneringen, dwaze poging om te ontvluchten aan het verglijden van de tijd, en aan de dood).

Destijds redde ik mezelf als door een wonderbaarlijk instinct. Het meisje verscheen me in de natuur en de menselijke werken die mij omringden. Derhalve trachtte ik, volgens een gelukkige ingeving van mijn ziel, mij geheel te verliezen in de beschouwing van die werken. Ik keek naar de arbeid van de koeherders die de ossen de stal uit leidden, van de varkenshoeders die de varkens voederden, van de schaapherders die de honden aanspoorden de schapen bijeen te drijven, van de boeren die spelt en gierst naar de molens brachten en er met zakken vol voedzaam meel vandaan gingen. Ik verdiepte me in de beschouwing van de natuur, aldus proberend mijn gedachten te vergeten en de schepselen alleen te bezien zoals ze aan ons verschijnen en me opgewekt in hun aanblik te verliezen.

Hoe schoon was het schouwspel van de nog niet door de – vaak verdorven – kennis van de mens aangetaste natuur!

Ik zag het lam, dat die naam haast als beloning voor zijn zuiverheid en zijn goedheid heeft gekregen. De naam *agnus* vloeit immers voort uit het feit dat dit dier *agnoscit*, zijn moeder herkent en haar stem te midden van de kudde herkent, terwijl de moeder onder zo vele lammeren die er precies gelijk uitzien en op precies dezelfde manier mekkeren, altijd en uitsluitend haar eigen jong herkent en het zoogt. Ik zag het schaap, dat *ovis* wordt genoemd *ab oblatione* omdat het sinds de vroegste tijden als offerdier heeft gediend; het schaap dat, zoals zijn gewoonte is, bij het naderen van de winter gulzig gras zoekt en zich met voedsel volstopt voordat de weiden door de vorst verdorren. En de kudden werden bewaakt door honden, *canes*, welk woord afkomstig is van *canor* wegens hun geblaf. Een volmaakt dier onder de dieren, begiftigd met een buitengewone scherpzinnigheid: de hond herkent zijn baas en wordt afgericht tot de jacht op de wilde dieren in de bossen, tot het bewaken van de kudden tegen de wolven, hij beschermt het huis en de kleine kinderen van zijn baas en wordt soms in de vervulling van die verdedigingstaak gedood. Koning Garamantes, die door zijn vijanden gevangen was gezet, werd naar zijn vaderland teruggebracht door een meute van tweehonderd honden die zich een weg baanden dwars door de vijandelijke heerscharen heen; de hond van Jason Lykios bleef na de dood van zijn meester net zo lang voedsel weigeren tot hij van ontbering stierf; die van koning Lysimachus wierp zich op de brandstapel van zijn meester om met hem te sterven. De hond heeft het vermogen wonden te helen door ze te likken en de tong van zijn jongen kan inwendige verwondingen genezen. Hij is van nature gewend hetzelfde voedsel een tweede maal te gebruiken nadat hij het heeft uitgebraakt. Een soberheid die het symbool is van geestelijke volmaaktheid, zoals de wonderdadige kracht van zijn tong het symbool is van de reiniging van de zonden, verkregen door biecht en boete. Maar dat de hond terugkeert tot wat hij heeft uitgebraakt, is ook een teken dat men, na de biecht, weer in dezelfde zonden vervalt als daarvoor, en deze moraal kwam mij die ochtend zeer goed van pas als vermaning voor mijn hart, terwijl ik opgetogen de wonderen der natuur aanschouwde.

Intussen hadden mijn voetstappen mij tot bij de stallen van de ossen gebracht, die in groten getale naar buiten kwamen, geleid door hun drijvers. Ik zag ze dadelijk aan voor wat ze waren en zijn, symbolen van vriendschap en goedheid, want elke os draait zich bij het werk om en zoekt zijn metgezel voor de ploeg als deze op dat moment afwezig mocht zijn, en hij roept hem met liefdevol geloei. Ossen leren gehoorzaam uit zichzelf naar de stal terug te keren wanneer het regent, en als ze beschutting zoeken bij de ruif, steken ze voortdurend hun kop uit om te kijken of buiten het slechte weer voorbij is, want ze verlangen ernaar weer aan het werk te gaan. En tegelijk met de ossen kwamen ook de kalfjes, mannelijke en vrouwelijke, uit de stallen naar buiten, de *vitelli* die hun naam ontlenen aan het woord *viriditas* of ook aan *virgo*, want op die leeftijd zijn ze nog pril, jong en kuis, en ik had er slecht aan gedaan en deed het nog, zei ik bij mezelf, in hun aanvallige bewegingen een afspiegeling van het onkuise meisje te zien. Aan deze dingen dacht ik, verzoend met de wereld en met mezelf, terwijl ik de vrolijke bedrijvigheid van het ochtendlijke uur gadesloeg. En ik dacht niet meer aan het meisje, of liever, ik spande me in om de hartstocht die ik voor haar voelde om te zetten in een gevoel van innerlijke blijdschap en devote gemoedsrust.

Ik zei tegen mezelf dat de wereld goed en bewonderenswaardig was. Dat Gods goedheid zelfs in de meest afschrikwekkende dieren tot uiting komt, zoals Honorius van Autun verklaart. Het is waar, er zijn slangen zo groot dat ze herten verslinden en de oceaan overzwemmen, er is het beest cenocroca met het lichaam van een ezel, de horens van een steenbok, de borst en de klauwen van een leeuw, de voeten van een paard maar tweehoevig zoals die van het rund, een mondspleet die tot aan de oren reikt, een bijna menselijke stem en op de plaats van de tanden een enkel stevig bot. En er is het beest mantichora, belust op mensenvlees, met het gezicht van een mens, drie rijen tanden, het lichaam van een leeuw, de staart van een schorpioen, zeegroene ogen, een bloedrode kleur en een stem gelijk aan het gesis van een slang. En er zijn monsters met aan elke voet acht tenen, en wolvensnuiten, haakvormige nagels, de vacht van een schaap en het geblaf van een hond, die in hun ouderdom zwart worden in plaats van wit, en die veel ouder worden dan wij. En er zijn schepselen met ogen op hun schouders en twee gaten in hun borst in plaats van neusgaten, omdat ze geen kop hebben, en weer andere die aan de rivier de Ganges wonen en alleen leven van de geur van een bepaalde appel, en sterven als ze zich ervan verwijderen. Maar ook al deze weerzinwekkende dieren zingen in hun verscheidenheid de lof van de Schepper en Zijn wijsheid, net als de hond, de os, het schaap, het lam en de lynx. Hoe groot, zei ik bij mezelf in navolging van Vincent van Beauvais, is zelfs de geringste schoonheid van deze wereld, en hoe aangenaam is het voor het oog van het verstand om niet alleen de wijze, het getal en de orde der dingen nauwlettend te beschouwen, zoals zij in gepaste harmonie voor het ganse universum zijn vastgesteld, maar ook het verstrijken der tijdperken die zich onophoudelijk afwikkelen door de opkomst van nieuwe geslachten en hun ondergang heen, getekend door de dood van wat geboren is. Ik beken dat ik, zondaar als ik ben met mijn ziel die nog maar kort tevoren de gevangene was van mijn vlees, op dat moment gedreven werd door geestelijke liefdegevoelens jegens de Schepper en de orde van deze wereld, en met blijde verering de grootheid en de onwankelbaarheid van het geschapene bewonderde.

In deze goede geestesgesteldheid trof mijn meester mij aan toen ik, na als het ware door mijn voeten meegevoerd en zonder me er rekenschap van te geven bijna het gehele terrein van de abdij rond te zijn geweest, weer terug was op de plek waar we twee uren tevoren uiteen waren gegaan. Daar stond William, en wat hij tegen me zei, haalde me uit mijn overpeinzingen en vestigde mijn aandacht opnieuw op de duistere mysteriën van de abdij.

William zag er zeer voldaan uit. Hij had het blad van Venantius, dat hij eindelijk had ontcijferd, in zijn hand. We gingen naar zijn cel, ver van onbescheiden oren, en hij vertaalde voor me wat hij had gelezen. Na de zin in het zodiakale alfabet (secretum finis Africae manus supra idolum age primum et septimum de quatuor), stond in de Griekse tekst het volgende:

Het verschrikkelijke gif dat loutering brengt...
Het beste wapen om de vijand te vernietigen...
Gebruik de geringe, gemene en mismaakte mensen, put genoegen uit hun gebrek... Zij moeten niet sterven... Niet in de huizen der edelen en machtigen maar uit de dorpen der boeren, na een overvloedig maal

en plengoffers... Gedrongen lijven, misvormde gezichten.
Zij verkrachten maagden en liggen met hoeren, niet boosaardig, zonder vrees.
Een andere waarheid, een ander beeld van de waarheid...
De eerbiedwaardige vijgen.
De schaamteloze steen rolt over de vlakte...
Onder de ogen.
Men moet bedriegen en met bedrog verrassen, het omgekeerde zeggen van wat men denkt, het ene zeggen en het andere bedoelen.
Voor hen zullen de krekels vanaf de aarde zingen.

Verder niets. Te weinig, naar mijn mening, bijna niets. Het leek het geraaskal van een waanzinnige, en dat zei ik tegen William.

'Dat zou kunnen. En het lijkt stellig door mijn vertaling nog waanzinniger dan het is. Ik ken het Grieks vrij oppervlakkig. Desalniettemin, aangenomen dat Venantius gek was, of de schrijver van het boek gek was, verklaart dit nog niet waarom zo veel personen, die heus niet allemaal gek zijn, zich de moeite hebben getroost om het boek eerst te verbergen en het daarna terug te halen...'

'Maar zijn de dingen die hier geschreven staan afkomstig uit het geheimzinnige boek?'

'Het betreft zonder twijfel dingen die Venantius heeft geschreven. Jij ziet ook wel dat het geen perkament uit de oude tijd is. En het moeten aantekeningen zijn die hij onder het lezen van het boek heeft gemaakt, anders zou hij niet in het Grieks hebben geschreven. Hij heeft stellig in verkorte vorm zinnen overgeschreven die hij in het uit het finis Africae ontvreemde boek heeft aangetroffen. Hij heeft het meegenomen naar het scriptorium en is begonnen het te lezen, waarbij hij van datgene wat hem de moeite waard leek aantekeningen maakte. Toen is er iets gebeurd. Of hij is onwel geworden, of hij heeft iemand naar boven horen komen. Hij heeft daarop het boek, met de aantekeningen, onder zijn tafel gelegd, waarschijnlijk met het voornemen het de volgende avond weer op te pakken. In elk geval is dit blad het enige uitgangspunt om de aard van het geheimzinnige boek te kunnen reconstrueren, en alleen uit de aard van het boek zal het mogelijk zijn de aard van de moordenaar af te leiden. Want in elke misdaad, begaan om een voorwerp in bezit te krijgen, zou de aard van dat voorwerp ons een idee, hoe vaag dan ook, moeten verschaffen over de aard van de moordenaar. Als hij doodt voor een handvol goud, zal de moordenaar een hebzuchtig mens zijn, als hij het voor een boek doet, zal de moordenaar erop gebrand zijn de geheimen van dat boek voor zichzelf te bewaren. We moeten dus weten wat het boek, dat wij niet hebben, behelst.'

'Bent u dan in staat uit deze enkele regels op te maken om welk boek het gaat?'

'Beste Adson, dit lijken woorden uit een heilige tekst, waarvan de betekenis verder reikt dan de letter. Toen ik ze vanochtend na ons gesprek met de cellarius las, trof het mij dat ook hier gewag wordt gemaakt van eenvoudigen en boeren als dragers van een waarheid verschillend van die der wijzen. De cellarius heeft laten doorschemeren dat hij door de een of andere vreemde medeplichtigheid aan Malachias was gebonden. Zou Malachias misschien een gevaarlijke ketterse tekst hebben verstopt die Remigio hem had toevertrouwd? Dan zou dat wat Venantius heeft gelezen en geannoteerd een geheimzinnige instructie zijn inzake een gemeenschap van grove en geringe lieden die tegen alles en iedereen in opstand waren. Maar…'

'Maar?'

'Maar deze hypothese wordt door twee feiten weersproken. Het ene is dat Venantius niet geïnteresseerd leek in dergelijke kwesties: hij was vertaler van Griekse teksten, geen prediker van ketterijen… Het andere is dat zinnen als die over de vijgen, over de steen en over de krekels niet door deze eerste hypothese zouden worden verklaard…'

'Misschien zijn het raadsels met een andere betekenis,' opperde ik. 'Of hebt u een andere hypothese?'

'Die heb ik, maar ze staat me nog niet helder voor ogen. Bij het lezen van deze bladzijde heb ik het gevoel dat ik sommige van die woorden al eens heb gelezen en er schieten me bijna eendere zinnen te binnen die ik elders heb gezien. Meer nog, ik heb de indruk dat dit blad spreekt over iets waarover we het in de afgelopen dagen al eens hebben gehad… Maar ik herinner me niet wat. Ik moet erover nadenken. Misschien zal ik nog andere boeken moeten lezen.'

'Hoezo? Moet u, om te weten wat er in een bepaald boek staat, andere boeken lezen?'

'Soms kan men zo te werk gaan. Dikwijls spreken boeken over andere boeken. Dikwijls is een onschadelijk boek gelijk een zaad, dat in een gevaarlijk boek tot bloei zal komen, of omgekeerd, is het de zoete vrucht van een bittere wortel. Zou je, bij het lezen van Albertus, niet kunnen weten wat Thomas gezegd zou kunnen hebben? Of bij het lezen van Thomas kunnen zeggen wat Averroës had gezegd?'

'Dat is waar,' zei ik verwonderd. Tot dusverre had ik gedacht dat elk boek sprak over menselijke of goddelijke dingen die bestaan buiten de boeken. Nu kwam ik tot het besef dat boeken niet zelden over boeken spreken, met andere woorden dat het is alsof ze met elkaar spreken. In het licht van deze overweging kwam de bibliotheek mij nog onrustbarender voor. Het was dus de plaats van een lange, een eeuwenlange fluistering, van een onhoorbare dialoog tussen perkamenten, een levend ding, een vergaarplaats van niet door een menselijk brein te beheersen krachten, schatkamer van geheimen ontsproten aan ontelbare breinen, geheimen die degenen die ze hadden geproduceerd of doorgegeven, hadden overleefd.

'Maar,' zei ik, 'waar dient het dan toe boeken te verbergen, als men via de toegankelijke boeken tot de ontoegankelijke kan komen?'

'Over de tijdsspanne van eeuwen gerekend, dient het nergens toe. Over de tijdsspanne van jaren en dagen heeft het enig nut. Je ziet immers hoe verloren wij ons voelen.'

'Een bibliotheek is dus niet een instrument om de waarheid te verbreiden maar om de openbaring ervan te vertragen?' vroeg ik verbluft.

'Niet altijd en niet noodzakelijkerwijs. In dit geval wel.'

VIERDE DAG

SEXT

Waarin Adson truffels gaat zoeken en de minorieten ziet aankomen, deze zich langdurig met William en Ubertino onderhouden en men zeer treurige dingen verneemt over Johannes XXII.

◆

Na deze overwegingen besloot mijn meester verder niets meer te doen. Ik heb al verteld dat hij af en toe van die momenten van volslagen afwezigheid van activiteit had, alsof de onophoudelijke kringloop der sterren tot stilstand was gekomen en hij met hem en met hen.

Zo ging het ook die ochtend. Hij strekte zich op zijn strozak uit, met open ogen in het niets starend en zijn handen op zijn borst gevouwen, terwijl hij zijn lippen flauwtjes bewoog alsof hij een gebed zei, maar zonder regelmaat en zonder devotie.

Ik bedacht dat hij nadacht, en besloot zijn overpeinzingen te eerbiedigen. Ik ging weer naar de hof en zag dat de zon was verbleekt. De aanvankelijk zo mooie, heldere ochtend begon, nu de eerste helft van de dag haar einde naderde, vochtig en nevelig te worden. Dikke wolken kwamen uit het noorden aandrijven, trokken samen boven het plateau en hulden het in een lichte damp. Het leek op mist, en misschien steeg er ook mist van de grond op, maar op die hoogte was het moeilijk de nevels die van beneden kwamen te onderscheiden van die welke van boven neerdaalden. Men moest zich al inspannen om de omtrek van de verst verwijderde gebouwen te onderscheiden.

Ik zag Severin, die welgemoed de varkenshoeders en enkele van hun dieren verzamelde. Hij vertelde me dat ze langs de hellingen van de berg en in het dal truffels gingen zoeken. Ik kende die kostelijke vrucht nog niet die tussen het onderhout van de bossen op dat schiereiland groeide en kenmerkend leek voor de gebieden van de benedictijnen, zowel in Norcia – de zwarte – als waar wij ons bevonden, witter en geuriger. Severin legde me uit wat een truffel was, en hoe smakelijk ze was, op de meest uiteenlopende manieren toebereid. En hij vertelde me dat ze uiterst moeilijk te vinden was, daar ze zich onder de grond verstopte, nog beter verscholen dan een paddenstoel, en dat varkens de enige dieren waren die haar, afgaand op hun reukzintuig, konden opsporen. Het nadeel was dat zij de truffel, zodra ze haar vonden, wilden verslinden, zodat het zaak was ze onmiddellijk weg te jagen en de truffel zelf uit te graven. Later vernam ik dat vele adellijke heren het niet beneden hun waardigheid achtten zich aan die jacht te wijden, waarbij ze achter de varkens aanliepen als waren het speurhonden van het edelste ras, op hun beurt gevolgd door bedienden met een hak. Ik herinner me zelfs dat jaren later een heer uit mijn landstreek, die wist dat ik Italië kende, me vroeg hoe het mogelijk was dat hij in dat land deftige heren varkens had zien weiden, en ik lachte want ik begreep dat ze erop uittrokken om truffels te zoeken. Maar toen ik hem vertelde dat die heren hoopten de 'tartufo' onder de grond op te sporen om die vervolgens op te eten, dacht hij dat ik zei dat ze 'der Teufel', dus de duivel, zochten, en hij bekruiste zich vroom terwijl hij mij onthutst aankeek. Daarop werd het misverstand opgelost en lachten we er beiden om. Zodanig is de magie van de menselijke talen, dat ze op grond van menselijke afspraken dikwijls met gelijke klanken verschillende dingen aanduiden.

Nieuwsgierig geworden door Severins voorbereidingen, besloot ik met hem mee te gaan, ook omdat ik begreep dat hij op die speurtocht ging om de droevige gebeurtenissen te vergeten die allen bedrukten; en ik meende dat ik door hem te helpen zijn gedachten te vergeten, wellicht de mijne, zo niet zou kunnen vergeten, ten minste in toom zou kunnen houden. Ik verheel evenmin, aangezien ik heb besloten steeds en uitsluitend de waarheid te schrijven, dat ik heimelijk werd aangetrokken door het idee dat ik, beneden in het dal, misschien een glimp zou kunnen opvangen van iemand die ik niet nader aanduid. Maar ik maakte mezelf wijs, en wel bijna hardop, dat ik misschien wel een van de twee delegaties zou kunnen zien arriveren die die dag werden verwacht.

Naargelang we het bergpad afdaalden, werd de lucht helderder; niet dat de zon weer tevoorschijn kwam, want de hogere lagen van de hemel waren zwaar bewolkt, maar de dingen waren duidelijk te onderscheiden, omdat de mist boven onze hoofden bleef hangen. Zo zelfs dat toen ik, nadat we een heel eind waren afgedaald, me omdraaide om de top van de berg te zien, niets meer ontwaarde: van halverwege de helling naar boven verdwenen de top van de heuvel, het plateau, het Hoofdgebouw en al het andere in de wolken.

Op de ochtend van onze aankomst, toen we al in de bergen waren, was het nog mogelijk in bepaalde bochten van het pad op een afstand van niet meer dan tien mijl, en misschien minder, de zee te zien. Onze reis was rijk geweest aan verrassingen, want het ene ogenblik bevonden we ons op een soort bergterras, hoog boven wonderschone baaien, en even later drongen we binnen in diepe kloven, waar zich tussen de bergen andere bergen verhieven en de ene berg de andere het uitzicht op de kust in de verte ontnam, terwijl de zon met moeite tot in de dalen doordrong. Nergens anders dan op die plek in Italië had ik zee en bergen, kuststroken en berglandschappen in zo'n snelle en plotselinge opeenvolging in elkaar zien grijpen, en in de wind die door de kloven floot kon men de wisselende strijd waarnemen tussen de milde zeebriesjes en de ijskoude windvlagen uit het rotsige bergland.

Die ochtend evenwel was alles grijs, bijna melkwit, en er waren geen vergezichten, ook niet wanneer de kloven zich naar de verre kusten openden. Maar ik verwijl te lang bij herinneringen die van weinig belang zijn voor het verloop van het verhaal dat me nog zo in spanning houdt. Daarom zal ik niet vertellen over onze wisselende belevenissen bij het zoeken naar 'der teufel'. Liever vertel ik u over het gezantschap der minderbroeders, dat ik als eerste in het oog kreeg, waarop ik me onmiddellijk naar het klooster spoedde om William te waarschuwen.

Mijn meester wachtte tot de nieuwaangekomenen binnen de muren waren en door de abt volgens het ritueel waren begroet. Daarna liep hij de groep tegemoet en volgde er een hele reeks omhelzingen en broederlijke begroetingen.

Het etensuur was reeds verstreken, maar er stond voor de gasten een feestelijk gedekte tafel klaar en de abt was zo kies hen onder elkaar en met William alleen te laten, onttrokken aan de plichten van de regel, vrij om te eten en tegelijkertijd hun indrukken uit te wisselen. Want het ging tenslotte, God vergeve me de ongepaste vergelijking, om een soort krijgsraad, die zo snel mogelijk moest worden gehouden voordat de vijandelijke gasten, dat wil zeggen het gezantschap uit Avignon, arriveerden.

Onnodig te zeggen dat de nieuwaangekomenen ook onmiddellijk Ubertino ontmoetten, die door allen werd begroet met de verrassing, de vreugde en de eerbied die voortvloeiden uit zijn lange afwezigheid, uit de zorgen die men zich over zijn verdwijning had gemaakt en uit de kwaliteiten van de moedige strijder die al tientallen jaren lang dezelfde strijd had gestreden als zij nu.

Over de fraters die deel uitmaakten van de groep zal ik later vertellen wanneer ik verslag doe van de bijeenkomst van de dag daarop. Mede omdat ik nauwelijks een woord met hen wisselde, in beslag genomen als ik was door het driemansoverleg dat terstond tussen William, Ubertino en Michael van Cesena werd gevoerd.

Michael was buitengewoon vurig in zijn franciscaanse bewogenheid (hij had soms de woorden en gebaren van Ubertino in diens ogenblikken van mystieke vervoering) maar zeer menselijk en joviaal in zijn aardse natuur van Italiaan uit Romagna, een man die een goede tafel kon waarderen en blij was zich in het gezelschap van zijn vrienden te bevinden; bedachtzaam en ontwijkend, dan opeens wakker en sluw als een vos, of gesloten als een mol, wanneer er vraagstukken over verhoudingen tussen de machthebbers aan de orde kwamen; in staat tot uitbundige vrolijkheid, hevige spanningen, welsprekende stiltes, bedreven in het afwenden van zijn blik van degene met wie hij sprak wanneer diens vraag het nodig maakte zijn weigering om hem een antwoord te geven met verstrooidheid te maskeren.

Ik heb al iets over hem verteld, en het waren dingen die ik van horen zeggen had, maar nu begreep ik meer van vele van zijn tegenstrijdige standpunten en van de plotselinge wijzigingen in zijn politieke strategie waarmee hij gedurende de laatste jaren zelfs zijn vrienden en volgelingen versteld had doen staan. Als ordegeneraal van de minderbroeders was hij in beginsel de erfgenaam van de heilige Franciscus, in feite de erfgenaam van diens uitleggers: hij moest wedijveren met de heiligheid en de wijsheid van een voorganger als Bonaventura van Bagnoregio, hij moest de eerbiediging van de regel maar tegelijkertijd het welzijn van de zo machtige en wijdverbreide orde waarborgen, hij moest het oor lenen aan de hoven en aan de stedelijke magistraturen van welke de orde, al was het dan in de vorm van aalmoezen, schenkingen en legaten ontving waaraan zij haar welvaart en rijkdom ontleende; en hij moest er tegelijkertijd op toezien dat de behoefte aan boetedoening de meest fanatieke spirituelen niet uit de orde dreef, waardoor die prachtige gemeenschap, aan het hoofd waarvan hij stond, in een verzameling van ketterse benden zou uiteenvallen. Hij moest in de smaak vallen bij de paus, bij de keizer, bij de broeders van het arme leven, bij de heilige Franciscus die hem stellig vanuit de hemel gadesloeg, bij het christenvolk dat hem vanaf de aarde gadesloeg. Toen Johannes alle spirituelen als ketters had veroordeeld, had Michael niet geaarzeld vijf van de meest weerspannige broeders uit de Provence aan hem uit te leveren en toe te laten dat de paus hen naar de brandstapel stuurde. Maar toen hij merkte (en Ubertino's optreden was daar stellig niet vreemd aan geweest) dat velen in de orde met de volgelingen van de evangelische soberheid sympathiseerden, had hij er prompt voor gezorgd dat het kapittel van Perugia, vier jaar later, de instanties van de verbrande broeders tot de zijne maakte. Vanzelfsprekend was het een poging om een behoefte, die ketters zou kunnen zijn, op te nemen in de levenswijze en de voorschriften van de orde, met de wens dat wat de orde thans wilde, ook door de paus zou worden gewild. Maar terwijl hij het ogenblik afwachtte waarop hij de paus, zonder wiens consensus hij liever niets wilde ondernemen, zou weten te overtuigen, had hij er geen been in gezien de gunsten van de keizer en van de keizerlijke theologen te aanvaarden. Nog maar twee jaren voor de dag waarop ik hem zag, had hij zijn fraters, tijdens het generaal kapittel in Lyon, opgedragen alleen in gematigde en eerbiedige bewoordingen over de persoon van de paus te spreken (en dat luttele maanden nadat de paus, sprekend over de minorieten, van leer was getrokken tegen 'hun gekibbel, hun dwalingen en hun dwaasheden'). Maar nu zat hij in de grootste vriendschappelijkheid aan tafel met lieden die zonder de minste eerbied over de paus spraken.

Over de rest heb ik al verteld. Johannes wilde hem in Avignon hebben, hij wilde wel en hij wilde niet gaan, en de ontmoeting van de volgende dag zou moeten beslissen over de voorwaarden en de garanties van een reis die niet de indruk mocht maken van een daad van onderwerping maar ook niet van een uitdaging. Ik geloof niet dat Michael Johannes ooit persoonlijk had ontmoet, althans niet sinds de laatste paus was. In elk geval had hij hem lange tijd niet gezien, en zijn vrienden haastten zich om hem die simoniebedrijver in de somberste tinten af te schilderen.

'Eén ding zul je moeten leren,' zei William tegen hem, 'en dat is je niet te verlaten op zijn eden, die hij altijd naar de letter nakomt maar naar de inhoud schendt.'

'Iedereen weet,' zei Ubertino, 'wat er gebeurde toen hij werd gekozen...'

'Gekozen zou ik niet zeggen, de keuze was opgelegd!' wierp een disgenoot in het midden, die ik later Hugh van Newcastle hoorde noemen en wiens accent sterk op dat van mijn meester leek. 'Om te beginnen is de dood van Clemens v nooit erg duidelijk geweest. De koning had hem niet vergeven dat hij eerst had beloofd een gerechtelijk onderzoek in te stellen naar de nagedachtenis van Bonifatius VIII en daarna juist alles in het werk had gesteld om zijn voorganger niet te desavoueren. Hoe hij in Carpentras is gestorven, weet niemand precies. Een feit is dat wanneer de kardinalen in Carpentras bijeenkomen voor het conclaaf, er geen nieuwe paus uitkomt, omdat het dispuut zich (en terecht) verplaatst naar de keus tussen Avignon en Rome. Ik weet niet precies wat er in die dagen is voorgevallen, een slachtpartij zeggen ze, waarbij de kardinalen door de neven van de overleden paus worden bedreigd, hun bedienden afgeslacht, het paleis in brand gestoken, de kardinalen een beroep doen op de koning, die zegt dat hij nooit heeft gewild dat de paus Rome verliet, dat zij geduld moeten hebben, en een goede keus moeten maken... Vervolgens sterft Filips de Schone, ook hij God mag weten hoe...'

'Of de duivel mag het weten,' zei Ubertino zich bekruisend, nagevolgd door alle anderen.

'Of de duivel mag het weten,' beaamde Hugh met een grijns. 'Hoe dan ook, een nieuwe koning bestijgt de troon, hij leeft nog achttien maanden, sterft, binnen enkele dagen sterft ook zijn pasgeboren erfgenaam, zijn broer de regent bestijgt de troon...'

'En dat is diezelfde Filips v die, toen hij nog graaf van Poitiers was, de uit Carpentras gevluchte kardinalen weer bijeen had gebracht,' zei Michael.

'Inderdaad,' vervolgde Hugh, 'hij brengt ze in Lyon opnieuw in conclaaf bijeen in het klooster van de dominicanen, zwerend hun onschendbaarheid te zullen verdedigen en hen niet gevangen te zullen houden. Zodra zij zich echter aan zijn genade overleveren, laat hij hen niet alleen opsluiten (hetgeen terecht gebruikelijk is), maar hij vermindert ook hun voedsel van dag tot dag, totdat zij een beslissing hebben genomen. En aan elk van hen belooft hij hem te zullen steunen in zijn aanspraken op de pauselijke troon. Als hij vervolgens koning wordt, zijn de kardinalen, murw door hun al twee jaar durende gevangenschap en bevreesd hun leven lang daar te moeten blijven en erbarmelijk slecht te eten, tot alles bereid, de smulpapen, en zetten op de zetel van Petrus die dwerg van over de zeventig...'

'Een dwerg inderdaad,' lachte Ubertino, 'en met een teringachtig uiterlijk, maar sterker en slimmer dan men dacht!'

'Een schoenmakerszoon,' gromde een van de afgezanten.

'Christus was de zoon van een timmerman!' wees Ubertino hem scherp terecht. 'Daar gaat het niet om. Hij is een ontwikkeld man, heeft rechten gestudeerd in Montpellier en geneeskunde in Parijs, hij heeft zijn vriendschappen weten te onderhouden op de meest geschikte manier om zowel bisschoppelijke zetels als de kardinaalshoed te verkrijgen wanneer hem dat opportuun leek, en toen hij in Napels raadsman was van Robert de Wijze, heeft hij velen verbluft door zijn scherpzinnigheid. En als bisschop van Avignon heeft hij Filips de Schone steeds de juiste adviezen gegeven (ik bedoel de juiste voor de doeleinden van die onverkwikkelijke onderneming) om de tempeliers te gronde te richten. En na zijn verkiezing is hij erin geslaagd te ontkomen aan een complot van de kardinalen die hem wilden vermoorden... Maar daarover wilde ik het niet hebben, ik had het over zijn bedrevenheid in het niet nakomen van zijn eden zonder van eedbreuk te kunnen worden beschuldigd. Toen hij werd verkozen, en om te worden verkozen, beloofde hij kardinaal Orsini dat hij de pauselijke stoel naar Rome zou terugbrengen, en hij zwoer op de gewijde hostie dat als hij zijn belofte niet zou nakomen, hij nooit meer een paard of een ezel zou bestijgen. Welnu, weten jullie wat die sluwe vos deed? Toen hij zich in Lyon liet kronen (tegen de wil van de koning, die wilde dat de ceremonie in Avignon plaatsvond) reisde hij vervolgens per boot van Lyon naar Avignon!'

Alle fraters lachten. De paus was een eedbreker, maar een zeker vernuft kon hem niet worden ontzegd.

'Het is een schaamteloos man,' stelde William vast. 'Heeft Hugh niet gezegd dat hij niet eens probeerde zijn kwade trouw te verbergen? En heb jij me niet verteld, Ubertino, wat hij op de dag van zijn aankomst in Avignon tegen Orsini zei?'

'Jazeker,' zei Ubertino, 'hij zei tegen hem dat de hemel van Frankrijk zo mooi was dat hij niet inzag waarom hij voet zou moeten zetten in een stad vol ruïnes zoals Rome. En dat hij, aangezien de paus, gelijk Petrus, de macht had om te binden en te ontbinden, die macht nu uitoefende en besloot te blijven waar hij was en waar hij het zo naar zijn zin had. En toen Orsini hem erop trachtte te wijzen dat het zijn plicht was op de Vaticaanse heuvel te wonen, legde hij hem kort en goed gehoorzaamheid op en maakte een eind aan de discussie. Maar de geschiedenis van de eed is nog niet afgelopen. Toen hij uit de boot stapte, had hij een witte merrie moeten berijden, gevolgd door de kardinalen op zwarte paarden, zoals de traditie wil. Maar hij ging te voet naar het bisschoppelijk paleis. Ik geloof dat hij werkelijk nooit meer een paard heeft bereden. En van die man verwacht jij, Michael, dat hij de garanties die hij je zal geven nakomt?'

Michael zweeg geruime tijd. Toen zei hij: 'Ik kan het verlangen van de paus om in Avignon te blijven begrijpen, en ik bestrijd het niet. Maar hij zal ons verlangen naar armoede en onze interpretatie van het voorbeeld van Christus niet mogen bestrijden.'

'Wees niet naïef, Michael,' kwam William tussenbeide, 'jullie verlangen, ons verlangen, stelt het zijne in een ongunstig daglicht. Je moet wel voor ogen houden dat er sinds eeuwen geen hebzuchtiger man de pauselijke troon heeft bestegen. De hoeren van Babylon, tegen wie onze Ubertino destijds tekeerging, de corrupte pausen waarover de dichters van jouw land, zoals die Alighieri, spraken, waren makke lammeren in vergelijking met Johannes. Hij is een diefachtige ekster, in Avignon worden meer zaken gedaan dan in Florence!'

'Je moet goed weten met wat voor koopman je te maken hebt,' zei Ubertino. Hij is een koning Midas, wat hij aanraakt wordt goud dat in de kassen van Avignon vloeit. Elke keer dat ik in zijn vertrekken kwam, trof ik er bankiers, geldwisselaars en geestelijken die florijnen telden en op elkaar stapelden... En je zult zien wat een paleis hij voor zichzelf heeft laten bouwen, gevuld met rijkdommen die in vroeger tijden alleen aan de keizer van Byzantium of de grote kan van de Tartaren werden toegeschreven. En nu begrijp je waarom hij al die bullen tegen de armoedegedachte heeft uitgevaardigd. Weet je dat hij, uit haat tegen onze orde, de dominicanen ertoe heeft aangezet beelden van Christus te maken met een koningskroon, een mantel van purper en goud en het prachtigste schoeisel? In Avignon zijn kruisbeelden tentoongesteld waarop Jezus slechts aan één hand is vastgenageld, terwijl hij met de andere een aan zijn gordel hangende geldbuidel aanraakt, om duidelijk te maken dat Hij het gebruik van geld voor religieuze doeleinden toestaat...'

'O, de schaamteloze!' riep Michael uit. 'Dat is pure godslastering!'

'Hij heeft,' ging William verder, 'een derde kroon aan de pauselijke tiara toegevoegd, is het niet, Ubertino?'

'Zeker. Aan het begin van het millennium had paus Hildebrand er een aangenomen, met de inscriptie CORONA REGNI DE MANU DEI, de infame Bonifatius heeft er kortgeleden een tweede aan toegevoegd met de woorden DIADEMA IMPERII DE MANU PETRI, en Johannes heeft niets anders gedaan dan het symbool vervolmaken: drie kronen, de geestelijke, de wereldlijke en de kerkelijke macht. Een symbool van de Perzische vorsten, een heidens symbool...'

Er was een frater die er tot dusverre het zwijgen toe had gedaan en zich met grote toewijding had beziggehouden met het verorberen van de smakelijke spijzen die de abt op tafel had laten zetten. Hij leende verstrooid een oor aan de verschillende opmerkingen, waarbij hij af en toe een sarcastische lach aan het adres van de paus of een geknor van instemming met de verontwaardigde uitroepen van zijn disgenoten liet horen. Voor het overige was hij druk in de weer zijn kin te ontdoen van de sausen en de stukjes vlees die hij uit zijn tandeloze maar vraatzuchtige mond liet vallen, en de enige keren dat hij het woord tot een van zijn tafelburen had gericht, was geweest om de smakelijkheid van de een of andere lekkernij te prijzen. Ik hoorde later dat hij messer Girolamo was, de bisschop van Caffa van wie Ubertino enkele dagen geleden dacht dat hij dood was – en ik moet zeggen dat die veronderstelling dat hij twee jaar geleden was gestorven lange tijd als een waar bericht door de christelijke wereld circuleerde, want ik hoorde het ook naderhand; een feit is dat hij enkele maanden na onze ontmoeting stierf, en ik denk nog steeds dat hij is bezweken aan de grote woede die op de bijeenkomst van de dag daarna in hem was gevaren, toen ik bijna verwachtte dat hij onmiddellijk en ter plekke uit elkaar zou spatten, zo zwak was hij van lichaam en zo driftig van aard.

Hij mengde zich op dat ogenblik in het gesprek, en zei met volle mond: 'En dan moeten jullie weten dat de onverlaat een constitutie heeft opgesteld over de *taxae sacrae poenitentiariae*, waarmee hij op de zonden van geestelijken en kloosterlingen speculeert om ook daaruit geld te slaan. Als een geestelijke een zonde van het vlees begaat, met een non, met een bloedverwant, of zelfs met een willekeurige vrouw, kan hij alleen de absolutie ontvangen tegen betaling van zevenenzestig goudlire en twaalf stuivers. En als hij bestialiteiten begaat, wordt het meer dan tweehonderd lire, maar als hij ze alleen met kinderen of dieren en niet met vrouwen heeft begaan, wordt de boete met honderd lire verminderd. En een non die zich aan vele mannen heeft gegeven, hetzij tegelijkertijd, hetzij op verschillende ogenblikken, buiten of binnen het klooster, en die vervolgens abdis wil worden, moet honderdeenendertig goudlire en vijftien stuivers betalen…'

'Komaan, messer Girolamo,' protesteerde Ubertino, 'u weet hoe weinig ik op de paus gesteld ben, maar in deze moet ik hem verdedigen! Het is een lasterpraatje dat in Avignon in omloop is gebracht, ik heb die constitutie nooit gezien!'

'Ze bestaat,' verzekerde Girolamo met kracht. 'Ik heb haar ook niet gezien, maar ze bestaat.'

Ubertino schudde zijn hoofd en de anderen zwegen. Ik merkte dat zij gewend waren messer Girolamo, die door William enkele dagen geleden een dwaas was genoemd, niet al te zeer au sérieux te nemen. William trachtte het gesprek te hervatten: 'Of dit gerucht nu waar is of vals, het zegt ons het een en ander over wat de moraal is in Avignon. Toen Johannes de pauselijke zetel besteeg, sprak men van een schat van zeventigduizend gouden florijnen, en nu zeggen sommigen dat hij er meer dan tien miljoen bijeen heeft geschraapt.'

'Dat is waar,' zei Ubertino. 'Michael, Michael, je weet niet hoeveel schandelijks ik in Avignon heb moeten aanschouwen!'

'Laten we proberen eerlijk te zijn,' zei Michael. 'We weten dat ook de onzen zich aan excessen hebben schuldig gemaakt. Ik heb verhalen gehoord over franciscanen die gewapenderhand dominicaanse kloosters aanvielen en de vijandelijke kloosterlingen de kleren van het lijf trokken om hun de armoede op te leggen... Dat is de reden waarom ik me ten tijde van de ongeregeldheden in de Provence niet tegen Johannes durfde te keren... Ik wil met hem tot een vergelijk komen, ik zal zijn trots niet krenken, ik zal hem alleen vragen onze nederigheid niet te krenken. Ik zal met hem niet over geld spreken, ik zal hem alleen vragen in te stemmen met een gezonde uitleg van de Schrift. En dat moeten we morgen met zijn afgezanten bespreken. Per slot van rekening zijn het mannen die zich met theologie bezighouden, en niet allen zullen zo roofzuchtig zijn als Johannes. Als wijze mannen zich over een interpretatie van de Schrift hebben beraden, zal hij niet...'

'Hij?' viel Ubertino hem in de rede. 'Maar jij kent zijn waanzinnige ideeën op theologisch gebied nog niet. Hij wil werkelijk alles eigenhandig binden, in de hemel en op de aarde. Wat hij op de aarde doet, hebben we gezien. En in de hemel... Wel, hij heeft de ideeën die ik je ga vertellen nog niet uitgesproken, althans niet in het openbaar, maar ik weet zeker dat hij er met zijn vertrouwelingen heimelijk over heeft gesproken. Hij is bezig met het opstellen van een aantal waanzinnige, zo niet perverse proposities, die de kern zelf van de leer zouden veranderen en onze prediking elke kracht zouden ontnemen!'

'Welke zijn dat?' vroegen velen.

'Vraag het aan Berengario, hij weet het, hijzelf heeft me erover gesproken.' Ubertino had zich tot Berengario Talloni gewend, die in de afgelopen jaren een van de meest vastberaden tegenstanders van de paus aan zijn eigen hof was geweest. Hij had zich, komende uit Avignon, twee dagen geleden bij de groep van de andere franciscanen gevoegd en was samen met hen in de abdij aangekomen.

'Het is een duistere en haast ongelooflijke geschiedenis,' zei Berengario. 'Het schijnt namelijk dat Johannes van plan is te beweren dat de rechtvaardigen pas na de oordeelsdag de gelukzalige aanschouwing Gods deelachtig zullen worden. Hij houdt zich al een tijd lang bezig met vers negen van het zesde hoofdstuk van de Apocalyps, waarin gesproken wordt over het verbreken van het vijfde zegel: waar zij die zijn vermoord om het getuigenis van het woord Gods, onder het altaar verschijnen en om gerechtigheid vragen. Aan elk van hen wordt een wit gewaad gegeven en hun wordt gezegd nog een korte tijd te wachten. Een teken, is Johannes' redenering, dat zij God niet in Zijn wezen zullen kunnen aanschouwen vooraleer het laatste oordeel zich heeft voltrokken.'

'Maar tegen wie heeft hij die dingen gezegd?' vroeg Michael verbijsterd.

'Tot nu toe tegen enkele vertrouwelingen, maar het gerucht heeft zich verspreid, ze zeggen dat hij een openbare afkondiging voorbereidt, niet dadelijk, misschien over een paar jaren, hij raadpleegt zijn theologen…'

'Ha, ha!' hoonde Girolamo al kauwend.

'Dat niet alleen, het schijnt dat hij nog verder wil gaan en wil beweren dat ook de hel niet vóór die dag geopend zal worden… Zelfs niet voor de duivels.'

'Heer Jezus sta ons bij!' riep Girolamo uit. 'Wat moeten we dan aan de zondaars vertellen, als we hen niet kunnen dreigen met een hel die al open is zodra ze doodgaan?'

'We zijn in handen van een gek,' zei Ubertino. 'Maar ik begrijp niet waarom hij deze dingen wil beweren…'

'De hele leer der aflaten gaat zo in rook op,' jammerde Girolamo, 'en ook hijzelf kan ze dan niet meer verkopen. Waarom moet een priester die zich aan bestialiteit heeft bezondigd zo veel goudlires betalen om een zo ver in de toekomst liggende straf te ontlopen?'

'Niet zó ver in de toekomst,' zei Ubertino met kracht, 'de tijden zijn nabij!'

'Dat weet jij, dierbare broeder, maar de gelovigen weten het niet. Zo staan de zaken ervoor!' riep Girolamo, die er niet langer uitzag alsof hij van zijn eten genoot.

'Maar waarom doet hij zo?' vroeg Michael van Cesena zich hardop af.

'Ik geloof niet dat er een reden voor is,' zei William. 'Het is een daad van hoogmoed. Hij wil werkelijk degene zijn die voor de hemel en voor de aarde beslist. Ik wist van deze geruchten, Willem van Ockham had het me geschreven. We zullen wel zien wie er wint, de paus of de theologen, de stem van de gehele Kerk, de werkelijke verlangens van het volk Gods, de bisschoppen…'

'O, hij zal ook de theologen naar zijn hand weten te zetten,' zei Michael mistroostig.

'Dat is niet gezegd,' antwoordde William. 'We leven in tijden waarin de godgeleerden er niet voor terugdeinzen te verklaren dat de paus een ketter is. De godgeleerden zijn op hun manier de stem van het gelovige volk. Waar zelfs de paus niet meer tegenin kan gaan. En ook jij zal met die theologen in moeten stemmen.'

Mijn meester had werkelijk een zeer scherpe blik. Hoe kon hij voorzien dat Michael zelf later zou beslissen bij de theologen van het keizerrijk en bij het volk steun te zoeken om de paus te veroordelen? Hoe kon hij voorzien dat, toen Johannes vier jaar later voor de eerste maal zijn ongelooflijke leer verkondigde, de gehele christenheid in opstand zou komen? Als de gelukzalige aanschouwing Gods zo lang werd uitgesteld, hoe zouden dan de overledenen voorspreker kunnen zijn voor de levenden? En wat zou er van de heiligenverering terechtkomen? Juist de minorieten zouden de vijandelijkheden openen door de paus te veroordelen, en Willem van Ockham zou in de voorste gelederen staan, streng en onverbiddelijk in zijn argumentaties. De strijd zou drie jaar duren, totdat Johannes, aan het eind van zijn leven gekomen, gedeeltelijk van zijn uitspraken terugkwam. Jaren later hoorde ik iemand beschrijven hoe hij op het consistorie van december 1334 verscheen, kleiner dan hij tot dusverre ooit had geschenen, bleek, verschrompeld door de ouderdom, een negentigjarige op het randje van de dood, en hoe hij zou hebben gezegd (de vos, zo bedreven in het spelen met woorden, niet alleen om zijn eden te schenden maar ook om zijn hardnekkige ideeën te loochenen): 'Wij belijden en geloven dat de zielen, van het lichaam gescheiden en geheel gezuiverd, in de hemel zijn, in het paradijs met de engelen en met Jezus Christus, en dat zij God zien in Zijn goddelijke wezen, duidelijk en van aangezicht tot aangezicht...' en toen, na een pauze, waarvan niemand ooit zou weten of die te wijten was aan ademhalingsmoeilijkheden of aan de perverse wil om de laatste clausule als tegenstelling te benadrukken, 'in de mate waarin de toestand en de gesteldheid van de gescheiden ziel dat toestaat.' De volgende morgen, het was een zondag, liet hij zich op een lange stoel met een naar achteren geklapte rugleuning leggen, ontving de handkus van zijn kardinalen, en stierf.

Maar ik dwaal wederom af en vertel andere dingen dan ik zou moeten vertellen. Ook omdat de rest van dat tafelgesprek eigenlijk weinig toevoegt aan het begrip van de gebeurtenissen waarover ik verhaal. De minorieten kwamen overeen welke houding ze de volgende dag zouden aannemen. Ze taxeerden hun tegenstanders één voor één. Ze gaven met bezorgdheid hun commentaar op het door William verstrekte bericht van de komst van Bernard Gui. En nog meer op het feit dat het gezantschap uit Avignon zou worden voorgezeten door een hamer van de ketters als kardinaal Bertrando del Poggetto. Twee inquisiteurs was te veel: een teken dat men tegen de minorieten het argument van de ketterij wilde gebruiken.

'Als het dan zo moet zijn,' zei William, 'dan zullen wij hen voor ketters uitmaken.'

'Nee, nee,' zei Michael, 'laten we met omzichtigheid te werk gaan, we moeten geen enkele mogelijkheid tot een akkoord in de waagschaal stellen.'

'Voor zover ik het kan bekijken,' zei William, 'geloof ik niet – ook al heb ik me ingespannen om deze ontmoeting te doen plaatshebben, dat weet je maar al te goed, Michael – dat de mannen uit Avignon hier komen om enig positief resultaat te bereiken. Johannes wil jou alleen en zonder garanties in Avignon hebben. Maar het nut van de ontmoeting is ten minste dat jij dat begrijpt. Het zou erger zijn geweest als je was gegaan voordat je deze ervaring had opgedaan.'

'Dus jij hebt je vele maanden lang ingespannen om iets tot stand te brengen dat je nutteloos acht,' zei Michael bitter.

'Het was me gevraagd, zowel door jou als door de keizer,' zei William. 'En tenslotte is het nooit nutteloos je vijanden beter te leren kennen.'

Op dat ogenblik kwam men ons waarschuwen dat de tweede delegatie juist het terrein van de abdij betrad. De minorieten stonden op en liepen de mannen van de paus tegemoet.

VIERDE DAG

NOON

*Waarin kardinaal del Poggetto, Bernard Gui en
de andere mannen uit Avignon arriveren en ieder
vervolgens verschillende dingen doet.*

◆

Mannen die elkaar al sinds lange tijd kenden en mannen die zonder elkaar te kennen over elkaar hadden horen spreken, begroetten elkaar in de hof met ogenschijnlijke welgezindheid. Kardinaal Bertrando del Poggetto bewoog zich aan de zijde van de abt als iemand die gewend is aan macht, bijna alsof hij zelf een tweede paus was, en hij schonk allen, in het bijzonder aan de minorieten, hartelijke glimlachjes, terwijl hij de hoop uitsprak dat de ontmoeting van de volgende dag tot prachtige overeenkomsten zou leiden en nadrukkelijk de wensen voor pax et bonum (hij bezigde met opzet deze uitdrukking die de franciscanen zo dierbaar was) van Johannes XXII overbracht.

'Mooi, mooi,' zei hij tegen mij, toen William zo vriendelijk was mij als zijn secretaris en leerling voor te stellen. Daarop vroeg hij me of ik Bologna kende en prees de schoonheid, het goede eten en de prachtige universiteit van die stad, en hij spoorde me aan haar te bezoeken in plaats van straks, zo zei hij, naar mijn Duitse landgenoten terug te keren die onze heer paus zo veel leed berokkenden. Vervolgens stak hij me zijn ring toe om te kussen, terwijl hij zijn glimlach reeds tot een ander wendde.

Anderzijds richtte mijn aandacht zich onmiddellijk op het personage waarover ik die dagen het meest had horen spreken: Bernard Gui, zoals de Fransen hem noemden, of Bernardus Guidonis of Bernardo Guido, zoals hij elders werd genoemd.

Hij was een dominicaan van ongeveer zeventig jaar, tenger maar recht van leden. Ik werd getroffen door zijn grijze, kille ogen, waarmee hij iemand strak en uitdrukkingsloos kon aankijken, en die ik later juist dikwijls zou zien opflitsen in vonken die van alles konden betekenen; een man even bedreven in het verbergen van zijn gedachten en gevoelens als in het uitdrukken ervan wanneer hem dat te stade kwam.

In de algemene uitwisseling van begroetingen was hij niet vriendschappelijk of hartelijk zoals de anderen, maar hooguit beleefd. Toen hij Ubertino zag, die hij al kende, bejegende hij hem vol respect, maar hij keek hem op een dusdanige wijze aan dat ik door angstige voorgevoelens werd overvallen. Toen hij Michael van Cesena begroette, verscheen er een moeilijk te ontcijferen glimlach om zijn mond en mompelde hij zonder warmte: 'Er wordt daarginds sinds lang op u gewacht,' een zin waarin ik noch een toon van ongeduld, noch een zweem van ironie, noch een bevel, noch ook maar enige geïnteresseerdheid kon bespeuren. Hij maakte kennis met William en keek hem met beleefde vijandigheid aan: evenwel niet omdat zijn gelaat zijn verborgen gevoelens verried, daar was ik zeker van (ook al was ik er niet zeker van of hij ooit enig gevoel koesterde), maar omdat hij ongetwijfeld wilde dat William zijn vijandige gezindheid voelde. William beantwoordde zijn vijandigheid met een overdreven hartelijke glimlach en de woorden: 'Ik verlangde er al lange tijd naar een man te leren kennen wiens faam mij tot lering en vermaning heeft gestrekt bij tal van belangrijke beslissingen die mijn leven hebben geïnspireerd.' Een zin die zonder meer lovend en bijna vleiend moest klinken voor wie niet wist, zoals Bernard maar al te goed wist, dat een van de belangrijkste beslissingen in Williams leven was geweest het inquisiteursambt neer te leggen. Ik maakte hieruit voor mezelf op dat, terwijl William Bernard graag in de een of andere onderaardse kerker van de keizer zou hebben gezien, Bernard ongetwijfeld met vreugde zou hebben gezien dat William ter plaatse door de dood werd getroffen; en aangezien Bernard die dagen gewapende mannen onder zijn bevel had staan, vreesde ik voor het leven van mijn goede meester.

Bernard moest reeds door de abt zijn ingelicht omtrent de in de abdij gepleegde misdaden, want veinzend de giftige angel in Williams woorden niet te hebben opgemerkt, zei hij tegen hem: 'Het schijnt dat ik mij deze dagen, op verzoek van de abt en tot uitvoering van de taak die mij is toevertrouwd krachtens de overeenkomst die ons hier bijeen heeft gebracht, moet bezighouden met buitengewoon trieste gebeurtenissen, waarin we de verpestende stank van de duivel bespeuren. Ik spreek u erover omdat ik weet dat in langvervlogen tijden, waarin u mij nader zou hebben gestaan, ook u aan mijn zijde – en aan die van mijns gelijken – hebt gestreden op dat slagveld waarop de legerscharen van het goede slag leverden tegen die van het kwade.'

'Inderdaad,' zei William kalm, 'maar ik ben daarna naar het andere kamp overgegaan.'

Bernard liet zich door deze repliek niet uit het veld slaan: 'Kunt u mij over die misdadige zaken iets zeggen wat me van nut kan zijn?'

'Helaas niet,' antwoordde William beleefd. 'Ik mis uw ervaring in misdadige zaken.'

Van dat ogenblik af verloor ik iedereen uit het oog. William trok zich, na nogmaals met Ubertino en Michael te hebben gesproken, in het scriptorium terug. Hij vroeg aan Malachias bepaalde boeken te mogen inzien waarvan ik de titels niet kon verstaan. Malachias keek hem met een vreemde blik aan, maar kon ze hem niet weigeren. Merkwaardig genoeg hoefde hij ze niet uit de bibliotheek te halen. Ze lagen allemaal al op de tafel van Venantius. Mijn meester verdiepte zich in zijn lectuur en ik besloot hem niet te storen.

Ik liep de trap af naar de keuken. Daar zag ik Bernard Gui. Misschien wilde hij inzicht krijgen in de indeling van de abdij en liep hij nu overal rond. Ik hoorde hem de keukenbedienden en andere knechten ondervragen, waarbij hij zo goed en zo kwaad als het ging de volkstaal van de streek sprak (ik herinnerde me dat hij in Noord-Italië inquisiteur was geweest). Ik meende te horen dat hij inlichtingen vroeg over de oogsten en over de organisatie van het werk in het klooster. Maar ook bij het stellen van de meest onschuldige vragen keek hij de man die hij tegenover zich had doordringend aan en stelde dan plotseling een nieuwe vraag, waarop zijn slachtoffer verbleekte en begon te stamelen. Ik maakte eruit op dat hij, op de een of andere vreemde manier, de mensen aan een verhoor onderwierp en zich daarbij bediende van een geducht wapen, dat elke inquisiteur in de uitoefening van zijn ambt ter beschikking heeft en in werking stelt: de angst van de verhoorde, die gewoonlijk, uit vrees van iets te worden verdacht, tegen de inquisiteur datgene zegt wat kan dienen om een ander verdacht te maken.

De hele rest van de middag zag ik, terwijl ik rondliep, Bernard aldus te werk gaan, hetzij bij de molens, hetzij in de kloostergang. Hij sprak echter vrijwel nooit monniken aan, doch steeds lekenbroeders of boeren. Het tegenovergestelde van wat William tot dusverre had gedaan.

VIERDE DAG

VESPERS

Waarin Alinardo kostbare inlichtingen lijkt te geven
en William zijn methode onthult om door een reeks
gewisse fouten tot een waarschijnlijke waarheid te komen.

◆

Een tijd later kwam William welgemoed uit het scriptorium naar buiten. Terwijl we wachtten tot het tijd zou zijn voor het avondmaal, zochten we Alinardo in de kloostergang op. Indachtig zijn verzoek had ik me al de dag tevoren in de keuken van kekers voorzien en ik bood ze hem aan. Hij bedankte me terwijl hij ze in zijn tandeloze, kwijlende mond stak. 'Zie je wel, jongen,' zei hij tegen mij, 'ook het andere lijk lag daar waar het boek had voorspeld... Nu is het wachten op de vierde bazuin!'

Ik vroeg hem waarom hij toch dacht dat de sleutel tot de reeks misdaden in het boek van de openbaring te vinden was. Hij keek me verbaasd aan: 'Het boek van Johannes biedt de sleutel tot alles!' En hij voegde er met een verongelijkt gezicht aan toe: 'Ik wist het, ik zei het al heel lang geleden... Ik was het, moet je weten, die de abt voorstelde... die van toen... om zo veel commentaren op de Apocalyps te verzamelen als maar mogelijk was. Ik zou bibliothecaris worden... Maar toen gelukte het die ander zich naar Silos te laten sturen, waar hij de mooiste manuscripten vond, en hij kwam met een prachtige buit terug... O, hij wist waar hij moest zoeken, hij sprak ook de taal van de ongelovigen... En zo kreeg hij het beheer over de bibliotheek, en niet ik. Maar God strafte hem en deed hem voortijdig het rijk der duisternis binnengaan. Ha, ha...' lachte hij vals, deze oude man die mij tot dusverre, verzonken in de serene rust van zijn ouderdom, een onschuldig kind had geleken.

'Wie was de man over wie u spreekt?' vroeg William.

Hij keek ons onthutst aan. 'Over wie ik sprak? Dat weet ik niet meer... het was lang geleden. Maar God straft, God wist uit, God vertroebelt ook de herinneringen. Vele daden van hoogmoed zijn in de bibliotheek gepleegd. Vooral nadat ze in handen van vreemdelingen viel. God straft nog steeds...'

We konden niets meer uit hem krijgen en lieten hem over aan zijn stille, rancuneuze geestverwarring. William zei dat hij zeer geboeid was door dat gesprek: 'Alinardo is een man om naar te luisteren, elke keer dat hij spreekt, zegt hij iets belangwekkends.'

'Wat heeft hij ditmaal gezegd?'

'Adson,' zei William, 'een mysterie oplossen is niet hetzelfde als deduceren uit eerste beginselen. En het staat ook niet gelijk aan het verzamelen van vele bijzondere gegevens om daar vervolgens een algemene wet uit af te leiden. Het betekent veeleer geplaatst worden tegenover een, of twee, of drie bijzondere gegevens die ogenschijnlijk niets gemeen hebben, en proberen je voor te stellen of dat evenveel gevallen kunnen zijn van een algemene wet die je nog niet kent en die misschien nog nooit is geformuleerd. Als je weet, zoals de Filosoof zegt, dat de mens, het paard en het muildier geen van allen een gal hebben en allen lang leven, kun je natuurlijk proberen het beginsel te formuleren volgens hetwelk de wezens zonder gal lang leven. Maar denk nu eens aan het geval van de dieren met horens. Waarom hebben ze horens? Opeens kom je tot de ontdekking dat alle dieren met horens geen tanden in hun bovenkaak hebben. Dat zou een mooie ontdekking zijn, als je niet moest constateren dat er dieren bestaan zonder tanden in hun bovenkaak die niettemin geen horens hebben, zoals de kameel. Ten slotte merk je dat alle dieren zonder tanden in hun bovenkaak twee magen hebben. Welnu, je kunt je voorstellen dat wie niet genoeg tanden heeft, slecht kauwt en dus twee magen nodig heeft om het voedsel beter te kunnen verteren. Maar de horens? Dan probeer je een materiële oorzaak van de horens te bedenken, waardoor het ontbreken van tanden het dier voorziet van een overvloed van benige materie die ergens anders naar buiten moet komen. Maar is dat een afdoende verklaring? Nee, want de kameel heeft geen boventanden, wel twee magen, maar geen horens. Dus moet je ook een doeloorzaak bedenken. De benige materie komt alleen in de vorm van horens naar buiten bij dieren die geen andere verdedigingsmiddelen hebben. De kameel daarentegen heeft een zeer harde huid en heeft geen horens nodig. Dus zou de wet kunnen luiden…'

'Maar wat hebben de horens ermee te maken?' vroeg ik ongeduldig, 'en waarom houdt u zich bezig met hoorndragende dieren?'

'Ik heb me er nooit mee beziggehouden, maar de bisschop van Lincoln heeft zich er veel mee beziggehouden, waarbij hij een idee van Aristoteles volgde. Eerlijk gezegd weet ik niet of de redenen die hij heeft gevonden de juiste zijn, en ik heb ook nooit gecontroleerd waar de kameel zijn tanden heeft zitten en hoeveel magen hij heeft: het was alleen om je duidelijk te maken dat het zoeken naar verklarende wetten inzake natuurlijke feiten langs omwegen geschiedt. Tegenover enkele onverklaarbare feiten moet je proberen vele algemene wetten te bedenken, waarvan je nog niet het verband ziet met de feiten waar je je mee bezighoudt: en plotseling, in het onverwachte verband van een resultaat, een geval en een wet, tekent zich een redenering voor je af die je overtuigender lijkt dan de andere. Je probeert haar op alle soortgelijke gevallen toe te passen en haar te gebruiken om er voorspellingen mee te doen, en je ontdekt dat je goed had geraden. Maar tot aan het einde toe zul je nooit weten welke predicaten je in je redenering moet invoeren en welke je moet laten vallen. En zo doe ik nu. Ik zet een groot aantal los van elkaar staande elementen naast elkaar en bedenk hypothesen. Maar ik moet er vele bedenken, en talrijk zijn die welke zo absurd zijn dat ik me ervoor zou schamen ze je te vertellen. Kijk, in het geval van het paard Brunello bedacht ik, toen ik de sporen zag, vele complementaire en contradictoire hypothesen: het kon een vluchtend paard zijn, het kon zijn dat de abt op dat mooie paard de helling was afgedaald, het kon zijn dat een paard Brunello de sporen in de sneeuw had achtergelaten en een ander paard Favello de dag ervoor de haren in de struiken, en dat de takken door mensen waren afgebroken. Ik wist niet welke de juiste hypothese was, totdat ik de cellarius en de knechten naarstig zag zoeken. Toen begreep ik dat de hypothese van Brunello de enig bruikbare was en probeerde ik haar op haar waarheid te toetsen door de monniken aan te spreken zoals ik deed. Ik won, maar ik had ook kunnen verliezen. De anderen geloofden dat ik knap was omdat ik heb gewonnen, maar zij kenden niet de vele gevallen waarin ik dom was omdat ik heb verloren, en ze wisten niet dat ik er enkele tellen voordat ik won niet zeker van was dat ik niet zou verliezen. Welnu, over de voorvallen in de abdij heb ik vele mooie hypothesen, maar er is geen enkel onomstotelijk feit dat me in staat stelt te zeggen welke de beste is. En om later niet dwaas te lijken, zie ik ervan af nu slim te lijken. Laat me nog wat nadenken, op zijn minst tot morgen.'

Op dat ogenblik begreep ik wat de manier was waarop mijn meester redeneerde, en ze leek mij sterk af te wijken van die van de Filosoof, die redeneert vanuit de eerste beginselen, zodat zijn verstand als het ware de kenwijzen van het goddelijk verstand overneemt. Ik begreep dat William, als hij geen antwoord had, er voor zichzelf vele en onderling zeer verschillende overwoog. Ik wist niet wat ervan te denken.

'Maar dan,' waagde ik op te merken, 'bent u nog ver van de oplossing af…'
'Ik ben er vlakbij,' zei William, 'maar ik weet niet bij welke.'
'Dus u hebt niet één enkel antwoord op uw vragen?'

'Adson, als ik dat had, zou ik in Parijs theologie onderwijzen.'

'Hebben ze in Parijs altijd het ware antwoord?'

'Nooit,' zei William, 'maar ze zijn bijzonder zeker van hun vergissingen.'

'En u,' zei ik met kinderlijke vrijpostigheid, 'maakt u nooit vergissingen?'

'Dikwijls,' antwoordde hij. 'Maar in plaats van er één te concipiëren, bedenk ik er vele, zodoende word ik van geen enkele de slaaf.'

Ik kreeg de indruk dat William geen enkel belang stelde in de waarheid, die niets anders is dan de overeenstemming tussen het ding en het verstand. Hij schiep er daarentegen genoegen in zo veel mogelijkheden te verzinnen als maar mogelijk was.

Op dat moment, ik beken het, twijfelde ik aan mijn meester en betrapte ik mezelf op de gedachte: Gelukkig dat de inquisitie is aangekomen. Ik koos voor de dorst naar waarheid waardoor Bernard Gui werd bezield.

En vervuld van deze schuldige gedachten, nog meer van streek dan Judas in de nacht van Witte Donderdag, ging ik met William het refectorium binnen om het avondmaal te nuttigen.

VIERDE DAG
COMPLETEN

Waarin Salvatore vertelt over een wonderbaarlijke toverij.

◆

Het avondmaal voor het gezantschap was voortreffelijk. De abt moest wel goed op de hoogte zijn van zowel de zwakheden van de mensen als de gewoonten aan het pauselijk hof (die ook, moet ik zeggen, de minorieten van frater Michael niet onwelgevallig waren). Omdat er kortgeleden varkens waren geslacht, had er bloedworst volgens het recept van Montecassino moeten zijn, zei de keukenmeester ons. Het noodlottige einde van Venantius had het echter noodzakelijk gemaakt al het varkensbloed weg te gooien, zodat men nu moest wachten op de slacht van nieuwe varkens. Maar we kregen ragout van duifjes, gemarineerd in wijn uit die streek, gevuld konijn, broodjes van de heilige Clara, rijst met amandelen uit die streek, ofwel het blanc-manger van de vigiliën, gebakken sneetjes brood met bernagie, gevulde olijven, gebakken kaas, schapenvlees, witte bonen, en overheerlijke nagerechten, sint-bernardgebak, sint-nicolaaskoekjes, luciabolletjes, en wijnen en kruidenlikeuren die zelfs de doorgaans zo strenge Bernard Gui in een goed humeur brachten: citronellalikeur, notenlikeur, wijn tegen de jicht en gentiaanwijn. Het zou een bijeenkomst van smulpapen hebben geleken, als elke slok en elke hap niet van vrome lectuur vergezeld was gegaan.

Aan het eind stond iedereen in opperbeste stemming van tafel op, waarbij sommigen vage klachten aanvoerden om niet naar de completen te hoeven gaan. Maar de abt nam er geen aanstoot aan. Niet iedereen heeft de voorrechten en de plichten die uit de toetreding tot onze orde voortvloeien.

Terwijl de monniken heengingen, bleef ik nog wat rondkijken in de keuken, waar voorbereidingen werden getroffen voor de nachtelijke sluiting. Ik zag Salvatore met een bundel in zijn armen wegglippen in de richting van de moestuin. Nieuwsgierig geworden liep ik hem achterna en riep hem. Eerst probeerde hij me af te weren, daarna gaf hij op mijn vragen ten antwoord dat hij in de bundel (die bewoog alsof er iets levends in zat) een basilisk had.

'Cave basilischium! Est de koning van de slangen, zo pleno van vergif dat tuto riluce naar buiten! Che dicam, het vergif, de stank die vien fuori maakt jou dood! Ti attosca... Et heeft macule bianche op de rug, et caput als haan, en helft loopt recht boven de terra en andere helft over de terra zoals de andere serpentes. En hij doodt de bellula.'

'De bellula?'

'Oc! Piepkleine bestiola est, maar beetje groter dan de rat, en de rat haat hem muchissimo. En assi de slang en de pad. En als zij hem bijten, dan bellula rent naar de fenicula of naar de cicerbita en hapt ervan, et redet ad bellum. Et dicunt dat hij kindertjes maakt door zijn ogen, maar meesten zeggen dat elli liegen.'

Ik vroeg hem wat hij met een basilisk deed en hij zei dat dat zijn zaak was. Ik zei, nu echt brandend van nieuwsgierigheid, dat er in die dagen, met al die doden, geen geheime zaken meer bestonden en dat ik het aan William zou vertellen. Toen smeekte Salvatore me vurig mijn mond te houden, knoopte de bundel los en liet me een zwartharige kat zien. Hij trok me dichter naar zich toe en zei met een obscene grijns dat hij niet meer wilde dat de cellarius of ik, omdat de een machtig en de ander jong en mooi was, de liefde van de meisjes uit het dorp konden krijgen, en hij niet omdat hij arm en lelijk was. Dat hij een wonderbaarlijke toverij kende om elke vrouw ten prooi te doen vallen aan de liefde. Daarvoor moest je een zwarte kat doden en zijn ogen uitsteken, die vervolgens in twee eieren van een zwarte kip stoppen, een oog in het ene ei en een oog in het andere (en hij liet me twee eieren zien waarvan hij me verzekerde dat hij ze van de juiste kippen had genomen). Daarna moest je de eieren in een hoop paardenmest te rotten leggen (en hij had juist in een hoekje van de moestuin, waar nooit iemand langskwam, zo'n hoopje klaargelegd) en uit elk ei zou dan een duiveltje geboren worden, dat in zijn dienst zou treden en hem alle heerlijkheden van deze wereld zou verschaffen. Maar helaas, zei hij, om de toverij te doen slagen moest de vrouw wier liefde hij wenste op de eieren spuwen voordat ze in de mest werden begraven, en dat probleem kwelde hem, want hij moest die nacht de vrouw in kwestie bij zich hebben en ervoor zorgen dat ze haar taak verrichtte zonder te weten waartoe het diende.

Ik voelde plotseling een hevige gloed, in mijn gezicht, of in mijn buik, of in mijn hele lichaam, en vroeg met een half verstikte stem of hij die nacht het meisje van de vorige nacht binnen de muren zou halen. Hij lachte honend en zei dat ik behoorlijk hitsig was (ik zei van niet, dat ik het uit louter nieuwsgierigheid vroeg), en toen zei hij dat er in het dorp vrouwen in overvloed waren en dat hij een andere mee naar boven zou nemen, nog mooier dan het meisje dat mij zo aanstond. Ik veronderstelde dat hij loog om me weg te krijgen. Trouwens, wat had ik kunnen doen? De hele nacht achter hem aanlopen terwijl William voor geheel andere ondernemingen op me wachtte? En haar weerzien (als het werkelijk om haar ging) naar wie mijn lusten mij toedreven terwijl mijn verstand me van haar afwendde – en die ik nooit meer zou moeten zien ook al verlangde ik er nog steeds naar haar weer te zien? Beslist niet. En daarom hield ik mezelf voor dat Salvatore de waarheid sprak, voor zover het de vrouw betrof. Of dat hij misschien alles bij elkaar had gelogen, dat de toverij waarover hij sprak een verzinsel van zijn bijgelovig brein was en dat hij niets van dien aard zou doen.

 Zijn houding begon me te ergeren, ik deed bars en zei dat hij er die nacht beter aan zou doen te gaan slapen, daar de boogschutters over het terrein wachtliepen. Hij antwoordde dat hij de abdij beter kende dan de boogschutters, en dat met die mist niemand iemand anders kon zien. Sterker nog, zei hij, ik ga er nu vandoor, en zelfs jij zult me niet meer zien, ook al zou ik me daar op een paar passen afstand vermaken met het meisje waar jij je zinnen op hebt gezet. Hij drukte zich in andere, heel wat grovere bewoordingen uit, maar hier kwam het op neer. Ik liep verontwaardigd weg, want het was werkelijk beneden mijn waardigheid, als edelman en novice, met dat schoelje in het strijdperk te treden.

 Ik voegde me bij William en we deden wat ons te doen stond. Dat wil zeggen, we zochten onze plaats op om de completen te volgen, achter in het schip, zodat we, zodra het officie ten einde was, gereed waren om onze tweede (voor mij derde) reis in het ingewand van het labyrint te ondernemen.

VIERDE DAG

NA DE COMPLETEN

Waarin men opnieuw het labyrint bezoekt, op de drempel van het finis Africae komt, maar er niet kan binnengaan omdat men niet weet wat de eerste en de zevende van de vier zijn, en Adson ten slotte een – overigens zeer geleerde – terugval heeft in zijn liefdesziekte.

◆

Het bezoek aan de bibliotheek kostte ons heel wat uren werk. In theorie was de controle die we moesten uitvoeren gemakkelijk, maar het lopen bij het schijnsel van de lamp, het lezen van de opschriften, het op de plattegrond aantekenen van de doorgangen en de muren zonder doorgang, het registreren van de beginletters, het afleggen van de verschillende routes die het spel van open en gesloten wanden mogelijk maakte, was een erg langdurige aangelegenheid. En een vervelende.

Het was erg koud. De nacht was niet winderig en we hoorden niet die zachte fluittonen die ons de eerste avond zo luguber in de oren hadden geklonken, maar door de luchtspleten drong een vochtige, ijskoude lucht naar binnen. We hadden wollen handschoenen aangetrokken om de boeken te kunnen hanteren zonder dat onze handen verkleumden. Maar het waren van die handschoenen zonder vingertoppen die 's winters bij het schrijven werden gebruikt, en af en toe moesten we onze handen bij de vlam houden, of in onze pij stoppen, of tegen elkaar slaan, terwijl we verkleumd op en neer sprongen.

Daardoor kwam het dat we ons werk niet in één keer voltooiden. We bleven staan om in de armaria te snuffelen, en nu William – met zijn nieuwe glazen op zijn neus – de gelegenheid had de boeken in te zien, barstte hij bij elke titel die hij ontdekte in verheugde uitroepen uit, hetzij omdat hij het werk kende, hetzij omdat hij er al tijden naar zocht, of ten slotte omdat hij er nooit iets over had gehoord en zijn nieuwsgierigheid er uitermate door werd geprikkeld. Kortom, elk boek was voor hem gelijk een fabeldier dat hij in een onbekend land tegenkwam. En terwijl hij een manuscript doorbladerde, droeg hij mij op andere te zoeken.

'Kijk eens wat er in die kast staat!'

En ik, hardop lezend en boeken verplaatsend: '*Historia anglorum* van

Beda… En ook van Beda *De aedificatione templi, De tabernaculo, De temporibus et computo et chronica et circuli Dionysi, Ortographia, De ratione metrorum, Vita Sancti Cuthberti, Ars metrica.*'

'Natuurlijk, alle werken van de Eerbiedwaardige… En kijk deze eens! *De rhetorica cognatione, Locorum rhetoricorum distinctio,* en hier een hele reeks grammatici, Priscianus, Honoratus, Donatus, Maximus, Victorinus, Eutyches, Phocas, Asper… Vreemd, ik dacht aanvankelijk dat hier auteurs uit Anglia stonden… Laten we eens daaronder kijken…'

'*Hisperica… famina.* Wat is dat?'

'Een gedicht uit Hibernia. Luister:

Hoc spumans mundanas obvallat Pelagus oras
terrestres amniosis fluctibus cudit margines.
Saxeas undosis molibus irruit avionias.
Infima bomboso vertice miscet glareas
asprifero spergit spumas sulco,
sonoreis frequenter quatitur flabris…'

Ik begreep de betekenis niet, maar William liet bij het voorlezen de woorden zodanig in zijn mond rollen dat het leek of je het geluid van de golven en van het schuim van de zee hoorde.

'En dit? Dit is Aldhelmus van Malmesbury, luistert u eens naar deze bladzijde: *Primitus pantorum procerum poematorum pio potissimum paternoque presertim privilegio panegiricum poemataque passim prosatori sub polo promulgatas…* De woorden beginnen allemaal met dezelfde letter!'

'De mensen van mijn eilanden zijn allemaal een beetje gek,' zei William trots. 'Laten we eens in de andere kast kijken.'

'Virgilius.'

'Hoe komt die hier? Welke Virgilius? De *Georgica*?'

'Nee, *Epitomae*. Daar had ik nog nooit over gehoord.'

'Maar het is niet Virgilius Maro, de dichter! Het is Virgilius van Toulouse, de retor, zes eeuwen na de geboorte van Onze Heer. Hij stond bekend als een zeer wijs man…'

'Hier noemt hij de kunsten op: poema, rethoria, grama, leporia, dialecta, geometria… Wat is dat voor een taal?'

'Latijn, maar een Latijn dat hij zelf had bedacht en dat hij veel mooier vond. Kijk hier: hij zegt dat de astronomie de tekens van de dierenriem bestudeert, en dat zijn mon, man, tonte, piron, dameth, perfellea, belgalic, margaleth, lutamiron, taminon en raphalut.'

'Was hij krankzinnig?'

'Dat weet ik niet, hij kwam niet van mijn eilanden. En hoor dit eens, hij zegt dat er twaalf manieren zijn om vuur aan te duiden: ignis, coquihabin (quia incocta coquendi habet dictionem), ardo, calax ex calore, fragon ex fragore flammae, rusin de rubore, fumaton, ustrax de urendo, vitius quia pene mortua membra suo vivificat, siluleus, quod de silice siliat, unde et silex non recte dicitur, nisi ex qua scintilla silit. Et aeneon, de Aenea deo, qui in eo habitat, sive a quo elementis flatus fertur.'

'Er is toch geen mens die zo spreekt!'

'Gelukkig niet. Maar het waren tijden waarin de grammatici, om vergetelheid te zoeken voor een slechte wereld, zich vermaakten met onbegrijpelijke vraagstukken. Ze hebben me verteld dat de retoren Gabundus en Terentius veertien dagen en veertien nachten lang over de vocatief van *ego* discussieerden en ten slotte naar de wapens grepen.'

'En dit, hoort u dit eens...' Ik had een boek gepakt dat prachtig was verlucht met labyrinten van planten uit de ranken waarvan apen en slangen tevoorschijn kwamen. 'Hoort u eens wat voor woorden: cantamen, collamen, gongelamen, stemiamen, plasmamen, sonerus, alboreus, gaudifluus, glaucicomus...'

'Mijn eilanden,' zei William wederom vertederd. 'Oordeel niet te hard over die monniken uit het verre Hibernia, want misschien hebben we het aan hen te danken dat deze abdij bestaat en dat we nog over een heilig Rooms Rijk kunnen spreken. In die tijd, waarin van de rest van Europa niet meer dan een verzameling ruïnes was overgebleven, verklaarden ze op een dag de doopsels die door sommige priesters in Gallië werden toegediend, ongeldig, omdat ze daar doopten *in nomine patris et filiae*, en niet omdat zij een nieuwe ketterij in praktijk brachten en meenden dat Jezus een vrouw was, maar omdat ze geen Latijn meer kenden.'

'Zoals Salvatore?'

'Min of meer. De piraten uit het hoge noorden kwamen de rivieren afzakken om Rome te plunderen. De heidense tempels vervielen tot puin en die van de christenen bestonden nog niet. En alleen de monniken van Hibernia hielden zich in hun kloosters bezig met schrijven en lezen, lezen en schrijven, en verluchten, en vervolgens gingen ze de zee op in bootjes van dierenvellen, en voeren naar deze gebieden en kerstenden ze alsof jullie ongelovigen waren, begrijp je? Je bent in Bobbio geweest, het is gesticht door de heilige Columbanus, een van hen. Dus laat ze begaan als ze een nieuw Latijn verzinnen, want in Europa kende men het oude niet meer. Het waren grote mannen. De heilige Brandaan kwam tot aan de Eilanden der Gelukzaligen en voer langs de kusten van de hel, waar hij Judas aan een rotsblok vastgeketend zag, en op een dag landde hij bij een eiland en ging er aan wal, en het was een zeemonster. Natuurlijk waren ze gek,' zei hij nogmaals vergenoegd.

'Hun miniaturen zijn... je kunt je ogen niet geloven! En wat een kleuren!' zei ik in verrukking.

'In een land dat maar weinig kleuren heeft, een beetje blauw en heel veel groen. Maar laten we ons niet verliezen in discussies over de monniken van Hibernia. Wat ik wil weten is waarom ze hier staan samen met de Anglen en met grammatici uit andere landen. Kijk eens op je plattegrond, waar zouden we moeten zijn?'

'In de vertrekken van de westelijke toren. Ik heb ook de opschriften overgeschreven. Eens kijken, uit de kamer zonder ramen kom je in de zevenhoekige kamer en er is maar één andere doorgang naar één vertrek van de toren, de letter in rood is H. Daarna loop je van het ene vertrek in het andere de toren rond tot je in dezelfde kamer zonder ramen terug bent. De opeenvolging van de letters geeft... u hebt gelijk! HIBERNI!'

'HIBERNIA, als je vanuit de laatste kamer terugloopt naar de zevenhoekige, die net als de drie andere de A van Apocalypsis heeft. Daarom staan hier de werken van de schrijvers van het Ultima Thule, en ook de grammatici en de retoren, omdat de inrichters van de bibliotheek hebben gedacht dat een grammaticus bij de grammatici uit Hibernia moet staan, ook al komt hij uit Toulouse. Het is een criterium. Zie je dat we iets beginnen te begrijpen?'

'Maar in de vertrekken van de oostelijke toren, waardoor we zijn binnengekomen, hebben we het woord FONS gekregen... Wat betekent dat?'

'Lees goed wat er op je plattegrond staat, en lees verder de letters van de kamers die erna komen in de volgorde waarin je ze betreedt.'

'FONS ADAEU...'

'Nee, Fons Adae, de U is de tweede kamer zonder ramen aan de oostzijde, dat weet ik nog, misschien past die in een andere reeks. En wat hebben we gevonden in Fons Adae, dat wil zeggen in het aardse paradijs waar, zoals je weet, het vertrek ligt met het altaar dat is gericht naar de kant waar de zon opkomt?'

'Er waren ontelbare bijbels, en commentaren op de Bijbel, alleen boeken met heilige teksten.'

'Zie je wel, het woord Gods in verband met het aardse paradijs, dat zoals iedereen zegt ver weg naar het oosten is gelegen. En hier in het westen Hibernia.'

'Dus de indeling van de bibliotheek is een afspiegeling van de wereldkaart?'

'Dat is waarschijnlijk. En de boeken zijn er gerangschikt naar de landen van herkomst, of de plaats waar hun schrijvers werden geboren of, zoals in dit geval, de plaats waar ze geboren hadden moeten worden. De bibliothecarissen hebben overwogen dat de grammaticus Virgilius bij vergissing in Toulouse is geboren en op de westelijke eilanden geboren had moeten worden. Ze hebben de vergissingen van de natuur hersteld.'

Wij zetten onze wandeling voort. We liepen door een reeks kamers vol met prachtige Apocalypsen, en een ervan was het vertrek waar ik mijn visioenen had gehad. Ja, we zagen uit de verte wederom de lamp, William kneep zijn neus dicht en snelde erheen om hem te doven door op de as te spuwen. Voor alle veiligheid liepen we snel de kamer door, maar ik wist nog goed dat ik daar de prachtige, veelkleurige Apocalyps met de mulier amicta sole en de draak had gezien. We reconstrueerden de opeenvolging van deze kamers te beginnen bij de laatste die we binnengingen en die als beginletter een rode Y had. Lezing in omgekeerde volgorde leverde het woord YSPANIA op, maar de laatste A was dezelfde als die waarop HIBERNIA eindigde. Een teken, zei William, dat er nog vertrekken waren waarin werken van gemengde aard waren bijeengebracht.

In elk geval bleek de zone genaamd YSPANIA bevolkt te zijn met talrijke codices van de Apocalyps, alle van wonderschone makelij, die William als Hispanische kunst herkende. We merkten op dat de bibliotheek misschien de meest uitgebreide verzameling kopieën van het boek van de apostel bezat die in de christelijke wereld bestond, en een onmetelijke hoeveelheid commentaren op die tekst. Enorme boekdelen waren gewijd aan het commentaar op de Apocalyps van Beatus van Liébana, en de tekst was steeds min of meer dezelfde, maar we troffen een fantastische verscheidenheid van variaties in de afbeeldingen aan, en William herkende de signatuur van enkele miniaturisten die hij tot de beste van het koninkrijk Asturië rekende, Magius, Facundus en anderen.

Onder het maken van deze en andere opmerkingen kwamen we aan bij de zuidelijke toren, waar we de vorige avond al in de buurt waren geweest. Het vertrek S van YSPANIA – zonder ramen – gaf toegang tot een vertrek E, en nadat we één voor één de vertrekken van de toren waren doorgelopen, kwamen we in het vijfde en laatste, dat geen andere doorgangen had en met een rode L was gemerkt. We lazen in omgekeerde richting en vonden LEONES.

'Leones, het zuiden, op onze kaart zijn we in Afrika, hic sunt leones. En dat verklaart waarom we er zo veel teksten van ongelovige auteurs hebben aangetroffen.'

'En er zijn er nog meer,' zei ik, in de kasten rondsnuffelend. '*Canon* van Avicenna, en deze prachtige codex in een schrift dat ik niet ken…'

'Het zou een koran kunnen zijn, maar helaas ken ik geen Arabisch.'

'De Koran, de Bijbel der ongelovigen, een verdorven boek…'

'Een boek dat een wijsheid bevat die anders is dan de onze. Maar je begrijpt waarom ze het hier hebben neergezet, waar de leeuwen, de monsters staan. Om die reden hebben we hier dat boek over monsterlijke dieren gezien waarin jij ook de eenhoorn bent tegengekomen. Deze zone, die de naam LEONES draagt, bevat de boeken die voor de bouwers van de bibliotheek de boeken van de leugen waren. Wat staat daarginds?'

'Die zijn in het Latijn, maar uit het Arabisch vertaald. Ayyub ar Ruhawi, een traktaat over hondsdolheid. En dit is een boek over schatten. En dit is *De aspectibus* van Alhazen. Zie je, ze hebben tussen de monsters en de leugens ook wetenschappelijke werken gezet waaruit de christenen heel wat hebben te leren. Zo werd er gedacht in de tijd dat de bibliotheek werd gesticht…'

'Maar waarom hebben ze tussen de leugenachtige boeken ook een met de eenhoorn geplaatst?' vroeg ik.

'Kennelijk hadden de stichters van de bibliotheek vreemde ideeën. Ze zullen hebben gedacht dat dit boek, dat vertelt over fabelachtige dieren die in verre landen leven, deel uitmaakte van het repertoire van leugens, door de ongelovigen verspreid…'

'Is de eenhoorn dan een leugen? Het is een allervriendelijkst en in hoge mate symbolisch dier, zinnebeeld van Christus en van de kuisheid. En het kan alleen worden gevangen als men een maagd in het bos zet, zodat het dier, wanneer het haar volmaakt reine geur ruikt, zijn kop in haar schoot legt en zich aldus overlevert aan de stroppen van de jagers.'

'Dat wordt verteld, Adson. Maar menigeen neigt tot de mening dat het een door de heidenen verzonnen sprookje is.'

'Wat een teleurstelling,' zei ik. 'Ik zou er graag een zijn tegengekomen wanneer ik door een bos liep. Wat is er anders voor plezierigs aan het lopen door een bos?'

'Het is niet gezegd dat hij niet bestaat. Misschien is hij anders dan deze boeken hem afbeelden. Een Venetiaans reiziger is naar heel verre landen geweest, dicht bij de fons paradisi die op de kaarten vermeld staat, en heeft eenhoorns gezien. Maar hij vond ze ruw en plomp, zwart en aartslelijk. Ik geloof dat hij echte dieren met één hoorn op hun voorhoofd heeft gezien.

Het waren waarschijnlijk dezelfde als die waarvan ons een eerste getrouwe beschrijving is nagelaten door de meesters van de oude wijsheid, wier kennis nooit geheel uit de lucht was gegrepen en die van God de gelegenheid kregen dingen te zien die wij niet hebben gezien. Later is deze beschrijving, op haar weg van auctoritas naar auctoritas, door achtereenvolgende bewerkingen van de fantasie getransformeerd en werden de eenhoorns bekoorlijke, witte, zachtmoedige dieren. Dus als je weet dat in een bos een eenhoorn leeft, ga er dan niet met een maagd naartoe, want het dier kon wel eens meer lijken op dat van de Venetiaanse ooggetuige dan op dat uit dit boek.'

'Maar hoe kwam het dat de meesters van de oude wijsheid door God de ware aard van de eenhoorn kregen geopenbaard?'

'Het was geen openbaring, het was ervaring. Ze hadden het geluk te worden geboren in streken waar eenhoorns leefden of in tijden waarin de eenhoorns hier in deze streken leefden.'

'Maar hoe kunnen wij dan vertrouwen stellen in de oude wijsheid, waarvan u steeds de sporen tracht te achterhalen, als zij ons wordt overgeleverd door leugenachtige boeken die haar met zo veel vrijheid hebben geïnterpreteerd?'

'Boeken zijn niet gemaakt om erin te geloven, maar om aan onderzoek te worden onderworpen. Als we een boek voor ons hebben, moeten we ons niet afvragen wat het zegt maar wat het bedoelt te zeggen, een uitgangspunt dat de oude commentatoren van de heilige boeken zeer helder voor de geest stond. In de eenhoorn, zoals hij in deze boeken wordt beschreven, schuilt een zedelijke, of allegorische, of anagogische waarheid, die waar blijft, zoals de idee dat kuisheid een edele deugd is, waar blijft. Maar voor wat de letterlijke waarheid betreft die de andere drie schraagt, blijft te bezien uit welke oorspronkelijke ervaring de letter is voortgekomen. De letter moet op haar waarheid worden onderzocht, ook al blijft de betekenis die erboven uitstijgt goed. In een boek staat geschreven dat de diamant alleen met het bloed van een bok kan worden gesneden. Mijn grote leermeester Roger Bacon zei dat het niet waar was, eenvoudigweg omdat hij het had geprobeerd en er niet in was geslaagd. Maar als de relatie tussen diamant en bokkenbloed een hogere betekenis had gehad, zou die intact blijven.'

'Men kan dus hogere waarheden uitspreken terwijl men naar de letter liegt,' zei ik. 'Toch vind ik het nog steeds jammer dat de eenhoorn zoals hij is niet bestaat, of niet heeft bestaan, of op een dag niet zal kunnen bestaan.'

'Het past ons niet grenzen te stellen aan de goddelijke almacht, en als God het zou willen, zouden er ook eenhoorns kunnen bestaan. Maar troost je, ze bestaan in deze boeken die, als ze niet over werkelijk zijn spreken, dan toch spreken over mogelijk zijn.'

'Moet men de boeken dan lezen zonder een beroep te doen op het geloof, dat een goddelijke deugd is?'

'Er blijven nog twee goddelijke deugden over. De hoop dat het mogelijk zal zijn. En de liefde jegens wie te goeder trouw heeft geloofd dat het mogelijk was.'

'Maar wat hebt u aan de eenhoorn als uw verstand er niet aan gelooft?'

'Ik heb er wat aan zoals ik wat had aan het spoor in de sneeuw van de voeten van de naar de kruik met varkensbloed gesleepte Venantius. De eenhoorn uit de boeken is als een indruksel. Als er een indruksel is, moet er iets zijn geweest waardoor het is gemaakt.'

'Maar anders dan het indruksel, zegt u.'

'Zeker. Een indruksel heeft niet altijd dezelfde vorm als het lichaam dat het heeft achtergelaten en het ontstaat niet altijd door de druk van een lichaam. Soms geeft het de indruk weer die een lichaam in onze geest heeft achtergelaten, is het dus het indruksel van een idee. De idee is een teken van de dingen, en het beeld is een teken van de idee, teken van een teken. Maar uit het beeld reconstrueer ik, zo niet het lichaam, dan toch de idee die een ander ervan had.'

'En hebt u daar genoeg aan?'

'Nee, want de ware wetenschap dient zich niet tevreden te stellen met ideeën, die zoals gezegd tekens zijn, maar dient de dingen te ontdekken in hun individuele waarheid. Derhalve zou ik graag van dit indruksel van een indruksel teruggaan tot de individuele eenhoorn die aan het begin van de keten staat. Zoals ik graag van de vage tekens die de moordenaar van Venantius heeft achtergelaten (tekens die naar vele tekens zouden kunnen verwijzen) zou willen teruggaan tot één individu, de moordenaar zelf. Maar dat is niet altijd mogelijk in korte tijd, en zonder de tussenkomst van andere tekens.'

'Dan kan ik dus altijd en alleen maar spreken over iets wat mij spreekt over iets anders en zo verder, maar het uiteindelijke ding, het ware, is er nooit?'

'Misschien wel, dat is de individuele eenhoorn. En maak je geen zorgen, vroeg of laat zul je hem tegenkomen, hoe zwart en lelijk hij ook mag zijn.'

'Eenhoorns, leeuwen, Arabische schrijvers en Moren in het algemeen,' zei ik toen, 'dit is ongetwijfeld het Afrika waarover de monniken het hadden.'

'Zonder twijfel is het dat. En als het dat is, zouden we hier de Afrikaanse dichters moeten vinden waar Pacifico van Tivoli op doelde.'

En inderdaad vond ik, toen ik op mijn schreden terugkeerde en weer in het vertrek L kwam, in een kast een verzameling boeken van Florus, Fronto, Apuleius, Martianus Capella en Fulgentius.

'Dus hier zou zich volgens Berenger de verklaring van een bepaald geheim moeten bevinden,' zei ik.

'Hier in de buurt. Hij gebruikte de uitdrukking "finis Africae", en dat was de uitdrukking waar Malachias zich zo kwaad om maakte. Het "finis" zou dit laatste vertrek kunnen zijn, of... Bij de zeven kerken van Clonmacnois!' riep hij opeens uit. 'Heb je niets opgemerkt?'

'Wat?'

'Laten we teruggaan, tot het vertrek S van waaruit we zijn vertrokken!'

We liepen terug naar het eerste vertrek zonder ramen waar de versregel luidde: SUPER THRONOS VIGINTI QUATUOR. Het had vier openingen. Eén leidde naar vertrek Y, met een raam op de achthoek. Een andere leidde naar vertrek P, dat de reeks YSPANIA langs de buitenmuur voortzette. Die aan de kant van de toren gaf toegang tot vertrek E, waar we net doorheen waren gekomen. Dan kwam er een blinde wand en ten slotte een opening die toegang gaf tot een tweede vertrek zonder ramen met de beginletter U. Vertrek S was dat met de spiegel, en het was een geluk dat die zich tegen de wand direct rechts van mij bevond, anders zou de angst zich wederom van me hebben meester gemaakt.

Toen ik de plattegrond goed bekeek, realiseerde ik me dat er aan dat vertrek iets bijzonders was. Zoals alle andere vertrekken zonder ramen van de andere drie torens had het toegang moeten bieden tot de zevenhoekige kamer in het midden. Als dat niet het geval was, had de toegang tot de zevenhoek zich in het aangrenzende vertrek zonder ramen, de U, moeten bevinden. Maar van dit vertrek, dat door één opening toegang gaf tot vertrek T met een raam op de achthoekige binnenruimte en door de andere in verbinding stond met vertrek S, waren de overige drie wanden gesloten en in beslag genomen door boekenkasten. Om ons heen kijkend, constateerden we wat inmiddels ook uit de plattegrond duidelijk bleek; om redenen van logica en tevens van strenge symmetrie, moest die toren zijn zevenhoekige vertrek hebben, maar dat was er niet.

'Het is er niet,' zei ik.

'Het is niet zo dat het er niet is. Als het er niet was, zouden de andere vertrekken groter zijn, terwijl ze min of meer van hetzelfde formaat zijn als die van de andere torens. Het is er wel, maar je kunt er niet in.'

'Is het dichtgemetseld?'

'Waarschijnlijk. En dat is nu het finis Africae, dat is de plaats waaromheen de nieuwsgierigen die zijn gestorven zich bewogen. Dichtgemetseld, maar het is niet gezegd dat er geen doorgang is. Of liever, die is er stellig, en Venantius had hem gevonden, of de beschrijving ervan gekregen van Adelmo, en Adelmo weer van Berenger. Laten we zijn aantekeningen nog eens lezen.'

Hij haalde het papier van Venantius uit zijn pij en las: 'De hand boven het idool werkt op de eerste en de zevende van de vier.' Hij keek om zich heen: 'Maar natuurlijk! Het idolum is het spiegelbeeld! Venantius dacht in het Grieks en in die taal betekent, meer nog dan in onze taal, *eidolon* zowel beeld als spook, en de spiegel weerkaatst een misvormd beeld van ons, dat wij zelf de vorige nacht voor een spook hebben aangezien! Maar wat zijn dan de vier *supra speculum*? Iets boven het spiegelvlak? Maar dan zouden we vanuit een zodanig gezichtspunt moeten kijken dat we iets kunnen waarnemen dat in de spiegel weerkaatst en dat met de door Venantius gegeven beschrijving overeenkomt…'

We verplaatsten ons in alle richtingen, maar zonder resultaat. Achter onze spiegelbeelden weerkaatste de spiegel vage omtrekken van de rest van de kamer, die door de lamp ternauwernood werd verlicht.

'In dat geval,' peinsde William, 'zou hij met *supra speculum* kunnen bedoelen voorbij de spiegel… Hetgeen zou betekenen dat we eerst naar de andere kant moeten, want deze spiegel is vast en zeker een deur…'

De spiegel was hoger dan een gemiddelde man lang is en was met een stevige eikenhouten lijst in de muur gevat. We betastten hem op alle mogelijke manieren, probeerden onze vingers, onze nagels tussen de lijst en de muur te steken, maar de spiegel zat zo stevig vast dat hij een deel van de muur leek, steen in de steen.

'En als het niet voorbij is, zou het *super speculum* kunnen zijn,' mompelde William, en onderwijl stak hij zijn arm omhoog, ging op zijn tenen staan en liet zijn hand over de bovenkant van de lijst glijden, zonder iets anders te vinden dan stof.

'Aan de andere kant,' overwoog William terneergeslagen, 'al zou er daarachter een vertrek zijn, dan is het boek dat wij zoeken en dat anderen hebben gezocht niet meer in dat vertrek, want eerst heeft Venantius het er weggehaald en daarna heeft Berenger het God weet waarheen gebracht.'

'Maar misschien heeft Berenger het hier weer teruggebracht.'

'Nee, die avond waren wij in de bibliotheek, en alles wijst erop dat hij niet lang na de diefstal, diezelfde nacht nog, in het badhuis is gestorven. Anders

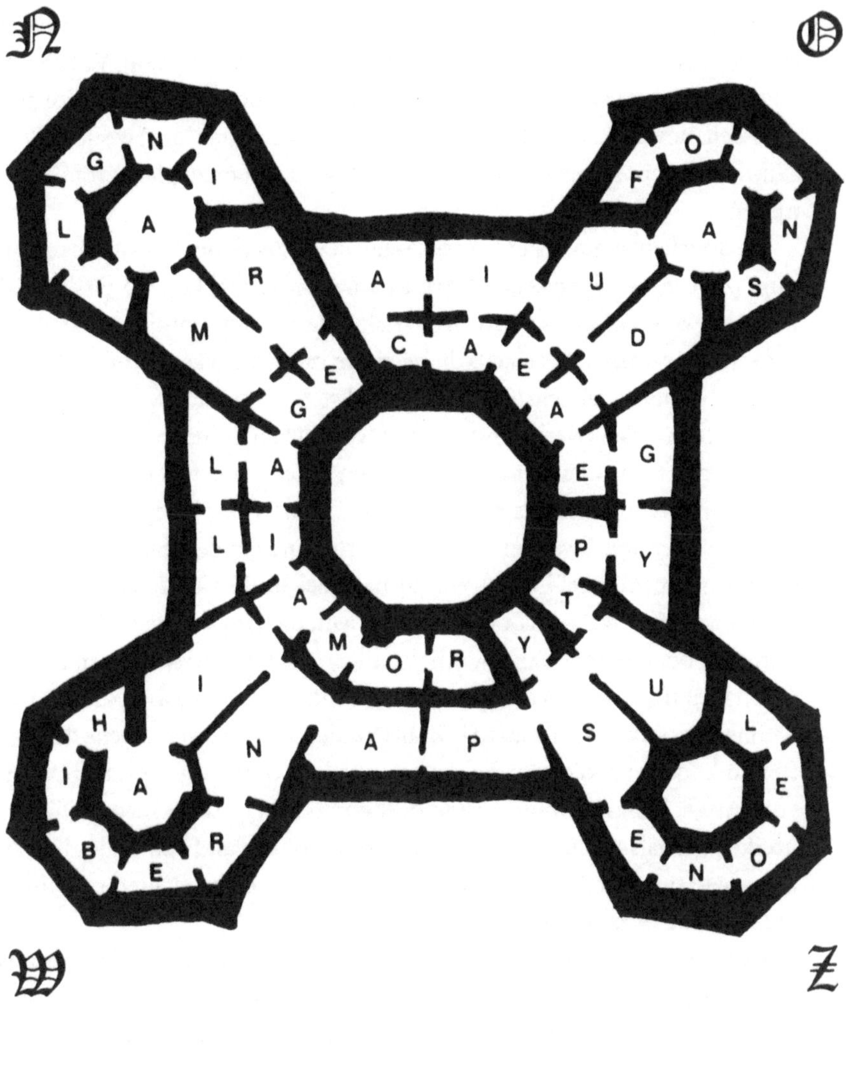

hadden we hem de ochtend daarop weer gezien. Het doet er niet toe… Vooralsnog hebben we uitgevonden waar het finis Africae is en beschikken we over vrijwel alle elementen om de plattegrond van de bibliotheek te vervolmaken. Je moet toegeven dat vele van de mysteries van het labyrint nu zijn opgehelderd. Ik zou haast zeggen alle behalve één. Ik geloof dat ik meer baat zal hebben bij een aandachtiger overlezen van het manuscript van Venantius, dan bij verdere speurtochten. Je hebt gezien dat we het mysterie van het labyrint beter van buitenaf hebben doorzien dan van binnenuit. Vanavond, oog in oog met onze misvormde spiegelbeelden, zullen we het probleem niet oplossen. Bovendien wordt de lamp steeds zwakker. Kom, laten we de andere aanwijzingen opschrijven die we nodig hebben om onze plattegrond af te maken.'

We doorliepen nog meer kamers, waarbij we steeds onze bevindingen op mijn plattegrond aantekenden. We kwamen in vertrekken die uitsluitend waren gewijd aan geschriften over wiskunde en astronomie, andere met werken in Aramese lettertekens die geen van ons beiden kende, of werken in een nog onbekender schrift, misschien teksten uit Indië. We bewogen ons door twee in elkaar overlopende reeksen vertrekken die de woorden IUDAEA en AEGYPTUS vormden. Om kort te gaan en de lezer niet met een nauwgezet relaas van ons ontcijferingswerk te vervelen, toen we de plattegrond later definitief uitwerkten, kwamen we tot de overtuiging dat de bibliotheek inderdaad was samengesteld en ingedeeld naar het beeld van de aarde. In het noorden troffen we ANGLIA en GERMANI aan, die langs de westelijke muur waren verbonden met GALLIA, om vervolgens in het uiterste westen bij HIBERNIA uit te komen, en naar de zuidelijke muur toe bij ROMA (paradijs van Latijnse klassieken!) en YSPANIA. In het zuiden kwamen vervolgens de LEONES en AEGYPTUS, die naar het oosten werden voortgezet door IUDAEA en FONS ADAE. Langs de muur tussen oost en noord lag ACAIA, een mooie synecdoche, zoals William het uitdrukte, om Griekenland aan te duiden, en inderdaad stond in die vier vertrekken een overvloed aan dichters en wijsgeren uit de heidense Oudheid.

De leeswijze was zonderling, soms moest men in één richting lezen, soms achterwaarts, soms in een kringetje; dikwijls maakte, zoals ik al zei, één letter deel uit van twee verschillende woorden (en in die gevallen had het vertrek een kast gewijd aan het ene en een aan het andere onderwerp). Maar het was duidelijk dat men in die ordening geen gulden regel diende te zoeken. Het was louter een geheugensteuntje om de bibliothecaris in staat te stellen een werk terug te vinden. Als men van een boek zei dat het in *quarta Acaiae* stond, hield dat in dat het zich in het vierde vertrek bevond, gerekend vanaf het vertrek waarin de beginletter A te lezen was, en men ging van de veronderstelling uit dat de bibliothecaris uit zijn hoofd de weg, recht of cirkelvormig, kende die hij moest afleggen om het juiste vertrek te vinden. ACAIA bijvoorbeeld was verdeeld over vier in een vierhoek gerangschikte vertrekken, wat inhield dat de eerste A ook de laatste was, hetgeen ook wij overigens algauw hadden doorzien. Zoals we ook het spel van de gesloten wanden onmiddellijk hadden doorzien. Als men bijvoorbeeld uit het oosten kwam, bood geen enkel der vertrekken van ACAIA toegang tot de volgende vertrekken: het labyrint liep op dat punt dood en om de noordelijke toren te bereiken, moest men door de andere drie heen lopen. Maar vanzelfsprekend wisten de bibliothecarissen, als ze door de FONS binnenkwamen, heel goed dat ze om laten we zeggen in ANGLIA te komen, door AEGYPTUS, YSPANIA, GALLIA en GERMANI heen moesten.

Met deze en andere fraaie ontdekkingen eindigde onze vruchtbare exploratie van de bibliotheek. Maar alvorens te zeggen dat wij ons, voldaan over ons werk, gereedmaakten haar te verlaten (om deelgenoot te worden van andere gebeurtenissen waarover ik aanstonds zal vertellen), moet ik bekennen dat het, juist tijdens onze rondgang door de kamers van de zuidelijke toren, LEONES genaamd, gebeurde dat mijn meester bleef verwijlen in een vertrek dat rijk was aan Arabische werken met belangwekkende tekeningen over optiek; en aangezien we die avond niet over één maar over twee lampen beschikten, liep ik uit nieuwsgierigheid het aangrenzende vertrek binnen, waar ik opmerkte dat de mannen die de bibliotheek hadden geordend, geleid door hun schranderheid en voorzichtigheid, langs een van zijn wanden boeken bijeen hadden gebracht, vrijwel steeds van de hand van ongelovige geleerden, die stellig niet aan eenieder ter lezing konden worden gegeven, daar ze op verschillende manieren over uiteenlopende ziekten van het lichaam en de geest handelden. En mijn oog viel op een niet zo groot boek, verlucht met miniaturen die (gelukkig!) sterk van het onderwerp afweken, bloemen, ranken, dieren in paren, enkele geneeskrachtige kruiden. Het werk, getiteld *Speculum amoris*, was van frater Massimo van Bologna, en het bevatte citaten uit tal van andere werken, alle over de liefdesziekte. Zoals de lezer zal begrijpen, was er niet meer nodig om mijn zieke nieuwsgierigheid te wekken. Ja, die titel alleen al was genoeg om mijn geest, die sinds de ochtend wat tot rust was gekomen, weer op hol te brengen en opnieuw met het beeld van het meisje te prikkelen.

Aangezien ik de hele dag de gedachten van die ochtend uit mijn hoofd had verdreven, mezelf voorhoudend dat ze een gezonde, evenwichtige novice niet pasten, en aangezien anderzijds de gebeurtenissen van die dag talrijk en hevig genoeg waren geweest om me af te leiden, waren mijn begeerten gesust, zodat ik reeds geloofde mij te hebben bevrijd van dat wat niets anders was geweest dan een voorbijgaande rusteloosheid. De aanblik van dat boek was evenwel genoeg om me te doen ontdekken dat ik zieker was van liefde dan ik dacht. Later leerde ik dat men bij het lezen van boeken over geneeskunde altijd overtuigd is de pijnen te voelen waarover zij spreken. Zo kwam het dat ik juist door de lezing van die bladzijden, die ik haastig doorkeek uit vrees dat William het vertrek zou binnenkomen en me zou vragen wat ik daar zo ijverig bestudeerde, tot de overtuiging kwam dat ik precies aan die kwaal leed, waarvan de symptomen zo schitterend werden beschreven dat, hoewel de ontdekking dat ik ziek was me wel bezorgd maakte, ik me er toch in verheugde mijn toestand met zo veel levendigheid beschreven te zien; waarbij ik mezelf voorhield dat, al was ik dan ziek, mijn ziekte om zo te zeggen normaal was, gezien het feit dat zo vele anderen er op dezelfde wijze aan hadden geleden.

Zo las ik vol aandoening de woorden van Ibn Hazm, die de liefde definieert als een rebelse ziekte die zijn eigen genezing is, want wie eraan lijdt, wil er niet van genezen en wie erdoor is aangetast, wenst niet te herstellen (en God weet dat het waar was!). Ik besefte waarom ik die ochtend zo opgewonden was geweest van alles wat ik zag, want de liefde schijnt door de ogen binnen te dringen, zoals ook Basilius van Ancyra zegt, en wie een dergelijke kwaal heeft opgelopen, legt – onmiskenbaar symptoom – een overdreven vrolijkheid aan de dag, terwijl hij tegelijkertijd verlangt zich af te zonderen en de eenzaamheid boven alles verkiest (zoals ik die ochtend had gedaan), en daarbij doen zich ook begeleidende verschijnselen voor als hevige onrust en een verwarring die de tong verlamt... Ik schrok toen ik las dat de oprechte minnaar, wanneer hem de aanblik van het voorwerp zijner liefde wordt ontnomen, onvermijdelijk vervalt in een toestand van verkwijning die dikwijls leidt tot bedlegerigheid; en soms tast de kwaal de hersenen aan, verliest men zijn verstand en slaat men zottenpraat uit (klaarblijkelijk was ik nog niet in dat stadium gekomen, want ik had bij het verkennen van de bibliotheek heel goed werk gedaan). Maar ik las vol verontrusting dat als de kwaal verergert, de dood erop kan volgen, en ik vroeg me af of de vreugde die de gedachte aan het meisje mij gaf dit hoogste offer van het lichaam waard was, nog afgezien van alle gepaste overwegingen omtrent de gezondheid van de ziel.

Bovendien begreep ik uit een frase van de heilige Hildegard dat de melancholische stemming waarin ik overdag had verkeerd en die ik toeschreef aan het zoete gevoel van smart om de afwezigheid van het meisje, gevaarlijk veel lijkt op het gevoel dat degene ondervindt die afdwaalt van de harmonische en volmaakte toestand die de mens in het paradijs ervaart, en dat deze 'melancholia nigra et amara' wordt veroorzaakt door de adem van de slang en de inblazingen van de duivel. Een denkbeeld dat ook door ongelovigen van een even grote wijsheid wordt gedeeld, want mijn blik viel op de regels toegeschreven aan Abu Bakr Muhammad Ibn Zaka-riyya ar-Razi, die in een *Liber continens* de melancholie van verliefden gelijkstelt met lycantropie, welke de door deze ziekte getroffen mens ertoe aanzet zich als een wolf te gedragen: om te beginnen voltrekken zich veranderingen in de uiterlijke verschijning van de minnenden, hun gezichtsvermogen verzwakt, hun ogen worden hol en traanloos, hun tong droogt langzaam uit en er verschijnen zweertjes op, het gehele lichaam is droog en zij lijden voortdurend dorst; als het zover is gekomen, brengen zij de dag liggend door met hun gezicht naar beneden, op hun gezicht en op hun schenen verschijnen tekens die op hondenbeten lijken, en ten slotte dolen ze 's nachts op de kerkhoven rond.

De laatste twijfel omtrent de ernst van mijn toestand verdween toen ik citaten van de grote Avicenna las, waarin de liefde wordt omschreven als een aanhoudende gedachte van melancholische aard, die voortkomt uit het zich steeds weer voor de geest halen van de trekken, de gebaren of de gewoonten van een persoon van het andere geslacht (met welk een natuurgetrouwe levendigheid had Avicenna mijn geval geschilderd!): ze ontstaat niet als ziekte maar wordt een ziekte wanneer ze, doordat ze onbevredigd blijft, tot een obsessie wordt (en waarom voelde ik me geobsedeerd terwijl ik me toch, God vergeve me, ten volle had bevredigd? of was dat wat de vorige nacht was gebeurd soms geen bevrediging van de liefde? maar hoe bevredigt men die kwaal dan?), en de oogleden als gevolg daarvan voortdurend trillen, de adem onregelmatig is, men nu eens lacht en dan weer huilt, en de pols hevig klopt (de mijne klopte inderdaad hevig, en mijn adem stokte terwijl ik die regels las!). Avicenna raadde een onfeilbare en reeds door Galenus geopperde methode aan om te ontdekken op wie iemand verliefd is: de pols van de zieke vasthouden en een groot aantal namen van personen van het andere geslacht noemen, totdat men merkt bij welke naam de polsslag sneller wordt: en ik vreesde dat mijn meester plotseling zou binnenkomen en mijn arm zou vastpakken om in het kloppen van mijn aderen mijn geheim te ontdekken, waarvoor ik me ten zeerste zou schamen... Helaas, Avicenna stelde als remedie voor de beide gelieven in de echt te verbinden, waarna de kwaal zou genezen. Voorwaar een echte ongelovige, hoe bekwaam ook, want hij hield geen rekening met de omstandigheden van een benedictijner novice, die derhalve gedoemd is nooit te genezen – of liever gezegd die zich, uit eigen keuze of ingevolge de bezonnen keuze van zijn familie, heeft verplicht nooit ziek te worden. Gelukkig overwoog Avicenna, ook al dacht hij daarbij niet aan de cluniacenzer orde, het geval van niet met elkaar te verenigen gelieven, voor wie hij als afdoend middel warme baden aanraadde (zou Berenger misschien genezing hebben gezocht voor zijn liefdessmart om de dood van Adelmo? maar kon men aan liefdessmart lijden om een wezen van hetzelfde geslacht, of was dat niets dan dierlijke wellust? en was mijn wellust van de vorige nacht dan niet dierlijk? stellig niet, zei ik terstond tegen mezelf, het was iets o zo zoets – en meteen daarna: je vergist je, Adson, het was een zinsbegoocheling van de duivel, het was zo dierlijk als het maar kon, en als je hebt gezondigd door je als een dier te gedragen, zondig je nu nog meer door het niet onder ogen te willen zien!). Maar daarna las ik ook dat er, eveneens volgens Avicenna, nog andere middelen waren: bijvoorbeeld de hulp inroepen van oude, ervaren vrouwen die hun dagen slijten met het zwartmaken van de geliefde – en het schijnt dat oude vrouwen in die taak bedrevener zijn dan mannen. Misschien was dit de oplossing, maar oude vrouwen kon ik in de abdij niet vinden (noch jonge, dat is waar) en ik zou dus aan een van de monniken moeten vragen mij kwaad van het meisje te spreken, maar aan wie? En trouwens, zou een monnik de vrouwen net zo goed kennen als een oude, roddelzieke vrouw ze kende? De laatste oplossing die de Saraceen voorstelde, was ronduit schaamteloos, want deze vereiste dat men de ongelukkige minnaar gemeenschap liet hebben met vele slavinnen, hetgeen voor een monnik zeer ongepast is. Welnu dan, vroeg ik me ten slotte af, hoe kan een jonge monnik genezen van liefdessmart, is er werkelijk geen redding voor hem? Moest ik soms de hulp van Severin en zijn kruiden inroepen? Daarop vond ik echter een passage van Arnold van Villanova, een auteur die ik al eens met veel waardering door William had horen citeren en volgens wie de liefdessmart te wijten was aan een overvloed aan sappen en pneuma, wanneer namelijk het menselijk organisme zich in een toestand van overmatige vochtigheid en warmte bevindt, aangezien het bloed (dat het zaad voor de voortplanting produceert) door de overmatige aandrang een overmaat aan zaad doet ontstaan, een 'complexio venerea', en een hevig verlangen naar vereniging tussen man en vrouw. Er is een schattingszin die zetelt in het achterste gedeelte van de middenkamer van de hersenen (wat is dat?

vroeg ik me af) en die tot doel heeft de niet-sensibele kenbeelden waar te nemen die aanwezig zijn in de door de zintuigen gevatte sensibele objecten, en als het verlangen naar het door de zintuigen waargenomen object te sterk wordt, dan wordt het schattingsvermogen erdoor in de war gebracht en vermeit zich alleen nog in het drogbeeld van de geliefde persoon. Heel de ziel en het lichaam worden in vuur en vlam gezet, waarbij droefheid en vreugde elkaar afwisselen, want de warmte (die in momenten van wanhoop in de binnenste delen van het lichaam afdaalt en de huid doet afkoelen) stijgt in momenten van vreugde naar de oppervlakte en doet het gelaat gloeien. De door Arnold voorgestelde geneeswijze bestond erin dat men poogde het vertrouwen en de hoop het voorwerp zijner liefde weer bij zich te hebben, te verliezen, zodat men zijn gedachten ervan afwendde.

Maar dan ben ik genezen, of aan de genezende hand, zei ik tegen mezelf, want ik heb weinig of in het geheel geen hoop het voorwerp mijner gedachten weer te zien, en als ik het weerzag, het bij me te hebben, en als ik het bij me had het opnieuw te bezitten, en als ik het opnieuw zou bezitten, het bij me te houden, zowel wegens mijn levensstaat als monnik als wegens de plichten die mij door de rang van mijn familie zijn opgelegd... Ik ben gered, zei ik tegen mezelf, deed het boekje dicht en hernam me, precies op het moment dat William het vertrek binnenkwam. Ik zette samen met hem de tocht voort door het labyrint waarvan we het geheim (zoals ik al heb verteld) nu hadden onthuld en vergat voor het ogenblik mijn obsessie.

Zoals zal blijken, zou ik haar weldra hervinden, maar (helaas!) in heel andere omstandigheden.

VIERDE DAG
NACHT

Waarin Salvatore jammerlijk door Bernard Gui wordt betrapt, het door Adson beminde meisje als heks wordt gevangengenomen en allen nog ongelukkiger en ongeruster dan tevoren naar bed gaan.

◆

We daalden juist de trap naar het refectorium af, toen we geschreeuw hoorden en aan de kant van de keuken lichtjes zagen flakkeren. William blies dadelijk zijn lamp uit. Langs de muren tastend, liepen we in de richting van de deur die naar de keuken leidde en hoorden dat het geluid van buiten kwam, maar merkten ook dat de deur openstond. Daarna verwijderden de stemmen en de lichten zich en sloeg iemand de deur met een klap dicht. Het was een groot tumult dat niet veel goeds voorspelde. Snel liepen we door het ossuarium terug, kwamen in de verlaten kerk weer boven de grond, gingen door het zuidelijke portaal naar buiten en ontwaarden een geflakker van fakkels in de kloostergang.

We kwamen naderbij, en in de verwarring leek het of ook wij net waren toegesneld, samen met de vele anderen die al ter plaatse waren en die hetzij uit het dormitorium, hetzij uit het pelgrimshuis waren gekomen. We zagen dat de boogschutters twee personen stevig vasthielden: Salvatore, die zo wit zag als het wit van zijn ogen, en een huilende vrouw. Ik voelde een steek in mijn hart: zij was het, het meisje waar mijn gedachten van vervuld waren. Toen ze me zag, herkende ze me en wierp me een smekende, vertwijfelde blik toe. Ik wilde onmiddellijk toeschieten om haar te bevrijden, maar William hield me tegen onder het sissen van enkele krachttermen die allesbehalve vriendelijk klonken. Monniken en gasten snelden nu van alle kanten toe.

De abt kwam er aan, vlak daarna Bernard Gui, aan wie de hoofdman van de boogschutters een kort verslag uitbracht. Het volgende was gebeurd.

Op bevel van de inquisiteur patrouilleerden de mannen bij nacht over het gehele terrein van de abdij, met bijzondere aandacht voor de laan die van de toegangspoort naar de kerk leidde, de omgeving van de moestuin en de voorgevel van het Hoofdgebouw (waarom? vroeg ik me af, en toen begreep ik het: natuurlijk omdat Bernard van knechten of keukenbedienden geruchten had gehoord, wellicht zonder dat zij wisten wie er precies voor verantwoordelijk waren, over zekere nachtelijke transacties die plaatshadden tussen de wereld buiten de muren en de keukens; en wie weet had de onnozele Salvatore, zoals hij mij van zijn plannen had verteld, er in de keuken of in de stallen over gesproken tegen de een of andere stumper die, bang geworden door de ondervraging van die middag, dit gerucht aan Bernard had doorverteld). De behoedzaam in het donker en in de mist rondlopende boogschutters hadden Salvatore verrast terwijl hij, in gezelschap van de vrouw, voor de keukendeur scharrelde.

'Een vrouw op deze heilige plaats! En met een monnik!' zei Bernard streng, tot de abt gewend. 'Doorluchtige Hoogheid,' vervolgde hij, 'als het alleen om de overtreding van de kuisheidsgelofte ging, zou de bestraffing van deze man onder uw jurisdictie vallen. Maar aangezien we nog niet weten of de manipulaties van deze twee onverlaten iets te maken hebben met het welzijn van alle gasten, moeten we eerst licht werpen op dit mysterie. Vooruit, ik heb het tegen jou, ellendeling,' en hij rukte Salvatore de duidelijk zichtbare bundel af die deze tegen zijn borst dacht te kunnen verbergen, 'wat heb je daarin zitten?'

Ik wist het al: een mes, een zwarte kat die, toen de bundel werd opengemaakt, wild miauwend wegvluchtte, en twee eieren, inmiddels gebroken en tot een glibberige massa geworden die door allen werd aangezien voor bloed, of gele gal, of een andere smerige substantie. Salvatore stond op het punt de keuken in te gaan, de kat te doden en hem de ogen uit te steken, en wie weet met welke beloften hij het meisje had overgehaald met hem mee te komen. Met welke beloften, dat kwam ik terstond aan de weet. De boogschutters fouilleerden het meisje onder boosaardig gelach en liederlijke toespelingen, en vonden onder haar kleren een pas geslacht maar nog niet geplukt haantje. Het ongeluk wilde dat in de nacht, waarin alle katjes grauw zijn, de haan al even zwart leek als de kat. Ik bedacht echter dat er niet meer nodig was geweest om dat arme hongerige schepsel mee te lokken dat de vorige nacht al (uit liefde voor mij!) haar kostbare runderhart had laten liggen...

'Zozo!' riep Bernard op een toon die grote bezorgdheid uitdrukte, 'een zwarte kat en een zwarte haan... Die parafernalia ken ik...' Toen ontdekte hij William tussen de omstanders: 'U kent ze toch ook, frater William? Was u drie jaar geleden niet inquisiteur in Kilkenny, waar dat meisje verkeer had met een duivel die haar in de gedaante van een zwarte kat verscheen?'

Het kwam mij voor dat mijn meester uit lafheid zweeg. Ik greep hem bij zijn mouw, schudde aan zijn arm, fluisterde hem wanhopig toe: 'Zeg hem toch dat het om te eten was...'

Hij maakte zich uit mijn greep los en wendde zich beleefd tot Bernard: 'Ik geloof niet dat u mijn ervaringen van weleer nodig hebt om uw conclusies te trekken,' zei hij.

'O nee, er zijn getuigenissen met heel wat meer gezag,' glimlachte Bernard. 'Stefanus van Bourbon vertelt in zijn verhandeling over de zeven gaven van de Heilige Geest hoe de heilige Dominicus, na in Fanjeaux tegen de ketters te hebben gepredikt, bepaalde vrouwen aankondigde dat zij zouden zien wie zij tot dusverre hadden gediend. Waarop plotseling een schrikwekkende kat van de afmetingen van een grote hond in hun midden sprong, met grote, vlammende ogen, een van bloed druipende tong die tot zijn navel reikte, een korte staart die recht omhoog stond zodat het dier, hoe het zich ook draaide, altijd de liederlijkheid van zijn achterste vertoonde, stinkend als geen ander, zoals past voor die anus die vele aanbidders van satan, niet in de laatste plaats de tempelridders, sinds jaar en dag tijdens hun bijeenkomsten plachten te kussen. En na een uur lang om de vrouwen te hebben heen gedraaid, sprong de kat tegen het klokkentouw en klom erlangs omhoog, onder achterlating van zijn stinkende uitwerpselen. En is de kat niet het geliefde dier van de katharen, die volgens Alanus van Rijsel hun naam dan ook van *catus* hebben afgeleid, omdat zij het achterwerk van dit dier kussen in de overtuiging dat het de incarnatie van Lucifer is? En wordt dit onsmakelijke gebruik ook niet door Willem van Auvergne bevestigd in zijn *De legibus*? En zegt Albertus Magnus niet dat katten in aanleg duivels zijn? En vermeldt mijn eerbiedwaardige medebroeder Jacques Fournier niet dat op het sterfbed van de inquisiteur Godefroi van Carcassonne twee zwarte katten verschenen, die niets anders waren dan duivels die zijn stoffelijk overschot wilden bespotten?'

Een gemurmel van afschuw trok door de groep monniken, terwijl vele van hen het heilig kruisteken maakten.

'Heer abt, heer abt,' zei Bernard intussen op zalvende toon, 'misschien weet uwe Doorluchtigheid niet wat de zondaars met deze instrumenten plegen te doen! Maar ik weet het maar al te goed, God betere het! Ik heb vrouwen van de slechtste soort in het holst van de nacht, samen met andere vrouwen van hetzelfde slag, gebruik zien maken van zwarte katten om toverkunsten te verrichten die ze nooit konden ontkennen: zoals op de rug van bepaalde dieren gezeten, onder bescherming van het nachtelijk duister onmetelijke ruimten doorklieven met een sleep van slaven, getransfor meerd in wellustige nachtmaren, achter zich aan... En de duivel zelf vertoont zich aan hen, althans daar zijn zij vast van overtuigd, in de gedaante van een haan, of van een ander gitzwart dier, en daarmee liggen zij zelfs, vraag me niet hoe. En ik weet heel zeker dat, niet lang geleden, in Avignon zelf met behulp van dergelijke zwarte magie drankjes en zalfjes werden toebereid om te pogen niemand minder dan onze heer paus om het leven te brengen door zijn voedsel te vergiftigen. De paus kon zich ertegen verweren en het gif herkennen alleen omdat hij voorzien was van wonderlijke juwelen in de vorm van een slangentong, versterkt door wonderdadige smaragden en robijnen die het door hun goddelijke kracht mogelijk maakten de aanwezigheid van vergif in het voedsel te ontdekken! Elf van die allerkostbaarste tongen had de koning van Frankrijk hem geschonken, de hemel zij dank, en alleen daardoor kon onze heer paus aan de dood ontsnappen! Het is waar dat de vijanden van de opperherder nog meer deden, en iedereen weet wat men van de ketter Bernard Délicieux ontdekte, die tien jaar geleden werd gearresteerd: er werden in zijn huis boeken over zwarte magie gevonden waarin juist op de meest verfoeilijke bladzijden aantekeningen stonden en alle aanwijzingen voor het vervaardigen van wassen poppen om daarmee zijn vijanden schade toe te brengen. En ongelooflijk maar waar, er werden in zijn huis ook popjes aangetroffen die, met een zeker bewonderenswaardige gelijkenis, de paus zelf weergaven, met rode kringetjes op de vitale delen van het lichaam: en iedereen weet dat zulke popjes, opgehangen aan een touw, voor een spiegel worden gehouden, waarna met spelden in de vitale rondjes wordt geprikt en... Ach, waarom weid ik toch uit over deze onsmakelijke wantoestanden? De paus zelf heeft erover gesproken en ze, verleden jaar nog, beschreven en veroordeeld in zijn constitutie *Super illius specula*! En ik hoop van harte dat u er in uw rijk voorziene bibliotheek een kopie van hebt, om zich er naar behoren op te bezinnen...'

'Die hebben we, jazeker,' bevestigde de abt ijverig, in opperste verlegenheid.

'Goed,' besloot Bernard. 'De zaak lijkt me nu duidelijk. Een verleide monnik, een heks, en het een of andere rituéél dat gelukkig niet heeft plaatsgehad. Tot welk doel? Dat zullen we horen, en ik wil er een paar uren slaap aan offeren om het te weten te komen. Als uwe Doorluchtigheid zo vriendelijk wil zijn mij een plaats ter beschikking te stellen waar deze man kan worden bewaakt...'

'We hebben cellen in de kelder van de smidse,' zei de abt, 'die gelukkig heel weinig worden gebruikt en al jaren leegstaan...'

'Gelukkig of helaas,' merkte Bernard op. Hij gaf de boogschutters bevel zich de weg te laten wijzen en de twee gevangenen naar twee aparte cellen te brengen; en de man stevig vast te binden aan een in de muur ingemetselde ring, zodat hij aanstonds naar beneden kon gaan om hem te ondervragen en hem daarbij recht in het gezicht kon kijken. Wat het meisje betreft, voegde hij eraan toe, het was duidelijk wie zij was en het was niet de moeite waard haar die nacht te ondervragen. Haar stonden andere beproevingen te wachten voordat zij als heks zou worden verbrand. En als ze een heks was, zou men haar niet gemakkelijk aan het praten krijgen. Maar de monnik zou misschien nog berouw kunnen tonen (en hij keek de sidderende Salvatore strak aan, als om hem duidelijk te maken dat hij hem nog een kans bood) door de waarheid te vertellen en zijn medeplichtigen aan te geven.

De twee werden weggevoerd, de man zwijgend en verslagen, bevend als een riet, de vrouw huilend, om zich heen schoppend en krijsend als een dier op de slachtbank. Maar noch Bernard, noch de boogschutters, noch ikzelf begrepen wat ze in haar boerentaaltje zei. Wat ze ook allemaal schreeuwde, het leek of ze stom was. Er zijn woorden die macht verlenen en andere die nog hulpelozer maken, en van deze laatste soort zijn de woorden in het volksdialect van de eenvoudigen, aan wie de Heer niet heeft vergund zich te kunnen uitdrukken in de universele taal van de wetenschap en van de macht.

Wederom voelde ik de aanvechting achter haar aan te gaan en wederom hield William me met een dreigende blik tegen. 'Blijf staan, domoor,' zei hij, 'dat meisje is verloren, vlees voor de brandstapel.'

Terwijl ik aan de grond genageld van ontzetting, zonder mijn ogen van het meisje af te wenden, in een maalstroom van tegenstrijdige gedachten het schouwspel gadesloeg, voelde ik een tikje op mijn schouder. Waarom weet ik niet, maar voordat ik me had omgedraaid, herkende ik aan de aanraking Ubertino.

'Jij kijkt naar die heks, nietwaar?' vroeg hij me. Ik wist dat hij niet van mijn belevenissen kon weten en dus alleen zo sprak omdat hij, met zijn schrikbarend scherpe oog voor menselijke hartstochten, de intensiteit van mijn blik had opgemerkt.

'Nee…' weerde ik af, 'ik kijk niet naar haar… ik bedoel, misschien kijk ik naar haar, maar zij is geen heks… we weten het niet, misschien is ze onschuldig…'

'Je kijkt naar haar omdat ze mooi is. Ze is mooi, nietwaar?' vroeg hij met eigenaardige aandrang terwijl hij in mijn arm kneep. 'Als je naar haar kijkt omdat ze mooi is, en je daardoor in de war bent (maar ik weet dat je in de war bent, want de zonde waarvan zij wordt verdacht, maakt haar in jouw ogen nog begerenswaardiger), als je naar haar kijkt en begeerte voelt, is zij om die reden al een heks. Wees op je hoede, mijn zoon... De schoonheid van het lichaam gaat niet verder dan de huid. Als de mannen zagen wat er onder de huid zit, zoals met de lynx van Boeotië geschiedt, zouden ze sidderen bij de aanblik van de vrouw. Al die bekoorlijkheid bestaat uit slijmige substantie en bloed, sappen en gal. Als je denkt aan wat zich in de neusgaten, de keel en de buik verbergt, vind je niets dan vuiligheid. En als het je tegenstaat om slijm of drek met je vingertoppen aan te raken, hoe zouden we dan ooit kunnen verlangen de zak zelf die de drek bevat te omhelzen?'

Ik voelde plotseling de neiging om te braken. Ik wilde die woorden niet langer aanhoren. Op dat moment schoot mijn meester, die alles had gehoord, me te hulp. Hij liep resoluut op Ubertino toe, greep zijn arm en maakte die van de mijne los.

'Zo is het genoeg, Ubertino,' zei hij. 'Dat meisje zal spoedig onder tortuur zijn en daarna op de brandstapel. Ze zal precies datgene worden wat jij zegt, slijm, bloed, sappen en gal. Maar het zullen onze gelijken zijn die onder haar huid datgene tevoorschijn halen wat volgens de wil van de Heer door die huid beschermd en verfraaid werd. En uit het oogpunt van de eerste materie bekeken, ben jij niet beter dan zij. Laat die jongen met rust.'

Ubertino keek onthutst: 'Misschien heb ik gezondigd,' mompelde hij. 'Ik heb zonder twijfel gezondigd. Wat kan een zondaar anders doen?'

Iedereen ging inmiddels weer naar binnen, het voorgevallene besprekend. William bleef nog wat praten met Michael en de andere minorieten, die hem naar zijn indrukken vroegen.

'Bernard heeft nu een argument in handen, hoe twijfelachtig ook. In de abdij lopen necromanten rond die dezelfde toverkunsten bedrijven als tegen de paus in Avignon werden bedreven. Het is stellig geen bewijs, en het kan in eerste instantie niet worden gebruikt om de ontmoeting van morgen in het honderd te doen lopen. Vannacht zal hij proberen die stumper nog wat aanwijzingen te ontfutselen waarvan hij, daar ben ik zeker van, niet meteen morgenochtend gebruik zal maken. Hij zal ze achter de hand houden, ze zullen hem later van pas komen, om het verloop van de debatten te verstoren wanneer die een wending mochten nemen die hem onwelgevallig is.'

'Zou hij hem iets kunnen laten zeggen wat hij tegen ons kan gebruiken?' vroeg Michael van Cesena.

William was er niet gerust op: 'Laten we hopen van niet,' zei hij. Ik realiseerde me dat als Salvatore tegen Bernard zei wat hij tegen ons had gezegd over zijn verleden en dat van de cellarius, en als hij iets losliet over hun beider relatie met Ubertino, hoe vluchtig die ook mocht zijn geweest, er een zeer netelige situatie zou ontstaan.

'Laten we hoe dan ook de gebeurtenissen afwachten,' zei William bedaard. 'Bovendien, Michael, is alles al bij voorbaat beslist. Maar jij wilt een poging wagen.'

'Dat wil ik,' zei Michael, 'en de Heer zal me bijstaan. Moge de heilige Franciscus ons aller voorspreker zijn.'

'Amen,' antwoordden allen.

'Maar dat is niet gezegd,' was het oneerbiedige commentaar van William. 'Als de paus gelijk heeft, zou de heilige Franciscus ergens op het laatste oordeel kunnen zitten wachten, zonder de Heer van aangezicht tot aangezicht te aanschouwen.'

'Vervloekt zij de ketter Johannes!' hoorde ik Girolamo van Caffa brommen. 'Als hij ons nu ook nog de bijstand van de heiligen ontneemt, wat moet er dan van ons, arme zondaars, worden?'

VIJFDE DAG

VIJFDE DAG

PRIEM

Waarin een broederlijke discussie over de armoede van Christus plaatsvindt.

◆

Gekweld door duizend angsten na de scène van die nacht werd ik op de ochtend van de vijfde dag, toen er al voor de priem werd geluid, ruw wakker geschud door William die mij waarschuwde dat de twee gezantschappen zo dadelijk bijeen zouden komen. Ik keek naar buiten en zag niets. De mist van de vorige dag was een melkwit dek geworden dat over het hele plateau gespreid lag.

Zodra ik buiten was, zag ik de abdij zoals ik haar tot dusverre nog niet had gezien; alleen de contouren van de grootste gebouwen, de kerk, het Hoofdgebouw en de kapittelzaal, waren ook van wat verder af, zij het vagelijk, te onderscheiden, schaduwen onder de schaduwen, maar de overige gebouwen waren slechts op een paar passen afstand te zien. Het leek alsof de vormen, van dingen en dieren, plotseling uit het niets tevoorschijn kwamen; de mensen leken aanvankelijk als grauwe schimmen uit de nevel op te doemen en werden dan pas met moeite herkenbaar.

Afkomstig uit noordelijke streken was ik niet onbekend met dat element, dat in andere omstandigheden zoete herinneringen aan de vlakte en het kasteel van mijn kinderjaren in me zou hebben gewekt. Maar die ochtend leek de gesteldheid van de lucht mij pijnlijk verwant aan de gesteldheid van mijn gemoed, en het gevoel van onbehagen waarmee ik wakker was geworden, nam toe naarmate ik de kapittelzaal naderde.

Op een paar passen van het gebouw zag ik Bernard Gui afscheid nemen van een man die ik op het eerste gezicht niet herkende. Toen hij even later langs mij liep, zag ik dat het Malachias was. Hij keek om zich heen als iemand die iets in zijn schild voert en bang is te worden betrapt.

Hij herkende me niet en liep verder. Ik ging uit nieuwsgierigheid achter Bernard aan en zag dat hij haastig een paar papieren doorkeek die Malachias hem waarschijnlijk had overhandigd. Voor de kapittelzaal gekomen, wenkte hij de hoofdman van de boogschutters, die daar in de buurt stond, en fluisterde hem iets toe. Daarna ging hij naar binnen. Ik volgde hem op korte afstand.

Het was de eerste keer dat ik voet zette in dat gebouw, dat van buitenaf gezien bescheiden afmetingen en sobere vormen had; het viel me op dat het nog niet zo lang geleden was opgebouwd op de resten van een vroegere abdijkerk, die wellicht gedeeltelijk door brand was verwoest.

Van buiten komend, liep men onder een portaal in nieuwe stijl door, in spitsboogvorm, zonder versieringen en met een rozet erboven. Maar eenmaal binnen, stond men in een atrium dat opnieuw was opgetrokken op de overblijfselen van een oude narthex. Daar bevond zich een tweede portaal, met een boog in oude stijl, halvemaanvormig, met een prachtig gebeeldhouwd timpaan. Dat moest het portaal van de verdwenen kerk zijn.

Het beeldhouwwerk was even mooi als dat van de huidige kerk, maar minder verontrustend. Ook hier werd het timpaan overheerst door een tronende Christus; maar naast Hem stonden, in verschillende houdingen en met verschillende voorwerpen in hun handen, de twaalf apostelen die van Hem de opdracht hadden gekregen de wereld in te trekken om de volkeren het evangelie te verkondigen. Boven het hoofd van Christus, in een boog die in twaalf segmenten was verdeeld, en onder Zijn voeten waren, in een ononderbroken processie van figuren, de volkeren van de wereld afgebeeld die waren voorbeschikt om de blijde boodschap te ontvangen. Aan hun kleding herkende ik de joden, de Cappadociërs, de Arabieren, de Indiërs, de Phrygiërs, de Byzantijnen, de Armeniërs, de Scythen, de Romeinen. Maar om hen heen stonden, in dertig medaillons die waren gerangschikt tot een boog boven de boog met de twaalf segmenten, de bewoners van de onbekende werelden, van wie wij maar heel weinig hebben vernomen uit de *Physiologus* en door vage verhalen van reizigers. Vele van hen kwamen mij onbekend voor, andere herkende ik: bijvoorbeeld de beestmensen met zes vingers aan elke hand, de faunen die geboren worden uit wormen die tussen de bast en het hout van bomen leven, de sirenen met hun geschubde staart die de zeelieden verlokken, de Ethiopiërs met hun gitzwarte lichaam, die zich tegen de verzengende zon beschermen door holen te graven, de onocentauren, mens tot aan de navel en daaronder ezel, de cyclopen met hun ene oog ter grootte van een schild, Scylla met het hoofd en de borst van een meisje, de buik van een wolvin en de staart van een dolfijn, de harige mensen uit Indië die in moerassen en langs de rivier de Ebimaridis leven, de cynocephalen, die geen woord kunnen zeggen zonder zichzelf met geblaf te onderbreken, de sciapoden, die op hun ene been pijlsnel kunnen rennen en als ze beschutting tegen de zon zoeken op hun rug gaan liggen en hun grote voet als een zonnescherm omhoog steken, de astomaten uit Griekenland die geen mond hebben, door hun neusgaten ademen en alleen van de lucht leven, de bebaarde vrouwen uit Armenië, de pygmeeën, de epistygen die door sommigen ook blemmen worden genoemd en die zonder hoofd geboren worden, hun mond op hun buik en hun ogen op hun schouders hebben, de monsterachtige vrouwen van de Rode Zee, twaalf voet lang, met haar dat tot op hun hielen valt, een koeienstaart onder aan hun rug en de hoeven van een kameel, en mensen met achterstevoren staande voeten, zodat wie hen achtervolgt door naar hun voetsporen te kijken, altijd aankomt waar zij vandaan komen en nooit waar ze heen gaan, en ook nog mensen met drie hoofden, mensen met lichtgevende ogen gelijk lampen en de monsters van het eiland van Circe, menselijke lichamen met koppen van de meest uiteenlopende dieren...

Deze en andere wonderbaarlijke wezens waren op dat portaal gebeeldhouwd. Maar geen van hen baarde onrust, omdat zij hier niet waren om de kwaden van deze wereld of de kwellingen van de hel te symboliseren, doch veeleer getuigden van het feit dat de blijde boodschap de gehele bekende wereld had bereikt en bezig was zich tot de onbekende wereld uit te breiden, zodat het portaal een vreugdevolle belofte van stralende oecumene was.

Een gunstig voorteken, zei ik tegen mezelf, voor de ontmoeting die zich aan gene zijde van deze drempel zal afspelen en tijdens welke mannen die door tegengestelde interpretaties van het evangelie elkaars vijanden werden, elkaar vandaag wellicht zullen hervinden om hun onenigheden bij te leggen. En ik zei tegen mezelf dat ik een zwak en zondig mens was om zo om mijn persoonlijk ongeluk te treuren terwijl er gebeurtenissen te wachten stonden die van zulk een groot belang waren voor de geschiedenis van de christenheid. Ik vergeleek de geringheid van mijn leed met de grootse belofte van vrede die in de steen van het timpaan verzegeld lag. Ik vroeg God vergiffenis voor mijn wankelmoedigheid en stapte met een kalmer gemoed over de drempel.

Zodra ik binnenkwam, zag ik de leden van de beide gezantschappen voltallig bijeen, gezeten op een rij stoelen die in een halve cirkel tegenover elkaar waren geplaatst; de twee partijen werden van elkaar gescheiden door een tafel waaraan de abt en kardinaal Bertrando waren gezeten.

William, voor wie ik aantekeningen zou maken, plaatste me aan de kant van de minorieten, waar Michael met de zijnen en andere franciscanen van het hof van Avignon zaten: want de ontmoeting moest niet de indruk wekken van een duel tussen Italianen en Fransen, maar van een dispuut tussen aanhangers van de franciscaanse regel en hun critici, allen verenigd door een gedegen, katholieke trouw aan het pauselijk hof.

Aan de kant van Michael van Cesena zaten frater Arnaud van Aquitanië, frater Hugh van Newcastle en frater William Alnwick, die aan het kapittel van Perugia hadden deelgenomen, voorts de bisschop van Caffa en Berengario Talloni, Bonagratia van Bergamo en andere minorieten van het hof van Avignon. Aan de andere kant zaten Lorenzo Decoalcone, baccalaureus uit Avignon, de bisschop van Padua en Jean d'Anneaux, doctor in de theologie te Parijs. Naast de zwijgzame en in gedachten verzonken Bernard Gui zat de dominicaan Jean de Baune die in Italië Giovanni Dalbena werd genoemd.

De zitting werd geopend door Abbone, die het gewenst achtte de meest recente gebeurtenissen kort samen te vatten. Hij herinnerde eraan dat in het jaar Onzes Heren 1322 het generaal kapittel der minderbroeders, onder leiding van Michael van Cesena in Perugia bijeen, na rijp en zorgvuldig beraad had vastgesteld dat Christus, om een voorbeeld te geven van volmaaktheid, en de apostelen, om zich naar Zijn leer te voegen, nimmer enig goed gemeenschappelijk hadden bezeten, noch in eigendom, noch in beheer, en dat deze waarheid behoorde tot het rechte, katholieke geloofsgoed. Dat het concilie van Vienne in 1312 zich aan deze waarheid had gehouden en dat paus Johannes zelf in 1317 in zijn constitutie over de status van de minderbroeders, die begint met de woorden *Quorundam exigit*, de besluiten van dat concilie had aangemerkt als op heilige wijze tot stand gekomen, helder, degelijk en weloverwogen. Maar het jaar daarop vaardigde de paus het decreet *Ad conditorem canonum* uit, waartegen frater Bonagratia van Bergamo in beroep ging daar hij meende dat het in strijd was met de belangen van zijn orde. De paus had dat decreet toen van de deuren van de grote kerk in Avignon, waar het was opgehangen, afgehaald en het op meer dan één punt gewijzigd, maar in werkelijkheid nog scherper gemaakt: als bewijs moge dienen dat frater Bonagratia als onmiddellijk gevolg daarvan voor een jaar gevangen was gezet. En er kon geen twijfel bestaan aan de strengheid van de opperherder, want nog datzelfde jaar vaardigde hij het inmiddels befaamde *Cum inter nonnullos* uit, waarin de stellingen van het kapittel van Perugia definitief werden veroordeeld.

Op dat moment viel kardinaal Bertrando de abt beleefd in de rede en zei dat eraan herinnerd diende te worden dat Lodewijk de Beier in 1324 de zaken nog verergerde en de opperherder ontstemde door tussenbeide te komen met de verklaring van Sachsenhausen, waarin zonder enige goede reden de stellingen van Perugia werden aanvaard (men begreep ook niet, merkte Bertrando met een fijn glimlachje op, hoe de keizer toch zo'n geestdriftige bijval kon betuigen aan een armoede die hij geenszins in praktijk bracht), en hij messere de paus tegen zich in het harnas joeg door hem inimicus pacis te noemen en hem te betichten van pogingen om schandaal te verwekken en onenigheid te zaaien, en hem ten slotte als ketter, ja, zelfs aartsketter te bestempelen.

'Zo was het niet precies,' trachtte Abbone te sussen.

'In wezen wel,' zei Bertrando kortaf. En hij voegde eraan toe dat messere de paus zich juist om zich tegen de inopportune tussenkomst van de keizer te verweren, genoodzaakt had gezien het decreet *Quia quorundam* uit te vaardigen, en dat hij ten slotte Michael van Cesena dringend had verzocht zich bij hem te vervoegen. Michael had verontschuldigende brieven gestuurd waarin hij schreef dat hij ziek was, hetgeen niemand in twijfel trok, en had in zijn plaats frater Giovanni Fidanza en frater Umile Custodio uit Perugia gezonden. Maar het geval wilde, aldus de kardinaal, dat de Welfen van Perugia de paus hadden ingelicht dat frater Michael, verre van ziek te zijn, contacten onderhield met Lodewijk de Beier. Hoe dan ook, wat geweest is, is geweest, nu zag frater Michael er monter en gezond uit en werd derhalve in Avignon verwacht. Het was overigens beter, gaf de kardinaal toe, om van tevoren, zoals thans gebeurde, in aanwezigheid van prudente mannen van beide partijen af te wegen wat Michael straks tegen de paus zou zeggen, aangezien het toch ieders streven was de zaken niet op de spits te drijven en in broederlijke samenspraak een geschil bij te leggen dat geen reden van bestaan had tussen een liefhebbende vader en zijn toegewijde zonen, en dat tot dusverre uitsluitend was aangewakkerd door toedoen van wereldlijke machthebbers, of het nu keizers waren dan wel hun plaatsvervangers, die niets te maken hadden met de vraagstukken van onze Moeder, de heilige Kerk.

Daarop nam Abbone wederom het woord. Hij zei dat hij, al was hij een man van de Kerk en abt van een orde waaraan de Kerk zoveel te danken had (een eerbiedig, instemmend gemompel ging door de beide zijden van de halve cirkel), niet van mening was dat de keizer buiten dergelijke kwesties moest blijven, en wel om de talrijke redenen die frater William zo dadelijk zou uiteenzetten. Maar, ging Abbone verder, het was niettemin juist dat het eerste deel van het debat zich zou afspelen tussen de afgezanten van de paus en de vertegenwoordigers van die zonen van de heilige Franciscus die zich, door het feit zelf dat zij aan deze ontmoeting deelnamen, zeer toegewijde zonen van de opperherder toonden. En derhalve nodigde hij Michael of een der zijnen uit te vertellen welk standpunt hij voornemens was in Avignon te verdedigen.

Michael zei dat, tot zijn grote vreugde en ontroering, die ochtend Ubertino da Casale zich onder hen bevond, aan wie de paus zelf in 1322 een met deugdelijke argumenten gestaafde verhandeling over de armoedekwestie had gevraagd. En juist Ubertino zou, met de helderheid, de eruditie en het hartstochtelijke geloof die allen van hem kenden, een samenvatting kunnen geven van de hoofdpunten van wat inmiddels de onwankelbare ideeën van de franciscaner orde waren.

Ubertino stond op, en zodra hij begon te spreken, begreep ik hoe het kwam dat hij zowel als prediker als in zijn optreden aan de hoven zo veel enthousiasme had gewekt. Hartstochtelijk in zijn gebaren, overtuigend in zijn stem, innemend in zijn glimlach, duidelijk en consequent in zijn redenering, hield hij zijn gehoor van het eerste tot het laatste woord van zijn betoog in zijn ban. Hij begon een zeer geleerde uiteenzetting over de argumenten die de stellingen van Perugia bekrachtigden. Hij zei dat men om te beginnen onder ogen diende te zien dat Christus en Zijn apostelen een tweeledige status hadden: zij waren hoogwaardigheidsbekleders van de Kerk van het Nieuwe Testament en als zodanig bezaten zij goederen om aan de armen en aan de dienaren van de Kerk te geven, zoals geschreven staat in het vierde hoofdstuk van de Handelingen der apostelen. Maar daarnevens dienen Christus en de apostelen te worden beschouwd als afzonderlijke personen, volmaakte verachters van de wereld. En wat dit betreft dienen zich twee manieren van hebben aan. De ene is burgerlijk en werelds, zodat het één ding is om op grond van het burgerlijk en werelds recht het eigen bezit te verdedigen tegen degene die het ons wil ontnemen, door een beroep te doen op de keizerlijke rechter – maar zeggen dat Christus en de apostelen op deze wijze dingen hadden is een ketterse bewering, want zoals Mattheüs zegt: als iemand u voor het gerecht wil dagen en uw onderkleed afnemen, laat hem dan ook het bovenkleed; en Lucas zegt niets anders als hij schrijft dat Christus elke beschikkingsmacht en elk beheer afwijst en dit ook aan zijn apostelen oplegt; zie voorts Mattheüs, waar Petrus tegen de Heer zegt dat zij, om Hem te volgen, alles hebben prijsgegeven; doch ook op een andere manier kan men sterfelijke goederen hebben, namelijk omwille van gemeenschappelijke, broederlijke liefde, en op die manier hadden Christus en de Zijnen goederen wegens een natuurlijk recht, ter ondersteuning van de natuur. Zodoende hadden zij kleren en broden en vissen, en zoals Paulus in zijn eerste brief aan Timótheüs zegt: we hebben voedsel en kleding, en dat is ons genoeg. Christus en de Zijnen hadden deze dingen echter niet in bezit, maar in gebruik, zodat hun volstrekte armoede ongeschonden bleef. Hetgeen reeds was erkend door paus Nicolaas II in zijn decreet *Exiit qui seminat*.

Maar aan de andere kant stond Jean d'Anneaux op en zei dat Ubertino's zienswijzen hem strijdig leken zowel met de rechte rede als met de rechte interpretatie van de Schrift, vermits men bij goederen die door het gebruik verloren gaan, zoals brood en vis, niet kan spreken van eenvoudig gebruiksrecht, noch van feitelijk gebruik, maar alleen van misbruik. Al wat de gelovigen in de jonge Kerk gemeenschappelijk hadden, zoals uit Handelingen 2 en 3 valt op te maken, hadden zij op grond van dezelfde soort beschikkingsmacht als die welke zij vóór hun bekering hadden; de apostelen bezaten, na de nederdaling van de Heilige Geest, landgoederen in Judea; de gelofte om zonder eigendom te leven strekt zich niet uit tot datgene wat de mens beslist nodig heeft om te leven, en toen Petrus zei dat hij alles had prijsgegeven, bedoelde hij niet dat hij afstand had gedaan van de eigendom; Adam had de beschikkingsmacht en de eigendom van de dingen; de knecht die geld van zijn heer ontvangt, maakt daar zekerlijk gebruik noch misbruik van; de woorden van het *Exiit qui seminat*, waarop de minorieten zich altijd beroepen en die bepalen dat de minderbroeders alleen het gebruik hebben van datgene waarvan zij zich bedienen, zonder er de beschikkingsmacht en de eigendom van te hebben, hebben natuurlijk uitsluitend betrekking op goederen die niet door het gebruik verloren gaan, immers, als het *Exiit* zich ook tot de vergankelijke goederen zou uitstrekken, zou het iets onmogelijks beweren; het feitelijk gebruik kan niet worden onderscheiden van de juridische beschikkingsmacht; elk menselijk recht, op grond waarvan men materiële goederen bezit, is vervat in de wetten der koningen; Christus was, als sterfelijk mens, vanaf het moment van Zijn verwekking eigenaar van alle aardse goederen, en als God ontving Hij van de Vader de universele beschikkingsmacht over alles; Hij was eigenaar van kleren, voedsel, geld afkomstig van bijdragen en giften van de gelovigen, en als Hij arm was, was dat niet omdat Hij geen eigendom had, maar omdat Hij de vruchten ervan niet genoot, aangezien de juridische beschikkingsmacht alleen, gescheiden van de inning der renten, degene die de beschikkingsmacht in handen heeft niet rijk maakt; en ten slotte, al zou het *Exiit* andere dingen hebben gezegd, de roomse opperherder kan de besluiten van zijn voorgangers herroepen.

Op dat moment sprong frater Girolamo, bisschop van Caffa, van zijn stoel op; zijn baard trilde van woede, ook al trachtte hij zijn woorden verzoenend te doen klinken. Hij begon een argumentatie die mij tamelijk warrig voorkwam. 'Wat ik tegen de Heilige Vader wil zeggen, en ook mijzelf die het zal zeggen, onderwerp ik bij deze aan zijn oordeel, want ik geloof werkelijk dat Johannes stedehouder van Christus is, en voor deze belijdenis werd ik door de Saracenen gevangengenomen. En ik zal beginnen met het aanhalen van een gebeurtenis waarvan een groot leraar melding heeft gemaakt, over het dispuut dat op een dag onder monniken ontstond omtrent de vraag wie de vader van Melchizedek was. En toen abt Copes ernaar werd gevraagd, sloeg hij zich voor zijn hoofd en zei: wee jou, Copes, jij zoekt slechts die dingen die God je niet beveelt te zoeken en je veronachtzaamt de dingen die Hij je beveelt te zoeken. Welnu, zoals zonneklaar uit mijn voorbeeld valt af te leiden, is het zo duidelijk dat Christus en de Heilige Maagd en de apostelen niets individueel noch gemeenschappelijk bezaten, dat het minder duidelijk zou zijn te erkennen dat Jezus tegelijkertijd mens en God was, en het lijkt mij dus vanzelfsprekend dat wie het eerste onloochenbare feit ontkent, ook het tweede zou moeten ontkennen!'

Hij sprak op triomfantelijke toon, en ik zag hoe William zijn ogen ten hemel sloeg. Ik vermoed dat hij het syllogisme van Girolamo nogal ondeugdelijk vond, en ik kan hem geen ongelijk geven, maar nog ondeugdelijker scheen mij de woedende tegenargumentatie van Jean de Baune, die zei dat wie iets over de armoede van Christus beweert, iets beweert dat men met het oog ziet (of niet ziet), terwijl de definitie van Zijn menselijkheid en goddelijkheid een geloofszaak is, zodat de beide proposities niet op één lijn kunnen worden gesteld. In zijn antwoord toonde Girolamo zich scherpzinniger dan zijn tegenstander: 'O nee, dierbare broeder,' zei hij, 'mij lijkt juist het tegendeel waar, want alle evangelies verklaren dat Christus mens was en at en dronk en dat Hij, wegens Zijn onloochenbare wonderen, ook God was, en dat alles is werkelijk zo klaar als de dag!'

'Ook tovenaars en waarzeggers hebben wonderen verricht,' zei De Baune zelfgenoegzaam.

'Jawel, maar door toepassing van toverkunst,' wierp Girolamo tegen. 'Wil jij soms de wonderen van Christus met toverkunst vergelijken?' De achtenswaardige vergadering mompelde verontwaardigd dat zij dat niet wilde. 'En ten slotte,' vervolgde Girolamo, die zich nu dicht bij de overwinning waande, 'zou messere de kardinaal Del Poggetto het geloof in de armoede van Christus als ketters willen beschouwen terwijl op deze stelling de regel berust van een orde als die der franciscanen, van welke men kan zeggen dat er geen rijk is, van Marokko tot aan Indië, waar haar zonen niet heen zijn gegaan om te prediken en hun bloed te offeren?'

'Heilige ziel van Petrus Hispanus,' mompelde William, 'sta ons bij!'

'Zeer geliefde broeder,' voer De Baune daarop uit terwijl hij een stap naar voren deed, 'spreek gerust over het bloed van je medebroeders, maar vergeet niet dat deze tol ook is betaald door religieuzen van andere orden...'

'Met alle eerbied voor mijnheer de kardinaal,' schreeuwde Girolamo, 'maar niet één dominicaan is ooit onder de ongelovigen gestorven, terwijl alleen al in mijn tijd negen minderbroeders de marteldood zijn gestorven!'

Met een rood aangelopen gezicht stond nu de dominicaner bisschop van Alborea op: 'En ik kan bewijzen dat, voordat de minderbroeders in Tartarije waren, paus Innocentius er drie dominicanen heen stuurde!'

'O ja?' hoonde Girolamo. 'Welnu, ik weet dat de minderbroeders al tachtig jaar in Tartarije zijn en er veertig kerken hebben, verspreid over het hele land, terwijl de dominicanen alleen maar vijf posten aan de kust hebben en in totaal met zo'n vijftien broeders zijn! En daarmee is de zaak beslist!'

'Daarmee is geen enkele zaak beslist,' brulde Alborea, 'want die minorieten die kwezels baren gelijk teven jonge hondjes werpen, geven zichzelf alle eer, ze beroemen zich op martelaren en hebben intussen wel mooie kerken en weelderige gewaden, en ze kopen en verkopen als alle andere religieuzen!'

'Nee, waarde heer, nee,' kwam Girolamo weer, 'zij kopen en verkopen niet zelf, maar middels de procuratoren van de Heilige Stoel, en de procuratoren hebben het bezit terwijl de minorieten slechts het gebruik hebben!'

'Werkelijk?' smaalde Alborea, 'en hoeveel keren heb jij dan zonder procuratoren verkocht? Ik ken de geschiedenis van een paar landgoederen die...'

'Als ik dat heb gedaan, heb ik verkeerd gehandeld,' viel Girolamo hem haastig in de rede, 'je moet de orde niet iets aanrekenen wat een zwakheid van mij kan zijn geweest!'

'Maar eerbiedwaardige broeders,' kwam Abbone nu tussenbeide, 'ons probleem is niet of de minorieten arm zijn, maar of Onze Heer arm was...'

'Welnu,' liet Girolamo zich daarop wederom horen, 'ik heb ten aanzien van die kwestie een argument dat de knoop met één slag doorhakt...'

'Heilige Franciscus, behoed uw zonen...' zei William moedeloos.

'Dat argument is,' vervolgde Girolamo, 'dat de oosterlingen en de Grieken, die met de leer der kerkvaders heel wat vertrouwder zijn dan wij, de armoede van Christus voor een vaststaand feit houden. En als die ketters en scheurmakers met zo veel helder inzicht een zo heldere waarheid verdedigen, zouden wij dan nog grotere ketters en scheurmakers willen zijn dan zij en haar loochenen? Als die oosterlingen sommigen van ons tegen deze waarheid zouden horen prediken, zouden ze hen stenigen!'

'Wat vertel je me nu?' spotte Alborea, 'waarom stenigen ze de dominicanen dan niet, die juist daartegen prediken?'

'De dominicanen? Die heb ik daarginds nooit gezien!'

Alborea merkte purper van woede op dat deze frater Girolamo misschien vijftien jaar in Griekenland was geweest, terwijl hij er vanaf zijn kinderjaren had gewoond. Girolamo antwoordde dat hij, de dominicaan Alborea, misschien wel in Griekenland was geweest, maar dan om een prinselijk leventje te leiden in mooie bisschoppelijke paleizen, terwijl hij, de franciscaan, er niet vijftien maar wel tweeëntwintig jaar was geweest en voor de keizer in Constantinopel had gepredikt. Toen probeerde Alborea, bij gebrek aan argumenten, de ruimte die hem van de minorieten scheidde te overschrijden, terwijl hij luidkeels, en met woorden die ik niet durf herhalen, zijn vaste voornemen te kennen gaf de bisschop van Caffa, wiens manlijkheid hij in twijfel trok, de baard uit te rukken en die baard, strikt volgens de logica van de vergelding, te gebruiken als gesel om hem te straffen.

De andere minorieten snelden toe om een beschermende haag om hun medebroeder heen te vormen, de mannen uit Avignon achtten het gewenst de dominicaan de helpende hand te bieden, en zo ontstond er (Heer, heb erbarmen met de besten onder Uw zonen!) een vechtpartij waaraan de abt en de kardinaal vergeefs een eind trachtten te maken. In het tumult dat volgde wierpen minorieten en dominicanen elkaar de verschrikkelijkste dingen naar het hoofd, alsof elk van hen een christen was die strijd leverde tegen de Saracenen. De enigen die op hun plaats bleven zitten, waren William aan de ene en Bernard Gui aan de andere kant. William leek terneergeslagen en Bernard vrolijk, als men de flauwe glimlach die zijn lippen krulde als vrolijkheid wil bestempelen.

'Zijn er geen betere argumenten,' vroeg ik mijn meester terwijl Alborea verwoed aan de baard van de bisschop van Caffa rukte, 'om de armoede van Christus te bewijzen of te bestrijden?'

'Je kunt beide dingen beweren, mijn beste Adson,' zei William, 'maar je zult nooit op grond van de evangeliën kunnen vaststellen of Christus het onderkleed dat Hij droeg en dat Hij misschien weggooide wanneer het versleten was, als Zijn eigendom beschouwde, en in hoeverre. En de leer van Thomas van Aquino over het bezit is mogelijk nog vermeteler dan die van ons minorieten. Wij zeggen: we bezitten niets en hebben alles in gebruik. Hij zei: beschouw uzelf gerust als bezitters mits ge, als het iemand ontbreekt aan iets wat gij bezit, hem er het gebruik van toestaat, en dat uit plicht, niet uit liefdadigheid. De kwestie is echter niet of Christus arm was, maar of de Kerk arm moet zijn. En arm zijn betekent niet zozeer het al of niet bezitten van een paleis, maar het vasthouden of loslaten van het recht om de aardse zaken wettelijk te regelen.'

'Dat is dus de reden,' zei ik, 'waarom de keizer zo veel belang hecht aan de betogen van de minorieten over de armoede.'

'Inderdaad. De minorieten komen de keizer goed van pas in zijn spel tegen de paus. Maar voor Marsilius en mij is het een dubbel spel, en we zouden graag zien dat het spel van de keizer ons van pas kwam en onze gedachten over het bestuur van menselijke zaken diende.'

'Gaat u dat zeggen als u moet spreken?'

'Als ik het zeg, vervul ik mijn missie, die inhield dat ik de meningen van de keizerlijke theologen kenbaar moest maken. Maar als ik het zeg, mislukt mijn missie, want ik had de weg moeten effenen voor een tweede ontmoeting in Avignon, en ik geloof niet dat Johannes ermee zal instemmen dat ik daarginds deze dingen ga zeggen.'

'Dus?'

'Dus zit ik gevangen tussen twee tegengestelde krachten, zoals een ezel die niet weet uit welke van twee zakken hooi hij zal eten. De tijden zijn namelijk nog niet rijp. Marsilius droomt van een verandering die vooralsnog onmogelijk is, en Lodewijk is niet beter dan zijn voorgangers, ook al blijft hij voor het ogenblik het enige bolwerk tegen een ellendeling als Johannes. Misschien zal ik moeten spreken, tenzij onze broeders hier elkaar vóór die tijd hebben vermoord. Schrijf in elk geval alles op, Adson, zodat er tenminste een spoor overblijft van hetgeen hier vandaag gebeurt.'

'En Michael?'

'Ik vrees dat hij zijn tijd verdoet. De kardinaal weet dat de paus geen bemiddeling nastreeft, Bernard Gui weet dat hij de ontmoeting moet laten mislukken; en Michael weet dat hij hoe dan ook naar Avignon zal gaan, omdat hij niet wil dat de orde alle betrekkingen met de paus verbreekt. En hij zet daarmee zijn leven op het spel.'

Terwijl we zo zaten te praten – en ik weet werkelijk niet hoe we elkaar konden verstaan – had de ruzie haar hoogtepunt bereikt. De boogschutters waren, op een wenk van Bernard Gui, tussenbeide gekomen om te verhinderen dat de beide gelederen definitief slaags raakten. Maar gelijk belegeraars en belegerden aan weerszijden van een vestingmuur wierpen zij elkaar protesten en beledigingen toe, die ik hier op goed geluk weergeef, zonder nog te weten welke ik aan wie moet toeschrijven, terwijl ik moet vooropstellen dat de zinnen niet elk op hun beurt werden uitgesproken, zoals in een disputen in mijn land zou gebeuren, maar, zoals in mediterrane landen gebruikelijk, over elkaar heen rolden als de golven van een ziedende zee.

'Het evangelie zegt dat Christus een geldbuidel had!'

'Hou jij je mond over die geldbuidel, die jullie zelfs op de kruisbeelden schilderen! Hoe verklaar jij dan het feit dat Onze Heer, toen Hij in Jeruzalem was, elke avond naar Bethanië terugkeerde?'

'Als Onze Heer naar Bethanië wilde gaan om te slapen, wie ben jij dan wel om Zijn beslissing af te keuren?'

'Nee, oude bok, Onze Heer ging naar Bethanië terug omdat Hij geen geld had om in Jeruzalem een herberg te betalen.'

'Die bok ben jij zelf, Bonagratia! En wat at Onze Heer in Jeruzalem?'

'Wil jij soms beweren dat een paard dat van zijn meester haver krijgt om in leven te blijven, die haver in eigendom heeft?'

'Zie je wel dat jij Christus vergelijkt met een paard...'

'Nee, jij bent het die Christus vergelijkt met een simonie bedrijvende prelaat van jouw hof, drekzak!'

'O ja? En hoe vaak heeft de Heilige Stoel zich processen op de hals moeten halen om jullie goederen te verdedigen?'

'Goederen van de Kerk, niet van ons! Wij hadden ze in gebruik!'

'In gebruik om ze op te vreten, om mooie kerken met gouden beelden te bouwen, huichelaars, vaten van valsheid, witgepleisterde graven, poelen van ondeugd! Jullie weten best dat barmhartigheid, en niet armoede, het grondbeginsel van het volmaakte leven is!'

'Dat heeft die smulpaap, die Thomas van jullie gezegd!'

'Pas op, goddeloze schavuit! Degene die jij een smulpaap noemt, is een heilige van de heilige Roomse Kerk!'

'Heilige aan mijn zolen! Door Johannes gecanoniseerd om de franciscanen dwars te zitten! Jullie paus kan geen heiligen maken, want hij is een ketter! Een aartsketter zelfs!'

'Die mooie stelling kennen we al! Het is de verklaring van die ledenpop uit Beieren, in Sachsenhausen uitgesproken en voorbereid door jullie Ubertino!'

'Pas op wat je zegt, zwijn, zoon van de hoer van Babylon en van nog meer lichtekooien! Je weet dat Ubertino dat jaar niet bij de keizer was maar in Avignon, in dienst van kardinaal Orsini, en de paus wilde hem als boodschapper naar Aragon sturen!'

'Ik weet het, ik weet dat hij de armoede beleed aan de tafel van de kardinaal, zoals hij het nu doet in de rijkste abdij van het schiereiland! Ubertino, als jij er niet was, wie heeft Lodewijk dan op het idee gebracht je geschriften te gebruiken?'

'Is het mijn schuld als Lodewijk mijn geschriften leest? De jouwe kan hij zeer zeker niet lezen, ongeletterde die je bent!'

'Ik ongeletterd? Was jullie Franciscus, die met de ganzen praatte, soms geletterd?'

'Je lastert!'

'Je lastert zelf, hoerenloper van een fraticello!'

'Ik heb nooit gehoereerd, dat weet jij heel goed!!!'

'Zeker wel, jij en je broedertjes, toen je bij Clara van Montefalco onder de dekens kroop!'

'Moge God je neerbliksemen! Ik was in die tijd inquisiteur, en Clara was al in geur van heiligheid ontslapen!'

'Clara ademde een geur van heiligheid uit, maar jij ademde een andere geur uit als je de metten zong voor de nonnen!'

'Ga verder, ga verder, Gods toorn zal je treffen zoals hij je heer zal treffen, die onderdak heeft geboden aan twee ketters zoals die barbaar van een Eckhart en die Engelse duivelskunstenaar die jullie Branucerton noemen!'

'Eerbiedwaardige broeders, eerbiedwaardige broeders!' riepen kardinaal Bertrando en de abt.

VIJFDE DAG
TERTS

Waarin Severin William over een vreemd boek en William de gezanten over een vreemde opvatting van het wereldlijk bestuur spreekt.

◆

De woordenwisseling woedde nog steeds in alle hevigheid, toen een van de novicen die bij de deur de wacht hielden binnenkwam, zich een weg baande door het strijdgewoel alsof hij over een door de hagel geteisterde akker liep en William in het oor fluisterde dat Severin hem dringend wilde spreken. We liepen de zaal uit naar de narthex, waar nieuwsgierige monniken waren samengedromd om te proberen door het geschreeuw en het lawaai heen iets op te vangen van wat zich binnen afspeelde. Op de voorste rij zagen we Aymaro van Alessandria, die ons begroette met zijn gebruikelijke meewarige grijns om de dwaasheid van de hele wereld: 'Het is waar dat sinds het ontstaan van de bedelorden de christenheid deugdzamer is geworden,' zei hij.

William duwde hem niet al te zachtzinnig opzij en liep op Severin toe, die in een hoek op ons stond te wachten. Hij was gespannen en wilde ons apart spreken, maar in het gedrang was geen rustig plekje te vinden. We wilden naar buiten gaan, maar op de drempel van de kapittelzaal verscheen Michael van Cesena, die William aanspoorde weer binnen te komen omdat, zei hij, de woordenwisseling op ten einde liep en de reeks betogen moest worden voortgezet.

William, wederom verdeeld tussen twee zakken hooi, spoorde Severin aan te spreken, en de herborist probeerde het zo te doen dat de omstanders hem niet konden horen.

'Berenger is vast en zeker in het hospitaal geweest voordat hij naar het badhuis ging,' zei hij.

'Hoe weet je dat?' Enkele monniken, nieuwsgierig geworden door ons gefluister, kwamen naderbij. Severin dempte zijn stem nog meer, onderwijl om zich heen kijkend.

'Je had me verteld dat die man... iets bij zich moest hebben... Welnu, ik heb in mijn laboratorium iets gevonden, tussen de andere boeken... een boek dat niet van mij is, een vreemd boek...'

'Dat moet het zijn,' zei William opgetogen, 'breng het meteen hier.'

'Dat kan ik niet,' zei Severin, 'ik leg het je straks wel uit, ik heb ontdekt... ik geloof dat ik iets belangwekkends heb ontdekt... Je moet zelf komen, ik moet je het boek laten zien... met alle omzichtigheid...' Hij ging niet verder. We merkten dat Jorge, onhoorbaar zoals gewoonlijk, als uit het niets opgedoken naast ons stond. Hij hield zijn handen voor zich uitgestoken alsof hij, niet gewend door deze ruimte te lopen, probeerde te ontdekken waar hij was. Een normaal mens zou het gefluister van Severin niet hebben kunnen verstaan, maar we hadden allang begrepen dat het gehoor van Jorge, zoals dat van alle blinden, bijzonder scherp was.

De oude man leek desondanks niets te hebben gehoord. Hij liep zelfs in tegengestelde richting, tikte een van de monniken aan en vroeg hem iets. De monnik nam hem zorgzaam bij de arm en bracht hem naar buiten. Op dat moment verscheen Michael opnieuw om William met aandrang te verzoeken binnen te komen, en mijn meester nam een besluit: 'Ga alsjeblieft onmiddellijk terug naar waar je vandaan komt,' zei hij tegen Severin. 'Doe de deur achter je op slot en wacht op me. En jij,' zei hij tegen mij, 'gaat achter Jorge aan. Ook als hij iets heeft gehoord, denk ik niet dat hij zich naar het hospitaal laat brengen. Zorg in elk geval dat je me kunt vertellen waar hij heen gaat.'

Hij wilde juist de zaal binnengaan toen hij (net als ik) Aymaro zag die zich een weg baande door het gedrang om Jorge naar buiten te volgen. Nu beging William een onvoorzichtigheid, want hij riep, ditmaal luid genoeg om tot aan de andere kant van de narthex te worden gehoord, tegen Severin die al in de buitendeur stond: 'Denk erom, zorg dat niemand... die papieren... terugbrengt naar de plaats waar ze vandaan komen!' Het volgende ogenblik zag ik, terwijl ik aanstalten maakte achter Jorge aan te gaan, tegen de stijl van de buitendeur geleund de cellarius staan, die de woorden van William had gehoord en met een van angst vertrokken gezicht beurtelings naar mijn meester en naar de herborist keek. Hij zag Severin naar buiten lopen en volgde hem. Ik, nu ook buiten gekomen, vreesde Jorge uit het oog te verliezen, die al bijna door de mist werd opgeslokt; maar ook de twee anderen, die in tegengestelde richting liepen, zouden spoedig in de dichte nevel verdwijnen. Ik overwoog snel wat ik moest doen. Mij was opgedragen de blinde te volgen, maar dat was omdat we vreesden dat hij naar het hospitaal zou gaan. De richting die hij met zijn begeleider insloeg, was echter een andere, want hij stak de kloosterhof over om zich naar de kerk, of het Hoofdgebouw, te begeven. De cellarius daarentegen ging zonder twijfel de herborist achterna en William was bezorgd om wat er in het laboratorium zou kunnen gebeuren. Daarom ging ik achter hen beiden aan, me intussen onder meer afvragend waar Aymaro heen was, als hij tenminste niet om geheel andere redenen dan de onze naar buiten was gegaan.

Ik verloor de cellarius niet uit het oog, terwijl deze zijn pas vertraagde omdat hij had gemerkt dat ik hem volgde. Hij kon niet zien of ik de schim was die hem op de hielen zat, zoals ik niet kon zien of de schim die ik op de hielen zat de cellarius was, maar zomin als ik eraan twijfelde dat hij het was, twijfelde hij eraan dat ik het was.

Door hem te dwingen mij in de gaten te houden, belette ik hem Severin te dicht te naderen. Zo kwam het dat, toen de deur van het hospitaal in de mist zichtbaar werd, ze reeds gesloten was. Severin was binnen, de hemel zij gedankt. De cellarius draaide zich nog éénmaal om en keek naar mij die roerloos als een boom in de tuin was blijven staan, toen scheen hij een besluit te nemen en liep in de richting van de keuken. Ik meende dat ik nu aan mijn opdracht had voldaan, Severin was een verstandig man, hij zou wel op zichzelf passen en niemand opendoen. Ik had niets anders te doen en bovenal brandde ik van nieuwsgierigheid naar wat er in de kapittelzaal gebeurde. Derhalve besloot ik terug te gaan om verslag uit te brengen. Misschien deed ik daar slecht aan en had ik nog even op wacht moeten blijven staan, dan zouden we allerlei ander onheil hebben voorkomen. Maar dat weet ik nu, dat wist ik toen niet.

Terwijl ik weer naar binnen ging, botste ik bijna tegen Bengt op, die met een blik van verstandhouding grijnsde: 'Severin heeft iets gevonden dat Berenger had achtergelaten, is het niet?'

'Wat weet jij daarvan?' antwoordde ik ruw, hem behandelend alsof hij een leeftijdgenoot was, deels uit woede, deels vanwege zijn jongensachtige gezicht dat nu een bijna meisjesachtige ondeugende uitdrukking had.

'Ik ben niet achterlijk,' antwoordde Bengt, 'Severin rent naar William om hem iets te vertellen, jij zorgt dat niemand hem achterna gaat…'

'En jij let te veel op ons, en op Severin,' zei ik geërgerd.

'Ik? Natuurlijk let ik op jullie. Al sinds eergisteren verlies ik het badhuis en het hospitaal niet uit het oog. Als ik had gekund, was ik er allang binnengegaan. Ik zou er een lief ding voor overhebben om te weten wat Berenger in de bibliotheek heeft gevonden.'

'Jij wilt te veel weten zonder dat je er het recht toe hebt!'

'Ik ben een studieman en heb het recht te weten, ik ben van het andere eind van de wereld gekomen om kennis te nemen van de bibliotheek en de bibliotheek blijft gesloten alsof ze slechte dingen bevat en ik...'

'Laat me gaan,' zei ik bruusk.

'Ik laat je gaan, je hebt me toch al verteld wat ik wilde weten.'

'Ik?'

'Men zegt ook dingen door te zwijgen.'

'Ik raad je aan het hospitaal niet binnen te gaan,' zei ik.

'O nee, ik ga niet naar binnen, maak je niet ongerust. Maar niemand kan me verbieden van buiten naar binnen te kijken.'

Ik luisterde niet meer naar hem en ging de zaal in. Die nieuwsgierige jongeman vertegenwoordigde mijns inziens geen groot gevaar. Ik voegde me weer bij William en bracht hem in het kort op de hoogte van de stand van zaken. Hij knikte goedkeurend, gebaarde me toen om te zwijgen. Het tumult was inmiddels aan het bedaren. De afgezanten van beide partijen wisselden nu de vredeskus. Alborea prees het geloof van de minorieten, Girolamo gaf hoog op van de liefde der predikheren en allen bezongen de hoop op een Kerk die niet langer door interne twisten zou worden geplaagd. Sommigen van de ene partij roemden haar kracht, anderen van de andere partij haar gematigdheid, allen baden om gerechtigheid en deden een beroep op de voorzichtigheid. Nimmer zag ik zo veel mannen zo oprecht voornemens te streven naar de triomf van de theologale en kardinale deugden.

Het ogenblik was gekomen waarop Bertrando del Poggetto William uitnodigde de stellingen van de keizerlijke theologen uiteen te zetten. William stond met tegenzin van zijn stoel op: enerzijds werd het hem steeds duidelijker dat de ontmoeting geen enkel nut had, anderzijds had hij haast om weg te komen, want het geheimzinnige boek ging hem nu meer ter harte dan de afloop van de ontmoeting. Maar het was duidelijk dat hij zich niet aan zijn plicht kon onttrekken.

Hij stak derhalve van wal met veel 'eh's en 'o's, misschien meer dan gewoonlijk en meer dan nodig was, als om te laten blijken dat hij volstrekt niet zeker was omtrent de dingen die hij te berde ging brengen; hij begon met te verzekeren dat hij alle begrip had voor het standpunt van de voorgaande sprekers, en dat overigens datgene wat de anderen de 'doctrine' van de keizerlijke theologen noemden, niet meer was dan enkele losse opmerkingen die niet pretendeerden het gezag van een geloofswaarheid te bezitten.

Vervolgens zei hij dat, gegeven de onmetelijke goedheid die God had getoond door de schepping van het volk Zijner kinderen, in Zijn liefde voor allen, zonder onderscheid, vanaf die bladzijden van Genesis waarin nog geen melding wordt gemaakt van priesters en van koningen, tevens in overweging nemende dat de Heer aan Adam en zijn nakomelingen het gezag over de dingen van deze aarde had gegeven, mits zij aan de goddelijke wetten gehoorzaamden, het vermoeden was gewettigd dat aan de Heer zelf de gedachte niet vreemd was dat in aardse zaken het volk wetgever en eerste werkoorzaak van de wet zou zijn. Onder volk, zei hij, zou het goed zijn de burgers altegader te verstaan, maar aangezien men ook kinderen, onnozelen, misdadigers en vrouwen tot de burgers moet rekenen, zou men misschien redelijkerwijs kunnen komen tot een definitie van het volk als het beste deel der burgers, ofschoon hij het vooralsnog niet opportuun achtte zich uit te spreken over wie daadwerkelijk tot dat deel behoorde.

Hij kuchte, verontschuldigde zich tegenover de aanwezigen met de opmerking dat de lucht die dag ongetwijfeld zeer vochtig was, en wierp de veronderstelling op dat de wijze waarop het volk zijn wil tot uitdrukking zou kunnen brengen, kon samenvallen met een algemene vergadering van gekozen vertegenwoordigers. Hij zei dat het hem redelijk leek dat een dergelijke vergadering de wet kon interpreteren, wijzigen of opschorten, want als één persoon de wet zou voorschrijven, zou deze door onwetendheid of boosaardigheid kwaad kunnen aanrichten, en hij voegde eraan toe dat het niet nodig was de aanwezigen eraan te herinneren hoevele van dergelijke gevallen zich de laatste tijd hadden voorgedaan. Ik merkte op dat de aanwezigen, die bij zijn voorgaande woorden nogal onthutst hadden gekeken, niet anders konden dan met deze laatste instemmen, want elk van hen dacht natuurlijk aan iemand anders, en elk van hen vond de persoon aan wie hij dacht een buitengewoon slecht mens.

Welnu, vervolgde William, als één alleen misschien slechte wetten zal maken, zijn velen dan niet beter? Natuurlijk, onderstreepte hij, ging het hier om aardse wetten, die de goede gang van de burgerlijke zaken betroffen. God had tegen Adam gezegd niet van de boom der kennis van goed en kwaad te eten, en dat was de goddelijke wet; maar daarna had Hij hem toegestaan – wat zeg ik, aangemoedigd – om namen aan de dingen te geven, en daarin heeft Hij Zijn aardse onderdaan vrijgelaten. Hoewel in onze tijd sommigen zeggen dat nomina sunt consequentia rerum, is het boek Genesis op dit punt toch zeer duidelijk: God bracht alle dieren bij de mens om te zien hoe deze hen noemen zou, en zoals de mens elk levend wezen noemen zou, zo zou het heten. En ofschoon de eerste mens stellig zo schrander was om ieder ding en dier in zijn paradijstaal volgens zijn aard te benoemen, neemt dat niet weg dat hij een soort van soeverein recht uitoefende in het bedenken van de naam die naar zijn oordeel het best met die aard overeenkwam. Het is immers nu wel bekend dat de namen die de mensen geven om de begrippen aan te duiden verschillend zijn, en dat alleen de begrippen, tekens van de dingen, voor allen gelijk zijn. Zodat het woord *nomen* stellig komt van *nomos*, ofwel wet, aangezien juist de *nomina* door de mensen ad placitum, dat wil zeggen volgens vrije en gezamenlijke afspraak, worden gegeven.

De aanwezigen durfden deze geleerde bewijsvoering niet aan te vechten. Dientengevolge, concludeerde William, is het zonneklaar dat de wetgeving inzake de dingen van deze aarde, en dus inzake de dingen van steden en rijken, niets te maken heeft met het bewaren en het bedienen van Gods woord, onvervreemdbaar voorrecht van de kerkelijke hiërarchie. Ja, ongelukkig zijn de ongelovigen, zei William, die niet een dergelijk gezag hebben dat voor hen het goddelijk woord verklaart (en allen beklaagden de ongelovigen). Maar kunnen wij daarom soms zeggen dat de ongelovigen er niet naar streven wetten te maken en hun zaken te besturen door middel van regeringen, koningen, keizers, sultans of kaliefen, hoe men hen ook noemen wil? En viel het te ontkennen dat talrijke Romeinse keizers de wereldlijke macht met wijsheid hadden uitgeoefend, men denke slechts aan Trajanus? En wie heeft aan heidenen en ongelovigen dat natuurlijk vermogen geschonken om wetten te maken en in staatsverband te leven? Hun valse godheden soms, die noodzakelijkerwijs niet bestaan (of niet noodzakelijkerwijs bestaan, hoe men de ontkenning van deze modaliteit ook wil opvatten)? Stellig niet. Wie anders kon het hun hebben geschonken dan de God der heerscharen, de God van Israël, vader van Onze Heer Jezus Christus... Wonderbaar bewijs van de goddelijke goedheid, die ook aan wie het gezag van de Roomse opperherder niet erkent en de heilige, zoete en ontzagwekkende mysteriën van het christenvolk niet belijdt, het vermogen heeft geschonken om te oordelen over zaken die de staat betreffen! Welk mooier bewijs dan dit was er voor het feit dat de wereldlijke heerschappij en de burgerlijke rechtspraak niets met de Kerk en met de wet van Jezus Christus te maken hebben en door God werden beschikt buiten elke kerkelijke bekrachtiging om en zelfs nog voordat onze heilige religie ontstond?

Hij kuchte opnieuw, maar ditmaal was hij niet de enige. Vele toehoorders schoven onrustig op hun stoelen heen en weer en schraapten hun keel. Ik zag de kardinaal met zijn tong zijn lippen bevochtigen en een dringend maar hoffelijk gebaar maken om William uit te nodigen tot de kern van de zaak te komen. En William begon aan wat thans voor allen, ook voor hen die ze niet deelden, de misschien onaangename gevolgtrekkingen moesten zijn van dit onweerlegbare betoog. Hij zei dat zijn deducties naar zijn mening werden geschraagd door het voorbeeld van Christus zelf, die niet op deze wereld was gekomen om te bevelen, maar om zich te onderwerpen aan de omstandigheden die hij op de wereld aantrof, althans waar het de wetten van Caesar betrof. Hij wilde niet dat de apostelen bevelen gaven en heerschappij hadden, en daarom leek het een wijze zaak dat de opvolgers van de apostelen van elke wereldlijke en coactieve macht zouden zijn ontheven. Als de paus, de bisschoppen en de priesters niet waren onderworpen aan de wereldlijke en coactieve macht van de vorst, zou het gezag van de vorst erdoor worden geschaad, en daarmee zou een orde worden geschaad die, zoals eerder was aangetoond, door God was ingesteld. Natuurlijk dient men zeer delicate gevallen in overweging te nemen, zei William, zoals dat van de ketters, over wier ketterij uitsluitend de Kerk, hoedster van de waarheid, zich kan uitspreken, terwijl alleen de wereldlijke arm de bevoegdheid heeft te handelen. Als de Kerk ketters ontdekt, moet zij de vorst zeker op hen wijzen, daar het wenselijk is dat hij op de hoogte wordt gehouden van de toestand onder zijn burgers. Maar wat moet de vorst met een ketter doen? Hem veroordelen in naam van die goddelijke waarheid waarvan hij niet de hoeder is? De vorst kan en moet de ketter veroordelen als diens handelingen de samenleving in haar geheel schaden, dat wil zeggen als de ketter zijn ketterij uitdraagt door degenen die haar niet delen te vermoorden of te dwarsbomen. Maar daar houdt de macht van de vorst op, want niemand op deze aarde kan door straffen worden gedwongen de voorschriften van het evangelie te volgen, want wat zou er anders terechtkomen van die vrije wil, op de uitoefening waarvan ieder van ons later in de andere wereld zal worden geoordeeld? De Kerk kan en moet de ketter waarschuwen dat hij bezig is uit de gemeenschap der gelovigen te treden, maar zij kan hem niet hier op aarde veroordelen en hem tegen zijn wil tot iets verplichten. Als Christus had gewild dat zijn priesters coactieve macht zouden krijgen, zou Hij nauwkeurige voorschriften hebben opgesteld, zoals Mozes deed met de oude wet. Dat deed Hij niet. Dus wilde Hij het niet. Of dacht men te kunnen aanvoeren dat Hij het wel zou hebben gewild maar dat Hem, in drie jaar prediken, de tijd of het vermogen had ontbroken om het te zeggen? Het was echter juist dat Hij het niet wilde, want als Hij het wel had gewild, zou de paus zijn wil aan de koning hebben kunnen opleggen, en dan zou het christendom niet langer een wet van vrijheid, maar een ondraaglijke slavernij zijn.

Dit alles, voegde William er met een vrolijk gezicht aan toe, betekent geen beperking van de macht van de opperherder, maar maakt zijn zending juist nog verhevener: want de dienaar der dienaren Gods is op deze aarde om te dienen en niet om gediend te worden. En tot slot zou het op zijn minst vreemd zijn als de paus jurisdictie zou hebben over de zaken van het keizerrijk en niet over de andere rijken van deze aarde. Zoals bekend is dat wat de paus over goddelijke zaken zegt zowel geldig voor de onderdanen van de koning van Frankrijk als voor die van de koning van Engeland, maar het moet ook geldig zijn voor de onderdanen van de grote kan of van de sultan der ongelovigen, die ongelovigen worden genoemd juist omdat zij niet in deze schone waarheid geloven. Als de paus derhalve zou aannemen dat hij – als paus – wereldlijke jurisdictie over de zaken van het keizerrijk heeft, zou hij het vermoeden kunnen wekken dat hij, door de wereldlijke en de geestelijke jurisdictie gelijk te stellen, om diezelfde reden niet alleen geen geestelijke jurisdictie over de Saracenen of de Tartaren zou hebben, maar ook niet over de Fransen en de Engelsen – hetgeen een misdadige godslastering zou zijn. Dat was de reden, besloot mijn meester, waarom het hem juist leek te opperen dat de Kerk van Avignon de gehele mensheid onrecht aandeed door te beweren dat haar het recht toekwam degene die tot keizer der Romeinen was gekozen, in zijn ambt te bevestigen of te schorsen. De paus heeft over het keizerrijk niet meer rechten dan over andere rijken, en aangezien noch de koning van Frankrijk noch de sultan aan de pauselijke goedkeuring zijn onderworpen, is er geen enkele geldige reden waarom de keizer van de Duitsers en de Italianen er wel aan onderworpen zou moeten zijn. Een dergelijke onderworpenheid is geen goddelijk recht, want de Schrift spreekt er niet over. Zij wordt niet door het recht der volkeren bekrachtigd, en wel om de zojuist aangevoerde redenen. Wat het verband met het dispuut over de armoede betrof, zei William ten slotte, leidden zijn bescheiden overwegingen, door hem en door enkele van zijn medebroeders zoals Marsilius van Padua en Johannes de Janduno uitgewerkt in de vorm van suggesties, tot de volgende conclusies: als de franciscanen arm wilden blijven, kon en mocht de paus zich niet tegen een zo deugdzaam verlangen verzetten. Natuurlijk was het zo dat als de hypothese van de armoede van Christus zou zijn bewezen, dan zou dit niet alleen de minorieten steunen, maar ook de gedachte sterken dat Jezus voor zichzelf geen enkele aardse jurisdictie wenste. Maar hij had die ochtend zeer wijze mannen horen verzekeren dat men niet kon bewijzen dat Christus arm was geweest. Daarom leek het hem passender de bewijsvoering om te draaien. Aangezien niemand had verzekerd, en had kunnen verzekeren, dat Jezus voor zichzelf en de Zijnen ook maar enige aardse jurisdictie had opgeëist, leek deze onthechtheid van Jezus aan de wereldlijke zaken hem een genoegzame aanwijzing om, zonder daarmee te zondigen, de gedachte te ondersteunen dat Jezus evenzeer de armoede had verkozen.

William had op zulk een schuchtere toon gesproken en zijn zekerheden in zulke twijfelende bewoordingen tot uitdrukking gebracht, dat geen van de aanwezigen had kunnen opstaan om hem van repliek te dienen. Dat betekent niet dat allen overtuigd waren door hetgeen hij had gezegd. Niet alleen de mannen uit Avignon bogen zich nu met verontwaardigde gezichten naar elkaar over om elkaar commentaren toe te fluisteren, maar zelfs de abt leek zeer onaangenaam getroffen door Williams woorden, alsof hij dacht dat dit niet de manier was waarop hij zich de betrekkingen tussen zijn orde en het keizerrijk had voorgesteld. Wat de minorieten betreft, Michael van Cesena was onthutst, Girolamo verbijsterd, Ubertino in gedachten verzonken.

De stilte werd verbroken door kardinaal Del Poggetto die, glimlachend en ontspannen als steeds, William op wellevende toon vroeg of hij bereid was naar Avignon te gaan om deze zelfde dingen tegen messere de paus te zeggen. William vroeg de mening van de kardinaal; deze zei dat messere de paus in zijn leven al vele discutabele meningen had horen uitspreken en een zeer liefhebbend man was tegenover al zijn kinderen, maar dat deze stellingen hem ongetwijfeld veel verdriet zouden doen.

Toen mengde Bernard Gui, die tot dusverre nog geen woord had gezegd, zich in het gesprek: 'Mij zou het zeer verheugen indien frater William zijn ideeën, die hij zo bekwaam en welsprekend weet uiteen te zetten, aan het oordeel van de opperherder zou voorleggen...'

'U hebt me overtuigd, heer Bernard,' zei William. 'Ik zal niet gaan.' Vervolgens op verontschuldigende toon tegen de kardinaal: 'Weet u, met de zinking in mijn borst die mij op het ogenblik plaagt, zou het onverstandig zijn in dit seizoen een zo lange reis te ondernemen...'

'Waarom hebt u dan zo lang gesproken?' vroeg de kardinaal.

'Om van de waarheid te getuigen,' zei William nederig. 'De waarheid zal ons vrijmaken.'

'Nee nee!' barstte Jean de Baune daarop uit. 'Het gaat hier niet om de waarheid die ons vrijmaakt, maar om de buitensporige vrijheid die zich waar wil maken!'

'Ook dat is mogelijk,' gaf William zachtmoedig toe.

Ik kreeg plotseling het onbestemde gevoel dat er een storm van harten en tongen op het punt stond los te barsten die nog veel heviger zou zijn dan de vorige. Maar er gebeurde niets. Terwijl Jean de Baune verder praatte, was de hoofdman van de boogschutters binnengekomen en naar Bernard gelopen om hem iets in het oor te fluisteren. Deze stond met een ruk van zijn stoel op en vroeg met een handgebaar om aandacht.

'Broeders,' zei hij, 'wellicht kan deze vruchtbare discussie later worden hervat, maar nu dwingt een buitengewoon ernstige gebeurtenis ons ertoe, indien de abt het toestaat, onze werkzaamheden te onderbreken. Misschien heb ik, zonder het te willen, zelfs meer dan voldaan aan de verwachtingen van de abt, die hoopte de schuldige aan de vele misdaden van de afgelopen dagen te ontmaskeren. Die man is nu in mijn handen. Maar helaas, hij is te laat gepakt, nogmaals... Er is daarginds iets gebeurd...' en hij wees met een vaag gebaar naar buiten. Hij liep snel door de zaal heen naar de uitgang, gevolgd door vele anderen, William als een der eersten en ik met hem.

Mijn meester keek me aan en zei: 'Ik vrees dat er iets met Severin is gebeurd.'

VIJFDE DAG

SEXT

*Waarin men Severin vermoord vindt en het boek dat hij
had gevonden niet meer kan vinden.*

◆

We staken ijlings en vol bange vermoedens de hof over. De hoofdman van de boogschutters ging ons voor naar het hospitaal en toen we daar aankwamen zagen we door de dichte nevel heen talloze schimmen bewegen: monniken en knechten stroomden toe, boogschutters stonden voor de deur en beletten hun de toegang.

'Die soldaten waren door mij gestuurd om een man te zoeken die licht zou kunnen werpen op vele mysteries,' zei Bernard.

'De broeder herborist?' vroeg de abt vol verbazing.

'Nee, u zult het zo dadelijk zien,' zei Bernard terwijl hij zich een weg baande naar de ingang.

We stapten Severins laboratorium binnen en troffen er een smartelijk schouwspel aan. De onfortuinlijke herborist lag in een grote plas bloed, met een verbrijzelde schedel. Rondom leken de rekken door een storm te zijn ontredderd: ampullen, flessen, boeken en papieren lagen gescheurd of gebroken in wilde wanorde op de grond. Naast het lichaam lag een armillarium, ten minste tweemaal zo groot als een mensenhoofd, gemaakt van fijn bewerkt metaal, gekroond met een gouden kruis en bevestigd op een korte, versierde drievoet. Ik had het bij vorige bezoeken op de tafel links van de deur zien staan.

Aan het andere eind van het vertrek hielden twee boogschutters de cellarius in hun greep; hij probeerde zich aan hen te ontworstelen terwijl hij luidkeels zijn onschuld uitriep en nog harder begon te schreeuwen toen hij de abt zag binnenkomen. 'Heer,' riep hij, 'de schijn is tegen mij! Ik ben binnengekomen toen Severin al dood was en ze hebben me gevonden terwijl ik sprakeloos dit bloedbad stond aan te zien!'

De aanvoerder van de boogschutters liep op Bernard toe en deed hem, na verkregen toestemming, ten overstaan van alle aanwezigen verslag. De boogschutters hadden opdracht gekregen de cellarius te zoeken en te arresteren, en ze hadden meer dan twee uur in de hele abdij naar hem gezocht. Dat moest, dacht ik, de order zijn die Bernard voordat hij de kapittelzaal binnenging, had gegeven, en de soldaten hadden waarschijnlijk, onbekend als ze waren met dit oord, op de verkeerde plaatsen gezocht en niet opgemerkt dat de cellarius, nog onkundig van zijn lot, met anderen in de narthex stond; bovendien had de mist hun jacht nog bemoeilijkt. In elk geval viel uit de woorden van de hoofdman op te maken dat iemand Remigio, nadat ik hem alleen had gelaten, naar de keuken had zien gaan en de boogschutters had gewaarschuwd; deze waren bij het Hoofdgebouw aangekomen toen Remigio er alweer weg was, zij het nog maar net, want in de keuken was Jorge die verzekerde hem even tevoren te hebben gesproken. De boogschutters waren toen het terrein in de richting van de moestuinen gaan afzoeken en daar hadden ze, als een geestverschijning opduikend uit de mist, de oude Alinardo aangetroffen, die min of meer verdoold was. En deze had gezegd dat hij de cellarius even tevoren het hospitaal had zien binnengaan. De boogschutters waren daarheen gegaan en hadden de deur open gevonden. Binnen hadden ze het tafereel aangetroffen van de ontzielde Severin en de cellarius die als een uitzinnige de rekken overhoop haalde, waarbij hij alles op de grond gooide, alsof hij iets zocht. Het viel gemakkelijk te begrijpen wat er was gebeurd, concludeerde de hoofdman. Remigio was naar binnen gegaan, had zich op de herborist geworpen, had hem gedood, en was toen op zoek gegaan naar datgene waarvoor hij hem had gedood.

Een boogschutter pakte het armillarium van de grond op en overhandigde het aan Bernard. De sierlijke constructie van koperen en zilveren cirkels, bijeengehouden door een steviger raamwerk van bronzen ringen, was bij de schacht van de drievoet beetgepakt en met kracht op de schedel van het slachtoffer geslagen, want vele van de dunnere cirkels waren door de klap aan één kant gebroken of ingedeukt. Dat die kant op Severins schedel was neergekomen, bleek uit bloedsporen en zelfs samengeklonterde haren en gruwelijke stukjes slijmige hersenmassa.

William boog zich over Severin heen om zijn dood vast te stellen. De ogen van de stakker, befloerst door het bloed dat uit zijn hoofd was gegutst, waren wijd opengesperd, en ik vroeg me af of het ooit mogelijk zou zijn geweest om, zoals naar men zegt in andere gevallen is gebeurd, in de verstarde pupil het beeld van de moordenaar te lezen, het laatste spoor van wat het slachtoffer heeft waargenomen. Ik zag dat William de handen van de dode zocht om te controleren of hij zwarte vlekken op zijn vingers had, ook al was de doodsoorzaak in dit geval duidelijk een geheel andere: Severin droeg echter dezelfde leren handschoenen als waarmee ik hem al eerder gevaarlijke kruiden, hagedissen en onbekende insecten had zien hanteren.

Bernard Gui had zich intussen tot de cellarius gewend: 'Remigio van Varagine, zo heet je toch? Ik heb mijn mannen uitgestuurd om je te zoeken op grond van andere beschuldigingen en om andere verdenkingen te bevestigen. Ik zie nu dat ik juist heb gehandeld, hoewel, en dat verwijt ik mezelf, met te veel vertraging. Heer abt,' zei hij tegen Abbone, 'ik acht me haast verantwoordelijk voor deze laatste misdaad, want ik wist al sinds hedenochtend, na de onthullingen te hebben aangehoord van die andere boosdoener die vannacht is gearresteerd, dat deze man aan het gerecht diende te worden overgeleverd. Maar u hebt zelf gezien dat andere plichten mij vanochtend in beslag namen, en mijn mannen hebben hun uiterste best gedaan…'

Terwijl hij met luide stem sprak opdat alle omstanders hem konden horen (en het vertrek was inmiddels volgestroomd met mensen die hun neus in alle hoeken staken, naar de vernielde spullen keken die overal in het rond lagen, elkaar het lijk aanwezen en op gedempte toon opmerkingen uitwisselden over de vreselijke misdaad), zag ik opeens te midden van al die nieuwsgierigen Malachias staan, die het tafereel met sombere blik gadesloeg. Ook de cellarius, die juist naar buiten zou worden gesleept, zag hem. Hij rukte zich uit de greep van de boogschutters los en wierp zich op zijn medebroeder, pakte hem bij zijn kleed en sprak snel en wanhopig tegen hem, zijn gezicht vlak bij dat van de ander, totdat de boogschutters hem opnieuw vastgrepen. Maar terwijl hij ruw werd weggevoerd, draaide hij zich nog een keer naar Malachias om en schreeuwde: 'Zweer het, dan zweer ik het ook!'

Malachias gaf niet meteen antwoord, alsof hij naar de geschikte woorden zocht. Toen zei hij, terwijl de cellarius reeds met geweld over de drempel werd gesleurd: 'Ik zal niets tegen je ondernemen.'

William en ik keken elkaar aan, ons afvragend wat dit voorval te beduiden had. Ook Bernard had het gezien, maar hij leek er niet door van zijn stuk gebracht, integendeel, hij glimlachte tegen Malachias als om zijn goedkeuring voor diens woorden uit te drukken en een sinistere medeplichtigheid met hem te bezegelen. Vervolgens kondigde hij aan dat er dadelijk na de maaltijd in het kapittel een eerste rechtszitting zou plaatsvinden om het vooronderzoek in het openbaar te leiden. En terwijl hij naar buiten liep, gaf hij bevel de cellarius naar de smidse te brengen, en ervoor te zorgen dat hij niet met Salvatore kon praten.

Op dat moment hoorden we achter ons de stem van Bengt, die ons aansprak: 'Ik ben dadelijk na jullie binnengekomen,' zei hij op fluistertoon, 'toen het vertrek nog bijna leeg was, en Malachias was er niet.'

'Hij zal later zijn binnengekomen,' zei William.

'Nee,' verzekerde Bengt, 'ik stond vlak bij de deur, ik heb gezien wie er binnenkwamen. Ik zeg jullie dat Malachias al voor die tijd hier was.'

'Voor welke tijd?'

'Voordat de cellarius binnenkwam. Ik kan er geen eed op doen, maar ik geloof dat hij achter dat gordijn vandaan kwam, toen we hier al met velen waren,' en hij wees op een breed gordijn dat een bed aan het oog onttrok waarop Severin gewoonlijk de patiënten die juist een behandeling hadden ondergaan te rusten legde.

'Wil je insinueren dat hij Severin heeft vermoord en dat hij zich daarachter heeft teruggetrokken toen de cellarius binnenkwam?' vroeg William.

'Of dat hij van achter het gordijn getuige is geweest van wat hier is gebeurd. Waarom zou de cellarius hem anders hebben gesmeekt hem niet te verraden, onder belofte dat hij in ruil daarvoor hem niet zou verraden?'

'Het is mogelijk,' zei William. 'In elk geval was hier een boek en het zou er nog moeten zijn, want de cellarius had het niet in zijn handen toen hij werd weggevoerd.' William wist door mijn verslag dat Bengt op de hoogte was, en op dat moment had hij hulp nodig. Hij liep naar de abt, die terneergeslagen naar het lijk van Severin stond te kijken, en verzocht hem allen naar buiten te sturen omdat hij de plek beter wilde onderzoeken. De abt stemde toe en verliet zelf het vertrek, niet zonder William een sceptische blik te hebben toegeworpen, alsof hij hem verweet altijd te laat te komen. Malachias probeerde te blijven, onder aanvoering van allerlei volstrekt vage voorwendsels. William wees hem erop dat ze niet in de bibliotheek waren en dat hij op deze plek geen rechten kon doen gelden. Hij was beleefd maar onvermurwbaar en nam zo wraak voor de keer dat Malachias hem niet had toegestaan de tafel van Venantius te onderzoeken.

Toen we met ons drieën waren achtergebleven, ontdeed William een van de tafels van de scherven en paperassen die erop lagen en vroeg mij hem één voor één alle boeken van Severins verzameling aan te geven. Een kleine verzameling, vergeleken bij de enorme boekenschat van het labyrint, maar het waren toch altijd nog vele tientallen boekdelen van uiteenlopend formaat, die eerst netjes gerangschikt op de planken hadden gestaan en nu in wanorde tussen allerlei andere voorwerpen op de grond lagen; ze waren overhoop gehaald door de haastige handen van de cellarius; een aantal was zelfs verscheurd, alsof hij niet een boek zocht, maar iets wat tussen de bladzijden van een boek moest liggen. Sommige waren met geweld uit elkaar gerukt en uit hun band getrokken. Het was geen geringe onderneming ze op te rapen, snel hun aard vast te stellen en ze op de tafel te stapelen, en het moest haastig gebeuren, want de abt had ons weinig tijd vergund aangezien er daarna monniken zouden komen om het verminkte lichaam van Severin af te leggen en voor de begrafenis in gereedheid te brengen. Bovendien moesten we ook onder de tafels en achter de rekken en kasten kijken of we iets over het hoofd hadden gezien. William wilde niet dat Bengt me hielp en stond hem alleen toe de wacht te houden bij de deur. Ondanks de orders van de abt deden velen moeite om binnen te komen: knechten die ontsteld door het bericht kwamen toegelopen, monniken die hun medebroeder beweenden, novicen die met witte doeken en kommen water aankwamen om het lijk te wassen en in te wikkelen…

We moesten dus snel te werk gaan. Ik pakte de boeken, gaf ze aan William die ze bekeek en op de tafel legde. Spoedig merkten we dat dat te lang duurde en gingen we samen verder, dat wil zeggen ik pakte een boek, bracht het als het uit elkaar was gevallen weer in zijn verband, las de titel, legde het neer. In veel gevallen betrof het losse bladen.

'*De plantis libri tres*, vervloekt, dat is het niet!' zei William en gooide het boek op de tafel.

'*Thesaurus herbarum*,' zei ik, en William: 'Laat maar liggen, we zoeken een Grieks boek!'

'Dit?' vroeg ik en hield hem een werk voor waarvan de bladzijden met onbegrijpelijke lettertekens waren bedekt. En William: 'Nee, dat is Arabisch, domoor! Bacon had gelijk dat de eerste plicht van een geleerde is talen te studeren!'

'Maar u kent zelf ook geen Arabisch!' protesteerde ik in mijn wiek geschoten, waarop William antwoordde: 'Maar ik zie tenminste of het Arabisch is!' En ik kreeg een kleur want ik hoorde Bengt achter mij lachen.

De boeken waren talrijk, en nog talrijker waren de aantekeningen, de rollen met tekeningen van het hemelgewelf, de catalogi van vreemde planten. We werkten lange tijd, doorzochten elke hoek van het laboratorium, William ging zelfs zo ver om met grote koelbloedigheid het lijk te verplaatsen om te zien of er iets onder lag. Niets.

'Toch moet het ergens zijn,' zei William. 'Severin heeft zich hier opgesloten met een boek. De cellarius had het niet…'

'Zou hij het niet onder zijn kleed hebben verstopt?' vroeg ik.

'Nee, het boek dat ik een paar ochtenden geleden onder de tafel van Venantius heb zien liggen, was groot, we zouden het hebben opgemerkt.'

'Hoe was het gebonden?' vroeg ik.

'Dat weet ik niet. Het lag open en ik heb het maar een paar tellen gezien, net lang genoeg om vast te stellen dat het in het Grieks was. Laten we verdergaan: de cellarius heeft het niet meegenomen, en Malachias ook niet, geloof ik.'

'Absoluut niet,' bevestigde Bengt, 'toen de cellarius zich aan zijn borst vastklampte, zag je duidelijk dat hij niets onder zijn scapulier kon hebben.'

'Goed. Of liever, slecht. Als het boek niet in dit vertrek ligt, is het evident dat, behalve Malachias en de cellarius, iemand anders hier eerder is geweest.'

'U bedoelt een derde, die Severin heeft vermoord?'

'Te veel mensen,' zei William.

'Aan de andere kant,' zei ik, 'wie kon weten dat het boek hier was?'

'Jorge bijvoorbeeld, als hij ons heeft gehoord.'

'Ja,' zei ik, 'maar Jorge zou een robuuste man als Severin niet hebben kunnen doden, en nog wel met zo veel geweld.'

'Zeer zeker niet. Bovendien heb jij hem in de richting van het Hoofdgebouw zien gaan en hebben de boogschutters hem, vlak voordat ze de cellarius vonden, in de keuken aangetroffen. Hij had dus geen tijd gehad om hierheen te komen en weer naar de keuken terug te gaan. Je moet rekenen dat hij, ook al beweegt hij zich met een zeker gemak, toch altijd langs de muur moet lopen en niet de tuin had kunnen oversteken, en in looppas nog wel…'

'Laat mij eens mijn hersens gebruiken,' zei ik, in een eerzuchtige poging mijn meester te evenaren. 'Dus Jorge kan het niet zijn geweest. Alinardo liep in de buurt rond, maar ook hij kan zich nauwelijks staande houden en hij kan onmogelijk Severin hebben overweldigd. De cellarius is hier geweest, maar de tijd tussen het moment waarop hij de keuken heeft verlaten en de aankomst van de boogschutters was zo kort dat het mij onwaarschijnlijk lijkt dat hij de gelegenheid heeft gehad zich door Severin te laten opendoen, hem aan te vallen, te vermoorden, en daarna nog deze helse chaos aan te richten. Malachias zou iedereen voor kunnen zijn geweest: Jorge heeft in de narthex gehoord wat u zei, en is naar het scriptorium gegaan om Malachias in te lichten dat er een boek uit de bibliotheek bij Severin lag. Malachias komt hierheen, haalt Severin over de deur open te doen en vermoordt hem, God mag weten waarom. Maar als hij het boek zocht, had hij het moeten herkennen zonder de boel zo overhoop te halen, want hij is de bibliothecaris! Wie blijft er dan nog over?'

'Bengt,' zei William.

Bengt schudde heftig ontkennend zijn hoofd: 'Nee, frater William, u weet dat ik brandde van nieuwsgierigheid, maar als ik hier was binnengekomen en met het boek naar buiten had kunnen gaan, zou ik u nu niet gezelschap houden, maar ergens anders mijn schat bestuderen...'

'Een bijna overtuigend bewijs,' glimlachte William. 'Maar ook jij weet niet hoe het boek eruitziet. Je zou de moord kunnen hebben gepleegd en nu hier zijn om te proberen het te vinden.'

Bengt werd vuurrood. 'Ik ben geen moordenaar!' protesteerde hij.

'Dat is niemand voordat hij zijn eerste misdaad pleegt,' zei William filosofisch. 'In elk geval is het boek er niet, en dat is een afdoend bewijs voor het feit dat jij het niet hier hebt laten liggen. En het lijkt me aannemelijk dat je, als je het in handen had gekregen, tijdens de algemene verwarring naar buiten zou zijn geglipt.'

Daarop draaide hij zich om en liet zijn blik over het lijk gaan. Het leek alsof hij zich toen pas rekenschap gaf van de dood van zijn vriend. 'Arme Severin,' zei hij, 'ook tegen jou en je vergiften heb ik verdenkingen gekoesterd. En jij was bedacht op het verborgen gevaar van een vergif, anders had je die handschoenen niet aangetrokken. Je vreesde een gevaar van de aarde, maar het kwam van het hemelgewelf...' Hij nam nogmaals de bol in zijn hand en bekeek hem oplettend. 'Wie zal zeggen waarom ze juist dit wapen hebben gebruikt...'

'Het was onder handbereik.'

'Dat kan zijn. Er waren ook andere dingen, potten, tuingereedschap... Het is een mooi voorbeeld van smeedkunst en van astronomische wetenschap. Nu is het onherstelbaar beschadigd en... Lieve hemel!' riep hij uit.

'Wat is er?'

'En het derde deel van de zon werd getroffen en het derde deel van de maan en het derde deel van de sterren...' reciteerde hij.

Ik kende de tekst van de apostel Johannes maar al te goed: 'De vierde bazuin!' riep ik.

'Inderdaad. Eerst de hagel, toen het bloed, toen het water en nu de sterren... Als het zo is, moeten we alles herzien, dan heeft de moordenaar niet willekeurig toegeslagen, maar volgens een vooropgezet plan... Maar kun je je werkelijk voorstellen dat er een zo boosaardig brein bestaat dat het alleen moordt als het dat volgens de profetieën van de Apocalyps kan doen?'

'Wat zal er bij de vijfde bazuin gebeuren?' vroeg ik ontzet. Ik probeerde het me te binnen te brengen: 'En ik zag een ster, uit de hemel op de aarde gevallen, en haar werd de sleutel van de put des afgronds gegeven... Zou er iemand in de put verdrinken?'

'De vijfde bazuin belooft ons nog veel meer,' zei William. 'Uit de put zal de rook van een oven opstijgen, daarna zullen er sprinkhanen uit tevoorschijn komen die de mensen zullen pijnigen met een angel gelijk die van een schorpioen. En de gedaante van de sprinkhanen zal als die van paarden zijn, met gouden kronen op hun kop en tanden als die van leeuwen... Onze man heeft verschillende middelen tot zijn beschikking om de woorden van het Bijbelboek te verwezenlijken... Maar laten we geen hersenschimmen najagen. Laten we liever proberen ons te herinneren wat Severin tegen ons zei toen hij ons kwam vertellen dat hij het boek had gevonden...'

'U hebt hem gevraagd het u te brengen en toen zei hij dat hij dat niet kon...'

'Precies, en toen werden we gestoord. Waarom kon hij het niet? Een boek kun je vervoeren. En waarom heeft hij zijn handschoenen aangetrokken? Is er iets in de band van het boek dat samenhangt met het vergif dat Berenger en Venantius heeft gedood? Een verraderlijk, verborgen gevaar, een vergiftigde punt...'

'Een slang!' zei ik.

'Waarom niet de vis die Jonas heeft opgeslokt? Nee, onze fantasie slaat weer op hol. Het vergif moest, dat hebben we gezien, door de mond binnenkomen. Bovendien heeft Severin niet gezegd dat hij het boek niet kon vervoeren. Hij zei dat hij het liever hier aan mij wilde laten zien. En hij heeft zijn handschoenen aangetrokken... We weten nu alvast dat het boek met handschoenen dient te worden aangepakt. En dat geldt ook voor jou, Bengt, als je het vindt, zoals je hoopt. En aangezien je zo dienstwillig bent, kun je me helpen. Ga naar het scriptorium terug en houd Malachias in de gaten. Zorg dat je hem niet uit het oog verliest.'

'Komt in orde!' zei Bengt en ging naar buiten, ingenomen, zo leek het, met zijn opdracht.

We konden de andere monniken niet langer tegenhouden en zo werd het vertrek overstroomd door mensen. Het etensuur was inmiddels verstreken en waarschijnlijk verzamelde Bernard zijn hof reeds in het kapittel.

'Hier kunnen we niets meer doen,' zei William.

Opeens kwam een gedachte in me op: 'Zou de moordenaar,' zei ik, 'het boek niet uit het raam kunnen hebben gegooid om het vervolgens aan de achterzijde van het hospitaal op te halen?' William keek sceptisch naar de grote ramen van het laboratorium, die hermetisch gesloten leken. 'Laten we het maar even nagaan,' zei hij.

We gingen naar buiten en inspecteerden de achterkant van het gebouw, dat bijna tegen de kloostermuur aan stond, echter met een smalle doorgang ertussen. William bewoog zich voorzichtig, want in die ruimte was de sneeuw van de vorige dagen ongerept gebleven. Onze voetstappen lieten op het bevroren maar broze bovenlaagje duidelijke sporen na, dus als iemand hier vóór ons had gelopen, zou de sneeuw het ons hebben verraden. We zagen niets.

We keerden met het hospitaal ook mijn armzalige hypothese de rug toe, en terwijl we door de moestuin liepen, vroeg ik William of hij Bengt werkelijk vertrouwde. 'Niet helemaal,' zei William, 'maar we hebben hem in elk geval niets verteld wat hij niet reeds wist, en we hebben hem bang gemaakt voor het boek. En verder, door hem te vragen Malachias in het oog te houden, laten we hem ook in het oog houden door Malachias, die vanzelfsprekend op eigen houtje op zoek is naar het boek.'

'En wat wilde de cellarius?'

'Dat zullen we spoedig weten. Hij wilde stellig iets hebben en hij wilde het onverwijld, om een gevaar af te wenden dat hem dodelijk beangstigde. Dat iets moet Malachias bekend zijn, anders zou het wanhopige beroep dat Remigio op hem deed niet verklaarbaar zijn…'

'Hoe dan ook, het boek is verdwenen…'

'Dat is het meest onwaarschijnlijke van alles,' zei William terwijl we al bijna bij het kapittel waren. 'Als het er was, en Severin heeft gezegd dat het er was, is het óf meegenomen, óf het ligt er nog.'

'En aangezien het er niet is, heeft iemand het meegenomen,' concludeerde ik.

'Het is niet gezegd dat de redenering niet van een andere minor moet uitgaan. Aangezien alles erop wijst dat niemand het kan hebben meegenomen…'

'Dan moet het daar nog zijn. Maar het is er niet.'

'Wacht even. Wij zeggen dat het er niet was omdat we het niet hebben gevonden. Maar misschien hebben we het niet gevonden omdat we het niet hebben gezien daar waar het was.'

'Maar we hebben overal gekeken!'

'Gekeken maar niet gezien. Of gezien maar niet herkend… Adson, hoe heeft Severin ons het boek beschreven, welke woorden heeft hij gebruikt?'

'Hij zei dat hij een boek had gevonden dat niet tot zijn verzameling behoorde, in het Grieks…'

'Nee! Nu herinner ik het me. Hij zei: een vréémd boek. Severin was een geleerde en voor een geleerde is een boek in het Grieks niet vreemd, ook als die geleerde geen Grieks kent, want hij zou tenminste het alfabet herkennen. En een geleerde zou evenmin een boek in het Arabisch vreemd noemen, ook al kent hij geen Arabisch...' Hij onderbrak zichzelf. 'En wat deed een Arabisch boek in het laboratorium van Severin?'

'Maar waarom zou hij een Arabisch boek vreemd hebben genoemd?'

'Dat is het probleem. Als hij het vreemd heeft genoemd, is dat omdat het er ongewoon uitzag, ongewoon althans voor hem die herborist van zijn vak was en niet bibliothecaris... En in bibliotheken komt het voor dat verscheidene oude handschriften worden samengebonden, zodat we in één band verschillende curieuze teksten bijeen vinden, een in het Grieks, een in het Aramees...'

'...en een in het Arabisch!' riep ik, verpletterd door die ingeving.

William trok me ruw uit de narthex mee naar buiten en rende met me naar het hospitaal: 'Kalf van een Teutoon, knol die je bent, onbenul, je hebt alleen naar de eerste bladzijden gekeken en niet naar de rest!'

'Maar meester,' hijgde ik, 'u hebt zelf naar de bladzijden gekeken die ik u voorhield en u zei dat het Arabisch was en geen Grieks!'

'Dat is waar, Adson, dat is waar, ik ben zelf een kalf, vooruit, vlug!'

We kwamen bij het laboratorium en moesten moeite doen om binnen te komen want de novicen waren al bezig het lijk naar buiten te dragen. In het vertrek liepen verschillende nieuwsgierigen rond. William spoedde zich naar de tafel, tilde de boeken op om het fatale boek te vinden, wierp ze voor de verblufte ogen van de omstanders één voor één op de grond, sloeg ze daarna alle tot tweemaal toe open. Helaas, het Arabische manuscript was er niet meer. Ik herinnerde me vaag de oude, niet zo stevige en sterk versleten omslag met licht metalen beslag.

'Wie is hier binnengekomen nadat ik ben weggegaan?' vroeg William aan een monnik. Deze haalde zijn schouders op, het was duidelijk dat iedereen en niemand was binnengekomen.

We probeerden alle mogelijkheden na te gaan. Malachias? Dat was niet onwaarschijnlijk, hij wist wat hij wilde, hij had ons misschien bespied, had ons met lege handen naar buiten zien komen en was teruggegaan toen hij er zeker van was zijn slag te kunnen slaan. Bengt? Ik herinnerde me dat hij had gelachen bij onze woordenwisseling over de Arabische tekst. Toen dacht ik dat hij om mijn onwetendheid lachte, maar misschien lachte hij om Williams argeloosheid: hij wist heel goed op hoeveel manieren een oud manuscript zich kan aandienen, misschien had hij bedacht wat wij niet onmiddellijk hadden bedacht en wat we hadden moeten bedenken, namelijk dat Severin geen Arabisch kende en dat het dus merkwaardig was dat hij onder zijn verzameling een boek bewaarde dat hij niet kon lezen. Of was er nog een derde in het spel?

William voelde zich hevig geblameerd. Ik probeerde hem op te beuren, ik zei dat hij al drie dagen naar een Griekse tekst zocht en dat het daarom normaal was dat hij tijdens zijn onderzoek alle boeken die op het oog geen Griekse tekst bevatten, ter zijde had geschoven. En hij antwoordde dat het zeer zeker menselijk is vergissingen te begaan, maar dat er menselijke wezens zijn die er meer begaan dan anderen, en dat die dwazen worden genoemd, en dat hij een van hen was, en hij vroeg zich af of het de moeite waard was geweest in Parijs en Oxford te studeren om vervolgens niet op het idee te komen dat manuscripten ook met een aantal tegelijk worden ingebonden, hetgeen ook novicen weten, behalve de domme zoals ik, en een stel domkoppen zoals wij tweeën zou op jaarmarkten geen slecht figuur slaan, en dáár zouden we moeten optreden en niet langer moeten proberen mysteries op te lossen, vooral niet als we mensen tegenover ons hadden die heel wat slimmer waren dan wij.

'Maar het heeft geen nut te jammeren,' besloot hij toen. 'Als Malachias het heeft meegenomen, heeft hij het al in de bibliotheek teruggezet. Dan zouden we het alleen terugvinden als we wisten hoe in het finis Africae te komen. Als Bengt het heeft meegenomen, zal hij bedacht hebben dat vroeg of laat het vermoeden in mij zou opkomen dat nu in me is opgekomen en dat ik naar het laboratorium zou teruggaan, anders zou hij niet zo haastig hebben gehandeld. Hij zal zich dus hebben verstopt, en de enige plek waar hij zich zeker niet heeft verstopt, is die waar wij hem het eerst zouden zoeken, namelijk zijn cel. Laten we dus naar het kapittel teruggaan en zien of de cellarius tijdens het vooronderzoek iets zegt wat ons van nut kan zijn. Want alles bij elkaar genomen heb ik Bernards opzet nog niet helder voor ogen: hij zocht zijn man al vóór de dood van Severin, en met een ander doel.'

We keerden naar het kapittel terug. We zouden er goed aan hebben gedaan naar de cel van Bengt te gaan, want onze jonge vriend had, zoals we later vernamen, in het geheel niet zo'n hoge dunk van William en hij had niet gedacht dat deze zo snel naar het laboratorium zou teruggaan; daarom was hij, in de overtuiging dat hij daar niet zou worden gezocht, het boek juist wel in zijn cel gaan verstoppen.

Maar hierover zal ik later vertellen. Middelerwijl vonden er zulke dramatische en verontrustende gebeurtenissen plaats dat we het geheimzinnige boek vergaten. En ook al vergaten we het niet, we werden door andere dringende bezigheden in beslag genomen, die samenhingen met de missie waarmee William immers nog steeds was belast.

VIJFDE DAG
NOON

*Waarin rechtspraak wordt uitgeoefend en men de
beklemmende indruk krijgt dat allen ongelijk hebben.*

◆

Bernard Gui nam in het midden achter de grote notenhouten tafel in de kapittelzaal plaats. Naast hem een dominicaan die als griffier optrad en twee prelaten van het pauselijk gezantschap die hem als rechters terzijde stonden. De cellarius stond tussen twee boogschutters in voor de tafel.

De abt wendde zich tot William en fluisterde: 'Ik weet niet of deze procedure wettig is. Het Lateraans concilie van 1215 heeft in zijn canon XXXVII bepaald dat men iemand niet voor een rechter kan dagen die meer dan twee dagen gaans van zijn woonplaats zitting houdt. Hier is de situatie misschien anders, het is de rechter die van ver komt, maar...'

'De inquisiteur is onttrokken aan elke bij de wet geregelde rechtsmacht,' zei William, 'en behoeft de normen van het gewone recht niet te volgen. Hij geniet bijzondere voorrechten en is zelfs niet gehouden de advocaten te horen.'

Ik keek naar de cellarius. Remigio was tot een erbarmelijke staat vervallen. Hij keek als een schichtig dier om zich heen, alsof hij de bewegingen en de handelingen van een gevreesde liturgie herkende. Nu weet ik dat hij om twee, beide even angstaanjagende redenen beducht was: de ene was dat hij, naar alle schijn, op heterdaad op een misdaad was betrapt, de andere was dat hij al sinds de vorige dag, toen Bernard zijn onderzoek was begonnen met het verzamelen van geruchten en heimelijke beschuldigingen, vreesde dat zijn vroegere misstappen aan het licht zouden komen; en hij was nog zenuwachtiger geworden toen hij Salvatore had zien oppakken.

Zoals de ongelukkige Remigio ten prooi was aan zijn doodsangsten, zo kende Bernard van zijn kant de manieren om de angst van zijn slachtoffers in paniek te doen verkeren. Hij zei geen woord: terwijl iedereen verwachtte dat hij nu met het verhoor zou beginnen, speelden zijn handen met de papieren die voor hem lagen en die hij veinsde te ordenen, maar achteloos.

Want zijn blik was op de beklaagde gevestigd, en in deze blik lag een mengeling van huichelachtige toegeeflijkheid (alsof hij wilde zeggen: 'Wees maar niet bang, je bent in handen van een vergadering van broeders, die slechts het beste met je voor kan hebben'), van ijskoude ironie (alsof hij wilde zeggen: 'Je weet nog niet wat het beste voor je is, maar dat zal ik je zo dadelijk zeggen') en van meedogenloze gestrengheid (alsof hij wilde zeggen: 'Maar in elk geval ben ik hier je enige rechter en kan ik met je doen wat ik wil'). Allemaal dingen die de cellarius al wist, maar het stilzwijgen en het getalm van de rechter dienden om het hem in herinnering te brengen, het hem bijna lijfelijk te doen ondervinden, zodat hij – verre van het te vergeten – zich er steeds nietiger door zou gaan voelen, zijn ongerustheid zou veranderen in vertwijfeling en hij geheel aan de rechter zou zijn overgeleverd, weke was in zijn handen.

Eindelijk verbrak Bernard de stilte. Hij sprak enkele gebruikelijke formules uit, zei tegen de rechters dat men overging tot het verhoor van de beklaagde wegens twee misdaden, beide even afschuwelijk, waarvan de ene voor iedereen zonneklaar was, maar minder verachtelijk dan de andere, want de verdachte was op het plegen van de moord betrapt toen hij wegens ketterij werd gezocht.

Het woord was gevallen. De cellarius verborg zijn gezicht in zijn handen, die hij slechts met moeite bewoog omdat ze in ketenen waren geklonken. Bernard begon aan het verhoor.

'Wie ben je?' vroeg hij.

'Remigio van Varagine. Ik denk dat ik tweeënvijftig jaar geleden geboren ben en ik ben als knaap al in het klooster van de minderbroeders in Varagine ingetreden.'

'En hoe komt het dat je nu in de orde van de heilige Benedictus zit?'

'Jaren geleden, toen de paus de bul *Sancta Romana* uitvaardigde, dacht ik... aangezien ik bang was met de ketterij van de fraticelli te worden besmet... hoewel ik hun stellingen nooit heb aangehangen... dat het voor mijn zondige ziel dienstiger zou zijn mij aan een omgeving vol bekoringen te onttrekken en ik kreeg gedaan dat ik werd toegelaten tot de gemeenschap van deze abdij, waar ik nu meer dan acht jaar als cellarius dienst doe.'

'Je hebt je aan de bekoringen van de ketterij onttrokken,' zei Bernard spottend, 'of liever, je hebt je onttrokken aan het onderzoek van hen die waren aangewezen om de woekerplant van de ketterij bloot te leggen en met wortel en tak uit te roeien, en de goede cluniacenzer monniken hebben gemeend een daad van liefdadigheid te verrichten door jou en lieden zoals jij in hun midden op te nemen. Maar het is niet genoeg van pij te wisselen om de schandvlek van de ketterse verdorvenheid uit de ziel te snijden, en daarom onderzoeken wij hier nu wat er in de schuilhoeken van jouw onboetvaardige ziel omgaat en wat je hebt gedaan voordat je in dit heilige oord aankwam.'

'Mijn ziel is onschuldig en ik weet niet wat u bedoelt wanneer u spreekt over ketterse verdorvenheid,' zei de cellarius bedachtzaam.

'Ziet u wel?' riep Bernard uit, zich tot de andere rechters wendend. 'Zo zijn ze allemaal! Als een van hen wordt gearresteerd, verschijnt hij voor het gerecht alsof zijn geweten gerust en onbezwaard is. En ze weten niet dat dit het meest onmiskenbare teken van hun schuld is, want de rechtvaardige verschijnt onrustig op het proces! Vraagt u hem eens of hij de reden weet waarom ik tot zijn arrestatie heb besloten. Weet je die, Remigio?'

'Heer,' antwoordde de cellarius, 'ik zou haar gaarne uit uw mond vernemen.'

Ik was verrast, want ik kreeg de indruk dat de cellarius op de vaste vragen volgens een even vast patroon antwoordde, alsof hij de regels en valstrikken van het verhoor goed kende en al sinds lange tijd erop was voorbereid een dergelijke beproeving het hoofd te bieden.

'Ziedaar,' riep Bernard intussen uit, 'het kenmerkende antwoord van de onboetvaardige ketter! Ze zijn zo sluw als vossen en het is zeer moeilijk hen te betrappen, want hun gemeenschap kent hun het recht toe te liegen om hun gerechte straf te ontlopen. Ze zoeken hun toevlucht tot slinkse antwoorden en proberen zo de inquisiteur, die reeds het contact met zulke afkeurenswaardige lieden moet verduren, om de tuin te leiden. Frater Remigio, je hebt dus nooit iets te maken gehad met de zogenaamde fraticelli, of broeders van het arme leven, of begijnen?'

'Ik heb de lotgevallen van de minderbroeders mee beleefd, in de tijd dat er langdurig over de armoede werd gediscussieerd, maar ik heb nooit tot de sekte der begijnen behoord.'

'Ziet u wel?' zei Bernard. 'Hij ontkent begijn te zijn geweest omdat de begijnen de fraticelli, hoewel zij dezelfde ketterij zijn toegedaan, als een dode tak van de franciscaner orde beschouwen en zichzelf voor zuiverder en volmaakter houden dan hen. Maar vele gedragingen van de ene sekte zijn gelijk aan die van de andere. Kun je ontkennen, Remigio, dat je in de kerk bent gezien, in elkaar gedoken met je gezicht naar de muur gekeerd of ter aarde liggend met de kap over je hoofd getrokken, in plaats van met gevouwen handen geknield, zoals de andere mannen?'

'Ook in de orde van de heilige Benedictus werpt men zich op de voorgeschreven momenten ter aarde...'

'Ik vraag je niet wat je op de voorgeschreven momenten, maar wat je op de niet-voorgeschreven momenten hebt gedaan! Je ontkent dus niet dat je de ene of de andere voor de begijnen kenmerkende houding hebt aangenomen! Maar je bent geen begijn, heb je gezegd... Vertel me dan eens: wat geloof je?'

'Heer, ik geloof alles wat een goed christen gelooft...'

'Welk een vroom antwoord! En wat gelooft een goed christen?'

'Wat de heilige Kerk leert.'

'Welke heilige Kerk? Die welke als zodanig wordt beschouwd door de gelovigen die zich volmaakt noemen, de pseudoapostelen, de ketterse fraticelli, of de Kerk die door hen wordt vergeleken met de hoer van Babylon, en waarin wij allen daarentegen vast geloven?'

'Heer,' zei de cellarius uit het veld geslagen, 'zegt u mij welke u gelooft dat de ware Kerk is...'

'Ik geloof dat dat de Roomse Kerk is, de ene, heilige, apostolische Kerk, bestuurd door de paus en zijn bisschoppen.'

'Aldus geloof ik,' zei de cellarius.

'Welk een bewonderenswaardige sluwheid!' riep de inquisiteur. 'Welk een bewonderenswaardige spitsvondigheid de dicto! U hebt het gehoord: hij bedoelt te zeggen dat hij gelooft dat ik in deze Kerk geloof en onttrekt zich aan de plicht te zeggen waarin hij gelooft! Maar we kennen deze vossenstreken! Laten we tot de kern van de zaak komen. Geloof jij dat de sacramenten door Onze Heer zijn ingesteld, dat men om op de juiste wijze boete te doen bij de dienaren Gods moet biechten, dat de Roomse Kerk de macht heeft op deze aarde te ontbinden en te binden wat in de hemel gebonden en ontbonden zal zijn?'

'Zou ik dat dan niet moeten geloven?'

'Ik vraag je niet wat je zou moeten geloven, maar wat je gelooft!'

'Ik geloof alles wat u en de andere goede leraren mij gebieden te geloven,' zei de cellarius geschrokken.

'Zo! Maar zijn die goede leraren op wie jij zinspeelt soms niet degenen die jouw sekte regeren? Bedoelde je dat, toen je het over de goede leraren had? Zijn het deze verdorven leugenaars, die zich voor de enige opvolgers van de apostelen houden, op wie jij je beroept om je geloofsartikelen te belijden? Jij insinueert dat als ik geloof wat zij geloven, jij mij zult geloven, anders geloof je alleen hen!'

'Dat heb ik niet gezegd, heer,' stamelde de cellarius, 'dat legt u me in de mond. Ik geloof u, als u mij datgene leert wat goed is.'

'O verwatenheid!' donderde Bernard, met zijn vuist op tafel slaand. 'Je zegt met arglistige vastberadenheid de lijst van antwoorden op die in jouw sekte wordt geleerd. Jij zegt dat je me alleen zult geloven als ik datgene predik wat jouw sekte voor het goede houdt. Zo hebben de pseudoapostelen altijd geantwoord en zo antwoord jij nu, misschien zonder het te beseffen, omdat de zinnen die je eens zijn onderwezen om de inquisiteurs te misleiden, je weer naar de lippen stijgen. Op deze manier beschuldig je jezelf met je eigen woorden, en ik zou alleen in die val van jou lopen als ik niet een langdurige ervaring had als inquisiteur... Maar laten we tot de hoofdzaak komen, verdorven mens. Heb je ooit horen spreken over Gherardo Segalelli uit Parma?'

'Ik heb over hem horen spreken,' zei de cellarius en verbleekte, als je tenminste nog van bleekheid kunt spreken bij dat van ellende vertrokken gezicht.

'Heb je ooit van fra Dolcino uit Novara gehoord?'

'Ik heb van hem gehoord.'

'Heb je hem ooit persoonlijk ontmoet, met hem gepraat?'

De cellarius zweeg enige ogenblikken, als om af te wegen tot in hoeverre het voor hem raadzaam was een deel van de waarheid te zeggen. Toen nam hij een besluit en zei, nauwelijks hoorbaar: 'Ik heb hem ontmoet en met hem gesproken.'

'Luider!' riep Bernard, 'opdat we eindelijk een waar woord over je lippen kunnen horen komen! Wanneer heb je met hem gesproken?'

'Heer,' zei de cellarius, 'ik was frater in een klooster in de streek van Novara toen de volgelingen van Dolcino zich daar verzamelden, en ze kwamen ook langs mijn klooster, en in het begin wisten we niet goed wie ze waren...'

'Je liegt! Hoe kon een franciscaan uit Varagine in een klooster bij Novara zitten? Jij zat niet in een klooster, je maakte reeds deel uit van een bende fraticelli die levend van aalmoezen door die streken trokken, en je hebt je bij Dolcino en de zijnen aangesloten!'

'Hoe kunt u dat beweren, heer?' zei de cellarius bevend.

'Ik zal je vertellen hoe ik dat kan, ja, moet beweren,' zei Bernard en gaf bevel Salvatore binnen te brengen.

De aanblik van deze arme donder, die stellig de hele nacht aan een niet openbaar en strenger verhoor onderworpen was geweest, wekte mijn medelijden. Het gezicht van Salvatore was, zoals ik heb verteld, doorgaans al afgrijselijk. Maar die ochtend geleek het nog meer op dat van een dier. Hij vertoonde geen sporen van geweldpleging, maar de manier waarop zijn lichaam met de ontwrichte ledematen zich in de ketenen bewoog, ternauwernood in staat te lopen, door de boogschutters meegesleurd als een aap aan een touw, verried maar al te duidelijk de manier waarop het wrede responsorie zich moest hebben afgespeeld.

'Bernard heeft hem gemarteld...' fluisterde ik tegen William.

'Geen sprake van,' antwoordde William. 'Een inquisiteur martelt nooit. De zorg voor het lichaam van de beklaagde wordt altijd aan de wereldlijke arm toevertrouwd.'

'Maar dat is hetzelfde!' zei ik.

'Beslist niet. Het is het niet voor de inquisiteur, die schone handen heeft, en het is het niet voor de ondervraagde, die wanneer de inquisiteur komt, in hem een onverwachte steun, een leniging van zijn pijnen vindt, en zijn hart voor hem opent.'

Ik keek mijn meester aan: 'U maakt een grapje,' zei ik ontdaan.

'Dacht je dat dit dingen waren om grapjes over te maken?' antwoordde William.

Bernard was nu bezig Salvatore te ondervragen, en mijn pen vermag niet het afgebroken en, als dat al mogelijk zou zijn, nog Babylonischer gebrabbel neer te schrijven waarmee die gewoonlijk reeds onvolwaardige, thans geheel tot de rang van een aap gereduceerde man antwoordde, door alle aanwezigen slechts met moeite begrepen, geholpen door Bernard die hem de vragen op zo'n manier stelde dat hij niet anders dan met ja of nee kon antwoorden, zonder tot enige leugen in staat te zijn. En wat Salvatore vertelde kan mijn lezer zich wel voorstellen. Hij vertelde – of gaf toe het in de afgelopen nacht te hebben verteld – een deel van het verhaal dat ik al eerder had gereconstrueerd: zijn omzwervingen als fraticello, pastorello of pseudoapostel; en hoe hij Remigio bij fra Dolcino en diens volgelingen had ontmoet, en na de slag van de monte Rebello samen met hem was ontsnapt en na diverse omzwervingen een wijkplaats had gevonden in het klooster van Casale. Bovendien vertelde hij nog dat de aartsketter Dolcino, toen deze zijn nederlaag en gevangenneming nabij zag, Remigio een aantal brieven had toevertrouwd die deze ergens, hij wist niet waar of naar wie, moest brengen. Remigio had die brieven altijd bij zich gehouden, zonder ze te durven bezorgen, en bij zijn aankomst in de abdij had hij ze, omdat hij bang was ze te houden maar ze ook niet wilde vernietigen, aan de bibliothecaris gegeven, ja, aan Malachias, opdat deze ze ergens op een ontoegankelijke plek in het Hoofdgebouw zou verbergen.

Terwijl Salvatore sprak, keek de cellarius hem vol haat aan, en op een gegeven ogenblik kon hij zich niet langer inhouden en schreeuwde tegen hem: 'Serpent, geile aap, ik ben een vader voor je geweest, een vriend, een schild, en zo beloon je me!'

Salvatore keek zijn beschermheer, die nu zelf bescherming nodig had, aan en antwoordde hortend: 'Signor Remigio, als maar kon ik was de jouwe. Jij was mij dilectissimo. Maar jij kent die dienders van bargello. Qui non habet caballum vadat cum pede…'

'Idioot!' schreeuwde Remigio weer. 'Denk je soms je huid te redden? Weet je niet dat ook jij zult sterven? Zeg dat je onder tortuur hebt gesproken, zeg dat je alles hebt verzonnen!'

'Wat weet ik, signore, al die ketters hoe ze heten… Paterini, katherini, leonini, arnaldisti, speronisti, circoncisti… Ik ben niet homo literatus, ik heb gezondigd sine malitia en signor Bernardo magnificentissimo weet het, en ispero op zijn indulgentia in nomine patre et filio et spiritis sanctis.'

'We zullen genadig zijn voor zover ons ambt ons dat toestaat,' zei de inquisiteur, 'en we zullen met vaderlijke welwillendheid de goede wil waarderen waarmee je je gemoed voor ons hebt geopend. Ga heen, ga naar je cel terug om te mediteren, en vestig je hoop op de barmhartigheid Gods. Nu hebben we een kwestie van een geheel ander belang te bespreken. Remigio, jij had dus brieven van Dolcino bij je en gaf ze aan je medebroeder die zorg draagt voor de bibliotheek…'

'Dat is niet waar, dat is niet waar!' schreeuwde de cellarius, alsof deze verdediging nog enig effect kon hebben. Bernard onderbrak hem dan ook: 'We hebben niet jouw bevestiging nodig, maar die van Malachias van Hildesheim.'

Hij liet de bibliothecaris roepen, maar deze bevond zich niet onder de aanwezigen. Ik wist dat hij in het scriptorium was of in de buurt van het hospitaal op zoek naar Bengt en het boek. Ze gingen hem halen, en toen hij verscheen, onthutst en pogend ieders blik te ontwijken, mompelde William teleurgesteld: 'Nu kan Bengt zijn gang gaan.' Maar hij vergiste zich, want ik zag het gezicht van Bengt tevoorschijn komen boven de schouders van andere monniken die zich voor de deuren van de zaal verdrongen om het verhoor te volgen. Ik wees William op hem. We dachten toen dat zijn nieuwsgierigheid naar wat hier gebeurde nog sterker was dan zijn nieuwsgierigheid naar het boek. Later hoorden we dat hij op dat moment zijn verachtelijke transactie reeds had gesloten.

Malachias verscheen dus voor de rechters, zonder ook maar één keer de blik van de cellarius te ontmoeten.

'Malachias,' zei Bernard, 'vanochtend, na de bekentenis die Salvatore vannacht heeft afgelegd, heb ik u gevraagd of u van de beklaagde, hier aanwezig, brieven in ontvangst had genomen…'

'Malachias!' brulde de cellarius, 'je hebt zo-even gezworen dat je niets tegen me zult ondernemen!'

Malachias, die met zijn rug naar de beklaagde toe stond, draaide zich slechts een weinig naar hem toe en zei, zo zachtjes dat ik hem nauwelijks kon horen: 'Ik heb mijn eed niet gebroken. Als ik iets tegen je kon ondernemen, had ik het al gedaan. De brieven waren vanochtend al aan de heer Bernard overhandigd, voordat jij Severin vermoordde…'

'Maar jij weet, jij moet weten dat ik Severin niet heb vermoord! Je weet het omdat jij al binnen was!'

'Ik?' vroeg Malachias. 'Ik ben daar binnengegaan nadat ze jou hadden ontdekt.'

'En ook in dat geval,' onderbrak Bernard, 'wat had jij bij Severin te zoeken, Remigio?'

De cellarius draaide zich om en keek hulpeloos naar William, toen naar Malachias, toen weer naar Bernard: 'Maar ik… ik hoorde frater William, hier aanwezig, vanochtend tegen Severin zeggen dat hij op bepaalde papieren moest passen… sinds gisteravond, na Salvatores gevangenneming, was ik bang dat er over die brieven zou worden gepraat…'

'Dus je weet iets van die brieven af!' riep Bernard triomfantelijk. De cellarius zat nu in de val. Hij zag zich ingeklemd tussen twee gevaren die hij moest proberen af te wenden: enerzijds de beschuldiging van ketterij en anderzijds de verdenking van moord. Waarschijnlijk besloot hij instinctief de tweede beschuldiging het hoofd te bieden, want hij handelde nu zonder enige regel of overleg: 'Ik zal u straks over de brieven vertellen… ik zal het verklaren… ik zal zeggen hoe ik ze in mijn bezit kreeg… Maar staat u mij toe eerst uit te leggen wat er vanochtend is gebeurd. Ik dacht dat die brieven ter sprake zouden komen toen ik Salvatore in handen van de heer Bernard zag vallen; al jaren wordt mijn gemoed gekweld door de herinnering aan die brieven… Dus toen ik William en Severin over zekere papieren hoorde praten… ik weet niet, in mijn angst dacht ik toen dat Malachias zich ervan had ontdaan en ze aan Severin had gegeven… ik wilde ze vernietigen en daarom ging ik naar Severin… de deur stond open en Severin was al dood; toen heb ik zijn spullen overhoop gehaald om de brieven te zoeken… ik was alleen maar bang…'

William fluisterde mij in het oor: 'Die arme sukkel, uit angst voor het ene gevaar heeft hij zich halsoverkop in een ander gestort…'

'Laten we aannemen dat jij bijna – ik zeg bijna – de waarheid spreekt,' viel Bernard weer in. 'Jij dacht dat Severin de brieven had en hebt ze bij hem gezocht. Waarom dacht je dan dat hij ze had? En waarom heb je eerst ook je andere medebroeders vermoord? Dacht je misschien dat die brieven al een tijd lang van hand tot hand gingen? Is het in deze abdij misschien gebruikelijk om jacht te maken op relikwieën van verbrande ketters?'

Ik zag de abt opschrikken. Er was niets verraderlijkers dan de beschuldiging dat men relikwieën van ketters verzamelde, en Bernard wist heel handig de misdaden in verband te brengen met ketterij en beide met het leven in de abdij. Mijn gedachtegang werd onderbroken door de cellarius die schreeuwde dat hij niets met de andere misdaden te maken had. Bernard stelde hem op toegeeflijke toon gerust: die kwestie was voor het ogenblik niet aan de orde, hij werd verhoord wegens de misdaad van ketterij en hij moest niet proberen (en hier werd zijn toon streng) de aandacht van zijn ketterse misstappen af te leiden door over Severin te beginnen of Malachias verdacht te maken. Terug naar de brieven dus.

'Malachias van Hildesheim,' zei hij, tot de getuige gewend, 'u bent hier niet als beklaagde. Vanochtend hebt u op mijn vragen geantwoord en aan mijn verzoek voldaan zonder te trachten iets te verbergen. Herhaalt u mij nu hier wat u me vanochtend hebt verteld en u hebt niets te vrezen.'

'Ik herhaal wat ik vanochtend heb gezegd,' zei Malachias. 'Kort nadat Remigio hier was aangekomen, begon hij zich met de keukens bezig te houden, en we hadden in verband met ons werk veelvuldig met elkaar te maken… ik heb als bibliothecaris de taak het hele Hoofdgebouw, dus ook de keukens, voor de nacht af te sluiten… ik heb geen reden te verhelen dat we broederlijke vrienden werden, noch had ik reden om verdenkingen jegens hem te koesteren. Hij vertelde me dat hij een aantal documenten van geheime aard in zijn bezit had die hem onder biechtgeheim waren toevertrouwd, papieren die niet in verkeerde handen mochten vallen en die hij niet bij zich durfde te houden. Aangezien ik de enige plaats in het klooster waarvan de toegang aan alle anderen verboden was onder mijn hoede had, vroeg hij me die papieren ver van nieuwsgierige blikken voor hem te bewaren en, niet vermoedend dat de documenten van ketterse aard waren, stemde ik toe, las ze ook niet en borg ze… borg ze op in het meest ontoegankelijke en verborgen vertrek van de bibliotheek, en sindsdien heb ik er niet meer aan gedacht, totdat de heer inquisiteur er vanmorgen tegenover mij gewag van maakte, en toen ben ik ze tevoorschijn gaan halen en heb ze hem overhandigd…'

De abt nam vertoornd het woord: 'Waarom heb je mij niet over deze overeenkomst met de cellarius ingelicht? De bibliotheek is niet bestemd voor het bewaren van eigendommen van de monniken!' De abt had daarmee duidelijk gemaakt dat de abdij met deze zaak niets te maken had.

'Heer,' antwoordde Malachias verlegen, 'het leek mij een zaak van weinig belang. Ik heb gezondigd zonder boze opzet.'

'Natuurlijk, natuurlijk,' zei Bernard op hartelijke toon, 'we zijn allen overtuigd dat de bibliothecaris te goeder trouw heeft gehandeld, en de openhartigheid waarmee hij met deze rechtbank heeft meegewerkt, is er het bewijs van. Ik doe uwe Doorluchtigheid het broederlijke verzoek hem zijn onvoorzichtigheid van weleer niet te zwaar aan te rekenen. Wij geloven Malachias. We vragen hem alleen ons nu onder ede te bevestigen dat de papieren die ik hem thans laat zien dezelfde zijn als die welke hij me vanochtend gaf en dezelfde als die welke Remigio van Varagine hem jaren geleden na zijn aankomst in de abdij overhandigde.' Hij toonde twee perkamenten die hij tussen de op de tafel liggende bladen uit had gehaald. Malachias bekeek ze en zei met vaste stem: 'Ik zweer bij God de almachtige Vader, bij de allerheiligste Maagd en bij alle heiligen dat het zo is en is geweest.'

'Hier heb ik genoeg aan,' zei Bernard. 'U kunt gaan.'

Terwijl Malachias met gebogen hoofd de zaal verliet, klonk, vlak voordat hij bij de deur was, uit de groep nieuwsgierigen die zich achter in de zaal had verzameld een stem op: 'Jij verstopte zijn brieven en hij liet je in de keuken het achterwerk van de novicen zien!' Er klonk gelach op, Malachias liep ijlings, links en rechts duwend, naar buiten. Ik zou hebben gezworen dat de stem die van Aymaro was, maar de zin was met een falsetstem geroepen. De abt bulderde met een paars aangelopen gezicht om stilte, dreigde allen met verschrikkelijke straffen en beval de monniken de zaal te verlaten. Bernard glimlachte geniepig, aan de andere kant van de zaal boog kardinaal Bertrando zich over naar Jean d'Anneaux en zei iets in zijn oor, waarop de ander een hand voor zijn mond sloeg en zijn hoofd boog alsof hij moest hoesten. William zei tegen me: 'De cellarius bedreef de zonde van het vlees niet alleen voor zijn eigen plezier, maar trad ook als koppelaar op. Maar dat kan Bernard hoegenaamd niets schelen, behalve voor zover het Abbone, bemiddelaar voor de keizer, in verlegenheid brengt...'

Hij werd onderbroken door Bernard zelf, die zich nu tot hem wendde: 'Ik zou gaarne van u, frater William, willen vernemen over welke papieren u vanmorgen met Severin sprak toen de cellarius u hoorde en er een verkeerde gevolgtrekking uit maakte.'

William weerstond zijn blik: 'Hij maakte inderdaad de verkeerde gevolgtrekking. We spraken over een kopie van de verhandeling over hondsdolheid van Ayyub al Ruhawi, een buitengewoon geleerd boek waarvan u zeker zult hebben gehoord en dat u ongetwijfeld vaak van het grootste nut is geweest... Hondsdolheid, zegt Ayyub, is herkenbaar aan vijfentwintig duidelijke tekens...'

Bernard, die tot de orde der domini canes behoorde, achtte het niet gewenst een nieuw gevecht aan te gaan. 'Het ging dus om dingen die buiten de onderhavige zaak staan,' zei hij snel, en zette het verhoor voort.

'We keren terug naar jou, frater Remigio, minoriet, heel wat gevaarlijker dan een dolle hond. Als frater William in de afgelopen dagen meer aandacht had besteed aan het schuim van de ketters dan aan het schuimbekken van honden, zou ook hij misschien hebben ontdekt welke slang zich in de abdij heeft genesteld. Om op die brieven terug te komen: we weten nu zeker dat jij ze in handen hebt gehad en dat je ervoor hebt gezorgd dat ze werden verborgen alsof het een levensgevaarlijk vergif betrof, en dat je zelfs hebt gedood...' hij hield met een handgebaar een poging tot verweer tegen, '... en over dat doden zullen we het later hebben... dat je hebt gedood, zei ik, opdat ik ze nooit in handen zou krijgen. Dus je erkent dat deze papieren jou toebehoren?'

De cellarius gaf geen antwoord, maar zijn stilzwijgen was welsprekend genoeg. Daarom ging Bernard snel verder: 'En wat zijn het voor papieren? Het zijn twee bladzijden die de aartsketter Dolcino enkele dagen voordat hij werd gearresteerd eigenhandig heeft geschreven en aan een van zijn trawanten toevertrouwd, opdat deze ze naar de andere nog over Italië verspreide sekteleden zou brengen. Ik zou u alles kunnen voorlezen wat erin staat: hoe Dolcino, zijn naderend einde voorziend, een boodschap meegeeft waarin hij zijn medebroeders opwekt hun hoop te stellen in – zo zegt hij – de duivel! Hij troost hen met de tijding dat, ook al komen de data die hij thans noemt niet overeen met die van zijn vorige brieven, waarin hij voor het jaar 1305 de uitroeiing van alle priesters op bevel van keizer Frederik had voorspeld, deze uitroeiing nochtans niet ver meer was. Een zoveelste leugen van de aartsketter, want twintig en meer jaren zijn sinds die dag verstreken en geen enkele van zijn heilloze voorspellingen is bewaarheid. Het gaat hier echter niet om de belachelijke aanmatiging van deze profetieën, maar om het feit dat Remigio er de overbrenger van was. Kun je nog ontkennen, jij ketterse, onboetvaardige frater, dat je met de sekte van de pseudoapostelen hebt verkeerd en in gemeenschap met hen hebt geleefd?'

De cellarius kon het niet langer ontkennen. 'Heer,' zei hij, 'mijn jeugd is vervuld geweest van rampzalige fouten. Toen ik, verleid als ik reeds was door de dwalingen van de broeders van het arme leven, de prediking van Dolcino hoorde, geloofde ik in zijn woorden en sloot me bij zijn groep aan. Ja, het is waar, ik was met hen in de streek rond Brescia en Bergamo, ik was met hen in Como en Valsesia, met hen zocht ik mijn toevlucht op de Parete Calva en in val di Rassa, en ten slotte op de monte Rebello. Maar ik heb aan geen enkele euveldaad deelgenomen, en toen zij zich aan plunderingen en gewelddaden te buiten gingen, droeg ik nog steeds de geest van zachtmoedigheid in me die de zonen van Franciscus eigen was, en daar op de monte Rebello heb ik tegen Dolcino gezegd dat ik me niet meer met hun strijd kon verenigen, en hij gaf me toestemming te vertrekken omdat hij, zei hij, geen hazenharten om zich heen wilde hebben, en hij vroeg me alleen om die brieven voor hem naar Bologna te brengen.'

'Naar wie?' vroeg kardinaal Bertrando.

'Naar een paar van zijn volgelingen, van wie ik me de naam meen te herinneren, en zoals ik ze me herinner, vertel ik ze u, heer,' verzekerde Remigio hem haastig. Daarop noemde hij de naam van een aantal personen die kardinaal Bertrando bleek te kennen, want hij glimlachte voldaan, met een teken van verstandhouding naar Bernard.

'Uitstekend,' zei Bernard en noteerde de namen. Toen vroeg hij Remigio: 'Hoe komt het dat je je vrienden nu aan ons uitlevert?'

'Het zijn mijn vrienden niet, heer, en tot bewijs daarvan diene het feit dat ik de brieven nooit heb overhandigd. Ik deed zelfs meer, en dat vertel ik nu, na vele jaren te hebben geprobeerd het te vergeten: om die oorden te kunnen verlaten zonder door het leger van de bisschop van Vercelli, dat ons beneden in het dal opwachtte, te worden gepakt, probeerde ik met enkele van zijn mannen in contact te komen, en in ruil voor een vrijgeleide wees ik hun goede sluipwegen om de versterkingen van Dolcino te kunnen aanvallen, zodat de overwinning van de kerkelijke troepen ten dele aan mijn medewerking te danken was...'

'Zeer interessant. Daaruit blijkt dat je niet alleen een ketter, maar ook een laffe verrader was. Hetgeen niets aan je situatie verandert. Zoals je vandaag om je eigen huid te redden hebt geprobeerd Malachias te beschuldigen, die je toch een dienst had bewezen, zo heb je toen om je huid te redden je broeders in de zonde aan de rechterlijke macht uitgeleverd. Maar je hebt hun lichamen verraden, je hebt nooit hun leer verraden, en je hebt deze brieven als relikwieën bewaard, in de hoop eens de moed, en de mogelijkheid, te hebben om ze zonder gevaar voor jezelf te overhandigen, om opnieuw bij de pseudoapostelen in een goed blaadje te komen.'

'Nee, heer, nee,' zei de cellarius badend in het zweet en met trillende handen. 'Nee, ik zweer u dat...'

'Een eed!' zei Bernard. 'Alweer een bewijs van je geslepenheid! Je wilt zweren omdat je weet dat ik weet dat de ketterse waldenzen tot elke list, ja zelfs tot sterven bereid zijn, om maar niet te hoeven zweren! En als ze er door angst toe worden gedreven, doen ze alsof ze zweren en murmelen valse eden! Maar ik weet heel goed dat jij niet tot de sekte van de armen van Lyon behoort, vervloekte vos, en je probeert mij ervan te overtuigen dat je niet bent wat je niet bent opdat ik niet zal zeggen dat je bent wat je bent! Je zweert dus? Je zweert om te worden vrijgesproken, maar weet wel dat een enkele eed mij niet genoeg is! Ik kan er één, twee, drie, honderd eisen, zoveel als ik wil. Ik weet heel goed dat jullie, pseudoapostelen, dispensaties verlenen aan hen die meineed plegen om de sekte niet te verraden. Iedere eed zal dus een nieuw bewijs van je schuld zijn!'

'Maar wat moet ik dan doen?' schreeuwde de cellarius, op zijn knieën vallend.

'Werp je niet als een begijn ter aarde! Je moet niets doen. Alleen ik weet nu nog wat er moet worden gedaan,' zei Bernard met een ijzingwekkende glimlach. 'Jij moet alleen maar bekennen. Je zult verdoemd en veroordeeld worden als je bekent en je zult verdoemd en veroordeeld worden als je niet bekent, want je zult als meinedige worden gestraft! Beken dus, om tenminste dit allerpijnlijkste verhoor te bekorten, dat zo onaangenaam is voor ons geweten en onze zin voor mildheid en mededogen!'

'Maar wat moet ik bekennen?'

'Tweeërlei zonden. Dat je deel hebt uitgemaakt van de sekte van Dolcino, dat je met haar ketterse stellingen, haar gewoonten en haar beledigingen van de waardigheid van de bisschoppen en van de stedelijke magistraten hebt ingestemd, dat je onboetvaardig voortgaat met haar leugens en bedrog in te stemmen ook nadat de aartsketter is gestorven en de sekte is verstrooid, zij het niet geheel overwonnen en uitgeroeid. En dat je, tot in het diepst van je ziel bedorven door de praktijk die je in die goddeloze sekte leerde, schuldig bent aan de wandaden jegens God en de mensen die in deze abdij zijn gepleegd, om redenen die mij nog niet duidelijk zijn maar die ook niet ten volle behoeven te worden opgehelderd, zodra eenmaal zonneklaar is bewezen (zoals nu gebeurt) dat de ketterij van hen die de armoede predikten en prediken, tegen de leer van onze heer paus en zijn bullen in, onvermijdelijk tot misdadige werken leidt. Dit zullen de gelovigen moeten vernemen en dit zal mij genoeg zijn. Beken.'

Het was nu duidelijk wat Bernard wilde. Niet in het minst geïnteresseerd in de vraag wie de andere monniken had vermoord, wilde hij slechts aantonen dat Remigio op de een of andere manier de door de keizerlijke theologen bepleite ideeën deelde. En als hij het verband zou hebben aangetoond tussen die ideeën, die ook de ideeën van het kapittel van Perugia waren, en die van de fraticelli en de aanhangers van Dolcino, en hij zou hebben aangetoond dat in deze abdij één man aan al die ketterijen deel had en talloze misdaden had gepleegd, zou hij zijn tegenstanders een waarlijk dodelijke klap hebben toegebracht. Ik keek naar William en begreep dat hij het had begrepen maar er niets tegen kon doen, ook al had hij het voorzien. Ik keek naar de abt en zag dat zijn gezicht somber stond: hij besefte, te laat, dat ook hij in een val was gelokt en dat bovenal zijn gezag als bemiddelaar werd aangetast, nu hij aan de kaak zou worden gesteld als de gebieder van een oord waarin alle snoodheden van de eeuw waren samengekomen. Wat de cellarius betrof, deze wist niet meer van welke misdaad hij zich nog kon vrijpleiten. Maar misschien was hij op dat ogenblik tot geen enkele berekening in staat, de kreet die aan zijn keel ontsnapte was de kreet van zijn ziel, en in en met deze kreet ontlaadde hij zich van jaren van knagende en verborgen wroeging. Of het was zo dat hij, na een leven van onzekerheden, dweperijen en teleurstellingen, van lafheid en verraad, op het moment dat hij zich tegenover de onafwendbaarheid van zijn ondergang zag geplaatst, besloot het geloof van zijn jeugd te belijden zonder zich nog af te vragen of het goed of verkeerd was, maar als het ware om aan zichzelf te bewijzen dat hij tot enig geloof in staat was.

'Ja, het is waar,' schreeuwde hij, 'ik ben Dolcino gevolgd en heb aan zijn misdaden en zijn uitspattingen meegedaan, misschien was ik gek, ik verwarde de liefde tot Onze Heer Christus Jezus met de behoefte aan vrijheid en met haat tegen de bisschoppen, het is waar, ik heb gezondigd, maar ik ben onschuldig aan wat er in de abdij is gebeurd, dat zweer ik!'

'Iets hebben we inmiddels bereikt,' zei Bernard. 'Je geeft dus toe de ketterij van Dolcino, van de heks Margherita en van hun handlangers in praktijk te hebben gebracht. Je geeft toe dat je bij hen was toen zij nabij Trivero talrijke gelovigen van Christus ophingen, onder wie een onschuldig kind van tien jaar? En toen ze nog meer mannen in het bijzijn van hun vrouwen en hun ouders ophingen omdat ze zich niet aan de willekeur van die honden wilden overgeven? En omdat jullie, verblind door jullie razernij en hovaardij, meenden dat niemand kon worden gered als hij niet tot jullie gemeenschap behoorde? Spreek!'

'Ja, ja, ik heb dat alles geloofd en gedaan!'

'En was je erbij toen ze een aantal bisschopgetrouwen gevangennamen en enige van hen in de gevangenis van honger lieten sterven, en een zwangere vrouw een arm en een hand afhakten en haar vervolgens een kind lieten baren, dat dadelijk stierf zonder te zijn gedoopt? En was je met hen toen zij de dorpen Mosso, Trivero, Cossila en Flecchia, en vele andere gehuchten in de streek van Crepacorio en vele huizen in Mortiliano en Quorino met de grond gelijk maakten en aan de vlammen prijsgaven, en toen ze de kerk van Trivero in brand staken na eerst de heilige beeltenissen te hebben beklad, de stenen van de altaren te hebben gerukt, een arm van het beeld van de Heilige Maagd te hebben afgeslagen, de kelken, kerkgereedschappen en boeken te hebben geroofd, de klokkentoren te hebben vernield, de klokken te hebben stukgeslagen, zich alle vaten van de broederschap en alle goederen van de pastoor te hebben toegeëigend?'

'Ja, ja, ik was erbij, en niemand wist meer wat hij deed, we wilden op het ogenblik van het godsgericht vooruitlopen, we waren de voorhoede van de keizer die door de hemel en de heilige paus was gezonden, we moesten het moment van de nederdaling van de engel van Filadelfia bespoedigen, en dan zouden allen de genade van de Heilige Geest hebben ontvangen en zou de Kerk zijn vernieuwd, en na de vernietiging van alle verdorvenen zouden alleen de volmaakten regeren!'

De cellarius leek bezeten en verlicht tegelijk; het was alsof er een bres was geslagen in de muur van stilzwijgen en veinzerij, alsof zijn verleden niet alleen in woorden, maar ook in beelden terugkeerde en hij opnieuw de emoties ervoer die hem eens hadden opgezweept.

'Je bekent dus,' drong Bernard aan, 'dat jullie Gherardo Segalelli als martelaar hebben vereerd, dat jullie de Kerk van Rome elk gezag hebben ontzegd, dat sinds de tijd van de heilige Silvester alle prelaten van de Kerk, met uitzondering van Pietro van Morrone, machtsmisbruikers en verleiders waren geweest, dat de tienden alleen dienden te worden betaald aan jullie, de enige apostelen en armen van Christus, dat jullie door de dorpen trokken en onder het schreeuwen van "penitenziagite" de mensen tot jullie leer overhaalden, dat jullie voorgaven boetelingen te zijn en je vervolgens elke vrijheid, elke ontucht, elke schending van jullie eigen lichaam en dat van anderen veroorloofde? Spreek!'

'Ja, ja, ik beken het ware geloof waaraan ik toen met heel mijn ziel geloofde, ik beken dat we onze kleren hebben afgelegd als teken van onthechting, dat we afstand hebben gedaan van al onze goederen terwijl jullie, roofzuchtige honden, er nooit afstand van zullen doen, dat we van toen af aan van niemand meer geld hebben aangenomen noch bij ons hebben gedragen, dat we van aalmoezen hebben geleefd en niets voor de volgende dag hebben weggelegd, en als we ergens werden binnengehaald en men een maaltijd voor ons aanrichtte, aten we en vertrokken onder achterlating van alles wat op de tafel was overgebleven...'

'En jullie hebben brand gesticht en geplunderd om je de bezittingen van goede christenen toe te eigenen!'

'En we hebben brand gesticht en geplunderd omdat we de armoede tot universele wet hadden uitgeroepen en het recht hadden ons de onwettige rijkdommen van de anderen toe te eigenen, en we wilden het complot van de hebzucht dat zich van parochie tot parochie uitbreidde in het hart treffen, maar we hebben nooit geplunderd om te bezitten, noch gedood om te plunderen, we doodden om te straffen, om de onreinen door middel van het bloed te reinigen, en Gherardo Segalelli was een plant van God geweest, planta Dei pullulans in radice fidei, onze regel was rechtstreeks van God afkomstig, niet van jullie, vervloekte honden, leugenachtige predikers die de stank van zwavel en niet de geur van wierook om je heen verspreiden, laffe honden, stinkende kadavers, raven, knechten van de hoer van Avignon! Toen geloofde ik dat wij het zwaard des Heren waren en ook onschuldigen moesten doden om jullie allemaal zo snel mogelijk te kunnen doden. Wij wilden de oorlog doden die jullie met je hebzucht ontketenden, waarom verwijten jullie ons dat we, om rechtvaardigheid en geluk te vestigen, een beetje bloed moesten vergieten? Het was toch de moeite waard, die dag in Stavello, om het water van de hele Carnasco rood te kleuren, want het was ook ons bloed, wij spaarden onszelf niet, want de tijden drongen en we moesten de loop der gebeurtenissen bespoedigen...'

Hij beefde over zijn hele lichaam en streek met zijn handen over zijn kleed alsof hij ze wilde reinigen van het bloed waarover hij sprak.

'De snoeper is weer een reine geworden,' zei William tegen mij.

'Maar is dit reinheid?' vroeg ik vol afgrijzen.

'Er zal er ook wel een van een andere soort zijn,' zei William, 'maar welke het ook is, mij jaagt ze altijd angst aan.'

'Wat beangstigt u het meest in de reinheid?' vroeg ik.

'De haast,' antwoordde William.

'Genoeg, genoeg,' zei Bernard nu, 'we vroegen je een bekentenis, niet een oproep tot een slachtpartij. Welnu, je bent niet alleen een ketter geweest, je bent het nog. Je bent niet alleen een moordenaar geweest, je hebt wederom gemoord. Vertel ons nu eens hoe je je broeders in deze abdij hebt vermoord, en waarom.'

De cellarius hield op met beven, keek om zich heen alsof hij uit een droom ontwaakte en zei: 'Nee, met de misdaden in de abdij heb ik niets te maken. Ik heb alles bekend wat ik heb gedaan, laat me niet bekennen wat ik niet heb gedaan…'

'Wat blijft er dan wel over dat jij niet kunt hebben gedaan? Verklaar je je nu onschuldig? O argeloos lam, o toonbeeld van zachtmoedigheid! U hebt het gehoord, eens waren zijn handen met bloed besmeurd en nu is hij onschuldig! Misschien hebben we ons vergist, Remigio van Varagine is een toonbeeld van deugdzaamheid, een trouwe zoon van de Kerk, een vijand van de vijanden van Christus, hij heeft zich altijd gehouden aan de orde die de waakzame hand van de Kerk met moeite en inspanning aan dorpen en steden heeft opgelegd, hij heeft de rust van de kooplieden, de winkels van de ambachtslieden, de schatten van de kerken geëerbiedigd. Hij is onschuldig, hij heeft niets misdaan, kom in mijn armen, broeder Remigio, opdat ik je moge troosten over de beschuldigingen die onverlaten tegen je hebben ingebracht!' En terwijl Remigio hem verwezen aankeek, alsof hij geloofde plotseling toch nog kwijtschelding te zullen krijgen, trok Bernard zich weer in de plooi en wendde zich op bevelende toon tot de hoofdman van de boogschutters.

'Het stuit mij tegen de borst mijn toevlucht te moeten nemen tot middelen die de Kerk altijd heeft gehekeld wanneer ze door de wereldlijke arm worden aangewend. Maar er is een wet die ook mijn persoonlijke gevoelens overheerst en bestuurt. Vraag de abt u een plaats te wijzen waar de martelwerktuigen kunnen worden opgesteld. Maar laat men niet onmiddellijk aanvangen, laat hem drie dagen in een cel blijven, aan handen en voeten geketend. Vervolgens worden hem de werktuigen getoond. Alleen getoond. Op de vierde dag zal worden begonnen. De gerechtigheid wordt niet door haast gedreven, zoals de pseudoapostelen geloofden, en die van God heeft eeuwen tot haar beschikking. Ga langzaam en geleidelijk te werk. En houd vooral voor ogen wat herhaaldelijk is gezegd: verminkingen en gevaar voor het leven dienen te worden vermeden. Een van de zegeningen die deze procedure aan de goddeloze verleent, is nu juist dat de dood wordt geproefd en tegemoetgezien, maar niet komt voordat er een volledige, vrijwillige en louterende bekentenis heeft plaatsgehad.'

De boogschutters bogen zich voorover om de cellarius op te trekken, maar deze zette zijn voeten schrap tegen de grond en verzette zich terwijl hij te kennen gaf dat hij iets wilde zeggen. Na verkregen toestemming sprak hij, maar de woorden kwamen hem met moeite over de lippen; zijn verhaal klonk als het gelal van een dronkaard en had iets obsceens. Slechts langzamerhand hervond hij onder het praten die soort primitieve energie die zijn bekentenis van even tevoren had bezield.

'Nee, heer. Geen marteling. Ik ben een laf mens. Ik heb destijds verraad gepleegd, ik heb in dit klooster elf jaar lang mijn geloof van weleer verloochend door tienden te heffen van wijnbouwers en boeren, door toezicht te houden op de stallen en kotten opdat ze mochten bloeien ter verrijking van de abt, ik heb van harte meegewerkt aan het beheer van deze huishouding van de Antichrist. En ik voelde me er wel bij, ik was de dagen van opstandigheid vergeten, ik verlustigde me in de genoegens van de maag en in nog andere genoegens. Ik ben een lafaard. Vandaag heb ik mijn vroegere medebroeders uit Bologna verkocht, destijds heb ik Dolcino verkocht. En als een lafaard heb ik, vermomd als een van de mannen van de bisschop, de gevangenneming van Dolcino en Margherita bijgewoond, toen ze op paaszaterdag naar de Bugelloburcht werden gebracht. Ik zwierf drie maanden in de buurt van Vercelli rond, totdat de brief van paus Clemens kwam waarin de veroordeling bevolen werd. En ik zag hoe Margherita voor de ogen van Dolcino in stukken werd gehakt, en ze krijste terwijl ze werd afgeslacht, dat arme lichaam dat ook ik op een nacht had aangeraakt... En terwijl haar verminkte lijk brandde, wierpen ze zich op Dolcino, rukten hem met gloeiende tangen zijn neus en zijn teelballen af, en het is niet waar wat de mensen later beweerden, dat hij zelfs geen klacht uitte. Dolcino was lang en stevig gebouwd, hij had een grote duivelsbaard en rood haar dat in krullen op zijn schouders viel, hij was mooi en machtig wanneer hij ons aanvoerde met zijn breedgerande hoed met de pluim en zijn zwaard over zijn priesterkleed gegord, Dolcino joeg de mannen schrik aan en deed de vrouwen schreeuwen van genot... Maar toen ze hem martelden, schreeuwde ook hij, van pijn, als een vrouw, als een kalf, hij bloedde uit al zijn wonden terwijl ze hem van de ene hoek naar de andere sleurden, en ze bleven hem telkens kleine verwondingen toebrengen, om te laten zien hoe lang een afgezant van de duivel in leven kon blijven, en hij wilde sterven, hij vroeg ze er een eind aan te maken, maar hij stierf te laat, toen hij op de brandstapel kwam, en hij was één hoop bloedend vlees. Ik volgde het allemaal en prees mezelf gelukkig dat ik aan die beproeving was ontsnapt, ik was trots op mijn slimheid, en die schavuit van een Salvatore was bij me en zei: wat hebben we er goed aan gedaan, broeder Remigio, ons als verstandige mensen te gedragen, er is niets ergers dan de tortuur! Ik zou die dag duizend geloven hebben afgezworen. En al jaren, vele jaren zeg ik tegen mezelf hoe laf ik toen was, en hoe gelukkig ik was laf te zijn, en toch hoopte ik steeds mezelf nog eens te kunnen tonen dat ik niet zó laf was. Vandaag heb jij me die kracht gegeven, heer Bernard, jij bent voor mij geweest wat de heidense keizers voor de lafsten onder de martelaren zijn geweest. Je hebt me de moed gegeven te bekennen waar ik met mijn ziel in heb geloofd, terwijl mijn lichaam zich ervan terugtrok. Maar verlang niet te veel moed van me, niet meer dan dit sterfelijk lijf van me kan verdragen. Marteling, dat niet. Ik zal je alles zeggen wat je horen wilt, beter meteen de brandstapel, je sterft door verstikking voordat je verbrandt. Een marteling zoals Dolcino heeft verduurd, dat niet. Jij wilt een lijk en om het te hebben is het nodig dat ik de schuld aan andere lijken op me neem. Een lijk zal ik in elk geval spoedig zijn. Daarom geef ik je alles wat je vraagt. Ik heb Adelmo van Otranto vermoord uit haat tegen zijn jeugd en tegen zijn meesterschap in het bespotten van monsters zoals ik, oud, dik, klein en dom. Ik heb Venantius van Salvemec vermoord omdat hij te geleerd was en boeken las die ik niet begreep. Ik heb Berenger van Arundel vermoord uit haat tegen zijn bibliotheek, ik die theologie bedreef door te dikke pastoors af te ranselen. Ik heb Severin van Sankt Emmeram vermoord... waarom? Omdat hij kruiden verzamelde, ik die op de monte Rebello ben geweest waar we kruiden aten zonder ons af te vragen of ze heilzaam waren. Eigenlijk zou ik ook de anderen kunnen vermoorden, onze abt inbegrepen: of hij nu met de paus of met de keizer is, hij behoort altijd tot mijn vijanden en ik heb hem altijd gehaat, ook toen hij mij te eten gaf omdat ik hem te eten gaf. Heb je hier genoeg aan? O nee, je wilt ook nog weten hoe ik al die mensen heb vermoord... Wel, ik heb ze vermoord... eens kijken... door de helse krachten op te roepen, met behulp van duizend legioenen die ik tot mijn beschikking kreeg door de kunst die Salvatore me heeft geleerd. Om iemand te doden is het niet noodzakelijk hem te treffen, dat doet de duivel voor je, als je de duivel weet te gebieden.'

Hij keek de aanwezigen met een blik van verstandhouding aan en lachte. Maar het was de lach van een ontzinde geworden, ook al was deze ontzinde zoals William later tegen me opmerkte, zo slim geweest Salvatore in zijn ondergang mee te slepen, om zich te wreken voor diens verklikking.

'En hoe kon je de duivel gebieden?' spoorde Bernard, die dit delirium als wettige bekentenis aannam, hem aan verder te gaan.

'Dat weet jij net zo goed als ik, je verkeert niet zo veel jaren met bezetenen zonder hun gewoonten over te nemen! Jij weet het net zo goed als ik, ketterpletter! Je neemt een zwarte kat, nietwaar, die niet één wit haartje mag hebben (dat weet jij heel goed) en je bindt zijn vier poten vast, daarna ga je er te middernacht mee naar een kruispunt en dan roep je luid: o grote Lucifer, vorst van de hel, ik pak je en sluit je op in het lichaam van mijn vijand zoals ik nu deze kat gevangen houd, en als je mijn vijand ter dood brengt, zal ik je de dag erna te middernacht, op deze zelfde plaats, deze kat offeren, en jij zult doen wat ik je gebied door de toverkrachten die ik nu uitoefen volgens het geheime boek van de heilige Cyprianus, in naam van alle aanvoerders van de grootste hellescharen, Adramelch, Alastor en Azazel, die ik nu met al hun broeders aanroep...' Zijn lip trilde, zijn ogen leken uit hun kassen te puilen, en hij begon te bidden – of liever, het leek alsof hij bad, maar hij richtte zijn smeekbeden tot alle oversten van de helse legioenen... 'Abigor, pecca pro nobis... Amon, miserere nobis... Samaël, libera nos a bono... Belial eleyson... Focalor, in corruptionem meam intende... Haborym, damnamus dominum... Zaëbos, anum meum aperies... Beëlzebub, asperge me spermate tuo et inquinabor.'

'Houd op, houd op!' schreeuwden de aanwezigen, zich bekruisend. En: 'Vergeef ons allen, o Heer!'

De cellarius zweeg nu. Nadat hij de namen van al die duivels had uitgesproken, viel hij knarsetandend voorover op de grond terwijl uit zijn mond een wittig schuim droop. Zijn handen, hoewel beknend in hun ketens, openden en sloten zich krampachtig, zijn voeten schopten met onregelmatige tussenpozen in de lucht. Toen William merkte dat ik door een siddering van afgrijzen was bevangen, legde hij zijn hand op mijn hoofd, kneep me toen stevig in mijn nek en bracht me zo tot bedaren. 'Leer hieruit,' zei hij, 'dat een mens onder tortuur, of onder bedreiging met tortuur, niet alleen zegt wat hij heeft gedaan, maar ook wat hij had willen doen, ook al wist hij dat niet. Remigio verlangt nu met heel zijn ziel naar de dood.'

De boogschutters voerden de nog steeds stuiptrekkende cellarius weg. Bernard verzamelde zijn papieren. Vervolgens vestigde hij zijn blik strak op de aanwezigen, die roerloos en diep geschokt voor zich uit staarden.

'Het verhoor is afgelopen. De beklaagde, die zijn schuld heeft bekend, zal naar Avignon worden gebracht waar het definitieve proces zal plaatsvinden, om waarheid en gerechtigheid nauwgezet in acht te nemen, en eerst na dat reguliere proces zal hij worden verbrand. Hij behoort u, Abbone, niet meer toe, zomin als hij nog toebehoort aan mij, die slechts het nederige werktuig van de waarheid is geweest. Het werktuig van de gerechtigheid bevindt zich elders, de herders hebben hun plicht gedaan, nu is het aan de honden het besmette schaap van de kudde te scheiden en het door het vuur te louteren. De bedroevende episode waarin deze man zich aan zo veel gruwelijke misdaden heeft schuldig gemaakt, is afgesloten. Moge de abdij thans in vrede leven. Maar de wereld…' en hier verhief hij zijn stem en richtte zich tot de leden van het gezantschap, 'de wereld heeft nog geen vrede gevonden, de wereld wordt verscheurd door de ketterij, die zelfs in de zalen van de keizerlijke paleizen onderdak vindt! Dat mijn broeders dit voor ogen houden: een cingulum diaboli verbindt de verdorven acolieten van Dolcino met de achtenswaardige meesters van het kapittel van Perugia. Laten we niet vergeten dat voor Gods oog het geraaskal van die ellendeling die we zojuist aan de gerechtigheid hebben overgedragen niet verschilt van dat van de meesters die aanzitten aan de rijke dis van de geëxcommuniceerde Duitser uit Beieren. De bron van de goddeloosheden der ketters borrelt over van soms zelfs eerbaar klinkende predikingen, die nog ongestraft zijn. Een harde kwelling en een nederige lijdensweg is beschoren aan hem die, zoals mijn zondige persoon, door God is geroepen om de slang van de ketterij te vinden, waar zij zich ook nestelt. Maar door de uitoefening van deze heilige taak leert men dat niet alleen hij die openlijk ketterij bedrijft een ketter is. De handlangers van de ketterij zijn te herkennen aan vijf bewijskrachtige tekenen. Ten eerste: zij die hen heimelijk bezoeken terwijl zij gevangenzitten; ten tweede: zij die openlijk hun gevangenneming betreuren en tijdens hun leven hun intieme vrienden waren (het is immers moeilijk voorstelbaar dat iemand die langdurig met de ketter is omgegaan niets van diens bezigheden wist); ten derde: zij die beweren dat de ketters ten onrechte zijn veroordeeld, ook als hun schuld is bewezen; ten vierde: zij die degenen die ketters vervolgen en met vrucht tegen hen prediken slecht gezind zijn en hen hekelen, hetgeen men kan afleiden uit de ogen, de neus, de gelaatsuitdrukking die zij trachten te verbergen en waarmee zij hun haat tonen tegen hen jegens wie zij bitter gestemd zijn en hun genegenheid voor hen wier ongeluk zij zozeer betreuren. Het vijfde teken ten slotte is dat men de verkoolde beenderen van de verbrande ketters verzamelt en er een voorwerp van verering van maakt… Maar ik hecht tevens zeer hoge waarde aan een zesde teken en reken tot duidelijke vrienden van de ketters degenen in wier boeken (ook als deze de rechte leer niet openlijk aanvallen) de ketters de premissen hebben gevonden om hun verdorven syllogismen uit te trekken.'

Zei hij, en hij keek Ubertino aan. Het gehele franciscaanse gezantschap begreep maar al te goed waar Bernard op zinspeelde. De ontmoeting kon als mislukt worden beschouwd, niemand zou het nog hebben gewaagd de discussie van de ochtend te hervatten in de wetenschap dat elk woord zou worden aangehoord met de gedachte aan de laatste, rampzalige gebeurtenissen. Als Bernard door de paus was gezonden om een verzoening tussen beide groepen te verhinderen, was hij in zijn missie geslaagd.

VIJFDE DAG

VESPERS

Waarin Ubertino de vlucht kiest, Bengt de wetten in acht begint te nemen en William enkele bespiegelingen houdt over de verschillende soorten wellust die men die dag is tegengekomen.

◆

Terwijl de kapittelzaal langzaam leegstroomde, kwam Michael naar William toe; enige ogenblikken later voegde Ubertino zich bij hen. Gezamenlijk liepen we naar buiten om in de kloostergang te praten, aan het oog onttrokken door de mist, die geen aanstalten maakte om op te trekken maar door de schemering zelfs nog dichter leek.

'Bernard heeft ons verslagen,' zei William. 'Vraag me niet of die domkop van een Dolcino-aanhanger werkelijk schuldig is aan al die misdaden. Voor zover ik er iets van begrijp, stellig niet. De zaak is dat we net zover zijn als aan het begin. Johannes wil jou alleen in Avignon hebben, Michael, en deze ontmoeting heeft ons niet de garanties verschaft die we wilden hebben. Integendeel, ze heeft je een indruk gegeven van hoe elk woord van jou daarginds averechts kan worden uitgelegd. Waaruit mijns inziens valt af te leiden dat je niet moet gaan.'

Michael schudde zijn hoofd: 'Ik ga wel. Ik wil geen schisma. Jij hebt vandaag duidelijke taal gesproken, William, en je hebt gezegd wat jij zou willen. Welnu, dat is niet wat ik wil, en ik heb gemerkt dat de keizerlijke theologen de besluiten van het kapittel van Perugia een ruimere uitleg hebben gegeven dan onze bedoeling was. Ik wil dat de orde der franciscanen in haar armoedeidealen door de paus wordt aanvaard. En de paus zal moeten inzien dat alleen wanneer de orde het armoede-ideaal tot het hare maakt, haar ketterse vertakkingen weer in haar schoot kunnen terugkeren. Ik denk niet aan een volksvergadering of aan het recht van de volkeren. Ik moet verhinderen dat de orde uiteenvalt in een veelheid van fraticelli. Ik zal naar Avignon gaan en, als het nodig is, me openlijk aan Johannes onderwerpen. Ik zal me op alle punten toegeeflijk tonen, behalve op dat wat het principe van de armoede betreft.'

'Weet je dat je je leven in gevaar brengt?' mengde Ubertino zich in het gesprek.

'Het zij zo,' antwoordde Michael, 'beter dan mijn ziel in gevaar brengen.'

Hij bracht zijn leven ernstig in gevaar, en als Johannes op de rechte weg was (wat ik nog steeds niet geloof) leed hij ook schade aan zijn ziel. Zoals inmiddels iedereen weet, ging Michael naar de paus, en wel in de week volgende op de gebeurtenissen waarover ik thans verhaal. Hij hield vier maanden tegen hem stand, totdat Johannes in april van het daaropvolgende jaar een consistorie bijeenriep waarin hij hem uitmaakte voor dwaas, dolleman, stijfkop, tiran, aanstoker van ketterij, slang die door de Kerk aan haar eigen boezem was gekoesterd. En men zou kunnen zeggen dat Johannes intussen vanuit zijn standpunt gezien gelijk had, want in die vier maanden was Michael bevriend geraakt met de vriend van mijn meester, de andere William, die van Ockham, en was diens ideeën gaan delen – ideeën die, ook al waren ze nog extremer, niet veel verschilden van die welke mijn meester met Marsilius deelde en welke hij die ochtend tot uitdrukking had gebracht. Het leven van deze dissidenten liep in Avignon steeds meer gevaar en tegen het eind van mei gingen Michael, Willem van Ockham, Bonagratia van Bergamo, Francesco van Ascoli en Henri de Talheim op de vlucht, door de mannen van de paus achtervolgd naar Nice, Toulon, Marseille en Aigues-Mortes, waar ze werden ingehaald door kardinaal Pierre de Arrablay, die trachtte hen tot terugkeer over te halen maar hun verzet, hun haat tegen de paus en hun angst niet vermocht te overwinnen. In juni kwamen ze in Pisa aan, waar ze door de keizersgezinden in triomf werden ingehaald, en in de volgende maanden zou Michael Johannes openlijk aanklagen. Maar het was al te laat. De fortuin van de keizer begon te keren, vanuit Avignon beraamde de paus plannen om de minorieten een nieuwe ordegeneraal te geven en ten slotte behaalde hij de overwinning. Michael zou er die dag beter aan hebben gedaan niet te besluiten naar de paus te gaan: dan had hij het verzet van de minorieten van nabij kunnen leiden, zonder zo veel maanden overgeleverd te zijn aan de genade van zijn vijand en daarmee zijn positie te verzwakken... Maar misschien had de goddelijke almacht het zo beschikt – ik weet nu ook niet meer wie van al die mannen op de rechte weg was, en na zo veel jaren dooft ook het vuur van de hartstocht en daarmee dat waarvan men geloofde dat het het licht van de waarheid was.

Maar ik verlies me in zwaarmoedige uitweidingen terwijl ik moet vertellen over de afloop van dat trieste gesprek. Michaels besluit stond vast en hij was er op geen enkele manier van af te brengen. Er deed zich nu echter een ander probleem voor, en William bracht het zonder omhaal te berde: Ubertino zelf was in de abdij niet meer veilig. De woorden die Bernard tot hem had gericht, de haat die de paus thans tegen hem koesterde, het feit dat, terwijl Michael nog een macht vertegenwoordigde waarmee onderhandeld moest worden, Ubertino daarentegen een op zichzelf staande figuur was geworden…

'Johannes wil Michael aan het hof hebben en Ubertino in de hel. Als ik Bernard goed ken, zal Ubertino morgen, met de mist als medestander, worden vermoord. En als iemand zich afvraagt door wie: de abdij kan er nog wel een misdaad bij hebben en men zal zeggen dat het duivels waren, door Remigio met zijn zwarte katten opgeroepen, of een overgebleven Dolcino-aanhanger die nog tussen deze muren ronddwaalt…'

Ubertino was verontrust: 'Wat moet ik doen?' vroeg hij.

'Wel,' zei William, 'ga met de abt praten. Vraag hem om een rijdier, leeftocht en een brief voor een abdij ver hier vandaan, aan gene zijde van de Alpen. En maak gebruik van de mist en de duisternis om dadelijk te vertrekken.'

'Bewaken de boogschutters de poort dan niet meer?'

'De abdij heeft nog andere uitgangen, en de abt kent ze. Als er maar een knecht met een rijdier in een van de bochten beneden op je staat te wachten, hoef jij niets anders te doen dan door een van de doorgangen in de muur naar buiten te gaan en een stuk bos door te lopen. Je moet het onmiddellijk doen, voordat Bernard van de verrukking over zijn zegepraal is bekomen. Ik moet me met iets anders bezighouden, ik had twee opdrachten, één is mislukt, laat de andere tenminste niet mislukken. Ik wil de hand leggen op een boek en op een man. Als alles goed gaat, zul jij al buiten de abdij zijn voordat ik hier terugkom. Dus vaarwel.' Hij breidde zijn armen uit. Ontroerd omhelsde Ubertino hem: 'Vaarwel, William, je bent een dwaze, arrogante Engelsman, maar je hebt een groot hart. Zien we elkaar weer?'

'We zien elkaar weer,' verzekerde William hem. 'Zo God het wil.'

Maar God wilde het niet. Zoals ik al vertelde werd Ubertino twee jaar later onder geheimzinnige omstandigheden vermoord. Een hard en avontuurlijk leven, dat van deze strijdbare en vurige oude man. Misschien was hij geen heilige, maar ik hoop dat God zijn rotsvaste overtuiging het wel te zijn heeft beloond. Hoe ouder ik word, hoe meer ik me overgeef aan de wil van God en hoe minder waardering ik krijg voor het verstand dat wil weten en de wil die wil doen: en ik erken als enig middel tot heil het geloof, dat geduldig weet te wachten zonder te veel vragen te stellen. En Ubertino had stellig een sterk geloof in het bloed en in de doodsstrijd van onze Gekruisigde Heer.

Misschien dacht ik deze dingen ook toen en merkte de mystieke oude man dat op of bevroedde hij dat ik ze eens zou denken. Hij glimlachte vriendelijk naar me en omhelsde me, zonder de heftigheid waarmee hij me in de voorgaande dagen soms had vastgegrepen. Hij omhelsde me zoals een grootvader zijn kleinzoon omhelst, en in die geest beantwoordde ik zijn gebaar. Daarop verwijderde hij zich met Michael om de abt te zoeken.

'En nu?' vroeg ik aan William.

'Nu keren we tot onze misdaden terug.'

'Meester,' zei ik, 'vandaag zijn er zeer ernstige dingen voor de christenheid gebeurd en uw missie is mislukt. Toch schijnt u meer belang te stellen in de oplossing van dit mysterie dan in het conflict tussen de paus en de keizer.'

'Kinderen en gekken spreken altijd de waarheid, Adson. Misschien is het omdat ik als keizerlijk raadgever de mindere ben van mijn vriend Marsilius, maar als inquisiteur de meerdere. Zelfs de meerdere van Bernard Gui, God vergeve me. Want het interesseert Bernard niet de schuldigen te ontdekken, maar de beklaagden te verbranden. Voor mij daarentegen bestaat het hoogste genoegen in het ontwarren van een mooi, ingewikkeld kluwen. En misschien ook is het omdat, op een moment waarop ik als filosoof eraan twijfel of de wereld een orde heeft, het me troost zo niet een orde, dan toch een reeks verbanden in kleine gedeelten van de zaken dezer wereld te ontdekken. Ten slotte is er waarschijnlijk nog een reden, en die is dat er in deze geschiedenis wel eens grotere en belangrijkere dingen in het geding konden zijn dan het gevecht tussen Johannes en Lodewijk...'

'Maar het is een geschiedenis van diefstallen en wraaknemingen onder weinig deugdzame monniken!' riep ik vol twijfel uit.

'Rond een verboden boek, Adson, rond een verboden boek,' antwoordde William.

De monniken waren inmiddels op weg naar het avondmaal. De maaltijd was al halverwege toen Michael van Cesena naast ons kwam zitten en ons meedeelde dat Ubertino was vertrokken. William slaakte een zucht van verlichting.

Toen het maal was afgelopen, ontweken we de abt die met Bernard stond te praten en zochten Bengt op, die ons met een scheve glimlach groette en probeerde de deur te bereiken. William haalde hem in en dwong hem ons naar een hoek van de keuken te volgen.

'Bengt,' vroeg William hem, 'waar is het boek?'

'Welk boek?'

'Bengt, geen van ons tweeën is achterlijk. Ik heb het over het boek dat we vandaag bij Severin zochten en dat ik niet heb herkend en dat jij heel goed hebt herkend en dat je later bent gaan halen…'

'Waarom denkt u dat ik het heb meegenomen?'

'Ik denk het, en jij denkt het ook. Waar is het?'

'Dat mag ik niet zeggen.'

'Als je het me niet zegt, Bengt, zal ik er met de abt over spreken.'

'Ik mag het niet zeggen op bevel van de abt,' zei Bengt in alle onschuld. 'Vandaag, nadat we elkaar hebben gezien, is er iets gebeurd dat u moet weten. Na de dood van Berenger was er geen hulpbibliothecaris meer. Vanmiddag heeft Malachias me voorgesteld zijn plaats in te nemen. Net een halfuur geleden heeft de abt zijn toestemming gegeven, en morgenochtend zal ik, naar ik hoop, in de geheimen van de bibliotheek worden ingewijd. Het is waar, ik heb het boek vanochtend meegenomen en het in mijn cel in de strozak verstopt zonder er zelfs maar in te kijken, want ik wist dat Malachias me in het oog hield. En op een gegeven ogenblik deed Malachias me het voorstel dat ik u vertelde. Toen heb ik gedaan wat een hulpbibliothecaris behoort te doen: ik heb hem het boek overhandigd.'

Ik kon mijn verontwaardiging niet voor me houden en zei fel: 'Maar Bengt, gisteren en eergisteren zei je… zei u dat u brandde van nieuwsgierigheid, dat u niet wilde dat de bibliotheek nog langer geheimen verborg, dat een studieman moet weten…'

Bengt kreeg een kleur en zweeg, maar William viel me in de rede: 'Adson, sinds enkele uren is Bengt naar de andere kant overgegaan. Nu is hij de bewaarder van de geheimen die hij wilde kennen, en terwijl hij ze bewaart zal hij alle tijd hebben om er kennis van te nemen.'

'En de anderen dan?' vroeg ik. 'Bengt sprak uit naam van alle geleerden!'

'Voorheen,' zei William. En hij trok me mee, Bengt in verwarring achterlatend.

'Bengt,' zei William daarna tegen mij, 'is ten prooi aan een grote wellust, die niet die van Berenger noch die van de cellarius is. Zoals velen die zich met studie bezighouden, wordt hij beheerst door de lust tot weten. Tot weten om het weten. Toen hij van een deel van dit weten was uitgesloten, wilde hij zich ervan meester maken. Nu heeft hij zich ervan meester gemaakt. Malachias kende zijn man en heeft het beste middel aangewend om het boek terug te krijgen en de lippen van Bengt te verzegelen. Je zult me vragen waar het toe dient zulk een schat aan wetenschap in beheer te hebben als men de voorwaarde aanvaardt deze niet aan alle anderen ter beschikking te stellen.

Maar daarom juist sprak ik van wellust. De dorst naar kennis van Roger Bacon, die de wetenschap wilde aanwenden om het volk Gods gelukkiger te maken en dus niet het weten om het weten zocht, was geen wellust. Die van Bengt is alleen maar onverzadigbare nieuwsgierigheid, hoogmoed van het verstand, een van de manieren, voor een monnik, om de lusten van zijn lendenen te transformeren en tot bedaren te brengen, of het innerlijk vuur dat een ander tot strijder voor het geloof, of voor de ketterij maakt. We kennen niet alleen de wellust van het vlees. Wellust is die van Bernard Gui, het is een overtrokken wellust van de gerechtigheid die van dezelfde soort is als machtswellust. Wellust van de rijkdom is die van onze heilige en niet meer Roomse opperherder. Wellust van het getuigenis, van de radicale ommekeer, van de boetedoening en van de dood was die van de cellarius als jongeman. En wellust van de boeken die van Bengt. Zoals alle wellusten, gelijk die van Onan die zijn zaad op de grond verspilde, is het een onvruchtbare wellust, en ze heeft niets te maken met de liefde, zelfs niet met de vleselijke...'

'Dat weet ik,' mompelde ik mijns ondanks. William deed of hij het niet had gehoord en zei, als om zijn betoog voort te zetten: 'De ware liefde wil het welzijn van de geliefde.'

'Kan het niet zijn dat Bengt het welzijn van zijn boeken wil (die nu ook van hem zijn) en denkt dat hun welzijn daarin bestaat dat ze ver van roofzuchtige handen blijven?' vroeg ik.

'Het welzijn van een boek bestaat in het gelezen worden. Een boek is samengesteld uit tekens die spreken van andere tekens, die op hun beurt spreken van dingen. Zonder een oog dat leest bevat een boek tekens die geen begrippen voortbrengen, en is dus stom. Deze bibliotheek is misschien opgericht om de boeken die zij bevat te redden, maar nu leeft ze voort om ze te begraven. Daarom is ze een haard van goddeloosheid geworden. De cellarius zei dat hij verraad heeft gepleegd. Bengt heeft hetzelfde gedaan. Hij heeft verraad gepleegd. O, wat een akelige dag, mijn beste Adson! Vol bloed en verderf. Voor vandaag heb ik er genoeg van. Laten wij ook naar de completen gaan, en daarna naar bed.'

Toen we de keuken uitliepen, kwamen we Aymaro tegen. Hij vroeg ons of het waar was wat er werd gefluisterd, dat Malachias Bengt als zijn hulp had voorgedragen. We konden niet anders doen dan het bevestigen.

'Die Malachias heeft vandaag een paar fraaie streken uitgehaald,' zei Aymaro met zijn gebruikelijke meewarige, geringschattende grijns. 'Als er gerechtigheid bestond, zou de duivel hem vannacht komen halen.'

VIJFDE DAG
COMPLETEN

*Waarin men een preek over de komst van de Antichrist
beluistert en Adson de macht van eigennamen ontdekt.*

◆

De vespers waren in een verwarde sfeer verlopen; het verhoor van de cellarius was nog aan de gang en de nieuwsgierige novicen waren aan het toezicht van hun meester ontsnapt om door ramen en deurspleten te volgen wat er in de kapittelzaal gebeurde. Nu werd het tijd dat de hele gemeenschap voor de ziel van Severin bad. Men dacht dat de abt allen zou toespreken en vroeg zich af wat hij zou zeggen. Maar na de rituele homilie van de heilige Gregorius, het responsorie en de drie voorgeschreven psalmen, beklom de abt de preekstoel, echter alleen om te zeggen dat hij die avond zou zwijgen. Te veel onheil was over de abdij gekomen, zei hij, dan dat de vader van allen hen zelf op berispende en vermanende toon zou kunnen toespreken. Het was noodzakelijk dat allen, niemand uitgezonderd, zich aan een streng gewetensonderzoek onderwierpen. Maar aangezien toch iemand diende te spreken, stelde hij voor dat de vermaning zou komen van degene die, als oudste van allen en reeds dicht bij de dood, het minst betrokken was bij de aardse hartstochten die zo veel kwaad hadden teweeggebracht. Op grond van zijn leeftijd zou aan Alinardo van Grottaferrata het woord moeten toekomen, maar iedereen wist hoe broos de gezondheid van de eerbiedwaardige medebroeder was. Dadelijk na Alinardo kwam, in de door het onverbiddelijk verglijden van de tijd vastgestelde volgorde, Jorge. Aan hem gaf de abt thans het woord.

We hoorden een gemompel uit dat deel van de koorbanken waar gewoonlijk Aymaro en de andere Italianen zaten. Ik vermoedde dat de abt de preek aan Jorge had toevertrouwd zonder Alinardo iets te vragen. Mijn meester merkte zachtjes tegen mij op dat de beslissing van de abt om niet te spreken door voorzichtigheid was ingegeven: immers, wat hij ook zou hebben gezegd, zijn woorden zouden door Bernard en de andere aanwezigen uit Avignon op een goudschaaltje zijn gelegd. De oude Jorge zou zich echter stellig tot een van zijn mystieke profetieën beperken, en de mannen uit Avignon zouden er niet veel gewicht aan hechten. 'Maar ik wel,' voegde William eraan toe, 'want ik geloof niet dat Jorge ermee heeft ingestemd, en misschien erom heeft gevraagd, het woord te voeren, zonder een zeer welomschreven doel.'

Jorge beklom, ondersteund door een ander, de preekstoel. Zijn gelaat werd verlicht door de kaars op de drievoet, het enige licht dat in het kerkschip brandde. Het schijnsel van de vlam accentueerde de duisternis die over zijn ogen lag, zodat ze twee zwarte gaten leken.

'Zeer beminde broeders,' begon hij, 'en gij allen, dierbare gasten, wilt deze arme oude man aanhoren... De vier doden die onze abdij in rouw hebben gedompeld – om niet te spreken over de zonden, oude en nieuwe, van de onzaligsten onder de levenden – zijn, dat weet ge, niet toe te schrijven aan de strenge wetten van de natuur die, onverbiddelijk in haar kringloop, ons aardse leven van de wieg tot het graf bestiert. Gij allen zult misschien denken dat bij deze trieste geschiedenis, hoe smartelijk ze u ook heeft getroffen, uw ziel niet is betrokken, want ge zijt allen, op één na, onschuldig, en wanneer deze ene is gestraft, blijft u natuurlijk het leed om het gemis van de overledenen, maar ge behoeft uzelf voor Gods rechterstoel van geen enkele aanklacht vrij te pleiten. Zo denkt gij. Dwazen!' riep hij met donderende stem, 'dwazen en lichtzinnigen die ge zijt! Wie gedood heeft, zal de last zijner schuld voor God dragen, maar alleen omdat hij op zich heeft genomen om werktuig van Gods raadsbesluiten te zijn. Zoals het noodzakelijk was dat iemand Jezus verried opdat het mysterie van de verlossing zou worden voltrokken – terwijl God degene die Hem heeft verraden toch met verdoemenis en schande heeft gestraft –, zo heeft iemand in deze dagen gezondigd door dood en verderf te zaaien, maar ik zeg u dat dit verderf zo niet door God gewild, dan toch door Hem is toegestaan ter vernedering van onze hoogmoed!'

Hij zweeg en liet zijn lege blik over de sombere vergadering gaan, alsof hij met zijn ogen haar gemoedsbeweging kon waarnemen, terwijl hij in werkelijkheid met zijn oren van hun verbijsterd stilzwijgen genoot.

'Door deze gemeenschap,' vervolgde hij, 'kronkelt reeds lange tijd de giftige slang van de hoogmoed. Maar welke hoogmoed? De hoogmoed van de macht in een van de wereld afgesloten klooster? Zeker niet. De hoogmoed van de rijkdom? Ach broeders, nog voordat de bekende wereld weergalmde van langdurige twisten over de armoede en het bezit, hebben wij, sinds de tijden van onze ordestichter, niets bezeten, ook wanneer we alles bezaten, omdat onze enige ware rijkdom bestond in de observantie van de regel, het gebed en de arbeid. Maar een deel – ja zelfs de kern – van onze arbeid, van de arbeid van onze orde, en in het bijzonder van de arbeid van dit klooster, bestaat uit de studie en de bewaking van het weten. De bewaking, zeg ik, niet het onderzoek, want het is een kenmerkende eigenschap van het weten, dat goddelijk is, dat het van het begin af volledig en vastgesteld is, in de volmaaktheid van het woord dat zich uitdrukt aan zichzelf. De bewaking, zeg ik, niet het onderzoek, want het is een kenmerkende eigenschap van het weten, dat menselijk is, dat het is vastgesteld en vervolledigd gedurende de eeuwen die zijn verstreken tussen de prediking van de profeten en de uitlegging van de kerkvaders. Er is in de geschiedenis van het weten geen vooruitgang, geen omwenteling naargelang van de tijdperken, maar ten hoogste voortdurende en verheven recapitulatie. De geschiedenis der mensheid schrijdt in een niet te stuiten beweging vanaf de schepping, via de verlossing, voort naar de wederkomst van de zegevierende Christus, die omgeven door een stralenkrans zal verschijnen om de levenden en de doden te oordelen, maar het goddelijke en menselijke weten volgt deze loop niet: vast als een onwankelbare burcht stelt het ons in staat, als wij in deemoed en aandacht naar zijn stem luisteren, deze loop te volgen, te voorspellen, maar het wordt er niet door beroerd. Ik ben die is, zei de God der joden. Ik ben de weg, de waarheid en het leven, zei Onze Heer. Welnu, het weten is niet anders dan de verwonderde toelichting van deze twee waarheden. Alles wat daaraan is toegevoegd, werd door de profeten, de evangelisten, de kerkvaders en de leraren uitgesproken om deze twee uitspraken begrijpelijker te maken. En soms werd er ook een bruikbaar commentaar geleverd door de heidenen die ze niet kenden, en hun woorden werden in de christelijke traditie opgenomen. Maar daarna is er niets meer te zeggen. Het enige wat we moeten doen is heroverdenken, glosseren, bewaren. Dit was de taak van onze abdij met haar schitterende bibliotheek, en dit zou haar taak moeten blijven – niets anders. Men vertelt dat een kalief uit het Oosten op een dag de bibliotheek van een beroemde, glorierijke en trotse stad aan de vlammen prijsgaf en dat hij, terwijl die duizenden boeken brandden, zei dat ze konden en moesten verdwijnen: omdat ze ofwel herhaalden wat de Koran al zei en dus nutteloos waren, ofwel dit voor de ongelovigen heilige boek weerspraken en dus schadelijk waren. De kerkleraren, en wij met hen, redeneerden niet zo. Al wat klinkt naar verklaring en opheldering van de Schrift dient te worden bewaard, omdat het de glorie van de Heilige Schrift vermeerdert; al wat haar weerspreekt, moet niet worden vernietigd, want alleen wanneer het wordt bewaard kan het op zijn beurt worden weersproken door wie daartoe bekwaam en door zijn ambt geroepen is, op de wijze en op de tijd die de Heer zal beschikken. Vandaar de verantwoordelijkheid van onze orde door de eeuwen heen, en de last die nu op onze abdij rust: trots op de waarheid die wij verkondigen, bewaren wij nederig en behoedzaam de woorden die deze waarheid vijandig zijn, zonder ons erdoor te laten bezoedelen. Welnu, mijn broeders, welke is de zonde der hoogmoed die een monnik die zich aan de studie wijdt, in bekoring kan brengen? Dat is de zonde zijn werk niet op te vatten als bewaking maar als het vorsen naar het een of andere naricht dat nog niet aan de mensen zou zijn gegeven, alsof het laatste niet reeds had weerklonken in de woorden van de laatste engel die in het laatste boek van de Schrift spreekt: "En ik verklaar aan eenieder die de profetieën van dit boek hoort, dat als iemand er iets aan toevoegt, God hem de plagen zal toevoegen die in dit boek beschreven zijn, en als iemand iets afneemt van de profetische woorden van dit boek, God hem zijn deel zal afnemen van het boek des levens en van de heilige stad en van de dingen die in dit boek beschreven zijn." Ziehier... dunkt het u niet, mijn ongelukkige broeders, dat deze woorden niets anders aanduiden dan dat wat de laatste dagen binnen deze muren is gebeurd, terwijl dat wat binnen deze muren is gebeurd niets anders aanduidt dan het wedervaren van het tijdperk waarin wij leven, die zowel in haar woorden als in haar werken, in haar steden als in haar burchten, in haar trotse universiteiten als in haar kathedralen naarstig tracht nieuwe bijvoegsels te ontdekken bij de woorden van de waarheid, en daarmee de zin verdraait van die waarheid die reeds zo rijk is aan allerlei scholia en die slechts onversaagde verdediging en geen zinloze uitbreiding behoeft? Dit is de hoogmoed die binnen deze muren heeft rondgeslopen en nog rondsluipt: en ik zeg tegen eenieder die zich heeft ingespannen en zich inspant om de zegels te verbreken van de boeken die niet voor hem bestemd zijn, dat het deze trots is die de Heer heeft willen straffen en die Hij zal blijven straffen als hij niet vermindert en zich niet verdeemoedigt, want voor de Heer is het wegens onze zwakheid niet moeilijk om te allen tijde de werktuigen voor Zijn vergelding te vinden.'

'Heb je het gehoord, Adson?' fluisterde William. 'Die oude weet meer dan hij zegt. Of hij nu wel of niet de hand heeft in deze geschiedenis, hij weet ervan en waarschuwt dat als de nieuwsgierige monniken het geheim van de bibliotheek blijven schenden, de abdij haar rust niet zal hervinden.'

Na een lange pauze ging Jorge verder.

'Maar wie is dan toch het symbool zelve van deze hoogmoed, van wie zijn de hoogmoedigen beeld en voorboden, handlangers en vaandeldragers? Wie heeft binnen deze muren in werkelijkheid gehandeld en handelt misschien nog, ten einde ons te waarschuwen dat de tijden nabij zijn – en ons te troosten, want als de tijden nabij zijn, zullen de kwellingen weliswaar ondraaglijk zijn maar niet eindeloos in de tijd, gezien het feit dat de grote kringloop van dit universum zijn voltooiing nadert? O, gij allen hebt het heel goed begrepen, en ge huivert ervoor zijn naam te noemen, omdat het ook de uwe is en ge er bang voor zijt, maar zo gij er al bang voor zijt, ik zal het niet zijn, en ik zal deze naam met luider stem uitroepen, opdat uw ingewanden krimpen van ontzetting en uw tanden zo hevig klapperen dat ze uw tong afbijten, en het bloed in uw aderen stolt zodat zich een donker waas over uw ogen legt… Hij is het onreine Beest, hij is de Antichrist!'

Hij hield nogmaals een lange pauze. De aanwezigen zaten als versteend. Het enige wat in de gehele kerk bewoog, was de vlam van de drievoet, maar zelfs de schaduwen die deze veroorzaakte, leken te zijn bevroren. Het enige, nauw hoorbare geluid was de hijgende ademhaling van Jorge die zich het zweet van het voorhoofd wiste. Eindelijk ging Jorge verder.

'Wilt ge soms tegen mij zeggen: nee, hij is nog niet in aantocht, waar zijn de tekenen van zijn komst? Een zot die dat zou zeggen! Hebben wij niet dagelijks, in het grote schouwtoneel van de wereld en in het verkleinde beeld van de abdij, de rampen voor ogen die hem aankondigen…? Er is gezegd dat als het ogenblik nabij zal zijn, in het Westen een vreemde koning zal opstaan, een heer van ongehoorde arglistigheid, een godloochenaar, mensenmoordenaar, bedrieger, belust op goud, doortrapt in sluwe streken, boosaardig, vijand en vervolger van de gelovigen, en in zijn tijd zal men het zilver niet achten maar slechts het goud hoogschatten! Ik weet het wel: gij die naar mij luistert, maakt nu snel uw berekeningen om te weten of degene over wie ik spreek op de paus lijkt of op de keizer of op de koning van Frankrijk of op wie ge maar wilt, om te kunnen zeggen: hij is mijn vijand en ik sta aan de goede kant! Maar ik ben niet zo onnozel u een man aan te wijzen; als de Antichrist komt, komt hij in allen en voor allen, dan maakt elkeen er deel van uit. Hij zal te vinden zijn in de roversbenden die stad en land plunderen, in onvoorziene tekenen aan de hemel waarin plotseling regenbogen, horens en vuren zullen verschijnen, terwijl een gehuil van stemmen zal worden gehoord en de zee zal zieden. Er is gezegd dat mensen en dieren draken zullen voortbrengen, maar men bedoelde dat in de harten haat en tweedracht zullen worden gewekt, dus ge behoeft niet om u heen te kijken om de beesten van de miniaturen te zien die u op het perkament in verrukking brengen! Er is gezegd dat jonge, pas gehuwde vrouwen kinderen zullen baren die reeds feilloos kunnen spreken, en die de boodschap zullen brengen dat de tijden rijp zijn en zullen vragen om te worden gedood. Maar zoekt niet in de dorpen in het dal: de al te wijze kinderen zijn reeds binnen deze muren gedood! En gelijk die van de profetieën hadden zij het uiterlijk van oude mannen, en zij waren de viervoetige kinderen van de profetieën, de schimmen, de ongeborenen die in de buik van hun moeders zullen profeteren door het uitspreken van magische bezweringen. En alles staat geschreven, weet ge dat? Er staat geschreven dat er alom beroering zal zijn onder de gemeenschappen, de volkeren, de kerken; dat er valse herders zullen opstaan, verdorven, laatdunkende, hebzuchtige, genotzuchtige lieden, belust op gewin, verzot op ijdele praat, verwaten, hovaardige snoevers, liederlijke slempers, najagers van loze roem, vijanden van het evangelie, die weigeren door de enge poort te gaan en die het ware woord verachten; en zij zullen elk pad van vroomheid haten, zij zullen geen berouw voelen over hun zonden, en daarom zullen zij onder de volkeren ongeloof, broederhaat, boosaardigheid, meedogenloosheid, nijd, onverschilligheid, roofzucht, dronkenschap, onmatigheid, ontucht, vleselijke wellust, hoererij en alle andere ondeugden verbreiden. Berouw, nederigheid, vredelievendheid, armoede, mededogen en de gave der tranen zullen verdwijnen... Welaan, herkent ge uzelve niet, gij allen hier aanwezig, monniken van de abdij en machtigen die van elders komt?'

In de stilte die volgde, was een geritsel hoorbaar. Het was kardinaal Bertrando die op zijn stoel heen en weer schoof. Tenslotte, dacht ik, gedroeg Jorge zich als een groot prediker, en terwijl hij zijn medebroeders geselde, spaarde hij ook de bezoekers niet. Ik zou er ik weet niet wat voor hebben gegeven om te weten wat er op dat moment in het hoofd van Bernard of in dat van de welgedane mannen uit Avignon omging.

'En het zal op dat moment zijn, en dat is dit moment,' donderde Jorge, 'dat de parousie van de Antichrist zal plaatsvinden, van de na-aper van Onze Heer die hij wil zijn. In die tijden (het zijn deze tijden) zullen alle rijken worden omvergeworpen, er zal armoede en gebrek zijn, en misoogsten, en uitzonderlijk strenge winters. En de kinderen van die tijd (het is deze tijd) zullen niemand meer hebben die hun goederen beheert en het voedsel in hun voorraadschuren bewaart en zij zullen op de markten van koop en verkoop worden bedot. Gelukzalig zij die dan niet meer zullen leven of wie het, als zij leven, zal gelukken te overleven! En dan zal de zoon des verderfs komen, de tegenstander die zichzelf prijst en opblaast, die velerlei deugden ten toon zal spreiden om de gehele aarde te misleiden en de rechtvaardigen zijn macht op te leggen. Gruwel en verwoesting zullen dan van alle kanten verschijnen, de Antichrist zal het Westen knechten en de handelswegen onbegaanbaar maken, hij zal in zijn handen zwaard en brandend vuur houden en een razende vlammenzee ontsteken: de vloek zal zijn kracht zijn, de list zijn hand, de rechterhand brengt verderf, duisternis de linker. Dit zijn de trekken waaraan men hem herkent: zijn hoofd zal van brandend vuur zijn, zijn rechteroog bloeddoorlopen, zijn linkeroog katachtig groen, en het zal twee pupillen hebben en zijn oogleden zullen wit zijn, zijn onderlip dik, zijn dijbenen zullen dun zijn, zijn voeten groot, zijn duim plat en langgerekt!'

'Het lijkt wel zijn eigen portret,' fluisterde William grinnikend. Dat was een zeer onvertogen opmerking, maar ik was hem er dankbaar voor, want de haren begonnen me te berge te rijzen. Ik had moeite het niet uit te proesten, bolde mijn wangen en liet tussen mijn opeen geperste lippen een gesis ontsnappen. Een geluid dat in de stilte die op de laatste woorden van de oude Jorge was gevolgd, zeer goed hoorbaar was; maar gelukkig dacht iedereen dat er iemand kuchte, of huilde, of zuchtte van ontzetting, iets waar allen reden genoeg voor hadden.

'Dat is het moment,' zei Jorge nu, 'dat alles tot willekeur en wanorde zal vervallen, kinderen zullen de hand tegen hun ouders opheffen, de vrouw zal tegen haar man samenspannen, de man zal zijn vrouw voor het gerecht dagen, de meesters zullen onmenselijk zijn jegens hun knechten en de knechten zullen de meesters niet langer gehoorzamen, er zal geen eerbied meer zijn voor de ouderdom, opgroeiende knapen zullen de heerschappij opeisen, de arbeid zal iedereen een nutteloze inspanning toeschijnen, overal zullen lofzangen opklinken op de bandeloosheid, de ondeugd, de ongebreidelde vrijheden van de zeden. En daarna zal er een vloedgolf losbreken van verkrachtingen, overspel, eedbreuk, zonden tegen de natuur, kwalen, waarzeggerijen, toverijen, en in de hemel zullen vliegende voorwerpen verschijnen, te midden van de goede christenen zullen valse profeten opstaan, en valse apostelen, omkopers, zwendelaars, tovenaars, vrouwenschenders, vrekken, eedbrekers en vervalsers, herders zullen in wolven veranderen, priesters zullen leugens vertellen, monniken zullen wereldse dingen begeren, de armen zullen hun leiders niet te hulp snellen, de machtigen zullen meedogenloos zijn, de rechtvaardigen zullen voor onrechtvaardigheid getuigen. Aardbevingen zullen alle steden doen wankelen, alle landstreken zullen door pest worden geteisterd, stormvlagen zullen de aarde heffen, de akkers zullen besmet zijn, de zee zal zwarte sappen afscheiden, nieuwe en onbekende wonderen zullen op de maan plaatsvinden, de sterren zullen hun baan verlaten, andere – nog onbekende – zullen het zwerk doorploegen, 's zomers zal het sneeuwen en 's winters zal een verzengende hitte heersen. Dan zal de tijd van het einde en het einde der tijden zijn gekomen... Op het derde uur van de eerste dag zal zich in het hemelgewelf een grote, machtige stem verheffen, een purperen wolk zal uit het noorden komen, donder en bliksem zullen erop volgen en op de aarde zal een regen van bloed neerdalen. Op de tweede dag zal de aarde uit haar voegen worden getild en de rook van een machtig vuur zal door de hemelpoorten binnenstromen. Op de derde dag zullen de afgronden van de aarde in de vier hoeken van het heelal een donderend geraas doen horen. De tinnen des hemels zullen opengaan, de lucht zal gevuld worden met zuilen van rook en er zal stank van zwavel zijn tot aan het tiende uur. Op de vierde dag zal in de vroege ochtend de afgrond vloeibaar worden en donderende slagen doen weerklinken en zullen de gebouwen instorten. Op het zesde uur van de vijfde dag zullen de krachten van het licht en het rad van de zon uiteen worden gerukt en er zal duisternis zijn in de wereld tot aan de avond, en de sterren en de maan zullen hun taak niet meer vervullen. Op het vierde uur van de zesde dag zal het uitspansel van oost tot west opensplijten, en de engelen zullen door de spleet in de hemel op de aarde kunnen neerkijken en allen die op de aarde zijn zullen de engelen kunnen zien die uit de hemel neerkijken. Dan zullen alle mensen zich in de bergen verschuilen om de blik van de rechtvaardige engelen te ontvluchten. En op de zevende dag zal Christus komen in het licht van Zijn Vader. En dan zal het gericht van de goeden plaatshebben en zullen zij opstijgen naar de eeuwige zaligheid van de lichamen en de zielen. Maar niet hierover zult ge vanavond nadenken, hoogmoedige broeders! Niet aan de zondaars zal het beschoren zijn de dageraad van de achtste dag te aanschouwen, wanneer uit het oosten een zoete, lieflijke stem in de hemel zal opklinken, en de Engel tevoorschijn zal treden die macht heeft over alle andere heilige engelen; en alle engelen zullen samen met hem, gezeten op een wolkenwagen, in blijde jubel door de lucht snellen om de uitverkorenen te bevrijden die hebben geloofd, en allen tezamen zullen zij zich verheugen omdat de vernietiging van deze wereld zal zijn voltooid! Niet hierover moeten wij ons vanavond in hoogmoed verheugen! Laat ons veeleer nadenken over de woorden die de Heer zal spreken om hen die het heil niet hebben verdiend te verjagen:

gaat weg van mij, vervloekten, naar het eeuwige vuur dat u door de duivel en zijn dienaren is toebereid! Gij zelf hebt het door uw daden verdiend, wentel u er thans in! Gaat weg van mij, daalt af in de buitenste duisternis en het onblusbare vuur! Ik heb u gevormd maar gij zijt een ander gevolgd! Ge hebt u tot knechten gemaakt van een andere heer, gaat heen om met hem in duisternis te wonen, te midden van tandengeknars, met hem, de slang die nooit rust! Ik gaf u oren om naar de Schrift te luisteren, en gij hebt naar de woorden der heidenen geluisterd! Ik vormde u een mond om God te loven, en gij hebt hem gebruikt voor de leugens van de dichters en voor de raadsels van de narren! Ik gaf u ogen om het licht mijner geboden te zien, en gij hebt ze gebruikt om in de duisternis te spieden! Ik ben een menselijk, maar rechtvaardig rechter. Ik zal eenieder geven wat hem toekomt. Ik zou erbarmen met u willen hebben, maar ik vind geen olie in uw kruiken. Ik zou mededogen met u willen hebben, maar uw lampen zijn berookt. Gaat weg van mij... zo zal de Heer spreken. En zij... en wij misschien, zullen afdalen in de eeuwige straf. In de naam van de Vader en de Zoon en de Heilige Geest.'

'Amen!' antwoordden allen in koor.

In een lange rij begaven de monniken zich in doodse stilte naar hun legerstede. Ook de minorieten en de mannen van de paus voelden geen lust met elkaar te spreken en verdwenen, hunkerend naar afzondering en rust. Mijn gemoed was bedrukt.

'Naar bed, Adson,' zei William terwijl we de trap van het gastenverblijf beklommen. 'Dit is geen avond om te blijven rondlopen. Bernard Gui zou op het idee kunnen komen een voorproefje te geven van het einde van de wereld, te beginnen bij onze sterfelijke omhulsels. Morgen zullen we proberen bij de metten aanwezig te zijn, want dadelijk erna zullen Michael en de andere minorieten vertrekken.'

'Vertrekt Bernard ook met zijn gevangenen?' vroeg ik met gesmoorde stem.

'Ongetwijfeld heeft hij hier niets meer te doen. Hij zal vóór Michael in Avignon willen zijn, en het zo regelen dat diens aankomst samenvalt met het proces tegen de cellarius, minoriet, ketter en moordenaar. De brandstapel van de cellarius zal als een fakkel der verzoening de eerste ontmoeting van Michael met de paus verlichten.'

'En wat zal er met Salvatore gebeuren... en met het meisje?'

'Salvatore zal met de cellarius meereizen, want hij zal in diens proces moeten getuigen. Het kan zijn dat Bernard hem in ruil voor deze dienst in leven laat. Misschien laat hij hem ontsnappen en dan vermoorden. Of misschien laat hij hem werkelijk gaan, want iemand als Salvatore interesseert iemand als Bernard niet. Wie weet wordt hij struikrover ergens in een bos van de Languedoc...'

'En het meisje?'

'Dat heb ik al gezegd, vlees voor de brandstapel. Maar zij zal eerder branden, ergens onderweg, ter stichting van een of ander katharendorp langs de kust. Ik heb gehoord dat Bernard een ontmoeting zal hebben met zijn ambtgenoot Jacques Fournier (onthoud die naam, nu verbrandt hij nog albigenzen, maar hij heeft hogere aspiraties) en een mooie heks om op de houtmijt te zetten verhoogt hun beider gezag en faam...'

'Maar kan er niets worden gedaan om hen te redden?' riep ik. 'Kan de abt niet tussenbeide komen?'

'Voor wie? Voor de cellarius, die bekend heeft schuldig te zijn? Voor een stumper als Salvatore? Of denk je aan het meisje?'

'En als dat zo was?' waagde ik. 'Tenslotte is zij de enige werkelijk onschuldige van de drie, u weet dat ze geen heks is...'

'En denk jij dat de abt na alles wat er gebeurd is, dat kleine beetje prestige dat hem nog rest op het spel zou willen zetten voor een heks?'

'Maar hij heeft wel de verantwoordelijkheid op zich genomen om Ubertino te laten vluchten.'

'Ubertino was een monnik van zijn klooster en werd nergens van beschuldigd. Trouwens, wat een onzin sla je uit: Ubertino was een belangrijk man. Bernard had hem alleen in de rug kunnen treffen.'

'De cellarius had dus gelijk, de eenvoudigen betalen altijd voor alle anderen, ook voor degenen die ten gunste van hen spreken, ook voor mannen als Ubertino en Michael, die hen met hun boetepreken tot oproer hebben aangezet!' Ik was vertwijfeld en bedacht volstrekt niet dat het meisje geen fraticello was die zich door Ubertino's mystiek had laten verleiden. Ze was slechts een boerenmeisje en ze boette voor een geschiedenis waar ze niets mee te maken had.

'Zo is het,' antwoordde William droefgeestig. 'En als je dan werkelijk een sprankje gerechtigheid zoekt, kan ik je vertellen dat op een dag de grote honden, de paus en de keizer, om vrede met elkaar te sluiten, over de kleinere honden, die elkaar in hun dienst in de haren zijn gevlogen, heen zullen lopen. En Michael en Ubertino zullen net zo worden behandeld als jouw meisje nu.'

Thans weet ik dat William profeteerde, of liever gezegd een syllogisme maakte uitgaande van beginselen van natuurlijke filosofie. Maar op dat moment strekten zijn profetieën en zijn syllogismen me tot geen enkele troost. Het enige wat vaststond was dat het meisje zou worden verbrand. En ik voelde me medeverantwoordelijk, want het was alsof zij op de brandstapel ook boette voor de zonde die ik met haar had begaan.

Ik barstte tot mijn schande in snikken uit en vluchtte naar mijn cel, waar ik de gehele nacht op mijn strozak beet en machteloos jammerde, want het was mij zelfs niet vergund om – zoals ik met mijn medeleerlingen in Melk in ridderromans had gelezen – in mijn klacht de naam van mijn geliefde aan te roepen.

Van de enige aardse liefde van mijn leven kende ik niet – en vernam ik nooit – de naam.

ZESDE DAG

ZESDE DAG
METTEN

Waarin principes sederunt en Malachias ter aarde stort.

◆

We gingen naar de metten. Dat laatste deel van de nacht, of eigenlijk het eerste deel van de naderende nieuwe dag, was nog mistig. Terwijl ik de kloosterhof overstak, drong de vochtigheid tot diep in mijn door de onrustige slaap gekraakte botten door. Hoewel de kerk koud was, knielde ik met een zucht van verlichting onder haar gewelven neer, beschut tegen de elementen, vertroost door de warmte van de andere lichamen en door het gebed.

Het zingen van de psalmen was juist begonnen, toen William mij op een lege plaats in de koorbanken tegenover ons wees, tussen Jorge en Pacifico van Tivoli. Het was de plaats van Malachias, die altijd naast de blinde zat. En wij waren niet de enigen die zijn afwezigheid hadden opgemerkt. Aan de ene kant werd mijn aandacht getrokken door een bezorgde blik van de abt, die nu zeker maar al te goed wist hoeveel sombere voortekenen zo'n afwezigheid inhield. En aan de andere kant viel mij een eigenaardige onrust op in het gedrag van de oude Jorge. Zijn gelaat, doorgaans zo ondoorgrondelijk door die witte, van licht verstoken ogen, was voor driekwart in het duister gehuld, maar zijn handen bewogen zenuwachtig en rusteloos. Meermalen strekte hij ze tastend uit naar de plaats naast de zijne, als om te controleren of die bezet was. Hij maakte dat gebaar telkens weer, met regelmatige tussenpozen, alsof hij nog steeds hoopte dat de afwezige zou opduiken, maar vreesde dat hij niet meer zou verschijnen.

'Waar zou de bibliothecaris zijn?' fluisterde ik tegen William.

'Malachias,' antwoordde William, 'was nu nog de enige die het boek in handen kon hebben. Als hij niet degene is die de misdaden heeft gepleegd, kende hij misschien de gevaren niet die dat boek verborg...'

Er viel niets meer te zeggen. We konden slechts afwachten. En dat deden we, wij beiden, de abt die strak naar de lege plaats bleef kijken, en Jorge die onophoudelijk de duisternis aftastte.

Toen het einde van het officie naderde, herinnerde de abt de monniken en novicen eraan dat men zich op de kerstmis moest voorbereiden en dat derhalve, zoals elk jaar gebeurde, de tijd tot aan de lauden zou worden gebruikt om door de uitvoering van enkele van de voor deze gelegenheid bestemde gezangen een proeve te geven van de eendracht die onder de hele gemeenschap leefde. Inderdaad vormde die schare vrome mannen een samenklank als van een enkel lichaam en een enkele stem en bleek ze door een jarenlange gewenning in de zang verbonden te zijn gelijk een enkele ziel.

De abt nodigde hen uit het *Sederunt* in te zetten:

Sederunt principes
et adversus me
loquebantur, iniqui
persecuti sunt me.
Adjuva me, Domine
Deus meus salvum me
fac propter magnam misericordiam tuam.

Ik vroeg me af of de abt zijn keus niet juist die nacht, waarin de afgezanten van de vorsten nog bij de dienst aanwezig waren, op dit graduale had laten vallen, om eraan te herinneren dat onze orde al eeuwenlang bereid was weerstand te bieden aan de vervolgingen door de machtigen, dankzij haar bevoorrechte betrekking met God, de Heer der heerscharen. En het was waar dat het begin van het gezang een indruk van grote macht gaf.

Op de eerste lettergreep *se* zette een plechtig en gedragen koor van vele tientallen stemmen in, waarvan de lage klank de kerkschepen vulde, die boven onze hoofden zweefde en desondanks uit het hart van de aarde scheen op te wellen. Hij werd ook niet onderbroken, want terwijl andere stemmen boven die diepe, doorgaande lijn een reeks melismen begonnen te weven, bleef deze tellurische klankmassa overheersen en zich voortzetten gedurende het hele tijdsbestek dat een recitant nodig heeft om in een langzame cadans twaalfmaal achtereen het *Ave Maria* op te zeggen. En als bevrijd van elke vrees door het vertrouwen dat die hardnekkig volgehouden lettergreep, allegorie van de eeuwigdurende tijd, de biddenden verleende, deden de andere stemmen (en het krachtigst die van de novicen) op die hechte, stenige ondergrond spitsen, zuilen en pinakels van neumae liquescentes et subpunctes verrijzen. En terwijl mijn hart week werd van aandoening bij de klankbeweging van een climacus of een porrectus, van een torculus of een salicus, schenen die stemmen mij te zeggen dat de ziel (van de zangers en van mij die hen beluisterde), niet bestand tegen de overstelpende weelde van gevoelens, zich door middel van die melodische figuren in stukken scheurde om in een vloed van zoete klanken uiting te geven aan vreugde, verdriet, lof en liefde. Intussen nam de krachtige en hardnekkige stroom van de chtonische stemmen niet af, alsof de dreigende aanwezigheid van de vijanden, van de machtigen die het volk Gods vervolgden, onverminderd voortduurde. Totdat dit neptunische geweld van een enkele noot scheen te zijn overwonnen, of althans overreed en omsloten door de jubelende lofzang van hen die hun stem ertegen verhieven, en oploste in een majestueuze en volmaakte samenklank op een neuma resupina.

Nadat het 'sederunt' bijna moeizaam en gesmoord was uitgesproken, steeg het 'principes' in een weidse, serafijnse rust ten hemel op. Ik vroeg me niet meer af wie de machtigen waren die tegen mij (tegen ons) spraken: de schaduw van dat zittende en dreigende spookbeeld was verdwenen, opgelost.

En nog meer spookbeelden, zo dacht ik toen, losten op dat ogenblik op, want toen ik, nadat ik zo geheel in het beluisteren van de zang was opgegaan, weer naar de bank van Malachias keek, zag ik de gestalte van de bibliothecaris tussen die van de andere deelnemers aan het officie, alsof hij er steeds had gezeten. Ik keek William aan en zag een zweem van opluchting in zijn ogen, dezelfde als ik vanuit de verte in de ogen van de abt bespeurde. Jorge van zijn kant had zijn handen opnieuw uitgestoken en ze, toen hij het lichaam van zijn buurman voelde, schielijk teruggetrokken. Maar van hem zou ik niet kunnen zeggen welke gevoelens hem bezielden.

Nu zette het koor feestelijk het 'adjuva me' in, waarvan de heldere *a* zich vrolijk door de kerk verspreidde en zelfs de *u* niet somber klonk zoals die van 'sederunt', maar vol van heilige geestkracht. De monniken en de novicen zongen, zoals de regel van de koorzang vereist, met hun lichaam rechtop, hun keel vrij, hun hoofd iets opgeheven, het boek bijna op schouderhoogte zodat zij erin konden lezen zonder dat, door een neigen van het hoofd, de lucht met minder kracht uit hun borst zou stromen. Maar het was nog nacht en ofschoon de bazuinen van de jubelzang schalden, belaagde de nevel van de slaap vele van de zangers die af en toe, zelfs midden onder het zingen van een lange noot, waarbij ze zich op de golf van de zang lieten meevoeren, overmand door slaap hun hoofd lieten zakken. Derhalve gingen de wakers ook in die plechtige ogenblikken rond om bij het licht van het lampje de gezichten van hun medebroeders één voor één te bespieden en hen prompt terug te voeren tot de waakzaamheid van lichaam en ziel.

Een waker was dan ook de eerste die opmerkte dat Malachias op een vreemde manier wankelde en heen en weer slingerde, alsof hij plotseling was teruggevallen in de donkere nevels van een slaap die hij waarschijnlijk die nacht niet had genoten. Hij liep met het lampje op hem toe en bescheen zijn gezicht, waardoor hij mijn aandacht trok. De bibliothecaris reageerde niet. De waker stootte hem aan, en Malachias viel als een blok voorover. De ander kon hem nog net op tijd ondersteunen voordat hij op de grond viel.

Het gezang vertraagde, de stemmen verstomden, er ontstond enige consternatie. William was onmiddellijk van zijn plaats opgesprongen en naar de plek gesneld waar Pacifico van Tivoli en de waker bezig waren de zieltogende Malachias op de grond neer te leggen.

Wij kwamen vrijwel tegelijk met de abt bij hem aan, en bij het licht van het lampje zagen we het gezicht van de ongelukkige. Hij was tot het evenbeeld van de dood geworden, met zijn smalle neus, zijn holle ogen, zijn ingevallen slapen, zijn witte, ineengeschrompelde oren met de naar buiten gekeerde lelletjes; de huid van zijn aangezicht was al star, gespannen en droog geworden, de kleur van zijn wangen gelig en met een donkere schaduw overtogen. Zijn ogen waren nog open, en moeizame ademstoten ontsnapten aan zijn uitgedroogde lippen. Hij liet zijn mond openvallen en ik zag, over Williams schouder kijkend toen deze zich over hem heen boog, binnen de haag zijner tanden een zwart gekleurde tong rusteloos bewegen. William legde een arm onder zijn schouders om hem een eindje op te lichten en veegde met zijn hand het klamme zweet weg dat zijn voorhoofd bedekte. Malachias bespeurde een aanraking, een aanwezigheid, hij staarde strak voor zich uit, stellig zonder iets te zien en zeker zonder degene die hij voor zich had te herkennen. Hij hief een bevende hand op, greep William bij zijn borst, trok zijn gezicht naar zich toe totdat het bijna het zijne raakte en sprak toen zwakjes en op hese toon enkele woorden: 'Hij had het me gezegd... inderdaad... het had de kracht van duizend schorpioenen...'

'Wie had het je gezegd?' vroeg William. 'Wie?'

Malachias probeerde nog iets uit te brengen. Toen trok er een hevige siddering door zijn hele lichaam en zijn hoofd viel achterover. Zijn gezicht verloor alle kleur, elk teken van leven. Hij was dood.

William stond op. Hij zag de abt naast zich staan, maar zei geen woord tegen hem. Toen zag hij, achter de abt, Bernard Gui.

'Heer Bernard,' vroeg William, 'wie heeft deze man vermoord, als u de moordenaars zo goed hebt achterhaald en achter slot gezet?'

'Dat moet u mij niet vragen,' zei Bernard. 'Ik heb nooit gezegd dat ik alle misdadigers die in deze abdij rondlopen aan het gerecht heb overgeleverd. Ik zou het graag hebben gedaan, als ik had gekund.' Hij keek William aan. 'Maar de anderen laat ik nu over aan de gestrengheid... of de buitensporige lankmoedigheid van de heer abt,' zei hij, terwijl de abt verbleekte maar bleef zwijgen. Daarop liep hij weg.

Op dat moment hoorden we een jammerklacht, een schorre snik. Het was Jorge, voorovergebogen op zijn knielbank, ondersteund door een monnik die hem kennelijk had beschreven wat er was voorgevallen.

'Zal het dan nooit ophouden...' zei hij met gebroken stem. 'O Heer, vergeef ons allen!'

William boog zich nog even over het lijk. Hij greep zijn polsen en draaide zijn handpalmen naar het licht toe. De toppen van de eerste drie vingers van zijn rechterhand waren donker gekleurd.

ZESDE DAG
LAUDEN

Waarin een nieuwe cellarius wordt gekozen,
maar geen nieuwe bibliothecaris.

◆

Was het al tijd voor de lauden? Was het vroeger of later? Vanaf dat moment verloor ik mijn besef van tijd. Er verstreken misschien uren, misschien minder, waarin het lichaam van Malachias in de kerk op een katafalk werd neergelegd, terwijl zijn medebroeders zich er in een boog omheen opstelden. De abt trof maatregelen voor de aanstaande begrafenisplechtigheid. Ik hoorde hem Bengt en Nicola van Morimondo bij zich roepen. In minder dan een dag tijd, zei hij, was de abdij beroofd van de bibliothecaris en de cellarius. 'Jij,' zei hij tegen Nicola, 'neemt de taak van Remigio op je. Je kent de werkzaamheden van velen, hier in de abdij. Zet iemand op jouw plaats om toezicht te houden op de smidse, voorzie in de onmiddellijke behoeften van vandaag, in de keuken, en in het refectorium. Je bent vrijgesteld van het koorgebed. Je kunt gaan.' Toen tegen Bengt: 'Je was net gisteravond benoemd tot hulp van Malachias. Zorg ervoor dat het scriptorium wordt geopend en zie erop toe dat niemand alleen naar de bibliotheek gaat.' Bengt merkte schuchter op dat hij nog niet in de geheimen van die plek was ingewijd. De abt keek hem streng aan: 'Niemand heeft gezegd dat je dat zult worden. Zie erop toe dat het werk niet komt stil te liggen en dat het wordt beleefd als gebed voor de gestorven broeders... en voor hen die nog zullen sterven. Elkeen dient alleen te werken met de boeken die hem al ter hand zijn gesteld, wie wil mag de catalogus raadplegen. Meer niet. Je bent vrijgesteld van de vespers, want om die tijd moet je alles sluiten.'

'En hoe moet ik het gebouw uit komen?' vroeg Bengt.

'Dat is waar, ikzelf zal na het avondeten de deuren beneden sluiten. Je kunt gaan.'

Hij ging met de anderen de kerk uit, waarbij hij William ontweek die probeerde hem aan te spreken. In het koor bleef een groepje achter bestaande uit Alinardo, Pacifico van Tivoli, Aymaro van Alessandria en Pietro van Sant'Albano. Aymaro grijnsde spottend.

'Laten we de Heer danken,' zei hij. 'Nu de Duitser is gestorven, bestond het gevaar dat we een nog groter barbaar tot nieuwe bibliothecaris zouden krijgen.'

'Wie denken jullie dat op zijn plaats zal worden benoemd?' vroeg William.

Pietro van Sant'Albano glimlachte raadselachtig: 'Na alles wat er in deze dagen is gebeurd, is het probleem niet meer de bibliothecaris, maar de abt...'

'Zwijg,' zei Pacifico tegen hem. En Alinardo, nog steeds met zijn naar binnen gekeerde blik: 'Ze zullen weer een onrechtvaardigheid begaan... zoals in mijn tijd. We moeten ze tegenhouden.'

'Wie?' vroeg William. Pacifico nam hem vertrouwelijk bij de arm en liep met hem bij de oude man vandaan, in de richting van de deur.

'Alinardo... je weet het, we houden veel van hem, hij vertegenwoordigt voor ons de oude traditie en de betere dagen van de abdij... Maar soms praat hij zonder te weten wat hij zegt. Wij maken ons allen bezorgd om de nieuwe bibliothecaris. Hij moet een waardig, en rijp, en wijs man zijn... Dat is alles.'

'Moet hij Grieks kennen?' vroeg William.

'En Arabisch, zo wil de traditie, zo vereist zijn taak. Maar er zijn velen onder ons met die bekwaamheden. Mijn nederige persoon, en Pietro, en Aymaro.'

'Bengt kent Grieks.'

'Bengt is te jong. Ik weet niet waarom Malachias hem gisteren tot zijn hulp heeft gekozen, maar...'

'Kende Adelmo Grieks?'

'Ik geloof het niet. Of liever, zeker niet.'

'Maar Venantius kende het wel. En Berenger. Goed, ik dank je.' We verlieten de kerk om in de keuken iets te gaan eten.

'Waarom wilde u weten wie Grieks kende?' vroeg ik.

'Omdat al degenen die met zwarte vingers sterven Grieks kennen. Derhalve zal het niet onverstandig zijn het volgende lijk te verwachten onder degenen die Grieks kennen. Mij inbegrepen. Jij bent buiten gevaar.'

'En wat denkt u van de laatste woorden van Malachias?'

'Je hebt ze gehoord. Schorpioenen. De vijfde bazuin kondigt onder meer het verschijnen aan van sprinkhanen die de mensen zullen pijnigen met een angel gelijk die van een schorpioen, dat weet je. En Malachias heeft ons duidelijk gemaakt dat iemand het hem van tevoren had gezegd.'

'De zesde bazuin,' zei ik, 'kondigt paarden aan met leeuwenkoppen uit wier bek rook en vuur en zwavel komt, bereden door mannen in vuurrode, grijsblauwe en zwavelgele harnassen.'

'Te veel dingen. Maar de volgende misdaad zou in de buurt van de paardenstallen kunnen plaatshebben. Die zullen we in het oog moeten houden. En laten we ons voorbereiden op de zevende bazuin. Nog twee personen dus. Wie zijn de meest waarschijnlijke kandidaten? Als het oogmerk het geheim van het finis Africae is, degenen die het kennen. En naar mijn weten is dat alleen de abt. Tenzij het om nog een andere verwikkeling gaat. Je hebt het zojuist gehoord, er werd samengespannen om de abt af te zetten, maar Alinardo sprak in het meervoud…'

'We moeten de abt waarschuwen,' zei ik.

'Waarvoor? Dat ze hem zullen vermoorden? Ik heb geen overtuigende bewijzen. Ik maak gevolgtrekkingen alsof de moordenaar net zo redeneert als ik. Maar stel dat hij een ander plan volgt? En bovenal, stel dat er niet één moordenaar is?'

'Wat bedoelt u daarmee?'

'Dat weet ik niet precies. Maar zoals ik je heb gezegd, we moeten ons alle mogelijke vormen van orde en van wanorde voorstellen.'

ZESDE DAG
PRIEM

*Waarin Nicola van alles vertelt, terwijl William en Adson
de crypte met de kerkschat bezoeken.*

◆

Nicola van Morimondo was, in zijn nieuwe hoedanigheid van cellarius, bezig de keukenmeesters opdrachten te geven terwijl zij hem inlichtingen gaven over de gebruiken van de keuken. William vroeg hem om een gesprek, waarop hij ons verzocht enkele minuten te wachten. Vervolgens, zei hij, zou hij in de crypte met de kerkschat moeten afdalen om toe te zien op het schoonmaken van de reliekschrijnen, hetgeen ook nog tot zijn taak behoorde, en daar zou hij meer tijd hebben om te praten.

Even later nodigde hij ons inderdaad uit hem te volgen, ging de kerk binnen, liep achter het hoofdaltaar langs (terwijl de monniken bezig waren in het schip een katafalk in gereedheid te brengen voor de dodenwacht bij Malachias) en liet ons een trapje afdalen, waarna we in een zaal stonden met zeer lage gewelven, ondersteund door dikke pilaren van onbewerkte steen. We waren in de crypte waarin de rijkdommen van de abdij werden bewaard, een plaats die de abt zeer na aan het hart lag en die alleen bij uitzonderlijke gelegenheden en voor zeer aanzienlijke gasten werd geopend.

Overal in het rond stonden schrijnen van ongelijke grootte, in het binnenste waarvan het licht van de toortsen (aangestoken door twee vertrouwde helpers van Nicola) voorwerpen van wonderbaarlijke schoonheid deed schitteren. Vergulde paramenten, gouden kronen bezaaid met edelstenen, kastjes van verschillende metalen, versierd met allerlei voorstellingen, niëllo- en ivoorwerken. Nicola toonde ons opgetogen een evangelieboek waarvan de band prijkte met glanzende plaatjes email die een bonte eenheid van fraai gerangschikte vakjes vormden, gescheiden door gouddraad en vastgezet door edelstenen. Hij wees ons op een kostelijk kapelletje met twee zuilen uit lazuursteen en goud die een graflegging insloten, uitgevoerd in een fijn zilveren bas-reliëf waarboven een gouden, met dertien diamanten bezet kruis tegen een achtergrond van veelkleurig onyx, terwijl het kleine gebogen fronton uit agaat en robijnen bestond. Daarop zag ik een chryselefantien diptiek, verdeeld in vijf delen met vijf taferelen uit het leven van Christus en in het midden een lam Gods gemaakt van gedreven en verguld zilver met glaspasta, de enige polychrome voorstelling op een wasachtig witte ondergrond.

Terwijl hij ons deze dingen wees, straalden het gelaat en de gebaren van Nicola trots uit. William prees de voorwerpen die hij had gezien en toen vroeg hij Nicola wat voor soort man Malachias eigenlijk was.

'Vreemde vraag,' zei Nicola. 'Jij hebt hem ook gekend.'

'Ja, maar niet goed genoeg. Ik heb nooit begrepen welke gedachten hij verborg... en...' hij aarzelde om een oordeel uit te spreken over iemand die pas was overleden... 'en of hij ze wel had.'

Nicola bevochtigde een vinger, streek ermee over een niet volmaakt helder kristaloppervlak, en antwoordde met een flauwe glimlach, zonder William aan te kijken: 'Je ziet dat je geen vragen hoeft te stellen... Het is waar, velen zeiden dat Malachias iemand leek die veel nadacht maar in werkelijkheid een heel simpel mens was. Volgens Alinardo was hij onnozel.'

'Alinardo koestert wrok tegen iemand om een gebeurtenis van lang geleden, toen hem de waardigheid van bibliothecaris werd onthouden.'

'Daar heb ik ook over gehoord, maar dat betreft een oude geschiedenis die van ten minste vijftig jaar geleden dateert. Toen ik hier aankwam, was Roberto van Bobbio bibliothecaris, en de oude monniken fluisterden over een onrechtvaardigheid, ten nadele van Alinardo begaan. Toen wilde ik de zaak niet nader uitzoeken, want dat kwam me voor als gebrek aan respect tegenover de ouderen, en ik wilde niet het oor lenen aan geruchten. Roberto had een hulp, die later is gestorven, en op zijn plaats werd Malachias benoemd, die toen nog heel jong was. Velen zeiden dat hij geen enkele verdienste bezat, dat hij beweerde Grieks en Arabisch te kennen maar dat het niet waar was, dat hij alleen een goed nabootser was die in een fraai handschrift de manuscripten in die talen kopieerde, zonder te begrijpen wat hij kopieerde. Men zei dat een bibliothecaris veel meer kennis moest bezitten. Alinardo, die toen nog een levenskrachtige man was, maakte zeer bittere opmerkingen over die benoeming. En hij insinueerde dat Malachias op die plaats was neergezet om zijn vijand in de kaart te spelen, maar ik begreep niet wie hij bedoelde. Dat is alles. Er is altijd gefluisterd dat Malachias de bibliotheek als een waakhond verdedigde, zonder goed te begrijpen wat hij onder zijn hoede had. Anderzijds gingen er ook boze praatjes over Berenger, toen Malachias hem tot zijn hulp koos. Er werd gezegd dat hij al even weinig bekwaam was als zijn meester, dat hij alleen een intrigant was. Er werd ook gezegd...

maar ook jij zult inmiddels die geruchten hebben gehoord... dat er een vreemde verhouding bestond tussen Malachias en hem... Oude zaken, daarna werd er zoals je weet over Berenger en Adelmo gefluisterd, en de jonge schrijvers zeiden dat Malachias in stilte onder een gruwelijke afgunst leed... En verder werd er ook gefluisterd over de betrekkingen tussen Malachias en Jorge, nee, niet in de zin zoals je misschien zou denken... niemand heeft ooit iets op de deugd van Jorge kunnen aanmerken! Malachias had als bibliothecaris volgens traditie de abt tot biechtvader moeten kiezen, terwijl alle anderen bij Jorge biechten (of bij Alinardo, maar die oude man is nu bijna dement geworden)... Welnu, men zei dat Malachias desondanks te vaak vertrouwelijke gesprekken had met Jorge, alsof de abt zijn ziel leidde maar Jorge zijn lichaam, zijn handelingen, zijn werk bestuurde. Trouwens, dat weet je, je hebt het waarschijnlijk gezien: als iemand een aanwijzing wilde hebben over een oud en vergeten boek, vroeg hij die niet aan Malachias, maar aan Jorge. Malachias bewaarde de catalogus en kwam in de bibliotheek, maar Jorge wist wat elke titel betekende...'

'Hoe kwam het dat Jorge zoveel over de bibliotheek wist?'

'Hij was de oudste, na Alinardo, hij is hier sinds zijn jeugd. Jorge moet meer dan tachtig jaar zijn, men zegt dat hij al minstens veertig jaar blind is en misschien nog langer...'

'Hoe heeft hij het klaargespeeld om voordat hij blind werd zo veel kennis te vergaren?'

'O, er gaan allerlei verhalen over hem. Het schijnt dat hij als kind al door de goddelijke genade was geraakt en ginds in Castilië de boeken van de Arabieren en de Griekse geleerden las toen hij nog een knaap was. Trouwens, ook nadat hij blind is geworden, ook nu nog, zit hij urenlang in het scriptorium, laat zich de catalogus voorlezen en boeken brengen, en een novice leest hem uren achtereen voor. Hij herinnert zich alles, hij lijdt niet aan geheugenverlies zoals Alinardo. Maar waarom vraag je me dat alles?'

'Wie is er, nu Malachias en Berenger dood zijn, nog over die de geheimen van de bibliotheek kent?'

'De abt, en de abt zal ze nu aan Bengt moeten overdragen... als hij dat wil...'

'Waarom als hij dat wil?'

'Omdat Bengt jong is, hij is tot hulp benoemd toen Malachias nog leefde, en hulpbibliothecaris zijn is iets anders dan bibliothecaris zijn. Volgens traditie wordt de bibliothecaris later abt...'

'Ah, zit dat zo... Daarom wordt de bibliothecarispost zo fel begeerd.

Maar dan is Abbone dus bibliothecaris geweest?'

'Nee, Abbone niet. Zijn benoeming had plaats voordat ik hier aankwam, dat zal nu dertig jaar geleden zijn. Eerst was Paolo van Rimini abt, een merkwaardig man over wie vreemde verhalen de ronde doen: het schijnt dat hij een uiterst gulzig lezer was, hij kende alle boeken van de bibliotheek uit zijn hoofd, maar hij had een eigenaardig gebrek, hij kon niet schrijven, ze noemden hem Abbas agraphicus… Hij werd heel jong abt, men zei dat hij de steun had van Algirdas van Cluny… Maar dat zijn oude praatjes van de monniken. Kort en goed, Paolo werd abt, Roberto van Bobbio nam zijn plaats in de bibliotheek in, maar hij leed aan een ziekte die zijn krachten ondermijnde, men wist dat hij het lot van de abdij niet in handen zou kunnen nemen, en toen Paolo van Rimini was verdwenen…'

'Gestorven?'

'Nee, verdwenen, ik weet niet hoe, op een dag ging hij op reis en kwam niet meer terug, misschien werd hij onderweg door struikrovers vermoord… Dus toen Paolo was verdwenen, kon Roberto zijn plaats niet innemen en werden er duistere intriges gesmeed. Abbone – zegt men – was de natuurlijke zoon van de heer van deze streek, hij was opgegroeid in de abdij van Fossanova, men vertelde dat hij als jongeling de heilige Thomas had bijgestaan toen die daarginds stierf en dat hij dat grote lichaam naar beneden had gesleept over een torentrap die te smal leek om het lijk door te laten… dat was zijn grote heldenstuk, werd hier door boze tongen gefluisterd… Een feit is dat hij tot abt werd gekozen, ook al was hij geen bibliothecaris geweest, en door iemand, ik geloof Roberto, in de geheimen van de bibliotheek werd ingewijd.'

'En waarom werd Roberto gekozen?'

'Dat weet ik niet. Ik heb altijd getracht niet te veel navorsing te doen naar die dingen: onze abdijen zijn heilige plaatsen, maar rondom de waardigheid van abt wordt soms een geducht netwerk van kuiperijen geweven. Ik had meer belangstelling voor mijn glazen en mijn reliquiaria, ik wilde niet in die geschiedenissen worden betrokken. Maar nu begrijp je waarom ik niet weet of de abt Bengt wil inlichten, het zou zijn alsof hij hem tot opvolger zou aanwijzen: een onbezonnen knaap, een grammaticus, afkomstig van de barbaren uit het hoge noorden, hoe zou die iets kunnen weten van deze streek, van de abdij en van haar betrekkingen met de plaatselijke heren…'

'Maar Malachias was ook geen Italiaan, en Berenger evenmin, en toch zijn zij aan het hoofd van de bibliotheek gesteld.'

'Dat is nu juist een duistere zaak. De monniken mopperen dat de abdij sinds een halve eeuw haar tradities heeft losgelaten... Op grond van die tradities dong Alinardo, meer dan vijftig jaar geleden, misschien nog eerder, naar de waardigheid van bibliothecaris. De bibliothecaris was altijd een Italiaan geweest, aan grote geesten ontbreekt het in dit land niet. Overigens...' en hier aarzelde Nicola alsof hij niet wilde zeggen wat hij ging zeggen, '... zie je, misschien zijn Malachias en Berenger gestorven omdat men wilde voorkomen dat zij abt werden.'

Hij bezon zich, bewoog een hand voor zijn gezicht heen en weer als om weinig gepaste gedachten te verdrijven, bekruiste zich toen. 'Wat zeg ik toch? Zie je, in dit land gebeuren al jarenlang schandelijke dingen, ook in de kloosters, ook aan het pauselijk hof, in de kerken... Twisten om de macht te veroveren, beschuldigingen van ketterij om iemand een prebende te ontnemen... Het is droevig, ik verlies zo langzamerhand het vertrouwen in de menselijke soort, ik zie overal complotten en hofintriges. Daartoe moest ook deze abdij vervallen, tot een addernest, door duistere magie ontstaan in wat eens een schrijn vol heilige relikwieën was. Kijk, het verleden van dit klooster!'

Hij wees ons op de overal in het rond staande schatten, en kruisen en andere heilige voorwerpen in de steek latend voerde hij ons mee om de reliquiaria te zien die de glorie van dit oord vormden.

'Kijk,' zei hij, 'dit is de punt van de lans die de zijde van de Verlosser doorboorde!' Het was een gouden doosje met kristallen deksel, waarin op een purperen kussentje een driehoekig stuk ijzer lag neergevlijd, voorheen aangevreten door roest maar nu door een langdurige bewerking met oliën en wassen opnieuw glad en glanzend gemaakt. Maar dat was nog niets. Want in een andere doos, van zilver bezaaid met amethisten, waarvan de voorwand doorschijnend was, zag ik een stuk van het eerbiedwaardige hout van het heilig kruis, door Helena, moeder van keizer Constantijn, zelf naar deze abdij gebracht, nadat zij een pelgrimstocht naar de heilige plaatsen had gemaakt en de Golgotha-heuvel en het heilig graf had blootgelegd om daarboven een kathedraal te bouwen.

Daarna liet Nicola ons nog meer dingen zien, en ik zou niet over al die dingen kunnen vertellen, zoveel waren het er en van zo'n zeldzame aard. In een schrijn, die geheel uit aquamarijn bestond, lag een nagel van het kruis. In een ampul lag, op een bed van verlepte roosjes, een deel van de doornenkroon, en elders in een doosje, ook weer op een kleed van verdroogde bloemen, een vergeelde slip van het tafelkleed van het laatste avondmaal. Verder was er de beurs van de heilige Mattheüs, uit zilveren schakels bestaand, en in een koker, met eromheen een door de tand des tijds aangeknaagd violet lint met een gouden zegel, een bot van de arm van de heilige Anna. Ik zag, wonder der wonderen, onder een glazen stolp op een rood, met parels bestikt kussen, een stuk van de kribbe van Bethlehem, en een spanne van het purperen onderkleed van Johannes de Evangelist, twee schakels van de ketenen die in Rome de enkels van de apostel Petrus hadden omsloten, de schedel van de heilige Adalbertus, de degen van de heilige Stefanus, een scheenbeen van de heilige Margaretha, een vinger van de heilige Vitalis, een rib van de heilige Sophia, de kin van de heilige Eobanus, het bovenste deel van het schouderblad van de heilige Chrysostomus, de verlovingsring van de heilige Jozef, een tand van Johannes de Doper, de staf van Mozes, een gescheurd, ragdun stuk kant van het bruidskleed van de Maagd Maria.

En nog andere dingen die geen relikwieën waren maar toch getuigenissen vormden van wonderen en van wonderbaarlijke wezens uit verre landen, naar de abdij gebracht door monniken die tot aan de verste grenzen van de wereld hadden gereisd: een basilisk en een hydra, beide opgezet, een hoorn van een eenhoorn, een ei dat door een eremiet in een ander ei was gevonden, een stuk van het manna dat de joden in de woestijn tot voedsel had gediend, een walvistand, een kokosnoot, het schouderbeen van een prediluviaal dier, de ivoren slagtand van een olifant, de rib van een dolfijn. En verder relikwieën die ik niet herkende, waarvan de schrijnen misschien nog kostbaarder waren en waarvan sommige (te oordelen naar de makelij van hun zwart geworden zilveren kastjes) zeer oud waren, een onafzienbaar aantal stukjes bot, stof, hout, metaal en glas. En fiolen met donkere poeders, waarvan er een, naar ik vernam, verbrand puin van de stad Sodom bevatte, en een andere kalk van de muren van Jericho. Allemaal dingen, zelfs de nederigste, voor welke een keizer meer dan één leengoed zou geven en die niet alleen een bron van onmetelijk prestige vormden, maar ook een werkelijke, materiële rijkdom vertegenwoordigden voor de abdij waar wij te gast waren.

Ik bleef verbluft rondlopen, ook nadat Nicola had opgehouden ons de voorwerpen toe te lichten, die overigens elk op een kaartje waren beschreven; op goed geluk door die bewaarplaats van onschatbare kostbaarheden dwalend, bewonderde ik de voorwerpen nu eens in het volle licht en dan weer in het halfdonker, wanneer Nicola's helpers zich met hun toortsen naar een ander punt van de crypte verplaatsten. Ik was gefascineerd door die vergeelde stukken kraakbeen, mystiek en weerzinwekkend tegelijk, doorschijnend en geheimzinnig, door die flarden van kledingstukken uit onheuglijke tijden, verkleurd, gerafeld, soms in een fiool opgerold als gold het een verbleekt manuscript, door die verkruimelde brokjes materie die bijna niet meer te onderscheiden waren van de stof waarop ze lagen, heilige overblijfselen van een leven dat animaal (en rationeel) was, die nu, gevangen in kristallen of metalen huisjes welke in hun minuscule afmetingen de kloeke lijnen van de stenen kathedralen met hun torens en spitsen nabootsten, zelf ook in minerale substantie leken te zijn getransformeerd. Wachten de lichamen van de heiligen dus zo begraven op de verrijzenis van het vlees? Zouden zich uit deze brokstukjes opnieuw de organismen vormen die in de verblindende schittering van de aanschouwing Gods, wederom ten volle over de gevoeligheid van hun zintuigen beschikkend, zelfs – zoals de man uit Piperno schreef – de minimas differentias odorum zouden bespeuren?

Ik werd uit mijn overpeinzingen gewekt door William, die me op mijn schouder tikte: 'Ik ga weg,' zei hij. 'Ik ga naar het scriptorium om nog iets na te kijken.'

'Maar er worden geen boeken uitgereikt,' zei ik, 'Bengt heeft opdracht gekregen…'

'Ik moet alleen nog eens de boeken nakijken die ik onlangs heb gelezen, en die liggen nog allemaal in het scriptorium op de tafel van Venantius. Jij kunt hier blijven als je wilt. Deze crypte is een fraai epitome van de debatten over de armoede die je deze dagen hebt bijgewoond. Nu weet je waarvoor deze medebroeders van jou elkaar afmaken wanneer ze naar de waardigheid van abt dingen.'

'Maar gelooft u wat Nicola u heeft gesuggereerd? Hebben de misdaden dus met een strijd om de investituur te maken?'

'Ik heb je al gezegd dat ik me voor het ogenblik niet aan het uitspreken van hypothesen wil wagen. Nicola heeft veel gezegd. En sommige dingen leken me interessant. Maar nu ga ik nog een ander spoor volgen. Of misschien hetzelfde, maar van een andere kant. En laat jij je niet al te veel betoveren door deze schrijnen. Van het kruis heb ik nog talloze andere stukken gezien, in andere kerken. Als ze allemaal authentiek waren, zou Onze Heer niet aan twee gekruiste palen zijn genageld, maar aan een heel woud.'

'Meester!' zei ik geschokt.

'Zo is het, Adson. En er zijn nog rijkere schatten. Een tijd geleden heb ik in een Duitse kathedraal de schedel gezien van Johannes de Doper, op twaalfjarige leeftijd.'

'Werkelijk?' riep ik geestdriftig. Toen, door twijfel overvallen: 'Maar de Doper werd op oudere leeftijd vermoord!'

'De andere schedel zal zich wel in een andere schat bevinden,' zei William met een uitgestreken gezicht. Ik kon er nooit achter komen wanneer hij een grapje maakte. Wanneer in mijn land iemand gekscheert, zegt hij iets en lacht dan luidruchtig, opdat allen deel kunnen hebben aan de grap. William daarentegen lachte alleen wanneer hij ernstige dingen zei, en bleef volkomen ernstig wanneer hij vermoedelijk een grapje maakte.

ZESDE DAG
TERTS

Waarin Adson onder het luisteren naar het Dies irae *een droom of een visioen krijgt, hoe men het ook noemen wil.*

◆

William groette Nicola en ging naar het scriptorium. Ik had nu genoeg van de schat gezien en besloot de kerk in te gaan om voor de ziel van Malachias te bidden. Ik had nooit genegenheid gevoeld voor die man, die me angst aanjoeg, en ik verheel niet dat ik hem er lange tijd van had verdacht de bedrijver van alle misdaden te zijn. Nu had ik gehoord dat hij misschien een stumper was die gebukt ging onder onbevredigde hartstochten, aarden vat tussen ijzeren vaten, nors geworden omdat hij met zijn positie geen raad wist, zwijgzaam en ontwijkend omdat hij zich ervan bewust was dat hij niets te zeggen had. Ik voelde een zekere wroeging ten aanzien van hem en dacht dat het gebed voor zijn lot in het hiernamaals mijn schuldgevoelens zou kunnen sussen.

De kerk, waarin het stoffelijk overschot van de ongelukkige het middelpunt vormde, was nu verlicht door een zwak en bleek schijnsel en gevuld met het eentonige geprevel van de monniken die het dodenofficie baden.

In het klooster van Melk was ik verscheidene malen getuige geweest van het overlijden van een medebroeder. Het was een gebeurtenis die ik niet vrolijk kan noemen maar die me toch als sereen voorkwam, overheerst door gemoedsrust en door een algemeen besef van rechtvaardigheid. Elk ging op zijn beurt de cel van de stervende binnen om hem met goede woorden te sterken, en elkeen dacht in zijn hart hoe gelukzalig de stervende was, want hij maakte zich op om de kroon te zetten op een deugdzaam leven en zou zich weldra bij het koor der engelen aansluiten, in de vreugde die nooit een einde neemt. En een deel van die sereniteit, de geur van die heilige na-ijver, deelde zich mee aan de stervende, die ten slotte kalm de dood inging. Hoe anders waren de sterfgevallen van die laatste dagen geweest! Ik had nu van nabij gezien hoe een slachtoffer van de duivelse schorpioenen van het finis Africae stierf, en stellig waren ook Venantius en Berenger zo gestorven, terwijl ze bij water verlichting zochten, hun gezicht reeds vertrokken zoals dat van Malachias.

Ik ging achter in de kerk zitten en kroop in elkaar om me tegen de kou te weren. Ik voelde een weinig warmte en bewoog mijn lippen om me bij het koor van de biddende broeders aan te sluiten. Ik volgde hen bijna zonder me rekenschap te geven van wat mijn lippen zeiden, terwijl mijn hoofd knikte en mijn ogen telkens dichtvielen. Er ging geruime tijd voorbij, ik geloof dat ik ten minste drie- of viermaal was ingedommeld en weer wakker geworden. Toen zette het koor het *Dies irae* in... De psalmodiërende zang werkte als een bedwelmingsmiddel op mij. Ik viel geheel in slaap. Of misschien viel ik niet zozeer in slaap, maar zonk ik uitgeput weg in een onrustige verdoving, in elkaar gedoken als een kind dat nog in de buik van zijn moeder zit. En in die benevelde toestand van de ziel, die mij deed belanden in een gebied dat niet van deze wereld leek, had ik een visioen, of droom, wat het ook mag zijn.

Ik daalde langs een smalle trap af naar een onderaardse ruimte, alsof ik de crypte met de kloosterschat binnenging, maar nadat ik steeds verder naar beneden was gelopen, kwam ik in een ruimere crypte terecht waarin ik de keukens van het Hoofdgebouw herkende. Het waren beslist de keukens, maar hun uitrusting bestond niet alleen uit ovens en kookpotten, doch tevens uit blaasbalgen en hamers, alsof ook de smeden van Nicola zich er hadden geïnstalleerd. Het was er één rode gloed van fornuizen en ketels en pannen met kokende vloeistoffen waar stoom afsloeg terwijl aan de oppervlakte van hun inhoud grote bellen opborrelden die onder een aanhoudend dof geraas uiteenspatten. De keukenmeesters draaiden spitten in de lucht rond, terwijl de novicen, die daar allen waren samengekomen, telkens opsprongen om de kippen en het andere gevogelte, dat aan die gloeiende ijzers was gestoken, te vangen. Maar daarnaast sloegen de smeden zo hard met hun hamers dat de gehele ruimte ervan daverde, en wolken vonken spatten van de aambeelden op en vermengden zich met die welke door de twee fornuizen werden uitgebraakt.

Ik begreep niet of ik in de hel was of in een paradijs zoals Salvatore zich dat zou kunnen voorstellen, druipend van sauzen en vol met bengelende worstjes. Maar ik had geen tijd me af te vragen waar ik was, want een horde mannetjes, dwergen met grote hoofden in de vorm van een kookpan, kwam binnengestormd, en mij in hun vaart meesleurend duwden ze me naar de toegangsdeur tot het refectorium, waar ze me dwongen binnen te gaan.

De zaal was feestelijk versierd. Grote wandtapijten en vaandels hingen aan de muren, maar de voorstellingen waarmee ze waren verlucht waren niet van de soort die gewoonlijk appelleren aan de vroomheid van de gelovigen of getuigen van de grote daden van koningen. Ze leken veeleer geïnspireerd op de marginalia van Adelmo en gaven van zijn voorstellingen de minst schrikwekkende en meest koddige weer: hazen die om de kokanjemast dansten, rivieren waarin vissen zwommen die zich uit eigen beweging in de braadpan wierpen, welke werd opgehouden door apen gekleed als bisschopkeukenmeesters, monsters met dikke buiken die om stomende kookpotten dansten.

Aan de tafel zat in het midden de abt, feestelijk uitgedost in een wijd, met borduursel versierd purperen gewaad, zijn vork als een scepter in zijn hand geklemd. Naast hem dronk Jorge wijn uit een grote bokaal, en de cellarius, gekleed zoals Bernard Gui, las met ingetogen stem uit een boek in de vorm van een schorpioen heiligenlevens en stukken uit het evangelie voor, maar het waren verhalen waarin verteld werd dat Jezus grapjes maakte met Petrus, hem eraan herinnerde dat hij een steen was en zei dat Hij op die schaamteloze steen die over de vlakte rolde Zijn Kerk zou bouwen, of het verhaal van de heilige Hiëronymus die in een commentaar op de Bijbel zei dat God het achterwerk van Jeruzalem wilde ontbloten. En bij elke zin van de cellarius lachte Jorge terwijl hij met zijn vuist op tafel sloeg en riep: 'Jij wordt de volgende abt, bij de buik van God!' zo zei hij het precies, God vergeve me.

Op een vrolijk teken van de abt trad de stoet maagden binnen. Het was een schitterende optocht van rijk geklede vrouwen, in het midden waarvan ik op het eerste gezicht meende mijn moeder te onderscheiden; maar weldra zag ik mijn vergissing in, want het was natuurlijk het meisje, geducht als een leger in slagorde. Met dit verschil dat zij op haar hoofd een kroon van twee rijen witte parels droeg; nog twee snoeren parels vielen aan weerszijden van haar gelaat neer tot op haar borst, waar ze zich vermengden met twee andere parelsnoeren, en aan elk snoer hing een diamant zo groot als een pruim. Bovendien hing aan elk van haar oren een snoer blauwe parels die een kraag vormden aan de onderkant van haar hals, blank en recht als een toren van Libanon. Haar mantel was scharlakenrood, en in haar hand had zij een gouden kelk, bezaaid met diamanten, waarin zich naar ik wist (ik weet niet hoe) de dodelijke zalf bevond die Severin destijds was ontstolen. Deze vrouw, schoon als de dageraad, werd gevolgd door andere vrouwelijke gestalten, de ene gehuld in een witte geborduurde mantel over een donker gewaad versierd met een dubbele stola van gouddraad waarop veldbloemen waren geborduurd; de tweede had een mantel van geel damast over een bleekroze gewaad bezaaid met groene blaadjes, terwijl op de mantel twee bruine vierkanten in de vorm van een labyrint waren gestikt; en de derde had een rode mantel over een smaragdgroen gewaad waarin rode beestjes waren geweven, en zij droeg in haar handen een witte geborduurde stola; en ik keek niet hoe de anderen gekleed waren, want ik probeerde te vatten wie degenen waren die het meisje begeleidden, dat nu op de Maagd Maria geleek; en alsof elk van hen een kaartje in haar hand of tussen haar lippen droeg, wist ik dat het Ruth, Sara, Susanna en andere vrouwen uit de Heilige Schrift waren.

Op dat moment riep de abt: 'Allemaal hierheen, hoerenzonen!' en weer kwam een geordende schare van heilige personen, die ik heel goed herkende, het refectorium binnen, streng maar schitterend gekleed, en in het midden van de stoet was Een op de troon gezeten: het was Onze Heer, maar tegelijkertijd was het Adam, gehuld in een purperen mantel die op de schouders werd vastgehouden door een groot rood en wit diadeem van robijnen en parels, op zijn hoofd een kroon gelijk aan die van het meisje, in zijn hand een kelk van groter formaat vol met varkensbloed. Andere zeer heilige en mij welbekende personen, over wie ik later zal spreken, omringden hem, en verder een troep boogschutters van de Franse koning, de een in het groen, de ander in het rood gekleed, met een smaragdgroen schild waarop het Christusmonogram prijkte. De hoofdman van die soldaten trad op de abt toe om zijn opwachting te maken, waarbij hij hem de kelk overhandigde en zei: 'Sao ko kelle terre per kelle fini ke ki kontene, dertig jaren u bezit deze terre namens sancti Benedicti.' Waarop de abt antwoordde: 'Age primum et septimum de quatuor' en allen aanhieven: 'In finibus Africae, amen.' En allen sederunt.

Nadat de twee tegenovergestelde stoeten aldus waren ontbonden, maakte Salomo zich op een bevel van de abt gereed om de tafels te dekken, Jakob en Andreas droegen een baal hooi aan, Adam nam in het midden plaats, Eva strekte zich op een vijgenblad uit, Kaïn kwam binnen met een ploeg achter zich aan, Abel kwam met een emmer om Brunello te melken, Noach roeide in de ark triomfantelijk de zaal binnen, Abraham ging onder een boom zitten, Isaak strekte zich op het gouden altaar van de kerk uit, Mozes hurkte op een steen, Daniël verscheen aan de arm van Malachias op een katafalk, Tobias maakte het zich gemakkelijk op een bed, Jozef plofte op een korenmaat neer, Benjamin strekte zich op een baal uit en verder – maar hier werd het visioen verward – zat David op een heuveltje, Johannes op de grond, Farao op het zand (natuurlijk, zei ik bij mezelf, maar waarom?), Lazarus op de tafel, Jezus op de putrand, Zacheus op de takken van een boom, Mattheüs op een krukje, Rachab op het vlasafval, Ruth op het stro, Thecla op de vensterbank (terwijl vanbuiten het bleke gezicht van Adelmo verscheen die haar waarschuwde dat men ook naar beneden kon storten, in de diepte van het ravijn), Susanna in de moestuin, Judas tussen de graven, Petrus op de preekstoel, Jakob op een visnet, Elias op een zadel, Rachel op een takkenbos. En Paulus de apostel luisterde, na zijn degen te hebben neergelegd, naar Ezau die zat te mopperen, terwijl Job op de mesthoop jammerde en Rebecca hem met een hemd, Judith met een deken en Hagar met een lijkwade te hulp snelden; en enkele novicen droegen een grote dampende ketel aan waaruit Venantius van Salvemec, vuurrood, tevoorschijn sprong en bloedworstjes begon rond te delen.

Het refectorium werd nu steeds voller en allen aten om het hardst, Jona zette twee cichorei op tafel, Jesaja groenten, Ezechiël bramen, Zacheus bloemen van de wilde vijgenboom, Adam citroenen, Daniël wolfsbonen, Farao zoete pepers, Kaïn distels, Eva vijgen, Rachel appels, Ananias pruimen zo groot als diamanten, Lea uien, Aäron olijven, Jozef een ei, Noach druiven, Simeon perzikpitten, terwijl Jezus het *Dies irae* zong en opgewekt over alle spijzen azijn sprenkelde die Hij uit een sponsje kneep hetwelk Hij van de lans van een boogschutter van de Franse koning had gepakt.

'Mijn kinderen, mijn schaapjes altegader,' kwam de inmiddels dronken geworden abt tussenbeide, 'jullie kunnen niet zo als schooiers gekleed aan tafel zitten, kom hier, kom hier.' En hij bonsde op de eerste en de zevende van de vier, die misvormd als spoken van achter uit de spiegel naar buiten kwamen, de spiegel vloog in duizend stukken en daaruit vielen op de grond, verspreid over de kamers van het labyrint, kledingstukken in allerlei kleuren, met halfedelstenen bezet, alle smerig en gescheurd. En Zacheus pakte een wit kleed, Abraham een musbruin, Lot een zwavelgeel, Jona een hemelsblauw, Thecla een rozerood, Daniël een leeuwenbont, Johannes een kristalhelder, Adam een paradijsgroen, Judas een met zilverlingen bestikt, Rachab een scharlakenrood, Eva een gewaad in de kleur van de boom der kennis, en de één nam een bont, de ander een blauw, de één een grijs, de ander een grauw, purper of gitzwart, of schorskleurig, of baksteenkleurig, of helsesteen- of vagevuurkleurig, en Jezus liep te pronken in een duifgrijs kleed en verweet Judas lachend dat hij nooit vrolijk en onbezorgd een grapje kon maken.

Toen stak Jorge, na de vitra ad legendum van zijn neus te hebben genomen, een braambos in brand waarvoor Sara het hout had aangedragen. Jeftha had het gesprokkeld, Isaak had het vervoerd, Jozef had het gehakt, en terwijl Jakob de put opende en Daniël bij het meer ging zitten, brachten de bedienden water, Noach wijn, Hagar een wijnzak, Abraham een kalf dat door Rachab aan een paal werd gebonden terwijl Jezus het touw aan Elias gaf die zijn poten vastbond: Absalom hing het vervolgens aan zijn nekvel op, Petrus reikte het zwaard, Kaïn doodde het, Herodus vergoot zijn bloed, Sem wierp zijn ingewanden en drek weg, Jakob besprenkelde het met olie, Molessadon met zout, Antiochus zette het op het vuur, Rebecca braadde het en Eva proefde er het eerst van en dat bekwam haar slecht, maar Adam zei dat ze het zich niet moest aantrekken en klopte Severin op de schouder die aanraadde er kruiden bij te doen. Daarop brak Jezus het brood, deelde vissen rond, Jakob schold omdat Ezau al zijn linzen had opgegeten, Isaak verslond een geroosterd geitje en Jona een gekookte walvis, en Jezus vastte veertig dagen en veertig nachten lang.

Intussen liepen allen in en uit met kostelijk wild van elke vorm en kleur, waarvan Benjamin altijd het grootste en Maria het beste deel voor zichzelf hield, terwijl Martha klaagde dat zij altijd alle borden moest wassen. Daarna verdeelden ze het kalf, dat intussen enorm groot was geworden, en Johannes kreeg de kop, Absalom de nek, Aäron de tong, Samson de kaak, Petrus het oor, Holofernes de snuit, Lea de bil, Saul de hals, Jona de buik, Tobias de gal, Eva de rib, Maria de uier, Elisabeth de vulva, Mozes de staart, Lot de poten en Ezechiël de beenderen. Intussen verslond Jezus een ezel, de heilige Franciscus een wolf, Abel een schaap, Eva een moeraal, Johannes de Doper een sprinkhaan, Farao een poliep (natuurlijk, zei ik bij mezelf, maar waarom?) en David at Spaanse vliegen en wierp zich op het meisje nigra sed formosa, terwijl Samson zijn tanden in het achterwerk van een leeuw zette en Thecla gillend wegvluchtte, achtervolgd door een harige zwarte spin.

Allen waren nu duidelijk dronken, en de één gleed uit over de wijn, de ander viel in de kookpannen en stak er alleen nog met zijn benen als twee gekruiste palen bovenuit, en de vingers van Jezus waren allemaal zwart en Hij deelde bladen uit een boek rond, zeggende neemt en eet, dit zijn de raadsels van Symphosius, waaronder dat van de vis die de zoon Gods en uw verlosser is. En allen gingen weer aan het drinken, Jezus alsemwijn, Jona witte wijn, Farao salernerwijn (waarom?), Mozes dadelwijn, Isaak offerwijn, Aäron alantswijn, Zacheus appelwijn, Thecla brandewijn, Johannes klare wijn, Abel landwijn, Maria maagdenpalmwijn, Rachel bruidstranen.

Adam gorgelde, achterovergeleund, en de wijn kwam uit zijn rib naar buiten, Noach vervloekte in zijn slaap Cham, Holofernes snurkte argeloos, Jona sliep als een os, Petrus waakte tot aan het kraaien van de haan, Jezus schrok wakker toen Hij Bernard Gui en Bertrando del Poggetto schikkingen hoorde treffen om het meisje te verbranden en riep: 'Vader, indien het mogelijk is, laat deze beker aan Mij voorbijgaan!' En er waren slechte schenkers en goede drinkers, hier stierf iemand lachend en daar lachte iemand stervend, hier kwam iemand met ampullen en daar dronk iemand uit andermans glas. Susanna riep dat ze nooit haar mooie blanke lichaam voor een armzalig ossenhart aan de cellarius en aan Salvatore zou geven, Pilatus liep als een benarde ziel door het refectorium rond en vroeg water voor zijn handen en fra Dolcino, met een pluim op zijn hoed, bracht het hem, sloeg daarop hoonlachend zijn kleed open en toonde zijn bebloede schaamdelen, terwijl Kaïn de draak met hem stak door de mooie Margherita van Trente te omhelzen: Dolcino begon te huilen, hij liep naar Bernard Gui en legde zijn hoofd op diens schouder terwijl hij hem Papa Angelicus noemde, Ubertino troostte hem met een levensboom, Michael van Cesena met een zak goud, de Maria's besprenkelden hem met zalven en Adam haalde hem over in een pas geplukte appel te bijten.

Toen openden de gewelven van het Hoofdgebouw zich en daalde uit de hemel Roger Bacon neer op een vliegende machine, unico homine regente. Vervolgens speelde David op de lier, danste Salome met haar zeven sluiers, waarbij ze bij elke sluier die neerviel een van de zeven bazuinen blies en een van de zeven zegels toonde, totdat ze alleen nog amicta sole bleef. Allen zeiden dat ze nog nooit zo'n vrolijke abdij hadden gezien en Berenger lichtte van allen, mannen en vrouwen, het kleed op en kuste hen op de aars. Daarop begon een dans, met Jezus gekleed als dansmeester, Johannes als bewaker, Petrus als gladiator met drietand, Nimrod als jager, Judas als verrader, Adam als tuinman, Eva als spinster, Kaïn als struikrover, Abel als herder, Jakob als zwerver, Zacharias als priester, David als koning, Jubal als citerspeler, Jakobus als visser, Antiochus als kok, Rebecca als waterdraagster, Molessadon als domkop, Martha als dienares, Herodus als gevaarlijke gek, Tobias als arts, Jozef als timmerman, Noach als dronkaard, Isaak als boer, Job als bedroefde, Daniël als rechter, Thamar als hoer, Maria als vrouw des huizes die de bedienden opdroeg meer wijn te brengen omdat die idioot van een zoon van haar het water niet in wijn wilde veranderen.

Toen ontstak de abt in drift omdat hij, zo zei hij, zo'n mooi feest had georganiseerd en niemand hem iets ten geschenke gaf: waarop allen hem als om strijd geschenken en schatten kwamen brengen, een stier, een schaap, een leeuw, een kameel, een hert, een kalf, een ezelin, een zonnewagen, de kin van de heilige Eobanus, de haarstreng van de heilige Morimonda, de baarmoeder van de heilige Arundalina, de nek van de heilige Burgosina op twaalfjarige leeftijd, geciseleerd als een beker, een kopie van het *Pentagonum Salomonis*. Maar de abt begon te schreeuwen dat ze met dat gedoe probeerden zijn aandacht af te leiden (en inderdaad was men bezig de crypte met de kloosterschat, waarin we ons nu allen bevonden, te plunderen) en dat er een uiterst kostbaar boek was ontvreemd waarin sprake was van schorpioenen en van de zeven bazuinen, en hij riep de boogschutters van de Franse koning om hen alle verdachten te laten fouilleren. En tot ieders schande werden gevonden: een bonte lap stof op Hagar, een gouden zegel op Rachel, een zilveren spiegel in de boezem van Thecla, een drinkbeker onder de arm van Benjamin, een zijden deken tussen de kleren van Judith, een lans in de hand van Longinus en de vrouw van een ander in de armen van Abimelech. Maar het ergste gebeurde toen ze een zwarte haan vonden op het meisje, zwart en schoon als een kat van dezelfde kleur, waarop ze haar heks en pseudoapostel noemden en allen zich op haar wierpen om haar te straffen. Johannes de Doper onthoofdde haar, Abel keelde haar, Adam verjoeg haar, Nebukadnezar schreef met een vurige hand tekens uit de dierenriem op haar borst, Elias schaakte haar op een vuurwagen, Noach dompelde haar in het water, Lot veranderde haar in een zoutpilaar, Susanna beschuldigde haar van ontucht, Jozef bedroog haar met een ander, Ananias stopte haar in een oven, Samson ketende haar, Paulus geselde haar, Petrus kruisigde haar met het hoofd naar beneden, Stefanus stenigde haar, Laurentius verbrandde haar op het rooster, Bartolomeüs vilde haar, Judas klaagde haar aan, de cellarius verbrandde haar, en Petrus loochende alles. Daarop gingen allen haar te lijf, gooiden uitwerpselen naar haar, lieten winden in haar gezicht, urineerden op haar hoofd, braakten op haar borst, trokken haar de haren uit, sloegen haar met brandende fakkels op de billen. Het lichaam van het meisje, eens zo schoon en zo zoet, verloor nu zijn vlees en viel uiteen in kleine stukken die zich over de kristallen en gouden schrijnen en reliquiaria van de crypte verspreidden. Of liever, niet het lichaam van het meisje begon de crypte te vullen, het waren de in de crypte aanwezige fragmenten die zich al rondwervelend gaandeweg aaneensloten om het lichaam te vormen van het meisje, dat nu tot iets mineraals was geworden, en vervolgens opnieuw uiteenvielen en verstrooid werden, heilig stof van door een verbeten goddeloosheid vergaarde delen. Het was nu alsof één enkel onmetelijk lichaam in de loop der millennia in zijn delen was uiteengevallen en die delen tezamen de hele crypte hadden gevuld, stralender maar niet veel anders dan het ossuarium van de overleden monniken, en alsof de wezensvorm van het menselijk lichaam zelf, meesterwerk der schepping, was verbrokkeld tot meervoudige en gescheiden accidentele vormen en aldus tot het beeld van zijn eigen tegendeel was geworden, niet meer ideale maar aardse vorm van stof en beenscherven, slechts in staat een teken te zijn van dood en vernietiging...

Ik zag de deelnemers aan het gastmaal en de door hen meegebrachte geschenken niet meer, het was alsof alle gasten van het banket nu in de crypte waren, elk gemummificeerd in een stuk van zijn eigen overblijfsel, elk een bleke synecdoche van zichzelf, Rachel als een bot, Daniël als een tand, Samson als een kaak, Jezus als een flard van een purperen kleed. Alsof aan het eind van het gastmaal, nadat het feest in de afslachting van het meisje was veranderd, deze was geworden tot de universele slachting en ik er hier het eindresultaat van zag, de lichamen (wat zeg ik? het gehele aardse en ondermaanse lichaam van de hongerige en dorstige gasten) getransformeerd in een enkel dood lichaam, aan stukken gescheurd en mishandeld zoals het lichaam van Dolcino na de marteldood, getransformeerd in een weerzinwekkende en luisterrijke schat, over zijn gehele oppervlakte uitgespreid gelijk de opgehangen huid van een gevild dier waarin evenwel nog de ingewanden en alle organen en zelfs de gelaatstrekken versteend in het leer aanwezig zijn. De huid met elk van haar plooien, rimpels en littekens en met haar gladde vlakken, met het woud van de haartjes van armen en benen, van de borst en van de schaamstreek, tot een rijk damast geworden, en de borsten, de nagels, de eeltlagen onder de hiel, de fijne waaiers van de wimpers, de waterige materie van de ogen, het vlees van de lippen, de dunne bottenreeks van de wervelkolom, de architectuur van de beenderen, dat alles herleid tot een korrelig poeder, maar zonder dat iets van de eigen gedaante en de onderlinge ligging verloren is gegaan, de benen leeg en slap als een kous, hun vlees ernaast uitgespreid als een kazuifel met alle helrode arabesken van de aderen, de geciseleerde massa van de ingewanden, het intense en slijmige robijnrood van het hart, de rij tanden gerangschikt als een regelmatig parelsnoer, met de tong als een roze en blauwe hanger, de vingers, als kaarsen naast elkaar geplaatst, het zegel van de navel waarin de draden van het uitgestrekte tapijt van de buik samenkomen... Van overal in de crypte grijnsde en fluisterde het me nu toe en noodde me tot de dood, dit macrocorpus verdeeld over schrijnen en reliquiaria en desondanks gereconstrueerd in zijn uitgestrekte en redeloze totaliteit, en het was hetzelfde lichaam dat tijdens de maaltijd at en obscene bokkensprongen maakte, terwijl het me hier nu verstard leek in de onaanraakbaarheid van zijn dove en blinde ondergang. En Ubertino fluisterde me toe, terwijl hij me zo stijf bij de arm greep dat ik zijn nagels in mijn vlees voelde: 'Zie je, het is één en hetzelfde, dat wat eerst in zijn dwaasheid zegevierde en zich in zijn spel verlustigde, is nu hier, gestraft en beloond, bevrijd van de bekoring der hartstochten, verstard door de eeuwigheid, overgeleverd aan de eeuwige koude die het zal conserveren en louteren, aan het bederf onttrokken door de zegepraal van het bederf, want niemand kan meer tot stof doen vergaan wat reeds stof en minerale substantie is, mors est quies viatoris, finis est omnis laboris.'

Maar opeens kwam, vlammend als een woeste duivel, Salvatore de crypte binnen en schreeuwde: 'Domkop! Zie je niet dat dit het grote lyotardische beest is uit het boek van Job? Waar ben je bang voor, mijn kleine meester? Hier heb je kaas in het pannetje!' En plotseling lichtte de crypte op van rossige flitsen en ze was weer de keuken geworden, maar meer dan een keuken was het het slijmige en kleverige binnenste van een grote buik, en in het midden een beest, zwart als een raaf en met duizend handen, vastgeketend aan een groot rooster, dat zijn grijporganen uitstak om iedereen die om hem heen stond te pakken, en zoals de landman wanneer hij dorst heeft een druiventros uitperst, zo kneep dit ondier degenen die het had gevangen met een zodanige kracht dat het van de een de benen, van de ander het hoofd met zijn handen vermorzelde, waarna het zich aan zijn buit tegoed deed, een vuur oprispend dat nog erger leek te stinken dan zwavel. Maar, allerzonderlingst mysterie, dit tafereel boezemde mij geen schrik meer in en ik betrapte me erop dat ik met een gevoel van vertrouwdheid naar die 'goede duivel' (zo meende ik) keek die tenslotte niemand anders was dan Salvatore, want van het sterfelijk lichaam van de mens, van zijn lijden en van zijn bederf wist ik thans alles en ik vreesde niets meer. En warempel, in het schijnsel van de vlammen, dat nu vriendelijk en gemoedelijk leek, zag ik alle gasten aan het maal, tot hun eigen gedaante teruggekeerd, daar weer staan; ze zongen en zeiden dat alles weer van voren af aan begon, en onder hen het meisje, ongeschonden en schoon als de dag, dat tegen me zei: 'Het is niets, het is niets, je zult zien dat ik nog mooier dan eerst terugkom, laat me nu even gaan om op de houtmijt te branden, daarna zien we elkaar hierbinnen weer!' En ze wees me, God vergeve me, haar vulva, waarin ik binnenging en terechtkwam in een prachtige spelonk, die het lieflijke dal uit de paradijselijke tijd leek, overvloeiend van wateren en vruchten en bomen waaraan kaasjes in het pannetje groeiden. En allen dankten de abt voor het mooie feest en toonden hem hun genegenheid en voldoening door hem duwen en trappen te geven, hem de kleren van het lijf te rukken, hem op de grond uit te strekken en zijn roede met roeden te bewerken, terwijl hij lachte en vroeg hem niet langer te kittelen. En gezeten op paarden die wolken zwavel uit hun neusgaten bliezen, kwamen de broeders van het arme leven binnen met aan hun gordel beurzen vol goud waarmee zij de wolven in lammeren en de lammeren in wolven veranderden en ze tot keizers kroonden met goedkeuring van de volksvergadering die een loflied aanhief op Gods oneindige almacht. 'Ut cachinnis dissolvatur, torqueatur rictibus!' schreeuwde Jezus, met de doornenkroon zwaaiend. Daarop kwam paus Johannes binnen die tekeerging tegen de algemene verwarring en zei: 'Op deze manier weet ik niet waar het op uitdraait!' Maar allen lachten hem uit en gingen, de abt voorop, met de varkens naar buiten om in het bos truffels te zoeken. Ik wilde hen juist volgen, toen ik in een hoek William uit het labyrint zag komen met in zijn hand de magneet die hem met grote snelheid meevoerde naar het noorden. 'Laat me niet in de steek, meester!' riep ik. 'Ik wil ook zien wat er in het finis Africae is!'

'Dat heb je al gezien!' antwoordde William uit de verte. En ik werd wakker terwijl in de kerk de laatste woorden weerklonken van de rouwzang:

Lacrimosa dies illa
qua resurget ex favilla
iudicandus homo reus:
huic ergo parce deus!
Pie Iesu domine
dona eis requiem.

Een teken dat mijn visioen, als het niet, bliksemsnel gelijk alle visioenen, de tijd van een amen had geduurd, toch iets korter had geduurd dan een *Dies irae*.

ZESDE DAG
NA DE TERTS

Waarin William aan Adson zijn droom verklaart.

◆

Versuft liep ik door het hoofdportaal naar buiten en trof daar een kleine menigte aan. Het waren de franciscanen die vertrokken en William die naar beneden was gekomen om hen vaarwel te zeggen.

Ik sloot me bij de woorden van afscheid en de broederlijke omhelzingen aan. Daarop vroeg ik William wanneer de anderen zouden vertrekken, met de gevangenen. Hij zei dat ze al een halfuur geleden waren vertrokken, toen wij in de schatkamer waren; misschien, dacht ik, toen ik al aan het dromen was.

Ik was een ogenblik verslagen, daarna herstelde ik me. Beter zo. Ik zou niet bestand zijn geweest tegen de aanblik van de veroordeelden (ik bedoel die stumper van een cellarius, Salvatore... en natuurlijk ook het meisje), terwijl ze werden weggevoerd, voorgoed. Bovendien was ik nog zo verward door mijn droom dat mijn gevoelens zelf als bevroren waren.

Terwijl het gezelschap van de minorieten zich op weg begaf naar de poort van het kloosterterrein, bleven William en ik voor de kerk staan, beiden droefgeestig gestemd, zij het om verschillende redenen. Vervolgens besloot ik mijn droom aan mijn meester te vertellen. Hoe veelvormig en onlogisch het visioen ook was geweest, ik herinnerde het me met buitengewone helderheid, beeld voor beeld, gebaar voor gebaar, woord voor woord. En zo vertelde ik het, zonder iets achterwege te laten, want ik wist dat dromen dikwijls geheimzinnige boodschappen zijn waarin geleerde mensen heel duidelijke voorspellingen kunnen lezen.

William hoorde me zwijgend aan en vroeg toen: 'Weet je wat je hebt gedroomd?'

'Wat ik u heb verteld...' antwoordde ik onthutst.

'Natuurlijk, dat begrijp ik. Maar weet je dat hetgeen je me hebt verteld voor een groot deel al geschreven is? Jij hebt personen en gebeurtenissen van deze dagen ingevoegd in een kader dat je al kende, want het stramien van de droom heb je al ergens gelezen of heb je toen je jong was horen vertellen, op school, of in het klooster. Het is de *Coena Cypriani*.'

Een ogenblik was ik verbouwereerd. Toen herinnerde ik het me. Het was waar! Misschien was ik de titel vergeten, maar welke volwassen monnik of woelige novice heeft niet geglimlacht of gelachen om de verschillende taferelen, in proza of op rijm, van deze geschiedenis die tot de traditie van het paasritueel en van de ioca monachorum behoort? Ofschoon de strengsten onder de novicenmeesters het werk plegen te verbieden of te gispen, is er toch geen klooster waarin de monniken het elkaar niet stilletjes en op diverse manieren samengevat en aangevuld hebben verteld, terwijl sommigen het in vrome ijver overschreven, omdat zij beweerden dat het onder de sluier van speelsheid geheime zedelijke lessen verborg; en anderen moedigden de verspreiding ervan aan omdat, zeiden ze, de jongelieden door middel van het spel de episoden van de gewijde geschiedenis gemakkelijker uit het hoofd konden leren. Er was een versie van geschreven voor paus Johannes VIII, in verzen, met de opdracht: 'Ludere me libuit, ludentem, papa Johannes, accipe. Ridere, si placet, ipse potes.' En men vertelde dat zelfs Karel de Kale er een berijmde versie van op het toneel had gebracht in de trant van een allervrolijkst mysteriespel, om zijn dignitarissen aan tafel te vermaken:

Ridens cadit Gaudericus
Zacharias admiratur,
supinus in lectulum
docet Anastasius...

En hoeveel standjes had ik me van de meesters op de hals gehaald, wanneer mijn medeleerlingen en ik elkaar er gedeelten van voorlazen. Ik herinnerde me een oude monnik uit Melk die zei dat een deugdzaam man als Cyprianus niet een zo onwelvoeglijk werk, een zo heiligschennende parodie op de Schrift had kunnen schrijven, meer een ongelovige en een nar waardig dan een heilig martelaar... Sinds jaren was ik die jeugdspelletjes vergeten. Hoe was het mogelijk dat de *Coena* die dag weer zo levendig in mijn droom was verschenen? Ik had altijd gedacht dat dromen goddelijke boodschappen waren, of op zijn hoogst een onsamenhangend gestamel van het slapende geheugen rondom dingen die overdag waren gebeurd. Ik kwam nu tot de ontdekking dat men ook boeken kan dromen, en dat men dus dromen kan dromen.

'Ik wilde dat ik Artemidorus was, om je droom op de juiste wijze te kunnen interpreteren,' zei William. 'Maar ik meen dat het ook zonder de kennis van Artemidorus gemakkelijk te begrijpen is wat er is gebeurd. Jij, mijn arme jongen, hebt in deze dagen een reeks voorvallen beleefd waarin elke regel zoek lijkt. En vanmorgen is in je slapende geest de herinnering bovengekomen aan een soort klucht waarin, zij het misschien met andere bedoelingen, de wereld op haar kop werd gezet. Je hebt er je jongste herinneringen, je spanningen en je angsten ingevoegd. Je bent van de marginalia van Adelmo uitgegaan om opnieuw een groot carnaval te beleven waarin alles de verkeerde kant uit schijnt te gaan, en toch doet elk, net als in de *Coena*, dat wat hij in zijn leven werkelijk heeft gedaan. En aan het eind heb je je in je droom afgevraagd wat de verkeerde wereld is, en wat op je kop lopen inhoudt. Je droom wist niet meer waar boven en waar beneden was, waar de dood en waar het leven. Je droom heeft de lessen die je hebt ontvangen, in twijfel getrokken.'

'Ikzelf niet,' verschoonde ik me, 'alleen mijn droom. Maar dan zijn dromen dus geen goddelijke boodschappen, dan zijn het duivelse hersenschimmen en bevatten ze geen enkele waarheid!'

'Dat weet ik niet, Adson,' zei William. 'We hebben al zo veel waarheden in handen dat op de dag dat er ook nog iemand zou gaan beweren dat hij uit onze dromen een waarheid kan putten, de tijden van de Antichrist werkelijk nabij zouden zijn. En toch, hoe meer ik aan je droom denk, des te onthullender ik hem vind. Misschien niet voor jou, maar voor mij. Neem me niet kwalijk dat ik me van jouw dromen meester maak om mijn hypothesen te ontwikkelen, ik weet, het is iets laags, dat je niet zou moeten doen… Maar ik geloof dat jouw ziel in de slaap meer heeft begrepen dan ik in zes dagen en in wakende toestand heb begrepen…'

'Werkelijk?'

'Ik vind je droom onthullend omdat hij samenvalt met een van mijn hypothesen. Dank je.'

'Maar mijn droom had geen enkele betekenis, zoals alle dromen!'

'Hij had een andere betekenis, zoals alle dromen. Hij moet op allegorische of anagogische wijze worden gelezen…'

'Zoals de geschriften?'

'Een droom is een geschrift, en vele geschriften zijn niets anders dan dromen.'

ZESDE DAG
SEXT

Waarin men de geschiedenis van de bibliothecarissen reconstrueert en nog enige bijzonderheden over het geheimzinnige boek verneemt.

◆

William wilde weer naar het scriptorium, waar hij juist vandaan kwam. Hij verzocht Bengt de catalogus te mogen raadplegen en bladerde deze snel door. 'Het moet hier ergens zijn,' zei hij, 'ik heb het net een uur geleden gezien...' Hij hield bij een bladzijde stil. 'Hier,' zei hij, 'lees deze titel.'

Onder een enkele plaatsaanduiding (finis Africae!) stond een reeks van vier titels, een teken dat het een enkele band betrof die verscheidene teksten bevatte. Ik las:

I. ar. de dictis cujusdam stulti
II. syr. libellus alchemicus aegypt.
III. Expositio Magistri Alcofribae de coena beati Cypriani Cartaginensis Episcopi
IV. Liber acephalus de stupris virginum et meretricum amoribus

'Wat is dat voor iets?' vroeg ik.

'Het is ons boek,' fluisterde William me toe. 'Daarom zei ik zo-even dat jouw droom me op een idee bracht. Nu ben ik er zeker van dat dit het is. Want...' hij sloeg snel de onmiddellijk voorafgaande en volgende bladzijden om, 'inderdaad staan hier de boeken waaraan ik dacht, alle bij elkaar. Maar dat is niet wat ik wilde nagaan. Luister. Heb je je schrijfplankje bij je? Mooi, we moeten een berekening maken, en probeer je goed te binnen te brengen wat Alinardo ons onlangs heeft gezegd en wat we vanmorgen van Nicola hebben gehoord. Welnu, Nicola heeft ons verteld dat hij hier ongeveer dertig jaar geleden is gekomen en dat Abbone toen al tot abt was benoemd. Daarvóór was Paolo van Rimini abt. Klopt dat? Laten we zeggen dat deze wisseling omstreeks 1290 plaatsheeft, een paar jaartjes vroeger of later doen er niet toe. Verder heeft Nicola ons verteld dat toen hij hier kwam, Roberto van

Bobbio al bibliothecaris was. Is het niet? Later sterft hij, en de functie wordt aan Malachias gegeven, laten we zeggen aan het begin van deze eeuw. Schrijf op. Er is evenwel een periode voorafgaand aan de komst van Nicola, waarin Paolo van Rimini bibliothecaris is. Vanaf wanneer was hij het? Dat hebben ze ons niet verteld, we zouden de registers van de abdij kunnen onderzoeken, maar ik neem aan dat de abt die onder zijn hoede heeft, en voor het ogenblik wil ik ze hem liever niet vragen. Laten we de hypothese opstellen dat Paolo zestig jaar geleden tot bibliothecaris is benoemd. Schrijf op. Waarom beklaagde Alinardo zich over het feit dat, ongeveer vijftig jaar geleden, de bibliothecarispost aan hem had moeten toevallen maar aan een ander werd gegeven? Doelde hij op Paolo van Rimini?'

'Of op Roberto van Bobbio!' zei ik.

'Dat zou je kunnen denken. Maar kijk nu eens naar deze catalogus. Je weet dat de titels – dat heeft Malachias ons de eerste dag gezegd – in volgorde van aanschaf worden ingeschreven. En wie schrijft ze in dit register? De bibliothecaris. Derhalve kunnen we uit de verandering van het handschrift op deze bladzijden de opvolging van de bibliothecarissen afleiden. Laten we nu de catalogus van achteren naar voren bekijken. Het laatste handschrift is dat van Malachias. En het vult maar enkele bladzijden. De abdij heeft in deze laatste dertig jaren niet veel boeken aangeschaft. Dan begint een reeks bladzijden geschreven in een beverig handschrift: ik lees er duidelijk de signatuur in van de zieke Roberto van Bobbio. Ook hier zijn het maar enkele bladzijden, Roberto blijft waarschijnlijk niet lang in functie. En kijk eens wat we nu vinden: bladzijden en bladzijden vol met een ander handschrift, recht en vast, een reeks aanschaffen (waaronder de groep boeken waarnaar ik zojuist keek) die werkelijk indrukwekkend is. Wat moet die Paolo van Rimini hebben gewerkt! Te hard, als je bedenkt dat Nicola ons heeft verteld dat hij op heel jonge leeftijd abt werd. Maar stel eens dat deze gulzige lezer de abdij in enkele jaren tijd met zo veel boeken heeft verrijkt... Is ons niet verteld dat hij Abbas agraphicus werd genoemd vanwege dat vreemde gebrek, of die ziekte, waardoor hij niet kon schrijven? En wie schreef hier dan? Ik zou zeggen zijn hulpbibliothecaris. Maar als deze hulpbibliothecaris nu eens naderhand tot bibliothecaris was benoemd, dan zou hij de registratie hebben voortgezet en dan zouden we begrijpen waarom hier zo veel bladzijden met hetzelfde handschrift zijn beschreven. Dan zouden we, tussen Paolo en Roberto, nog een bibliothecaris hebben, ongeveer vijftig jaar geleden gekozen, en dat zou dan de mysterieuze concurrent zijn van Alinardo, die op grond van zijn hogere leeftijd hoopte Paolo op te volgen. Daarop verdwijnt deze man en op de een of andere manier wordt, tegen de verwachtingen van Alinardo en anderen in, Malachias op zijn plaats gekozen.'

'Maar waarom bent u er zo zeker van dat dit de juiste gevolgtrekking is? Zelfs aangenomen dat dit handschrift dat van de naamloze bibliothecaris is, waarom zouden de titels van de daaraan voorafgaande bladzijden dan niet van Paolo kunnen zijn?'

'Omdat onder deze aankopen alle bullen en decreten, geschriften van een zeer bepaalde datum dus, zijn geregistreerd. Ik bedoel, als je hier, om maar een voorbeeld te noemen, de *Firma cautela* van Bonifatius VIII, gedateerd 1296 vindt, weet je dat deze tekst niet vóór dat jaar is binnengekomen, en je kunt aannemen dat hij niet lang daarna is gearriveerd. Daarmee heb ik als het ware mijlpalen, langs de weg van de jaren uitgezet, waardoor ik, als ik ervan uitga dat Paolo van Rimini in 1265 bibliothecaris wordt en in 1275 abt, en dan constateer dat zijn handschrift, of dat van een ander die niet Roberto van Bobbio is, van 1265 tot 1285 duurt, een verschil van tien jaren ontdek.'

Mijn meester was werkelijk zeer scherpzinnig. 'Maar welke conclusies trekt u uit die ontdekking?' vroeg ik toen.

'Geen enkele,' antwoordde hij, 'alleen premissen.'

Daarna stond hij op en ging met Bengt praten. Deze zat braaf op zijn post, maar hij maakte bepaald geen zekere indruk. Hij zat nog aan zijn vroegere tafel en had niet de moed gehad de plaats van Malachias bij de catalogus in te nemen. William sprak hem enigszins koel aan. We waren de onaangename scène van de vorige avond niet vergeten.

'Al ben je nu zo machtig, mijnheer de bibliothecaris, je wilt me, hoop ik, toch wel iets zeggen. Die ochtend waarop Adelmo en de anderen hier over geestige raadsels discussieerden, en Berenger de eerste toespeling op het finis Africae maakte, heeft iemand toen de *Coena Cypriani* genoemd?'

'Ja,' zei Bengt, 'had ik dat niet gezegd? Voordat het gesprek op de raadsels van Symphosius kwam, noemde Venantius zelf de *Coena* en Malachias werd kwaad en zei dat het een verfoeilijk werk was, en dat, gezien het feit dat de abt alle monniken had verboden het te lezen...'

'De abt, zei je?' zei William. 'Heel interessant. Dank je, Bengt.'

'Wacht even,' zei Bengt, 'ik wil met u praten.' Hij gaf ons een teken hem te volgen naar de trap die van het scriptorium naar de keukens leidde, zodat de anderen hem niet konden horen. Zijn lippen trilden.

'Ik ben bang, frater William,' zei hij. 'Ook Malachias is vermoord. Ik weet nu te veel. En bovendien is de groep van de Italianen me vijandig gezind... Ze willen geen bibliothecaris meer die van buiten Italië komt... Ik denk dat de anderen juist daarom uit de weg zijn geruimd... Ik heb u nooit verteld over de haat van Alinardo jegens Malachias, over zijn wrokgevoelens.'

'Wie is degene die de functie jaren geleden heeft weggekaapt?'

'Dat weet ik niet, hij praat er altijd in vage termen over, bovendien is het een geschiedenis van lang geleden. Ze zullen allemaal wel gestorven zijn. Maar de groep Italianen rondom Alinardo spreekt vaak... sprak vaak over Malachias als over een stroman, door een ander hier neergezet, met medewerking van de abt... Ik ben, zonder het te beseffen, terechtgekomen in het spel van twee vijandige groeperingen... Dat heb ik vanmorgen pas begrepen... Italië is een land van samenzweringen, de pausen worden er vergiftigd, dus kun je je voorstellen wat een arme jongen zoals ik... Gisteren had ik het niet begrepen, ik dacht dat alles met dat boek te maken had, maar nu ben ik er niet meer zeker van, het boek was het voorwendsel: u hebt gezien dat het is teruggevonden, en Malachias is toch gestorven... Ik moet... ik wil... ik zou willen vluchten. Wat raadt u me aan?'

'Om rustig te blijven. Nu wil je raadgevingen, hè? Maar gisteravond leek het of je de wereld aan je voeten had. Dwaas, als je me gisteren had geholpen, zouden we deze laatste misdaad hebben voorkomen. Jij hebt Malachias het boek gegeven dat zijn dood heeft veroorzaakt. Maar zeg me tenminste één ding. Heb jij dat boek in je handen gehad, heb je het doorgebladerd, heb je het gelezen? En hoe komt het dan dat je niet dood bent?'

'Ik weet het niet. Ik zweer u, ik heb het niet aangeraakt, of liever, ik heb het aangeraakt om het uit het laboratorium mee te nemen, zonder het open te slaan, ik heb het onder mijn pij verstopt en ben naar mijn cel gegaan om het onder mijn strozak te leggen. Ik wist dat Malachias me in het oog hield en ik ben onmiddellijk naar het scriptorium teruggegaan. En later, toen Malachias me had aangeboden zijn hulp te worden, heb ik hem meegenomen naar mijn cel en hem het boek overhandigd. Dat is alles.'

'Vertel me niet dat je het niet eens hebt opengeslagen.'

'Jawel, ik heb het opengeslagen voordat ik het verstopte, om me ervan te vergewissen dat het werkelijk het boek was dat ook u zocht. Het begon met een Arabisch manuscript, toen kwam er geloof ik een in het Syrisch, toen een Latijnse tekst en ten slotte een in het Grieks...'

Ik herinnerde me de afkortingen die we in de catalogus hadden gezien. De eerste twee titels waren aangeduid als *ar.* en *syr.* Het was *het boek*! Maar William drong aan: 'Dus je hebt het aangeraakt en je bent niet gestorven. Dus men sterft niet door het aanraken ervan. En wat weet je me over de Griekse tekst te vertellen? Heb je daarnaar gekeken?'

'Heel even maar, genoeg om te zien dat het geen titelblad had, het begon alsof er een stuk aan ontbrak...'

'Liber acephalus...' mompelde William.

'...ik heb geprobeerd de eerste bladzijde te lezen, maar om de waarheid te zeggen ben ik heel slecht in Grieks, ik zou er meer tijd voor nodig hebben. En ten slotte werd mijn nieuwsgierigheid gewekt door een andere bijzonderheid, die juist de bladzijden in het Grieks betreft. Ik heb die tekst helemaal niet doorgebladerd, omdat het me niet lukte. De bladen waren om zo te zeggen doortrokken van vochtigheid, ze lieten niet goed van elkaar los. En dat kwam omdat het perkament iets vreemds had... het was weker dan ander perkament, de manier waarop de eerste bladzijde was afgesleten en bijna afschilferde, was... nu ja, vreemd.'

'Vreemd: de uitdrukking die Severin ook gebruikte,' zei William. 'Het perkament leek geen perkament... Het leek een stof, maar een dunne stof...' vervolgde Bengt.

'Charta lintea, of pergamino de pano,' zei William. 'Had je dat nooit gezien?'

'Ik heb erover gehoord, maar ik geloof niet dat ik het eerder heb gezien. Men zegt dat het erg duur is, en teer. Daarom wordt het weinig gebruikt. De Arabieren maken het, nietwaar?'

'Zij waren de eersten. Maar ze maken het ook hier in Italië, in Fabriano. En ook... Maar natuurlijk, ja, natuurlijk!' Williams ogen glinsterden. 'Wat een mooie en interessante onthulling, goed zo, Bengt, ik dank je! Ja, ik kan me voorstellen dat hier in de bibliotheek het charta lintea zeldzaam is, want er zijn geen manuscripten van erg jonge datum binnengekomen. Bovendien vrezen velen dat het niet zoals perkament de eeuwen doorstaat, en misschien is dat waar. Verbeeld je dat ze hier iets zouden willen hebben dat niet duurzamer is dan brons... Pergamino de pano, hè? Mooi, adieu. En maak je niet ongerust. Jij loopt geen gevaar.'

'Werkelijk, frater William, verzekert u me dat?'

'Ik verzeker het je. Als je op je plaats blijft. Je hebt al te veel onheil veroorzaakt.'

We verlieten het scriptorium, Bengt zo niet gerustgesteld, dan toch kalmer achterlatend.

'Stommeling!' siste William tussen zijn tanden terwijl we naar buiten liepen. 'We hadden alles al opgelost kunnen hebben als hij er niet tussen was gekomen...'

We troffen de abt in het refectorium aan. William liep regelrecht op hem toe en vroeg hem om een onderhoud. Abbone kon geen uitvluchten bedenken en sprak met ons af voor korte tijd later, in zijn huis.

ZESDE DAG

NOON

Waarin de abt weigert naar William te luisteren,
over de taal der edelstenen spreekt en de wens
te kennen geeft dat het onderzoek naar de droevige
gebeurtenissen wordt gestaakt.

◆

De abtswoning lag boven het kapittel en door de ramen van de grote, voorname kamer waarin hij ons ontving, kon men op deze heldere en winderige dag boven het dak van de abdijkerk uit de contouren van het Hoofdgebouw zien.

De abt stond er juist voor een van de ramen naar te kijken en wees ons er met een plechtig gebaar op.

'Bewonderenswaardige burcht,' zei hij, 'die in zijn proporties de gulden regel overneemt die aan de bouw van de ark ten grondslag lag. Opgetrokken in drie verdiepingen, want drie is het getal van de Drievuldigheid, drie dat van de engelen die Abraham bezochten, van de dagen die Jona in de buik van de grote vis doorbracht, van die welke Jezus en Lazarus in het graf verbleven, van de keren dat Christus de Vader vroeg de bittere kelk aan Hem te laten voorbijgaan, van de keren dat Hij zich terugtrok om met de apostelen te bidden. Driemaal werd Hij door Petrus verloochend en driemaal verscheen Hij na de verrijzenis aan de Zijnen. Drie in getal zijn de theologale deugden, de heilige talen, de delen van de ziel, de klassen van verstandelijke schepselen: engelen, mensen en duivels; drie ook de geluidsoorten: vox, flatus, pulsus; drie de tijdperken van de menselijke geschiedenis: vóór, tijdens en na de wet.'

'Wonderbaarlijke harmonie van mystieke overeenkomsten,' beaamde William.

'Maar ook de vierkante vorm,' vervolgde de abt, 'is rijk aan geestelijke leringen. Vier is het getal van de hoofdwindstreken, de seizoenen, de elementen, van koud, warm, vochtig en droog, van geboorte, groei, volwassenheid en ouderdom, en de diersoorten die in de hemel, op de aarde, in de lucht en in het water leven; vier de kleuren waaruit de regenboog is samengesteld en het aantal jaren dat nodig is om aan een schrikkeljaar te komen.'

'Jazeker,' zei William, 'en drie plus vier is zeven, mystiek getal bij uitstek, terwijl drie vermenigvuldigd met vier twaalf is, getal van de apostelen, en twaalfmaal twaalf honderdvierenveertig, het getal van de uitverkorenen.' En aan deze laatste proeve van mystieke kennis van de bovenaardse wereld der getallen had de abt niets meer toe te voegen. Hetgeen William de gelegenheid bood ter zake te komen.

'Ik zou met u willen praten over de jongste gebeurtenissen, waarover ik langdurig heb nagedacht,' zei hij.

De abt keerde zich van het raam af en keek William met een streng gezicht aan: 'Te lang misschien. Ik beken u, frater William, dat ik meer van u had verwacht. Vanaf uw aankomst hier zijn er bijna zes dagen verstreken, vier monniken zijn, na Adelmo, nog gestorven, twee zijn door de inquisitie gearresteerd – dat was gerechtigheid, natuurlijk, maar we hadden deze schande kunnen vermijden als de inquisiteur niet gedwongen was geweest zich met de misdaden van de voorafgaande dagen bezig te houden – en ten slotte heeft de ontmoeting, waarvan ik bemiddelaar was, juist vanwege al die schanddaden bedroevende resultaten opgeleverd... U zult moeten toegeven dat ik een andere oplossing van deze zaken kon verwachten toen ik u verzocht onderzoek te doen naar de dood van Adelmo...'

William zweeg, in verlegenheid gebracht. De abt had natuurlijk gelijk. Ik heb aan het begin van dit verhaal gezegd dat mijn meester graag anderen verbaasd deed staan over de snelheid van zijn gevolgtrekkingen, en het was logisch dat hij zich in zijn trots gekrenkt voelde nu hij, en niet eens ten onrechte, van traagheid werd beticht.

'Het is waar,' gaf hij toe, 'ik heb niet aan uw verwachtingen voldaan, maar ik zal uwe Hoogheid zeggen waarom. Deze misdaden zijn niet het uitvloeisel van een twist of een wraakoefening onder de monniken, maar zijn het gevolg van feiten die weer hun oorsprong vinden in een verder verleden van de abdij...'

De abt keek hem verontrust aan: 'Wat bedoelt u daarmee? Ik begrijp zelf ook wel dat de sleutel niet moet worden gezocht in de ongelukkige geschiedenis van de cellarius, die door een andere zaak heen loopt. Maar die andere, die andere die ik misschien weet maar waarover ik niet mag spreken... ik hoopte dat die u duidelijk was gebleken en dat u er tegen mij over zou hebben gesproken...'

'Uwe Hoogheid denkt aan de een of andere gebeurtenis waarover u in de biecht hebt vernomen...' De abt wendde zijn blik af en William vervolgde: 'Als uwe Doorluchtigheid wil weten of ik weet, zonder het van uwe Doorluchtigheid te hebben vernomen, dat er tussen Berenger en Adelmo en tussen Berenger en Malachias oneerbare betrekkingen hebben bestaan, wel, dat weet iedereen in de abdij...'

De abt kreeg een hoogrode kleur: 'Ik geloof niet dat het te pas komt in aanwezigheid van deze novice over dergelijke dingen te praten. En ik geloof niet dat u hem, nu de ontmoeting voorbij is, nog als schrijver nodig hebt. Ga de deur uit, jongeman,' zei hij op bevelende toon. Beteuterd verliet ik het vertrek. Maar nieuwsgierig als ik was ging ik vlak achter de deur staan, die ik op een kier liet zodat ik het tweegesprek kon volgen.

William ging verder: 'Welnu, deze oneerbare betrekkingen zijn, ook al hebben ze bestaan, van weinig invloed geweest bij de smartelijke gebeurtenissen. De sleutel is een andere, en ik dacht dat u dat wel vermoedde. Alles speelt zich af rondom de diefstal en het bezit van een boek, dat in het finis Africae was verborgen en nu door toedoen van Malachias daar is teruggekeerd zonder dat evenwel, zoals u hebt gezien, aan de reeks misdaden een eind is gekomen.'

Er volgde een lange stilte; toen nam de abt wederom het woord, maar met de hortende en onvaste stem van iemand die door onverwachte onthullingen wordt verrast. 'Het is niet mogelijk... Hoe... Hoe bent u achter het bestaan van het finis Africae gekomen? Hebt u mijn verbod overtreden en bent u de bibliotheek binnengegaan?'

Als William de waarheid had gezegd, zoals hij had moeten doen, zou de abt in hevige woede zijn ontstoken. Hij wilde klaarblijkelijk niet liegen en verkoos de vraag met een wedervraag te beantwoorden: 'Heeft uwe Doorluchtigheid mij tijdens onze eerste ontmoeting niet gezegd dat het een man zoals ik, die Brunello zo goed had beschreven zonder hem ooit te hebben gezien, geen moeite zou kosten gevolgtrekkingen te maken over plaatsen die hij niet mocht betreden?'

'Zo is het dus,' zei Abbone. 'Maar waarom denkt u wat u denkt?'

'Hoe ik tot die gedachte ben gekomen, is een lange geschiedenis. Maar er is een reeks misdaden gepleegd om vele personen te beletten iets te ontdekken waarvan men niet wilde dat het ontdekt werd. Allen die rechtmatig of door list en bedrog iets van de geheimen van de bibliotheek wisten, zijn nu dood. Er blijft maar één persoon over, u.'

'Wilt u insinueren... wilt u insinueren...' De abt sprak alsof zijn halsaders tot verstikkens toe opzwollen.

'Begrijpt u me niet verkeerd,' zei William, die waarschijnlijk wel had geprobeerd te insinueren, 'ik bedoel dat er iemand is die weet en die wil dat niemand anders weet. U bent de laatste die weet, u zou het volgende slachtoffer kunnen zijn. Tenzij u me vertelt wat u over dat verboden boek weet en bovenal, wie in de abdij evenveel als u, en misschien meer over de bibliotheek zou kunnen weten.'

'Het is koud hier,' zei de abt. 'Laten we hier weggaan.'

Ik liep ijlings van de deur weg en wachtte hen op boven aan de trap die naar beneden voerde. De abt zag me en glimlachte tegen me.

'Wat een massa onrustbarende dingen moet dit monnikje deze dagen hebben gehoord! Welaan, jongen, laat je niet te veel in de war brengen. Ik heb de indruk dat men zich meer verwikkelingen in het hoofd heeft gehaald dan er zijn…'

Hij hief een hand en liet het daglicht op een schitterende ring schijnen die hij aan zijn ringvinger droeg als teken van zijn macht. De ring fonkelde met de volle gloed van zijn stenen.

'Je herkent hem toch?' zei hij tegen mij. 'Symbool van mijn gezag maar ook van de last die op mij drukt. Het is geen sieraad, het is een schitterende bloemlezing van het goddelijk woord waarvan ik bewaker ben.' Hij streelde de steen, of liever de rozet van de verschillende stenen waaruit dat wonderschone meesterwerk van de menselijke kunst en de natuur bestond. 'Hier heb je de amethist,' zei hij, 'spiegel van nederigheid die ons aan de onschuld en zachtmoedigheid van de heilige Mattheüs herinnert; hier de chalcedon, teken van naastenliefde, symbool van de vroomheid van Jozef en de heilige Jacobus de Meerdere; hier de jaspis, onderpand van geloof, verbonden aan de heilige Petrus; en de sardonyx, teken van martelaarschap dat ons aan de heilige Bartolomeüs herinnert; hier de saffier, hoop en bespiegeling, steen van de heilige Andreas en de heilige Paulus; en de beril, rechte leer, wijsheid en lankmoedigheid, deugden die de heilige Thomas eigen waren… Hoe prachtig is de taal der edelstenen,' vervolgde hij, verzonken in zijn mystieke visioen, 'die door de lapidaristen uit de traditie is afgeleid van het borstschild van Aäron en van de beschrijving van het hemelse Jeruzalem in het boek van de apostel. Overigens waren de muren van Sion ingelegd met dezelfde stenen als die welke het pectorale van de broeder van Mozes tooiden, behalve karbonkel, agaat en onyx, die in Exodus worden genoemd maar in de Apocalyps zijn vervangen door chalcedon, sardonyx, chrysopraas en hyacint.'

William wilde iets zeggen, maar de abt legde hem met een handgebaar het zwijgen op en vervolgde: 'Ik herinner me een litanieënboek waarin elke steen op rijm werd beschreven ter ere van de Heilige Maagd. Over haar verlovingsring werd gesproken als over een symbolisch gedicht schitterend van hogere waarheden, tot uitdrukking gebracht door de taal van de stenen die hem tooiden. Maar in de ringkas waren nog meer materialen verwerkt die niet minder welsprekend waren, zoals kristal dat verwijst naar de kuisheid van de ziel en van het lichaam, liguur dat op amber gelijkt, symbool van matigheid, en magneetsteen dat ijzer aantrekt, zoals de Heilige Maagd de snaren van de boetvaardige harten met de strijkstok van haar goedheid beroert. Allemaal materialen die ook, zoals je ziet, al is het dan in uiterst geringe en bescheiden mate, mijn ring tooien.'

Hij bewoog de ring en verblindde mijn ogen met de fonkeling ervan, alsof hij me wilde bedwelmen. 'Wonderbaarlijke taal, is het niet? Voor andere vaderen betekenen de stenen weer andere dingen. Voor paus Innocentius III wijst de robijn op rust en geduld en de granaat op naastenliefde. De taal der edelstenen is veelzijdig, elk drukt verscheidene waarheden uit naargelang de context waarin zij verschijnen. En wie beslist wat de juiste context is? Dat weet jij, jongen, het is je geleerd: de auctoritas, de commentator die van alle de zekerste, de meest met aanzien en dus met heiligheid beklede is. Hoe zouden we anders kunnen vermijden in de valstrik van misverstanden te lopen die de duivel ons spant? Het is eigenaardig hoezeer de duivel de taal der edelstenen haat. Het onreine beest ziet er een boodschap in die haar glans ontvangt van verschillende kennisniveaus, en hij zou die willen omverwerpen want hij bespeurt in de schittering van de stenen de weerschijn van de heerlijkheden die hij vóór zijn val in zijn bezit had.' Hij stak mij de ring toe om te kussen, en ik knielde neer. Hij streelde me over het hoofd. 'En dus, jongen, vergeet de dingen die je deze dagen hebt gehoord en die ongetwijfeld dwalingen zijn. Jij bent ingetreden in de grootste en edelste aller orden, van deze orde ben ik een abt, jij staat onder mijn jurisdictie. Dus hoor mijn bevel: vergeet, en laat je lippen voor altijd verzegeld zijn. Zweer het.'

Aangedaan en geïmponeerd als ik was, zou ik zeker hebben gezworen. En gij, mijn waarde lezer, zoudt deze waarheidsgetrouwe kroniek dan nu niet kunnen lezen. Maar op dat moment kwam William tussenbeide, misschien niet zozeer om mij te beletten de eed uit te spreken, als uit een instinctieve reactie, uit ergernis, om de betovering te verbreken die de abt had geschapen.

'Wat heeft die jongen ermee te maken? Ik heb u een vraag gesteld, ik heb u voor een gevaar gewaarschuwd, ik heb u gevraagd mij een naam te noemen... Wilt u soms dat ik de ring ook kus en dat ik zweer te zullen vergeten wat ik te weten ben gekomen of wat ik vermoed?'

'Ach, u…' zei de abt droefgeestig, 'ik verwacht van een bedelmonnik niet dat hij de schoonheid van onze tradities begrijpt, of dat hij de terughoudendheid, de gelofte van stilzwijgen eerbiedigt waarop onze grootheid berust… U hebt me gesproken over een vreemde geschiedenis, een ongeloofwaardige geschiedenis. Een verboden boek, waarvoor de ene moord na de andere wordt gepleegd, iemand die dingen weet die ik alleen zou moeten weten… Sprookjes, ongerijmde gevolgtrekkingen. Spreekt u erover, als u wilt, niemand zal u geloven. En zelfs al zou een enkel onderdeel van uw fantastische reconstructie waar zijn, welnu, dan valt alles thans weer onder mijn verantwoordelijkheid. Ik zal toezicht uitoefenen, ik heb de middelen, ik heb het gezag ervoor. Ik heb er van het begin af verkeerd aan gedaan een vreemdeling, hoe knap ook, te vragen een onderzoek in te stellen naar dingen die uitsluitend tot mijn bevoegdheid behoren. Maar u hebt het begrepen: ik meende aanvankelijk dat er sprake was van een schending van de gelofte van kuisheid, en ik wilde dat een ander mij zou zeggen wat ik in de biecht had gehoord. Goed, u hebt het me nu gezegd. De ontmoeting tussen de gezantschappen heeft plaatsgehad, uw missie is beëindigd. Ik stel me voor dat u aan het keizerlijk hof met ongeduld wordt verwacht, men ontzegt zich niet lang de aanwezigheid van een man zoals u. Ik geef u toestemming de abdij te verlaten. Ik wil niet dat u na het invallen van de duisternis reist, de wegen zijn onveilig. Vertrekt u morgenochtend vroeg. O, bedankt u mij niet, het is een vreugde geweest u hier als broeder onder de broeders te hebben en u met onze gastvrijheid te eren. U kunt u met uw novice terugtrekken om uw bagage in gereedheid te brengen. Vanzelfsprekend is het niet nodig dat u uw onderzoek voortzet. Verstoort u de rust van de monniken niet langer. U kunt gaan.'

Het was meer dan een afscheid, het was een verjaging. William groette en we liepen de trappen af.

'Wat betekent dit?' vroeg ik. Ik begreep er niets meer van.

'Probeer een hypothese te formuleren. Je moet nu wel hebben geleerd hoe je dat doet.'

'Als dat zo is, heb ik geleerd dat ik er ten minste twee moet formuleren, de ene tegengesteld aan de andere, en beide ongeloofwaardig. Goed, dus…' Ik slikte: hypothesen opstellen ging me niet zo gemakkelijk af. 'Eerste hypothese, de abt wist alles al en dacht dat u niets zou ontdekken. Hij had u aanvankelijk, na de dood van Adelmo, met het onderzoek belast, maar langzamerhand heeft hij begrepen dat de geschiedenis veel ingewikkelder is, dat hij er in zekere zin ook in betrokken is, en hij wil niet dat u deze verwikkelingen aan het licht brengt. Tweede hypothese, de abt heeft nooit enig vermoeden gehad (van wat, dat weet ik niet want ik weet niet waaraan u denkt). Maar in elk geval dacht hij nog steeds dat alles het gevolg was van een twist tussen monniken die... die sodomie bedreven... Nu hebt u hem de ogen geopend, hij heeft opeens iets verschrikkelijks doorzien, hij heeft aan een naam gedacht, hij heeft een zeer bepaald vermoeden aangaande degene die voor de misdaden verantwoordelijk is. Maar op dat punt gekomen wil hij de kwestie alleen oplossen en u ter zijde schuiven, om de eer van de abdij te redden.'

'Goed zo. Je begint al aardig te redeneren. Maar je ziet dat onze abt in beide gevallen bezorgd is om de goede naam van zijn klooster. Moordenaar of volgend slachtoffer, wat hij ook mag zijn, hij wil niet dat berichten die de reputatie van deze heilige gemeenschap schaden, verder komen dan deze berg. Vermoord gerust zijn monniken, maar kom hem niet aan de eer van deze abdij. O, voor de...' William begon nu echt kwaad te worden. 'Die bastaard van een landjonker, die pronker die beroemd is geworden omdat hij de Aquinaat tot lijkdrager heeft gediend, die windbuil die alleen bestaat omdat hij een ring draagt zo groot als de bodem van een glas! Vat van hovaardij, vaten van hovaardij die jullie allemaal zijn, jullie cluniacenzers, erger dan vorsten, meer baron dan de baronnen!'

'Meester...' waagde ik op verwijtende toon, in mijn wiek geschoten.

'Hou jij je stil, jij bent van hetzelfde deeg gebakken. Jullie zijn geen eenvoudigen, noch zonen van eenvoudigen. Als een boer aan jullie deur klopt, laat je hem misschien binnen, maar ik heb het gisteren gezien, jullie aarzelen niet hem aan de wereldlijke arm over te leveren. Maar een van jullie stand niet, dan moet alles worden toegedekt. Abbone is in staat de stumper op te sporen, hem in de crypte met de kloosterschat een dolk tussen de ribben te steken en zijn ingewanden over de reliekschrijnen te verdelen, mits de eer van de abdij maar onaangetast blijft... Een franciscaan, zo'n plebejer van een minoriet die de rotte plek van dit heilige huis blootlegt? Lieve help, nee, dat kan Abbone zich tot geen enkele prijs veroorloven. Dank u, frater William, de keizer heeft u nodig, hebt u gezien wat een mooie ring ik heb, u kunt gaan. De uitdaging is nu echter niet meer alleen een kwestie tussen Abbone en mij, maar tussen mij en deze hele zaak, ik ga deze poort niet uit voordat ik erachter ben. Wil hij dat ik morgenochtend vertrek? Goed, hij is de baas in huis, maar vóór morgenochtend moet ik het weten. Dat moet.'

'Moet dat? Wie legt het u nu nog op?'

'Niemand legt ons op te weten, Adson. Je moet het, en daarmee uit, zelfs op gevaar af de zaak verkeerd te begrijpen.'

Ik was nog in de war en gekrenkt door Williams woorden tegen mijn orde en haar abten. Daarom trachtte ik Abbone ten dele te rechtvaardigen door een derde hypothese te formuleren, een kunst waarin ik, zo meende ik zelf, buitengewoon bedreven was geworden: 'U hebt geen rekening gehouden met een derde mogelijkheid, meester,' zei ik. 'We hebben deze dagen gemerkt en vanmorgen, na de confidenties van Nicola en de ontevreden opmerkingen die we in de kerk hebben opgevangen, is ons duidelijk gebleken dat er een groep is van Italiaanse monniken die de opeenvolgende benoemingen van niet-Italiaanse bibliothecarissen met lede ogen aanzien, die de abt ervan beschuldigen de traditie niet te eerbiedigen en die zich, voor zover ik heb begrepen, verschuilen achter de oude Alinardo, die ze als een vaandel voor zich uit schuiven, om een andere leiding van de abdij te eisen. Die dingen heb ik goed begrepen, want ook een novice heeft in zijn klooster allerlei discussies en toespelingen en samenzweringen van dien aard beluisterd. Misschien vreest de abt dus wel dat uw onthullingen zijn vijanden een wapen in handen zouden geven en wil hij de hele kwestie met grote omzichtigheid beslechten...'

'Dat is mogelijk. Maar hij blijft een windbuil, en ze zullen hem vermoorden.'

'Maar wat denkt u van mijn gissingen?'

'Dat zal ik je later zeggen.'

We waren in de kloostergang. De wind werd steeds straffer, het licht minder helder, ofschoon het negende uur nog maar net was verstreken. De schemering was al in aantocht en er bleef ons bitter weinig tijd over. Na de vespers zou de abt de monniken ongetwijfeld mededelen dat William geen enkel recht meer had vragen te stellen en overal binnen te gaan.

'Het is laat,' zei William, 'en als je weinig tijd hebt, pas dan op dat je je kalmte niet verliest. We moeten handelen alsof we de eeuwigheid voor ons hebben. Ik heb een probleem op te lossen: hoe het finis Africae binnen te komen, want daar zou het definitieve antwoord moeten zijn. Verder moeten we iemand redden, ik heb nog niet uitgemaakt wie. Ten slotte moeten we bedacht zijn op iets van de kant van de stallen; hou jij die in het oog... Kijk eens wat een drukte...'

In de ruimte tussen het Hoofdgebouw en de kloosterhof was inderdaad een opvallende beweging ontstaan. Een novice was even tevoren uit de abtswoning gekomen en naar het Hoofdgebouw gerend. Nu kwam Nicola naar buiten en begaf zich naar het dormitorium. In een hoek stond het groepje van die ochtend, Pacifico, Aymaro en Pietro, druk met Alinardo te praten, alsof ze hem tot iets wilden overreden.

Daarop schenen ze een besluit te nemen. Aymaro nam de nog wat onwillige Alinardo bij de arm en liep met hem naar de woning van de abt. Ze gingen er juist binnen toen uit het dormitorium Nicola kwam die Jorge in dezelfde richting leidde. Hij zag de twee naar binnen gaan, fluisterde Jorge iets in het oor, de oude man schudde zijn hoofd, waarop ze hun weg vervolgden.

'De abt neemt de situatie in handen...' mompelde William sceptisch. Uit het Hoofdgebouw kwamen nog verscheidene monniken die in het scriptorium hadden moeten werken, even later gevolgd door Bengt, die op ons toekwam met een gezicht dat nog bezorgder stond dan eerst.

'Het gist in het scriptorium,' zei hij tegen ons, 'niemand werkt, ze zitten allemaal druk met elkaar te praten... Wat is er aan de hand?'

'Er is aan de hand dat de personen die tot vanmorgen het meest verdacht leken, alle dood zijn. Tot gisteren was iedereen op zijn hoede voor Berenger, die trouweloze en wellustige dwaas, toen voor de cellarius, een verdachte ketter, ten slotte voor Malachias, gehaat bij iedereen... Nu weten ze niet meer voor wie ze op hun hoede moeten zijn, en ze voelen een dringende behoefte een vijand, of een zondebok te vinden. Iedereen verdenkt de ander, sommigen zijn bang, zoals jij, anderen hebben besloten een ander bang te maken. Jullie zijn allemaal veel te opgewonden. Adson, ga af en toe een kijkje nemen bij de stallen. Ik ga rusten.'

Ik had verbaasd moeten staan: gaan rusten terwijl hij nog maar enkele uren tot zijn beschikking had leek niet het meest verstandige besluit. Maar ik kende mijn meester zo langzamerhand. Hoe meer zijn lichaam zich ontspande, des te naarstiger werkte zijn geest.

ZESDE DAG
TUSSEN DE VESPERS EN DE COMPLETEN

*Waarin kort verslag wordt gedaan van
lange uren van verwarring.*

◆

Het valt me moeilijk te vertellen wat er gebeurde in de uren die volgden, tussen de vespers en de completen.

William was afwezig. Ik drentelde wat bij de stallen rond, maar zonder iets ongewoons op te merken. De paardenknechten waren bezig de paarden op stal te zetten; de dieren waren door de wind schrikachtig geworden, maar voor de rest was alles rustig.

Ik ging de kerk binnen. Allen zaten al op hun plaats in de koorbanken, maar de abt merkte de afwezigheid van Jorge op. Met een gebaar beval hij met het begin van het officie te wachten. Hij riep Bengt om hem op te dragen Jorge te gaan zoeken. Bengt was er niet. Iemand opperde dat hij waarschijnlijk bezig was het scriptorium voor de sluiting gereed te maken. De abt zei op geprikkelde toon dat was bepaald dat Bengt niets zou sluiten omdat hij de regels niet kende. Aymaro van Alessandria stond van zijn plaats op: 'Als de eerwaarde vader het toestaat, ga ik hem roepen...'

'Niemand heeft je iets gevraagd,' zei de abt kortaf, en Aymaro keerde naar zijn plaats terug, niet zonder Pacifico van Tivoli een ondefinieerbare blik te hebben toegeworpen. De abt riep Nicola, die er niet was. Men herinnerde hem eraan dat deze bezig was voorbereidingen te treffen voor het avondmaal, waarop hij een kregelig gebaar maakte, alsof het hem niet aanstond aan iedereen te laten zien dat hij in een opgewonden toestand verkeerde.

'Ik wil Jorge hier hebben,' riep hij, 'ga hem zoeken! Ga jij,' beval hij de meester van de novicen.

Een ander maakte hem erop opmerkzaam dat ook Alinardo afwezig was. 'Ik weet het,' zei de abt, 'hij is onwel.' Ik zat in de buurt van Pietro van Sant'Albano en hoorde hem, in een dialect uit Midden-Italië dat ik ten dele verstond, tegen zijn buurman Gunzo van Nola zeggen: 'Dat geloof ik graag. Toen hij vandaag na het gesprek buiten kwam, was de arme oude man geheel van streek. Abbone gedraagt zich als de hoer van Avignon!'

De novicen waren ontreddered: onkundig van alles, bespeurden ze met hun kinderlijke gevoeligheid toch de spanning die in het koor heerste, zoals ook ik die bespeurde. Er viel een lange, beklemmende stilte. De abt beval een paar psalmen te bidden en gaf er lukraak drie aan, die door de regel niet voor de vespers waren voorgeschreven. Allen keken elkaar aan, begonnen toen zachtjes te bidden. De novicenmeester kwam terug, gevolgd door Bengt die met gebogen hoofd naar zijn plaats ging. Jorge was niet in het scriptorium en niet in zijn cel. De abt gaf opdracht met het officie te beginnen.

Na afloop ging ik, voordat allen zich aan tafel begaven, naar Williams cel om hem te roepen. Hij lag op zijn strozak, gekleed, onbeweeglijk. Hij zei dat hij niet had gedacht dat het zo laat was. Ik vertelde hem in het kort wat er was gebeurd. Hij schudde zijn hoofd.

Bij de deur van het refectorium zagen we Nicola, die enkele uren geleden Jorge had begeleid. William vroeg hem of de oude man dadelijk bij de abt was binnengegaan. Nicola zei dat hij lange tijd buiten de deur had moeten wachten, omdat Alinardo en Aymaro van Alessandria in de kamer waren. Daarna was Jorge naar binnen gegaan; hij was enige tijd binnen gebleven en Nicola had op hem gewacht. Vervolgens was hij naar buiten gekomen en had zich, een uur voor de vespers, naar de kerk laten brengen, die nog verlaten was.

De abt zag ons met de cellarius praten. 'Frater William,' vermaande hij, 'bent u nog aan het ondervragen?' Hij wenkte hem om aan zijn tafel plaats te nemen, zoals gewoonlijk. De benedictijnse gastvrijheid is heilig.

Het avondmaal verliep in een gedrukte stemming en onder grotere zwijgzaamheid dan anders. De abt at met lange tanden, door sombere gedachten gekweld. Toen de maaltijd was afgelopen, beval hij de monniken snel naar de completen te gaan.

Alinardo en Jorge waren nog steeds afwezig. De monniken wezen elkaar onder gefluister de lege plaats van de blinde. Aan het eind van de dienst riep de abt allen op tot een speciaal gebed voor de gezondheid van Jorge van Burgos. Het was niet duidelijk of hij doelde op zijn lichamelijke gezondheid of op zijn eeuwig heil. Allen begrepen dat een nieuwe ramp de gemeenschap spoedig in opschudding zou brengen. Vervolgens beval de abt allen met grotere spoed dan gewoonlijk hun legerstede op te zoeken. Hij bepaalde dat niemand, en hij legde de nadruk op het woord niemand, buiten het dormitorium mocht blijven rondlopen. De beangstigde novicen gingen het eerst de kerk uit, met gebogen hoofd, de kap over hun gezicht, zonder met elkaar de kwinkslagen, elleboogstoten en lachjes of de plagerige en verborgen schoppen uit te wisselen waarmee ze gewoon waren elkaar te tarten (want een novice is toch nog altijd een kind, en weinig baat hebben de standjes van zijn meester, die niet kan beletten dat hij zich dikwijls als een kind gedraagt, zoals bij zijn jeugdige leeftijd past).

Toen de volwassenen de kerk verlieten, ging ik zo onopvallend mogelijk naast de groep lopen die ik voor mezelf al had bestempeld als die van de 'Italianen'. Pacifico zei zachtjes tegen Aymaro: 'Geloof jij dat Abbone werkelijk niet weet waar Jorge is?' En Aymaro antwoordde: 'Het kan best zijn dat hij het weet, en ook weet dat hij vandaar waar hij is nooit meer zal terugkeren. Misschien wilde de oude te veel, en wilde Abbone hem niet meer…'

Terwijl William en ik deden alsof we ons in het pelgrimshuis terugtrokken, zagen we de abt door de nog openstaande deur van het refectorium het Hoofdgebouw binnengaan. William vond het beter nog even te wachten; toen er niemand meer op het terrein te bekennen was, spoorde hij me aan hem te volgen. We staken haastig de open plekken over en gingen de kerk binnen.

ZESDE DAG
NA DE COMPLETEN

Waarin William haast bij toeval het geheim ontdekt om het finis Africae binnen te komen.

◆

We posteerden ons, gelijk twee sluipmoordenaars, vlak bij de ingang achter een zuil, vanwaar we de kapel met de doodskoppen in het oog konden houden.

'Abbone is het Hoofdgebouw gaan afsluiten,' zei William. 'Wanneer hij de deuren vanbinnen heeft vergrendeld, kan hij niet anders dan door het ossuarium naar buiten.'

'En dan?'

'En dan zien we wel wat hij doet.'

We kregen niet te zien wat hij deed. Na een uur was hij nog niet naar buiten gekomen. Hij is naar het finis Africae gegaan, zei ik. Kan zijn, antwoordde William. Gereed tot het formuleren van talloze hypothesen voegde ik eraan toe: misschien is hij weer door het refectorium naar buiten gegaan om Jorge te zoeken. En William: ook dat kan zijn. Misschien is Jorge al dood, opperde ik weer. Misschien is hij in het Hoofdgebouw bezig de abt te vermoorden. Misschien zijn ze allebei ergens anders en wacht iemand hen in een hinderlaag op. Wat wilden de 'Italianen', en waarom was Bengt zo angstig? Of was het soms een masker dat hij had voorgedaan om ons te misleiden? Waarom was hij tijdens de vespers in het scriptorium gebleven, als hij niet wist hoe hij het gebouw moest afsluiten, noch hoe hij eruit moest komen? Wilde hij de weg van het labyrint beproeven?

'Alles is mogelijk,' zei William. 'Maar er is één enkel ding dat gebeurt, of is gebeurd, of bezig is te gebeuren. En intussen schenkt de goddelijke barmhartigheid ons een lichtende zekerheid.'

'Welke?' vroeg ik hoopvol.

'Dat frater William van Baskerville, die zo langzamerhand de indruk heeft alles te doorzien, niet weet hoe in het finis Africae te komen. Naar de stallen, Adson, naar de stallen.'

'En als de abt ons ontdekt?'

'Dan doen we of we twee spoken zijn.'

Dat leek mij geen bruikbare oplossing, maar ik zweeg. William begon zenuwachtig te worden. We gingen door het noorderportaal naar buiten en staken het kerkhof over, terwijl de wind ons om de oren floot en ik de Heer bad ons niet zelf twee spoken te doen tegenkomen, want aan benarde zielen ontbrak het de abdij die nacht niet. We kwamen bij de stallen en hoorden de paarden die door het geweld van de elementen steeds onrustiger waren geworden. De hoofddeur van het gebouw had op borsthoogte een breed metalen traliewerk, waardoorheen men naar binnen kon kijken. In het donker onderscheidden we vaag de silhouetten van de paarden en ik herkende Brunello omdat hij het eerste paard links was. Rechts van hem hief het derde dier in de rij, toen het onze aanwezigheid bespeurde, zijn hoofd op en hinnikte. Ik glimlachte: 'Tertius equi,' zei ik.

'Wat?' vroeg William.

'O, niets, ik dacht aan die arme Salvatore. Hij wilde met dat paard de een of andere magie bedrijven, en in zijn Latijn duidde hij het aan als tertius equi. Dat was dus de u.'

'De u?' vroeg William die mijn gebazel had aangehoord zonder er veel aandacht aan te schenken.

'Ja, in goed Latijn betekent tertius equi niet het derde paard maar de derde van paard, of het derde teken in het woord paard, en dus de u. Maar het is onzin...'

William keek me aan, en in het donker meende ik een heftige emotie op zijn gezicht te lezen. 'God zegen je, Adson!' zei hij. 'Maar natuurlijk, suppositio materialis, de tekst moet de dicto worden opgevat en niet de re... Domkop die ik ben!' Hij gaf zich met de vlakke hand een fikse klap tegen het voorhoofd, zo hard dat ik een knallend geluid hoorde en vreesde dat hij zich pijn had gedaan. 'Mijn beste jongen, dat is de tweede maal vandaag dat door jouw mond de wijsheid spreekt, eerst in de droom en nu in wakende toestand! Vlug, ren naar je cel en haal de lamp, of liever alle twee de lampen die we hebben verstopt. Zorg dat ze je niet zien en tref me dadelijk daarna in de kerk! Stel geen vragen, ga!'

Ik ging zonder vragen te stellen. De lampen stonden onder mijn strozak, boordevol olie, want ik had ze al van tevoren gevuld. De vuursteen had ik in mijn pij. Met de twee kostbare instrumenten tegen mijn borst geklemd snelde ik naar de kerk.

William stond onder de drievoet het perkament met de aantekeningen van Venantius nogmaals door te lezen.

'Adson,' zei hij tegen me, 'primum et septimum de quatuor betekent niet de eerste en de zevende van de vier, maar *van vier,* van het woord quatuor!' Ik begreep het nog niet, maar opeens ging me een licht op: 'Super thronos viginti quatuor! Het opschrift! Het Bijbelvers! De woorden die boven de spiegel gegraveerd staan!'

'Kom mee,' zei William, 'misschien kunnen we nog een leven redden!'

'Van wie?' vroeg ik terwijl hij al bij de doodskoppen in de weer was om de toegang tot het ossuarium te openen.

'Van iemand die het niet verdient,' zei hij. We waren al met onze brandende lampen in de onderaardse gang, op weg naar de deur die naar de keuken leidde.

Ik heb al verteld dat je aan het eind een houten deur moest openduwen en dan in de keuken achter de haard terechtkwam, aan de voet van de wenteltrap die naar het scriptorium voerde. En juist terwijl we tegen die deur duwden, hoorden we aan onze linkerhand doffe geluiden in de muur. Ze kwamen van de wand naast de deur, waar de reeks nissen met doodskoppen en beenderen eindigde. Aan die kant was de plaats van de laatste nis ingenomen door een stuk gesloten muur van grote vierkante steenblokken, met in het midden een oude gedenksteen met gegraveerde, half uitgewiste monogrammen. Het gebons kwam, naar het leek, van achter de gedenksteen, of van boven de steen, voor een deel achter de muur, voor een deel ongeveer boven ons hoofd.

Als iets dergelijks de eerste nacht zou zijn gebeurd, zou ik onmiddellijk aan de dode monniken hebben gedacht. Maar ik was inmiddels geneigd van de levende monniken erger te verwachten. 'Wie zou dat zijn?' vroeg ik.

William duwde de deur open en stapte achter de haard de keuken in. Het gebons was ook te horen langs de wand opzij van de wenteltrap, alsof iemand gevangenzat in de muur, of liever gezegd in de ruimte die, naar men (gezien de dikte van het geheel) kon aannemen, tussen de binnenmuur van de keuken en de buitenkant van de zuidelijke toren bestond.

'Er zit hier iemand opgesloten,' zei William. 'Ik had me steeds al afgevraagd of er, in dit gebouw met al zijn doorgangen, niet een andere toegang was tot het finis Africae. Klaarblijkelijk is die er: vanuit het ossuarium open je, voordat je de keuken binnengaat, een stuk wand en je gaat naar boven langs een in de muur verborgen trap die evenwijdig is aan deze en rechtstreeks in het dichtgemetselde vertrek uitkomt.'

'Maar wie zit nu daarbinnen?'

'De tweede man. Eén zit in het finis Africae, de ander heeft geprobeerd naar hem toe te gaan, maar de man die boven zit moet het mechaniek dat beide ingangen bedient, hebben geblokkeerd. De bezoeker zit dus in de val. En hij zal zich hevig roeren, want in die nauwe slurf zal naar ik aanneem niet veel lucht komen.'

'Wie is het dan? We moeten hem redden!'

'Wie het is zullen we dadelijk zien. En wat dat redden betreft, dat kunnen we alleen doen door het mechaniek van boven af weer in werking te stellen, want van deze kant kennen we het geheim niet. Laten we dus vlug naar boven gaan.'

De daad bij het woord voegend beklommen we de trap naar het scriptorium en vandaar naar het labyrint, en bereikten in korte tijd de zuidelijke toren. Ik moest tot tweemaal toe mijn onstuimige haast bedwingen, want de wind die die avond door de luchtgaten drong, veroorzaakte stromingen die door de nauwe doorgangen van de vertrekken gierden en over de op de tafels verspreide bladen streken zodat ik de vlam met mijn hand moest beschermen.

Spoedig waren we in het vertrek met de spiegel, reeds voorbereid op het spel van vervormingen dat ons wachtte. We hieven de lampen hoog en beschenen de woorden die boven de lijst stonden: SUPER THRONOS VIGINTI QUATUOR... Het geheim was nu duidelijk: het woord quatuor heeft zeven letters, we moesten iets met de q en de r doen. In mijn opwinding wilde ik het zelf proberen: ik zette haastig de lamp op de tafel in het midden van het vertrek, maakte daarbij een te gejaagde beweging, de vlam begon aan de band van een boek dat erop lag te likken.

'Kijk uit, sufferd!' schreeuwde William en blies de lamp uit. 'Wil je de bibliotheek in brand steken?'

Ik verontschuldigde me en wilde de lamp weer aansteken. 'Laat maar,' zei William, 'de mijne is genoeg. Houd jij deze vast en licht me bij, want het opschrift is zo hoog aangebracht dat jij er niet bij zou kunnen. We moeten ons haasten.'

'En als er daarbinnen eens iemand met een wapen was?' vroeg ik, terwijl William bijna op de tast de bewuste letters zocht, waarbij hij ondanks zijn lengte op zijn tenen moest gaan staan om bij het apocalyptische vers te komen.

'Licht me bij, voor de duivel, en wees niet bang. God is met ons!' was zijn nogal tegenstrijdige antwoord. Zijn vingers hadden juist de q van quatuor gevonden, en ik die een paar passen achter hem stond, zag beter dan hij wat hij deed. Ik heb al gezegd dat de letters van de Bijbelverzen in de muur leken gebeiteld of gegraveerd: kennelijk waren die van het woord quatuor uit metalen plaatjes gesneden, achter welke een vernuftig mechaniek in de muur was ingemetseld. Want toen de *q* werd ingedrukt, hoorden we een soort korte klik, en hetzelfde gebeurde toen William op de *r* drukte. Door de hele lijst van de spiegel leek een schok te gaan, en het spiegelvlak schoot naar achteren. De spiegel was een deur, met de scharnieren aan de linkerkant. William stak zijn hand in de opening die tussen de rechterrand en de muur was ontstaan en trok. Knarsend ging de deur naar ons toe open. William glipte door de opening en ik achter hem aan, de lamp hoog boven mijn hoofd geheven.

Twee uur na de completen, aan het einde van de zesde dag, in het holst van de nacht die de zevende dag inleidde, waren we het finis Africae binnengedrongen.

ZEVENDE DAG

ZEVENDE DAG
NACHT

Waarin de wonderbaarlijke onthullingen zo talrijk zijn
dat, om ze samen te vatten, deze ondertitel even lang
zou moeten zijn als het gehele hoofdstuk,
hetgeen tegen de gewoonte is.

◆

We bevonden ons op de drempel van een vertrek dat qua vorm gelijk was aan de andere drie zevenhoekige vertrekken zonder raam en waarin een sterke geur van bedomptheid en beschimmelde boeken hing. Met de lamp hoog geheven bescheen ik eerst het gewelf, daarna bewoog ik mijn arm naar beneden, naar rechts en naar links, en de vlam wierp een vaag schijnsel op de boekenplanken langs de verst verwijderde wanden. Ten slotte zagen we in het midden een tafel beladen met papieren, en zittend achter de tafel een gedaante die in het donker roerloos op ons leek te wachten, als hij tenminste nog in leven was. Nog voordat de lamp zijn gelaat verlichtte, sprak William hem aan.

'Gezegende nacht, eerbiedwaardige Jorge,' zei hij. 'Verwachtte je ons?'

De lamp bescheen nu het gelaat van de oude man, die ons aankeek alsof hij ons zag.

'Ben jij het, William van Baskerville?' vroeg hij. 'Ik zit al sinds vanmiddag vóór de vespers, toen ik mezelf hier opsloot, op je te wachten. Ik wist dat je zou komen.'

'En de abt?' vroeg William. 'Is hij het die op de geheime trap tekeergaat?' Jorge aarzelde even: 'Leeft hij nog?' vroeg hij. 'Ik dacht dat hij al zou zijn gestikt.'

'Voordat we verder praten,' zei William, 'zou ik hem willen bevrijden. Jij kunt van hieruit de trapdeur opendoen.'

'Nee,' zei Jorge met vermoeide stem, 'dat kan ik niet meer. Het mechaniek wordt van onderaf bediend: door op de gedenksteen te drukken, zet men hierboven een hefboom in werking die een deur daarginds, achter die kast, ontgrendelt,' en hij wees achter zich. 'Naast de kast kun je een rad zien met twee tegenwichten die het mechaniek van hieruit in beweging brengen. Maar toen ik het rad hoorde draaien, een teken dat Abbone beneden was binnengekomen, heb ik een ruk gegeven aan het touw waaraan de gewichten hangen, zodat het is geknapt. Nu is de doorgang aan beide kanten afgesloten, en jij zou de touwen van het apparaat niet meer aan elkaar kunnen knopen. De abt is dood.'

'Waarom heb je hem gedood?'

'Toen hij me vandaag bij zich riep, heeft hij me verteld dat hij dankzij jou alles had ontdekt. Hij wist nog niet wat ik had geprobeerd te beschermen, hij heeft nooit precies begrepen welke de schatten van de bibliotheek zijn, en haar streven. Hij vroeg me hem te verklaren wat hij niet wist. Hij wilde dat het finis Africae werd ontsloten. De groep Italianen had hem gevraagd een einde te maken aan wat zij betitelen als het door mij en mijn voorgangers in stand gehouden geheim. Zij worden gedreven door hun zucht naar nieuwe dingen...'

'En jij zult hem wel hebben beloofd dat je hierheen zou gaan en een einde aan je leven zou maken zoals je een einde aan dat van de monniken hebt gemaakt, opdat de eer van de abdij zou zijn gered en niemand iets te weten zou komen. Vervolgens heb je hem de weg gewezen waarlangs hij na enige tijd boven kon komen om dat te controleren. In plaats daarvan wachtte je hem op om hem te doden. Heb je er niet aan gedacht dat hij door de spiegel kon binnenkomen?'

'Nee, Abbone is klein van stuk, hij zou zonder hulp niet in staat zijn geweest tot de versregel te reiken. Ik heb hem deze weg gewezen die alleen ik nog kende. Het is die waarvan ik me zelf jarenlang heb bediend, omdat het in het donker de gemakkelijkste was. Je hoefde alleen maar naar de kapel te gaan en daarna langs de knekels te lopen tot aan het eind van de gang.'

'Je hebt hem dus hier laten komen in de wetenschap dat je hem zou doden...'

'Ik kon zelfs hem niet meer vertrouwen. Hij was bang geworden. Hij had roem verworven omdat hij er in Fossanova in was geslaagd een lichaam langs een wenteltrap naar beneden te krijgen. Een ongerechtvaardigde roem. Nu is hij gestorven omdat hij er niet in geslaagd is het zijne naar boven te krijgen...'

'Je hebt hem veertig jaar lang gebruikt. Toen je merkte dat je blind werd en de bibliotheek niet langer onder controle zou kunnen houden, heb je een man tot abt laten kiezen op wie je kon vertrouwen, en eerst Roberto van Bobbio tot bibliothecaris laten benoemen, die je naar eigen goeddunken kon instrueren, en vervolgens Malachias, die geen stap verzette zonder eerst jou te raadplegen. Veertig jaar lang was je heer en meester over deze abdij. Dat is het wat de groep Italianen had doorzien, wat Alinardo steeds weer zei, maar waar niemand meer naar luisterde omdat men hem voor een demente oude man hield, nietwaar? Maar jij verwachtte mij nog, en je kon de ingang via de spiegel niet blokkeren omdat het mechaniek in de muur is ingemetseld. Waarom wachtte je op me, hoe kon je zo zeker weten dat ik zou komen?' vroeg William, maar zijn toon verried dat hij het antwoord al voorzag en het slechts wilde horen als beloning voor zijn schranderheid.

'Van de eerste dag af heb ik begrepen dat jij het zou begrijpen. Uit je stem, uit de manier waarop je me ertoe aanzette te discussiëren over dingen waarvan ik niet wilde dat ze werden besproken. Jij was scherpzinniger dan de anderen, je zou de zaak hoe dan ook hebben doorzien. Want je weet, je hoeft alleen maar na te denken en de gedachten van de ander in je eigen geest te reconstrueren. Verder hoorde ik je aan de andere monniken vragen stellen, altijd de juiste. Maar je vroeg nooit iets over de bibliotheek, alsof je elk geheim ervan al kende. Op een nacht heb ik bij je cel aangeklopt en je was er niet. Je was zonder twijfel hier. Er waren twee lampen uit de keuken verdwenen, hoorde ik een knecht zeggen. En toen ten slotte Severin je eergisteren in de narthex over een boek sprak, wist ik zeker dat je op hetzelfde spoor zat als ik.'

'Maar je hebt me het boek weten te ontfutselen. Je bent naar Malachias gegaan, die tot dan toe niets in de gaten had. Gekweld door jaloezie als die dwaas was, kon hij de gedachte niet van zich afzetten dat Adelmo hem had beroofd van zijn aanbeden Berenger, die wel eens een groener blaadje wilde. Hij begreep niet wat Venantius met deze geschiedenis van doen had, en jij hebt hem nog meer in de war gebracht. Je hebt hem verteld dat Berenger een liefdesrelatie met Severin had gehad en hem als beloning een boek uit het finis Africae had gegeven. Ik weet niet precies wat je tegen Malachias hebt gezegd, maar hij is, uitzinnig van jaloezie, naar Severin gegaan en heeft hem vermoord. Daarna heeft hij niet de tijd gehad om het boek dat jij hem had beschreven te zoeken, omdat de cellarius binnenkwam. Is het zo gegaan?'

'Min of meer.'

'Maar jij wilde niet dat Malachias zou sterven. Hij had de boeken van het finis Africae waarschijnlijk nooit ingezien, hij vertrouwde op jou, eerbiedigde je verboden. Hij beperkte zich ertoe 's avonds de kruiden klaar te zetten om mogelijke nieuwsgierigen af te schrikken. Severin leverde ze hem. Daarom ook liet Severin hem die dag binnen, het was zijn dagelijkse bezoek aan het hospitaal om de verse kruiden op te halen die de herborist in opdracht van de abt elke dag gereedmaakte. Heb ik goed geraden?'

'Je hebt goed geraden. Ik wilde niet dat Malachias stierf. Ik gaf hem opdracht het boek koste wat het kost op te sporen en ongeopend hier te brengen. Ik vertelde hem dat het de kracht van duizend schorpioenen had. Maar voor de eerste maal wilde de domkop op eigen initiatief handelen. Ik wilde hem niet dood hebben, hij was een trouwe uitvoerder. Maar vertel me niet steeds wat je al weet, ik weet dat je het weet. Ik wil je eigenwaan niet voeden, dat doe je zelf wel. Ik heb je vanochtend in het scriptorium Bengt horen ondervragen over de *Coena Cypriani*. Je was zeer dicht bij de waarheid. Ik weet niet hoe je het geheim van de spiegel hebt ontdekt, maar toen ik van de abt hoorde dat je tegenover hem het finis Africae had genoemd, wist ik zeker dat je er spoedig zou komen. Daarom wachtte ik op je. En, wat wil je nu?'

'Ik wil,' zei William, 'het laatste manuscript zien van de band die verder nog een Arabische tekst, een Syrische tekst en een interpretatie of transcriptie van de *Coena Cypriani* bevat. Ik wil die – vermoedelijk door een Arabier of een Spanjaard geschreven – Griekse kopie zien die jij hebt gevonden toen je, als hulp van Paolo van Rimini, voor elkaar had gekregen dat ze je naar je eigen land stuurden om de mooiste manuscripten van de Apocalyps uit León en Castilië te bemachtigen; een buit waarmee je hier in de abdij roem en achting hebt verworven en dankzij welke je de post van bibliothecaris kreeg, terwijl deze toekwam aan Alinardo, die tien jaar ouder is dan jij. Ik wil die Griekse kopie zien, geschreven op linnenpapier, dat in die tijd zeer zeldzaam was maar juist in Silos, nabij jouw geboorteplaats Burgos, werd vervaardigd. Ik wil het boek zien dat jij daarginds, na het te hebben gelezen, hebt weggehaald omdat je niet wilde dat anderen het zouden lezen en dat je hier hebt verborgen en op slinkse wijze beschermd, en dat je niet hebt vernietigd omdat een man zoals jij een boek niet vernietigt, maar het slechts bewaart en ervoor zorgt dat niemand het in handen krijgt. Ik wil het tweede boek van de *Poetica* van Aristoteles zien, het boek dat iedereen als verloren gegaan of nooit geschreven beschouwde en waarvan jij misschien de enige kopie bewaart.'

'Wat een voortreffelijk bibliothecaris zou je zijn geweest, William,' zei Jorge op een toon waarin zowel bewondering als wrevel doorklonk. 'Dus je weet werkelijk alles. Kom hier, ik geloof dat er een krukje aan jouw kant van de tafel staat. Ga zitten, hier is je beloning.'

William ging zitten en zette de lamp, die ik hem had aangereikt, op tafel neer zodat ze het gezicht van Jorge van onderaf verlichtte. De oude man pakte een boek dat voor hem lag en legde het voor William neer. Ik herkende de band, het was het boek dat ik in het hospitaal had geopend en voor een Arabisch manuscript had gehouden.

'Lees maar, William, blader het maar door,' zei Jorge. 'Je hebt gewonnen.'

William keek naar het boek maar raakte het niet aan. Hij haalde een paar handschoenen uit zijn pij tevoorschijn, niet de zijne zonder vingertoppen, maar die welke Severin droeg toen wij hem dood aantroffen. Hij sloeg langzaam de versleten, broze band open. Ik kwam naderbij en boog me over zijn schouder. Jorge met zijn vlijmscherpe gehoor merkte het geluid dat ik maakte op. Hij zei: 'Ben jij er ook, jongen? Ik zal het ook aan jou laten zien... straks.'

William keek schielijk de eerste bladzijden door. 'Volgens de catalogus is het een Arabisch manuscript over de uitspraken van de een of andere dwaas,' zei hij. 'Wat behelst het?'

'O, domme praatjes van de ongelovigen die menen dat dwazen scherpzinnige kwinkslagen kunnen maken die zelfs hun priesters verstomd doen staan en hun kaliefen tot geestdrift brengen...'

'Het tweede is een Syrisch manuscript, maar volgens de catalogus is het de vertaling van een Egyptisch geschriftje over alchemie. Hoe komt het in deze band terecht?'

'Het is een Egyptisch werk uit de derde eeuw van onze jaartelling. Het past bij het werk dat erop volgt maar is minder gevaarlijk. Niemand zou het oor lenen aan het gebazel van een Afrikaans alchemist. Hij schrijft de schepping van de wereld toe aan het lachen van God...' Hij hief zijn hoofd op en puttend uit zijn wonderbaarlijke geheugen van een lezer die nu al veertig jaar voor zichzelf herhaalde wat hij had gelezen toen hij nog over zijn gezichtsvermogen beschikte, reciteerde hij: 'Zodra God lachte, werden er zeven goden geboren die over de wereld regeerden, zodra hij in lachen uitbarstte, verscheen het licht, bij de tweede schaterlach verscheen het water, en op de zevende dag dat hij lachte verscheen de ziel... Zotteklap. Evenals het geschrift dat erop volgt, van een van die ontelbare idioten die zich aan het glosseren van de *Coena* hebben gezet... Maar dit zijn niet de teksten die jou interesseren.'

William had de bladzijden inderdaad snel omgeslagen en was bij de Griekse tekst aangekomen. Ik zag dadelijk dat de bladen van een ander en zachter materiaal waren, het eerste blad was bijna uit elkaar gevallen, gedeeltelijk aan de randen weggevreten en bezaaid met wittige vlekken, zoals ouderdom en vocht gewoonlijk op andere boeken teweegbrengen. William las de eerste regels eerst in het Grieks voor, vertaalde ze daarna in het Latijn en las in die taal verder, zodat ook ik kon begrijpen hoe het noodlottige boek begon.

> In het eerste boek hebben wij gesproken over de tragedie en over hoe zij, door medelijden en angst op te wekken, de loutering van deze gevoelens bewerkstelligt. Zoals beloofd, spreken we thans over de komedie (met inbegrip van satire en mime) en over hoe zij door plezier om het belachelijke op te wekken tot de loutering van deze hartstocht voert. Hoezeer deze hartstocht het overdenken waard is, hebben we al gezegd in het boek over de ziel, in zoverre de mens, als enige onder de bezielde wezens, in staat is om te lachen. We zullen derhalve nader bepalen van welk soort handelingen de komedie een nabootsing is en vervolgens zullen we de middelen onderzoeken waarmee de komedie de lach opwekt: deze middelen zijn de feiten en de uitdrukkingswijze. We zullen aantonen hoe het lachwekkende van de feiten ontstaat uit de assimilatie van het betere aan het slechtere en omgekeerd, uit verrassing door misleiding, uit het onmogelijke en uit de overtreding van de natuurwetten, uit het onbeduidende en het paradoxale, uit de ontluistering van de personages, uit de toepassing van kluchtige, platvloerse pantomimes, uit de disharmonie, uit de keuze van de minst achtenswaardige zaken. We zullen vervolgens aantonen hoe het lachwekkende van de uitdrukkingswijze ontstaat uit misverstanden door het gebruik van gelijke woorden voor verschillende dingen en verschillende woorden voor gelijke dingen, uit zwetserij en herhalingen, uit woordspelingen, uit verkleinwoorden, uitspraakfouten en barbarismen...

William vertaalde moeizaam, af en toe stokkend, zoekend naar de juiste woorden. Tijdens het vertalen glimlachte hij, alsof hij dingen herkende die hij verwacht had aan te treffen. Hij las de eerste bladzijde hardop, stopte toen alsof hij in de rest geen belang meer stelde en sloeg haastig de volgende bladen om. Spoedig ontmoette hij echter een weerstand, omdat de bladen langs het bovenste gedeelte van de zijkant en de snede aan elkaar vastzaten, zoals gebeurt wanneer de vochtig geworden en in ontbinding geraakte grondstof van het papier een soort kleverige substantie vormt. Jorge merkte dat het geritsel van de omgeslagen bladen was opgehouden en hij spoorde William aan: 'Lees maar, blader maar. Het is voor jou, je hebt het verdiend.'

William lachte, hij scheen nogal geamuseerd: 'Dan houd je me toch niet voor zó scherpzinnig, Jorge! Jij ziet het niet, maar ik heb handschoenen aan.

Met die ingepakte vingers gelukt het me niet de bladen van elkaar los te maken. Ik zou met blote handen verder moeten gaan, mijn vingers met mijn tong moeten bevochtigen zoals ik vanmorgen tijdens het lezen in het scriptorium onwillekeurig deed, waardoor ook dit mysterie mij plotseling duidelijk werd, en ik zou zo moeten doorgaan totdat er een voldoende hoeveelheid vergif in mijn mond zou zijn gekomen. Ik bedoel het vergif dat jij op een dag, lang geleden, uit het laboratorium van Severin hebt ontvreemd: misschien maakte je je toen al ongerust omdat je iemand in het scriptorium nieuwsgierig had horen vragen naar hetzij het finis Africae, hetzij het verloren gegane boek van Aristoteles, hetzij naar beide. Ik denk dat je de ampul lange tijd hebt bewaard om er, zodra je een gevaar zou bespeuren, gebruik van te maken. En dat gevaar heb je enige dagen geleden bespeurd, toen enerzijds Venantius het onderwerp van dit boek te dicht naderde en anderzijds Berenger zich, uit lichtzinnigheid, uit ijdelheid of om indruk te maken op Adelmo, minder terughoudend toonde dan je hoopte. Toen ben je hierheen gegaan om je valstrik te zetten. Precies op tijd, want enkele nachten later drong Venantius hier binnen, pakte het boek weg en bladerde het begerig, met een bijna lichamelijke gulzigheid door. Hij voelde zich al spoedig onwel en rende om verlichting te zoeken naar de keuken. Waar hij stierf. Vergis ik me?'

'Nee, ga verder.'

'De rest is eenvoudig. Berenger vindt Venantius' lijk in de keuken en vreest dat er een onderzoek uit zal voortkomen: Venantius was immers 's nachts in het Hoofdgebouw als gevolg van wat hij, Berenger, oorspronkelijk aan Adelmo had onthuld. Hij weet niet wat hij moet doen, neemt het lijk op zijn schouders en werpt het in de kruik met bloed, in de waan dat iedereen zal geloven dat Venantius is verdronken.'

'Hoe weet jij dat het zo is gegaan?'

'Jij weet het ook, ik heb gezien hoe je reageerde toen ze in Berengers cel een met bloed besmeurde lap vonden. Aan die lap had het onbezonnen jongmens zijn handen afgeveegd nadat hij Venantius in het bloed had gezet. Maar aangezien Berenger was verdwenen, kon hij niet anders dan verdwenen zijn met het boek dat inmiddels ook zijn nieuwsgierigheid had gewekt. En jij verwachtte dat ze hem ergens zouden vinden, niet onder het bloed, maar vergiftigd. De rest is duidelijk. Severin vindt het boek, want Berenger was aanvankelijk naar het hospitaal gegaan om het buiten het bereik van onbescheiden blikken te lezen. Malachias vermoordt op jouw instigatie Severin en sterft als hij hier terugkeert om aan de weet te komen wat er toch zo verboden was aan het voorwerp dat hem tot moordenaar had gemaakt. Zo hebben we dus voor alle lijken een verklaring... Wat een domkop...'

'Wie?'

'Ik. Door een paar woorden van Alinardo was ik ervan overtuigd geraakt dat de reeks misdaden het patroon van de zeven bazuinen uit de Apocalyps volgde. De hagel voor Adelmo, maar dat was zelfmoord; het bloed voor Venantius, maar dat was een bizar idee van Berenger; het water voor Berenger zelf, maar dat was een toevallige omstandigheid; het derde deel van de hemel voor Severin, maar Malachias had hem met het armillarium doodgeslagen omdat het het enige voorwerp was dat hij onder handbereik had. Ten slotte de schorpioenen voor Malachias... Waarom heb je tegen hem gezegd dat het boek de kracht van duizend schorpioenen had?'

'Dat kwam door jou. Alinardo had me zijn gedachten meegedeeld, daarna hoorde ik van iemand dat ook jij ze overtuigend vond... Toen heb ik tegen mezelf gezegd dat deze sterfgevallen waren beschikt door een goddelijk plan en dat ik er niet verantwoordelijk voor was. En ik kondigde Malachias aan dat als hij nieuwsgierig zou zijn, hij volgens datzelfde goddelijk plan zou sterven, zoals inderdaad is gebeurd.'

'Zo is het dus... Ik heb een verkeerd schema uitgedacht om de bewegingen van de schuldige te verklaren en de schuldige heeft zich eraan aangepast. En het is juist dit verkeerde schema dat me op jouw spoor bracht. In onze tijd is iedereen bezeten van het boek van Johannes, maar jij leek me degene die er het meest over nadacht, en niet zozeer wegens je speculaties over de Antichrist, maar omdat je afkomstig bent uit het land dat de meest luisterrijke Apocalypsen heeft voortgebracht. Iemand heeft me eens verteld dat de mooiste codices van dat Bijbelboek door jou naar deze bibliotheek zijn gebracht. Toen hoorde ik Alinardo op een dag morren over een geheimzinnige vijand van hem die in Silos boeken was gaan halen. (Mijn nieuwsgierigheid werd gewekt door zijn opmerking dat die vijand voortijdig het rijk der duisternis was binnengegaan: het leek toen alsof hij bedoelde dat de man jong gestorven was, maar hij zinspeelde op je blindheid.) Silos ligt in de nabijheid van Burgos, en vanochtend trof ik in de catalogus een reeks aanwinsten aan die stuk voor stuk Spaanse Apocalypsen betroffen en stamden uit de tijd dat jij Paolo van Rimini was opgevolgd of op het punt stond op te volgen. En onder die groep aanwinsten was ook dit boek. Ik kon echter niet zeker zijn van de juistheid van mijn reconstructie, totdat ik hoorde dat het gestolen boek van linnenpapier was. Toen herinnerde ik me Silos en wist ik het zeker. Naarmate de gedachte aan dit boek en zijn verderfelijke kracht vastere vorm aannam, verdween de gedachte aan een op de Apocalyps geïnspireerd schema natuurlijk naar de achtergrond, maar toch kon ik niet begrijpen hoe het kwam dat het boek en de opeenvolging van de bazuinen beide naar jou leidden; en ik kreeg juist meer inzicht in de geschiedenis van het boek doordat ik, aan de hand van de apocalyptische opeenvolging van de gebeurtenissen, gedwongen werd te denken aan jou en je discussies over de lach. Het is zelfs zo dat ik vanavond, toen ik al geen geloof meer hechtte aan het apocalyptische schema, er toch op stond de stallen te controleren, waar ik verwachtte de zesde bazuin te horen schallen; en juist bij de stallen verschafte Adson me, bij louter toeval, de sleutel om het finis Africae binnen te komen.'

'Ik kan je niet volgen,' zei Jorge. 'Je bent er trots op mij te kunnen aantonen dat je door logische redenering bij mij bent uitgekomen, en intussen toon je me aan dat je er via een foute redenering toe bent gekomen. Wat wil je me vertellen?'

'Jou, niets. Ik ben van mijn stuk gebracht, dat is alles. Maar het is niet van belang. Ik ben hier.'

'De Heer blies de zeven bazuinen en jij hebt, ook al was je op een dwaalspoor, een vage echo van die klank gehoord.'

'Dat heb je al in je preek van gisteravond gezegd. Je probeert jezelf ervan te overtuigen dat deze hele geschiedenis zich volgens een goddelijk plan heeft voltrokken om voor jezelf te verheimelijken dat je een moordenaar bent.'

'Ik heb niemand vermoord. Ieder heeft zijn eigen lot gevolgd en is wegens zijn eigen zonden gevallen. Ik ben slechts een werktuig geweest.'

'Gisteren heb je gezegd dat ook Judas een werktuig was. Dat neemt niet weg dat hij is verdoemd.'

'Ik aanvaard het risico van de verdoemenis. De Heer zal me mijn schuld kwijtschelden, want Hij weet dat ik heb gehandeld voor Zijn glorie. Mijn plicht was de bibliotheek te beschermen.'

'Slechts enkele ogenblikken geleden was je erop uit ook mij te vermoorden, en ook deze jongen...'

'Jij bent scherpzinniger, maar niet beter dan de anderen.'

'En wat gebeurt er nu ik je opzet heb verijdeld?'

'Dat zullen we zien,' antwoordde Jorge. 'Je dood is niet noodzakelijk voor mij. Misschien kan ik je tot andere gedachten brengen. Maar vertel me eerst eens, hoe heb je geraden dat het om het tweede boek van Aristoteles ging?'

'Jouw anathema's tegen de lach zouden zeker niet voldoende zijn geweest, noch het weinige dat ik te weten kwam over de discussies die je met de anderen had. Enkele nagelaten aantekeningen van Venantius hebben me op weg geholpen. Aanvankelijk begreep ik niet wat ze betekenden. Er was echter sprake van een schaamteloze steen die over de vlakte rolt, van krekels die vanaf de aarde zullen zingen, van eerbiedwaardige vijgen. Ik had iets dergelijks al eerder gelezen en heb het dezer dagen nog eens nagezien. Het zijn voorbeelden die Aristoteles gaf in zijn eerste boek van de *Poetica,* of in de *Rhetorica.* Toen herinnerde ik me dat Isidorus van Sevilla de komedie definieert als iets wat verhaalt over stupra virginum et amores meretricum... Langzaam maar zeker vormde zich toen in mijn geest een beeld van dit tweede boek. Ik zou het je bijna in zijn geheel kunnen vertellen, zonder de bladzijden te lezen die mij hadden moeten vergiftigen. De komedie ontstaat in de komai ofwel boerendorpen, als een vrolijk spel na een maaltijd of een feest. Het verhaalt niet van roemrijke, machtige mannen, maar van gewone, lachwekkende, niet boosaardige wezens, en het eindigt niet met de dood van de hoofdpersonen. Het bereikt het effect van lachwekkendheid door het tonen van de fouten en gebreken van gewone mensen. Aristoteles ziet onze dispositie tot lachen hier als een goede kracht die ook een cognitieve waarde kan hebben, wanneer hij ons door geestige raadsels en onverwachte metaforen – waarin hij ons de dingen anders voorstelt dan ze zijn, alsof hij leugens vertelt – in feite ertoe dwingt de dingen beter te bekijken, tegen onszelf te zeggen: ja, zo was het precies, en ik wist het niet. Het is de waarheid die we bereiken door de mensen en de wereld slechter voor te stellen dan ze zijn of dan we denken dat ze zijn, en in elk geval slechter dan heldenepossen, tragedies en heiligenlevens ze ons hebben getoond. Heb ik gelijk?'

'Min of meer. Heb je dit door het lezen van andere boeken gereconstrueerd?'

'Ja, en de meeste ervan had Venantius onder handen. Ik denk dat hij al lang naar dit boek op zoek was. Vermoedelijk heeft hij in de catalogus dezelfde aanwijzingen gelezen als ik heb gelezen en is hij tot de conclusie gekomen dat dit het boek was waarnaar hij zocht. Maar hij wist niet hoe hij in het finis Africae moest komen. Toen hij er Berenger met Adelmo over hoorde spreken, heeft hij zich als een hond op het hazenspoor gestort.'

'Zo is het gegaan, dat heb ik dadelijk ingezien. Ik begrijp dat het ogenblik was gekomen om de bibliotheek met hand en tand te verdedigen...'

'Toen heb je het giftige smeersel aangebracht. Dat zal je wel moeite hebben gekost... in het donker.'

'Mijn handen zien zo langzamerhand meer dan jouw ogen. Ik had ook een penseel van Severin meegenomen. En ook ik heb handschoenen gebruikt. Het was een goed idee, nietwaar? Je hebt er lang over gedaan om erachter te komen…'

'Ja, ik dacht aan een ingewikkelder opzet, een vergiftigde tand of iets dergelijks. Ik moet zeggen dat je oplossing voorbeeldig was: het slachtoffer vergiftigde zichzelf en precies in de mate waarin hij wilde lezen…'

Ik besefte met een huivering dat die twee mannen, aangetreden voor een strijd op leven en dood, elkaar op dat ogenblik wederzijds bewonderden, alsof elk van hen uitsluitend had gehandeld om door de ander te worden geprezen. De gedachte flitste door me heen dat de kunsten die Berenger had aangewend om Adelmo te verleiden en de eenvoudige, natuurlijke gebaren waarmee het meisje mijn hartstocht en begeerte had opgewekt, qua sluwheid en doortraptheid in het veroveren van de ander geheel in het niet vielen bij de verleidingsscène die zich daar voor mijn ogen afspeelde en die zich had uitgestrekt over zeven dagen, gedurende welke elk van de spelers als het ware geheimzinnige afspraken met de gevreesde en gehate tegenspeler had gemaakt, in de heimelijke hoop diens goedkeuring te verwerven.

'Maar vertel me nu eens,' zei William intussen, 'waarom? Waarom heb je dit boek zoveel beter willen beschermen dan al die andere? Waarom heb je er geen misdaad voor over gehad om traktaten over necromantie en teksten die wellicht Gods naam lasterden te verbergen, maar stortte je voor deze bladzijden je broeders en jezelf in het verderf? Er zijn nog zo veel andere boeken die over de komedie gaan, nog zo veel andere die de loftrompet steken over de lach. Waarom joeg juist dit boek je zo veel schrik aan?'

'Omdat het van de Filosoof was. Elk boek van die man heeft een gedeelte van de wijsheid die de christenheid eeuwenlang had vergaard, tenietgedaan. De kerkvaders hebben alles gezegd wat men over de kracht van het Woord diende te weten, maar Boëthius hoefde slechts de Filosoof te commentariëren, of het goddelijk mysterie veranderde in een menselijke parodie van categorieën en syllogismen. Het boek Genesis zegt alles wat men over de samenstelling van de kosmos dient te weten, maar de natuurkundige boeken van de Filosoof hoefden slechts te worden herontdekt, of er ontstond een nieuwe wijze van denken over het universum in termen van brute, glibberige materie, en de Arabier Averroës overtuigde vrijwel iedereen ervan dat de wereld eeuwig was. We wisten alles over de goddelijke namen, maar de door Abbone ten grave gedragen dominicaan heeft, verleid door de Filosoof, ze opnieuw benoemd door de hoogmoedige paden van het natuurlijk verstand te volgen. Zo is de kosmos, die zich volgens de Areopagiet openbaarde aan wie in den hoge de waterval van licht vanuit de eerste exemplaire oorzaak vermocht te aanschouwen, geworden tot een verzameling aardse aanwijzingen van waaruit men opstijgt om een abstracte werkoorzaak te benoemen. Vroeger keken we naar de hemel en keurden het slijk van de materie slechts een verachtelijke blik waardig, nu kijken we naar de aarde en geloven in de hemel op grond van het getuigenis van de aarde. Ieder woord van de Filosoof, bij wie nu ook heiligen en pausen zweren, heeft het beeld van de wereld op zijn kop gezet. Maar hij was nog niet zo ver gegaan dat hij het beeld van God op zijn kop zette. Als dit boek voorwerp van vrije interpretatie werd, zouden we de uiterste grens hebben overschreden.'

'Maar wat vond je zo afschrikwekkend in deze verhandeling over de lach? Je kunt de lach niet uitbannen door dit boek uit te bannen.'

'Nee, zeker niet. De lach is de zwakheid, de verdorvenheid, de karakterloosheid van ons vlees. Hij is het vermaak voor de boer, de uitspatting voor de beschonkene, zelfs de Kerk heeft in haar wijsheid de verpozing toegestaan van het feest, het carnaval, de jaarmarkt, deze lozing van overtollige lichaamssappen die overdag optreedt en ons afhoudt van andere verlangens en andere strevingen... Maar daarmee blijft de lach iets laags, een afweermiddel voor de eenvoudigen, een ontheiligd mysterie voor het gepeupel. Ook de apostel zei het: het is beter te trouwen dan te branden. Beter dan in opstand te komen tegen de door God gewilde orde, is het te lachen en u te verlustigen in uw vunze parodieën op de orde, als ge na de maaltijd uw kruiken en flessen hebt geledigd. Kiest de koning der dwazen, gaat op in de liturgie van de ezel en het varken, zet in uw saturnalia de wereld op haar kop... Maar hier, hier...' en nu tikte Jorge met zijn vinger op de tafel, vlak bij het boek dat William voor zich had, 'hier wordt de functie van de lach omgedraaid, hij wordt tot kunst verheven, de poorten van de wereld der geleerden worden voor hem geopend, de lach wordt tot onderwerp van filosofie en van perfide theologie gemaakt... Je hebt gisteren gezien hoe de eenvoudigen de meest schandelijke ketterijen kunnen bedenken en ten uitvoer brengen, met miskenning van zowel de wetten van God als die van de natuur. Maar de Kerk kan de ketterij van de eenvoudigen wel verdragen: zij verdoemen zichzelf, want zij worden te gronde gericht door hun onwetendheid. De onbehouwen waanzin van Dolcino en zijns gelijken zal de goddelijke orde nimmer in gevaar brengen. Hij predikt geweld en zal door geweld sterven, hij zal geen sporen achterlaten, hij zal opbranden zoals het carnaval opbrandt, het is niet van belang als tijdens een feest de omgekeerde wereld kortstondig op aarde verschijnt. Als het gebaar maar niet tot plan wordt, als deze volkstaal maar geen Latijn vindt waarin zij wordt vertaald. De lach bevrijdt de boer van zijn angst voor de duivel, want op het feest der dwazen verschijnt ook de duivel als arm en dwaas, dus als iemand op wie men vat heeft. Dit boek zou echter kunnen leren dat het wijsheid is zich van de angst voor de duivel te bevrijden. De boer die lacht terwijl de wijn hem door de keel klokt, voelt zich heer en meester omdat hij de machtsverhoudingen heeft omgekeerd; dit boek zou de geletterden echter de slagvaardige en vanaf dat moment ook hoog in aanzien staande kunstgrepen kunnen onderwijzen waarmee ze die omkering zouden kunnen rechtvaardigen. Dan zou datgene wat in de daad van de boer gelukkig nog een werking van de buik is, tot een werking van het verstand kunnen worden. Dat de lach een kenmerkende eigenschap van de mens is, is een teken van onze beperktheid als zondaars. Hoevele verdorven geesten als de jouwe zouden uit dit boek echter niet tot het uiterste syllogisme kunnen komen dat de lach het doel is van de mens! De lach bevrijdt de boer voor enkele ogenblikken van de angst. Maar de wet wordt juist opgelegd met behulp van de angst, waarvan de ware naam de vreze Gods is. Uit dit boek zou de luciferiaanse vonk kunnen overspringen die in de gehele wereld een nieuwe brand zou ontsteken: de lach zou worden tot de nieuwe, zelfs Prometheus onbekende, kunst om de angst uit te bannen. De boer die lacht is het, op dat moment, onverschillig of hij sterft: niet zodra echter is zijn uitspatting voorbij of de liturgie legt hem opnieuw, volgens goddelijk plan, angst voor de dood op. En uit dit boek zou het nieuwe, verderfelijke streven kunnen voortkomen de dood te vernietigen door middel van de bevrijding van de angst. En wat zouden wij, zondige schepselen, zijn zonder de angst, deze wellicht meest zegenbrengende en liefdevolle aller gaven Gods? Eeuwenlang hebben leraren en kerkvaders welriekende essences van heilig weten verspreid om ons door de gedachte aan het hogere verlossing te brengen van de miserie en de bekoring van het lagere. En dit boek zou door de rechtvaardiging van de komedie, de satire en de mime als wonderdadige medicijn die de loutering van hartstochten zou bewerkstelligen door het ten tonele voeren van fouten, gebreken en zwakheden, de waanwijzen kunnen aanzetten tot een poging (met duivelse omkering) verlossing te brengen van het hogere door aanvaarding van het lagere. Door dit boek zou men op de gedachte kunnen komen dat de mens met zijn wil (zoals die Bacon van jou met betrekking tot de natuurlijke magie suggereerde) zelfs de overvloed van het land van Kokanje op aarde kan verkrijgen. Maar dat is juist wat wij niet moeten en niet mogen verkrijgen. Zie hoe de jonge monniken zich onbeschaamd verlustigen in de potsierlijke parodie van de *Coena Cypriani*. Welk een duivelse vervorming van de Heilige Schrift! Toch weten ze terwijl ze het doen dat het slecht is. Maar op de dag dat het woord van de Filosoof de marginale spelletjes van de ontspoorde fantasie zou rechtvaardigen, ja, dan zou waarlijk dat wat in de marge stond ineens in het centrum komen te staan en zou van het centrum elk spoor worden uitgewist. Het volk Gods zou veranderen in een verzameling van door de afgrond van de terra incognita uitgebraakte monsters, en terzelfder tijd zou de rand van de bekende aarde het hart worden van het christelijk rijk: arimaspen op de troon van Petrus, blemmen in de kloosters, dwergen met dikke buiken en kolossale hoofden als bewakers van de bibliotheek! De knechten zullen de wet dicteren, wij (ja, ook jij!) zullen gehoorzamen aan de wetteloosheid. Een Griekse filosoof (die jouw Aristoteles hier citeert als handlanger en verdorven auctoritas) zei eens dat men de ernst van de tegenstanders dient te ontwapenen met de lach en de lach tegemoet dient te treden met de ernst. De behoedzaamheid van onze kerkvaders heeft haar keuze gemaakt: als de lach het vermaak van het volk is, dient men de uitspatting van het volk aan banden te leggen, te onderdrukken en vrees aan te jagen met gestrengheid. En het volk beschikt niet over de wapens om zijn lach zodanig te verfijnen dat hij een werktuig wordt tegen de ernst van de herders die het naar het eeuwige leven moeten leiden en het moeten behoeden voor de verlokkingen van de buik, de schaamdelen, het voedsel en al zijn lage begeerten. Maar als iemand op een dag, zich bedienend van de woorden van de Filosoof en dus sprekend als filosoof, de kunst van de lach tot een scherp wapen zou maken, als de retoriek van de overtuiging zou worden vervangen door de retoriek van de spot, als de topiek van de geduldige, heilbrengende constructie van de beelden der verlossing zou worden vervangen door de topiek van de ongeduldige deconstructie en omverwerping van de heiligste en eerbiedwaardigste beelden – op die dag, William, zullen ook jij en je wetenschap het onderspit delven!'

'Waarom? Ik zou me verweren, mijn scherpzinnigheid tegen die van een ander. Dat zou een betere wereld zijn dan die waarin het vuur en het gloeiende ijzer van Bernard Gui het vuur en het gloeiende ijzer van Dolcino terneerslaan.'

'Dan zou ook jij in de val van de duivel zijn gelopen. Je zou strijden aan de andere kant van het slagveld van Armageddon, waar de laatste slag zal worden geleverd. Maar de Kerk zal in staat moeten zijn nog éénmaal de regels van de strijd te bepalen. Wij zijn niet bang voor de godslastering, want ook in de vervloeking van God herkennen we het verwrongen beeld van de toorn van Jahwe die de opstandige engelen vervloekt. Wij zijn niet bang voor het geweld van wie uit naam van een of andere vernieuwingsdroom de herders vermoordt, want het is hetzelfde geweld als dat van de vorsten die het volk van Israël trachtten uit te roeien. Wij zijn niet bang voor de starheid van de donatisten, de tegen zichzelf gerichte waanzin van de circumcellionen, de wellust van de bogomielen, de hoogmoedige reinheid van de albigenzen, de dorst naar bloed van de flagellanten, de betovering door het kwaad van de broeders van de vrije geest: we kennen ze allemaal en we kennen de wortel van hun zonden, want die is dezelfde als de wortel van onze heiligheid. Wij zijn niet bang voor hen en bovenal, we weten hoe we hen moeten vernietigen, beter gezegd, hoe af te wachten dat ze zichzelf vernietigen door hun doodsdrang, die voortkomt uit de afgrond van hun nadir, hardnekkig naar het zenit te voeren. Ik zou welhaast zeggen dat hun aanwezigheid ons kostbaar is, zij past in Gods plan, want hun zondigheid stimuleert onze deugd, hun godslastering moedigt onze lofzang aan, hun ontspoorde boetedoening houdt onze lust tot opoffering in het goede spoor, hun goddeloosheid doet onze vroomheid stralen, zoals ook de vorst der duisternis, met zijn rebellie en vertwijfeling, onontbeerlijk was om de glorie van God, begin en einde van alle hoop, in heel haar luister te tonen. Maar als op een dag de kunst van de spot – nu niet langer als afwijking van het volk, maar als ascese van de geleerde, toevertrouwd aan het onverwoestbare getuigenis van het schrift – aanvaardbaar zou worden en zou verschijnen als edel, vrij en niet langer mechanisch, als op een dag iemand zou kunnen zeggen (en ook nog worden beluisterd): ik lach om de incarnatie... dan zouden we geen wapens hebben om die godslastering tot staan te brengen, want ze zou de duistere krachten van de lichamelijke materie verzamelen, die welke zich uiten in winden en boeren, en de wind en de boer zouden zich het recht aanmatigen dat alleen aan de geest toekomt: te blazen waar hij wil!'

'Lycurgus heeft een standbeeld laten oprichten voor de lach.'

'Dat heb je gelezen in het boekje van Cloritius, die de mimespelers trachtte vrij te pleiten van de beschuldiging van goddeloosheid, waarin wordt verteld hoe een zieke werd genezen door een dokter die hem aan het lachen had gemaakt. Waarom moest hij worden genezen als God had beschikt dat zijn dagen op aarde waren geteld?'

'Ik geloof niet dat hij hem van zijn ziekte heeft genezen. Hij heeft hem geleerd om zijn ziekte te lachen.'

'Ziekten worden niet uitgedreven. Ze worden vernietigd.'

'Met het lichaam van de zieke.'

'Als dat noodzakelijk is.'

'Jij bent de duivel,' zei William toen.

Het leek niet tot Jorge door te dringen. Als hij had kunnen zien, zou ik zeggen dat hij de man tegenover hem verbluft zat aan te staren.

'Ik?' zei hij.

'Ja, men heeft je voorgelogen. De duivel is niet de vorst van de materie, de duivel is de aanmatiging van de geest, het geloof zonder glimlach, de waarheid die nooit aan twijfel onderhevig is. De duivel is somber omdat hij weet waarheen hij gaat en altijd gaat naar waar hij vandaan gekomen is. Jij bent de duivel en net als de duivel leef je in de duisternis. Als je me wilde overtuigen, ben je daar niet in geslaagd. Ik haat je, Jorge, en als ik kon, zou ik je naakt naar beneden en over het terrein voeren met vogelveren in je gat en je gezicht beschilderd als een hansworst of een nar, zodat het hele klooster om je zou lachen en niet meer bang zou zijn. Ik zou je graag in honing dompelen en daarna door de veren wentelen, je aan een ketting op jaarmarkten vertonen, om tegen iedereen te zeggen: hij daar verkondigde u de waarheid en vertelde u dat de waarheid de smaak had van de dood, en het was niet in zijn woorden dat u geloofde, maar in zijn somberheid. En ik zeg u nu dat God, in de duizelingwekkende oneindigheid van mogelijkheden, u ook toestaat zich een wereld voor te stellen waarin de zogenaamde vertolker van de waarheid niets anders is dan een domme spotvogel die slechts woorden herhaalt die hij lang geleden heeft gehoord.'

'Jij bent erger dan de duivel, minoriet!' zei Jorge daarop. 'Je bent een potsenmaker, net als de heilige die jullie heeft gebaard. Je bent net als die Franciscus van jou die de toto corpore fecerat linguam, die als een harlekijn een spektakelstuk van zijn preken maakte, die de vrek in verwarring bracht door hem goudstukken in handen te geven, die de vroomheid van de nonnen belachelijk maakte door in plaats van de preek het *Miserere* op te zeggen, die in het Frans bedelde, die zich als zwerver vermomde om de volgevreten broeders te beschamen, die zich naakt in de sneeuw wierp, met dieren praatte en zelfs van het mysterie van Christus' geboorte een boers kijkspel maakte, die het lam van Bethlehem aanriep door het geblaat van een schaap na te doen... Dat was een goede leerschool... Was die frater Diotisalvi van Florence ook geen minoriet?'

'Ja,' glimlachte William. 'Die naar het klooster van de predikheren ging en zei dat hij geen voedsel tot zich kon nemen als ze hem niet eerst een stukje van het bovenkleed van frater Johannes hadden gegeven om als relikwie te bewaren; en toen hij dat kreeg, veegde hij zijn achterste ermee af en gooide het daarna in de mestkuil, roerde het met een stok door de drek en schreeuwde: wee mij, help me broeders, ik heb de relikwieën van de heilige in de poepdoos laten vallen!'

'Je schijnt het een vermakelijk verhaal te vinden. Misschien wil je ook dat van die andere minoriet vertellen, frater Paolo Millemosche, die op een dag languit op het ijs viel, door zijn medeburgers werd uitgelachen, en toen hem door een van hen werd gevraagd of hij soms op iets zachters wilde liggen, antwoordde: ja, op je vrouw... Zo zochten jullie de waarheid.'

'Zo leerde Franciscus de mensen om de dingen van een andere kant te bekijken.'

'Maar wij hebben jullie in het gareel gekregen. Je hebt ze gezien, gisteren, je medebroeders. Ze zijn in onze rijen teruggekeerd, ze spreken niet meer als de eenvoudigen. De eenvoudigen moeten niet spreken. Dit boek had de gedachte kunnen rechtvaardigen dat de taal der eenvoudigen enige wijsheid in zich draagt. Dat moest voorkomen worden, en dat heb ik gedaan. Jij zegt dat ik de duivel ben: dat is niet waar. Ik ben Gods hand geweest.'

'Gods hand schept, zij verbergt niet.'

'Er zijn grenzen die niet overschreden mogen worden. God heeft gewild dat er op sommige geschriften staat: hic sunt leones.'

'God heeft ook de monsters geschapen. Ook jou. En Hij wil dat er over alles gesproken wordt.'

Jorge stak zijn bevende handen uit en trok het boek naar zich toe. Hij hield het opengeslagen maar draaide het niet om, zodat het nog steeds zo lag dat William het kon lezen. 'Waarom,' zei Jorge, 'heeft Hij dan toegestaan dat deze tekst in de loop der eeuwen verloren ging en er slechts één kopie van gespaard bleef, dat de kopie van die kopie (waarvan niemand weet waar zij is terechtgekomen) jarenlang verborgen werd gehouden door een ongelovige die geen Grieks kende, en daarna in de vergetelheid raakte in een oude bibliotheek waar ik, niet jij, door de voorzienigheid heen werd geroepen om haar te vinden, mee te nemen en opnieuw voor jaren te verbergen? Ik weet, ik weet alsof ik het in diamanten letters voor me zag, met mijn ogen die dingen zien die jij niet ziet, ik weet dat dit de wil van God was, in overeenstemming waarmee ik heb gehandeld. In de naam van de Vader, de Zoon en de Heilige Geest.'

ZEVENDE DAG

NACHT

*Waarin de ekpyrosis plaatsvindt en ten gevolge van
te grote deugd de krachten der hel zegevieren.*

◆

De oude man zweeg. Hij had zijn beide handen opengespreid en haast liefkozend op het boek gelegd, alsof hij de bladen ervan gladstreek om het beter te kunnen lezen of het tegen roofzuchtige handen wilde beschermen.

'Hoe dan ook, dit alles heeft nergens toe gediend,' zei William. 'Nu is alles afgelopen, ik heb jou gevonden, ik heb het boek gevonden, en de anderen zijn vergeefs gestorven.'

'Niet vergeefs,' zei Jorge. 'Misschien in te groten getale. En als je ooit een bewijs nodig had dat er een vloek op dit boek rust, heb je het nu gekregen. Maar de doden mogen niet vergeefs zijn gestorven. En opdat hun dood niet vergeefs zij, zal nog een dode niet te veel zijn.'

Na deze woorden begon hij met zijn magere, doorschijnende handen langzaam de zachte bladen van het manuscript in repen te scheuren, de repen in zijn mond te stoppen en langzaam te kauwen, alsof hij de hostie nuttigde en haar tot vlees van zijn vlees wilde maken.

William keek gefascineerd naar hem en het leek niet tot hem door te dringen wat er gebeurde. Toen veerde hij plotseling op, boog zich over de tafel en riep: 'Wat doe je daar?' Jorge grijnsde en ontblootte zijn bloedeloze tandvlees, terwijl een gelig kwijl van zijn bleke lippen over de schaarse witte haartjes op zijn kin droop.

'Jij was het toch die het geschal van de zevende bazuin verwachtte, nietwaar? Luister nu naar wat de stem zegt: verzegel hetgeen de zeven donderslagen gesproken hebben en schrijf het niet op, neem het en eet het op, het zal bitter zijn in uw buik maar in uw mond zoet als honing. Zie je? Ik verzegel nu dat wat niet gezegd had mogen worden, in het graf dat ik word.'

Hij lachte, hij, Jorge, lachte. Voor de eerste keer hoorde ik hem lachen, maar met zijn keel, zonder dat zijn lippen zich tot vrolijkheid plooiden... het leek bijna alsof hij huilde: 'Zo'n afloop had je niet verwacht, is het wel,

William? Deze oude man wint het, dankzij de genade van de Heer, opnieuw, nietwaar?' En toen William probeerde hem het boek afhandig te maken, schoof Jorge, die door de luchtverplaatsing het gebaar had opgemerkt, naar achteren en klemde het boek met zijn linkerhand tegen zijn borst, terwijl hij met zijn rechterhand de bladen bleef verscheuren en in zijn mond proppen.

Hij zat aan de andere kant van de tafel en William, die hem niet kon bereiken, trachtte in een snelle beweging om de hindernis heen te komen. Maar hij stootte zijn kruk om en bleef er met zijn pij achter haken, waardoor Jorge de beweging opmerkte. De oude man lachte nogmaals, ditmaal luider, en strekte met een onverwacht rappe beweging zijn rechterhand uit, tastte naar de lamp, voelde door de warmte waar de vlam was en drukte zonder de pijn te duchten zijn hand erop zodat de vlam doofde. Het vertrek was plotseling in duister gehuld en voor de laatste maal hoorden we de lach van Jorge, die riep: 'Probeer me nu maar te vinden, nu ben ik het die beter ziet!' Daarna zweeg hij en maakte geen gerucht meer terwijl hij zich op de geluidloze manier die zijn verschijning altijd zo onverwacht maakte, door het vertrek bewoog; we hoorden slechts af en toe, op verschillende punten in de kamer, het geluid van scheurend papier.

'Adson!' riep William, 'ga bij de deur staan en zorg dat hij niet naar buiten loopt!'

Maar hij zei het te laat want ik, die al stond te popelen om me op de oude man te storten, was toen het licht was uitgegaan naar voren geschoten in een poging om langs de kant tegenovergesteld aan die welke mijn meester was uitgegaan, om de tafel heen te lopen. Te laat drong het tot me door dat ik Jorge zodoende de kans had gegeven de deur te bereiken, want de oude man wist in het donker met buitengewone trefzekerheid zijn weg te vinden. We hoorden het geluid van scheurend papier nu achter ons, en tamelijk gesmoord, want het kwam al uit het aangrenzende vertrek. Tegelijkertijd hoorden we nog een ander geluid, een langzaam sterker wordend gepiep, een geknars van scharnieren.

'De spiegel!' riep William, 'hij sluit ons op!' Afgaand op het geluid vlogen we ijlings naar de deur, ik struikelde over een bankje en stootte mijn been maar schonk er geen aandacht aan, want ik besefte in een flits dat als Jorge ons zou opsluiten, we daar nooit meer uit zouden komen: we zouden in het donker niet geweten hebben hoe de deur te openen, omdat we van deze kant niet wisten waar en hoe en wat we moesten bewegen.

Ik geloof dat William net zo vertwijfeld naar de deur rende als ik, want ik hoorde hem naast me toen we, bij de opening gekomen, met ons beiden tegen de achterkant van de spiegel duwden die steeds dichter naar ons toe kwam. We waren net op tijd, de beweging kwam tot staan en even later zwichtte de deur voor onze druk en ging weer open. Jorge had zich, toen hij merkte dat het spel ongelijk was, kennelijk uit de voeten gemaakt. We verlieten het vervloekte vertrek, maar wisten nu niet meer in welke richting de oude man was verdwenen; en het was nog steeds aardedonker.

Plotseling schoot me te binnen: 'Meester, ik heb de vuursteen nog bij me!'

'Waar wacht je dan op?' riep William, 'zoek de lamp en steek haar aan!' Ik haastte me in het donker terug naar het finis Africae en zocht op de tast naar de lamp. Door een godswonder vond ik haar dadelijk, graaide toen in mijn scapulier en vond de vuursteen. Mijn handen beefden en ik moest twee of drie keer slaan voordat ik een vonk kreeg, terwijl William bij de deur hijgde: 'Schiet op, schiet op!' Eindelijk had ik licht.

'Schiet op!' spoorde William me nogmaals aan, 'anders eet hij de hele Aristoteles op!'

'En sterft hij!' riep ik verontrust, terwijl ik naar hem toe liep om samen verder te zoeken.

'Het laat me koud of hij sterft, die vervloekte kerel!' riep William terwijl hij in het wilde weg rondliep en om zich heen spiedde. 'Met wat hij tot nu toe gegeten heeft, is zijn lot toch al bezegeld. Maar ik wil het boek hebben!'

Toen bleef hij staan en voegde er iets rustiger aan toe: 'Wacht even. Als we zo doorgaan, vinden we hem nooit. Even stil zijn en niet bewegen.' We bleven doodstil staan. En in de stilte hoorden we niet ver van ons vandaan het geluid van een lichaam dat tegen een kast aan viel en daarna het gedreun van vallende boeken. 'Daar!' riepen we tegelijk.

We renden in de richting van de geluiden, maar het werd ons al spoedig duidelijk dat we onze pas moesten vertragen. Er trokken die avond door de bibliotheek, buiten het finis Africae, namelijk fikse luchtstromen die floten en huilden in evenredigheid met de kracht van de wind buiten en die, nog versterkt door onze haastige bewegingen, ons zo moeizaam heroverde licht dreigden uit te blazen. Nu wij niet sneller konden lopen, zou het raadzaam zijn geweest Jorge niet op te jagen, maar William kreeg een tegengestelde ingeving en schreeuwde: 'We krijgen je wel, ouwe, nu hebben we licht!' En dat was een wijs besluit, want door deze mededeling zou Jorge waarschijnlijk onrustig worden en zijn pas versnellen, waardoor hij het evenwicht, dat hij dankte aan zijn wonderbaarlijke gevoeligheid als ziende in de duisternis, in gevaar zou brengen. Inderdaad hoorden we even later een ander geluid en toen we erop afgingen en vertrek Y van yspania betraden, zagen we hem, met het boek nog in zijn handen, op de grond liggen te midden van de boeken die van de tafel waren gevallen toen hij deze had omgestoten. Hij probeerde overeind te krabbelen, maar bleef intussen bladzijden verscheuren, alsof hij zijn buit zo snel mogelijk wilde verslinden.

Toen we bij hem kwamen, was hij inmiddels opgestaan en week, onze aanwezigheid voelend, langzaam achteruit. Zijn gezicht zag er nu, bij het rode schijnsel van de lamp, afschuwelijk uit: het was vreemd verwrongen, langs zijn voorhoofd en wangen gutste het klamme zweet, zijn doorgaans levenloos witte ogen waren bloeddoorlopen, uit zijn mond staken snippers perkament als bij een hongerig wild dier dat te veel naar binnen had gepropt en zijn prooi niet meer kon wegslikken. Met dat gezicht, misvormd door de benauwdheid, door het slopende gif dat nu in grote hoeveelheid door zijn aderen kroop, door die wanhopige duivelse vastberadenheid, maakte de eens zo eerbiedwaardige verschijning van de grijsaard nu een afstotelijke en groteske indruk. In andere omstandigheden hadden we er misschien om kunnen lachen, maar ook wij gedroegen ons nu als dieren, als honden op jacht naar wild.

We hadden hem in alle rust kunnen pakken, maar we stortten ons met geweld op hem, hij rukte zich los, klemde het boek met beide handen tegen zijn borst, ik hield hem met mijn linkerhand vast terwijl ik met mijn rechter de lamp hoog probeerde te houden, maar ik streek met de vlam langs zijn gezicht, hij voelde de warmte, stootte een dof geluid uit, een soort gebries waarbij stukken papier uit zijn mond vielen, liet met zijn rechterhand het boek los, strekte haar naar de lamp uit, rukte die plotseling uit mijn hand en slingerde haar weg...

De lamp kwam precies op de boeken terecht die van de tafel waren gevallen en nu opengeslagen door elkaar op de grond lagen. De olie stroomde uit, een uiterst broos perkament vatte onmiddellijk vlam en brandde als een bos dorre takken. Alles voltrok zich in enkele ogenblikken, de boeken laaiden op alsof die duizendjarige bladen reeds eeuwenlang naar het vuur hadden gesmacht en ervan genoten hun onbevredigde drang naar de ekpyrosis zo plotseling te kunnen bevredigen. William merkte wat er gebeurde: hij liet de oude man los – die, zodra hij voelde dat hij vrij was, een paar stappen achteruit deed – en aarzelde even, te lang in elk geval, in tweestrijd of hij Jorge opnieuw zou vastgrijpen of zich op het blussen van de kleine brandstapel zou werpen. Uit een boek dat ouder was dan de andere schoot een steekvlam omhoog, het was bijna onmiddellijk verteerd.

De verraderlijke luchtstromen die een zwak vlammetje konden doven, wakkerden een groter en feller brandend vuur juist aan en deden bovendien de vonken in het rond spatten.

'Doof dat vuur, vlug!' schreeuwde William. 'Anders verbrandt de hele boel hier!'

Ik vloog naar de papieren brandstapel, maar bleef toen opeens staan omdat ik niet wist wat ik moest doen. William kwam nu naar me toe om me te helpen. We staken onze handen naar het vuur uit, zochten met onze ogen iets waarmee we het konden doven, ik kreeg een ingeving, trok mijn pij over mijn hoofd uit en probeerde daarmee het vuur uit te slaan. De vlammen waren echter al te hoog, ze knaagden aan mijn pij en voedden zich ermee. Ik trok mijn handen, die ik geschroeid had terug, draaide me naar William om en zag, vlak achter hem, Jorge die opnieuw naderbij was gekomen. De hitte was nu zo groot dat hij haar duidelijk voelde, hij wist met feilloze zekerheid waar het vuur was en wierp de Aristoteles erin.

William draaide zich woedend om en gaf de oude man een harde duw, waarop deze tegen een kast viel, zijn hoofd tegen de rand stootte en op de grond zakte... Maar William, uit wiens mond ik een verschrikkelijke vloek meende te hebben gehoord, besteedde geen aandacht aan hem. Hij keerde tot de boeken terug. Te laat. De Aristoteles, of liever dat wat er na de maaltijd van de oude man nog van over was, had reeds vlam gevat.

Inmiddels waren een paar vonken naar de wanden overgesprongen en krulden de boeken van een andere kast al in het geweld van het vuur. Nu woedden er niet langer één maar twee branden in het vertrek.

William begreep dat we ze niet meer met onze handen konden doven en besloot de boeken met boeken te redden. Hij pakte een boekwerk dat hem steviger gebonden en massiever leek dan de andere en probeerde dat als wapen te gebruiken om er het vijandelijke element mee te lijf te gaan. Maar door met het metalen beslag op de stapel brandende boeken te slaan, bereikte hij slechts dat er nog meer vonken rondspatten. Hij probeerde ze met zijn voeten te verspreiden, maar het resultaat was averechts, omdat er nu snippers bijna verast perkament opvlogen en als vleermuizen rondfladderden, terwijl de lucht, bondgenoot van haar lichte metgezel, ze uitzond om de aardse materie van andere bladen in brand te steken.

Het noodlot wilde dat we ons in een van de rommeligste vertrekken van het labyrint bevonden. Uit de vakken van de boekenkasten bungelden opgerolde manuscripten naar beneden, half uit hun band hangende boeken staken, als uit geeuwende monden, tongen uit van door de jaren verdroogd perkament, en de tafel moest een grote stapel geschriften hebben getorst welke Malachias (die er al enige dagen alleen voor stond) nog niet op hun plaats had gezet. Zodoende lag het vertrek, na de door Jorge aangerichte verwoesting, bezaaid met perkamenten die er slechts op wachtten zich in een ander element te kunnen transformeren.

Spoedig was de gehele ruimte één groot haardvuur, één brandend braambos. Ook de kasten namen aan het offerritueel deel en begonnen te knetteren. Het drong tot me door dat het labyrint niets anders was dan een kolossale offermijt, opgericht in afwachting van de eerste vonk...

'Water! We moeten water hebben!' zei William, en voegde er meteen aan toe: 'Maar waar haal je in deze hel water vandaan?'

'Uit de keuken, beneden uit de keuken!' riep ik.

William keek me besluiteloos aan, zijn gezicht rood gekleurd door de verzengende gloed. 'Ja, maar vóór we beneden en weer boven zijn... Naar de duivel ermee!' riep hij toen, 'dit vertrek is toch verloren en dat hiernaast misschien ook. We gaan ogenblikkelijk naar beneden, ik haal water en jij gaat alarm slaan, we hebben veel mensen nodig!'

We konden de weg naar de trap vinden doordat de vuurgloed ook de volgende vertrekken verlichtte, zij het steeds zwakker, zodat we haast op de tast door de twee laatste vertrekken schuifelden. In het scriptorium op de verdieping eronder drong een bleek nachtelijk schijnsel binnen; vandaar daalden we af naar het refectorium. William snelde naar de keuken, ik naar de buitendeur van het refectorium, waarmee ik moest worstelen om haar van binnenuit open te krijgen; ik slaagde er pas na enige moeite in, omdat de opwinding me wild en onhandig maakte. Ik ging naar buiten, rende naar het dormitorium, bedacht toen dat ik de monniken onmogelijk één voor één kon wekken, kreeg een ingeving, snelde naar de kerk en zocht mijn weg naar de klokkentoren. Daar aangekomen, greep ik alle touwen tegelijk en luidde storm. Ik rukte zo krachtig aan het touw van de grote klok, dat het me bij de terugslag mee naar boven trok. Hoewel ik de rug van mijn handen in de bibliotheek had geschroeid, waren mijn handpalmen nog gaaf, maar die werden nu door het glijden langs de touwen tot bloedens toe geschaafd, zodat ik de touwen moest loslaten.

Maar ik had nu genoeg lawaai gemaakt en toen ik naar buiten snelde, zag ik de eerste monniken uit het dormitorium komen, terwijl in de verte de stemmen opklonken van knechten die aan de deur van hun verblijven verschenen. Ik kon niet goed uitleggen wat er aan de hand was want ik kon niet uit mijn woorden komen, en de eerste die me naar de lippen kwamen waren in mijn moedertaal. Met mijn bloedende hand wees ik naar de ramen aan de zuidkant van het Hoofdgebouw, waar een ongewoon fel licht door het albast naar buiten scheen. Aan de intensiteit van het licht zag ik dat het vuur zich, terwijl ik naar beneden was gegaan en de klokken had geluid, tot de andere vertrekken had uitgebreid. Alle ramen van Africa en de gehele gevel tussen Africa en de oostelijke toren werden door een flakkerende gloed verlicht.

'Water, haal water!' schreeuwde ik.

Aanvankelijk begreep niemand er iets van. De monniken waren er zo aan gewend de bibliotheek als een heilige, ontoegankelijke plaats te beschouwen, dat het niet tot hen wilde doordringen dat ze nu door een doodgewoon onheil werd bedreigd, gelijk een boerenhut. De eersten die hun blik naar de ramen opsloegen, bekruisten zich en mompelden woorden van ontzetting, waaruit ik begreep dat ze nieuwe geestverschijningen meenden te zien. Ik greep hen bij hun kleed en smeekte hen te begrijpen wat er gebeurde, totdat een van hen mijn gestamel in menselijke taal vertaalde.

Het was Nicola van Morimondo, die zei: 'De bibliotheek staat in brand!'

'Precies,' mompelde ik en liet me uitgeput op de grond vallen.

Nicola toonde zich buitengewoon voortvarend, riep bevelen naar de knechten, gaf raad aan de monniken om hem heen, stuurde iemand weg om de andere deuren van het Hoofdgebouw te openen, spoorde anderen aan emmers en teiltjes van elke soort te zoeken en stuurde de resterende aanwezigen naar de bronnen en waterputten op het kloosterterrein. Hij gaf de koeherders bevel muildieren en ezels te gebruiken om kruiken te vervoeren... Als deze aanwijzingen door een met gezag bekleed man waren gegeven, zouden ze ogenblikkelijk zijn opgevolgd. De knechten waren echter gewend bevelen van Remigio te ontvangen, de schrijvers van Malachias, allen tezamen van de abt. Helaas was geen van die drie aanwezig. De monniken zochten met hun ogen om zich heen naar de abt om aanwijzingen en steun van hem te ontvangen, maar zagen hem niet; alleen ik wist dat hij al gestorven of op dat moment stervende was, ingemetseld in een verstikkende gang die langzaam maar zeker een oven, een stier van Phalaris werd.

Nicola dreef de koeherders de ene kant op, maar een andere monnik, door goede bedoelingen bezield, dreef hen naar de andere kant. Sommige broeders hadden kennelijk hun kalmte verloren, andere waren nog suf van de slaap. Nu ik weer tot spreken in staat was, probeerde ik uit te leggen wat er gaande was, maar daarbij diene men wel te bedenken dat ik, omdat ik mijn pij op de vlammen had geworpen, vrijwel naakt was, en de aanblik van zulk een jongeling, met bloedende handen, het gezicht zwart van het roet, het lichaam schaamteloos onbedekt, nu verstijfd van de kou, wekte stellig niet veel vertrouwen.

Ten slotte slaagde Nicola erin een aantal broeders en andere mensen mee te krijgen naar de keuken, die inmiddels door iemand was ontgrendeld. Iemand anders was op het goede idee gekomen fakkels aan te dragen. We troffen daarbinnen een grote chaos aan, en ik begreep dat William in zijn zoeken naar water en bakken om het in te vervoeren alles overhoop had gehaald.

Tegelijkertijd zag ik William zelf door de deur van het refectorium binnenkomen, met een geschroeid gezicht, een pij waar de rook vanaf sloeg en een grote ketel in zijn hand, en ik voelde medelijden met hem, armzalige allegorie van de machteloosheid. Al was hij er misschien in geslaagd een pan water zonder te morsen naar de tweede verdieping te vervoeren en al had hij dat zelfs meer dan éénmaal gedaan, hij had er kennelijk bitter weinig mee bereikt. Ik dacht plotseling aan het verhaal van de heilige Augustinus, toen hij een jongen zag die probeerde met een lepel het water uit de zee te scheppen: de jongen was een engel en hij deed het om de draak te steken met de heilige die pretendeerde de mysteriën van de goddelijke natuur te doorzien. En gelijk de engel zei William, terwijl hij uitgeput tegen de deurstijl leunde: 'Het is onmogelijk, we redden het nooit, zelfs niet met alle monniken van de abdij. De bibliotheek is verloren.' Anders dan de engel, huilde William.

Ik klampte me aan hem vast terwijl hij een kleed van een tafel trok en me daarmee probeerde te bedekken. Verslagen bleven we staan kijken naar wat er om ons heen gebeurde.

Mensen renden in het wilde weg af en aan, sommigen gingen met lege handen naar boven en liepen op de wenteltrap anderen tegen het lijf die, gedreven door stompzinnige nieuwsgierigheid, met lege handen naar boven waren gegaan en nu naar beneden kwamen om water te halen. Weer anderen, die iets beter nadachten, zochten meteen pannen en bekkens, om dan tot de ontdekking te komen dat er in de keuken niet genoeg water was. Opeens was er in het vertrek een invasie van muildieren met kruiken op hun rug, en koeherders die de dieren opdreven, ze van hun last ontdeden en aanstalten maakten het water naar boven te dragen. Ze wisten echter niet hoe in het scriptorium te komen, er ging enige tijd overheen voordat enkele schrijvers hen wegwijs hadden gemaakt, en toen ze naar boven liepen, botsten ze op tegen degenen die dodelijk verschrikt weer naar beneden kwamen. Enkele kruiken braken, zodat hun inhoud over de grond stroomde, andere werden door hulpvaardige handen langs de wenteltrap naar boven doorgegeven. Ik ging achter de groep aan en kwam in het scriptorium: uit het trapgat naar de bibliotheek kwamen dikke rookwolken; de laatsten die hadden geprobeerd door de oostelijke toren naar boven te gaan, kwamen nu hoestend en met rode ogen terug en verklaarden dat niemand meer in die hel kon doordringen.

Toen zag ik Bengt. Met een vertrokken gezicht liep hij, een enorme ketel torsend, van de benedenverdieping naar boven. Hij hoorde wat degenen zeiden die uit de bibliotheek waren teruggekomen en voer tegen hen uit: 'De hel zal jullie allemaal verslinden, lafaards!' Hij draaide zich om als om hulp te zoeken en zag mij: 'Adson,' schreeuwde hij, 'de bibliotheek… de bibliotheek…' Hij wachtte niet op mijn antwoord. Hij rende naar de trap en stortte zich dapper in de rook. Dat was de laatste keer dat ik hem zag.

Ik hoorde gekraak boven mijn hoofd. Brokken steen vermengd met kalk vielen uit het gewelf van het scriptorium. Een sluitsteen in de vorm van een bloem liet los en viel bijna op mijn hoofd. De vloer van het labyrint begon te bezwijken.

Ik rende de trap af en vloog naar buiten. Een paar bereidwillige knechten hadden ladders neergezet, met behulp waarvan ze de ramen van de bovenverdieping trachtten te bereiken om langs die weg water naar binnen te gooien. Maar de langste ladders reikten maar net tot de ramen van het scriptorium en degenen die erop waren geklommen, konden ze van buitenaf niet openen. Ze lieten iemand vragen de ramen van binnenuit te openen, maar niemand durfde meer naar boven.

Ik keek intussen naar de ramen van de hoogste verdieping. De hele bibliotheek moest zo langzamerhand één grote, rokende vlammenzee zijn en het vuur raasde waarschijnlijk van vertrek naar vertrek om schielijk de duizenden kurkdroge bladen te verzwelgen. Alle ramen waren nu verlicht, zwarte rook steeg op uit het dak: het vuur was reeds naar de dakbalken overgeslagen. Het ogenschijnlijk zo stevige en onwankelbare Hoofdgebouw verried in deze beproeving zijn zwakheid, zijn scheuren, zijn van binnenuit weggevreten muren, zijn verbrokkelde stenen die het vuur de kans gaven van alle kanten vat te krijgen op de houten draagbalken.

Plotseling sprongen enkele ramen alsof ze van binnenuit werden weggedrukt, de vonken sloegen naar buiten en dwaalden als lichtende stippen door het donker van de nacht. De wind was enigszins afgenomen en dat was een nadeel, want een harde wind had de vonken misschien gedoofd, terwijl deze bries ze aanwakkerde en meevoerde, samen met snippers perkament die als luchtige fakkels ronddwarrelden. Toen hoorden we een hevige slag: de vloer van het labyrint moest op enkele plaatsen zijn bezweken, waardoor brandende balken op de verdieping eronder waren gestort, want ik zag nu uit het scriptorium vuurtongen omhoog schieten, en ook daar stond het vol met kasten en boeken, terwijl losse vellen die op de tafels lagen erop wachtten door de vonken te worden aangestoken. Ik hoorde wanhoopskreten komen uit een groepje schrijvers die zich de haren uit het hoofd trokken en alsnog het heroïsche plan opvatten naar boven te gaan om hun dierbare perkamenten te redden. Vergeefs, want in de keuken en het refectorium was het nu een gekrioel van verdoolde zielen die in alle richtingen renden en elkaar alleen maar in de weg liepen. De mensen botsten tegen elkaar op, vielen, wie een bak water droeg liet de reddingbrengende inhoud op de grond vallen, de muildieren in de keuken hadden de aanwezigheid van het vuur bespeurd en renden stampend met hun hoeven naar de uitgangen, waarbij ze de mensen en zelfs hun eigen dodelijk verschrikte verzorgers onder de voet liepen. Het was in elk geval duidelijk dat die stuurloze, wilde menigte boeren en vrome, geleerde, maar onbeholpen monniken, door niemand geleid, ook de weinige hulp die nog geboden had kunnen worden belemmerden.

Het gehele abdijterrein was ten prooi aan de chaos. Maar men stond pas aan het begin van de tragedie, want de vonkenregen, die nu zegevierend door de ramen en het dak naar buiten brak, viel, door de wind aangewakkerd, overal neer en trof ook het dakgebint van de kerk. Iedereen weet hoevele prachtige kathedralen kwetsbaar zijn gebleken voor het geweld van het vuur: het huis van God lijkt, dankzij de steen waarmee het praalt, weliswaar wonderschoon en goed verdedigd gelijk het hemelse Jeruzalem, maar de muren en gewelven steunen, hoe fraai ook, op een broze constructie van hout; en ook al roept de stenen kerk gedachten op aan de statigste wouden, door haar rijzige zuilen die zich kloek als eiken in de gewelven vertakken, van de eik heeft zij ook dikwijls het lichaam, zoals voorts haar hele aankleding van hout is, de altaren, koorbanken, beschilderde panelen, banken, stoelen, kandelabers. Zulks gold ook voor de abdijkerk met het wonderschone portaal dat de eerste dag zo'n diepe indruk op mij had gemaakt. Ze had in een oogwenk vlam gevat. De monniken en alle andere bewoners van het terrein begrepen toen dat het voortbestaan van de abdij zelf op het spel stond en begonnen nog dapperder en wanordelijker dan tevoren door elkaar te rennen om het gevaar te keren.

De kerk was stellig toegankelijker en dus beter te verdedigen dan de bibliotheek. De bibliotheek was juist door haar ontoegankelijkheid, door het mysterie dat haar beschermde en door het geringe aantal toegangen tot de ondergang gedoemd. De kerk, die gedurende de uren van gebed voor iedereen moederlijk had opengestaan, stond ook in de uren van bijstand voor iedereen open. Maar er was geen water meer, er kon althans maar zeer weinig uit de aanwezige voorraden worden geput, de bronnen leverden het slechts met een spaarzaamheid die geen gelijke tred hield met de spoed die nu geboden was. Iedereen had de brand in de kerk willen blussen, maar niemand wist meer hoe. Bovendien was het vuur boven in het gebouw ontstaan, waar men vrijwel niet bij kon komen om de vlammen uit te slaan of met aarde en lompen te verstikken. En toen de vlammen beneden begonnen door te breken, had het geen nut meer er aarde of zand op te gooien, want de zoldering stortte reeds neer op de helpers en sleurde niet weinige van hen in haar val mee.

Zo vermengden de jammerkreten om de vele verbrande kostbaarheden zich nu met de kreten van pijn om de geschroeide gezichten en de verbrijzelde ledematen, en van smart om de onder onverwachts neerstortende gewelven bedolven lichamen.

De wind was weer heviger geworden en nog heviger wakkerde hij de overspringende vonken aan. Dadelijk na de kerk vatten de varkenskotten en de stallen vlam. De dodelijk verschrikte dieren braken los, liepen de staldeuren omver en verspreidden zich hinnikend, loeiend, blatend en krijsend over het terrein. Verscheidene paarden kregen vonken in hun manen, en zo zag men over het plateau helse wezens rennen, vlammende strijdrossen die alles in hun doelloos en rusteloos gedraaf omverliepen. Ik zag hoe de prachtige Brunello, gehuld in een krans van vuur, de oude Alinardo, die verdwaasd en niet-begrijpend ronddoolde, omverwierp en door het stof meesleurde, waar de oude man als een armzalig, vormeloos ding bleef liggen. Maar ik had noch de mogelijkheid, noch de tijd om hem te hulp te snellen of zijn einde te bewenen, want dergelijke taferelen speelden zich nu overal om me heen af.

De vlammende paarden hadden het vuur daar gebracht waar de wind het nog niet had gebracht: nu brandden ook de werkplaatsen en het novicenhuis. Groepen mensen renden van de ene kant van het terrein naar de andere, zonder enig doel of met een denkbeeldig doel. Ik zag Nicola, die met gewond hoofd en aan flarden gescheurd kleed machteloos op de oprijlaan geknield zat en de goddelijke vloek vervloekte. Ik zag Pacifico van Tivoli, die elke gedachte aan hulp had opgegeven en probeerde een op hol geslagen muildier in de vlucht te vangen; toen het hem was gelukt, riep hij mij toe hetzelfde te doen en te vluchten om aan dat onheilspellende schijnbeeld van Armageddon te ontkomen.

Ik vroeg me af waar William was en vreesde dat hij door vallend puin was bedolven. Na lang zoeken vond ik hem in de buurt van de kloosterhof. Hij had zijn reiszak in zijn hand: toen het vuur reeds naar het pelgrimshuis oversloeg, was hij naar zijn cel gegaan om ten minste zijn kostbare bezittingen te redden. Hij had ook mijn zak meegenomen, waarin ik iets vond om me mee te kleden. Hijgend bleven we nog even staan om te kijken naar wat er om ons heen gebeurde.

De abdij moest als verloren worden beschouwd. Bijna al haar gebouwen waren nu min of meer door het vuur aangetast. De gebouwen die nog ongeschonden waren, zouden het weldra niet meer zijn, want alles, van de natuurlijke elementen tot de chaotische reddingspogingen van de mensen, droeg nu bij tot uitbreiding van de brand. Alleen de onbebouwde gedeelten, de moestuin, de tuin tegenover de kloosterhof, bleven gespaard... Men kon niets meer doen om de gebouwen te redden, maar als men elke gedachte aan redding liet varen, kon men alles zonder gevaar vanaf een open plek gadeslaan.

We keken naar de kerk die nu langzaam afbrandde, want het is kenmerkend voor dit soort grote gebouwen dat hun houten onderdelen onmiddellijk in vlammen opgaan en ze zelf dan nog uren, soms dagen lang blijven smeulen. Daarentegen stond het Hoofdgebouw nog in lichterlaaie. Daar was een veel rijkere voorraad brandbaar materiaal en het vuur, dat zich inmiddels van heel het scriptorium had meester gemaakt, was nu tot in de keuken doorgedrongen. De hoogste verdieping, waar eens, honderden jaren lang, het labyrint was geweest, was nu vrijwel verwoest.

'Het was de grootste bibliotheek van de christenheid,' zei William. 'Nu,' voegde hij eraan toe, 'is de Antichrist werkelijk nabij, want geen enkele wetenschap zal hem meer in de weg staan. Trouwens, we hebben vannacht zijn gezicht gezien.'

'Wiens gezicht?' vroeg ik verbaasd.

'Jorge bedoel ik. In dat gezicht, vertrokken van haat tegen de filosofie, heb ik voor de eerste maal de beeltenis van de Antichrist gezien, die niet afkomstig is uit de stam van Juda, zoals beweerd wordt door degenen die zijn komst aankondigen, en ook niet uit een ver land. De Antichrist kan geboren worden uit de vroomheid zelve, uit de buitensporige liefde voor God en voor de waarheid, zoals de ketter geboren wordt uit de heilige en de bezetene uit de ziener. Vrees de profeten en hen die bereid zijn voor de waarheid te sterven, Adson, want zij doen gewoonlijk velen met hen sterven, vaak eerder dan hen, soms in hun plaats. Jorge heeft een duivels werk volbracht omdat hij zijn waarheid op zulk een liederlijke wijze beminde dat hij alles waagde enkel en alleen om de leugen te vernietigen. Jorge vreesde het tweede boek van Aristoteles omdat het misschien werkelijk leerde het aangezicht van elke waarheid te veranderen, opdat wij niet de slaaf van onze hersenschimmen zouden worden. Misschien heeft hij die de mensen liefheeft tot taak hen te laten lachen om de waarheid, *de waarheid te laten lachen*, want de enige waarheid bestaat in het leren hoe zich van de ongezonde hartstocht voor de waarheid te bevrijden.'

'Maar meester,' waagde ik pijnlijk getroffen, 'u zegt dit nu omdat u tot in het diepst van uw ziel bent gepijnigd. Maar er bestaat toch wel een waarheid, die welke u vanavond hebt ontdekt, die welke u hebt gevonden door de sporen te duiden die u in de afgelopen dagen hebt gevonden. Jorge heeft gewonnen, maar u hebt van Jorge gewonnen, omdat u zijn plan hebt blootgelegd...'

'Er was geen plan,' zei William, 'en ik heb het bij vergissing ontdekt.'

Deze bewering sprak zichzelf tegen en het was me niet duidelijk of William dat ook wilde. 'Maar het was waar dat de sporen in de sneeuw naar Brunello wezen,' zei ik, 'het was waar dat Adelmo zelfmoord had gepleegd, het was waar dat Venantius niet in de kruik was verdronken, het was waar dat het labyrint was ingedeeld zoals u had gedacht, het was waar dat je het finis Africae kon betreden door het woord *quatuor* aan te raken, het was waar dat het geheimzinnige boek van Aristoteles was... En zo zou ik kunnen doorgaan met alle ware dingen op te sommen die u hebt ontdekt door u van uw wetenschap te bedienen...'

'Ik heb nooit aan de waarheid van de tekens getwijfeld, Adson; zij zijn het enige waarover de mens beschikt om zijn weg in de wereld te vinden. Wat ik niet had begrepen, was het verband tussen de tekens. Ik ben bij Jorge terechtgekomen via een apocalyptisch schema dat aan alle misdaden ten grondslag leek te liggen, maar het was toeval. Ik ben bij Jorge terechtgekomen omdat ik een dader voor alle misdaden zocht, en we hebben ontdekt dat elke misdaad eigenlijk een andere dader had, of geen enkele. Ik ben bij Jorge terechtgekomen door het plan van een verdorven maar logisch redenerend brein te volgen, maar er was geen plan, of liever gezegd, Jorge zelf was door zijn oorspronkelijke plan overrompeld en daarna was er een reeks oorzaken, medeoorzaken en met elkaar tegenstrijdige oorzaken ontstaan die zich op eigen houtje verder ontwikkelden en verbanden in het leven riepen die van geen enkel plan afhankelijk waren. Waar is al die wijsheid van mij? Ik heb me als een stijfhoofd gedragen door achter een schijn van orde aan te jagen terwijl ik heel goed diende te weten dat er in het universum geen orde is.'

'Maar door een verkeerde orde te bedenken, hebt u toch iets gevonden...'

'Je hebt iets heel moois gezegd, Adson, ik dank je. De orde die onze geest bedenkt, is als een net, of een ladder, die men construeert om ergens te komen. Maar daarna moet men de ladder wegwerpen omdat men ontdekt dat ze, hoewel ze goede diensten had bewezen, van zin verstoken was. Er muoz gelîchesame die Leiter abewerfen, sô er an ir ufgestigen ist... Zeg je dat zo?'

'Zo klinkt het in mijn taal. Wie heeft dat gezegd?'

'Een mysticus uit jouw land. Hij heeft het ergens geschreven maar ik weet niet meer waar. En het is niet noodzakelijk dat iemand eens dat manuscript terugvindt. De enige waarheden die dienstig zijn, zijn werktuigen die men na gebruik weggooit.'

'U kunt uzelf niets verwijten, u hebt uw best gedaan.'

'Het is het best van een mens, en dat is weinig. Het is moeilijk de gedachte te aanvaarden dat er geen orde in het universum kan zijn, omdat deze de vrije wil van God en Zijn almacht zou aantasten. De vrijheid van God is dus onze veroordeling, althans de veroordeling van onze hoogmoed.'

Ik waagde, voor de eerste en laatste keer in mijn leven, een theologische conclusie: 'Maar hoe kan een noodzakelijk wezen bestaan dat geheel uit mogelijkheden is opgebouwd? Welk verschil is er dan tussen God en de oerchaos? De absolute almacht van God en Zijn absolute vrijheid ten aanzien van Zijn keuzen bevestigen, staat dat niet gelijk met bewijzen dat God niet bestaat?'

William keek me aan zonder dat zijn gelaatsuitdrukking ook maar een enkel gevoel liet doorschemeren en zei: 'Hoe zou een geleerde zijn kennis kunnen blijven mededelen als hij jouw vraag met ja zou beantwoorden?' Ik begreep de betekenis van zijn woorden niet: 'Bedoelt u te zeggen,' vroeg ik, 'dat er geen kennis meer mogelijk en mededeelbaar zou zijn als het criterium zelf van de waarheid zou ontbreken, of dat u hetgeen u weet niet meer zou kunnen mededelen omdat de anderen het u niet zouden toestaan?'

Op dat ogenblik stortte een stuk van het dak van het dormitorium met donderend geraas naar beneden en deed een wolk van vonken opstuiven. Een deel van de schapen en geiten die door de hof doolden, rende onder een hartverscheurend geblaat en gemekker voorbij. Een troep knechten kwam schreeuwend langs ons heen en liep ons bijna onder de voet.

'Er is te veel verwarring hier,' zei William. 'Non in commotione, non in commotione Dominus.'

LAATSTE BLAD

De abdij brandde drie dagen en drie nachten en vergeefs waren de laatste inspanningen. Reeds gedurende de ochtend van de zevende dag van ons verblijf in dat oord, toen de overlevenden begonnen in te zien dat geen enkel bouwwerk meer te redden was, toen van de mooiste gebouwen de buitenmuren instortten en de kerk, als het ware over zichzelf ineenzakkend, haar toren opslokte, toen verging iedereen de wilskracht om zich tegen de goddelijke straf teweer te stellen. Steeds trager werd het geloop naar de enkele nog overgebleven emmers water, terwijl de kapittelzaal met de trotse abtswoning kalmpjes verder brandde. Toen het vuur de verst verwijderde zijde met de verschillende werkplaatsen bereikte, hadden de knechten allang zo veel mogelijk gereedschap gered; ze gaven er de voorkeur aan de hellingen af te zoeken om althans een deel van het vee, dat in de verwarring van die nacht buiten de muren was gevlucht, weer te verzamelen.

Ik zag hoe enkele knechten zich waagden in dat wat van de kerk was overgebleven en veronderstelde dat ze probeerden de schatkamer binnen te dringen om vóór hun vlucht nog wat kostbaarheden in de wacht te slepen. Ik weet niet of het hun is gelukt, of de crypte niet reeds was ingestort, of de schelmen in hun poging haar te bereiken niet door de aarde zijn verzwolgen.

Intussen kwamen mannen uit het dorp naar boven, om hulp te bieden of om op hun beurt te trachten de een of andere buit te vergaren. De doden lagen voor het merendeel tussen de nog smeulende puinhopen. Op de derde dag, nadat de gewonden waren verzorgd en de lijken die men had kunnen vinden waren begraven, pakten de monniken en alle anderen hun bezittingen bijeen en verlieten het nog rokende abdijterrein als een vervloekte plaats. Ik weet niet waar ze overal zijn terechtgekomen.

William en ik vertrokken op twee rijdieren die we verdoold in het bos aantroffen en gevoeglijk als res nullius konden beschouwen. We zetten koers naar het oosten. Opnieuw in Bobbio gekomen, vernamen we slecht nieuws over de keizer. Na zijn aankomst in Rome was hij door het volk gekroond. Daar hij elke schikking met Johannes thans voor onmogelijk hield, had hij een tegenpaus gekozen, Nicolaas v. Marsilius was tot vicaris van Rome benoemd, maar door zijn schuld, of door zijn zwakheid, gebeurden er in die stad dingen waarvan het allerbedroevendst is te gewagen. Pausgetrouwe priesters die geen mis wilden lezen, werden gemarteld, een prior van de augustijnen was in de leeuwenkuil van het Capitool geworpen. Marsilius en Johannes de Janduno hadden verklaard dat Johannes een ketter was en Lodewijk had hem ter dood laten veroordelen. Maar de keizer voerde een slecht bewind, hij joeg de plaatselijke heren tegen zich in het harnas en onttrok geld aan de openbare schatkist. Hoe meer van deze berichten we hoorden, des te trager zetten we onze reis naar Rome voort, en ik begreep dat William niet getuige wilde zijn van gebeurtenissen die zijn verwachtingen beschaamden.

In Pomposa gearriveerd, vernamen we dat Rome in opstand was gekomen tegen Lodewijk, die weer naar Pisa was getrokken, terwijl in de pauselijke stad de afgezanten van Johannes zegevierend terugkeerden.

Inmiddels was Michael van Cesena tot het inzicht gekomen dat zijn aanwezigheid in Avignon tot geen enkel resultaat leidde, dat zijn leven er veeleer gevaar liep; hij was gevlucht en had zich in Pisa weer bij Lodewijk gevoegd. De keizer had intussen ook de steun verloren van Castruccio, heer van Lucca en Pistoia, die gestorven was.

Om kort te gaan, daar we de gebeurtenissen voorzagen en wisten dat de Beier zich naar München zou begeven, maakten wij rechtsomkeert en besloten hem vooruit te reizen, mede omdat William het gevoel kreeg dat Italië voor hem onveilig begon te worden. In de maanden en jaren die volgden zag Lodewijk de alliantie van de Ghibellijnse edelen uiteenvallen, het jaar daarop zou de tegenpaus Nicolaas met een strop om zijn hals voor Johannes verschijnen om zich aan hem te onderwerpen.

Toen we in München aankwamen, moest ik, onder veel tranen, afscheid nemen van mijn goede meester. Zijn lot was onzeker, mijn familie gaf er de voorkeur aan dat ik naar Melk terugkeerde. Sinds de tragische nacht waarin William, te midden van de puinhopen van de abdij, mij deelgenoot had gemaakt van zijn mismoedigheid, hadden we als bij stilzwijgende afspraak niet meer over dat voorval gesproken. Ook tijdens ons smartelijk afscheid repten wij er niet over.

Mijn meester gaf me veel goede raad voor mijn toekomstige studie en schonk me de lenzen die Nicola voor hem had vervaardigd, daar hij de zijne immers terug had. Ik was nog jong, zei hij, maar eens zouden ze me van pas komen (en inderdaad heb ik ze, nu ik deze regels schrijf, op mijn neus). Daarna omhelsde hij me stevig, met de tederheid van een vader, en zei me vaarwel.

Ik heb hem nooit meer gezien. Vele jaren later vernam ik dat hij was gestorven tijdens de grote pestepidemie die Europa tegen het midden van deze eeuw teisterde. Ik bid nog steeds dat God zijn ziel tot zich moge hebben genomen en hem de vele daden van hoogmoed moge hebben vergeven die zijn intellectuele trots hem had doen begaan.

Jaren later, toen ik al een man van rijpe leeftijd was, kreeg ik de gelegenheid in opdracht van mijn abt een reis naar Italië te maken. Op de terugreis kon ik de verleiding niet weerstaan een lange omweg te maken om dat wat van de abdij restte nog eens te bezoeken.

De twee dorpen onder aan de berg waren ontvolkt, de akkers eromheen lagen braak. Ik klom omhoog naar het plateau, en een troosteloos schouwspel van verlatenheid en dood ontrolde zich aan mijn door tranen versluierde ogen.

Van de grote, statige gebouwen die eens die plek sierden, waren slechts verspreide ruïnes overgebleven, zoals voorheen het lot was geweest van de monumenten van de oude heidenen in Rome. De brokstukken van de muren, de zuilen en de enkele intact gebleven architraven gingen schuil onder de klimop. Onkruid overwoekerde het terrein tot in alle uithoeken, en het was zelfs niet meer te zien waar eens de moestuin en de hof waren geweest. Alleen de plaats van het kerkhof was herkenbaar aan enkele grafstenen die nog boven de grond uitstaken. Het enige teken van leven waren, hoog in de lucht, roofvogels op jacht naar hagedissen en slangen die gelijk basilisken tussen de stenen kropen of over de muren schoten. Van het kerkportaal waren slechts enkele, door schimmel aangevreten resten overgebleven. Het timpaan had voor de helft standgehouden en ik onderscheidde er nog het door verwering uitgezette en door grauwe korstmossen befloerste linkeroog van de tronende Christus en iets van het gezicht van de leeuw.

Het Hoofdgebouw stond, op de ingestorte zuidelijke muur na, nog overeind en scheen de tand des tijds te trotseren. De twee buitenste torens, die op de afgrond uitzagen, leken vrijwel onbeschadigd, maar overal waren de ramen lege oogkassen waaruit kleverige tranen dropen in de vorm van rottende klimplanten. Binnenin vermengde het vernietigde werk van mensenhanden zich met het werk van de natuur, en vanuit de keuken aanschouwde het oog grote vlakken van de open hemel door de gaten in de vloeren erboven en in het dak, waarvan stukken als gevallen engelen omlaag waren gestort. Alles wat niet groen was van het mos, was nog zwart van de rook van vele tientallen jaren tevoren.

Bij het zoeken tussen het puin vond ik hier en daar gescheurde stukken perkament, die uit het scriptorium en de bibliotheek naar beneden waren gedwarreld en als schatten bedolven onder de aarde de tijden hadden overleefd; ik begon ze te vergaren, alsof ik de bladen van een boek weer bijeen moest voegen. Toen ontdekte ik dat in een van de torens nog steeds een wenteltrap, wankel maar vrijwel onbeschadigd, naar het scriptorium voerde; en vandaar kon men, omhoog klauterend langs de helling van een hoop puin, op de verdieping van de bibliotheek komen: hiervan was echter niet meer over dan een soort gang langs de buitenmuur, vanwaar men overal op de leegte uitkeek.

Tegen een stuk muur vond ik een door vocht en insecten aangevreten maar nog wonderbaarlijk rechtop staande boekenkast, die op de een of andere manier aan het vuur was ontsnapt. Er lagen nog wat bladen in. Andere flarden vond ik toen ik beneden in het puin verder zocht. Het was een schamele oogst, maar ik besteedde een gehele dag aan het vergaren ervan, alsof uit die disiecta membra van de bibliotheek een boodschap tot mij zou komen. Sommige perkamentsnippers waren verbleekt, op andere was nog vaag iets van een afbeelding te zien, soms de schim van een of meer woorden. Af en toe vond ik vellen waarop hele zinnen te lezen waren, iets vaker trof ik nog onbeschadigde banden aan, beschermd als ze waren door wat hun metalen beslag was geweest... Omhulsels van boeken, vanbuiten ogenschijnlijk nog intact maar vanbinnen weggevreten; toch was een enkele keer een half blad gespaard gebleven, schemerde er een incipit, een titel door...

Ik raapte elke relikwie die ik kon vinden op en vulde er twee reiszakken mee, waarbij ik dingen die mij van nut waren achterliet, enkel en alleen om die armzalige schat te redden.

Tijdens mijn terugreis en later in Melk bracht ik vele, vele uren door met pogingen om die overblijfselen te ontcijferen. Vaak zag ik aan een woord of aan een overgebleven afbeelding welk werk het betrof. Als ik in de loop der tijd andere kopieën van die boeken tegenkwam, bestudeerde ik ze vol liefde, alsof het lot me dit legaat had nagelaten, alsof het feit dat ik de verwoeste kopie ervan had herkend een duidelijk teken van de hemel was dat zei tolle et lege. Aan het eind van mijn geduldige reconstructie verscheen voor mijn geestesoog als het ware een bibliotheek op verkleinde schaal, teken van de grote die was verdwenen, een bibliotheek samengesteld uit passages, citaten en onvoltooide zinnen, verminkte resten van boeken.

Hoe vaker ik deze boekenlijst herlees, hoe meer ik tot de overtuiging kom dat ze uit het toeval is ontstaan en geen enkele boodschap behelst. Maar die onvolledige bladzijden hebben me vergezeld gedurende al de jaren die me sindsdien nog vergund zijn geweest te leven; ik heb ze vaak als een orakel geraadpleegd, en ik heb welhaast de indruk dat hetgeen ik heb geschreven op deze bladen die gij, onbekende lezer, thans zult lezen, niets anders is dan een cento, een figuurgedicht, een ontzaglijk groot acrostichon dat geen andere dingen vertelt en herhaalt dan die welke deze fragmenten me hebben ingegeven, en ik weet zelfs niet meer of ik tot dusverre over die fragmenten heb gesproken of dat zij door mijn mond hebben gesproken. Maar welk van de twee gevallen zich ook mag hebben voorgedaan, hoe vaker ik mezelf de geschiedenis die eruit is voortgekomen vertel, des te minder vermag ik te doorzien of er een patroon in besloten ligt dat verder reikt dan de natuurlijke opeenvolging van de gebeurtenissen en de tijden die ze met elkaar verbinden. En het is hard voor deze oude monnik op de drempel van de dood om niet te weten of de letters die hij heeft geschreven de een of andere verborgen zin bevatten, meer dan een, vele, of geen enkele.

Maar mijn onvermogen om te zien is misschien het gevolg van de schaduw die de naderende grote duisternis op de vergrijsde wereld werpt.

Est ubi gloria nunc Babylonia? Waar is de goede oude tijd gebleven? De aarde danst de dans van Macabré, soms schijnt het mij toe dat de Donau wordt bevaren door bootjes volgeladen met dwazen op weg naar een onbekend oord.

Mij blijft niets anders over dan te zwijgen. O quam salubre, quam iucundum et suave est sedere in solitudine et tacere et loqui cum Deo! Spoedig zal ik me weer met mijn oorsprong verenigen en ik geloof niet meer dat het de God der glorie is over wie de abten van mijn orde me hebben gesproken, of de God der vreugde, zoals de minorieten van weleer geloofden, misschien zelfs niet de God van barmhartigheid. Gott ist ein lauter Nichts, ihn rührt kein Nun noch Hier... Ik zal weldra deze wijde, volmaakt vlakke en onmetelijke woestijn binnengaan waarin het waarlijk vrome hart gelukzalig bezwijkt. Ik zal verzinken in de goddelijke duisternis, in een woordeloze stilte en in een onuitsprekelijke eenheid, en in dit verzinken zal elke gelijkheid en elke ongelijkheid teloorgaan, en in die afgrond zal mijn geest zichzelf verliezen en noch het gelijke, noch het ongelijke, noch iets anders kennen: en alle verschillen zullen vergeten zijn, ik zal in de enkelvoudige bron opgenomen zijn, in de stille woestijn waar nooit verscheidenheid is gezien, in het binnenste waar niemand een eigen plaats heeft. Ik zal verzinken in de zwijgende en verlaten godheid waar werk is noch beeld.

Het is koud in het scriptorium, mijn duim doet pijn. Ik laat dit geschrift na, ik weet niet voor wie, ik weet niet meer waarover: stat rosa pristina nomine, nomina nuda tenemus.

NASCHRIFT

Vertaald door Henny Vlot

Rosa que al prado, encarnada,
te ostentas presuntüosa
de grana y carmín bañada:
campa lozana y gustosa;
pero no, que siendo hermosa
también serás desdichada.
JUANA INÉS DE LA CRUZ

NASCHRIFT
DE TITEL EN DE BETEKENIS

◆

Sinds ik *De naam van de roos* heb geschreven krijg ik veel brieven van lezers die me vragen wat de Latijnse hexameter aan het slot van het boek betekent en waarom deze hexameter aan de titel ten grondslag ligt. Ik antwoord hierop dat het een versregel betreft uit *De contemptu mundi* van Bernardus Morlanensis, een benedictijn uit de twaalfde eeuw, die varieert op het thema *ubi sunt* (waaruit later *mais où sont les neiges d'antan* van Villon is ontstaan), met dit verschil dat Bernardus aan het gangbare topos (de groten van weleer, de beroemde steden, de schone prinsessen, alles verdwijnt in het niets) het idee toevoegt dat van al deze vergane zaken louter de namen overblijven. Ik breng hier in herinnering dat Abélard het voorbeeld gebruikte van de zinsnede *nulla rosa est* om aan te tonen hoe de taal zowel over vergane zaken kon spreken als over niet-bestaande. Waarna ik de lezer zijn eigen conclusies laat trekken.

Een verteller moet geen interpretaties verschaffen van zijn eigen werk, anders had hij geen roman geschreven, een machine om interpretaties te genereren. Maar een van de belangrijkste obstakels bij de verwezenlijking van dit virtuoze voornemen is juist het feit dat een roman een titel moet hebben.

Een titel is helaas al een sleutel tot interpretatie. Men kan zich niet onttrekken aan de suggestie die uitgaat van *Le rouge et le noir* en *Oorlog en vrede*. De titels die het meest respect hebben voor de lezer zijn titels die zich beperken tot de naam van de held van het verhaal, zoals *David Copperfield* of *Robinson Crusoe*, maar ook de verwijzing naar de naam van de hoofdpersoon kan een onrechtmatige inmenging betekenen van de zijde van de auteur. *Père Goriot* vestigt de aandacht van de lezer op de figuur van de oude vader, terwijl de roman ook het heldendicht is van Rastignac, of van Vautrin alias Collin. Misschien zou je op een eerlijke wijze oneerlijk moeten zijn zoals

Dumas, omdat duidelijk is dat *De drie musketiers* in werkelijkheid de geschiedenis is van de vierde. Maar dit is een zeldzame luxe, en misschien mag een schrijver zich deze alleen bij vergissing permitteren.

Mijn roman had een andere werktitel, namelijk *De abdij van de misdaad*. Ik heb hem geschrapt omdat de aandacht van de lezer zo louter gevestigd wordt op het misdaadverhaal en ongelukkige kopers die uit zijn op echte actieverhalen zich ten onrechte zouden storten op een boek dat hen zou teleurstellen. Het was mijn droom het boek *Adson van Melk* te noemen. Een zeer neutrale titel, want Adson was niets meer dan de vertellende stem. Maar bij ons houden uitgevers niet van eigennamen, zelfs *Fermo e Lucia* is omgewerkt tot iets anders, en verder zijn er maar weinig voorbeelden, zoals *Lemmonio Boreo*, *Rubé* of *Metello*... Zeer weinig in vergelijking met de legioenen nichtjes Beth, Barry Lyndon, Armance en Tom Jones die de literaturen uit andere landen bevolken.

Ik kwam bijna toevallig op het idee van *De naam van de roos* en het stond me aan omdat de roos een symbolische figuur is, zo rijk aan betekenissen, dat zij er bijna geen enkele meer heeft: mystieke roos, de roos heeft doorleefd wat rozen doorleven, de Rozenoorlog, een roos is een roos is een roos is een roos, de Rozenkruisers, dank voor de prachtige rozen, frisse, heerlijk geurende roos. De lezer bleek er terecht door op een dwaalspoor gebracht, hij kon geen interpretatie kiezen; en ook al had hij alle mogelijke nominalistische lezingen van het eindvers ontdekt, dan nog kwam hij er pas aan het einde aan toe, als hij misschien al allerlei andere keuzes gemaakt had. Een titel moet verwarring scheppen, niet categoriseren.

Niets is een grotere troost voor een auteur van een roman dan lezingen van zijn werk te ontdekken waaraan hij zelf niet had gedacht, en die de lezers hem aan de hand doen. Toen ik theoretisch werk schreef hield mijn houding ten aanzien van recensenten een oordeel in: hebben ze begrepen wat ik bedoelde of niet? Met een roman is het heel anders. Ik zeg niet dat een auteur niet kan ontdekken dat hij gelezen wordt op een manier die hij afwijkend vindt, maar hij zou in ieder geval moeten zwijgen; laten de anderen maar protesteren aan de hand van de tekst. Verder wordt het werk in verreweg de meeste gevallen zo gelezen dat er nieuwe betekeniseffecten ontdekt worden waaraan je niet had gedacht. Maar wat wil het zeggen dat ik er niet aan had gedacht?

Een Franse geleerde, Mireille Calle Gruber ontdekte subtiele paragrammen die de *eenvoudigen* (in de betekenis van armen) verbinden met de *eenvoudigen* in de betekenis van geneeskrachtige kruiden, en vindt daarna dat ik het heb over de 'woekerplant' van de ketterij. Ik zou kunnen antwoorden dat de term 'eenvoudigen' in beide betekenissen voorkomt in de literatuur uit die tijd, evenals de uitdrukking 'woekerplant'. Anderzijds kende ik het voorbeeld van Greimas wel over de dubbele isotopie die ontstaat als men de kruidendokter definieert als 'vriend der eenvoudigen'. Wist ik nu wel of niet dat ik met paragrammen speelde? Het is van geen enkel belang dit nu te zeggen, de tekst ligt voor ons en produceert zijn betekeniseffecten.

Toen ik de recensies op de roman las, was ik bijzonder voldaan toen ik een criticus aantrof (Ginevra Bompiani en Lars Gustaffson waren de eersten) die de woorden citeerde van William aan het eind van het proces van de inquisitie (pagina 399 in de Nederlandse editie). 'Wat beangstigt u het meest in de reinheid?' vraagt Adson. En William antwoordt: 'De haast'. Ik hield veel van deze twee regels, en ik houd er nog steeds van. Maar toen wees een lezer me erop dat Bernard van Gui op dezelfde bladzijde zegt als hij de cellarius met marteling dreigt: 'De gerechtigheid wordt niet door haast gedreven, zoals de pseudoapostelen geloofden, en die van God heeft eeuwen tot haar beschikking.' En die lezer vroeg mij terecht welk verband ik heb willen leggen tussen de haast waar William voor vreesde en de afwezigheid van haast, geroemd door Bernard. Toen realiseerde ik me dat er iets verontrustends gebeurd was. Die paar uitspraken over en weer tussen Adson en William waren er in het manuscript niet. Die korte dialoog heb ik toegevoegd in de drukproeven: omwille van de symmetrie vond ik het nodig nog een segment in te voegen, alvorens het woord weer aan Bernard te geven. En terwijl ik William de haast liet haten (en met grote overtuiging, daarom beviel deze uitspraak me later zo) was ik natuurlijk helemaal vergeten dat Bernard iets verderop over haast sprak. Als jullie de woorden van Bernard herlezen zonder die van William, zijn ze niet meer dan een zegswijze, iets waarvan we verwachten dat een rechter het verkondigt, het is een zin die zoveel waard is als 'de wet is gelijk voor allen'. Maar geplaatst tegenover de haast waarover William spreekt, brengt de haast waar Bernard over spreekt een betekeniseffect teweeg, en de lezer heeft gelijk als hij zich afvraagt of zij hetzelfde zeggen, of dat de haat jegens de haast geuit door William niet onmerkbaar anders is dan de haat jegens de haast geuit door Bernard. De tekst bestaat nu eenmaal en brengt zijn eigen betekeniseffecten voort. Of ik het nu wilde of niet, er wordt een vraag opgeroepen, een dubbelzinnige provocatie, en ikzelf voel me in verlegenheid gebracht als ik de tegenstelling moet interpreteren, en toch begrijp ik dat daarin een bepaalde betekenis verscholen ligt (misschien vele betekenissen).

Een auteur moest eigenlijk sterven na het schrijven. Om de loop van de tekst niet te verstoren.

NASCHRIFT
HET PROCES VERTELLEN

◆

Een auteur moet niet interpreteren. Maar hij kan vertellen waarom en hoe hij heeft geschreven. De zogenaamde poëticageschriften dienen niet altijd om het werk te begrijpen dat ze inspireerde, maar dienen om te begrijpen hoe dat technische probleem dat de productie van een werk is, wordt opgelost.

Poe vertelt in zijn *Philosophy of composition* hoe hij *The raven* heeft geschreven. Hij zegt ons niet hoe we het moeten lezen, maar welke problemen hij zich gesteld heeft om een poëtisch effect te bewerkstelligen. En ik zou het poëtisch effect definiëren als het vermogen dat de tekst uitdraagt om steeds weer andere lezingen te genereren, zonder ooit helemaal uitgeput te raken.

Wie schrijft (wie schildert of beeldhouwt of muziek componeert) weet altijd wat hij doet en hoeveel het hem kost. Hij weet dat hij een probleem moet oplossen. Het kan zijn dat de gegevens waarvan uitgegaan wordt duister zijn, instinctief, obsessief, niet meer dan een verlangen of een herinnering. Maar daarna wordt het probleem aan de werktafel opgelost, terwijl men de materie waarmee men aan het werk is ondervraagt – een materie die eigen natuurwetten blijkt te bezitten, maar die tegelijkertijd de herinnering aan de cultuur met zich meedraagt waarmee zij belast is (de weerklank van de intertekstualiteit).

Als een auteur tegen ons zegt dat hij heeft gewerkt in de bevlogenheid van zijn inspiratie, liegt hij. *Genius is twenty per cent inspiration and eighty per cent perspiration.*

Ik weet niet meer van welk beroemd gedicht Lamartine schreef dat het in hem opgeborreld was op een onweersnacht in een bos. Toen hij stierf werden de manuscripten ervan teruggevonden met de correcties en varianten, en ontdekte men dat dat gedicht misschien het meest 'doorwrochte' was van de hele Franse literatuur.

Als een schrijver (of een artiest in het algemeen) zegt dat hij heeft gewerkt zonder te denken aan de regels van het proces, wil dat alleen maar zeggen dat hij werkte zonder te weten dat hij de regel kende. Een kind spreekt zijn moedertaal uitstekend, maar zou er de grammatica niet van kunnen schrijven. Maar een grammaticus is niet de enige die de regels van de taal kent, want deze kent het kind onbewust ook heel goed: de grammaticus is alleen degene die weet waarom en hoe een kind de taal kent.

Vertellen hoe men geschreven heeft betekent niet bewijzen dat men 'goed' geschreven heeft. Poe zei: 'Het effect van het werk is één ding, iets anders is de kennis van het proces.' Als Kandinsky of Klee ons vertellen hoe ze schilderen zeggen ze ons niet of een van twee beter is dan de ander. Als Michelangelo ons zegt dat beeldhouwen wil zeggen dat je de figuur die al in de steen gegrift staat bevrijdt van haar overtollige ballast, zegt hij ons niet of de Pietà in het Vaticaan beter is dan de Pietà Rondanini. Soms zijn de meest verlichte bladzijden over artistieke processen geschreven door minder grote kunstenaars, die bescheiden effecten teweegbrachten, maar die goed in staat waren na te denken over hun eigen processen: Vasari, Horatio Greenough, Aaron Copland…

NASCHRIFT
NATUURLIJK, DE MIDDELEEUWEN

◆

Ik heb een roman geschreven omdat ik daar zin in kreeg. Ik denk dat dat voldoende reden is om te gaan vertellen. De mens is sprekend dier van nature. Ik begon te schrijven in maart '78, gedreven door een nog zeer pril idee. Ik had zin om een monnik te vergiftigen. Ik denk dat een roman geboren wordt uit een dergelijk idee, de rest is substantie die je er al schrijvend aan toevoegt. Het idee moest al ouder zijn. Ik vond later een schrift, daterend uit 1975, waarin ik een lijst had opgesteld van monniken in een niet nader gepreciseerd klooster. Meer niet. Allereerst ben ik de *Traité des poisons* van Orfila gaan lezen – die ik twintig jaar eerder had aangeschaft bij een boekenstalletje langs de Seine, louter om trouw te blijven aan Huysman *(Là bas)*. Aangezien geen van de vergiften me zinde, heb ik een bevriend bioloog gevraagd of hij me een middel kon aanraden dat bepaalde eigenschappen had (het moest via de huid opgenomen kunnen worden, terwijl je met iets bezig was). Ik heb de brief waarin deze mij antwoordde dat hij geen vergift kende dat voor mijn doeleinden te gebruiken was onmiddellijk verscheurd, want het betreft hier documenten die je op het schavot zouden kunnen doen belanden, als ze in een andere context gelezen zouden worden.

Eerst zouden mijn monniken leven in een hedendaags klooster (ik dacht aan een detective-monnik die 'Il Manifesto' las). Maar aangezien in een klooster of een abdij nog steeds veel middeleeuwse herinneringen leven, ben ik gaan bladeren in mijn archieven van mediëvist in winterslaap (een boek over de middeleeuwse esthetiek in 1956, nog eens honderd bladzijden over dit onderwerp in 1969, een enkel essay in de loop der tijd, terugkeer naar de middeleeuwse traditie voor mijn werk over Joyce, en daarna in 1972 mijn lange studie over de Apocalyps en de miniaturen in het commentaar van Beatus Liébanensis: dus de Middeleeuwen bleven getraind). Ik had een massa materiaal bijeen vergaard (kaartjes, fotokopieën, schriften), dat zich sinds

1952 opgehoopt had en dat bestemd was voor andere, zeer vaag omschreven doeleinden: voor een geschiedenis der monsters, of voor een analyse van middeleeuwse encyclopedieën, of voor een theorie over opsomming... Op een gegeven ogenblik zei ik tegen mezelf dat ik, aangezien de Middeleeuwen mijn denkbeeldige dagblad zijn, net zo goed een roman kon schrijven die zich rechtstreeks afspeelde in de Middeleeuwen. Zoals ik heb gezegd in een of ander interview ken ik het heden alleen via het televisiescherm, terwijl ik van de Middeleeuwen een directe kennis heb. Als we vuur stookten op het veld beschuldigde mijn vrouw me ervan dat ik geen oog had voor de vonken die opstegen tussen de bomen en uitzwermden langs de strepen van licht. Toen ze daarna het hoofdstuk over de brand las zei ze: 'Maar dan keek je dus wel naar de vonken!' Ik antwoordde: 'Nee, maar ik wist hoe een middeleeuwse monnik ze zou zien.'

Tien jaar geleden bekende ik in een begeleidende brief aan de uitgever bij het commentaar op de Apocalyps van abt Beatus van Liébana (voor Franco Maria Ricci): 'Hoe je het ook wendt of keert, ik ben geboren voor onderzoek waarbij ik symbolische wouden, bewoond door eenhoorns en griffioenen, doorkruis, terwijl ik structuren van pinakels en vierkante vlakken der kathedralen vergelijk met de steken van exegetische boosaardigheid die verborgen ligt in de vierkantsformules van de *Summulae*, zwervend door de Rue de Fouarre en de schepen van cisterciënzer kerken, mij minzaam onderhoudend met ontwikkelde en weelderig geklede cluniacenzer monniken, in het oog gehouden door een gezette, rationalistische Aquino, in verzoeking gebracht door Honorius Augustoduniensis, door zijn fantastische geografieën waarin tegelijkertijd uitgelegd werd *quare in pueritia coitus non contingat*, hoe je bij het Verloren Eiland komt en hoe je een basilisk vangt als je alleen maar een zakspiegeltje bij je hebt, en door zijn onwankelbaar geloof in het Bestiarium.

Dit plezier en deze hartstocht hebben mij nooit verlaten, ook al ben ik daarna andere wegen ingeslagen, om morele en materiële redenen (mediëvist zijn betekent vaak dat je over een aanzienlijke rijkdom moet beschikken en de mogelijkheid moet hebben om door verre bibliotheken te dwalen waar je onvindbare handschriften op microfilm zet). Zo zijn de Middeleeuwen misschien niet meer mijn beroep, maar wel mijn hobby gebleven – en mijn constante verzoeking, en ik zie ze overal, doorschijnend, in de dingen waarmee ik me bezighoud, die niet middeleeuws lijken maar het toch zijn.

Heimelijke vakantie onder de gewelven van Autun, waar abt Grivot, vandaag, handboeken over de Duivel schrijft, ingebonden in met zwavel geïmpregneerde banden; de verrukking van het platteland van Moissac en Conques, verblind door Grijsaards van de Apocalyps of door duivels die de verdoemde zielen in kokende potten stouwen; en tegelijkertijd de verwikkende bladzijden van de illuministische monnik Beda, rationele troost gevraagd aan Ockham om de mysteries van het Teken te begrijpen, daar waar De Saussure nog in duisternis gehuld is. En zo verder, met voortdurende nostalgie naar de *Peregrinatio Sancti Brandani,* ons denken, beheerst in het *Book of Kells,* Borges opgewaardeerd in de Keltische *kenningars,* de verhouding tussen macht en overtuigde massa's, beschreven in de dagboeken van Bisschop Suger.'

NASCHRIFT
HET MASKER

◆

Eigenlijk heb ik niet alleen besloten om *over* de Middeleeuwen te vertellen. Ik heb besloten *in* de Middeleeuwen te vertellen, en wel bij monde van een kroniekschrijver uit die tijd. Ik was een beginnend verteller en tot op dat ogenblik had ik vertellers bekeken van de andere kant van de barricade. Ik schaamde me om te vertellen. Ik voelde me als een toneelcriticus die zich ineens blootstelt aan het voetlicht en zichzelf bekeken ziet door degenen van wie hij tot op dat moment de medeplichtige in de zaal was.

Kun je zeggen 'het was een mooie ochtend aan het eind van november' zonder je Snoopy te voelen? Maar als ik het Snoopy nu had laten zeggen? Dat wil zeggen als iemand 'het was een mooie ochtend…' gezegd had die gerechtigd was het te zeggen, omdat men dat in zijn tijd zo kon doen? Een masker, dat was wat ik nodig had.

Ik ben de middeleeuwse kroniekschrijvers gaan lezen of herlezen om me hun ritme eigen te maken en hun eenvoud. Zij zouden voor mij spreken, dan was ik vrij van verdenking. Vrij van verdenking, maar niet van de weerklank van de intertekstualiteit. Zo heb ik weer ontdekt wat schrijvers altijd al hebben geweten (en wat ze ons zo vaak hebben gezegd): boeken praten altijd over andere boeken en iedere geschiedenis vertelt een geschiedenis die al eerder verteld is. Dat wist Homerus, dat wist Ariosto, om maar te zwijgen van Rabelais of Cervantes. Daarom moest mijn geschiedenis wel beginnen met een teruggevonden manuscript, en ook deze geschiedenis zou een citaat zijn. Zo schreef ik meteen de inleiding, en plaatste ik mijn vertelling op het niveau van een ingebed verhaal in de vierde graad, binnen drie andere vertellingen: ik zeg dat Vallet zei dat Mabillon heeft gezegd dat Adson zei…

Nu had ik niets meer te vrezen. En toen ik zover was ben ik opgehouden met schrijven, een jaar lang. Ik ben opgehouden omdat ik iets anders ontdekte wat ik al wist (wat iedereen al wist), maar wat ik al werkend beter ben gaan begrijpen.

Ik heb dus ontdekt dat een roman in eerste instantie niets met woorden te maken heeft. Een roman schrijven is een kosmische aangelegenheid, zoals waarover verteld wordt in Genesis (je hebt toch altijd je voorbeelden nodig, zei Woody Allen).

NASCHRIFT
DE ROMAN ALS KOSMOS

◆

Ik bedoel dat je om te vertellen allereerst een wereld moet construeren, zoveel mogelijk aangekleed tot in de kleinste details. Als ik een rivier zou construeren, twee oevers, en als ik op de linkeroever een visser zou neerzetten, en als ik deze visser een opvliegend karakter zou geven en een verre van blanco strafblad, dan zou ik met schrijven kunnen beginnen, vertalend in woorden wat er nu wel moet gaan gebeuren. Wat doet een visser? Hij vist (en dan krijg je een hele min of meer onvermijdelijke opeenvolging van handelingen). En wat gebeurt er dan? Of er zijn vissen die bijten, of ze zijn er niet. Als ze er zijn, slaat de visser ze aan de haak en gaat tevreden naar huis. Einde van het verhaal. Als ze er niet zijn, wordt hij misschien kwaad, aangezien hij opvliegend is. Misschien breekt hij de hengel in stukken. Dat is niet veel, maar het is een aanzet. Er is echter een Indiaans spreekwoord dat zegt: 'Ga zitten op de oever van de rivier en wacht, weldra zal het lijk van je vijand voorbijkomen.' En als er eens een lijk met de stroom meekwam – aangezien die mogelijkheid binnen het intertekstuele terrein van de rivier ligt? Laten we niet vergeten dat mijn visser een strafblad heeft dat niet meer blanco is. Wil hij het risico lopen zich in de nesten te werken? Wat doet hij? Vlucht hij, zal hij net doen of hij het lijk niet ziet? Zou hij een slecht geweten krijgen, omdat het lijk tenslotte is van de man die hij haatte? Zal hij, heetgebakerd als hij is, woedend worden omdat hij de wraak waarnaar hij zo vurig verlangde niet heeft kunnen plegen? Jullie zien het, je hoeft je wereld maar met weinig aan te kleden om toch al het begin van een verhaal te hebben. Er is ook al het begin van een stijl, want een visser die vist zou mij een traag, fluviaal tempo moeten opleggen, in overeenstemming met zijn wachten dat geduldig zou moeten zijn, maar ook met het oplaaien van zijn ongeduldige drift. Het probleem is het construeren van die wereld, de woorden komen bijna vanzelf. *Rem tene, verba sequentur.* Het tegengestelde van wat denk ik gebeurt bij poëzie: *verba tene, res sequentur.*

Het eerste jaar dat ik aan mijn roman werkte is gewijd aan de constructie van de wereld. Lange registers van alle boeken die je kon vinden in een middeleeuwse bibliotheek. Namenlijsten en kaartjes met persoonlijke gegevens van veel personages, waarvan er later velen van de geschiedenis zijn uitgesloten. Dat wil zeggen dat ik ook moest weten wie de andere monniken waren die niet voorkomen in het boek; de lezer hoefde hen niet te kennen, maar ik moest hen wel kennen. Wie zei eens dat de vertelkunst moet concurreren met de burgerlijke stand? Maar misschien moet zij ook concurreren met de wethouder van ruimtelijke ordening. Vandaar uitgebreide onderzoeken op het gebied van architectuur, aan de hand van foto's en plattegronden in de encyclopedie der architectuur, om de plattegrond van de abdij vast te stellen, de afstanden, zelfs het aantal treden van een wenteltrap. Marco Ferreri zei eens tegen me dat mijn dialogen filmisch zijn, omdat ze precies lang genoeg duren. Dat spreekt vanzelf, als twee van mijn personages van het refectorium naar de kloosterhof gingen, zat ik te schrijven met de plattegrond voor me, en als ze aangekomen waren hielden ze op met praten.

Je moet jezelf beperkingen opleggen om vrij te kunnen scheppen. Bij poëzie kan die beperking opgelegd worden door de versvoet, de versregel, het rijm, door datgene wat eigentijdse dichters ademhaling volgens het gehoor hebben genoemd... Bij de vertelkunst wordt die beperking opgelegd door de onderliggende wereld. En dit heeft niets te maken met realisme (ook al verklaart het *zelfs* het realisme). Je kunt een volkomen irreële wereld construeren, waarin ezels vliegen en prinsessen door een kus opgewekt worden uit de dood: maar die wereld, strikt genomen mogelijk én irreëel, moet bestaan volgens structuren die vanaf het begin gedefinieerd zijn (je moet weten of het een wereld is waar een prinses alleen uit de dood kan worden opgewekt door de kus van een prins, of ook door die van een heks, en of de kus van een prinses alleen padden terugverandert in prinsen of ook, noem maar iets, gordeldieren).

Van mijn wereld maakte ook de geschiedenis deel uit. Daarom heb ik zo veel middeleeuwse kronieken gelezen en herlezen, en terwijl ik ze las heb ik gemerkt dat er in mijn roman ook dingen moesten komen die in het begin in de verste verte niet in mij opgekomen waren, zoals de armoedestrijd, of de inquisitie tegen de fraticelli.

Bijvoorbeeld: waarom zijn er in mijn boek veertiende-eeuwse fraticelli? Als ik een middeleeuws verhaal moest schrijven, had ik het moeten laten spelen in de 13e of 12e eeuw, want die kende ik beter dan de 14e.

Maar ik had een detective nodig, zo mogelijk een Engelsman (intertekstueel citaat), die een grote opmerkingsgave bezat en een buitengewoon gevoel voor het interpreteren van aanwijzingen. Deze kwaliteiten waren alleen te vinden in de franciscaner sfeer, en wel na Roger Bacon; bovendien vinden wij pas een ontwikkelde theorie der tekens bij de volgelingen van Ockham, of beter gezegd zij was er eerder ook wel, maar daarvoor was de verklaring der tekens ofwel van symbolische aard, of zij neigde ertoe in de tekens de ideeën en de universalia te lezen. Alleen tussen Bacon en Ockham gebruikt men tekens met het doel tot een betere kennis van het individu te komen. Dus moest ik de geschiedenis situeren in de 14e eeuw, tot mijn grote ergernis, want daar was ik veel slechter in thuis. Vandaar dat ik weer nieuwe boeken ging lezen, en dat ik ontdekte dat een franciscaan uit de 14e eeuw, ook al was hij een Engelsman, niet heen kon om het dispuut over de armoede, vooral als hij een vriend, volgeling of kennis van Ockham was. (Om kort te gaan, in eerste instantie had ik besloten dat de detective Ockham zelf moest zijn, maar daarna heb ik ervan afgezien omdat ik de Inceptor Venerabilis menselijk gezien onsympathiek vind.)

Maar waarom speelt alles zich aan het eind van november 1327 af? Omdat Michael van Cesena in december al in Avignon is (en zo zie je wat het betekent om een wereld in een historische roman aan te kleden: een paar elementen, zoals het aantal treden, is afhankelijk van een beslissing van de schrijver; andere, zoals de daden van Michael, zijn afhankelijk van de werkelijke wereld die in dit soort romans toevalligerwijze samenvalt met de mogelijke wereld van de vertelling).

Maar november was te vroeg. En eigenlijk had ik ook een geslacht varken nodig. Waarom? Dat is eenvoudig, om een lijk ondersteboven in een vat bloed te kunnen stoppen. En vanwaar deze behoefte? Omdat de tweede bazuin van de Apocalyps zegt dat... Ik kon de Apocalyps toch zeker niet veranderen, zij maakte deel uit van de wereld. Welnu, het is zo (ik heb het nagevraagd) dat varkens alleen geslacht worden als het koud is, en november was misschien te vroeg. Tenzij ik de abdij in de bergen neerzette, zodat er al sneeuw zou zijn. Anders had ik mijn geschiedenis ook op de vlakte kunnen laten spelen, in Pomposa, of Conques.

En de geconstrueerde wereld zal ons zeggen hoe de geschiedenis dan verder moet gaan. Iedereen vraagt me waarom Jorge met zijn naam Borges in herinnering roept, en waarom Borges zo kwaadaardig is. Dat weet ík niet. Ik wilde een blinde als bewaker in een bibliotheek (wat me een goed narratief idee leek), en bibliotheek plus blinde kan alleen maar Borges zijn, ook omdat schulden betaald moeten worden. En verder worden de hele Middeleeuwen beïnvloed door de Apocalyps via de Spaanse commentaren en miniaturen. Maar toen ik Jorge in de bibliotheek neerzette wist ik nog niet dat hij de moordenaar was. Om zo te zeggen, dat heeft hij helemaal zelf gedaan. En denk nu niet dat dit een 'idealistisch' standpunt is, zoals degenen die zeggen dat de personages een eigen leven leiden en de auteur hen als in trance laat handelen vanuit datgene wat ze hem suggereren. Onzin die thuishoort in een opstel van de middelbare school. De personages zijn gedwongen te handelen volgens de wetten van de wereld waarin zij leven. Oftewel, de verteller is de gevangene van zijn eigen vooronderstellingen.

Een ander mooi verhaal was dat van het labyrint. Alle labyrinten waarover bij mij iets bekend was (en ik had de mooie studie bij de hand van Santarcangeli) waren labyrinten in de open lucht. Ze waren misschien heel ingewikkeld en vol windingen. Maar ik had een overdekt labyrint nodig (hebben jullie ooit een bibliotheek in de open lucht gezien?) en als het labyrint weer te ingewikkeld was, met veel gangen en interne zalen, zou er niet genoeg luchtstroming zijn. En een goede luchtstroming was nodig om de brand aan te wakkeren (één ding dat me wel duidelijk voor de geest stond, was dat het Hoofdgebouw aan het eind moest afbranden, maar dit ook weer om kosmologisch-historische redenen: in de Middeleeuwen brandden kathedralen en kloosters als lucifershoutjes, en je een middeleeuws verhaal voorstellen zonder brand is hetzelfde als je een oorlogsfilm in de Pacific voorstellen zonder een jachtbommenwerper die brandend neerstort). En zo heb ik twee of drie maanden gewerkt aan de constructie van een geschikt labyrint, en uiteindelijk heb ik er nog schietgaten moeten bijmaken, anders zou er nog steeds te weinig lucht geweest zijn.

NASCHRIFT
WIE SPREEKT ER?

◆

Ik had veel problemen. Ik wilde een afgesloten plaats, een leefwereld als in een concentratiekamp, en om haar beter af te sluiten kon ik het beste naast de eenheid van plaats ook de eenheid van tijd invoeren (aangezien de eenheid van handeling dubieus was). Dus een benedictijner abdij met een leven dat bepaald werd door het ritme van de canonieke uren (misschien was mijn onbewuste voorbeeld *Ulysses*, vanwege de ijzeren dagindeling in uren; maar het was ook *De toverberg*, vanwege de rotsige, sanatoriumachtige plaats waar zo veel gesprekken zouden moeten plaatsvinden).

De gesprekken stelden me voor veel problemen, maar die heb ik later al schrijvend opgelost. Er is een thematiek die in de verteltheorie weinig behandeld is, en dat is die van de *turn ancillaries,* dat wil zeggen van de kunstgrepen die de verteller toepast om zijn verschillende personages het woord te geven. Zie welke verschillen er zijn tussen deze vijf dialogen:

1 'Hoe gaat het?'
   'Niet slecht, en met jou?'
2 'Hoe gaat het?' zei Giovanni.
   'Niet slecht, en met jou?' zei Piero.
3 'Hoe,' zei Giovanni, 'hoe gaat het?'
   En Piero abrupt: 'Niet slecht, en met jou?'
4 'Hoe gaat het?' vroeg Giovanni bezorgd.
   'Niet slecht, en met jou?' grinnikte Piero.
5 Giovanni zei: 'Hoe gaat het?'
   'Niet slecht,' zei Piero met toonloze stem.

Daarna, met een ondefinieerbare glimlach: 'En met jou?'
Behalve in de eerste twee gevallen neemt men in de andere gevallen waar wat

gedefinieerd wordt als de 'vertelinstantie'. De auteur komt tussenbeide met een persoonlijk commentaar dat suggereert welke betekenis de woorden van de twee kunnen aannemen. Maar is een dergelijke instantie echt afwezig in de schijnbaar steriele oplossingen van de eerste twee gevallen? En is de lezer vrijer in de twee steriele gevallen, waar hij gevoelsmatig beïnvloed zou kunnen worden zonder het te merken (denk aan de ogenschijnlijke neutraliteit van de dialoog bij Hemingway!) of is hij vrijer in de andere drie gevallen, waar hij tenminste weet welk spel de auteur speelt?

Het is een stijlprobleem, het is een ideologisch probleem, het is een 'poezie'-probleem, evenzeer als de keuze van middenrijm of assonantie, of het invoeren van een paragram. Je moet een bepaalde samenhang vinden. Misschien had ik het in mijn geval gemakkelijker, omdat alle dialogen weergegeven worden door Adson, en het overduidelijk is dat Adson zijn gezichtspunt oplegt aan de gehele vertelling.

De dialogen stelden me voor nog een ander probleem. Hoe middeleeuws konden ze zijn? Met andere woorden, ik realiseerde me toen ik al aan het schrijven was, dat het boek de structuur kreeg van een opera buffa, met lange recitatieven en uitgesponnen aria's. De aria's (bijvoorbeeld de beschrijving van het portaal) volgden de traditie van de grote retorica van de Middeleeuwen, en daarvan waren voorbeelden te over. Maar de dialogen? Op een gegeven ogenblik was ik bang dat de dialogen Agatha Christie waren, terwijl de aria's Suger waren of Bernard van Clairvaux. Ik ben middeleeuwse romans gaan herlezen, ik bedoel de ridderroman, en ik merkte dat ik me wel enige vrijheid permitteerde, maar toch een narratief en poëtisch gebruik respecteerde dat in de Middeleeuwen niet onbekend was. Maar het probleem heeft me lange tijd niet losgelaten, en ik ben er niet zeker van of ik een goede oplossing heb gevonden voor deze registerwisselingen tussen aria en recitatief.

Nog een probleem: de inbedding van de stemmen oftewel van de vertelinstanties. Ik wist dat ik een verhaal vertelde met de woorden van een ander, terwijl ik er in het voorwoord voor gewaarschuwd had dat de woorden van deze verteller gedestilleerd waren uit minstens twee andere vertelinstanties, die van Mabillon en die van abt Vallet, ook al kon men veronderstellen dat deze laatsten alleen gewerkt hadden als filologen van een tekst waar niets mee gebeurd was (maar wie gelooft dat?). Het probleem deed zich echter ook weer voor binnen de vertelling in de eerste persoon door Adson. Adson vertelt op tachtigjarige leeftijd wat hij op zijn achttiende gezien heeft. Wie spreekt er, de achttienjarige Adson of de tachtigjarige Adson? Allebei, dat is duidelijk, en dat was de bedoeling. Het spel bestond eruit om voortdurend de oude Adson te laten optreden die redeneert over wat hij zich nog herinnert van de dingen die hij gezien heeft als de jonge Adson. Het voorbeeld (maar ik ben het boek niet gaan herlezen, ik had genoeg aan enkele vage herinneringen) was Serenus Zeitblom van *Doctor Faustus*. Dit dubbelspel op vertellersniveau fascineerde me zeer en boeide me hartstochtelijk. Ook omdat ik, terugkomend op wat ik zei over het masker, door Adson te verdubbelen de serie tussenschakels en afschermingen nog eens verdubbelde, die stonden tussen mij als biografische persoonlijkheid, of mezelf als vertellende auteur, vertellende ik, en de personages van de vertelling, de vertellende stem daarbij inbegrepen. Ik voelde me steeds beter beschermd, en de hele ervaring deed me denken (ik zou willen zeggen vleselijk, en met de duidelijkheid van de smaak van madeleine-gebak doordrenkt met lindebloesem) aan bepaalde kinderspelletjes onder de dekens, wanneer het net was of ik in een onderzeeër zat, en ik vandaar boodschappen uitzond naar mijn zusje, onder de dekens van een ander kinderbed, beiden geïsoleerd van de buitenwereld, en helemaal vrij om lange reizen te bedenken over de bodem van stille zeeën.

Adson was heel belangrijk voor me. Vanaf het begin wilde ik de hele geschiedenis (met haar mysteries, haar politieke en theologische gebeurtenissen, haar dubbelzinnigheden) vertellen met de stem van iemand die de gebeurtenissen aan den lijve ondervindt, ze allemaal registreert met de fotografische getrouwheid van een adolescent, maar ze niet begrijpt (en ze niet eens ten volle zal begrijpen als oude man, met het gevolg dat hij kiest voor een vlucht in het goddelijke niets, iets wat zijn meester hem niet had geleerd). Alles laten begrijpen uit de woorden van iemand die niets begrijpt.

Als ik de kritieken lees, merk ik dat dit een van de aspecten van de roman is waarvan de ontwikkelde lezers het minst onder de indruk waren, of tenminste, ik zou zeggen dat niemand het naar voren heeft gebracht, of bijna niet. Maar ik vraag me nu af of dit niet een van de elementen is geweest die hebben bepaald dat de roman leesbaar is voor minder ontwikkelde lezers. Ze hebben zich vereenzelvigd met de onschuld van de verteller, en ze voelen zich verontschuldigd, ook als ze niet alles hebben begrepen. Ik heb hen alleen gelaten met hun angsten voor seks, vreemde talen, moeilijke gedachtegangen, de mysteries van het politieke leven... Dit zijn dingen die ik nu begrijp, achteraf, maar misschien droeg ik destijds wel veel van de angsten die ik als adolescent had op Adson over, zeker in zijn hartstochtelijke liefdesgevoelens (maar steeds met de garantie dat ik kon handelen middels een tussenpersoon: Adson beleeft zijn liefdessmart inderdaad alleen met de woorden waarmee de kerkvaders over liefde spraken). Kunst is het ontvluchten van de persoonlijke emotie, hadden zowel Joyce als Eliot me geleerd.

Ik heb een zwaar gevecht geleverd tegen de emotie. Ik had een mooi gebed geschreven naar model van het lofdicht op de Natuur van Alain de Lilles, dat William in de mond gelegd kon worden op een moment van emotie. Daarna begreep ik dat wij beiden geëmotioneerd zouden geraken, ik als auteur en hij als personage. Ik als auteur mocht dat niet omwille van de poëtica. Hij als personage mocht het niet, omdat hij uit ander hout gesneden was en zijn emoties allemaal mentaal waren, of onderdrukt. Zo heb ik die pagina geschrapt. Nadat een vriendin het boek gelezen had zei ze tegen me: 'Het enige bezwaar dat ik heb is dat William nooit een sprankje medeleven toont.' Ik heb dat weer verteld aan een andere vriend die mij antwoordde: 'Dat is juist, dat is zijn wijze van medeleven.' Misschien was dat zo. En het zij zo.

NASCHRIFT
DE PRAETERITIO

◆

Ik had Adson ook nodig om nog een andere kwestie op te lossen. Ik had de geschiedenis kunnen laten spelen in Middeleeuwen waarin iedereen wist waarover men sprak. Zoals bij een hedendaags verhaal: als een personage zegt dat het Vaticaan zijn echtscheiding niet zou goedkeuren, moet men niet meer gaan uitleggen wat het Vaticaan is en waarom het echtscheiding niet goedkeurt. Maar bij een historische roman kan men zo niet te werk gaan omdat men ook vertelt om ons lezers uit deze tijd te verduidelijken wat er gebeurd is, en in welke zin datgene wat er gebeurd is ook voor ons van belang is.

Je loopt dan het gevaar te doen wat Salgari doet. De personages van Salgari vluchten het woud in, op de hielen gezeten door de vijand, en struikelen over een wortel van een apenbroodboom: en dan onderbreekt de verteller de handeling en geeft een botanicales over apenbroodbomen. Nu is het een topos geworden, dierbaar als de slechte eigenschappen van de mensen waar we van houden, maar het zou niet moeten gebeuren.

Ik heb een honderdtal bladzijden herschreven om dit soort fouten te vermijden, maar ik herinner me niet dat ik ooit gemerkt heb hoe ik het probleem oploste. Ik realiseerde het me pas twee jaar later, en juist toen ik probeerde te verklaren waarom het boek ook gelezen werd door mensen die onmogelijk van zulke 'ontwikkelde' boeken konden houden. De narratieve stijl van Adson is gebaseerd op die figuur in het denken die praeteritio heet. Weten jullie het illustere voorbeeld nog? 'Over Caesar spreek ik hier niet, die in iedere landstreek…' Je zegt dat je niet wilt praten over iets wat iedereen heel goed weet, en terwijl je dat zegt praat je erover. Dit is zo'n beetje de manier waarop Adson verwijst naar mensen en dingen alsof ze welbekend zijn, terwijl hij er toch over praat. Wat die mensen en die gebeurtenissen betreft, die de lezers van Adson (Duitsers aan het eind van de eeuw) niet konden weten, omdat ze zich afgespeeld hadden in Italië aan het begin van de eeuw, daarover spreekt Adson zonder voorbehoud, en wel op een onderwijzende toon, want dat was de stijl van middeleeuwse kroniekschrijvers: gretig om encyclopedische begrippen te introduceren zodra zij ook maar iets te berde brachten. Nadat een vriendin (niet dezelfde van hiervoor) het manuscript gelezen had, zei ze tegen me dat ze getroffen was door de journalistieke toon van het verhaal, niet de toon van een roman, maar van een artikel uit de *Espresso,* zo zei ze dat, als ik me goed herinner. Eerst vond ik dat vervelend, daarna begreep ik wat haar was opgevallen, maar zonder het te herkennen. Zo vertellen de kroniekschrijvers uit die tijden, en als we vandaag de dag over kronieken spreken in de zin van het dagelijkse nieuws, dan is dat omdat toen die vele kronieken geschreven werden.

NASCHRIFT

DE ADEMHALING

◆

Maar de lange onderwijzende stukken moesten ook worden ingevoegd om een andere reden. Nadat mijn vrienden van de uitgeverij het manuscript hadden gelezen, suggereerden ze mij om de eerste honderd bladzijden in te korten, die zij zeer inspannend en zwaar vonden. Ik twijfelde geen moment, dat weigerde ik, want, zo beweerde ik, als iemand de abdij wilde binnengaan en er zeven dagen wilde leven, moest hij er het ritme van accepteren. Als hij er niet in slaagde, zou hij nooit in staat zijn het hele boek te lezen. Dus de eerste honderd bladzijden hadden de functie van een boetedoening, een initiatie, en wie daar geen zin in heeft, jammer, die blijft maar aan de voet van de heuvel.

Een roman binnengaan is als het maken van een bergtocht: je moet leren op een bepaalde manier te ademen en met een bepaalde pas te lopen, anders kun je meteen niet meer verder. Dat is hetzelfde wat er bij poëzie gebeurt. Denk maar eens hoe onverdraaglijk die dichters zijn die gereciteerd worden door acteurs die om te 'interpreteren' de versmaat niet respecteren, recitatieve enjambementen maken alsof ze in proza spreken, de inhoud volgen en niet het ritme. Om een gedicht in hendekasyllaben en terzinen te lezen moet je het gezongen ritme aannemen dat de dichter wilde. Het is beter Dante te reciteren alsof het een kinderrijmpje uit de *Corriere dei Piccoli* van vroeger is, dan koste wat het kost aan te rennen achter de betekenis.

In de vertelkunst is de ademhaling niet aan de zinnen toevertrouwd, maar aan grotere eenheden, aan opeenvolgingen van gebeurtenissen. Er zijn romans die ademen als gazellen en andere die ademen als walvissen of olifanten. De harmonie zit niet in de lengte van de adem, maar in de regelmaat waarmee geademd wordt: ook omdat als de ademhaling op een gegeven ogenblik onderbroken wordt (wat echter niet te vaak het geval zou moeten zijn) en een hoofdstuk (of een aantal opeenvolgende hoofdstukken) eerder afgelopen is dan het moment dat de adem helemaal uitgeblazen is, dit een belangrijke rol kan spelen in de economie van het verhaal; het kan een breekpunt aangeven, een verrassende ontknoping. Tenminste zo zie je het de groten doen: 'De ongelukkige antwoordde' – punt, nieuwe regel – heeft niet hetzelfde ritme als 'Bergen, vaarwel', maar als het voorkomt is het of de mooie hemel van Lombardije met bloed overdekt wordt. Bij een grote roman weet een auteur altijd op welk punt hij moet versnellen, afremmen, en hoe hij het gaspedaal moet bedienen om het basisritme constant te houden. En in de muziek kun je het rubato toepassen, maar je moet dit niet te veel doen, anders krijg je die slechte vertolkers die menen dat je bij het spelen van Chopin alleen maar overdreven rubato hoeft te spelen. Ik heb het er hier niet over hoe ik mijn problemen heb opgelost, maar hoe ik ze voor mezelf geformuleerd heb. En als ik zou moeten zeggen dat ik ze bewust formuleerde, zou ik liegen. Als je een tekst schrijft komen er gedachten tot stand via het ritme van je vingers die op de toetsen van de schrijfmachine slaan.

Ik zal eens een voorbeeld geven van de manier waarop vertellen ook denken met je vingers is. Het is duidelijk dat de liefdesscène in de keuken helemaal is opgebouwd uit citaten van religieuze teksten, te beginnen bij het Hooglied, tot aan Bernard van Clairvaux en Jean de Fecamp, of Hildegard van Bingen. Tenminste, ook wie niet thuis is in de middeleeuwse mystiek, maar er een beetje gevoel voor heeft, heeft dit opgemerkt. Maar als iemand mij nu vraagt van wie de citaten zijn en waar het ene ophoudt en het volgende begint, kan ik dat niet meer zeggen.

Ik had inderdaad vele tientallen kaartjes met alle teksten, soms ook bladzijden uit een boek en een grote hoeveelheid fotokopieën, veel meer dan wat ik later heb gebruikt. Maar toen ik die scène schreef, heb ik hem achter elkaar opgeschreven (pas daarna heb ik hem bijgeschaafd, ik heb er als het ware een egaliserende lak overheen gestreken zodat je de naden nog minder zag). Dus ik schreef, terwijl ik de teksten door elkaar om me heen had liggen; ik keek nu eens naar de ene en dan weer naar de andere, schreef er een stuk van over en verbond het daarna onmiddellijk met een ander. Dat is het hoofdstuk dat ik in eerste aanzet het snelste van allemaal heb geschreven. Later begreep ik dat ik met mijn vingers het ritme van de geslachtsdaad wilde volgen, en dus kon ik niet stoppen om het juiste citaat uit te zoeken. Wat maakte dat het op dat punt ingevoegde citaat juist was, was het ritme waarmee ik het invoegde: ik schoof met mijn ogen die citaten terzijde die het ritme van mijn vingers zouden vertragen. Ik kan niet zeggen dat het schrijven van de gebeurtenis even lang heeft geduurd als de gebeurtenis zelf (hoewel minnespel behoorlijk lang kan duren), maar ik heb geprobeerd het verschil tussen de tijd van de geslachtsdaad en de tijd van het schrijven zo klein mogelijk te maken. En ik bedoel het schrijven hier niet zoals Barthes het bedoelt, maar in de betekenis van typen, ik heb het over schrijven als materiële, fysieke daad. En ik heb het over ritmes van het lichaam, niet over emoties. De emoties, inmiddels gefilterd, hadden allemaal eerder plaatsgehad, toen ik besloot mystieke extase en erotische extase samen te laten vallen, op het moment dat ik de teksten die ik zou gebruiken gelezen en uitgekozen had. Daarna was er geen enkele emotie meer, het was Adson die de liefde bedreef, niet ik, ik moest alleen *zijn* emotie vertalen in een spel van ogen en vingers, alsof ik besloten had een liefdesgeschiedenis te vertellen door op de trom te slaan.

NASCHRIFT
DE LEZER VORMEN

◆

Ritme, ademhaling, boetedoening... Voor wie, voor mij? Natuurlijk niet, voor de lezer. Je schrijft terwijl je denkt aan een lezer. Zoals een schilder schildert terwijl hij denkt aan degene die het schilderij bekijkt. Hij geeft een streek met zijn penseel, gaat twee of drie passen achteruit en bestudeert het effect: hij kijkt dan naar het schilderij zoals een toeschouwer ernaar zou moeten kijken, bij de juiste lichtval, als deze het aan de muur bewondert. Als het werk af is, ontspint zich een dialoog tussen de tekst en zijn lezers (de auteur is buitengesloten). Terwijl het boek in wording is, is de dialoog dubbel. Er is een dialoog tussen die tekst en alle andere teksten die daarvoor geschreven zijn (er worden alleen maar boeken gemaakt over andere boeken en rond andere boeken) en er is een dialoog tussen de auteur en de lezer die hij als model heeft. Ik heb mijn theorieën hierover uiteengezet in andere werken, zoals *Lector in fabula* of nog eerder in *Opera aperta*, en ik heb het ook niet zelf uitgevonden.

Het kan gebeuren dat een auteur schrijft terwijl hij denkt aan een bepaald empirisch publiek, zoals de grondleggers van de moderne roman, Richardson, Fielding of Defoe, die schreven voor kooplieden en hun vrouwen. Maar ook Joyce schrijft voor een publiek, denkend aan een ideale lezer, die gekweld wordt door een ideale slapeloosheid. Of je nu denkt dat je spreekt tot een publiek dat met contant geld in de hand buiten de deur klaarstaat, of dat je je voorneemt te schrijven voor een lezer die nog moet komen, in beide gevallen is schrijven het construeren van je eigen modellezer, door middel van de tekst.

Wat wil het zeggen te denken aan een lezer die in staat is als boetedoening de rots van de eerste honderd bladzijden te nemen? Dat betekent exact honderd bladzijden schrijven met het doel een lezer te vormen die geschikt is voor de bladzijden die volgen.

Is er een schrijver die alleen maar voor zijn nageslacht schrijft? Nee, zelfs niet als hij zegt van wel, want aangezien hij Nostradamus niet is, kan hij zich alleen maar een beeld vormen van zijn nageslacht naar het voorbeeld van datgene wat hij van zijn tijdgenoten weet. Is er een auteur die voor weinig lezers schrijft? Ja, als je hiermee bedoelt dat de Model-Lezer die hij in gedachten heeft, zeer waarschijnlijk niet gepersonifieerd zal worden door de meerderheid. Maar ook in dat geval schrijft een schrijver met de niet eens zo heimelijke hoop, dat juist zijn boek in groten getale nieuwe vertegenwoordigers zal creëren van deze lezer waar hij met zo veel nauwkeurig vakmanschap naar op zoek is geweest en waarnaar hij gestreefd heeft, en die opgeroepen, aangemoedigd wordt door zijn tekst.

Er is hoogstens verschil tussen een tekst die een nieuwe lezer wil voortbrengen en een tekst die tracht tegemoet te komen aan de wensen van de lezers zoals hij ze kant-en-klaar op straat tegenkomt. In dit tweede geval hebben we een boek dat geschreven is en geconstrueerd volgens de formule die men voor serieproducten gebruikt: de auteur doet een soort marktonderzoek, en past zich aan. Dat hij formules toepast zie je van een afstand, als je de verschillende romans die hij heeft geschreven analyseert, en naar voren brengt dat er in alle boeken steeds hetzelfde verhaal verteld wordt als je de namen, plaatsen en uiterlijke omstandigheden verandert.

Maar als een schrijver het nieuwe voor ogen heeft en een andere lezer in gedachten, wil hij geen marktonderzoeker zijn die een lijst maakt van verzoeken die hij gehoord heeft, maar een filosoof, die aanvoelt wat de Zeitgeist met ons voor heeft. Hij wil zijn publiek onthullen wat het *zou moeten* willen, ook al weet het het niet. Hij wil de lezer aan zichzelf onthullen.

Als Manzoni rekening had willen houden met wat het publiek vroeg, dan had hij de formule bij de hand: een historische roman in een middeleeuwse ambiance, met illustere personages zoals in de Griekse tragedie, koningen en prinsessen (doet hij dat niet in *Adelchi?*) en grootse, nobele hartstochten, krijgshaftige ondernemingen, verheerlijking van Italiaanse roem in een tijd dat Italië een land van helden was. Deden al die min of meer miserabele schrijvers van historische romans dat niet vóór hem, met hem en na hem, van de vakman d'Azeglio tot Guerrazzi, vurig en traag als modder, de onleesbare Cantù?

Maar wat doet Manzoni? Hij kiest de zeventiende eeuw uit, tijdperk van slavernij en lafhartige personages, en de enige zwaardvechter die nog over is is een schurk; over veldslagen rept hij niet, en hij heeft de euvele moed het verhaal te verzwaren met documenten en decreten... En ze vinden het mooi, allemaal, geletterden en ongeletterden, groot en klein, kwezels en papenhaters. Want hij had aangevoeld dat de lezers van zijn tijd *dat* wilden hebben, ook al wisten ze het zelf niet, ook al vroegen ze er niet om, ook al geloofden ze niet dat het te verteren was. En wat een werk kost het hem, wat een gevijl, gezaag en gehamer, wat een geveeg en een gepoets, om zijn product smakelijk te maken. Om empirische lezers te verplichten de modellezer te worden die hij zo graag wilde.

Manzoni schreef niet om mooi gevonden te worden door het publiek zoals het was, maar om een publiek te creëren dat zijn roman wel mooi móest vinden. En o wee als ze hem niet mooi vonden: jullie zien hoe schijnheilig en sereen hij praat over zijn vijfentwintig lezers. Vijfentwintig miljoen wil hij er.

Welke modellezer wilde ik, terwijl ik schreef? Een medeplichtige, dat zeker, die mijn spel meespeelde. Ik wilde helemaal middeleeuws worden en leven in de Middeleeuwen alsof ze mijn tijd waren (en andersom). Maar tegelijkertijd verlangde ik er vurig naar dat zich een lezersfiguur ging aftekenen die na het ondergaan van de initiatie mijn prooi werd, oftewel prooi van de tekst, en die niets anders meer dacht te willen dan wat de tekst hem bood. Een tekst moet de lezer de ervaring geven van een gedaanteverandering. Jij denkt dat je seks wilt, en misdaadintriges waarin aan het eind de schuldige ontdekt wordt, en veel actie, maar tegelijkertijd zou je je ervoor schamen een eerbiedwaardig stuk rommel in je handen gedrukt te krijgen, bestaand uit de afgehakte handen van de dode heldin en mysterieuze kloostersmeden. Goed, dan geef ik je Latijn, en weinig vrouwen, en theologie in overvloed en bloed met liters tegelijk zoals in de Grand Guignol, zodat jij zegt 'maar dat is vals spelen, ik doe niet mee!'. En dan zul je je wel aan me moeten overgeven, en de rilling moeten voelen van de oneindige almacht van God, die de wereldorde teniet doet. En dan, als je slim bent, merken hoe ik je in de val heb gelokt, omdat ik het je tenslotte gezegd heb bij iedere stap die je deed, en je wel degelijk waarschuwde dat ik je de verdoemenis in sleurde, maar het mooie van een verbond met de duivel is dat je het sluit terwijl je goed weet met wie je te doen hebt. Waarom word je anders beloond met de hel?

En omdat ik wilde dat het enige wat ons doet huiveren (met een metafysische rilling) leesplezier werd, kon ik niet anders meer dan uit de voorbeelden van plots die er zijn de meest metafysische en filosofische kiezen: de misdaadroman.

NASCHRIFT
DE METAFYSICA VAN DE MISDAADROMAN

◆

Niet toevallig begint het boek als een detective (en blijft het de argeloze lezer die illusie geven, zodat de argeloze lezer misschien ook wel niet merkt dat het gaat om een detectiveroman waar heel weinig in ontdekt wordt en de detective een nederlaag lijdt). Ik denk dat mensen van detectives houden, niet omdat er doden vallen, en ook niet omdat de uiteindelijke (intellectuele, sociale, wettelijke en morele) orde triomfeert over de wanorde van de schuld. De misdaadroman vertegenwoordigt een verhaal gebaseerd op gissingen, in de meest pure vorm. Maar ook bij een medische diagnose, een wetenschappelijk onderzoek, ook bij een metafysische vraagstelling gaat het om gissingen.

Uiteindelijk is de grondvraag van de filosofie (net als die van de psychoanalyse) dezelfde als die van de misdaadroman: wie is de schuldige? Om dat te weten moet je van de gissing uitgaan dat alle feiten een logica hebben, de logica die hieraan is opgelegd door de schuldige. Iedere geschiedenis van een onderzoek en van gissingen vertelt ons iets waar wij altijd al heel dichtbij waren (een pseudocitaat van Heidegger). Nu we zover zijn is het duidelijk waarom mijn basisverhaal (wie is de moordenaar?) zich vertakt in tal van andere geschiedenissen, allemaal geschiedenissen van weer andere gissingen, allemaal rond de structuur van de gissing als zodanig.

Een abstract model van het systeem van gissingen is het labyrint. Maar er zijn drie soorten labyrinten. Eén is het Griekse, dat van Theseus. Dit labyrint staat niemand toe te verdwalen: je gaat naar binnen en je komt in het centrum, en van het centrum bij de uitgang. Daarom bevindt zich in het centrum de Minotaurus, anders zou het verhaal flauw zijn, dan zou het een simpel wandelingetje zijn. Angst ontstaat hoogstens omdat je niet weet waar je uit zult komen en wat de Minotaurus zal doen. Maar als je het klassieke labyrint binnendringt, krijg je een draad in handen, de draad van Ariadne. Het klassieke labyrint is de draad van Ariadne van zichzelf.

Dan is er het maniëristisch labyrint: als je dat binnendringt word je geconfronteerd met een soort boom, een wortelstructuur met veel doodlopende stegen. Er is maar één uitgang, maar je kunt je vergissen. Je hebt een draad van Ariadne nodig om niet te verdwalen. Dit labyrint is een voorbeeld van een trial-and-errorprocess.

Ten slotte is er het netwerk, oftewel wat Deleuze en Guattari het rizoom noemen. Het rizoom is zo gemaakt dat iedere weg in verbinding kan staan met iedere andere weg. Het heeft geen centrum, het heeft geen buitenkant, het heeft geen uitgang, want het is potentieel oneindig. De ruimte van de gissing is een ruimte als die van het rizoom. Het labyrint van mijn bibliotheek is nog een maniëristisch labyrint, maar de wereld waarin William ontdekt dat hij leeft heeft al de structuur van een rizoom: oftewel, je kunt er een structuur in zien, maar die structuur is nooit definitief.

Een jongen van zeventien jaar zei tegen me dat hij niets begreep van de theologische discussies, maar dat ze werkten als een voortzetting van het labyrint in de ruimte (als thrillermuziek in een film van Hitchcock). Ik denk dat er iets dergelijks gebeurd is: ook de argeloze lezer voelde aan dat hij een geschiedenis van labyrinten voor zich had, en niet van labyrinten in ruimtelijke zin. We zouden kunnen zeggen dat curieus genoeg de meest argeloze lezingen de meest 'structurele' waren. De argeloze lezer kwam zonder tussenkomst van inhouden in direct contact met het feit dat het onmogelijk is dat er *één* verhaal is.

NASCHRIFT
HET VERMAAK

◆

Ik wilde dat de lezer zich vermaakte. Minstens zoveel als ik mezelf vermaakte. Dit is een erg belangrijk punt, dat lijkt te contrasteren met de meest weldoordachte ideeën die we over de roman denken te hebben.

Vermaken betekent niet verstrooien, afwenden van de problemen. *Robinson Crusoe* wil zijn modellezer vermaken door hem te vertellen over de berekeningen en dagelijkse handelingen van een brave *homo oeconomicus* die tamelijk gelijk is aan hem. Maar het evenmens van Robinson heeft zich weliswaar in de eerste plaats geamuseerd met het lezen van *Robinson,* maar op de een of andere manier zou hij ook iets meer hebben moeten begrijpen, een ander geworden moeten zijn. Terwijl hij zich vermaakte heeft hij op de een of andere manier iets geleerd. Of een lezer iets leert over de wereld of iets over de taal, dat is een verschil dat duidt op verschillende opvattingen binnen de vertelkunst, maar het punt waar het om gaat verandert niet. De ideale lezer van *Finnegans Wake* moet zich uiteindelijk evenveel vermaken als de lezer van Carolina Invernizio. Evenveel. Maar op een andere manier.

Nu is het concept vermaak historisch. Er zijn verschillende manieren om je te vermaken en om te vermaken voor ieder tijdperk van de roman. Het lijdt geen twijfel dat de moderne roman getracht heeft het vermaak in de plot te onderdrukken ten gunste van andere soorten vermaak. Ik, een groot bewonderaar van de poëtica van Aristoteles, heb altijd gedacht dat een roman ondanks alles moet vermaken, ook en vooral door middel van de plot.

Het lijdt geen twijfel dat als een roman amuseert, hij de consensus van het publiek krijgt. Nu heeft men gedurende een bepaalde periode gedacht dat die consensus duidde op iets negatiefs. Als een roman consensus krijgt, dan is dat omdat hij niets nieuws te vertellen heeft en het publiek geeft wat het al verwachtte.

Ik denk echter dat het niet hetzelfde is om te zeggen 'als een roman de lezer geeft wat hij verwachtte, krijgt hij consensus' en 'als een roman consensus krijgt is dat omdat hij de lezer geeft wat hij verwachtte'.

De tweede bewering is niet altijd waar. Denk maar aan Defoe of Balzac, om ten slotte uit te komen bij *De blikken trommel* of *Honderd jaar eenzaamheid*.

Men zal zeggen dat de vergelijking 'consensus = onwaarde' aangemoedigd is door bepaalde polemische stellingnamen van ons van de *Gruppo '63*, en ook al eerder dan '63, toen een boek dat succes had geïdentificeerd werd met amusementslectuur, en amusementslectuur met boeken waar het alleen om de plot draait, terwijl het experimentele werk dat het grote publiek choqueerde en er niet geaccepteerd werd, hoogtij vierde. Deze dingen zijn inderdaad gezegd, het had zin ze te zeggen, juist die dingen hebben de weldenkende geletterden het meest gechoqueerd en zijn voorgoed vastgelegd – en terecht, want ze zijn juist uitgesproken om dat effect te bereiken, met in gedachten de traditionele romans die fundamenteel opgezet waren als amusementslectuur, verstoken van interessante vernieuwingen ten opzichte van de negentiende-eeuwse problematiek. En dat er toen gegeneraliseerd is en zaken over één kam geschoren zijn, soms alleen maar vanwege de polemiek, is fataal. Ik herinner me dat Lampedusa, Bassani en Cassola vijanden waren, en nu zou ik persoonlijk een subtiel verschil tussen die drie willen maken. Lampedusa had een mooie roman geschreven die in een andere tijd thuishoorde, en wij waren ertegen dat het boek geroemd werd alsof het een nieuwe weg aangaf voor de Italiaanse literatuur, terwijl het daarentegen glorieus een andere weg afsloot. Over Cassola ben ik niet van mening veranderd. Maar over Bassani zou ik nu veel en veel voorzichtiger oordelen en als het nog 1963 was zou ik hem aanvaarden als iemand die aan dezelfde kant stond als ik.

Niemand herinnert zich echter nog wat er in 1965 gebeurd is, toen de groep in Palermo bijeenkwam, om nog eens over de experimentele roman te discussiëren (en de handelingen daarvan zijn zelfs nog bij Feltrinelli verkrijgbaar onder de titel *Il romanzo sperimentale,* met het jaar 1965 op de omslag en 1966 op de laatste bladzijde).

Nu kwamen er in de loop van die discussie erg interessante zaken naar voren. Vooral de beginrede van Renato Barilli, de theoreticus op het gebied van de experimentalisten van de Nouveau Roman, die nu het latere werk van Robbe Grillet doorlichtte, evenals Grass en Pynchon (vergeet niet dat Pynchon nu geciteerd wordt als een van de grondleggers van het postmodernisme, maar toen bestond dat woord nog niet, tenminste niet in Italië, en John

Barth begon net); die de herontdekte Roussel citeerde, die van Verne hield, en Borges niet citeerde omdat diens opwaardering nog niet in gang was gezet. En wat zei Barilli? Dat men tot op dat ogenblik vooral de nadruk had gelegd op het einde van de plot en het blok van handelingen rond het moment van de epifanie en de materialistische extase. Maar dat er nu een nieuwe fase aanbrak in de vertelkunst met de opwaardering van de handeling, zij het dan van een ander soort handeling.

Ik analyseerde de indruk die wij de avond tevoren gekregen hadden toen wij tegenwoordig waren bij een curieuze filmcollage van Baruchello en Grifi, *Verifica incerta,* een verhaal dat bestond uit flarden van verhalen, of zelfs van standaardsituaties, topoi van de commerciële film. En ik bracht naar voren dat het publiek juist met het grootste plezier gereageerd had op die punten waarop het tot voor enkele jaren duidelijk gechoqueerd gereageerd zou hebben: als men zich niet hield aan de logische en temporele opeenvolgingen van de traditionele handeling en de verwachtingen van het publiek heftig teleurgesteld werden. De avant-garde was bezig traditie te worden: wat een paar jaar eerder een dissonant was, was nu een lust voor het oog (of het oor). En hieruit kon maar één conclusie worden getrokken. Het niet-acceptabele van de boodschap was niet meer het voornaamste criterium voor de experimentele vertelkunst (en voor welke kunst ook), omdat het niet-acceptabele intussen algemeen beschouwd werd als iets aangenaams. Er was langzamerhand sprake van een terugkeer die een verzoening inhield met wat acceptabel en aangenaam gevonden werd, in een nieuwe vorm. En ik herinnerde eraan dat het misschien in de tijd van de futuristische avonden van Marinetti onontbeerlijk was dat het publiek hem uitfloot, 'maar nu is de polemiek van degene die een experiment als mislukt beschouwt omdat het als normaal geaccepteerd wordt, improductief en dom: je conformeert je dan weer aan het waardesysteem van de historische avant-garde en als je eenmaal zover bent, is de eventuele criticus op de avant-garde niets anders dan een te laat gekomen aanhanger van Marinetti. We herhalen met nadruk dat alleen op een zeer bepaald historisch moment het niet accepteren van de boodschap door de ontvanger een garantie voor kwaliteit is geworden... Ik heb het idee dat we misschien maar moeten afzien van die achterhaalde gedachte die onze discussies voortdurend beheerst, waarvoor aan het uiterlijke schandaal de waarde van het werk zou moeten worden afgemeten. De tweedeling op zichzelf tussen orde en wanorde, tussen werk voor het grote publiek en werk dat provoceert, boet weliswaar niet aan juistheid in, maar zal misschien opnieuw onderzocht moeten worden vanuit een andere invalshoek: ik denk namelijk dat het mogelijk is in werken die zich op het eerste gezicht lenen voor gemakkelijke consumptie elementen te vinden die duiden op een breuk en op verzet, terwijl je anderzijds kunt merken dat bepaalde werken de indruk wekken provocerend te zijn en hét publiek nog van zijn stoel laten opspringen en toch niets ter discussie stellen... Pas geleden ontmoette ik iemand die, wantrouwig geworden omdat een product hem *te zeer beviel*, ging twijfelen aan de kwaliteit ervan...' Enzovoorts.

1965. Het waren de jaren dat de popart haar intrede deed, en dus de traditionele scheidslijnen verdwenen tussen experimentele, non-figuratieve kunst, en narratieve, figuratieve kunst voor de massa. De jaren dat Pousseur, pratend over de Beatles, tegen me zei: 'zij werken voor ons', terwijl hij echter nog niet in de gaten had dat hij ook voor hen werkte (en we moesten wachten op Cathy Berberian die ons liet zien dat het volkomen terecht is om een concert te geven van de Beatles die de traditie sinds Purcell voortzetten, naast Monteverdi en Satie).

NASCHRIFT
POSTMODERNISME, IRONIE, LEESPLEZIER

◆

In de jaren van 1965 tot nu is voorgoed duidelijkheid gekomen omtrent twee ideeën. Dat je de plot ook terug kon vinden in de vorm van een citaat van andere plots, en dat het citaat soms minder tot de amusementslectuur gerekend kon worden dan de geciteerde plot zelf (de almanak van Bompiani, gewijd aan *Il ritorno dell'intreccio* zal dateren uit 1972 – ook al geschiedde deze terugkeer via een ironische en tegelijk bewonderende opwaardering van Ponson du Terrail en Eugène Sue en de licht ironische bewondering van bepaalde grote bladzijden van Dumas). Kon je een roman hebben die tamelijk problematisch is en toch aangenaam, zonder dat hij gerekend hoeft te worden tot de amusementslectuur?

Deze verbinding, en het hervinden niet alleen van de plot, maar ook van het leesplezier, zou gerealiseerd worden door de Amerikaanse theoretici van het postmodernisme.

Ongelukkigerwijze is 'postmodern' een term die overal op van toepassing is. Ik heb de indruk dat hij te pas en te onpas gebruikt wordt. Anderzijds lijkt het of men poogt hem terug te laten glijden in de tijd: eerst scheen hij gebruikt te worden voor bepaalde schrijvers of artiesten die in de laatste twintig jaar werkzaam waren, daarna is hij langzamerhand aangeland aan het begin van de eeuw, daarna nog verder terug, en het gaat nog door, binnenkort komt de categorie van het postmodernisme bij Homerus uit.

Toch geloof ik niet dat het postmodernisme een tendens is die chronologisch omschreven kan worden, maar dat het een geestelijke stroming is, of liever een *Kunstwollen,* een manier van handelen. We zouden kunnen zeggen dat ieder tijdperk zijn eigen postmodernisme heeft, net als ieder tijdperk zijn eigen maniërisme zou hebben (zodat ik me zelfs afvraag of het postmodernisme niet de moderne naam is voor maniërisme als metahistorische categorie). Ik denk dat men in elk tijdperk crisismomenten bereikt zoals beschreven zijn door Nietzsche in *Die zweite Unzeitgemässe*, over de schade die historische studies aanrichten. We worden geconditioneerd door het verleden, het zit ons op de hielen, het chanteert ons. De historische avant-garde (maar ook hier zou ik onder avant-garde een metahistorische categorie willen verstaan) probeert af te rekenen met het verleden. 'Weg met het maanlicht', een futuristisch motto, is een programma dat typisch is voor elke avant-garde, je hoeft alleen maar iets toepasselijks in te vullen op de plaats van het maanlicht. De avant-garde vernietigt het verleden, zij misvormt het: de *Demoiselles d'Avignon* zijn een typisch gebaar van de avant-garde; daarna gaat de avant-garde verder: als zij het beeld vernietigd heeft, wist zij het uit, komt zij tot het abstracte, het vormeloze, het witte doek, het verscheurde doek, het verbrande doek; in de architectuur zal het de minimale conditie van de curtain wall zijn, het gebouw als stèle, zuiver parallellopipedum, in de literatuur de vernietiging van de vloeiende loop van het verhaal tot aan de collage als van Burroughs, tot aan de stilte of de witte bladzijde, in de muziek zal het de overgang zijn van de atonaliteit naar het lawaai, naar de absolute stilte (in die zin is Cage in zijn beginperiode modern).

Maar er komt een moment dat de avant-garde (de moderne) niet meer verder kan, omdat zij een metataal heeft voortgebracht die spreekt over haar onmogelijke teksten (de conceptuele kunst). Het postmoderne antwoord op het modernisme bestaat eruit te erkennen dat het verleden opgewaardeerd moet worden, aangezien het niet vernietigd kan worden, omdat de vernietiging ervan leidt tot stilte: dit moet ironisch gebeuren, op een niet-onschuldige manier. Ik zie de postmoderne houding als de houding van iemand die houdt van een zeer ontwikkelde vrouw en die weet dat hij niet tegen haar kan zeggen 'ik houd waanzinnig veel van je', omdat hij weet dat zij weet (en dat zij weet dat hij weet) dat Liala deze woorden al heeft geschreven. Toch is er een oplossing. Hij zou kunnen zeggen: 'Zoals Liala zou zeggen, ik houd waanzinnig veel van je.' Als hij zover is, als hij de valse onschuld heeft vermeden en duidelijk heeft gezegd dat je niet meer op een onschuldige manier kunt praten, zal hij echter toch tegen de vrouw gezegd hebben wat hij wilde zeggen: dat hij van haar houdt, maar dat hij van haar houdt in een tijd waarin de onschuld verloren is gegaan. Als de vrouw het spel meespeelt zal zij toch een liefdesverklaring hebben gekregen. Geen van de twee gesprekspartners zal zich onschuldig voelen, beiden hebben ze de uitdaging van het verleden aangenomen, van het reeds gezegde dat niet meer uitgewist kan worden, beiden zullen bewust en met genoegen het spel van de ironie spelen… Maar beiden zullen er wederom in geslaagd zijn te praten over liefde.

Ironie, metalinguïstisch spel, taaluiting in het kwadraat. Waardoor degene die bij het modernisme het spel niet begrijpt het alleen maar kan weigeren, terwijl het bij het postmodernisme ook mogelijk is het spel niet te begrijpen en de dingen toch serieus te nemen. Wat dan weer de kwaliteit (en het gevaar) van de ironie is. Er zijn er altijd die het ironische betoog opvatten als iets serieus. Ik denk dat de collages van Picasso, Juan Gris en Braque modern waren: daarom accepteerden normale mensen ze niet. De collages die Max Ernst maakte door stukken van negentiende-eeuwse prenten aan elkaar te plakken, waren postmodern: je kunt ze ook lezen als een fantastisch verhaal, als het verhaal van een droom, zonder te merken dat ze een betoog over de prent vertegenwoordigen, en misschien over de collage zelf. Als dit postmodern is, is het duidelijk waarom Sterne of Rabelais postmodern waren, waarom Borges het zeker is, waarom in één en dezelfde artiest het moderne en het postmoderne moment kunnen co-existeren, of kort op elkaar kunnen volgen, of elkaar kunnen afwisselen. Zie wat er met Joyce gebeurt. *Portrait* is de geschiedenis van een moderne poging. *Dubliners* is, ook al komt het eerder, moderner dan *Portrait*. *Ulysses* bevindt zich aan de uiterste grens. *Finnegans Wake* is al postmodern, of opent op zijn minst de postmoderne discussie, eist om begrepen te worden niet de ontkenning van het reeds gezegde, maar een ironische herbezinning hierop.

Over het postmodernisme is bijna alles vanaf het begin gezegd (dat wil zeggen in essays als *The literature of exhaustion* van John Barth, dat dateert van 1967 en dat recentelijk gepubliceerd is in *Calibano* nummer 7 over het Amerikaanse postmodernisme). Ik ben het weliswaar niet helemaal eens met de puntenwaardering die de theoretici van het postmodernisme (Barth erbij inbegrepen) geven aan schrijvers en artiesten, terwijl ze vaststellen wie er postmodern is en wie nog niet. Maar mij interesseert het theorema dat de theoretici van die richting destilleren uit hun vooronderstellingen: 'Mijn ideale postmoderne schrijver imiteert en verwerpt zijn twintigste-eeuwse ouders niet, noch zijn negentiende-eeuwse grootouders. Hij heeft het modernisme achter zich, maar torst het niet met zich mee... Deze schrijver kan er misschien niet op hopen dat hij de bewonderaars van James Michener en Irving Wallace bereikt, om maar te zwijgen van de analfabeten, gehersenspoeld door de massamedia, maar hij zou erop moeten hopen althans af en toe een publiek te bereiken en te vermaken dat breder is dan de kring van diegenen die Thomas Mann de eerste christenen noemde, de discipelen van de Kunst... De ideale postmoderne roman zou de geschillen moeten beslechten tussen realisme en irrealisme, formalisme en het cultiveren van de inhoud, pure literatuur of geëngageerde literatuur, vertelkunst voor de elite of vertelkunst voor de massa... Ik geef er eerder de voorkeur aan een vergelijking te maken met goede jazz of met klassieke muziek: als je er vaker naar luistert en de partituur analyseert ontdek je veel dingen die je de eerste keer niet opgevallen waren, maar de eerste keer moet zij zo weten te boeien dat je zin krijgt er opnieuw naar te luisteren, en dit geldt zowel voor specialisten als niet-specialisten.' Aldus Barth in 1980 toen hij het thema opnieuw behandelde, maar dit keer onder de titel 'De literatuur van de volheid'. Natuurlijk kan men de discussie verder voeren met een groter gevoel voor paradoxen, zoals Leslie Fiedler doet. In het nummer van *Calibano* is een van zijn essays uit 1981 gepubliceerd, en in het nieuwe tijdschrift *Linea d'ombra* is later een debat gepubliceerd van hem met andere Amerikaanse auteurs. Fiedler provoceert, dat is duidelijk. Hij steekt de loftrompet over *De laatste der Mohicanen*, avonturenromans, de gothic novel, de rommel die door alle critici misprezen wordt en die mythes heeft weten te creëren en de fantasiewereld van meer dan een generatie heeft weten te bevolken. Hij vraagt zich af of er nog eens iets zal verschijnen als *De negerhut van oom Tom* dat met evenveel hartstocht gelezen kan worden in de keuken, de huiskamer en de kinderkamer. Hij brengt Shakespeare onder bij degenen die wisten te vermaken, samen met *Gejaagd door de wind*. We weten dat hij een te fijngevoelig criticus is om erin te geloven. Hij wil eenvoudigweg de barrière slechten die opgeworpen is tussen kunst en plezier. Hij voelt aan dat het feit dat je een breed publiek bereikt en haar droomwereld bevolkt vandaag de dag betekent dat je avant-garde maakt en hij laat ons de vrijheid te zeggen dat als je de droomwereld van de lezers bevolkt, het niet noodzakelijkerwijze hoeft te betekenen dat je hen helpt vluchten uit de werkelijkheid. Het kan ook betekenen dat je hen obsedeert.

NASCHRIFT
DE HISTORISCHE ROMAN

◆

Sinds twee jaar weiger ik nutteloze vragen te beantwoorden. Van dit type: is jouw werk een open werk of niet? Hoe kan ik dat weten, dat is niet mijn zaak, dat is jullie zaak. Of: met welk van je personages identificeer je je? Mijn God, met wie identificeert een schrijver zich? Met de bijwoorden, nogal logisch.

Van alle nutteloze vragen kwam de meest nutteloze van degenen die suggereren dat vertellen over het verleden een manier is om het heden te ontvluchten. Is dat waar? vragen ze me. Dat kan wel zo zijn, antwoord ik, als Manzoni over de zeventiende eeuw vertelde is dat omdat de negentiende eeuw hem niet interesseerde, en *Sant'Ambrogio* van Giusti richt zich tot de Oostenrijkers uit zijn tijd, terwijl *Il giuramento di Pontida* van Berchet duidelijk praat over sprookjes van lang geleden. *Love story* houdt zich bezig met de eigen tijd, terwijl *La Chartreuse de Parme* alleen feiten verhaalde die vijfentwintig jaar eerder gebeurd waren... Het heeft geen zin te zeggen dat alle problemen van modern Europa zoals wij ze vandaag de dag ervaren gevormd worden in de Middeleeuwen, van de democratie van de communes tot de economie van het bankwezen, van de nationale monarchieën tot de steden, van de nieuwe technologieën tot de opstanden der armen: de Middeleeuwen zijn onze jeugd waarop je steeds weer moet terugkomen om de voorgeschiedenis van de feiten te verklaren. Maar je kunt ook spreken over Middeleeuwen in de stijl van *Excalibur*. En het probleem is dus een ander, waar je niet omheen kunt. Wat betekent het om een historische roman te schrijven? Volgens mij zijn er drie manieren waarop je kunt vertellen over het verleden. Eén is de *romance*, van de Bretonse cyclus tot aan de verhalen van Tolkien, en daar hoort de 'gothic novel' ook bij, die geen *novel* is, maar juist een *romance*. Het verleden als decor, voorwendsel, sprookjesachtige constructie om de fantasie de vrije loop te laten. Dus is het niet eens nodig dat de *romance* zich in het verleden afspeelt, het is al genoeg dat hij zich niet hier en nu afspeelt, en dat er niet gesproken wordt over het hier en nu, ook niet in allegorische zin. Veel sciencefiction is pure *romance*. De *romance* is een geschiedenis van een *elders*.

Dan komt de avonturenroman, zoals die van Dumas. Een avonturenroman kiest een 'reëel' en herkenbaar verleden uit en om het herkenbaar te maken bevolkt hij het met personages die al geregistreerd staan in de encyclopedie (Richelieu, Mazarin), die hij een aantal daden laat verrichten waar de encyclopedie geen melding van maakt (de ontmoeting met mylady, contacten met een zekere Bonacieux), maar die door de encyclopedie niet tegengesproken worden. Om de indruk van werkelijkheid te versterken zullen de historische personages natuurlijk ook doen wat ze (met de consensus van de historiografie) gedaan hebben (La Rochelle belegeren, een intieme verhouding hebben met Anna van Oostenrijk, confrontatie met La Fronde). Binnen dit ('ware') kader worden de fantasiepersonages ingevoerd, die echter gevoelens tentoonspreiden die ook toegeschreven zouden kunnen worden aan personages uit andere tijdperken. Wat d'Artagnan doet als hij in Londen de juwelen van de koningin terughaalt, had hij ook in de vijftiende of in de zeventiende eeuw kunnen doen. Het is niet nodig om in de zeventiende eeuw te leven om de psychologie van d'Artagnan te hebben.

In een historische roman is het echter niet nodig dat er personages ten tonele verschijnen die herkenbaar zijn in termen van de algemene encyclopedie. Denk maar aan *De verloofden:* het bekendste personage is kardinaal Federigo, die maar weinigen kenden voor Manzoni (en heel wat bekender was de andere Borromeo, Carlo). Maar alles wat Renzo, Lucia of fra Cristoforo doen kon alleen maar gedaan worden in het Lombardije van de zeventiende eeuw. Wat de personages doen dient om de geschiedenis begrijpelijker te maken, de dingen die er gebeurd zijn. Gebeurtenissen en personages zijn bedacht, maar toch vertellen ze ons dingen over het Italië uit die tijd, die de geschiedenisboeken ons nooit met zo veel duidelijkheid hadden verteld.

In die zin wilde ik een historische roman schrijven, en niet omdat Ubertino of Michael echt bestaan hebben en min of meer zeiden wat ze werkelijk gezegd hadden, maar omdat alles wat fictieve personages zoals William zeiden gezegd had *moeten* worden in die tijd.

Ik weet niet hoe trouw ik aan dit voornemen gebleven ben. Ik geloof niet dat ik ervan ben afgeweken als ik citaten van latere schrijvers (zoals Wittgenstein) maskeerde en ze liet doorgaan voor citaten uit die tijd. In die gevallen wist ik heel goed dat niet mijn middeleeuwers modern waren, maar dat hoogstens mijn modernen middeleeuws dachten. Ik vraag me eerder af of ik mijn fictieve personages soms geen capaciteit heb verleend om uit de *disiecta membra* van geheel middeleeuwse gedachten enkele conceptuele chimeren samen te stellen die de Middeleeuwen als zodanig niet herkend zouden hebben als horend bij hen. Maar ik geloof dat een historische roman ook het volgende moet doen: niet alleen in het verleden de oorzaken bepalen van wat later is gebeurd, maar ook het proces duiden volgens welke die oorzaken langzaam maar zeker hun effecten teweeg hebben gebracht.

Als een van mijn personages twee middeleeuwse ideeën vergelijkt en er een derde, moderner idee uit destilleert, doet hij precies wat de cultuur daarna gedaan heeft, en als niemand ooit heeft opgeschreven wat hij zegt, heeft iemand het zeker in aanzet gedacht, ook al was het maar vaag (en het misschien niet gezegd uit angst en schaamte voor wat dan ook).

In ieder geval is er een kwestie die mij zeer heeft vermaakt: iedere keer als een criticus of lezer schreef of zei dat een van mijn personages te moderne dingen verkondigde, had ik in al die gevallen en juist in die gevallen citaten gebruikt van teksten uit de veertiende eeuw.

En er zijn andere bladzijden waar de lezer genoot van een voor hem exclusief middeleeuwse mentaliteit die ik juist had ervaren als onrechtmatig modern. Het is nu eenmaal zo dat iedereen een eigen, meestal onjuist, idee van de Middeleeuwen heeft. Alleen wij monniken van toen weten de waarheid, maar komen soms op de brandstapel terecht als we haar zeggen.

NASCHRIFT
TOT SLOT

◆

Ik heb – twee jaar na de roman geschreven te hebben – aantekeningen gevonden uit 1953, toen ik nog op de universiteit zat.

'Horatius en zijn vriend roepen de hulp in van graaf P. om het mysterie van het spook op te lossen. Graaf P., een excentriek en flegmatisch heer. Daartegenover een jonge kapitein van de Deense garde met Amerikaanse methoden. Normale ontwikkeling van de handeling volgens de lijnen van de tragedie. In de laatste akte verklaart graaf P. nadat hij het gezelschap bijeengeroepen heeft het mysterie: de moordenaar is Hamlet. Te laat, Hamlet sterft.'

Jaren later heb ik ontdekt dat Chesterton een dergelijk idee ergens vandaan had. Het schijnt dat de groep van Oulipo een matrix geconstrueerd heeft waarin alle mogelijke situaties van misdaadverhalen een plaats hebben en dat zij heeft gevonden dat er alleen nog een boek geschreven moet worden waarin de lezer de moordenaar is.

Moraal: er bestaan obsessieve ideeën, ze zijn nooit persoonlijk, boeken spreken met elkaar, en een echt politieonderzoek moet bewijzen dat wij de schuldigen zijn.

VERTALING VAN DE LATIJNSE PASSAGES DOOR PROF. DR. TH. VAN VELTHOVEN

13 *In omnibus...*: In alles heb ik rust gezocht en ik heb die nergens gevonden dan alleen in een hoek met een boek.
19 *videmus...*: Wij zien nu door een spiegel en in een raadsel (1 Kor. 13, 12)
20 *Caput Mundi*: Hoofd van de Wereld
26 *unico...*: met één enkele stuurman
31 *omnis mundi...*: Elk schepsel van de wereld is als een boek en een schilderij ons tot spiegel.
32 *ut sit...*: dat het hoofd klein is en droog, doordat de huid dicht tegen de botten kleeft, de oren kort en scherp getekend, de ogen groot, de neusgaten openstaan, de nek rechtop, de manen en de staart dichtbehaard, de ronding van de hoeven stevig en vast.
32 *auctoritates*: gezaghebbende schrijvers of gezaghebbende teksten
36 *verbum mentis*: woord van de geest (= begrip)
43 *Eris sacerdos...*: Gij zult priester zijn in eeuwigheid. (Ps. 110, 4)
44 *coram monachis*: in tegenwoordigheid van de monniken
44 *armaria*: boekenkasten
45 *Monasterium...*: Een abdij zonder boeken is als een stad zonder rijkdom, een kasteel zonder troepen, een keuken zonder keukengerei, een tafel zonder spijzen, een tuin zonder planten, een wei zonder bloemen, een boom zonder bladeren.
46 *Mundus senescit*: De wereld wordt oud.
50 *pictura...*: de beeldende kunst is de literatuur van de leken
52 *opta coadunatio*: passende saamvereniging
56 *ad placitum*: naar goeddunken
56 *si licet...*: als het geoorloofd is het kleine met het grote in verband te brengen
57 *vade retro*: ga achteruit (Mc. 8,33)

62 *per mundum…*: door de wereld trekt als vagebond
66 *homo nudus…*: een naakte man lag met een naakte vrouw. En zij hadden geen gemeenschap met elkaar.
70 *lignum vitae*: levensboom
72 *Quorum primus…*: De eerste van hen, met de steen der serafijnen gereinigd en in hemelse gloed ontvlamd, scheen alles in brand te zetten. De tweede echter, vruchtbaar door het woord van de prediking, straalde helderder over de duisternis van de wereld.
73 *Mors est…*: De dood is de rust van de reiziger – zij is het einde van alle zwoegen.
76 *lectio divina*: goddelijke lezing (= het lezen van de H. Schrift)
80 *claritas*: helderheid
84 *Habeat Librarius…*: De bibliothecaris moet een catalogus hebben van alle boeken, geordend volgens wetenschappen en auteurs, en hij moet de boeken afzonderlijk en ordelijk neerzetten met schriftelijk aangebrachte kentekens.
87 *Verba vana…*: Geen ijdele en de lachlust wekkende woorden spreken.
95 *Oculi…*: Ogen van glas met een omranding
95 *vitrei…*: oogglazen om te lezen
96 *tamquam ab…*: als onrechtmatige bezitters
104 *Forte potuit…*: Hij kon het wellicht, maar men leest nergens dat hij ervan gebruik heeft gemaakt.
115 *Omnis mundi…*: Elk schepsel van de wereld is als een boek en een schilderij (zie pag. 31)
119 *naturaliter christianae*: van nature christelijk
120 *Est domus…*: Er is een huis op aarde, dat weergalmt van een helder geluid. Dat huis weerklinkt, maar de zwijgende gast klinkt niet. Toch lopen beide, de gast en het huis samen, tegelijk.
121 *finis Africae*: het einde van Afrika
128 *speculum mundi*: spiegel van de wereld
138 *fabulas…*: De dichters hebben de fabels genoemd naar 'spreken', omdat ze niet echt gebeurd zijn, maar alleen door het spreken verzonnen.
139 *stultus in risu exaltat vocem suam*: De dwaas schatert het uit, als hij lacht.
140 *responsa spiritualiter salsa*: met geestelijk zout gekruide antwoorden.
140 *admittenda…*: Voor jou is scherts toelaatbaar na serieuze bezigheden.
141 *Deus non est*: Er is geen God (Ps. 14, 1; 53, 2)
142 *Tu es Petrus*: Gij zijt Petrus (Mt. 16, 18)

142 *tum podex...*: Toen stiet de aars een ruw lied uit.
154 *ordo monachorum*: orde van de monniken
164 *Salva me...*: Red mij uit de muil van de leeuw. (Ps. 22, 22)
167 *Hunc mundum...*: Dat labyrint verwijst op figuurlijke wijze naar deze wereld. Voor hem die binnentreedt, breed, maar voor hem die terugkeert, al te nauw.
168 *aqua fons vitae*: water is de bron van het leven (cf. Ap. 21, 6)
175 *Secretum finis Africae*: Het geheim van het einde van Afrika.
176 *Graecum est...*: Het is Grieks, het is niet te lezen.
178 *Apocalypsis Iesu Christi*: De openbaring van Jezus Christus (Ap. 1, 1)
179 *Super thronos...*: Op de tronen vier en twintig (Ap. 4, 4)
179 *Nomen illi mors*: Zijn naam was de dood (Ap. 6, 8)
179 *Obscuratus...*: Verduisterd werd de zon en de lucht (Ap. 9, 2)
179 *Facta est...*: Er kwam hagel en vuur (Ap. 8, 7)
180 *In diebus illis*: In die dagen (Ap. 9, 6)
180 *Primogenitus mortuorum*: De eerstgeborene van de doden (Ap. 1, 5)
180 *Cecidit...*: Er viel een grote ster uit de hemel (Ap. 8, 10)
180 *Equus albus*: Een wit paard (Ap. 19, 11)
180 *Gratia vobis et pax*: Genade zij U en vrede (Ap. 1, 4)
180 *Tertia pars...*: Het derde deel van de aarde verbrandde (Ap. 8, 7)
184 *Requiescant...*: Dat ze mogen rusten van hun zwoegen (Ap. 14, 13)
184 *mulier amicta sole*: vrouw bekleed met de zon (Ap. 12, 1)
194 *Sic et non*: Ja en nee.
216 *Quod enim...*: Want wat zich door onkundigheid van ongeletterden breed maakt, heeft geen effect, tenzij toevalligerwijze.
216 *Sed opera...*: Maar de werken van de wijsheid worden beschut door een vaste wet en worden op effectieve wijze naar het bestemde doel geleid.
219 *Secretum...*: Het geheim van het einde van Afrika breng de hand boven het beeld de eerste en de zevende van de vier.
225 *hic lapis...*: Deze steen draagt een gelijkenis met de hemel in zich.
229 *Omnes enim...*: Alle oorzaken van natuurlijke effecten verschijnen door middel van lijnen, hoeken en figuren. Want anders is het onmogelijk daarin het waarom te kennen.
234 *Penitentiam...*: Doet boete, want het rijk der hemelen zal nabijkomen. (cf. Mt. 3, 2; 4, 17)
237 *De hoc satis*: Genoeg hierover.
242 *Pulchra enim...*: Want mooi zijn de borsten die een beetje vooruitste-

ken en niet te veel opbollen en niet vrijelijk heen en weer golven, maar lichtelijk ingesnoerd zijn, vastgedrukt, maar niet neergedrukt.

247 *et ibidem...*: en daar met vuur en ontstoken vlammen van vuur verbrand en verzengd worde, zodat hij geheel en al sterft en de ziel van het lichaam gescheiden wordt.

248 *Per Dominum...*: Door de Heer zullen we sterven.

257 *terribilis...*: geducht als een leger in slagorde (Hooglied 6, 10)

257 *O sidus...*: O heldere ster van de meisjes, o gesloten deur, bron van de tuinen, cel bewaarster van balsem, welriekende cel.

257 *Oh langueo...*: Ach, ik smacht. De oorzaak van het smachten zie ik en ik doe er niets tegen.

257 *et cuncta...*: en alles was goed. (Gen. 1, 31)

260 *omnis ergo figura...*: Daarom toont elk beeld des te klaarblijkelijker de waarheid, naarmate het openlijker door een niet-gelijkende gelijkenis bewijst dat het een beeld is en niet de waarheid.

261 *Omne animal...*: Elk levend wezen is treurig na de paring.

273 *aut semel...*: Ofwel éénmaal ofwel tweemaal moet de middenterm algemeen zijn.

282 *peccant...*: een doodzonde doen, als zij met welke leek dan ook zondigen, een ernstiger doodzonde, als ze met een geestelijke die de heilige wijdingen heeft ontvangen, zondigen, maar de ernstigste, als ze zondigen met een religieus die gestorven is voor de wereld.

292 *actus appetitus...*: de handelingen van het zinnelijk streefvermogen, in zoverre er een lichamelijke verandering mee verbonden is, worden hartstochten genoemd, niet echter de handelingen van de wil.

292 *appetitus tendit...*: richt de streving zich naar het nastrevenswaardige, dat in werkelijkheid te bereiken is, om daar het einde van de beweging te vinden.

292 *amor facit...*: de liefde bewerkt dat die dingen die worden bemind, op een of andere wijze met de beminnende verenigd worden, en de liefde heeft meer kenkracht dan de kennis.

292 *intus et in cute*: innerlijk en uiterlijk

293 *principium contentionis*: het beginsel van na-ijver (cf. 1 Kor. 1, 11)

293 *consortium in amato*: gemeenschap in het beminde

293 *propter multum...*: vanwege de grote liefde, die Hij tot het bestaande heeft

293 *motus in amatum*: de beweging naar het beminde

307 *Corona regni...*: De kroon van het koninkrijk uit de hand van God

307 *Diadema imperii...*: De diadeem van het keizerrijk uit de hand van Petrus.
308 *taxae sacrae...*: heilige boetetarieven
324 *Hoc spumans...*: Schuimend omringt deze zee de kusten van de wereld, beukt met aanrollende golven de randen van de aarde. Ze stormt met geweldige watermassa's aan op het rotsige land der Avionen. Met grommende maalstroom mengt ze onderin de kiezelstenen, ze strooit schuim uit over de ruwe voor, met luide windstoten wordt ze herhaaldelijk opgezweept...
325 *ignis...*: vuur, coquihabin (omdat ongekookt het woord 'koken' in zich heeft), ardo, calax van warmte, fragon van het knetteren van de vlam, rusin van de rode kleur, fumaton, ustrax van branden, vitius, omdat het bijna dode ledematen door het zijne levend maakt, siluleus, omdat het uit een vuursteen springt, zodat het alleen maar met recht vuursteen wordt genoemd, omdat er een vonk uit springt. En aeneon van Aeneas, de god, die erin huist of door wie een luchtstroom in de elementen binnendringt.
325 *in nomine...*: in de naam van de vader en de dochter
327 *hic sunt leones*: hier zijn leeuwen
328 *fons paradisi*: bron van het paradijs
332 *supra speculum*: boven de spiegel
332 *super speculum*: op de spiegel
337 *melancholia nigra...*: zwarte en bittere melancholie
338 *complexio venerea*: seksuele opwinding
353 *inimicus pacis*: een vijand van de vrede
366 *nomina...*: de namen volgen uit de dingen
387 *de dicto*: die op de uitspraak slaat
394 *domini canes*: de honden des Heren
399 *planta Dei...*: een plant van God, die uitkiemt in de wortel van het geloof
403 *pecca pro nobis...*: zondig voor ons... ontferm U over ons... verlos ons van het goede... ontferm U over ons... wees bedacht op mijn verderf... wij verdoemen de Heer... gij zult mijn anus openen... besproei me met Uw zaad en ik zal verontreinigd worden...
404 *cingulum diaboli*: gordel van de duivel
426 *Sederunt principes...*: De vorsten hebben gezeten en ze spraken tegen mij, de bozen hebben me vervolgd. Help mij, Heer, mijn God, red mij vanwege Uw barmhartigheid. (Ps. 119, 23, 86, 88, 94)

439 *minimas...*: geringste geurverschillen
446 *nigra sed formosa*: zwart, maar toch schoon (Hooglied 1, 5)
451 *Ut cachinnis...*: Dat hij door schaterlachen uiteen moge vallen en door wijd open monden gekweld worden!
451 *Lacrimosa...*: Vol tranen zal die dag zijn, waarop de schuldige mens uit as opstaat voor het oordeel, spaar hem dus, God. Goedgunstige Heer Jezus, geef hun de rust.
453 *ioca monachorum*: scherts van de monniken
453 *Ludere...*: Ik heb er zin in te spelen; paus Johannes, aanvaard de speler. Als U het goedvindt, kunt U ook zelf lachen.
453 *Ridens cadit...*: Lachend valt Gaudericus, Zacharias staat verbaasd, achteroverleunend op het bed geeft Anastasius les.
455 *i. ar. de dictis...*: i Ar. over de uitspraken van een of andere dwaas, ii Syr. een Egyptisch boekje over alchemie, iii een commentaar van meester Alcofriba op de maaltijd van de zalige Cyprianus, bisschop van Carthago, iv een boek zonder aanhef over de ontucht van maagden en de liefde van hoeren
474 *tertius equi*: de derde van 'paard'
474 *suppositio materialis*: materiële suppositie (verwijzing van een woord naar zichzelf)
474 *de dicto... de re*: als slaande op het woord... als slaande op de werkelijkheid
490 *stupra virginum...*: de ontucht van maagden en de liefde van hoeren
496 *de toto...*: van heel zijn lichaam een tong had gemaakt
511 *Non in commotione...*: Niet in de beroering, niet in de beroering is de Heer (1 Kon. 19, 11)
516 *res nullius*: niemand toebehorend
518 *tolle et lege*: neem en lees
519 *Est ubi...*: Waar is nu de glorie van Babylon?
519 *O quam salubre...*: O hoe heilzaam, hoe aangenaam en zoet is het in eenzaamheid te zitten en te zwijgen en te spreken met God!
520 *stat rosa...*: De roos van weleer bestaat als naam, naakte namen houden we over.

INHOUD

OPMERKING VOORAF 5

NATUURLIJK, EEN MANUSCRIPT 7

OPMERKING 14

PROLOOG 17

EERSTE DAG 27

PRIEM *Waarin de reizigers aan de voet van de abdij aankomen en William een bewijs van grote scherpzinnigheid levert.* 29
TERTS *Waarin William een leerzaam gesprek voert met de abt.* 36
SEXT *Waarin Adson het portaal van de kerk bewondert en William Ubertino da Casale weerziet.* 49
TEGEN DE NOON *Waarin William een zeer geleerd gesprek voert met de herborist Severin.* 74
NA DE NOON *Waarin men het scriptorium bezoekt en kennismaakt met een groot aantal studiemannen, kopiisten en rubricatoren en tevens met een blinde grijsaard die de Antichrist verwacht.* 80
VESPERS *Waarin de rest van de abdij wordt bezocht, William enige gevolgtrekkingen maakt over de dood van Adelmo, met de broeder glasmeester wordt gepraat over glazen om te lezen en over spookbeelden voor wie te veel wil lezen.* 93
COMPLETEN *Waarin William en Adson door de abt op een smakelijke maaltijd en door Jorge op grimmige woorden worden onthaald.* 102

TWEEDE DAG   107

METTEN *Waarin luttele uren van mystiek geluk worden onderbroken door een zeer bloedige gebeurtenis.*   109
PRIEM *Waarin Bengt van Uppsala enige vertrouwelijke mededelingen doet, Berenger van Arundel andere dingen in vertrouwen onthult en Adson verneemt wat ware boetedoening is.*   118
TERTS *Waarin men getuige is van een ruzie tussen platvloerse lieden, Aymaro van Alessandria een paar toespelingen maakt en Adson mediteert over heiligheid en over de drek van de duivel. Daarna gaan William en Adson weer naar het scriptorium, William ziet iets belangwekkends, heeft een derde gesprek over de geoorloofdheid van de lach, maar kan als het erop aankomt niet kijken waar hij zou willen.*   129
SEXT *Waarin Bengt een vreemd verhaal vertelt waardoor we weinig stichtelijke dingen over het leven in de abdij vernemen.*   144
NOON *Waarin de abt zich trots toont op de rijkdommen van zijn abdij en bevreesd voor de ketters, en Adson er ten slotte aan twijfelt of hij er goed aan heeft gedaan de wijde wereld in te trekken.*   150
NA DE VESPERS *Waarin, hoewel het hoofdstuk kort is, de oude Alinardo zeer belangwekkende dingen zegt over het labyrint en over de manier om er binnen te komen.*   165
COMPLETEN *Waarin men het Hoofdgebouw binnengaat, een geheimzinnige bezoeker ontdekt, een geheime boodschap in necromantische tekens vindt, een boek dat men net heeft gevonden weer ziet verdwijnen (en nog vele hoofdstukken lang zal zoeken) en de diefstal van Williams kostbare lenzen nog niet de laatste verwikkeling is.*   169
NACHT *Waarin men eindelijk in het labyrint doordringt, vreemde visioenen krijgt en, zoals dat in labyrinten gaat, de weg kwijtraakt.*   178

DERDE DAG   189

VAN DE LAUDEN TOT DE PRIEM *Waarin men in de cel van de verdwenen Berenger een met bloed besmeurde lap vindt, meer niet.*   191
TERTS *Waarin Adson in het scriptorium mijmert over de geschiedenis van zijn orde en het lot van boeken.*   192
SEXT *Waarin Adson van Salvatore confidenties aanhoort die niet in enkele woorden zijn samen te vatten maar hem veel stof tot overpeinzingen geven.*   196

NOON *Waarin William tegen Adson spreekt over de grote stroom van ketterij, over de functie van de eenvoudigen in de Kerk, over zijn twijfels omtrent de kenbaarheid van algemene wetten, en bijna terloops vertelt hoe hij de necromantische tekens van Venantius heeft ontcijferd.* 206

VESPERS *Waarin men wederom met de abt spreekt, William enige wonderbaarlijke ideeën krijgt om het raadsel van het labyrint op te lossen en er langs de meest verstandelijke weg in slaagt. Daarna wordt er kaas in het pannetje gegeten.* 221

NA DE COMPLETEN *Waarin Adson van Ubertino de geschiedenis van fra Dolcino hoort, andere geschiedenissen uit zijn herinnering ophaalt of op eigen houtje in de bibliotheek leest, en vervolgens een onverwachte ontmoeting heeft met een mooi meisje, geducht als een leger in slagorde.* 233

NACHT *Waarin Adson diep ontdaan bij William biecht en mediteert over de functie van de vrouw in het scheppingsplan, vervolgens echter het lijk van een man ontdekt.* 263

VIERDE DAG 269

LAUDEN *Waarin William en Severin het lijk van Berenger onderzoeken en ontdekken dat zijn tong zwart is, een eigenaardig verschijnsel voor een drenkeling. Vervolgens hebben zij een gesprek over uiterst pijnlijke vergiften en over een diefstal van lang geleden.* 271

PRIEM *Waarin William eerst Salvatore en dan de cellarius dwingt hun verleden op te biechten, Severin de gestolen lenzen terugvindt, Nicola de nieuwe brengt en William met zes ogen het manuscript van Venantius gaat ontcijferen.* 279

TERTS *Waarin Adson worstelt met zijn liefdessmart en William hem de tekst van Venantius voorleest, die onontcijferbaar blijft, zelfs nadat hij is ontcijferd.* 289

SEXT *Waarin Adson truffels gaat zoeken en de minorieten ziet aankomen, deze zich langdurig met William en Ubertino onderhouden en men zeer treurige dingen verneemt over Johannes XXII.* 300

NOON *Waarin kardinaal Del Poggetto, Bernard Gui en de andere mannen uit Avignon arriveren en ieder vervolgens verschillende dingen doet.* 313

VESPERS *Waarin Alinardo kostbare inlichtingen lijkt te geven en William zijn methode onthult om door een reeks gewisse fouten tot een waarschijnlijke waarheid te komen.* 316

COMPLETEN *Waarin Salvatore vertelt over een wonderbaarlijke toverij.* 320

NA DE COMPLETEN *Waarin men opnieuw het labyrint bezoekt, op de drempel van het finis Africae komt, maar er niet kan binnengaan omdat men niet weet wat de eerste en de zevende van de vier zijn, en Adson ten slotte een – overigens zeer geleerde – terugval heeft in zijn liefdesziekte.* 323

NACHT *Waarin Salvatore jammerlijk door Bernard Gui wordt betrapt, het door Adson beminde meisje als heks wordt gevangengenomen en allen nog ongelukkiger en ongeruster dan tevoren naar bed gaan.* 340

VIJFDE DAG 347

PRIEM *Waarin een broederlijke discussie over de armoede van Christus plaatsvindt.* 349

TERTS *Waarin Severin William over een vreemd boek en William de gezanten over een vreemde opvatting van het wereldlijk bestuur spreekt.* 362

SEXT *Waarin men Severin vermoord vindt en het boek dat hij had gevonden niet meer kan vinden.* 372

NOON *Waarin rechtspraak wordt uitgeoefend en men de beklemmende indruk krijgt dat allen ongelijk hebben.* 384

VESPERS *Waarin Ubertino de vlucht kiest, Bengt de wetten in acht begint te nemen en William enkele bespiegelingen houdt over de verschillende soorten wellust die men die dag is tegengekomen.* 406

COMPLETEN *Waarin men een preek over de komst van de Antichrist beluistert en Adson de macht van eigennamen ontdekt.* 412

ZESDE DAG 423

METTEN *Waarin principes sederunt en Malachias ter aarde stort.* 425

LAUDEN *Waarin een nieuwe cellarius wordt gekozen, maar geen nieuwe bibliothecaris.* 430

PRIEM *Waarin Nicola van alles vertelt, terwijl William en Adson de crypte met de kerkschat bezoeken.* 433

TERTS *Waarin Adson onder het luisteren naar het Dies irae een droom of een visioen krijgt, hoe men het ook noemen wil.* 441

NA DE TERTS *Waarin William aan Adson zijn droom verklaart.* 452

SEXT *Waarin men de geschiedenis van de bibliothecarissen reconstrueert en nog enige bijzonderheden over het geheimzinnige boek verneemt.* 455

NOON *Waarin de abt weigert naar William te luisteren, over de taal der edelstenen spreekt en de wens te kennen geeft dat het onderzoek naar de droevige gebeurtenissen wordt gestaakt.* 461

TUSSEN DE VESPERS EN DE COMPLETEN *Waarin kort verslag wordt gedaan van lange uren van verwarring.* 470

NA DE COMPLETEN *Waarin William haast bij toeval het geheim ontdekt om het finis Africae binnen te komen.* 473

ZEVENDE DAG 479

NACHT *Waarin de wonderbaarlijke onthullingen zo talrijk zijn dat, om ze samen te vatten, deze ondertitel even lang zou moeten zijn als het gehele hoofdstuk, hetgeen tegen de gewoonte is.* 481

NACHT *Waarin de ekpyrosis plaatsvindt en ten gevolge van te grote deugd de krachten der hel zegevieren.* 498

LAATSTE BLAD 513

NASCHRIFT 521

DE TITEL EN DE BETEKENIS 523
HET PROCES VERTELLEN 527
NATUURLIJK, DE MIDDELEEUWEN 529
HET MASKER 532
DE ROMAN ALS KOSMOS 534
WIE SPREEKT ER? 538
DE PRAETERITIO 542
DE ADEMHALING 544
DE LEZER VORMEN 547
DE METAFYSICA VAN DE MISDAADROMAN 550
HET VERMAAK 552
POSTMODERNISME, IRONIE, LEESPLEZIER 556
DE HISTORISCHE ROMAN 560
TOT SLOT 563

Vertaling van de Latijnse passages door prof. dr. Th. van Velthoven 565
Belangrijkste personages 577

BELANGRIJKSTE PERSONAGES

◆

WILLIAM VAN BASKERVILLE .... franciscaan, onderzoeker
ADSON VAN MELK .... zijn secretaris en leerling
ABBONE VAN FOSSANOVA .... abt
REMIGIO VAN VARAGINE .... cellarius
ADELMO VAN OTRANTO .... miniaturist, de eerste dode
SALVATORE VAN MONFERRATO .... rechterhand van de cellarius
UBERTINO DA CASALE .... mysticus
SEVERIN VAN SANKT EMMERAM .... herborist
MALACHIAS VAN HILDESHEIM .... bibliothecaris
VENANTIUS VAN SALVEMEC .... vertaler, Aristoteles-kenner
BENGT VAN UPPSALA .... weetgierige jonge monnik
BERENGER VAN ARUNDEL .... hulpbibliothecaris
AYMARO VAN ALESSANDRIA ⎫
PIETRO VAN SANT'ALBANO ⎬ .... ontevreden Italiaanse monniken
PACIFICO VAN TIVOLI   ⎭
JORGE VAN BURGOS .... blinde ziener
NICOLA VAN MORIMONDO .... glasmeester
ALINARDO VAN GROTTAFERRATA .... oudste van de monniken
MICHAEL VAN CESENA .... ordegeneraal der franciscanen
BERNARD GUI .... inquisiteur
BERTRANDO DEL POGGETTO .... leider pauselijke delegatie

DE ABDIJ

K	Hospitaal	F	Dormitorium
J	Badhuis	H	Kapittelzaal
A	Hoofdgebouw	M	Varkenskotten
B	Kerk	N	Stallen
D	Kloosterhof	R	Smidse

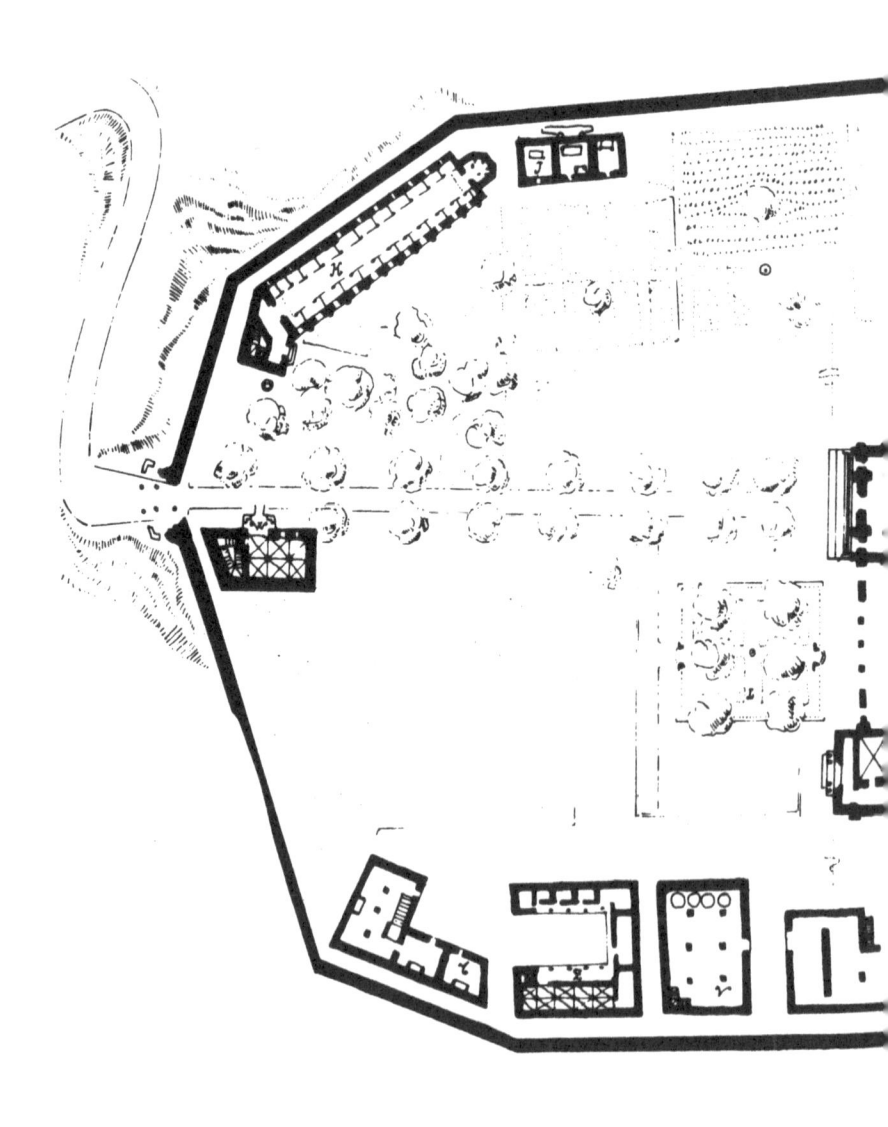

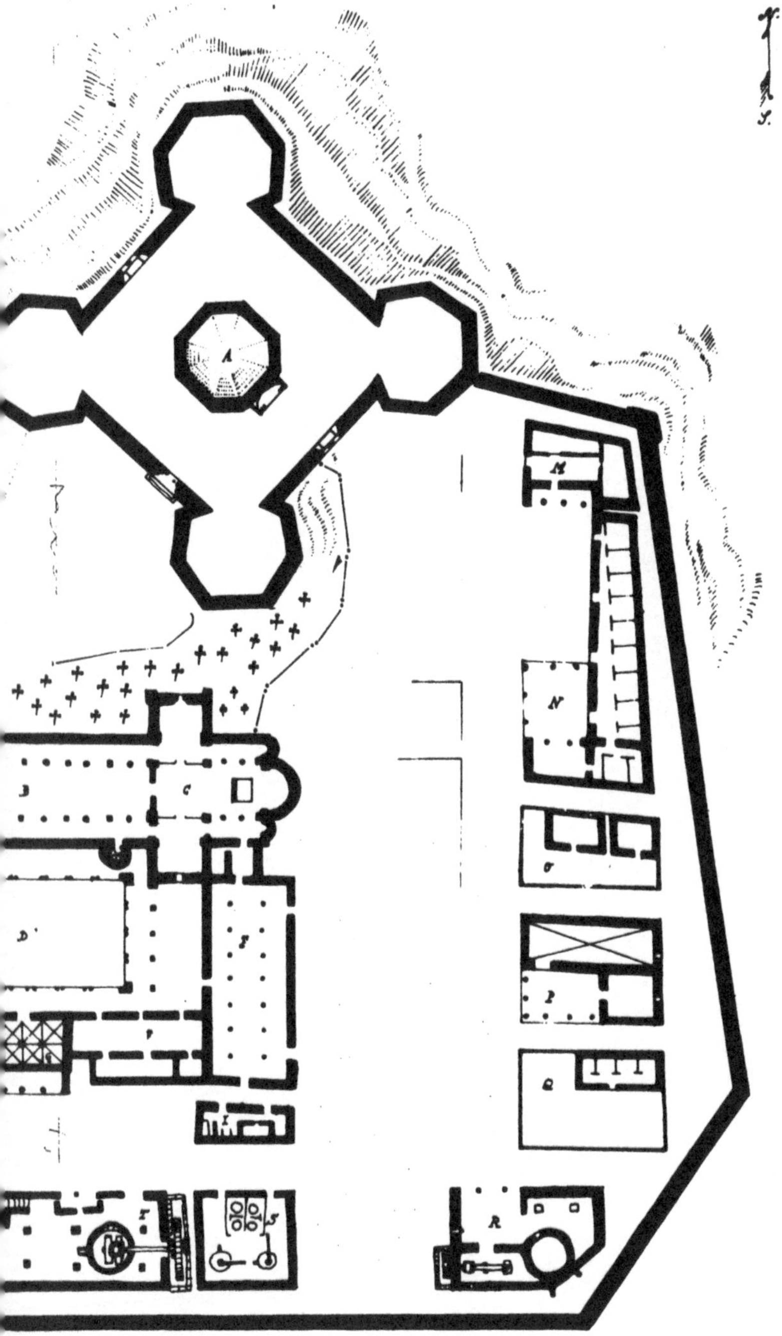
A
C
M
N
O
P
Q
R
S